学透Spring
从入门到项目实战

丁雪丰 ——— 著

人民邮电出版社

北　京

图书在版编目（CIP）数据

学透Spring：从入门到项目实战 / 丁雪丰著. --
北京：人民邮电出版社，2023.2
　（图灵原创）
　ISBN 978-7-115-60911-3

Ⅰ．①学… Ⅱ．①丁… Ⅲ．①JAVA语言－程序设计
Ⅳ．①TP312.8

中国国家版本馆CIP数据核字(2023)第003930号

内 容 提 要

　　本书的目标是让大家又快又好地"打包"学透 Spring 技术栈，内容涉及 Spring Framework、Spring Boot、Spring Cloud 等 Spring 家族成员。

　　本书正文分为四部分：第一部分"Spring 入门"，先学习基本的 Spring IoC、AOP，随后过渡到当下热门的 Spring Boot；第二部分"Spring 中的数据操作"，其中既介绍常规的 SQL、NoSQL 数据操作，也介绍进阶的数据源配置和缓存抽象；第三部分"使用 Spring 开发 Web 应用"，讲述 Spring MVC 细节的同时，也不错过 Web 安全与 REST 服务；第四部分"使用 Spring 开发微服务"，除了讲解常规的 Spring Cloud 模块，也会讲解 Spring Cloud Alibaba。在讲解具体内容的基本示例之外，作者还设计了一个贯穿主要章节的实战案例，带大家一步步从零开始实现一个灵活运用全书内容的项目"二进制奶茶店"。

　　本书重实战、重工程实现，是业内专家丁雪丰亲历的高效学习路径，汇集了作者多年的实战经验。跟着本书，读者只要具备 Java 基础知识，就可以迅速上手 Spring，并落地实战项目和生产环境。

◆ 著　　　　丁雪丰
　 责任编辑　刘美英
　 责任印制　彭志环
◆ 人民邮电出版社出版发行　　北京市丰台区成寿寺路11号
　 邮编　100164　电子邮件　315@ptpress.com.cn
　 网址　https://www.ptpress.com.cn
　 北京天宇星印刷厂印刷
◆ 开本：800×1000　1/16
　 印张：35.5　　　　　　　　　2023年2月第1版
　 字数：952千字　　　　　　　 2023年2月北京第1次印刷

定价：159.80元
读者服务热线：(010)84084456-6009　印装质量热线：(010)81055316
反盗版热线：(010)81055315
广告经营许可证：京东市监广登字 20170147 号

推 荐 序

了不起的 Spring 实战指南

2012 年岁末,我规划前往印度、日本和中国的多个城市游访。由于不想从美国往返亚洲的不同城市,我决定待在上海。初见上海我就迷上了这个城市,因此我愉快地敲定在上海停留几个月。上海的一切都那么惹人爱,上海人、城市文化、结交的朋友、天气和食物……我真的太喜欢了! (wo ai Zhongguo.)

我行程中有几天是访问阿里巴巴的总部杭州。这次访问的牵线人就是丁雪丰,我们此前有过接触,已经是朋友了。那时我寻思着找人聊一下有关云计算和 Spring 的话题,恰巧雪丰告诉我阿里巴巴正大规模使用 Spring,并邀请我去杭州——那我肯定要亲眼见见,杭州就成为这次亚洲行的必去之地。再说,从上海乘火车去杭州很快。

我到杭州那天下着雨,不过天气依然炎热。阿里巴巴负责接待我的技术专家就是雪丰。接下来的几天,在雪丰的陪同下,我接触了阿里巴巴的众多技术专家,了解到大家做了很多了不起的事情。关于我在阿里巴巴的见闻及所学,我还专门写了一篇博客文章 "Spring at China Scale: Alibaba Group (Alipay, TaoBao, and TMall)"。阿里巴巴不仅是 Spring 的用户,而且在 Spring 的基础上进行了创新。Spring 在中国与在美国的应用大为不同,而雪丰对其中的区别洞若观火。我对 Spring 在中国发展的深入了解,很大程度上来自雪丰。

雪丰是我的向导,他懂 Spring,也熟知 Spring 在中国的落地情况。而这本书,正是他经验与智慧的结晶。

你可以通过这本书学习所有的 Spring 基础知识——Bean 配置、AOP、Web 编程、数据访问、微服务等,但这本书能教给你的远远不止这些。一旦你开始阅读就会发现,雪丰这本书要做的是解决大量读者的学习痛点——不仅要学透 Spring 的基础知识,更要学会 Spring 在实际生产中的落地。

雪丰是我的挚友。他是一个睿智、善良、慷慨、认真的人。雪丰帮我解答了诸多关于 Spring 在中国应用的疑惑,相信他也能帮到你。请一定不要错过这本书。

——Josh Long
Spring Developer Advocate
Spring 团队,VMware Tanzu

业 内 推 荐

作为构建 Java 生态重要的技术底座，Spring 在 Java 应用开发中起着不可代替的作用。很高兴看到雪丰将自己多年对 Spring 的深入理解和丰富的项目实战经验沉淀输出为这样一本书。书中从 Spring 的实现原理讲起，涵盖了 Spring 家族各种实用框架的实战总结，以及 Spring Cloud 云原生实践的落地。这本书真正做到了项目开发拿来即用，能够帮助云原生时代的开发者更好地掌握 Spring 技术，快速在项目中落地实战。希望更多 Java 开发者能看到这本书，并从中受益。

——韩欣，OPPO 互联网服务首席架构师、前腾讯云中间件技术总监

这本书是名副其实的 Spring 实用大全，涵盖 Spring 家族各个领域的知识，适合从入门到想进一步精进的学习者。丁雪丰的讲解堪称保姆级指导，跟随这本书，定能轻松玩转 Spring。

——兰建刚，叮咚买菜平台技术 VP

Spring 开源项目可以说是 Java 业务开发领域事实上的标准套件，功能强大，但庞大而复杂。要想高效地学习它，最好能够结合实际业务场景系统地学习。本书从项目实战的角度出发，涵盖 Spring 项目中跟业务开发强关联的重点技术主题，既包含能够快速应用到项目中的常用知识，也适当地深入讲解了关键的技术原理，是快速学习和应用 Spring 相关技术不可多得的技术秘籍。

——李运华，前阿里资深技术专家、《编程的逻辑》《从零开始学架构》《大厂晋升指南》作者

随着互联网的发展，研发人员面临的挑战越来越严峻，需求场景越来越复杂，质量要求越来越高，研发成本越来越低，而且系统还要易于扩展和维护……好消息是 Java 生态系统臻于完善，Spring 整体应用解决方案日渐成熟，云原生技术逐步落地，给研发人员点亮了一盏明灯。然而在实践中有太多的取舍，加之其中夹杂着各种不确定性，相关技术方案的落地依然困扰着广大研发人员。本书以生产项目开发为主线，结合当下流行的架构理念、社区热点和最佳实践，将 Spring 生态下的各种技术一一引入，在讲解核心概念的同时，辅以相关技术介绍和疑难问题解答，无疑是值得研发人员拥有的高质量参考书。

——吴其敏，前 eBay 中国、大众点评、携程网和平安银行首席架构师

这本《学透 Spring：从入门到项目实战》让我想起自己十多年前学习 Spring 的场景。如今，Spring Framework/Spring Boot 已经成了 Java 开发框架的事实标准，从 IoC、AOP 到数据库访问、Web 安全，再到分布式服务，全方位地提升了我们的研发体验。雪丰是国内资深技术专家，在该领

域积累了深厚的经验。他的这本书写得简明务实，充满了真知灼见，推荐给大家。

——许晓斌，《Maven 实战》作者、阿里巴巴技术管理者

每次微信公众号读者让我推荐系统学习 Spring 生态的图书时，我总是会选择《Spring 实战》，因为它是我所读过的 Spring 图书中最为系统的。不过也有几分遗憾，因为是国外作者所写，一方面，语言表达上不太符合国内读者的习惯，另一方面，书中的案例不够本土化。有幸看到雪丰的《学透 Spring：从入门到项目实战》即将出版，书中不但全面覆盖了大家高频使用的 Spring 家族成员，而且解决了大部分读者入门之后项目落地难的问题。强烈推荐。

——芋芳，Apache 项目 Committer、公众号"芋道源码"作者

随着 Spring 社区的不断发展与壮大，框架功能已经覆盖了 Java 日常开发的方方面面。虽然 Spring 的能力异常强大，但与此同时 Spring 项目体系变得非常复杂，如何循序渐进地学习就成了初学者最为苦恼的问题。如果你现在正打算入门 Spring 全家桶，我向你推荐这本书。本书通过一个贯穿全书的实战案例，一步步带领大家认识 Spring 的核心概念、常用模块以及当下最热门的 Spring Boot 和 Spring Cloud。此外，本书附录中的内容是目前市面上的图书所欠缺的——对于 Spring 全新技术的解读，可以帮助读者紧跟前沿技术步伐，完美衔接日后可能出现的实际工作场景，并为接下来的自我进阶提供极具参考价值的学习方向。

——翟永超，《Spring Cloud 微服务实战》作者

雪丰这本书最大的特色是其中所包含的内容非常贴近实际工作场景。此外，书中的案例生动有趣，知识点循序渐进、由点及面，真正能够做到让大家知其然，更知其所以然。本书绝对是 Spring 初学者的福音。

——占军，美团中间件高级技术专家、公众号"占小狼的博客"主理人

从 Spring Framework 到 Spring MVC 再到 Spring Boot 及 Spring Cloud，它们组成了庞大的 Spring 生态。这个生态体系非常完整且强大，是每一个 Java 开发者都绕不开的。本书内容特别全面，把整个生态的核心知识讲解得非常清晰，能帮助读者轻松认识并掌握 Spring 全家桶。无论是补充理论知识还是丰富实战经验，这本书都是不可多得的佳作。

——张洪亮（@Hollis），《深入理解 Java 核心技术》作者

怎样学习 Spring？最好有个合适的老师能够提纲挈领地把 Spring 的精髓教给你，而不仅仅是那些细枝末节。丁雪丰恰恰就是这样一位老师：一方面，他从 Spring 发展初期就一路追随，见证了 Spring 完整的"成长"过程，了解 Spring 每个特性的来龙去脉；另一方面，他在极客时间的 Spring 课程让近 10 万人从中受益，可以说，他比任何人都更懂普通程序员需要知道哪些东西，更懂怎样把 Spring 讲得易于理解。你手里的这本书是丁老师对 Spring 思考的再次升华，有了它，我们不仅能够更好地面对 Spring 世界已有的知识，也更有底气面对 Spring 的未来。

——郑晔，极客时间《10x 程序员工作法》专栏作者、前火币网首席架构师、前 ThoughtWorks 首席咨询师

前　言

能够捧起这本"大部头"作品，没有被它的"体型"吓退，你是一位真正的勇士。在开始阅读前，请接受我诚挚的敬意，所有敢于挑战自己的人，都值得尊敬。而我也由衷地希望本书能够不负你的期望，让你真正学有所得。

为什么要写这本书

自从 2004 年 Spring Framework 1.0 正式发布后，它就一路高歌猛进，已然成为 Java EE 开发的事实标准。从诞生之初缺少相关的中文材料，一份翻译的官方文档都显得弥足珍贵，到现在铺天盖地的文章、图书与视频，Spring 相关的学习资料可谓"琳琅满目"。素材虽然很多，可是它们的质量却良莠不齐。每当有人让我推荐些 Spring 的资料时，我都会告诉他，保险起见还是去看官方文档吧！

在 2018 年底的 QCon 大会上，极客时间找到我希望做一门 Spring 的视频课程，当初最困扰我的问题就是："已经有了这么多学习资料，还需要再做个课程吗？"那时我虽然没有明确的答案，但还是选择了优先完成课程的制作。2019 年初，课程上线没几天，视频课程的订阅数就突破了 1 万人次。我才意识到原来有不少人希望有这样一门课程，带着大家一路学习，答疑解惑。到这个时候，我才确定：需求是真实存在的。大家的学习热情和订阅数就是对之前的问题最好的回答。

当图灵公司的编辑找到我，希望我写本原创的 Spring 图书时，我又经历了这样一个类似的阶段。但有了之前的经验，"写不写"的思想斗争时间并不长，更多则是在思考如何才能写出一本大家都能用得上的好书。

此外，对于本书的写作，我也是有些小小的"私心"的。很久以前，我给自己定了个"小目标"——30 岁之前每年翻译一本书，30 岁之后独立写作一本书。从 2008 年翻译《JRuby 实战》开始，我就走在了完成这个目标的路上。到现在为止，我已经翻译了 7 本不同技术主题的作品，参与了 1 本书的创作，录制了 1 门视频课程——努力完成了目标的前半段；在自己快要"奔四"之际，终于即将把这个目标的后半段实现了。我希望自己多年的技术积累不止于自己，能够通过翻译和写作的方式帮到更多朋友，从而为中国软件行业的发展贡献一点小小的力量。

本书特色

希望本书能够在以下几个方面给大家带来"与众书不同"的体验。

❑ **内容详尽且精炼**——本书希望能够将在日常工作中用到的 Spring 家族成员一次性全部收入囊中，包括但不限于 Spring Framework、Spring Boot、Spring Security、Spring Data 和 Spring Cloud。Spring 家族成员数量"繁多"，很多朋友在学习过程中遇到的一大问题就是需要找上一堆书，而不同图书之间的知识点不好衔接，学习的过程可谓"东一榔头西一棒槌"，找不到学习的主线，最终的结果可能就是学了个"寂寞"。这本书的首要目标就是在尽可能短的时间和尽可能小的篇幅里，帮助大家做到"学习一本书就能够解决工作中的大部分问题"。

❑ **主题实用且本土化**——书中的内容要贴近实际的工作场景。除了基础知识，书中更多的是那些能够拿来就用的内容，我们需要的是解决实际问题。例如，关于如何配置 `DataSource`，一般的书会告诉大家如何配置，只要能连上数据库就行了，但本书中专门安排了一节告诉大家如何加密连接用的密码、如何记录执行的 SQL 摘要日志等技巧。此外，与从国外引进的作品不同，本书的内容相对更本土化一些，除了 Spring 本身，书中还加入了一些在国内使用相对较多的项目。例如，在国内，MyBatis 比 Hibernate 更受大家的青睐，各家大厂都在重度使用。书中不仅介绍了 MyBatis，还介绍了让它如虎添翼的周边工具。此外，阿里巴巴的 Druid 和 Dubbo 也有不少用户，很多公司都选择将 Dubbo 作为内部 RPC 的框架。Spring Cloud Alibaba 也是一定不能错过的内容，无论你是否使用阿里云的服务，都应该对它有所了解，书中还介绍了 Nacos 和 Sentinel 的具体用法。

❑ **案例系统且完善**——想要更好地理解书中的知识点，没有什么比生动的示例更有效的了。除了简单的代码示例，本书还特别设计了一个贯穿全书的"大型"二进制奶茶店项目案例。随着书中内容的演进，这个奶茶店的功能逐渐丰富，越来越接近真实世界的线上奶茶店。跟着我们的演示，你就能轻松地搭建出一套完整的分布式系统。如果你的需求比较简单，对系统没有太高的要求，也许可以复制二进制奶茶店的代码，拿来就用。

❑ **知识有趣且深刻**——如果只是介绍 Spring 家族成员的各种使用方法，那未免有些无趣，遇到一些知识点时，我们还要由点及面，多介绍些相关的信息，包括但不限于背景知识、实用技巧、常见问题、实现原理等。例如，在介绍事务时，我们会聊声明式事务背后的原理；在处理金额时，我们会聊为什么不用浮点数类型，而要使用 `Money` 类型；在使用 JPA 时，我们会讲解 `JpaRepository` 背后的实现原理；在介绍服务注册机制时，我们会了解 Zookeeper 不适合做服务注册中心的原因……这些知识点很有意思，一方面可以加深我们对相关技术点的理解，另一方面也相当于我们从正文的学习中暂停片刻，进行简单的梳理和思考。所有的这些内容，我们都以"茶歇时间"的形式呈现了出来。按本书编辑的说法，这才是我全书写得最有意思的地方，大家一定不要错过书中四十余处的"茶歇时间"。

遗憾之处

本书也并非十全十美，由于从写作到出版的时间跨度很大（足足有两年之久），虽然过程中几次更新了相关项目的版本，但仍然没有办法做到完全与社区的最新版同步。甚至有些项目还没有发布正式版，只能放在附录里。例如，Spring Framework 6.0 截至本书编写时还未正式发布，为了尽量与时俱进，附录里添加了如何升级到 Spring Framework 6.0 和 Spring Boot 3.0 的说明。对于目前尚不成熟，但未来会"大有作为"的 Spring Native 项目，附录中也做了简单的介绍。

主要内容

本书的内容涉及面非常广，囊括了 Spring 家族中的众多产品。全书一共分为五部分，其中正文四部分共计 16 章内容，最后一个部分是附录。

第一部分"Spring 入门"包括第 1 章～第 5 章，主要介绍 Spring Framework 的核心内容，即 IoC 容器与 AOP，随后从 Spring Framework 过渡到 Spring Boot。网上介绍 IoC 与 AOP 的资料有很多，如果你是直接上手实战的话，暂时无须在相关知识点上花费太多时间。但是，考虑到两者是整个框架的基础，书中还是用了足量的篇幅来介绍它们。①

第二部分"Spring 中的数据操作"包括第 6 章～第 8 章，围绕数据操作展开讨论。从最基础的 JDBC 操作，一直到 Spring Data 提供的各种封装，以及对象关系映射框架的使用，如何使用缓存等话题，都会在这部分娓娓道来。除了常见的内容，这一部分还提及不少原理和实用技巧，例如 Spring Framework 对 JDBC 异常的统一处理机制，如何基于它进行定制；如何使用 MyBatis 的各种周边工具简化日常开发工作。

第三部分"使用 Spring 开发 Web 应用"包括第 9 章～第 11 章，讨论与 Web 开发相关的内容，包含大量日常工作中的场景。这一部分既会讨论如何使用 Spring MVC 开发 Web 系统，如何使用 Spring Security 来保护系统安全，也会介绍一些更高级的玩法，例如基于 Spring WebFlux 开发响应式 Web 系统、使用 Spring Session 来实现分布式会话等。

第四部分"使用 Spring 开发微服务"包括第 12 章～第 16 章，主要介绍分布式系统开发涉及的内容。我们会先从微服务和云原生的概念切入，讨论什么才是 RESTful 风格的微服务；再从"道"切换成"术"，聊聊如何利用 Spring Cloud 和其他基础设施来开发云原生服务，其中包括服务注册与发现、服务配置管理、服务容错保护等诸多内容。此外，除了 Spring Cloud 官方支持的 ZooKeeper、Consul、Resilience4j，书中还加入了阿里巴巴提供的组件的内容。

最后是附录，这里主要是将那些不便放在正文中的内容做个说明。附录分为两大主题，其一是新技术，包括接下来要发布的新版本——Spring Framework 6.0 和 Spring Boot 3.0，还有正在快速迭代的 Spring Native 项目；其二是实用技巧，主要是如何将 Spring Boot 项目打包成能开箱即用的 Docker 镜像。

再次强调一下，为了帮助大家更好地学习和掌握书中的内容，本书还设计了一个贯穿全书的示例——二进制奶茶店，大家可以跟随这个例子从零开始，一步步构建出一套完整的基于主流基础设施的分布式系统。

如何阅读本书

既然是一本介绍 Spring 家族成员的书，那么本书的读者需要对 Java 有所了解，掌握 Java 日常开发的基础知识。

---

① 在极客时间的《玩转 Spring 全家桶》课程中，我的理念是在一开始以实践为主，跳过对 Spring Framework 核心概念的介绍，之后在使用过程中通过例子进行说明。而且，考虑到网络上有大量介绍基础概念的文章，大家应该并不陌生。但事实是，对于初学者而言，能在一开始先学习基础概念，效果会更好。所以，在本书的撰写过程中，我特意将这块拼图补齐了。

如果你是一位初学者，刚开始接触 Spring，建议你跟随本书的内容脉络，一章一章地进行学习，并动手实现书中的例子。由于本书的篇幅较长，如果你时间有限，建议优先阅读前三部分，并且跳过其中的第 8 章和第 11 章的进阶内容。当然，大家最好是能够通读全书后再根据自己的实际掌握情况查缺补漏。

如果你是一位有一定经验的开发者，已经用 Spring 开发过一些实际的项目了，可以跳过书中各个章节中的基础内容（例如第 2 章中的 2.1 节和 2.2 节就是 IoC 容器和 Bean 的基础知识），直接阅读进阶部分的内容，想必你会对那里的内容更感兴趣。你可以根据自己想要了解的内容，或者是遇到的问题，直接通过目录定位到特定的章节，快速通读后，对相关内容构建个大概的认识，说不定还能直接找到答案。

无论是否有经验，我都推荐大家读读书中的"茶歇时间"。"茶歇时间"的内容包罗万象，跟相应章节的内容关联紧密，其中一部分是我的个人经验、深度思考的体现（例如技巧、行业热门问题分析等），还有一部分是专门为大家学习而设计的关联知识（例如背景知识、实现原理等）。值得一提的是，本书将"茶歇时间"也编进了目录，方便大家快速定位。

最后，希望大家把本书作为 Spring 的参考手册，放在电脑边，经常翻翻，基础知识怎么巩固都不为过。

本书资源

本书有大量的代码示例，书中的代码只是片段，GitHub 上提供了完整可运行的工程，可以从 https://github.com/digitalsonic/learning-spring-samples/ 下载。另外，你也可以从图灵社区本书主页[①] 下载打包好的代码。

本书的内容涉及大量开源项目，下表罗列了其中的主要项目及其版本。

本书涉及的主要开源项目及其版本

项目名称	版　　本	项目名称	版　　本
Caffeine	2.9.3	Druid	1.2.8
Dubbo	2.7.15	Hibernate	5.6.4.Final
Hibernate Validator	6.2.0.Final	HikariCP	4.0.3
HttpComponents	4.5.13	Jackson JSON	2.13.1
Jasypt	1.9.3	Java JWT	0.11.2
Joda Money	1.0.1	Junit Jupiter	5.8.2
Lombok	1.18.22	Micrometer	1.8.2
MyBatis	3.5.9	MyBatis Generator	1.4.0
MyBatis PageHelper	5.3.0	MyBatis Plus	3.5.1
MyBatis Spring	2.0.7	OKHttp3	3.14.9
OkHttp3 MockWebServer	3.14.9	P6Spy	3.9.1

---

① 图灵社区本书主页为：https://www.ituring.com.cn/book/2910，你可以通过这个页面下载本书资源、提交勘误，在留言区反馈意见等。

（续）

项目名称	版　　本	项目名称	版　　本
Resilience4j	1.7.0	Sentinel	1.8.3
Spring Boot	2.6.3	Spring Cloud	2021.0.1
Spring Cloud Alibaba	2021.0.1.0	Spring Cloud Gateway	3.1.1
Spring Cloud Sleuth	3.1.1	Spring Cloud Stream	3.2.2
Spring Data JPA	2.6.1	Spring Data Redis	2.6.3
Spring Framework	5.3.15	Spring Native	0.11.5
Spring Security	5.6.1	Spring Session	2021.1.1
Thymeleaf	3.0.14.RELEASE	Tomcat	9.0.56

勘误

由于 Spring 家族十分庞大，各个产品的迭代速度也很快，再加上自己才疏学浅，书中难免会存在一些错误，希望大家能够将这些信息反馈给我，以便再次印刷时进行修订。如果有什么问题，也欢迎大家一起探讨，大家可以通过电子邮件 digitalsonic@sina.com、新浪微博 @digitalsonic 或者图灵社区与我或本书编辑取得联系。

致谢

一本书从构思到写作再到最终能够出版，是一个系统性的大工程。这个过程中需要很多人的共同努力，没有你们，这个任务将永远无法完成。

首先，感谢家人，感谢你们让我在繁忙的工作之余还能有时间去完成本书的编写，没有你们的支持，是很难坚持两年的"不断输出"的。

其次，感谢促成本书的编辑刘美英，没有你最初的"怂恿"也许就不会有后面的故事。在本书撰写过程中，有时我会感觉自己与读者之间有道"鸿沟"，你的许多建议帮我跨越了这道鸿沟。

再次，感谢成长过程中一路陪我走过的各位好友，在此就不一一列举各位的名字了，你们是我学习和进步的榜样。没有你们，也许我就不会走上编程的道路，不会接触技术翻译和写作，不会跟同行进行思想碰撞，甚至可能不会从事这个行业……如果是那样，我的人生一定会是另一番光景。

最后，也是最重要的，必须要感谢捧起这本书的你，谢谢各位读者朋友愿意将自己宝贵的时间花在这本书上。在知识获取方面，哪怕本书只能帮上一点儿小忙，我都将不胜荣幸。但是，我更希望它能够超出你的"预期"，除了帮助你牢牢掌握 Spring，还能协助你构建完善的 Java 开发技能，养成优秀的编程习惯。

在本书的内容编写上，作为作者，我已全力以赴。现在，请大家与我同行，也请你竭尽所能——这次，我们一定要学透 Spring ！

丁雪丰

2022 年 10 月 1 日于上海

目　　录

第四部分　使用 Spring 开发微服务

第一部分

Spring 入门

第 1 章
初识 Spring

本章内容
- ❑ Spring 发展历史概述
- ❑ Spring 家族主要成员介绍
- ❑ 编写一个简单的 Spring 程序
- ❑ 全书实战案例概述

希望本书能够系统地帮助各位透彻掌握 Spring 在实际开发中的应用，具体而言包括 Spring Framework、Spring Boot 与 Spring Cloud 等重要组件。在展开学习各个部分之前，大家很有必要先了解一下 Spring 的发展历史，同时对 Spring 家族的全貌有一个大致认识。书中还有一个贯穿全书的实战案例，在本章，我们也会对这个案例做个大概的说明。

1.1　认识 Spring 家族

不知从何时开始，Spring 这个词开始频繁地出现在 Java 服务端开发者的日常工作中，很多 Java 开发者从工作的第一天开始就在使用 Spring Framework，甚至有人调侃"不会 Spring 都不好意思自称是个 Java 开发者"。既然 Spring 这么重要，在本书一开始的这一节我们就来学习一下 Spring 的发展历史，认识下 Spring 家族的主要成员。

1.1.1　Spring 发展历史

Java 平台分为针对移动应用的 J2ME、针对普通应用的 J2SE，以及针对企业应用的 J2EE（三者现在分别称为 Java ME、Java SE 与 Java EE）。随着开发需求的日益增长，J2EE 也变得越来越复杂，其中一项重要工作就是编写 EJB，如果没有类似 JBuilder[①] 等 IDE 工具的支援，EJB 2.x 的开发经历可谓"令人抓狂"。

2002 年，Rod Johnson[②] 出版了著名的 *Expert One-on-One J2EE Design and Development*，而后又

---

① Borland 公司开发的一款 Java 开发工具，曾经风靡一时。Borland 还有其他几款著名的产品，比如 Delphi。
② Rod Johnson，Spring Framework 的发明者，多个 JSR 规范的专家，拥有相当丰富的技术背景。Rod 在 2004 年创办了专业的 Spring 咨询公司 Interface21（后更名为 SpringSource）。2009 年，SpringSource 被 VMWare 收购。目前，Rod 担任软件交付自动化公司 Atomist 的 CEO。

在 2004 年出版了 *Expert One-on-One J2EE Development without EJB*[①]。这两本书对 J2EE 当时存在的各种问题进行了深入剖析，还提出了一套解决方案——Spring Framework，它正是对 Rod Johnson 一系列思想的实践。

Spring Framework 成型于 2003 年，其 1.0 正式版于 2004 年 3 月 24 日发布[②]。从一开始，Spring Framework 就没有打算站在 J2EE 的对立面上，而是对它进行补充——不仅是依赖注入（Dependency Injection）和 AOP（Aspect Oriented Programming，面向切面编程），它的大量模块都让 J2EE 应用的开发变得轻松了。虽然后续的 EJB 3.x 也开始走轻量化的路线，但 Spring Framework 已然成了行业的事实标准，但凡大家聊到 J2EE 或者 Java EE，一定会包含 Spring Framework。

在国内，开发者们也紧跟行业的步伐，持续关注 Spring Framework 的发展。一群对技术充满热情的人创建了 Spring 中文用户组[③]，翻译了 Spring Framework 1.x 的官方文档和 Rod Johnson 的 "Introduction to the Spring Framework" 等材料。满江红技术社区[④]与 Spring 官方取得了联系，连续翻译了 Spring Framework 2.0 与 2.5 两个版本的官方文档。此外，满江红还在 2006 年翻译出版了 *Pro Spring* 中文版《Spring 专业开发指南》。在知名技术论坛 JavaEye[⑤]上，也有很多热烈讨论 Java EE 与 Spring Framework 的内容，甚至不乏开发者之间激烈的论战；前文中提到的《Expert One-on-One J2EE Development without EJB 中文版》也是由 JavaEye 论坛的几位成员一同翻译的。正是大家的这些努力，对 Spring Framework 在国内的发展起到了极大的推动作用。

Spring Framework 的模块化设计得非常出色，用户可以根据实际情况分别引入自己需要的模块。在早期版本中，它还会贴心地提供一个包含所有内容的 Jar 包，但后来取消了这个做法。这就导致了什么问题呢？每当用户在决定要依赖什么模块时，只能自行判断该模块还需要哪些下游依赖，但又不确定不同的依赖、不同版本的依赖是否有不兼容的情况。后来的 Spring Boot 解决了这个问题，加之强大的自动配置与面向生产的各种能力，让应用的开发如虎添翼。如今的新工程，几乎都是基于 Spring Boot 进行开发的。在云计算已成为标配的大背景下，Spring Cloud 也应运而生，为开发云原生 Java 应用提供了很好的支持。

随着 Spring 家族日益壮大，Spring 这个名字的含义也在发生着变化。早期的 Spring 仅指代 Spring Framework，后来基于 Spring Framework 孵化出了大量的项目，Spring 的含义变成了指代 Spring 家族。为了避免理解上的歧义，本书也按后者进行表述，大部分情况下不会将 Spring Framework 或其他任何特定项目缩写为 Spring。

---

① 中文版《J2EE 设计开发编程指南》和《Expert One-on-One J2EE Development without EJB 中文版》，由电子工业出版社分别于 2003 年和 2005 年出版。

② 相关介绍详见 "Spring Framework 1.0 Final Released"，大家可以通过 Spring 官方网站查看了解。

③ 创始人为杨戈。后来 Spring 中文用户组的很多文档翻译工作都合并到了满江红技术社区。

④ 创始人为曹晓钢。满江红技术社区翻译了大量优秀开源项目的文档，除了 Spring Framework，还有 JBoss Seam 等很多文档。当时社区的成员天南海北，大家通过邮件列表、wiki 即时通信工具等方式进行沟通，完成了文档的翻译、一审和二审。在 Spring Framework 3.0 发布时，考虑到国内已经有了大量的学习材料，且大家已经接受了 Spring Framework 作为行业标准，就没有继续翻译的工作。

⑤ 创始人为范凯。随着论坛的发展，JavaEye 的讨论内容逐渐由单一的 Java 过渡到 Java 与 Ruby on Rails 相结合。论坛于 2010 年被 CSDN 收购，后更名为 ITeye。

1.1.2 Spring 家族主要成员

Spring 家族早期就只有少数几个围绕 Spring Framework 的项目。随着各种功能的不断演进，很多模块从 Spring Framework 中脱离出来以独立项目的形式发展，也有些项目从一开始就是在 Spring Framework 的基础上单独开发的。为了让大家能对 Spring 家族的项目有个大概的印象，下面我们先简单介绍一下家族中的几个主要成员。

1. Spring Framework

首先要介绍的当然是 Spring 家族中的第一位成员——Spring Framework，它为现代 Java 企业应用提供了一整套完整的开发与配置模型。正如前文所述，它的出现改变了 Java EE 项目的开发方式。

Spring Framework 的功能非常丰富，除了核心的依赖注入、AOP、资源管理等特性，还有完善的数据访问能力，在事务管理、ORM 框架支持等方面都有不错的表现。在 Web 开发方面，Spring MVC 早已取代了 SSH 组合[1]中的 Struts，成为 Java Web 的主流框架；Spring Framework 5 推出的响应式 Web 框架 Spring WebFlux 也逐步崭露头角。除此之外，Spring Framework 中还有很多非常实用的功能，例如调度任务支持、缓存抽象等。

Spring Framework 的成功与其设计哲学密不可分。在基于 Spring Framework 开发的项目中，开发者拥有很高的灵活度，框架为多种相似功能的第三方组件提供了一致的抽象，选择 Hibernate 还是 MyBatis 真的不是个大问题。Spring Framework 的开发团队对代码质量的要求相当严苛，不仅在 API 的设计上追求精益求精，就连源码生成出来的 JavaDoc 文档读起来都令人赏心悦目。

Spring Framework 总是紧跟技术发展，开发者社区也很活跃，所支持的 JDK 和组件一直在升级，每 3~4 年会有个重大版本发布。在本书编写时，当前的主要版本是 5.3.x，而新一代的 6.0 版本也已经发布了 SNAPSHOT，各主要版本的信息如表 1-1 所示。Spring Framework 各版本之间的兼容性还是比较好的，特别是核心的那些功能，几乎可以说在升级时能无缝平移。但升级也不是没有代价——抛开依赖的各种库的版本变化，框架自己的一些配置默认值有可能变化，有些功能可能会被淘汰。因此，如果你进行了版本升级，尤其是大版本升级，最好对系统做一轮完整的回归测试。

表 1-1　Spring Framework 各主要版本的信息[2]

版本	支持的 JDK 版本	官方 EOL
6.0.x	JDK 17~21（预期）	
5.3.x	JDK 8~19（预期）	2024 年 12 月
5.2.x	JDK 8~15	2021 年 12 月
5.1.x	JDK 8~15	2020 年 12 月
5.0.x	JDK 8~10	2020 年 12 月
4.3.x	JDK 6~8	2020 年 12 月

① SSH 的三个字母分别指代 Spring Framework、Struts 和 Hibernate。SSH 组合曾风靡一时，不过 Struts 逐步淡出了人们的视野。其中的原因，除了 Spring MVC 的强势崛起，Struts 本身的问题也非常之多，比如 Struts 存在大量的安全漏洞。
② 因为本书编写时 JDK 的最新版本是 18，所以对于 5.3.x 和 6.0.x 所支持的最大 JDK 版本，官方只给了个预期。EOL 是 end-of-life 的简写，代表了官方维护的最后时间，在此之后不会再提供任何升级。需要注意的是，这里指的是开源版的 EOL，对于商用版，在此时间之后，官方还可以提供一段时间的商业支持。

以升级到 6.0.0 为例,由于对 Java EE 的支持整体升级到了 Jakarta EE 9,很多注解和类的包名发生了变化。像 @Inject、@PostConstruct 和 @PreDestroy 都放到了 jakarta 包下,但框架还能兼容 javax 包里的注解;不过数据访问层 javax.persistence 里的东西就没办法兼容了,需要调整代码,使用 jakarta.persistence 中的对应内容。此外,也要注意 Maven 中的依赖,各种组件需要替换为带有 -jakarta 后缀的。虽然看起来有点麻烦,但对比 Python 2.x 升级到 Python 3.x,这已经很幸福了。

Spring Framework 是 Spring 家族所有成员的基础。各位想要学透 Spring,就必须要掌握 Spring Framework 的核心要点和开发实践。

2. Spring Boot

如果说 Spring Framework 提升了 Java EE 项目的开发体验,那么 Spring Boot 则降低了开发生产级 Spring 应用的门槛。只需轻松几步就能构建一个可以投产的应用,其中包含了健康检查、监控、度量指标、外化配置等生产所需的功能。

Spring Boot 提供的**起步依赖**(starter dependency)很好地解决了 Spring 应用的依赖管理困境——按功能组织依赖,降低了开发者的心智负担。此外,Spring Boot 的依赖经过了严格的兼容性测试,开发者再也不用为到底该加什么依赖而犯愁了。

Spring Boot 的另一大亮点是**自动配置**。该功能减少了 Spring 应用的配置量,极端情况下甚至可以做到零配置。Spring Boot 可以根据多种条件自动判断是否需要做相应的配置,开发者也可以自行进行微调。Spring 团队曾开发过一个名为 Spring Roo 的项目,其目的就是帮助开发者生成所需的代码和配置。有一次我与 Spring 团队的 Josh Long 聊到自动配置,他说:"如果一段配置可以生成,那为什么还要让开发者来配置呢?"相信这也是 Spring Boot 自动配置功能背后的哲学。

与 Spring Framework 类似,Spring Boot 的开发也很活跃,并且遵循一定的发布周期:大概每 6 个月会有一个版本发布,其间如有需要会安排发布相关的补丁版本。大版本通常会支持 3 年以上的时间,小版本则会提供至少 12 个月的支持。在 Spring Boot 2.4.0 之前,版本都带后缀,例如 2.3.5.RELEASE;从 2.4.0 版本开始,版本直接就是 2.4.0。在本书编写时,当前版本为 2.6.x,而 2.7.x 和 3.0.0 的 Spring Boot 已经发布了 SNAPSHOT。表 1-2 罗列了 Spring Boot 各主要版本的一些信息。

表 1-2　Spring Boot 各主要版本的信息

版本	支持的 JDK 版本	对应的 Spring Framework 版本	官方 EOL
3.0.x	JDK 17~21(预期)	6.0.x	
2.7.x	JDK 8~19(预期)	5.3.x	2023 年 5 月
2.6.x	JDK 8~19(预期)	5.3.x	2022 年 11 月
2.5.x	JDK 8~19(预期)	5.3.x	2022 年 5 月
2.4.x	JDK 8~19(预期)	5.3.x	2021 年 11 月

3. Spring Cloud

随着云计算、微服务等概念的普及,大量应用程序逐步从单体应用发展到了分布式系统,但开发一套分布式系统又谈何容易。大公司有庞大的基础设施团队维护各种中间件,提供各种底层支持,让业务团队能聚焦在业务逻辑上，不用操心基础的分布式系统能力；小公司往往没有大公司的资源，需要自己在各种设施上摸爬滚打，各种踩坑。现在有了 Spring Cloud，一切都变得简单了，无论是谁都可以站在巨人的肩膀上，用简单的代码就可以实现高可靠的分布式系统。

Spring Cloud 构建在 Spring Boot 提供的各种功能之上，例如用到了起步依赖与自动配置。两者在实践中会有一些对应关系，为了避免出现一些兼容性的问题，官方也给出了一个推荐的版本指南。早期的 Spring Cloud 采用伦敦的地铁车站作为 Release Train 号①，按字母顺序从前往后排列，但这的确不便于记忆，所以后来又增加了年份加数字的方式。表 1-3 罗列了最近几个 Spring Cloud 版本对应的 Spring Boot 版本。

表 1-3　最近几个 Spring Cloud 版本对应的 Spring Boot 版本

Spring Cloud 版本	对应的 Spring Boot 版本
2021.0（别名为 Jubilee）	2.6.x
2020.0（别名为 Ilford）	2.4.x，从 2020.0.3 开始对应 2.5.x
Hoxton	2.2.x，从 SR5 开始对应 2.3.x
Greenwich	2.1.x
Finchley	2.0.x

Spring Cloud 并不是一个模块，而是一系列模块的集合，它们分别实现了服务发现、配置管理、服务路由、服务熔断、链路追踪等具体的功能。早期的 Spring Cloud 大量借鉴并引入了 Netflix 的最佳实践，Spring Cloud Netflix 就是基于 Netflix 的开源设施进行开发的。随后，在 Spring Cloud 的统一编程模型下，也出现了 Spring Cloud Zookeeper、Spring Cloud Consul 等基于流行开源设施的模块，并在这些设施之上提供服务发现、服务配置等功能。

表 1-4 为大家筛选了一些主要的 Spring Cloud 子模块并加以简单说明（按字母序排序）。各子模块都有自己的独立版本，因此各模块版本的 EOL 等信息可以在官网各模块的 SUPPORT 板块里查看。

表 1-4　Spring Cloud 部分子模块

项　目　名	功　　能
Spring Cloud Bus	提供一个基于分布式消息的事件总线，可以方便地在集群中传播状态变更
Spring Cloud Config	提供一个基于 Git 仓库的集中式配置中心
Spring Cloud Consul	基于 Hashicorp Consul 实现服务发现与服务配置能力
Spring Cloud Data Flow	提供了一套完整的云原生服务编排功能，包含简单易用的 DSL、拖曳式的 GUI 和 REST-API，支持海量数据的批处理和流式处理
Spring Cloud Gateway	提供基于 Project Reactor 的智能服务路由的能力
Spring Cloud Netflix	整合大量 Netflix 的开源设施，比如 Eureka、Hystrix、Zuul 等
Spring Cloud OpenFeign	基于 OpenFeign，通过声明式 REST 客户端来访问分布式系统中的服务

---

① Release Train 可以直译为发布火车。由于现在软件的一个版本发布会涉及不同的产品，条线众多，产品之间需要互相协调，不少公司就引入了火车发版模型——如果多个产品能赶上同一时间发布就"上车"，如果某个产品赶不上就"下车"，不跟这次发布，也不会影响别的产品。Spring Cloud 是个庞大的项目，下面有大量的子项目，所以也采用了类似的发布机制。此外，每个大的 Release Train 里还会分多个小版本，即 Service Release（SR）。

（续）

项 目 名	功 能
Spring Cloud Sleuth	提供分布式服务请求链路分析的能力
Spring Cloud Stream	提供轻量级的事件驱动能力，通过声明式的方式来使用 Apache Kafka 或者 RabbitMQ 收发消息
Spring Cloud Zookeeper	基于 Apache Zookeeper 实现服务发现与服务配置能力

4. Spring Data

Spring Framework 为传统的关系型数据库操作提供了统一的抽象，无论是事务管理还是数据访问模板，使用起来都让人得心应手。随着数据库技术的不断发展，涌现了大量的新技术和新产品，如果把对它们的支持都放入 Spring Framework 中，会导致框架十分臃肿，于是就有了 Spring Data。

Spring Data 与 Spring Cloud 一样包含了相当多的子模块，其中的内容非常丰富，囊括了 JDBC 增强功能、JPA 支持、不同类型的 NoSQL 支持以及对 REST 资源的支持。虽然底层的数据库种类繁多，但 Spring Data 还是在此之上提供了诸如仓库（Repository）和模板（Template）这样的统一抽象，确保了 RDBMS、Redis、MongoDB 等数据库的操作都具有相似的编程模型。

表 1-5 为大家筛选了一些主要的 Spring Data 子模块并加以简单说明（按字母序排序），其中有些是 Spring 官方提供的，有些则是由社区维护的。

表 1-5　Spring Data 部分子模块

项 目 名	功 能
Spring Data Commons	提供每个 Spring Data 模块都需要依赖的核心概念
Spring Data Couchbase	提供 Couchbase 相关的支持（Couchbase 是一款文档型 NoSQL 数据库）
Spring Data Elasticsearch	提供 Elasticsearch 相关的支持（Elasticsearch 是一款分布式的全文搜索引擎）
Spring Data JDBC	为 JDBC 提供仓库支持
Spring Data JPA	为 JPA 提供仓库支持，底层使用 Hibernate 作为 JPA 实现
Spring Data LDAP	为 LDAP（Lightweight Directory Access Protocol，轻量级目录访问协议）提供仓库支持（LDAP 是一种开放的工业标准）
Spring Data MongoDB	提供 MongoDB 相关的支持（MongoDB 是一款文档型 NoSQL 数据库）
Spring Data Neo4j	提供 Neo4j 相关的支持（Neo4j 是一款图数据库）
Spring Data Redis	提供 Redis 相关的支持（Redis 是一款键值型 NoSQL 数据库）
Spring Data REST	将 Spring Data 仓库发布为超媒体驱动的 REST 资源

1.2　编写第一个 Spring 程序

Spring 虽然功能丰富，项目繁多，但大家也不用担心无从下手，因为 Spring 程序的开发也可以非常简单。本节就先带大家一步步地开发一个简单的程序，让大家对 Spring 的开发过程有个直观的体验。

1.2.1 基础环境准备

因为我们要开发的是 Java 应用，所以需要先在电脑上准备 Java 开发环境。Java 开发环境需要安装的软件如表 1-6 所示。

表 1-6　Java 开发环境需要安装的软件

软件名称	说　明
JDK	Java 开发工具包（Java Development Kit），建议使用 LTS[①] 版本，即 Java 8、11 和 17
Maven	开源项目管理与构建工具，帮助管理依赖与项目构建过程
IDE	集成开发环境，可以选择 IntelliJ IDEA 或者 Eclipse

1. 安装 JDK

提到 JDK，大家会先想到 Oracle JDK。由于 Oracle 的商业策略调整[②]，自 2019 年 4 月 16 日起的 Oracle JDK 版本不可免费用于商业目的，如有需要可以订阅其服务。如果出于个人学习目的，我们可以继续使用 Oracle JDK，但也可以使用 OpenJDK[③]。本书主要使用 OpenJDK，同时会在需要的地方介绍 Oracle JDK。

> 请注意　如无特殊说明，本书的示例将全部运行于 Java 11 之上，因为书中示例都使用了 Spring Boot 2.6.*x*。从 Spring Boot 3.0 开始，JDK 的最低版本变为了 Java 17，这时请安装 OpenJDK 17 或其他对应的版本。

- **Mac 与 Linux**

在 macOS 和 Linux 上，有很多包管理工具可以帮助我们安装 JDK，比如 macOS 上的 HomeBrew（使用 `brew cask install java11` 命令）。为了方便安装和管理，我们在两个平台上都使用 SDKMAN 来安装 JDK。

在终端窗口中输入如下命令安装 SDKMAN：

```
curl -s "https://get.sdkman.io" | bash
```

安装完成后，再打开一个终端，输入：

```
source "$HOME/.sdkman/bin/sdkman-init.sh"
```

---

① LTS（Long Term Support），即长期支持，Oracle 会对 LTS 版本提供长期付费支持，Oracle JDK 8 最长支持到 2030 年 12 月，Oracle JDK 11 最长支持到 2026 年 9 月，Oracle JDK 17 最长支持到 2029 年 9 月。

② 详见 "Oracle Technology Network License Agreement for Oracle Java SE"。

③ 可以从 OpenJDK 官网下载源码，也可以从 Adoptium 下载预先编译好的安装包。Adoptium 的前身是 AdoptOpenJDK，后者于 2021 年 7 月 24 日加入 Eclipse 基金会，改名为 Adoptium，成为顶级项目。Adoptium 的 OpenJDK 发行版名称是 Eclipse Temurin。

通过 sdk version 命令可检验安装是否成功。如果正常的话，可以看到类似下面的输出：

```
==== BROADCAST ========================================================
* 2022-01-28: groovy 4.0.0 available on SDKMAN!
* 2022-01-27: micronaut 3.3.0 available on SDKMAN!
* 2022-01-27: ki 0.4.5 available on SDKMAN! https://github.com/Kotlin/kotlin-interactive-shell/releases/tag/v0.4.5
=======================================================================

SDKMAN 5.12.4
```

在 https://sdkman.io/jdks 页面上可以看到 SDKMAN 支持的 JDK 版本信息。也可以通过 sdk list java 命令获得当前操作系统可用的 JDK 信息。我们使用如下命令安装 OpenJDK 11.0.2（注意，安装时会进行下载操作，可能比较慢[①]）：

```
▶ sdk install java 11.0.2-open
```

正常的话，应该会看到如下输出：

```
Downloading: java 11.0.2-open

In progress...

##############################################################################################
################################## 100.0%

Repackaging Java 11.0.2-open...

Done repackaging...
Cleaning up residual files...

Installing: java 11.0.2-open
Done installing!


Setting java 11.0.2-open as default.
```

如果已经在本地安装好了一个 JDK，也可以让 SDKMAN 来进行托管。例如，之前通过 HomeBrew 在 Mac 的 /Library/Java/JavaVirtualMachines/jdk1.8.0_192.jdk 目录中安装了 OracleJDK 1.8.0_192，可以使用如下命令将其添加到 SDKMAN 中：

```
▶ sdk install java 1.8.0_192 /Library/Java/JavaVirtualMachines/jdk1.8.0_192.jdk/Contents/Home
```

随后，使用 sdk use java 1.8.0_192 在当前终端中切换 JDK 版本。使用 sdk default java 1.8.0_192 切换默认 JDK 版本，如要将默认 JDK 版本切换回 11.0.2 的 OpenJDK，就执行 sdk default java 11.0.2-open 命令。运行 java -version 命令可确认当前 JDK 版本，输出内容如下：

```
openjdk version "11.0.2" 2019-01-15
OpenJDK Runtime Environment 18.9 (build 11.0.2+9)
OpenJDK 64-Bit Server VM 18.9 (build 11.0.2+9, mixed mode)
```

---

① 由于网络原因，下载速度可能会比较慢，SDKMAN 的下载文件都放在 ~/.sdkman/tmp 中了。在执行 install 命令后，打开另外的终端，通过 ps ux|grep curl 找到下载的进程，其中有下载源地址与保存的目标文件路径。你可以使用其他下载软件事先下载好文件放到 ~/.sdkman/tmp 中，实现安装过程的加速。

- Windows

在 Windows 上，无法直接使用 SDKMAN。大家需要事先安装 Windows Subsystem for Linux（WSL）或者 Cygwin，随后才能安装使用 SDKMAN，具体步骤可以参考 SDKMAN 安装指南的 Windows Installation 部分。

我们也可以手动安装 OpenJDK，具体步骤如下：

(1) 从 https://jdk.java.net/java-se-ri/11 下载 OpenJDK 11 的 ZIP 包，例如 build 11+28 的压缩包是 openjdk-11+28_windows-x64_bin.zip；

(2) 将 ZIP 文件解压到某个目录中，解压后获得 jdk-11 目录，将其移动到 C:\Program Files\ OpenJDK[①]；

(3) 新增 Windows 环境变量 JAVA_HOME，它的值为上一步解压的目录，例如 C:\Program Files\ OpenJDK；

(4) 新增或修改 Windows 环境变量 PATH，它的值为 %JAVA_HOME%\bin;%PATH%。

设置后，可打开 CMD 命令行终端，执行 java -version 命令确认是否安装成功。

如果选择 Oracle JDK，则从 https://www.oracle.com/java/technologies/javase-downloads.html 下载 Java SE 11 安装包，可以选择 Windows x64 Installer 可执行文件安装，随后设置 JAVA_HOME 和 PATH 环境变量；也可以选择 Windows x64 Compressed Archive（ZIP 压缩包），按照上述相同的步骤安装。

2. 安装 Maven

Spring 项目支持使用 Maven 与 Gradle 来管理项目的依赖配置与打包等流程。本书的所有示例均选择 Maven，因此需要安装 Maven。如果选择使用 IDEA 作为 IDE，IDEA 中自带了 Maven，可以跳过安装的步骤，但还是建议单独安装最新版本的 Maven。

在 macOS 和 Linux 中，可以使用各操作系统的包管理工具安装 Maven，也可以与"安装 JDK"部分中一样，使用 SDKMAN 来进行安装。Spring Boot 官方要求使用的 Maven 版本必须在 3.3 以上，可以通过 sdk ls maven 命令找到可以安装的版本，也可以直接使用如下命令安装最新版本的 Maven：

```
▸ sdk install maven
```

顺利的话，会看到类似下面的输出：

```
Downloading: maven 3.6.3

In progress...

########################################################################################
#################### 100.0%

Installing: maven 3.6.3
Done installing!


Setting maven 3.6.3 as default.
```

---

① jdk-11 目录中包含 bin、lib 等子目录，将这些子目录复制到 C:\Program Files\OpenJDK 目录中；或者将 jdk-11 目录复制到 C:\Program Files，再重命名为 OpenJDK。

安装完成后，建议使用 `mvn -v` 命令验证安装是否成功。

在 Windows 中，可以通过如下步骤手动安装 Maven：

(1) 从 https://maven.apache.org/ 下载对应版本的二进制压缩包，例如 apache-maven-3.6.3-bin.zip；

(2) 解压，应该会得到一个 apache-maven-3.6.3 目录，将其复制到指定位置，例如 C:\Program Files\apache-maven-3.6.3；

(3) 将解压得到的 bin 目录配置到 PATH 中，例如将 C:\Program Files\apache-maven-3.6.3\bin 添加到 PATH 中。

> 请注意　无论是什么操作系统，在使用 Maven 的 `mvn` 命令前，都要确保正确安装了 JDK，并且设置了 `JAVA_HOME` 环境变量。

Maven 默认使用官方仓库，在国内访问时可能会比较慢，因此建议配置一个国内的仓库镜像，比如阿里云的镜像。可以访问 https://maven.aliyun.com/，根据其使用指南进行配置，即将如下内容添加到 Maven 安装目录的 conf/settings.xml 文件的 `<mirrors></mirrors>` 标签中：

```
<mirror>
    <id>aliyunmaven</id>
    <mirrorOf>*</mirrorOf>
    <name>阿里云公共仓库</name>
    <url>https://maven.aliyun.com/repository/public</url>
</mirror>
```

也可以在用户目录的 .m2 子目录中（比如 macOS 或 Linux 的 ~/.m2，Windows 的 C:\Users\ 用户名 \.m2）创建 settings.xml，文件内容如下：

```
<?xml version="1.0" encoding="UTF-8"?>
<settings xmlns="http://maven.apache.org/POM/4.0.0"
          xmlns:xsi="http://www.w3.org/2001/XMLSchema-instance"
          xsi:schemaLocation="http://maven.apache.org/POM/4.0.0
              http://maven.apache.org/xsd/settings-1.0.0.xsd">
    <mirrors>
        <mirror>
            <id>aliyunmaven</id>
            <mirrorOf>*</mirrorOf>
            <name>阿里云公共仓库</name>
            <url>https://maven.aliyun.com/repository/public</url>
        </mirror>
    </mirrors>
</settings>
```

3. 安装 IDE

开发本书示例所用的 IDE 是 IntelliJ IDEA，社区版（Community 版本）搭配插件就能完全满足需求，如果使用付费的商业版（Ultimate 版本）也是没问题的。

可以从 JetBrains 官网下载对应操作系统的 IntelliJ IDEA 安装包，直接安装即可。使用 macOS 的读者，也可以通过 HomeBrew 安装对应的版本（使用 `brew cask install intellij-idea-ce` 命令安装社区版）。值得一提的是，从 2020.1 版本开始，IDEA 开始官方支持中文语言了，需要的话可以自行从 Marketplace（插件市场）中安装中文插件。

在完成安装后，还需要做一些额外的操作。

❑ 首先，根据机器配置调整 IDEA 的启动参数，让 IDE 的运行更流畅[①]。在菜单中找到 Help → Edit Custom VM Options，在打开的 idea.vmoptions 文件中调整 -Xms 和 -Xmx 等 JVM 相关参数，例如：

```
-Xms1024m
-Xmx2048m
-XX:+UseConcMarkSweepGC
-Djava.net.preferIPv4Stack=true
-Dfile.encoding=UTF-8
```

❑ 其次，安装一些插件。本书会使用 Lombok，因此必须要安装 Lombok 插件。此外，为了方便查看 Maven 的 POM 文件，也建议安装 Maven Helper 插件。可以通过 Preferences 窗口的 Plugins 页面进入 Marketplace，查找到这两个插件，安装即可。

1.2.2 通过 Spring Initializr 创建工程

在正式编码前，需要创建一个工程骨架，完成一些最基本的初始化工作，比如搭建目录结构、初始化 Maven 的 pom.xml 文件（如果使用 Gradle 的话则是初始化 build.gradle 文件）以及生成启动类，等等。Spring 官方为我们提供了一个新工程的初始化工具——Spring Initializr（https://start.spring.io），可以通过它快速创建一个空白工程。

在浏览器中访问 https://start.spring.io，填写具体的信息：

(1) Project（项目），选择 Maven Project；

(2) Language（语言），选择 Java；

(3) Spring Boot，选择一个版本（这里只会出现最近的几个版本，例如，2.6.3 版本）；

(4) Project Metadata（项目元数据），填写基本的 Maven 工程信息（见图 1-1）；

(5) Packaging（打包方式），选择 Jar；

(6) Java，选择 11（即使用 Java 11 版本）；

(7) Dependencies（依赖），点击 ADD DEPENDENCIES（添加依赖），增加 Spring Web 依赖项。

具体设置如图 1-1 所示。

填写完所有信息后，点击 GENERATE（生成），即可下载 helloworld.zip 压缩包。

阿里云基于 Spring Initializr 的代码制作了一套 Aliyun Java Initializr[②]，在国内访问速度较快，而且是中文界面，其中还包括了一些 Spring Cloud Alibaba 和阿里云的依赖项，如图 1-2 所示。不过，阿里云的 Aliyun Java Initializr 在版本更新上会稍微落后于 Spring Initializr，大家可以根据情况自行选择。本书的示例代码均使用 Spring Initializr 来生成。

---

① 一些参数需要根据电脑的实际情况进行调整，比如 -Xms 和 -Xmx 就是指定 JVM 堆内存的初始大小和最大值的。

② 可以先访问 https://start.aliyun.com，随后选择其中的"Java 工程脚手架"。或者直接访问 https://start.aliyun.com/bootstrap.html。

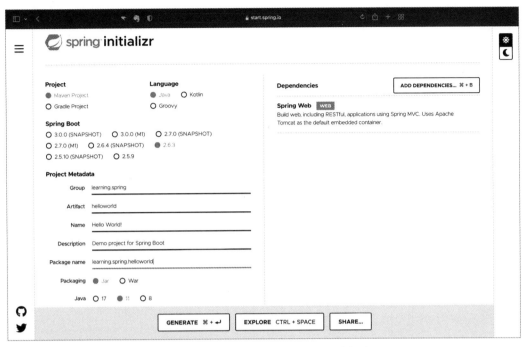

图 1-1　在 Spring Initializr 中初始化新工程

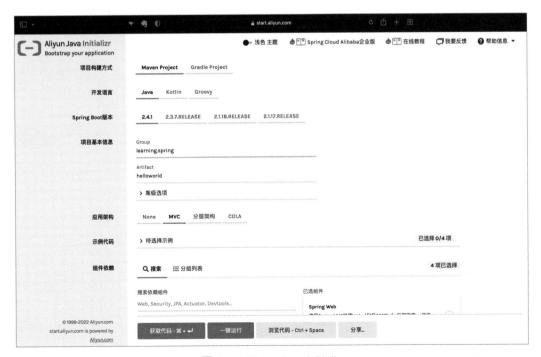

图 1-2　Aliyun Java Initializr

在下载完 helloworld.zip 后，将其解压到某个目录中。在 ~/Codes 中建立一个 learning-spring-samples 目录，后续的示例都会按章节目录存放，例如 ~/Codes/learning-spring-samples/ch1/helloworld 中就是本节创建的 helloworld 示例。

在 IDEA 的欢迎界面点击 Open or Import（打开或导入），选择 ~/Codes/learning-spring-samples/ch1/helloworld，就可以打开这个工程了。通过 IDEA 菜单的 File → Open 也可以用同样的方式打开工程。打开后的工程如图 1-3 所示。

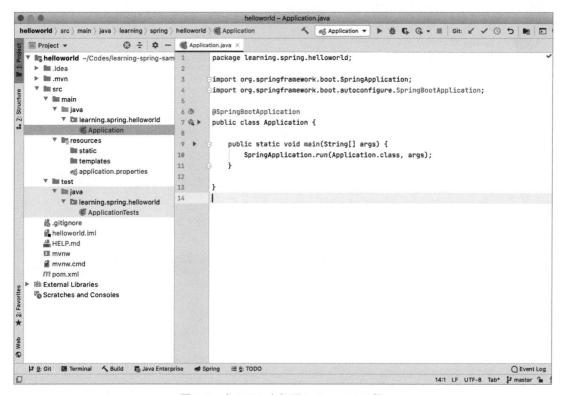

图 1-3 在 IDEA 中打开 helloworld 工程

可以看到，这是一个标准的 Maven 工程结构，生成的骨架主要包含以下内容：

❑ 包含工程元数据、依赖和插件配置的 pom.xml；

❑ 工程的入口程序 Application（名字可能会有所不同）；

❑ 工程的配置文件 application.properties；

❑ 测试类 ApplicationTests。

1.2.3 编写简单的 REST 服务

在 Spring Framework 和 Spring Boot 的帮助下，我们可以很方便地编写可执行的 REST 服务。如代码示例 1-1 所示，可以简单地在 Application 类中增加一些注解和方法。

代码示例 1-1 HelloWorld 演示

```java
package learning.spring.helloworld;

import org.springframework.boot.SpringApplication;
import org.springframework.boot.autoconfigure.SpringBootApplication;
import org.springframework.web.bind.annotation.RequestMapping;
import org.springframework.web.bind.annotation.RestController;

@SpringBootApplication
@RestController
public class Application {

    public static void main(String[] args) {
        SpringApplication.run(Application.class, args);
    }

    @RequestMapping("/helloworld")
    public String helloworld() {
        return "Hello World! Bravo Spring!";
    }
}
```

　　这个程序的作用就是处理 /helloworld 的请求，输出一段文本。Application 类成功执行后，可以看到如图 1-4 所示的日志，图片中的 "Tomcat started on port(s): 8080" 日志说明 Tomcat 启动成功，监听了 8080 端口；"Started Application in 1.559 seconds" 日志说明程序启动成功，耗时 1.559 秒。

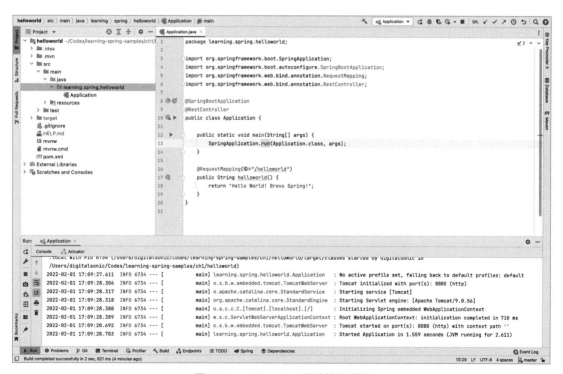

图 1-4 Application 类的执行日志

在浏览器中访问 http://localhost:8080/helloworld 就能看到程序的输出，如图 1-5 所示。

图 1-5　程序输出

1.3　实战案例说明

本书设计了一个贯穿全书的实战案例，接下来我们会对这个案例的需求、模块设计等内容做个详细的说明，以便大家可以更好地理解，从而学会设计自己的案例。

1.3.1　需求描述

曾几何时，同事们一起开玩笑说，如果哪天不写程序了，就在高科技公司集中的园区附近找个店面，开家奶茶店。鉴于目前大家依然很热爱程序员这个行当，所以一直没有转行 ①，但这不影响我们拿奶茶店来做例子，我们就给这家店起名为"二进制奶茶"（BinaryTea）吧。

既然是程序员开的奶茶店，整个交互系统自然要"高端、大气、上档次"——没有现金交易，没有收银员，下单与支付的全部流程让顾客（Customer）通过程序（BinaryTea）完成。收到订单后，店铺系统通知调茶师（TeaMaker）按订单制作奶茶，操作实在有困难的到店顾客，可以让服务员通过 Web 页面帮忙下单。制作完毕后，顾客再根据订单号领取饮料。大致的流程如图 1-6 所示。

① 实际上，当时参与讨论的那些同事也都还奋战在互联网系统开发和运维工作的第一线，谁都没成为奶茶店老板。

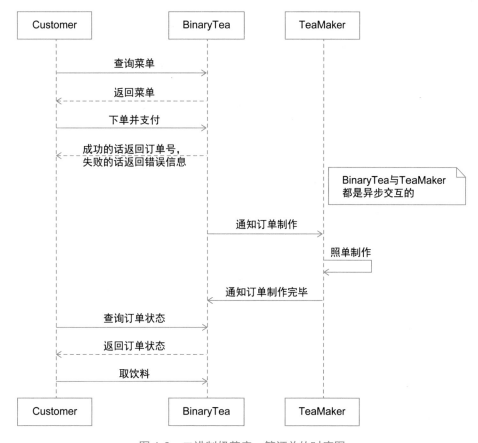

图 1-6　二进制奶茶店一笔订单的时序图

图 1-6 中列出的只是最基本的流程，在实际生产中还有很多问题要考虑，比如根据调茶师的人数调节接收订单的频率，调茶师如何登录到 BinaryTea 中告诉系统自己准备好开工了，等等。

1.3.2　模块说明

在我们的实战案例系统中，共有三个模块。

❑ BinaryTea，核心模块，用于处理订单，协调顾客和调茶师的各种行为。

❑ Customer，顾客端，用于模拟顾客的行为。

❑ TeaMaker，调茶师端，用于模拟调茶师的行为。

此外，这些模块要想正常运作，还要依赖数据库和缓存；在进入 Spring Cloud 章节后，还会增加诸如注册中心、配置中心、消息中间件等基础设施。这时候，系统的大致部署结构如图 1-7 所示。

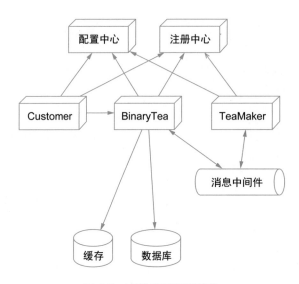

图 1-7　实战案例部署结构

BinaryTea 是整个案例的核心，也是我们从一开始就要创建的模块，它的主要用例如图 1-8 所示。

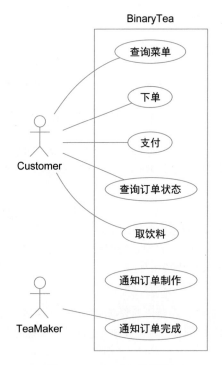

图 1-8　BinaryTea 用例图

从图 1-8 可以看到，Customer 和 TeaMaker 都会与 BinaryTea 交互——本书前半段示例基本是围绕 Customer 与 BinaryTea 展开的，进入 Spring Cloud 相关章节后再引入 TeaMaker。

Customer 模块主要是模拟顾客的行为。简单起见，每个 Customer 同一时间只能存在一笔未完成的订单。在介绍 Spring MVC 时，我们也会为 BinaryTea 增加 Web 页面，可以通过 Web 页面进行查询菜单与下单的操作。

TeaMaker 模块主要是模拟调茶师的行为。调茶师根据订单进行奶茶的制作。为了更真实一些，每次制作奶茶会运行 sleep()，增加延时。完成订单后再通知 BinaryTea。

1.4　小结

通过本章，大家先对 Spring 有了一个总体认识。

我们不仅聊了 Spring 诞生的背景，还聊了它在国内的发展历程。

鉴于 Spring 早已不是单一的 Spring Framework 了，我们还介绍了 Spring 家族的几个主要成员，在后续章节中大家会进一步接触到关于它们的更多内容。

作为全书的第 1 章，内容以铺垫为主，我们带大家一起准备了后续示例所需的环境，并写了个简单的小程序热热身。你发现了吗？编写一段可以运行的代码，也不是那么高不可攀的事，在现代框架和 IDE 的支持下，一切都可以很简单。

最后，本章还对贯穿全书的实战案例做了个说明，这样大家能更好地理解后续我们要通过这个案例实现哪些功能，从而学以致用。

下一章就开始我们的 Spring Framework 学习之旅，去了解一下它的核心——IoC 容器。

第 2 章

Spring Framework 中的 IoC 容器

本章内容
- ❏ IoC 容器的基础知识
- ❏ Spring Bean 的基础知识
- ❏ 如何感知并自定义一些行为
- ❏ 环境与任务的抽象

控制反转（Inversion of Control，IoC）与**面向切面编程**（Aspect Oriented Programming，AOP）是 Spring Framework 中最重要的两个概念，本章会着重介绍前者，内容包括 IoC 容器以及容器中 Bean 的基础知识。容器为我们预留了不少扩展点，让我们能定制各种行为，本章的最后我会和大家一起了解一些容器提供的抽象机制。通过这些介绍，希望大家可以对 IoC 容器有个大概的认识。

2.1 IoC 容器基础知识

Spring Framework 为 Java 开发者提供了强大的支持，开发者可以把底层基础的杂事抛给 Spring Framework，自己则专心于业务逻辑。本节我们会聚焦在 Spring Framework 的核心能力上，着重了解 IoC 容器的基础知识。

2.1.1 什么是 IoC 容器

在介绍 Spring Framework 的 IoC 容器前，我们有必要先理解什么是"控制反转"。**控制反转**是一种决定容器如何装配组件的**模式**。只要遵循这种模式，按照一定的规则，容器就能将组件组装起来。这里所谓的**容器**，就是用来创建组件并对它们进行管理的地方。它牵扯到组件该如何定义、组件该何时创建、又该何时销毁、它们互相之间是什么关系等——这些本该在组件内部管理的东西，被从组件中剥离了出来。

需要着重指出一点，组件之间的依赖关系原先是由组件自己定义的，并在其内部维护，而现在这些依赖被定义在容器中，由容器来统一管理，并据此将其依赖的内容注入组件中。在好莱坞，演艺公司具有极大的控制权，艺人将简历投递给演艺公司后就只能等待，被动接受演艺公司的安排。这就是知名的好莱坞原则，它可以总结为这样的一句话"不要给我们打电话，我们会打给你的"

（Don't call us, we'll call you）。IoC 容器背后的思想正是好莱坞原则，即所有的组件都要被动接受容器的控制。

Martin Fowler[1] 那篇著名的 "Inversion of Control Containers and the Dependency Injection pattern"[2] 中提到 "控制反转" 不能很好地描述这个模式，"依赖注入"（Dependency Injection）能更好地描述它的特点。正因如此，我们经常会看到这两个词一同出现。

Spring Framework、Google Guice、PicoContainer 都提供了这样的容器[3]，后文中我们也会把 Spring Framework 的 IoC 容器称为 **Spring 容器**。

图 2-1 是 Spring Framework 的官方文档中的一幅图，它非常直观地表达了 Spring IoC 容器的作用，即将业务对象（也就是组件，在 Spring 中这些组件被称为 Bean，2.2 节会详细介绍 Bean 的内容）和关于组件的配置元数据（比如依赖关系）输入 Spring 容器中，容器就能为我们组装出一个可用的系统。

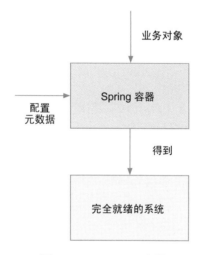

图 2-1　Spring IoC 容器

Spring Framework 的模块按功能进行了拆分，spring-core 和 spring-beans 模块提供了最基础的功能，其中就包含了 IoC 容器。`BeanFactory` 是容器的基础接口，我们平时使用的各种容器都是它的实现，后文中会看到这些实现的具体用法与区别。

2.1.2　容器的初始化

从图 2-1 中可以看到，Spring 容器需要配置元数据和业务对象，因此在初始化容器时，我们需要

---

[1] Martin Fowler，知名企业级应用专家、技术作家与演说家、ThoughtWorks 公司首席科学家。他是《敏捷软件开发宣言》的提出者之一，著有《重构》和《企业应用架构模式》等多部经典著作。

[2] 英文原文详见 Martin Fowler 的个人网站，中文译文由熊节翻译，可在 "Thoughtworks 洞见" 网站搜索 "IoC 容器和 Dependency Injection 模式"。

[3] 详情请见 GitHub 的 Google Guice 官网、PicoContainer 官网。

提供这些信息。早期的配置元数据只能以 XML 配置文件的形式提供，从 2.5 版本开始，官方逐步提供了 XML 文件以外的配置方式，比如基于注解的配置和基于 Java 类的配置，本书中的大部分示例将采用后两种方式进行配置。

容器初始化的大致步骤如下（在本章后续的几节中，我们会分别介绍其中涉及的内容）。

(1) 从 XML 文件、Java 类或其他地方加载配置元数据。

(2) 通过 BeanFactoryPostProcessor 对配置元数据进行一轮处理。

(3) 初始化 Bean 实例，并根据给定的依赖关系组装对象。

(4) 通过 BeanPostProcessor 对 Bean 进行处理，期间还会触发 Bean 被构造后的回调方法。

比如，我们有一个如代码示例 2-1[①] 所示的业务对象，它会返回一个字符串，可以看到它就是一个最普通的 Java 类。

代码示例 2-1　最基本的 Hello 类

```java
package learning.spring.helloworld;

public class Hello {
    public String hello() {
        return "Hello World!";
    }
}
```

在没有 IoC 容器时，我们需要像代码示例 2-2 那样自己管理 Hello 实例的生命周期，通常是在代码中用 new 关键字新建一个实例，然后把它传给具体要调用它的对象，下面的代码只是个示意，所以就使用 new 关键字创建实例后直接调用方法了。

代码示例 2-2　手动创建并调用 Hello.hello() 方法

```java
public class Application {
    public static void main(String[] args) {
        Hello hello = new Hello();
        System.out.println(hello.hello());
    }
}
```

如果是把实例交给 Spring 容器托管，则可以将它配置到一个 XML 文件中，让容器来管理它的相关生命周期。可以看到代码示例 2-3 只是一个普通的 XML 文件，通过 <beans/> 这个 Schema 来配置 Spring 的 Bean（Bean 的配置会在 2.2.2 节详细展开）。为了使用 Spring 的容器，需要在 pom.xml 文件中引入 org.springframework:spring-beans 依赖。

代码示例 2-3　配置 hello Bean 的 beans.xml 文件

```xml
<?xml version="1.0" encoding="UTF-8"?>

<beans xmlns="http://www.springframework.org/schema/beans"
    xmlns:xsi="http://www.w3.org/2001/XMLSchema-instance"
    xsi:schemaLocation="http://www.springframework.org/schema/beans
     https://www.springframework.org/schema/beans/spring-beans.xsd">
```

---

① 这部分的示例在 ch2/helloworld 项目中。

```
<bean id="hello" class="learning.spring.helloworld.Hello" />

</beans>
```

最后像代码示例 2-4 那样，将配置文件载入容器。BeanFactory 只是一个最基础的接口，我们需要选择一个合适的实现类——在实际工作中，更多情况下会用到 ApplicationContext 的各种实现。此处，我们使用 DefaultListableBeanFactory 这个实现类，它并不关心配置的方式，XmlBeanDefinitionReader 能读取 XML 文件中的元数据，我们通过它加载 CLASSPATH 中的 beans.xml 文件，将其保存到 DefaultListableBeanFactory 中，随后就可以通过 BeanFactory 的 getBean() 方法取得对应的 Bean 了。

getBean() 方法有很多不同的参数列表，例子里就有两种，一种是取出 Object 类型的 Bean，然后自己做类型转换；另一种则是在参数里指明返回 Bean 的类型，如果实际类型不同的话则会抛出 BeansException。

代码示例 2-4 加载配置文件并执行的 Application 类代码片段

```
public class Application {
    private BeanFactory beanFactory;

    public static void main(String[] args) {
        Application application = new Application();
        application.sayHello();
    }

    public Application() {
        beanFactory = new DefaultListableBeanFactory();
        XmlBeanDefinitionReader reader =
                new XmlBeanDefinitionReader((DefaultListableBeanFactory) beanFactory);
        reader.loadBeanDefinitions("beans.xml");
    }

    public void sayHello() {
        // Hello hello = (Hello) beanFactory.getBean("hello");
        Hello hello = beanFactory.getBean("hello", Hello.class);
        System.out.println(hello.hello());
    }
}
```

在这个例子的 sayHello() 方法中，我们完全不用关心 Hello 这个类的实例是如何创建的，只需获取实例对象然后使用即可。虽然看起来比代码示例 2-3 的行数要多，但当工程复杂度增加之后，IoC 托管 Bean 生命周期的优势就体现出来了。

2.1.3 BeanFactory 与 ApplicationContext

spring-context 模块在 spring-core 和 spring-beans 的基础上提供了更丰富的功能，例如事件传播、资源加载、国际化支持等。前面说过，BeanFactory 是容器的基础接口，ApplicationContext 接口继承了 BeanFactory，在它的基础上增加了更多企业级应用所需要的特性，通过这个接口，我们可以最大化地发挥 Spring 上下文的能力。表 2-1 列举了常见的一些 ApplicationContext 实现。

表 2-1　常见的 ApplicationContext 实现

类　名	说　明
ClassPathXmlApplicationContext	从 CLASSPATH 中加载 XML 文件来配置 ApplicationContext
FileSystemXmlApplicationContext	从文件系统中加载 XML 文件来配置 ApplicationContext
AnnotationConfigApplicationContext	根据注解和 Java 类配置 ApplicationContext

相比 BeanFactory，使用 ApplicationContext 也会更加方便一些，因为我们无须自己去注册很多内容，例如 AnnotationConfigApplicationContext 把常用的一些后置处理器都直接注册好了，为我们省去了不少麻烦。所以，在绝大多数情况下，建议大家使用 ApplicationContext 的实现类。

如果要将代码示例 2-4 中的 Application.java 从使用 BeanFactory 修改为使用 ApplicationContext，只需做两处改动：

(1) 在 pom.xml 文件中[①]，把引入的 org.springframework:spring-beans 修改为 org.springframework: spring-context；

(2) 在 Application.java 中，使用 ClassPathXmlApplicationContext 代替 DefaultListableBeanFactory 和 XmlBeanDefinitionReader 的组合，具体见代码示例 2-5。

代码示例 2-5　调整后的 Application 类代码片段
```
public class Application {
    private ApplicationContext applicationContext;

    public static void main(String[] args) {
        Application application = new Application();
        application.sayHello();
    }

    public Application() {
        applicationContext = new ClassPathXmlApplicationContext("beans.xml");
    }

    public void sayHello() {
        Hello hello = applicationContext.getBean("hello", Hello.class);
        System.out.println(hello.hello());
    }
}
```

2.1.4　容器的继承关系

Java 类之间有继承的关系，子类能够继承父类的属性和方法。同样地，Spring 的容器之间也存在类似的继承关系，子容器可以继承父容器中配置的组件。在使用 Spring MVC 时就会涉及容器的继承。

先来看一个例子，如代码示例 2-6 所示[②]（修改自上一节的 HelloWorld），Hello 类在输出的字符串中加入一段注入的信息。

---

① 具体的 pom.xml 内容，可以查看 ch2/helloworld-context 项目。
② 这部分的例子在 ch2/context-inherit 项目中。

代码示例 2-6 可以输出特定信息的 Hello 类

```java
package learning.spring.helloworld;

public class Hello {
    private String name;

    public String hello() {
        return "Hello World! by " + name;
    }

    public void setName(String name) {
        this.name = name;
    }
}
```

随后，我们也要调整一下 XML 配置文件，父容器与子容器分别用不同的配置，ID 既有相同的，也有不同的，具体如代码示例 2-7 与代码示例 2-8 所示。

代码示例 2-7 父容器配置 parent-beans.xml 文件

```xml
<?xml version="1.0" encoding="UTF-8"?>

<beans xmlns="http://www.springframework.org/schema/beans"
       xmlns:xsi="http://www.w3.org/2001/XMLSchema-instance"
       xsi:schemaLocation="http://www.springframework.org/schema/beans
       https://www.springframework.org/schema/beans/spring-beans.xsd">

    <bean id="parentHello" class="learning.spring.helloworld.Hello">
        <property name="name" value="PARENT" />
    </bean>

    <bean id="hello" class="learning.spring.helloworld.Hello">
        <property name="name" value="PARENT" />
    </bean>
</beans>
```

代码示例 2-8 子容器配置 child-beans.xml 文件

```xml
<?xml version="1.0" encoding="UTF-8"?>

<beans xmlns="http://www.springframework.org/schema/beans"
       xmlns:xsi="http://www.w3.org/2001/XMLSchema-instance"
       xsi:schemaLocation="http://www.springframework.org/schema/beans
       https://www.springframework.org/schema/beans/spring-beans.xsd">

    <bean id="childHello" class="learning.spring.helloworld.Hello">
        <property name="name" value="CHILD" />
    </bean>

    <bean id="hello" class="learning.spring.helloworld.Hello">
        <property name="name" value="CHILD" />
    </bean>
</beans>
```

在 Application 类中，我们尝试从不同的容器中获取不同的 Bean（关于 Bean 的内容，我们会在 2.2 节展开），以测试继承容器中 Bean 的可见性和覆盖情况，具体如代码示例 2-9 所示。

代码示例 2-9　修改后的 Application 类代码片段

```java
public class Application {
    private ClassPathXmlApplicationContext parentContext;
    private ClassPathXmlApplicationContext childContext;

    public static void main(String[] args) {
        new Application().runTests();
    }

    public Application() {
        parentContext = new ClassPathXmlApplicationContext("parent-beans.xml");
        childContext = new ClassPathXmlApplicationContext(
                new String[] {"child-beans.xml"}, true, parentContext);
        parentContext.setId("ParentContext");
        childContext.setId("ChildContext");
    }

    public void runTests() {
        testVisibility(parentContext, "parentHello");
        testVisibility(childContext, "parentHello");
        testVisibility(parentContext, "childHello");
        testVisibility(childContext, "childHello");
        testOverridden(parentContext, "hello");
        testOverridden(childContext, "hello");
    }

    private void testVisibility(ApplicationContext context, String beanName) {
        System.out.println(context.getId() + " can see " + beanName + ": "
                        + context.containsBean(beanName));
    }

    private void testOverridden(ApplicationContext context, String beanName) {
        System.out.println("sayHello from " + context.getId() +": "
                        + context.getBean(beanName, Hello.class).hello());
    }
}
```

这段程序的运行结果如下：

```
ParentContext can see parentHello: true
ChildContext can see parentHello: true
ParentContext can see childHello: false
ChildContext can see childHello: true
sayHello from ParentContext: Hello World! by PARENT
sayHello from ChildContext: Hello World! by CHILD
```

通过这个示例，我们可以得出如下关于容器继承的通用结论——它们和 Java 类的继承非常相似，二者的对比如表 2-2 所示。

表 2-2　容器继承 vs. Java 类继承

容器继承	Java 类继承
子上下文可以看到父上下文中定义的 Bean，反之则不行	子类可以看到父类的 protected 和 public 属性和方法，父类看不到子类的
子上下文中可以定义与父上下文同 ID 的 Bean，各自都能获取自己定义的 Bean	子类可以覆盖父类定义的属性和方法

关于同 ID 覆盖 Bean，有时也会引发一些意料之外的问题。如果希望关闭这个特性，也可以考虑禁止覆盖，通过容器的 `setAllowBeanDefinitionOverriding()` 方法可以控制这一行为。

2.2 Bean 基础知识

Bean 是 Spring 容器中的重要概念，这一节就让我们来着重了解一下 Bean 的概念、如何注入 Bean 的依赖，以及如何在容器中进行 Bean 的配置。

2.2.1 什么是 Bean

Java 中有个比较重要的概念叫做"JavaBeans"[①]，维基百科[②]中有如下描述：

> JavaBeans 是 Java 中一种特殊的类，可以将多个对象封装到一个对象（Bean）中。特点是可序列化，提供无参构造器，提供 Getter 方法和 Setter 方法访问对象的属性。名称中的 Bean 是用于 Java 的可重用软件组件的惯用叫法。

从中可以看到：Bean 是指 Java 中的**可重用软件组件**，Spring 容器也遵循这一惯例，因此将容器中管理的可重用组件称为 Bean。容器会根据所提供的元数据来创建并管理这些 Bean，其中也包括它们之间的依赖关系。Spring 容器对 Bean 并没有太多的要求，无须实现特定接口或依赖特定库，只要是最普通的 Java 对象即可，这类对象也被称为 POJO（Plain Old Java Object）。

一个 Bean 的定义中，会包含如下部分：
- Bean 的名称，一般是 Bean 的 id，也可以为 Bean 指定别名（alias）；
- Bean 的具体类信息，这是一个全限定类名；
- Bean 的作用域，是单例（singleton）还是原型（prototype）[③]；
- 依赖注入相关信息，构造方法参数、属性以及自动织入（autowire）方式；
- 创建销毁相关信息，懒加载模式、初始化回调方法与销毁回调方法。

我们可以自行设定 Bean 的名字，也可以让 Spring 容器帮我们设置名称。Spring 容器的命名方式为类名的首字母小写，搭配驼峰（camel-cased）规则。比如类型为 HelloService 的 Bean，自动生成的名称就为 `helloService`。

2.2.2 Bean 的依赖关系

所谓"依赖注入"，很重要的一块就是管理依赖。在 Spring 容器中，"管理依赖"主要就是管理 Bean 之间的依赖。有两种基本的注入方式——基于构造方法的注入和基于 Setter 方法的注入。

所谓基于构造方法的注入，就是通过构造方法来注入依赖。仍旧以 HelloWorld 为例，如代码示例 2-10 所示[④]。

---

① JavaBeans 有自己的规范，详见 Oracle 官网 JavaBeans Spec 文档。
② 详见维基百科的 JavaBeans 的词条。
③ 关于单例和原型的区别，前者每次获取返回的是同一个 Bean，而后者每次获取返回的是一个新的对象。
④ 在示例仓库中的位置为 ch2/helloworld-constructor。

代码示例 2-10 通过构造方法传入字符串的 Hello 类

```
package learning.spring.helloworld;

public class Hello {
    private String name;

    public Hello(String name) {
        this.name = name;
    }

    public String hello() {
        return "Hello World! by " + name;
    }
}
```

对应的 XML 配置文件需要使用 `<constructor-arg/>` 传入构造方法所需的内容，如代码示例 2-11 所示。

代码示例 2-11 通过构造方法配置 Bean 的 XML 文件

```
<?xml version="1.0" encoding="UTF-8"?>

<beans xmlns="http://www.springframework.org/schema/beans"
    xmlns:xsi="http://www.w3.org/2001/XMLSchema-instance"
    xsi:schemaLocation="http://www.springframework.org/schema/beans
     https://www.springframework.org/schema/beans/spring-beans.xsd">

    <bean id="hello" class="learning.spring.helloworld.Hello">
        <constructor-arg value="Spring"/>
    </bean>

</beans>
```

`<constructor-arg>` 中有不少属性可以配置，具体如表 2-3 所示。

表 2-3 `<constructor-arg/>` 的可配置属性

属　　性	作　　用
value	要传给构造方法参数的值
ref	要传给构造方法参数的 Bean ID
type	构造方法参数对应的类型
index	构造方法参数对应的位置，从 0 开始计算
name	构造方法参数对应的名称

基于 Setter 方法的注入，顾名思义，就是通过 Bean 的 Setter 方法来注入依赖。我们在第 2.1.4 节已经看到了对应的例子，具体可以参考代码示例 2-6 与代码示例 2-7。`<property/>` 中的 value 属性是直接注入的值，用 ref 属性则可注入其他 Bean。也可以像代码示例 2-12 这样来为属性注入依赖[①]。

---

① 关于如何在属性中注入集合（List、Map 和 Set 等），可以参考 Spring Framework 5.2.6 官方文档的 1.4.2 节 "Dependencies and Configuration in Detail"。请注意，不同的版本文档的小节编号可能有所差异。

代码示例 2-12　<property/> 的用法演示

```
<bean id="..." class="...">
    <property name="xxx">
        <!-- 直接定义一个内部的Bean -->
        <bean class="..."/>
    </property>

    <property name="yyy">
        <!-- 定义依赖的Bean -->
        <ref bean="..."/>
    </property>

    <property name="zzz">
        <!-- 定义一个列表 -->
        <list>
            <value>aaa</value>
            <value>bbb</value>
        </list>
    </property>
</bean>
```

手动配置依赖在 Bean 少时还能接受，当 Bean 的数量变多后，这种配置就会变得非常繁琐。在合适的场合，可以让 Spring 容器替我们自动进行依赖注入，这种机制称为**自动织入**。自动织入有几种模式，具体见表 2-4。

表 2-4　自动织入的模式

名　　称	说　　明
no	不进行自动织入
byName	根据属性名查找对应的 Bean 进行自动织入
byType	根据属性类型查找对应的 Bean 进行自动织入
constructor	同 byType，但用于构造方法注入

在 <bean/> 中可以通过 autowire 属性来设置使用何种自动织入方式，也可以在 <beans/> 中设置 default-autowire 属性指定默认的自动织入方式。在使用自动织入时，需要注意以下事项：

- □ 开启自动织入后，仍可以手动设置依赖，手动设置的依赖优先级高于自动织入；
- □ 自动织入无法注入基本类型和字符串；
- □ 对于集合类型的属性，自动织入会把上下文里找到的 Bean 都放进去，但如果属性不是集合类型，有多个候选 Bean 就会有问题。

为了避免第三点中说到的问题，可以将 <bean/> 的 autowire-candidate 属性设置为 false，也可以在你所期望的候选 Bean 的 <bean/> 中将 primary 设置为 true，这就表明在多个候选 Bean 中该 Bean 是主要的（如果使用基于 Java 类的配置方式，我们可以通过选择 @Primary 注解实现一样的功能）。

最后，再简单提一下如何指定 Bean 的初始化顺序。一般情况下，Spring 容器会根据依赖情况自动调整 Bean 的初始化顺序。不过，有时 Bean 之间的依赖并不明显，容器可能无法按照我们的预期进行初始化，这时我们可以自己来指定 Bean 的依赖顺序。<bean/> 的 depends-on 属性可以指定当前 Bean 还要依赖哪些 Bean（如果使用基于 Java 类的配置方式，@DependsOn 注解也能实现一样的功能）。

2.2.3 Bean 的三种配置方式

Spring Framework 提供了多种不同风格的配置方式，早期仅支持 XML 配置文件的方式，Spring Framework 2.0 引入了基于注解的配置方式，到了 3.0 则又增加了基于 Java 类的配置方式。这几种方式没有明确的优劣之分，选择合适的或者喜欢的方式就好，很多时候我们也会混合使用这几种配置方式。

鉴于 Spring 容器的元数据配置本质上就是配置 Bean（AOP 和事务的配置背后也是配置各种 Bean），因此我们会在本节中详细展开说明如何配置 Bean。

1. 基于 XML 文件的配置

Spring Framework 提供了 `<beans/>` 这个 Schema[①] 来配置 Bean，前文中已经用过了 XML 文件方式的配置，这里再简单回顾一下。

我们通过 `<bean/>` 可以配置一个 Bean，id 指定 Bean 的标识，class 指定 Bean 的全限定类名，一般会通过类的构造方法来创建 Bean，但也可以使用一个静态的 `factory-method`，比如下面就使用了 `create()` 静态方法：

```
<bean id="xxx" class="learning.spring.Yyy" factory-method="create" />
```

`<constructor-arg/>` 和 `<property/>` 用来注入所需的内容。如果是另一个 Bean 的依赖，一般会用 ref 属性，2.2.3 节中已经有过说明，此处就不再赘述了。

`<bean/>` 中还有几个重要的属性，scope 表明当前 Bean 是单例还是原型，lazy-init 是指当前 Bean 是否是懒加载的，depends-on 明确指定当前 Bean 的初始化顺序，就像下面这样：

```
<bean id="..." class="..." scope="singleton" lazy-init="true" depends-on="xxx"/>
```

2. 基于注解的配置

Spring Framework 2.0 引入了 `@Required` 注解[②]，Spring Framework 2.5 又引入了 `@Autowired`、`@Component`、`@Service` 和 `@Repository` 等重要的注解，使用这些注解能简化 Bean 的配置。我们可以像代码示例 2-13 那样开启对这些注解的支持[③]。

代码示例 2-13　启用基于注解的配置

```
<?xml version="1.0" encoding="UTF-8"?>
<beans xmlns="http://www.springframework.org/schema/beans"
    xmlns:xsi="http://www.w3.org/2001/XMLSchema-instance"
    xmlns:context="http://www.springframework.org/schema/context"
    xsi:schemaLocation="http://www.springframework.org/schema/beans
        https://www.springframework.org/schema/beans/spring-beans.xsd
```

---

① 早期 http://www.springframework.org/schema/beans 这个 Schema 对应的位置是 http://www.springframework.org/schema/beans/spring-beans.xsd；为了统一支持 HTTPS，后来的版本也开始支持 https://www.springframework.org/schema/beans/spring-beans.xsd。如果你还在使用老版本的 Spring Framework，要注意老版本是不支持这里的 HTTPS 的。

② 不建议用这个注解，有必要的话，可以通过构造器注入的方式来强制要求注入依赖。

③ `<context:component-scan/>` 会隐式地配置 `<context:annotation-config/>`，后者其实替我们注册了一堆 BeanPostProcessor。

```
    http://www.springframework.org/schema/context
    https://www.springframework.org/schema/context/spring-context.xsd">

    <context:component-scan base-package="learning.spring"/>

</beans>
```

上述配置会扫描 learning.spring 包内的类，在类上添加如下四个注解都能让 Spring 容器把它们配置为 Bean，如表 2-5 所示。

表 2-5　Bean 创建相关注解

注　　解	说　　明
@Component	将类标识为普通的组件，即一个 Bean
@Service	将类标识为服务层的服务
@Repository	将类标识为数据层的数据仓库，一般是 DAO（Data Access Object）
@Controller	将类标识为 Web 层的 Web 控制器（后来针对 REST 服务又增加了一个 @RestController 注解）

如果不指定 Bean 的名称，Spring 容器会自动生成一个名称，当然，也可以明确指定名称，比如：

```
@Component("helloBean")
public class Hello {...}
```

如果要注入依赖，可以使用如下的注解，如表 2-6 所示。

表 2-6　可注入依赖的注解

注　　解	说　　明
@Autowired	根据类型注入依赖，可用于构造方法、Setter 方法和成员变量
@Resource[①]	JSR-250 的注解，根据名称注入依赖
@Inject	JSR-330 的注解，同 @Autowired

@Autowired 注解比较常用，下面的例子中可以指定是否必须存在依赖项，并指定目标依赖的 Bean ID[②]：

```
@Autowired(required = false)
@Qualifier("helloBean")
public void setHello(Hello hello) {...}
```

除此之外，还可以使用 @Value 注解注入环境变量、Properties 或 YAML 中配置的属性和 SpEL 表达式[③]的计算结果。JSR-250 中还有 @PostConstruct 和 @PreDestroy 注解，把这两个注解加在方法上用来表示该方法要在初始化后调用或者是在销毁前调用，在聊到 Bean 的生命周期时我们还会看到它们。

---

① 从 Spring Framework 6.0 开始，@Resource、@PostConstruct 和 @PreDestroy 注解都换了新的包名，建议使用 jakarta. annotation 包里的注解，但也兼容 javax.annotation 包中的注解；@Inject 注解则是建议使用 jakarta.inject 包里的，但也兼容 javax.inject 包中的。

② 实际 @Qualifier 是根据 Bean 上配置的标识符（Qualifier）来匹配的，而 Bean 的 ID 正好是默认的标识符。

③ 本书不会详细讲述 SpEL 表达式，有兴趣的读者可以自行查阅 Spring Framework 文档。

3. 基于 Java 类的配置

从 Spring Framework 3.0 开始，我们可以使用 Java 类代替 XML 文件，使用 @Configuration、@Bean 和 @ComponentScan 等一系列注解，基本可以满足日常所需。

通过 AnnotationConfigApplicationContext 可以构建一个支持基于注解和 Java 类的 Spring 上下文：

```
ApplicationContext ctx = new AnnotationConfigApplicationContext(Config.class);
```

其中的 Config 类就是一个加了 @Configuration 注解的 Java 类，它可以是代码示例 2-14 这样的。

代码示例 2-14　Java 配置类示例

```
@Configuration
@ComponentScan("learning.spring")
public class Config {
    @Bean
    @Lazy
    @Scope("prototype")
    public Hello helloBean() {
        return new Hello();
    }
}
```

类上的 @Configuration 注解表明这是一个 Java 配置类，@ComponentScan 注解指定了类扫描的包名，作用与 <context:component-scan/> 类似。在 @ComponentScan 中，includeFilters 和 excludeFilters 可以用来指定包含和排除的组件，例如官方文档中就有如下示例：

```
@Configuration
@ComponentScan(basePackages = "org.example",
        includeFilters = @Filter(type = FilterType.REGEX,
                        pattern = ".*Stub.*Repository"),
        excludeFilters = @Filter(Repository.class))
public class AppConfig { ... }
```

如果 @Configuration 没有指定扫描的基础包路径或者类，默认就从该配置类的包开始扫描。

Config 类中的 helloBean() 方法上添加了 @Bean 注解，该方法的返回对象会被当做容器中的一个 Bean，@Lazy 注解说明这个 Bean 是延时加载的，@Scope 注解则指定了它是原型 Bean。@Bean 注解有如下属性，如表 2-7 所示。

表 2-7　@Bean 注解的属性

属　　性	默　认　值	说　　明
name	{}	Bean 的名称，默认同方法名
value	{}	同 name
autowire	Autowire.NO	自动织入方式
autowireCandidate	true	是否是自动织入的候选 Bean
initMethod	""	初始化方法名
destroyMethod	AbstractBeanDefinition.INFER_METHOD[①]	销毁方法名

----

① 自动推测销毁 Bean 时该调用的方法，会自动去调用修饰符为 public、没有参数且方法名是 close 或 shutdown 的方法。如果类实现了 java.lang.AutoCloseable 或 java.io.Closeable 接口，也会调用其中的 close() 方法。

在 Java 配置类中指定 Bean 之间的依赖关系有两种方式，通过方法的参数注入依赖，或者直接调用类中带有 @Bean 注解的方法。

代码示例 2-15 中，foo() 创建了一个名为 foo 的 Bean，bar() 方法通过参数 foo 注入了 foo 这个 Bean，baz() 方法内则通过调用 foo() 获得了同一个 Bean。

代码示例 2-15　依赖示例

```java
@Configuration
public class Config {
    @Bean
    public Foo foo() {
        return new Foo();
    }

    @Bean
    public Bar bar(Foo foo) {
        return new Bar(foo);
    }

    @Bean
    public Baz baz() {
        return new Baz(foo());
    }
}
```

需要重点说明的是，Spring Framework 针对 @Configuration 类中带有 @Bean 注解的方法通过 CGLIB（Code Generation Library）做了特殊处理，针对返回单例类型 Bean 的方法，调用多次返回的结果是一样的，并不会真的执行多次。

在配置类中也可以导入其他配置，例如，用 @Import 导入其他配置类，用 @ImportResource 导入配置文件，就像下面这样：

```java
@Configuration
@Import({ CongfigA.class, ConfigB.class })
@ImportResource("classpath:/spring/*-applicationContext.xml")
public class Config {}
```

2.3　定制容器与 Bean 的行为

通常，Spring Framework 包揽了大部分工作，替我们管理 Bean 的创建与依赖，将各种组件装配成一个可运行的应用。然而，有些情况下，我们会有自己的特殊需求。例如，在 Bean 的依赖被注入后，我们想要触发 Bean 的回调方法做一些初始化；在 Bean 销毁前，我们想要执行一些清理工作；我们想要 Bean 感知容器的一些信息，拿到当前的上下文自行进行判断或处理……

这时候，怎么做？ Spring Framework 为我们预留了发挥空间。本节我们就来探讨一下如何根据自己的需求来定制容器与 Bean 的行为。

2.3.1　Bean 的生命周期

Spring 容器接管了 Bean 的整个生命周期管理，具体如图 2-2 所示。一个 Bean 先要经过 Java 对象的创建（也就是通过 new 关键字创建一个对象），随后根据容器里的配置注入所需的依赖，最后调用初始化的回调方法，经过这三个步骤才算完成了 Bean 的初始化。若不再需要这个 Bean，则要进行销毁操作，在正式销毁对象前，会先调用容器的销毁回调方法。

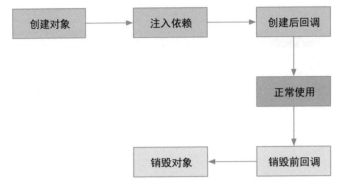

图 2-2　Bean 的生命周期

由于一切都是由 Spring 容器管理的，所以我们无法像自己控制这些动作时那样任意地在 Bean 创建后或 Bean 销毁前增加某些操作。为此，Spring Framework 为我们提供了几种途径，在这两个时间点调用我们提供给容器的回调方法。可以根据不同情况选择以下三种方式之一：

- 实现 InitializingBean 和 DisposableBean 接口；
- 使用 JSR-250 的 @PostConstruct 和 @PreDestroy 注解；
- 在 <bean/> 或 @Bean 里配置初始化和销毁方法。

1. 创建 Bean 后的回调动作

如果我们希望在创建 Bean 后做一些特别的操作，比如查询数据库初始化缓存等，Spring Framework 可以提供一个初始化方法。InitializingBean 接口有一个 afterPropertiesSet() 方法——顾名思义，就是在所有依赖都注入后自动调用该方法。在方法上添加 @PostConstruct 注解也有相同的效果。

也可以像下面这样，在 XML 文件中进行配置：

```
<bean id="hello" class="learning.spring.helloworld.Hello" init-method="init" />
```

或者在 Java 配置中指定：

```
@Bean(initMethod="init")
public Hello hello() {...}
```

2. 销毁 Bean 前的回调动作

Spring Framework 既然有创建 Bean 后的回调动作，自然也有销毁 Bean 前的触发操作。DisposableBean 接口中的 destroy() 方法和添加了 @PreDestroy 注解的方法都能实现这个目的，如代码示例 2-16 所示。

代码示例 2-16 实现了 DisposableBean 接口的类

```
package learning.spring.helloworld;

import org.springframework.beans.factory.DisposableBean;

public class Hello implements DisposableBean {
    public String hello() {
        return "Hello World!";
    }

    @Override
    public void destroy() throws Exception {
        System.out.println("See you next time.");
    }
}
```

当然，也可以在 <bean/> 中指定 destroy-method，或者在 @Bean 中指定 destroyMethod。

3. 生命周期动作的组合

如果我们混合使用上文提到的几种不同的方式，而且这些方式指定的方法还不尽相同，那就需要明确它们的执行顺序了。

无论是初始化还是销毁，Spring 都会按照如下顺序依次进行调用：

(1) 添加了 @PostConstruct 或 @PreDestroy 的方法；

(2) 实现了 InitializingBean 的 afterPropertiesSet() 方法，或 DisposableBean 的 destroy() 方法；

(3) 在 <bean/> 中配置的 init-method 或 destroy-method，@Bean 中配置的 initMethod 或 destroyMethod。

在代码示例 2-17[①] 的 Java 类中，同时提供了三个销毁的方法。

代码示例 2-17 添加了多个销毁方法的 Hello 类

```
package learning.spring.helloworld;

import javax.annotation.PreDestroy;
import org.springframework.beans.factory.DisposableBean;

public class Hello implements DisposableBean {
    public String hello() {
        return "Hello World!";
    }

    @Override
    public void destroy() throws Exception {
        System.out.println("destroy()");
    }

    public void close() {
        System.out.println("close()");
    }

    @PreDestroy
    public void shutdown() {
```

---

① 这个示例位于 ch2/helloworld-lifecycle 项目中。

```
        System.out.println("shutdown()");
    }
}
```

在对应的 XML 文件中配置 destroy-method，要用 <context:annotation-config /> 开启注解支持，如代码示例 2-18 所示。

代码示例 2-18 对应的 beans.xml 文件

```xml
<?xml version="1.0" encoding="UTF-8"?>
<beans xmlns="http://www.springframework.org/schema/beans"
       xmlns:xsi="http://www.w3.org/2001/XMLSchema-instance"
       xmlns:context="http://www.springframework.org/schema/context"
       xsi:schemaLocation="http://www.springframework.org/schema/beans
       https://www.springframework.org/schema/beans/spring-beans.xsd
       http://www.springframework.org/schema/context
       https://www.springframework.org/schema/context/spring-context.xsd">

    <context:annotation-config />

    <bean id="hello" class="learning.spring.helloworld.Hello" destroy-method="close" />

</beans>
```

代码示例 2-19 对运行类简单做了些调整，增加了关闭容器的动作，以便能让我们观察到 Bean 销毁的动作。

代码示例 2-19 启动用的 Application 类代码片段

```java
public class Application {
    private ClassPathXmlApplicationContext applicationContext;

    public static void main(String[] args) {
        Application application = new Application();
        application.sayHello();
        application.close();
    }

    public Application() {
        applicationContext = new ClassPathXmlApplicationContext("beans.xml");
    }

    public void sayHello() {
        Hello hello = (Hello) applicationContext.getBean("hello");
        System.out.println(hello.hello());
    }

    public void close() {
        applicationContext.close();
    }
}
```

这段代码运行后的输出即代表了三个方法的调用顺序，是与上述顺序一致的：

```
Hello World!
shutdown()
destroy()
close()
```

当然，在一般情况下，我们并不会在一个 Bean 上写几个作用不同的初始化或销毁方法。这种情况并不常见，大家了解即可。

2.3.2 Aware 接口的应用

在大部分情况下，我们的 Bean 感知不到 Spring 容器的存在，也无须感知。但总有那么一些场景中我们要用到容器的一些特殊功能，这时就可以使用 Spring Framework 提供的很多 Aware 接口，让 Bean 能感知到容器的诸多信息。此外，有些容器相关的 Bean 不能由我们自己来创建，必须由容器创建后注入我们的 Bean 中。

例如，如果希望在 Bean 中获取容器信息，可以通过如下两种方式：

- 实现 BeanFactoryAware 或 ApplicationContextAware 接口；
- 用 @Autowired 注解来注入 BeanFactory 或 ApplicationContext。

两种方式的本质都是一样的，即让容器注入一个 BeanFactory 或 ApplicationContext 对象。ApplicationContextAware 是下面这样的：

```
public interface ApplicationContextAware {
    void setApplicationContext(ApplicationContext applicationContext) throws BeansException;
}
```

在拿到 ApplicationContext 后，就能操作该对象，比如调用 getBean() 方法取得想要的 Bean。能直接操作 ApplicationContext 有时可以带来很多便利，因此这个接口相比其他的 Aware 接口 "出镜率" 更高一些。

如果 Bean 希望获得自己在容器中定义的 Bean 名称，可以实现 BeanNameAware 接口。这个接口的 setBeanName() 方法就是注入一个代表名称的字符串，也算是一个依赖，因此会在 2.3.1 节提到的初始化方法前被执行。

在 2.3.3 节中会提到 Spring 容器的事件机制，这时就会用到 ApplicationEventPublisher 来发送事件，可以实现 ApplicationEventPublisherAware 接口，从容器中获得 ApplicationEventPublisher 实例。

Spring Framework 中还有很多其他 Aware 接口，感兴趣的话，大家可以查阅官方文档了解更多详情。

2.3.3 事件机制

ApplicationContext 提供了一套事件机制，在容器发生变动时我们可以通过 ApplicationEvent 的子类通知到 ApplicationListener 接口的实现类，做对应的处理。例如，ApplicationContext 在启动、停止、关闭和刷新[①]时，分别会发出 ContextStartedEvent、ContextStoppedEvent、ContextClosedEvent 和 ContextRefreshedEvent 事件，这些事件就让我们有机会感知当前容器的状态。

我们也可以自己监听这些事件，只需实现 ApplicationListener 接口或者在某个 Bean 的方法上增加 @EventListener 注解即可，例如代码示例 2-20 和代码示例 2-21[②] 就用以上两种方式分别处理了 ContextClosedEvent 事件。

---

① 仅适用于支持刷新的 ApplicationContext 实现，有的容器可以支持多次刷新。
② 这部分的例子在 ch2/helloworld-event 项目中。

代码示例 2-20　用 ApplicationListener 接口处理 ContextClosedEvent 事件的
ContextClosedEventListener 类代码片段

```
@Component
@Order(1)
public class ContextClosedEventListener implements ApplicationListener<ContextClosedEvent> {
    @Override
    public void onApplicationEvent(ContextClosedEvent event) {
        System.out.println("[ApplicationListener]ApplicationContext closed.");
    }
}
```

代码示例 2-21　用 @EventListener 注解处理 ContextClosedEvent 事件的 ContextClosedEvent-
AnnotationListener 类代码片段

```
@Component
public class ContextClosedEventAnnotationListener {
    @EventListener
    @Order(2)
    public void onEvent(ContextClosedEvent event) {
        System.out.println("[@EventListener]ApplicationContext closed.");
    }
}
```

在运行 ch2/helloworld-event 中的 Application 后会得到如下输出：

```
上略……
[ApplicationListener]ApplicationContext closed.
[@EventListener]ApplicationContext closed.
```

可以看到两个类都处理了 ContextClosedEvent 事件，我们通过 @Order 可以指定处理的顺序。

这套机制不仅适用于 Spring Framework 的内置事件，也非常方便我们定义自己的事件，不过该事件必须继承 ApplicationEvent，而且产生事件的类需要实现 ApplicationEventPublisherAware，还要从上下文中获取到 ApplicationEventPublisher，用它来发送事件。代码示例 2-22 是事件生产者 CustomEventPublisher 类的代码片段。

代码示例 2-22　生产事件的 CustomEventPublisher 类代码片段

```
@Component
public class CustomEventPublisher implements ApplicationEventPublisherAware {
    private ApplicationEventPublisher publisher;

    public void fire() {
        publisher.publishEvent(new CustomEvent("Hello"));
    }

    @Override
    public void setApplicationEventPublisher( ApplicationEventPublisher applicationEventPublisher) {
        this.publisher = applicationEventPublisher;
    }
}
```

对应的事件监听代码也非常简单，对应方法如下：

```
@EventListener
public void onEvent(CustomEvent customEvent) {
    System.out.println("CustomEvent Source: " + customEvent.getSource());
}
```

在运行 ch2/helloworld-event 中的 Application 后会得到如下输出：

```
上略……
CustomEvent Source: Hello
下略……
```

@EventListener 还有一些其他的用法，比如，在监听到事件后希望再发出另一个事件，这时可以将方法返回值从 void 修改为对应事件的类型；@EventListener 也可以与 @Async 注解结合，实现在另一个线程中处理事件。关于 @Async 注解，我们会在 2.4.2 节中进行说明。

2.3.4　容器的扩展点

Spring 容器是非常灵活的，Spring Framework 中有很多机制是通过容器自身的扩展点来实现的，比如 Spring AOP 等。如果我们想在 Spring Framework 上封装自己的框架或功能，也可以充分利用容器的扩展点。

BeanPostProcessor 接口是用来定制 Bean 的，顾名思义，这个接口是 Bean 的后置处理器，在 Spring 容器初始化 Bean 时可以加入我们自己的逻辑。该接口中有两个方法，postProcessBefore-Initialization() 方法在 Bean 初始化前执行，postProcessAfterInitialization() 方法在 Bean 初始化之后执行。如果有多个 BeanPostProcessor，可以通过 Ordered 接口或者 @Order 注解来指定运行的顺序。代码示例 2-23[①] 演示了 BeanPostProcessor 的基本用法。

代码示例 2-23　打印信息的 HelloBeanPostProcessor 类代码片段

```
public class HelloBeanPostProcessor implements BeanPostProcessor {
    @Override
    public Object postProcessBeforeInitialization(Object bean, String beanName) throws BeansException {
        if ("hello".equals(beanName)) {
            System.out.println("Hello postProcessBeforeInitialization");
        }
        return bean;
    }

    @Override
    public Object postProcessAfterInitialization(Object bean, String beanName) throws BeansException {
        if ("hello".equals(beanName)) {
            System.out.println("Hello postProcessAfterInitialization");
        }
        return bean;
    }
}
```

我们在对应的 Hello 中，也增加一个带 @PostConstruct 注解的方法，执行 ch2/helloworld-processor 中的 Application 类，验证一下方法的执行顺序是否与大家预想的一样：

---

① 这个示例在 ch2/helloworld-processor 项目中。

```
Hello postProcessBeforeInitialization
Hello PostConstruct
Hello postProcessAfterInitialization
```

如果说 BeanPostProcessor 是 Bean 的后置处理器，那 BeanFactoryPostProcessor 就是 BeanFactory 的后置处理器，我们可以通过它来定制 Bean 的配置元数据，其中的 postProcessBeanFactory() 方法会在 BeanFactory 加载所有 Bean 定义但尚未对其进行初始化时介入。它的用法与 BeanPostProcessor 类似，此处就不再赘述了。需要注意的是，如果用 Java 配置类来注册，那么方法需要声明为 static。2.4.1 节中会讲到的 PropertySourcesPlaceholderConfigurer 就是一个 BeanFactoryPostProcessor 的实现。

需要重点说明一下，由于 Spring AOP 也是通过 BeanPostProcessor 实现的，因此实现该接口的类，以及其中直接引用的 Bean 都会被特殊对待，**不会被 AOP 增强**。此外，BeanPostProcessor 和 BeanFactoryPostProcessor 都仅对当前容器上下文的 Bean 有效，不会去处理其他上下文。

2.3.5 优雅地关闭容器

Java 进程在退出时，我们可以通过 Runtime.getRuntime().addShutdownHook() 方法添加一些钩子，在关闭进程时执行特定的操作。如果是 Spring 应用，在进程退出时也要能正确地执行一些清理的方法。

ConfigurableApplicationContext 接口扩展自 ApplicationContext，其中提供了一个 registerShutdownHook()。AbstractApplicationContext 类实现了该方法，正是调用了前面说到的 Runtime.getRuntime().addShutdownHook()，并且在其内部调用了 doClose() 方法。

设想在生产代码里有这么一种情况：一个 Bean 通过 ApplicationContextAware 注入了 ApplicationContext，业务代码根据逻辑判断从 ApplicationContext 中取出对应名称的 Bean，再进行调用；问题出现在应用程序关闭时，容器已经开始销毁 Bean 了，可是这段业务代码还在执行，仍在继续尝试从容器中获取 Bean，而且代码还没正确处理此处的异常……这该如何是好？

针对这种情况，我们可以借助 Spring Framework 提供的 Lifecycle 来感知容器的启动和停止，容器会将启动和停止的信号传播给实现了该接口的组件和上下文。为了让例子能够简单一些，我们把问题简化一下：Hello.hello() 在容器关闭前后返回不同的内容，如代码示例 2-24[①] 所示。

代码示例 2-24　实现了 Lifecycle 接口的 Hello 类代码片段

```java
public class Hello implements Lifecycle {
    private boolean flag = false;

    public String hello() {
        return flag ? "Hello World!" : "Bye!";
    }

    @Override
    public void start() {
        System.out.println("Context Started.");
        flag = true;
    }
```

---

① 这个示例在 ch2/helloworld-shutdown 项目中。

```
@Override
public void stop() {
    System.out.println("Context Stopped.");
    flag = false;
}

@Override
public boolean isRunning() {
    return flag;
}
}
```

我们将对应的 Application 类也做相应调整，具体如代码示例 2-25 所示。

代码示例 2-25　调整后的 Application 类代码片段

```
@Configuration
public class Application {
    public static void main(String[] args) {
        AnnotationConfigApplicationContext applicationContext =
            new AnnotationConfigApplicationContext(Application.class);
        applicationContext.start(); // 这会触发 Lifecycle 的 start()
        Hello hello = applicationContext.getBean("hello", Hello.class);
        System.out.println(hello.hello());
        applicationContext.close(); // 这会触发 Lifecycle 的 stop()
        System.out.println(hello.hello());
    }

    @Bean
    public Hello hello() {
        return new Hello();
    }
}
```

上述代码的执行结果如下：

```
Context Started.
Hello World!
Context Stopped.
Bye!
```

除此之外，我们还可以借助 Spring Framework 的事件机制，在上下文关闭时会发出 ContextClosed-Event，监听该事件也可以触发业务代码做对应的操作。

茶歇时间：Linux 环境下如何关闭进程

在 Linux 环境下，大家常用 kill 命令来关闭进程，其实是 kill 命令给进程发送了一个信号（通过 kill -l 命令可以查看信号列表）。不带参数的 "kill 进程号" 发送的是 SIGTERM(15)，一般程序在收到这个信号后都会先释放资源，再停止；但有时程序可能还是无法退出，这时就可以使用 "kill -9 进程号"，发送 SIGKILL(9)，直接杀死进程。

一般不建议直接使用 -9，因为非正常地中断程序可能会造成一些意料之外的情况，比如业务逻辑处理到一半，恢复手段不够健全的话，可能需要人工介入处理那些执行到一半的内容。

2.4 容器中的几种抽象

Spring Framework 针对研发和运维过程中的很多常见场景做了抽象处理，比如本节中会讲到的针对运行环境的抽象，后续章节中会聊到的事务抽象等。正是因为存在这些抽象层，Spring Framework 才能为我们屏蔽底层的很多细节。

2.4.1 环境抽象

自诞生之日起，Java 程序就一直宣传自己是 "Write once, run anywhere"，但往往现实并非如此——虽然有 JVM 这层隔离，但我们的程序还是需要应对不同的运行环境细节：比如使用了 WebLogic 的某些特性会导致程序很难迁移到 Tomcat 上；此外，程序还要面对开发、测试、预发布、生产等环境的配置差异；在云上，不同可用区（availability zone）可能也有细微的差异。Spring Framework 的环境抽象可以简化大家在处理这些问题时的复杂度，代表程序运行环境的 Environment 接口包含两个关键信息——Profile 和 Properties，下面我们将详细展开这两项内容。

1. Profile 抽象

假设我们的系统在测试环境中不需要加载监控相关的 Bean，而在生产环境中则需要加载；亦或者针对不同的客户要求，A 客户要求我们部署的系统直接配置数据库连接池，而 B 客户要求通过 JNDI 获取连接池。此时，就可以利用 Profile 帮我们解决这些问题。

如果使用 XML 进行配置，可以在 `<beans/>` 的 profile 属性中进行设置。如果使用 Java 类的配置方式，可以在带有 @Configuration 注解的类上，或者在带有 @Bean 注解的方法上添加 @Profile 注解，并在其中指定该配置生效的具体 Profile，就像代码示例 2-26 那样。

代码示例 2-26 针对开发和测试环境的不同 Java 配置

```java
@Configuration
@Profile("dev")
public class DevConfig {
    @Bean
    public Hello hello() {
        Hello hello = new Hello();
        hello.setName("dev");
        return hello;
    }
}


@Configuration
@Profile("test")
public class TestConfig {
    @Bean
    public Hello hello() {
        Hello hello = new Hello();
        hello.setName("test");
        return hello;
    }
}
```

通过如下两种方式可以指定要激活的 Profile（多个 Profile 用逗号分隔）：

❑ ConfigurableEnvironment.setActiveProfiles() 方法指定要激活的 Profile（通过 Application-Context.getEnvironment() 方法可获得 Environment）；

❑ spring.profiles.active 属性指定要激活的 Profile（可以用系统环境变量、JVM 参数等方式指定，能通过 PropertySource 找到即可，在第 4 章会详细介绍 Spring Boot 的属性加载机制）。

例如，启动程序时，在命令行中增加 spring.profiles.active：

▶ java -Dspring.profiles.active="dev" -jar xxx.jar

Spring Framework 还提供了默认的 Profile，一般名为 default，但也可以通过 Configurable-Environment.setDefaultProfiles() 和 spring.profiles.default 来修改这个名称。

2. PropertySource 抽象

Spring Framework 中会频繁用到属性值，而这些属性又来自于很多地方，PropertySource 抽象就屏蔽了这层差异，例如，可以从 JNDI、JVM 系统属性（-D 命令行参数，System.getProperties() 方法能取得系统属性）和操作系统环境变量中加载属性。

在 Spring 中，一般属性用小写单词表示并用点分隔，比如 foo.bar，如果是从环境变量中获取属性，会按照 foo.bar、foo_bar、FOO.BAR 和 FOO_BAR 的顺序来查找。4.3.2 节还有加载属性相关的内容，届时还会进一步说明。

我们可以像下面这样来获得属性 foo.bar：

```
public class Hello {
    @Autowired
    private Environment environment;

    public void hello() {
        System.out.println("foo.bar: " + environment.getProperty("foo.bar"));
    }
}
```

我们在 2.2.3 节中看到过 @Value 注解，它也能获取属性，获取不到时则返回默认值：

```
public class Hello {
    @Value("${foo.bar:NONE}") // :后是默认值
    private String value;

    public void hello() {
        System.out.println("foo.bar: " + value);
    }
}
```

${} 占位符可以出现在 Java 类配置或 XML 文件中，Spring 容器会试图从各种已经配置了的来源中解析属性。要添加属性来源，可以在 @Configuration 类上增加 @PropertySource 注解，例如：

```
@Configuration
@PropertySource("classpath:/META-INF/resources/app.properties")
public class Config {...}
```

如果使用 XML 进行配置，可以像下面这样：

```
<context:property-placeholder location="classpath:/META-INF/resources/app.properties" />
```

通常我们的预期是一定能找到需要的属性，但也有这个属性可有可无的情况，这时将注解的 ignoreResourceNotFound 或者 XML 文件的 ignore-resource-not-found 设置为 true 即可。如果存在多个配置，则可以通过 @Order 注解或 XML 文件的 order 属性来指定顺序。

也许大家会好奇，Spring Framework 是如何实现占位符解析的，这一切要归功于 PropertySources-PlaceholderConfigurer 这个 BeanFactoryPostProcessor。如果使用 <context:property-placeholder/>，Spring Framework 会自动注册一个 PropertySourcesPlaceholderConfigurer[①]，如果是 Java 配置，则需要我们自己用 @Bean 来注册一个，例如：

```
@Bean
public static PropertySourcesPlaceholderConfigurer configurer() {
    return new PropertySourcesPlaceholderConfigurer();
}
```

在它的 postProcessBeanFactory() 方法中，Spring 会尝试用找到的属性值来替换上下文中的对应占位符，这样在 Bean 正式初始化时我们就不会再看到占位符，而是实际替换后的值。

我们也可以定义自己的 PropertySource 实现，将它添加到 ConfigurableEnvironment.getProperty-Sources() 返回的 PropertySources 中即可，Spring Cloud Config 其实就使用了这种方式。

2.4.2　任务抽象

看过了与环境相关的抽象后，我们再来看看与任务执行相关的内容。Spring Framework 通过 TaskExecutor 和 TaskScheduler 这两个接口分别对任务的异步执行与定时执行进行了抽象，接下来就让我们一起来了解一下。

1. 异步执行

Spring Framework 的 TaskExecutor 抽象是在 2.0 版本时引入的，Executor 是 Java 5 对线程池概念的抽象，如果了解 JUC（java.util.concurrent）的话，一定会知道 java.util.concurrent.Executor 这个接口，而 TaskExecutor 就是在它的基础上又做了一层封装，让我们可以方便地在 Spring 容器中配置多线程相关的细节。

TaskExecutor 有很多实现，例如，同步的 SyncTaskExecutor；每次创建一个新线程的 Simple-AsyncTaskExecutor；内部封装了 Executor，非常灵活的 ConcurrentTaskExecutor；还有我们用的最多的 ThreadPoolTaskExecutor。

我们可以像下面这样直接配置一个 ThreadPoolTaskExecutor：

```
<bean id="taskExecutor" class="org.springframework.scheduling.concurrent.ThreadPoolTaskExecutor">
    <property name="corePoolSize" value="4"/>
    <property name="maxPoolSize" value="8"/>
    <property name="queueCapacity" value="32"/>
</bean>
```

---

① PropertySourcesPlaceholderConfigurer 是 Spring Framework 3.1 引入的，之前大家一直使用 PropertyPlaceholder-Configurer，相比之下，后者有诸多不便。本书建议无论什么情况下都使用前者。

也可使用 <task:executor/>，下面是一个等价的配置：

```
<task:executor id="taskExecutor" pool-size="4-8" queue-capacity="32"/>
```

> **茶歇时间：该怎么配置线程池**
>
> 　　如果要在程序中使用线程，请不要自行创建 Thread，而应该尽可能考虑使用线程池，并且明确线程池的大小——不能无限制地创建线程。
>
> 　　网上有这样的建议，对于 CPU 密集型的系统，要尽可能减少线程数，建议线程池大小配置为 "CPU 核数 +1"；对于 IO 密集型系统，为了避免 CPU 浪费在等待 IO 上，建议线程池大小为 "CPU 核数 ×2"。当然，这只是一个建议值，具体还是可以根据情况来做调整的。
>
> 　　线程池的等待队列默认为 Integer.MAX_VALUE，这样可能会造成任务的大量堆积，所以设置一个合理的等待队列大小后，就要应对 "队列满" 的情况。"队列满" 时的处理策略是由 RejectedExecutionHandler 决定的，默认是 ThreadPoolExecutor.AbortPolicy，即直接抛出一个 RejectedExecutionException 异常。如果我们能接受直接抛弃任务，也可以将策略设置为 ThreadPoolExecutor.DiscardPolicy 或 ThreadPoolExecutor.DiscardOldestPolicy。
>
> 　　此外，ThreadPoolTaskExecutor 还有一个 keepAliveSeconds 的属性，通过它可以调整空闲状态线程的存活时间。如果当前线程数大于核心线程数，到存活时间后就会清理线程。

　　在配置好了 TaskExecutor 后，可以直接调用它的 execute() 方法，传入一个 Runnable 对象；也可以在方法上使用 @Async 注解，这个方法可以是空返回值，也可以返回一个 Future：

```
@Async
public void runAsynchronous() {...}
```

　　为了让该注解生效，需要在配置类上增加 @EnableAsync 注解，或者在 XML 文件中增加 <task:annotation-driven/> 配置，开启对它的支持。

　　默认情况下，Spring 会为 @Async 寻找合适的线程池定义：例如上下文里唯一的 TaskExecutor；如果存在多个，则用 ID 为 taskExecutor 的那个；前面两个都找不到的话会降级使用 SimpleAsyncTaskExecutor。当然，也可以在 @Async 注解中指定一个。

> **请注意**　对于异步执行的方法，由于在触发时主线程就返回了，我们的代码在遇到异常时可能根本无法感知，而且抛出的异常也不会被捕获，因此最好我们能自己实现一个 AsyncUncaughtExceptionHandler 对象来处理这些异常，最起码打印一个异常日志，方便问题排查。

2. 定时任务

　　定时任务，顾名思义，就是在特定的时间执行的任务，既可以是在某个特定的时间点执行一次的任务，也可以是多次重复执行的任务。

TaskScheduler 对两者都有很好的支持，其中的几个 schedule() 方法是处理单次任务的，而 scheduleAtFixedRate() 和 scheduleWithFixedDelay() 则是处理多次任务的。scheduleAtFixedRate() 按固定频率触发任务执行，scheduleWithFixedDelay() 在第一次任务执行完毕后等待指定的时间后再触发第二次任务。

TaskScheduler.schedule() 可以通过 Trigger 来指定触发的时间，其中最常用的就是接收 Cron 表达式[①] 的 CronTrigger 了，可以像下面这样在周一到周五的下午 3 点 15 分触发任务：

```
scheduler.schedule(task, new CronTrigger("0 15 15 * * 1-5"));
```

与 TaskExecutor 类似，Spring Framework 也提供了不少 TaskScheduler 的实现，其中最常用的也是 ThreadPoolTaskScheduler。上述例子中的 scheduler 就可以是一个注入的 ThreadPoolTaskScheduler Bean。

我们可以选择用 <task:scheduler/> 来配置 TaskScheduler：

```
<task:scheduler id="taskScheduler" pool-size="10" />
```

也可以使用注解，默认情况下，Spring 会在同一上下文中寻找唯一的 TaskScheduler Bean，有多个的话用 ID 是 taskScheduler 的，再不行就用一个单线程的 TaskScheduler。在配置任务前，需要先在配置类上添加 @EnableScheduling 注解或在 XML 文件中添加 <task:annotation-driven/> 开启注解支持：

```
@Configuration
@EnableScheduling
public class Config {...}
```

随后，在方法上添加 @Scheduled 注解就能让方法定时执行，例如：

```
@Scheduled(fixedRate=1000) // 每隔1000ms执行
public void task1() {...}

@Scheduled(fixedDelay=1000) // 每次执行完后等待1000ms再执行下一次
public void task2() {...}

@Scheduled(initialDelay=5000, fixedRate=1000) // 先等待5000ms开始执行第一次,后续每隔1000ms执行一次
public void task3() {...}

@Scheduled(cron="0 15 15 * * 1-5") // 按Cron表达式执行
public void task4() {...}
```

[①] Cron 是 Linux 系统下的一个服务，可以根据配置在特定时间执行特定任务，执行时间就是用 Cron 表达式来配置的。关于 Cron 表达式的详细说明，大家可以在网上搜到大量资料，本书就不详细展开了。

茶歇时间：本地调度 vs. 分布式调度

　　上文提到的调度任务都是在一个 JVM 内部执行的，一般我们的系统都是以集群方式部署的，因此并非所有任务都需要在每台服务器上执行，同一时间，集群中的一台服务器能执行就够了。这时，仅有本节所提供的调度任务支持是不够的，我们还可以借助其他调度服务来实现我们的需求，例如，当当开源的 ElasticJob。

　　举个例子，为了提升性能，我们会使用多级缓存，代码优先读取 JVM 本地缓存，没有命中的话再去读取 Redis 分布式缓存。缓存要靠定时任务来刷新，此时本地调度任务就用来刷新 JVM 缓存，而分布式调度任务就用来刷新 Redis 缓存。当然，我们也可以通过分布式调度来管理每台机器上的调度任务。

　　甚至在一些场景中我们还需要对调度任务进行复杂的拆分：一台机器接收到任务被触发，接着进行一系列的准备工作，随后将任务分发到集群中的其他节点上进行后续处理，以此充分发挥集群的作用。

　　总之，调度任务可以是非常复杂的，本节只是简单地引入这个话题，感兴趣的话，大家可以再深入研究。

2.5　小结

　　通过本章的学习，我们对 Spring Framework 的核心容器及 Bean 的概念已经有了一个大概的了解。不仅知道了如何去使用它们，更是深入了解了如何对一些特性进行定制，如何通过类似事件通知这样的机制来应对某些问题。

　　Spring Framework 为了让大家专心于业务逻辑，为我们提供了很多抽象来屏蔽底层的实现。本章中的环境抽象和任务抽象就是很好的例子。

　　下一章，我们将看到 Spring Framework 中的另一个重要内容——AOP 支持。

第 3 章

Spring Framework 中的 AOP

讲完了 IoC，我们再来聊聊 Spring Framework 中的另一个重要内容——面向切面编程，即 AOP。它是框架中众多功能的基础，例如声明式事务就是依靠 AOP 来实现的。此外，Spring 还为我们提供了简单的方式来使用 AOP，这有助于简化业务代码中一些共性功能的开发。本章我们会一起去了解 AOP 的基本概念，以及 AOP 在 Spring Framework 中的实现，并学习如何通过使用注解和 XML 文件的方式来配置 AOP 相关的功能。

3.1 Spring 中的 AOP

为了能更好地理解 AOP，本节会先带大家了解一下什么是 AOP，它能做什么，随后展开解释其中的一些核心概念，最后再剖析一下 Spring Framework 中 AOP 的实现原理。

3.1.1 AOP 的核心概念

AOP 是 Aspect Oriented Programming（面向切面编程）的首字母缩写，是一种编程范式，它的目的是通过分离横切关注点（cross-cutting concerns）来提升代码的模块化程度。AOP 的概念最早是由 Xerox PARC[①] 提出的，我第一次接触到这个概念则是在 2004 年左右，当时我还在上大学，恰逢学院的一位博士生导师来给本科生上课，课程中他向我们介绍了 AOP，那时主要的 AOP 框架还是 AspectJ[②]。

---

① Xerox PARC（施乐帕罗奥多研究中心）是施乐公司成立的最重要的研究机构。在个人电脑崛起的时代，Xerox PARC 是当之无愧的技术先锋。

② AspectJ 是 Eclipse 基金会下的一个项目，是知名的 AOP 框架，详情可见 Eclipse 官网。

AOP 中提到的**关注点**，其实就是一段**特定的功能**，有些关注点出现在多个模块中，就称为**横切关注点**。这么说可能有点抽象，举个例子，一个后台客服系统的每个模块都需要记录客服的操作日志，这就是一个能从业务逻辑中分离出来的横切关注点，完全不用交织在每个模块的代码中，可以作为一个单独的模块存在。

整理一下，可以发现 AOP 解决了两个问题：第一是**代码混乱**，核心的业务逻辑代码还必须兼顾其他功能，这就导致不同功能的代码交织在一起，可读性很差；第二是**代码分散**，同一个功能的代码分散在多个模块中，不易维护。在引入 AOP 之后，一切就变得不一样了。

虽然 AOP 同 OOP（Object-Oriented Programming，面向对象编程）一样，都是一种编程范式，但它并非站在 OOP 的对立面，而是对 OOP 的一个很好的补充。Spring Framework 就是一个例子，它很好地将两者融合在了一起。

在 AOP 中有几个重要的概念，在开始实践前，我们先通过表 3-1 来了解一下这些概念。

表 3-1　AOP 中的几个重要概念

概念	说明
切面（aspect）	按关注点进行模块分解时，横切关注点就表示为一个切面
连接点（join point）[①]	程序执行的某一刻，在这个点上可以添加额外的动作
通知（advice）	切面在特定连接点上执行的动作
切入点（pointcut）	切入点是用来描述连接点的，它决定了当前代码与连接点是否匹配

借助表 3-1，我们可以将这些概念串联起来：通过切入点来匹配程序中的特定连接点，在这些连接点上执行通知，这种通知可以是在连接点前后执行，也可以是将连接点包围起来。

3.1.2　Spring AOP 的实现原理

在 Spring Framework 中，虽然 Spring AOP 的使用方式发生过很大的变化，但其背后的核心技术却从未改变，那就是**动态代理技术**。代理模式是 GoF 提出的 23 种经典设计模式之一，我们可以为某个对象提供一个代理，控制对该对象的访问，代理可以在两个有调用关系的对象之间起到中介的作用——代理封装了目标对象，调用者调用了代理的方法，代理再去调用实际的目标对象，如图 3-1 所示。

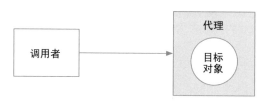

图 3-1　代理模式示意图

[①] 关于连接点模型（JPM，join point model）的更多内容，可以访问 AOP 的 wiki 页面。AspectJ 的连接点模型与此还有所区别，具体可以查看 AspectJ 的文档。

动态代理就是在运行时动态地为对象创建代理的技术。在 Spring 中，由 AOP 框架创建、用来实现切面的对象被称为 **AOP 代理**（AOP Proxy），一般采用 JDK 动态代理或者是 CGLIB[①] 代理，两者在使用时的区别具体如表 3-2 所示。

表 3-2　JDK 动态代理与 CGLIB 代理的区别

	必须要实现接口	支持拦截 public 方法	支持拦截 protected 方法	拦截默认作用域方法[②]
JDK 动态代理	是	是	否	否
CGLIB 代理	否	是	是	是

虽然 CGLIB 支持拦截非 public 作用域的方法调用，但在不同对象之间交互时，建议还是以 public 方法调用为主。

Spring 容器在为 Bean 注入依赖时，会自动将被依赖 Bean 的 AOP 代理注入进来，这就让我们感觉是在使用原始的 Bean，其实不然。

被切面拦截的对象称为**目标对象**（target object）或**通知对象**（advised object），因为 Spring 用了动态代理，所以目标对象就是要被代理的对象。

以 JDK 动态代理为例，假设我们希望在代码示例 3-1[③] 的方法执行前后增加两句日志，可以采用下面这套代码，先实现调用 Hello 的主流程。

代码示例 3-1　要被动态代理的 Hello 接口及其实现片段

```java
public interface Hello {
    void say();
}

public class SpringHello implements Hello {
    @Override
    public void say() {
        System.out.println("Hello Spring!");
    }
}
```

随后，我们可以像代码示例 3-2 那样设计一个 InvocationHandler，于是对代理对象的调用都会转为调用 invoke 方法，传入的参数中就包含了所调用的方法和实际的参数。

代码示例 3-2　在 Hello.say() 前后打印日志的 InvocationHandler

```java
public class LogHandler implements InvocationHandler {
    private Hello source;

    public LogHandler(Hello source) {
        this.source = source;
    }
```

---

① CGLIB，这是一个生成与转换 Java 字节码的高阶 API，广泛应用于各种框架中。在 Spring Framework 中，为了避免类冲突，Spring 团队直接在编译时将 CGLIB 打包进了框架里，同时调整了包名。

② 如果不加 public、protected 或 private 修饰符，在 Java 中即为默认作用域，在同一个包内可见。

③ 这个示例在 ch3/helloworld-jdkproxy 项目中。

```
    @Override
    public Object invoke(Object proxy, Method method, Object[] args) throws Throwable {
        System.out.println("Ready to say something.");
        try {
            return method.invoke(source, args);
        } finally {
            System.out.println("Already say something.");
        }
    }
}
```

最后，再通过 `Proxy.newProxyInstance()` 为 Hello 实现类的 Bean 实例创建使用 LogHandler 的代理，如代码示例 3-3 所示。

代码示例 3-3   创建 JDK 动态代理并调用方法

```
public class Application {
    public static void main(String[] args) {
        Hello original = new SpringHello();
        Hello target = (Hello) Proxy.newProxyInstance(Hello.class.getClassLoader(),
                original.getClass().getInterfaces(), new LogHandler(original));
        target.say();
    }
}
```

这段代码的运行效果如下：

```
Ready to say something.
Hello Spring!
Already say something.
```

Spring AOP 的实现方式与我们的例子大同小异，相信通过这个例子大家已经能够对其背后的实现原理了解一二了。感兴趣的朋友可以阅读一下 ProxyFactoryBean 的源码，若是采用 JDK 动态代理，AopProxyFactory 会创建 JdkDynamicAopProxy；若是采用 CGLIB 代理，则是创建 ObjenesisCglibAopProxy，前者的逻辑就和我们的例子差不多。

茶歇时间：使用代理模式过程中的小坑

在上面的例子中，我们调用的是代理对象 target 上的方法，并不直接操作原始对象。在 Spring AOP 中，为了能用到被 AOP 增强过的方法，我们应该始终与代理对象交互。如果存在一个类的内部方法调用，这个调用的对象不是代理，而是其本身，则无法享受 AOP 增强的效果。

比如，下面这个类中的 foo() 方法调用了 bar()，哪怕 Spring AOP 对 bar() 做了拦截，由于调用的不是代理对象，因而看不到任何效果，大家需要特别注意这种情况。

```
public class Hello {
    public void foo() {
        bar();
    }

    public void bar() {...}
}
```

3.2 基于 @AspectJ 的配置

回想我第一次接触 AOP 时，AspectJ 的使用体验并不理想。AspectJ 不仅需要编写单独的 Aspect 代码，还要通过 ajc 命令做编译。当然，尽管现在的 AspectJ 也有了长足进步，但 Spring AOP 中所有的东西都是 Java 类，对开发者来说用起来更为统一，体验更好。Spring Framework 同时支持 @AspectJ 注解和 XML Schema 两种方式来使用 AOP，虽然官方并没有明显的偏好，但个人认为注解的方式更贴近 Java 的风格，所以先来介绍一下基于注解的方式。

首先，需要引入 org.springframework:spring-aspects 依赖，以便使用 AspectJ 相关的注解和功能。要开启 @AspectJ 支持，可以在 Java 配置类上增加 @EnableAspectJAutoProxy 注解，比如像下面这样：

```
@Configuration
@EnableAspectJAutoProxy
public class Config {...}
```

@EnableAspectJAutoProxy 有两个属性，proxyTargetClass 用于选择是否开启基于类的代理（是否使用 CGLIB 来做代理）；exposeProxy 用于选择是否将代理对象暴露到 AopContext 中，两者默认值都是 false。①

我们也可以通过 XML Schema 的方式来实现相同的效果，如代码示例 3-4 所示，注意要正确地引入 aop 命名空间。

代码示例 3-4　通过 `<aop:aspectj-autoproxy/>` 开启 @AspectJ 支持

```xml
<?xml version="1.0" encoding="UTF-8"?>
<beans xmlns="http://www.springframework.org/schema/beans"
    xmlns:xsi="http://www.w3.org/2001/XMLSchema-instance"
    xmlns:aop="http://www.springframework.org/schema/aop"
    xsi:schemaLocation="
        http://www.springframework.org/schema/beans https://www.springframework.org/schema/beans/spring-beans.xsd
        http://www.springframework.org/schema/aop https://www.springframework.org/schema/aop/spring-aop.xsd">

    <aop:aspectj-autoproxy/>

</beans>
```

接下来，在完成配置后，我们就可以使用 @Aspect 注解来声明切面了，将这个注解加到类上即可：

```
@Aspect
public class MyAspect {...}
```

> **注意**　有两点内容需要重点说明。
> (1) 添加 @Aspect 注解只是告诉 Spring "这个类是切面"，但并没有把它声明为 Bean，因此需要我们手动进行配置，例如添加 @Component 注解，或者在 Java 配置类中进行声明。
> (2) Spring Framework 会对带有 @Aspect 注解的类做特殊对待，因为其本身就是一个切面，所以不会被别的切面自动拦截。

---

① 在 Spring Boot 中，会自动配置使用基于类的代理。

在声明了切面后，我们就可以配置具体的切入点和通知了，本章的后面会对这些做具体的展开。

3.2.1 声明切入点

注解方式的切入点声明由两部分组成——**切入点表达式**和**切入点方法签名**。前者用来描述要匹配的连接点，后者可以用来引用切入点，方便切入点的复用，具体如代码示例 3-5 所示。

代码示例 3-5　一些简单的切入点声明

```
package learning.spring.helloworld;

public class HelloPointcut {
    @Pointcut("target(learning.spring.helloworld.Hello)")
    public void helloType() {} // 目标对象是 learning.spring.helloworld.Hello 类型

    @Pointcut("execution(public * say())")
    public void sayOperation() {} // 执行 public 的 say() 方法

    @Pointcut("helloType() && sayOperation()") // 复用其他切入点
    public void sayHello() {} // 执行 Hello 类型中 public 的 say() 方法
}
```

@Pointcut 注解中使用的就是 AspectJ 5 的表达式，其中一些常用的 PCD（pointcut designator，切入点标识符）如表 3-3 所示。

表 3-3　@Pointcut 中的一些常用 PCD

PCD	说　　明
execution	最常用的一个 PCD，用来匹配特定方法的执行
within	匹配特定范围内的类型，可以用通配符来匹配某个 Java 包内的所有类
this	Spring AOP 代理对象这个 Bean 本身要匹配某个给定的类型
target	目标对象要匹配某个给定的类型，比 this 更常用一些
args	传入的方法参数要匹配某个给定的类型，它也可以用于绑定请求参数
bean	Spring AOP 特有的一个 PCD，匹配 Bean 的 ID 或名称，可以用通配符

因为 execution 用得非常多，下面详细描述一下它的表达式，[] 代表可选项，<> 代表必选项：

execution([修饰符] < 返回类型> [全限定类名.]< 方法>(< 参数>) [异常])

其中，

□ 每个部分都可以使用 * 通配符

□ 类名中使用 .* 表示包中的所有类，..* 表示当前包与子包中的所有类

□ 参数主要分为以下几种情况：

　■ () 表示方法无参数

　■ (..) 表示有任意个参数

　■ (*) 表示有一个任意类型的参数

　■ (String) 表示有一个 String 类型的参数

　■ (String,String) 代表有两个 String 类型的参数

在 Java 中，为了方便标识，我们也经常使用注解，如果类上带了特定的注解，也可以用表 3-4 中的这些 PCD。

表 3-4　针对注解的常用 PCD

PCD	说　　明
@target	执行的目标对象带有特定类型注解
@args	传入的方法参数带有特定类型注解
@annotation	拦截的方法上带有特定类型注解

切入点表达式支持与、或、非运算，运算符分别为 &&、|| 和 !，还可以进行灵活组合。

最后，我们再提供一些示例：

```
// learning.spring.helloworld及其子包中所有类里的say方法
// 该方法可以返回任意类型，第一个参数必须是String，后面可以跟任意参数
execution(* learning.spring.helloworld..*.say(String,..))

// learning.spring.helloworld及其子包
within(learning.spring.helloworld..*)

// 方法的参数仅有一个String
args(java.lang.String)

// 目标类型为Hello及其子类
target(learning.spring.helloworld.Hello+)

// 类上带有@AopNeeded注解
@target(learning.spring.helloworld.AopNeeded)
```

茶歇时间：Spring AOP 与 AspectJ 中 PCD 的不同之处

Spring AOP 中虽然使用了 AspectJ 5 的切入点表达式，也共用了不少 AspectJ 的 PCD，但其实两者还是有区别的。比如，Spring AOP 中仅支持有限的 PCD，AspectJ 中还有很多 PCD 是 Spring AOP 不支持的。

由于 Spring AOP 的实现基于动态代理，因而只能匹配普通方法的执行，像静态初始化、静态方法、构造方法、属性赋值等操作都是拦截不到的。所以说相比 AspectJ 而言，Spring AOP 的功能弱很多，但在大部分场景下也基本够用。

出于上述差异，在表 3-4 中我们并没有列出 @within 这个 PCD，因为在 Spring AOP 中，@target 与 @within 两者在使用上感受不到什么区别。前者要求运行时的目标对象带有注解，这个注解的 @Retention 是 RetentionPolicy.RUNTIME，即运行时的；后者要求被拦截的类上带有 @Retention 是 RetentionPolicy.CLASS 的注解。但 Spring AOP 只能拦截到非静态 public 方法的执行，两个 PCD 的效果一样，所以还是老老实实用 @target 吧。[①]

---

① 关于 Spring AOP 中 @target 与 @within 的差异，StackOverflow 上有一篇名为 "Difference between @target and @within (Spring AOP)" 的文章说得比较清楚，感兴趣的同学可以参考。

3.2.2 声明通知

Spring AOP 中有多种通知类型，可以帮助我们在方法的各个执行阶段进行拦截，例如，可以在方法执行前、返回后、抛出异常后添加特定的操作，也可以完全替代方法的实现，甚至为一个类添加原先没有的接口实现。

1. 前置通知

@Before 注解可以用来声明一个前置通知，注解中可以引用事先定义好的切入点，也可以直接传入一个切入点表达式，在被拦截到的方法开始执行前，会先执行通知中的代码：

```
@Aspect
public class BeforeAspect {
    @Before("learning.spring.helloworld.HelloPointcut.sayHello()")
    public void before() {
        System.out.println("Before Advice");
    }
    // 同一个切面类里还可以有其他通知方法
    // 这就是一个普通的Java类,没有太多限制
}
```

前置通知的方法没有返回值，因为它在被拦截的方法前执行，就算有返回值也没地方使用，但是它可以对被拦截方法的参数进行加工，通过 args 这个 PCD 能明确参数，并将其绑定到前置通知方法的参数上。例如，要在 sayHello(AtomicInteger) 这个方法前对 AtomicInteger 类型的参数进行数值调整，就可以这样做：

```
@Before("learning.spring.helloworld.HelloPointcut.sayHello() && args(count)")
public void before(AtomicInteger count) {
    // 操作count
}
```

要是同时存在多个通知作用于同一处，可以让切面类实现 Ordered 接口，或者在上面添加 @Order 注解。指定的值越低，优先级则越高，在最终的代理对象执行时也会先执行优先级高的逻辑。

2. 后置通知

在方法执行后，可能正常返回，也可能抛出了异常。如果想要拦截正常返回的调用，可以使用 @AfterReturing 注解。例如像下面这样：

```
@AfterReturning("execution(public * say(..))")
public void after() {}

@AfterReturning(pointcut = "execution(public * say(..))", returning = "words")
public void printWords(String words) {
    System.out.println("Say something: " + words);
}
```

printWords() 方法的参数 words 就是被拦截方法的返回值，而且此处限定了该通知只拦截返回值是 String 类型的调用。需要提醒的是，returning 中给定的名字必须与方法的参数名保持一致。

如果想要拦截抛出异常的调用，可以使用 @AfterThrowing 注解，这个注解的用法与 @AfterReturing 极

为类似。例如：

```
@AfterThrowing("execution(public * say(..))")
public void afterThrow() {}

@AfterThrowing(pointcut = "execution(public * say(..))", throwing = "exception")
public void printException(Exception exception) {}
```

如果不关注执行是否成功，只是想在方法结束后做些动作，可以使用 @After 注解：

```
@After("execution(public * say(..))")
public void afterAdvice() {}
```

添加了 @After 注解的方法必须要能够处理正常与异常这两种情况，但它又获取不到返回值或异常对象，所以一般只被用来做一些资源清理的工作。

3. 环绕通知

还有一种通知类型是环绕通知，它的功能比较强大，不仅可以在方法执行前后加入自己的逻辑，甚至可以完全替换方法本身的逻辑，或者替换调用参数。我们可以添加 @Around 注解来声明环绕通知，这个方法的签名需要特别注意，它的第一个参数必须是 ProceedingJoinPoint 类型的，方法的返回类型是被拦截方法的返回类型，或者直接用 Object 类型。

例如，我们希望统计 say() 方法的执行时间，可以像代码示例 3-6 那样来声明环绕通知。

代码示例 3-6　统计方法耗时的环绕通知

```
@Aspect
public class TimerAspect {
    @Around("execution(public * say(..))")
    public Object recordTime(ProceedingJoinPoint pjp) throws Throwable {
        long start = System.currentTimeMillis();
        try {
            return pjp.proceed();
        } finally {
            long end = System.currentTimeMillis();
            System.out.println("Total time: " + (end - start) + "ms");
        }
    }
}
```

其中的 pjp.proceed() 就是调用具体的连接点进行的处理，proceed() 方法也接受 Ojbect[] 参数，可以替代原先的参数。

环绕通知虽然很强大，但在日常开发过程中，我们选择能满足需求的通知类型就好，如果 @After 够用，那就不用 @Around 了。

4. 引入通知

与前面介绍的几种相比，下面要介绍的最后一种 Spring AOP 通知不太常用。我们可以为 Bean 添加新的接口，并为新增的方法提供默认实现，这种操作被称为引入（Introduction）[①]。在切面类里声

① 也有的地方称为引介。

明一个成员属性，该属性的类型就是要引入的类型，在上面添加 @DeclareParents 注解就可以声明引入，可以像下面这样为 Hello 及其子类实现 GoodBye 接口：

```
@Aspect
public class MyAspect {
    @DeclareParents(value = "learning.spring.helloworld.Hello+", defaultImpl = DefaultGoodByeImpl.class)
    private GoodBye goodBye;
}
```

引入其实是针对类型进行的增强，value 中仅可填入要匹配的类型，可以使用 AspectJ 类型匹配模式。引入声明后，在 Spring 容器中取到的 Bean 就已经完成了增强，哪怕在前置通知中也是如此。

3.2.3 基于 @AspectJ 的示例

为了便于大家能更好地掌握 Spring AOP 的用法，本节为大家准备了一个基于 @AspectJ 注解的 AOP 示例[①]，如代码示例 3-7 所示，假设这里我们有一个 Hello 接口及其对应实现 SpringHello。

代码示例 3-7　Hello 接口及其实现代码片段

```
public interface Hello {
    // 为了方便演示改变参数内容,此处使用StringBuffer
    String sayHello(StringBuffer words);
}

@Component
public class SpringHello implements Hello {
    @Override
    public String sayHello(StringBuffer words) {
        return "Hello! " + words;
    }
}
```

第一个切面拦截 Hello 类型中的方法执行，我们在传入的 StringBuffer 中追加了一段文字，为了演示多个通知的执行顺序，还增加了 @Order 注解，如代码示例 3-8 所示。

代码示例 3-8　HelloAspect 切面代码片段

```
@Aspect
@Component
@Order(1)
public class HelloAspect {
    @Before("target(learning.spring.helloworld.Hello) && args(words)")
    public void addWords(StringBuffer words) {
        words.append("Welcome to Spring! ");
    }
}
```

第二个切面 SayAspect 中有三部分内容（如代码示例 3-9 所示）：

(1) 拦截所有 say 打头的方法，在 StringBuffer 参数中追加目前为止说过的话的计数[②]；

---

① 完整代码放在了本书配套代码示例的 ch3/helloworld-annotation-sample 目录中。如果想要自己动手编写，项目的 Maven POM 文件中需要引入 spring-context、spring-aop 和 spring-aspects 这几个依赖。

② 此处可以关注两个 @Before 通知的执行顺序。此外，这里并没有考虑并发的情况，因此计数是不准确的，仅做演示之用。

(2) 为 learning.spring.helloworld 包内的类引入了一个 GoodBye 接口；

(3) 通过环绕通知改变了 sayHello() 方法的执行结果，追加了对引入的 GoodBye 接口的调用。

代码示例 3-9　SayAspect 切面代码片段

```
@Aspect
@Component
@Order(2)
public class SayAspect {
    @DeclareParents(value = "learning.spring.helloworld.*",
                    defaultImpl = DefaultGoodBye.class)
    private GoodBye bye;
    private int counter = 0;

    @Before("execution(* say*(..)) && args(words)")
    public void countSentence(StringBuffer words) {
        words.append("[" + ++counter + "]\n");
    }

    @Around("execution(* sayHello(..)) && this(bye)")
    public String addSay(ProceedingJoinPoint pjp, GoodBye bye)
        throws Throwable {
        return pjp.proceed() + bye.sayBye();
    }

    public void reset() {
        counter = 0;
    }

    public int getCounter() {
        return counter;
    }
}
```

这个切面中所引入的 GoodBye 接口及其默认实现内容如代码示例 3-10 所示。

代码示例 3-10　GoodBye 接口及其实现的代码片段

```
public interface GoodBye {
    String sayBye();
}

public class DefaultGoodBye implements GoodBye {
    @Override
    public String sayBye() {
        return "Bye! ";
    }
}
```

为了验证这个示例的运行结果是否如我们预期的那样，可以编写一个执行类，直接去调用 SpringHello 的 sayHello() 方法。但在实际工作中，大家要写的代码远比例子中的复杂，而且很多时候需要进行各种测试来做验证——有了充分的单元测试，才能保障代码质量。因此，从本节开始，我们的示例中会加入测试用例来验证代码是否符合预期。接下来，就让我们来看看这两种方式的代码该如何编写。

1. 直接运行代码

我们通过 AnnotationConfigApplicationContext 可以构建一个基于注解的 Spring 容器，再配合简单的 Java 配置类，这个代码就能运行了，如代码示例 3-11 所示。

代码示例 3-11　Application 类的代码片段

```java
@Configuration
@EnableAspectJAutoProxy
@ComponentScan("learning.spring.helloworld")
public class Application {
    public static void main(String[] args) {
        AnnotationConfigApplicationContext applicationContext =
                new AnnotationConfigApplicationContext(Application.class);

        Hello hello = applicationContext.getBean("springHello", Hello.class);
        System.out.println(hello.sayHello(new StringBuffer("My Friend. ")));
        System.out.println(hello.sayHello(new StringBuffer("My Dear Friend. ")));
    }
}
```

上述代码的执行输出如下：

```
Hello! My Friend. Welcome to Spring! [1]
Bye!
Hello! My Dear Friend. Welcome to Spring! [2]
Bye!
```

2. 单元测试

直接运行代码，然后通过肉眼查看输出内容来判断逻辑是否正确，这种方法虽然简单直观，但不具备在大规模项目中使用的条件——每次改动代码都要人肉测试，既不高效，又浪费人力资源。所以，能用代码来验证的事，我们就要把它们写成自动化测试。[①]

Maven 工程默认将生产代码和测试代码分开了，生产代码在 main 目录中，而测试代码则写在 test 目录中。为了在项目中使用 JUnit 5 进行单元测试，pom.xml 文件需要引入 spring-test 和 junit-jupiter 依赖，就像下面这样：[②]

```xml
<dependencies>
    <!-- 省略其他内容 -->
    <dependency>
        <groupId>org.springframework</groupId>
        <artifactId>spring-test</artifactId>
        <version>5.3.15</version>
        <scope>test</scope>
    </dependency>
    <dependency>
        <groupId>org.junit.jupiter</groupId>
```

---

① 目前主流的 Java 单元测试框架是 JUnit 和 TestNG。从使用人数上看，JUnit 4 用得比较广泛；而从功能上来说，JUnit 5 和 TestNG 更为丰富。此外，Spring Framework 5 也支持 JUnit 5，因此本书的示例会使用 JUnit 5。关于 JUnit 5 的用法，本书不做说明，简单的使用会直接放在例子中，而复杂的用法，请大家参考官方文档。关于 Spring Framework 的测试支持，将会穿插在本书的各个章节里，不安排独立章节说明。

② 这里的版本视实际情况而定，在使用了 Spring Boot 后，可以让 Spring Boot 来管理这些版本。

```
            <artifactId>junit-jupiter</artifactId>
            <version>5.8.2</version>
            <scope>test</scope>
        </dependency>
    </dependencies>
```

下面我们编写一个 ApplicationTest 类，通过其中的断言（assertion）来判断结果，如代码示例 3-12 所示。

代码示例 3-12　ApplicationTest 类的代码片段

```java
@ExtendWith(SpringExtension.class)
@ContextConfiguration(classes = Application.class)
// 这个@SpringJUnitConfig可以代替上述两行
// @SpringJUnitConfig(Application.class)
public class ApplicationTest {
    @Autowired
    private Hello hello;
    @Autowired
    private SayAspect sayAspect;

    @BeforeEach
    public void setUp() {
        // Spring容器是同一个,因此SayAspect也是同一个
        // 重置计数器,方便进行断言判断
        sayAspect.reset();
    }

    @Test
    @DisplayName("springHello不为空")
    public void testNotEmpty() {
        assertNotNull(hello);
    }

    @Test
    @DisplayName("springHello是否为GoodBye类型")
    public void testIntroduction() {
        assertTrue(hello instanceof GoodBye);
    }

    @Test
    @DisplayName("通知是否均已执行")
    public void testAdvice() {
        StringBuffer words = new StringBuffer("Test. ");
        String sentence = hello.sayHello(words);
        assertEquals("Test. Welcome to Spring! [1]\n", words.toString());
        assertEquals("Hello! Test. Welcome to Spring! [1]\nBye! ", sentence);
    }

    @Test
    @DisplayName("说两句话,检查计数")
    public void testMultipleSpeaking() {
        assertEquals("Hello! Test. Welcome to Spring! [1]\nBye! ",
                hello.sayHello(new StringBuffer("Test. ")));
        assertEquals("Hello! Test. Welcome to Spring! [2]\nBye! ",
                hello.sayHello(new StringBuffer("Test. ")));
    }
}
```

在 IDEA 中执行测试后，可以看到如图 3-2 的测试结果。如果某项测试失败，那么对应测试就不会有绿色的对勾。大家可以通过点击选中某项测试，查看其具体执行情况。

图 3-2 IDEA 中的测试结果

也可以在命令行中通过 Maven 来执行测试，由于 JUnit 5 对 Maven 及其插件的版本有要求，测试者最好安装 3.6.0 版本以上的 Maven，并在 pom.xml 中修改 maven-surefire-plugin 的版本，比如使用 2.22.0 以上的版本，像下面这样：

```
<build>
    <plugins>
        <!-- 为了支持JUnit 5，使用2.22.0的插件 -->
        <plugin>
            <groupId>org.apache.maven.plugins</groupId>
            <artifactId>maven-surefire-plugin</artifactId>
            <version>2.22.0</version>
        </plugin>
    </plugins>
</build>
```

随后在工程目录中执行 mvn test 命令，如果一切顺利，我们就可以在输出中看到类似如下的内容（如果有断言失败，也会在输出中有所提示）：

```
[INFO] Tests run: 4, Failures: 0, Errors: 0, Skipped: 0, Time elapsed: 0.523 s - in learning.spring.
    helloworld.ApplicationTest
[INFO]
[INFO] Results:
[INFO]
[INFO] Tests run: 4, Failures: 0, Errors: 0, Skipped: 0
```

3.3 基于 XML Schema 的配置

Spring Framework 除了支持以 @AspectJ 注解的方式来配置 AOP，还支持通过 <aop/> XML Schema 的方式。如果大家习惯使用 XML，也可以考虑采用这种方式。

Spring AOP 相关的 XML 配置，都放在 <aop:config/> 中，比如要声明切面，就可以像代码示例 3-13 那样。切面类的内容和上一节介绍的类似，但无须添加注解。

代码示例 3-13　用 <aop:aspect/> 声明切面

```xml
<?xml version="1.0" encoding="UTF-8"?>
<beans xmlns="http://www.springframework.org/schema/beans"
       xmlns:xsi="http://www.w3.org/2001/XMLSchema-instance"
       xmlns:aop="http://www.springframework.org/schema/aop"
       xsi:schemaLocation="http://www.springframework.org/schema/beans https://www.springframework.org/
schema/beans/spring-beans.xsd http://www.springframework.org/schema/aop https://www.springframework.org/
schema/aop/spring-aop.xsd">

    <aop:config>
        <aop:aspect id="helloAspect" ref="aspectBean">
            <!-- 其他内容省略 -->
        </aop:aspect>
    </aop:config>

    <bean id="aspectBean" class="..." />
</beans>
```

3.3.1　声明切入点

在 <aop:config/> 中，我们可以通过 <aop:pointcut/> 来配置切入点。它既可以配置在 <aop:config/> 中，也可以出现在 <aop:aspect/> 中。切入点的 id 可以方便复用，expression 中的切入点表达式就和 3.2.1 节中介绍的一致。例如像下面这样：

```xml
<aop:config>
    <aop:aspect id="helloAspect" ref="aspectBean">
        <aop:pointcut id="helloType" expression="target(learning.spring.helloworld.Hello)" />
        <!-- 其他内容省略 -->
    </aop:aspect>
</aop:config>
```

<aop:pointcut/> 的 expression 中既可以直接写表达式，也可以写带有 @Pointcut 注解的全限定方法。表达式同样支持运算，可以用 &&、|| 和 !，或者 and、or 和 not 进行组合，考虑到 XML 中用前一种方式比较麻烦，这里建议大家还是尽量使用 and、or 和 not。需要注意一点，组合表达式中不能通过 id 来引用其他已经定义的切入点。

3.3.2　声明通知

在 XML 中的通知也和 @AspectJ 注解的类似，只不过换成了 <aop:before/>、<aop:after-returning/> 等 XML 而已。如果有多个通知要执行，可以让切面类实现 Ordered 接口或者添加 @Order 注解，<aop:aspect/> 中有一个 order 属性也可以配置切面的顺序。

1. 前置通知

<aop:before/> 可以用来声明前置通知，method 属性的值是切面的具体方法，其中包含了前置通知的代码逻辑；pointcut 属性的值是切入点表达式，也可以通过 pointcut-ref 属性来使用事先定义好的切入点。例如，代码示例 3-7 的前置通知，可以改写为如下 XML 格式：

```xml
<aop:aspect id="beforeAspect" ref="beforeAspectBean">
    <aop:before pointcut="learning.spring.helloworld.HelloPointcut.sayHello()" method="before" />
</aop:aspect>
```

在 pointcut 中也可以使用绑定的方式向方法传递参数，比如用 args()、this() 或 target()。

2. 后置通知

与基于 @AspectJ 注解的方式一样，基于 XML Schema 的后置通知同样分为三类。

❏ 正常返回：<aop:after-returning/>。

❏ 抛出异常：<aop:after-throwing/>。

❏ 无所谓正常返回还是抛出异常：<aop:after/>。

三个标签中都有 pointcut、pointcut-ref 和 method 属性，其作用与 <aop:before/> 中介绍的一样。

<aop:after-returning/> 中还有一个 returning 属性，用来将方法的执行返回传递到通知方法中，属性值需要与方法的参数名一致。当然，我们也可以忽略这个属性，不关心返回值。3.2.2 节中的例子可以改写成下面这样：

```
<aop:after-returning pointcut="execution(public * say(..))"
                     returning="words"
                     method="printWords" />
```

<aop:after-throwing/> 中也与注解一样，有一个 throwing 属性，用来向通知方法中传递抛出的异常。3.2.2 节中的例子同样可以改写成下面这样：

```
<aop:after-throwing pointcut="execution(public * say(..))"
                    method="afterThrow" />

<aop:after-throwing pointcut="execution(public * say(..))"
                    throwing="exception"
                    method="printException" />
```

<aop:after/> 则相对简单，没有额外的属性可以配置。上面的例子改写为 XML 后就像下面这样：

```
<aop:after pointcut="execution(public * say(..))" method="afterAdvice" />
```

3. 环绕通知

环绕通知的代码实现与使用 @AspectJ 注解时是一样的，只不过将注解换成了 <aop:around/> 的 XML，代码示例 3-8 的声明可以改写成如下 XML：

```
<aop:around pointcut="execution(public * say(..))" method="recordTime" />
```

至于具体的方法定义，可以回顾一下 3.2.2 节中的相关内容和代码示例 3-8。

4. 引入通知

XML 中同样也可以声明引入，在 <aop:aspect/> 中通过 <aop:declare-parents/> 就可以实现和 @DeclareParents 注解一样的效果，<aop:declare-parents/> 里有三个属性。

❏ types-matching：用来匹配类型，比如 learning.spring.helloworld.*+。

❏ implement-interface：要引入的接口。

❏ default-impl：接口的默认实现。

3.2.2 节中的 @DeclareParents 示例可以改写成下面这样：

```
<aop:aspect id="myAspect" ref="myAspectBean">
    <aop:declare-parents types-matching="learning.spring.helloworld.Hello+"
        implement-interface="learning.spring.helloworld.GoodBye"
        default-impl="learning.spring.helloworld.DefaultGoodByeImpl"/>
    <!-- 其他省略 -->
</aop:aspect>
```

3.3.3　通知器

如果觉得 XML Schema 的配置方式比较繁琐，在 <aop:config/> 中又有 <aop:aspect/>，又有 <aop:pointcut/>，还有各种通知。为此，Spring Framework 为我们提供了一套通知器（advisor）的 XML 元素，通过 <aop:advisor/> 可以简单地配置出一个仅包含单个通知的切面，通知器中引用的 Bean 要实现如下的 AOP 通知接口。

- ❑ MethodInterceptor：环绕通知。
- ❑ MethodBeforeAdvice：前置通知。
- ❑ AfterReturningAdvice：正常返回的后置通知。
- ❑ ThrowsAdvice：抛出异常的后置通知。

随后，可以像下面这样来定义通知器：

```
<aop:config>
    <aop:pointcut id="sayMethod" expression="execution(public * say(..))" />

    <aop:advisor pointcut-ref="sayMethod" advice-ref="aroundAdvice" />
</aop:config>

<bean id="aroundAdvice" class="learning.spring.helloworld.SayMethodInterceptor" />
```

3.3.4　基于 XML Schema 的示例

与 3.2 节一样，本节也提供了一个示例帮助大家理解并掌握基于 XML Schema 的 AOP 使用方式。有了 3.2.3 节的基础，本节的例子可以基本照搬 3.2.3 节中的代码，去除所有 @AspectJ 相关的注解，同时将 Bean 配置方式从注解换成 XML。[①]

在项目的 resources 目录中添加一个 applicationContext.xml，内容如代码示例 3-14 所示。可以看到 XML 文件可以完全取代注解来实现 AOP 相关的配置。

代码示例 3-14　完整的 applicationContext.xml 文件

```
<?xml version="1.0" encoding="UTF-8"?>
<beans xmlns="http://www.springframework.org/schema/beans"
       xmlns:xsi="http://www.w3.org/2001/XMLSchema-instance"
       xmlns:aop="http://www.springframework.org/schema/aop"
       xsi:schemaLocation="
       http://www.springframework.org/schema/beans
       https://www.springframework.org/schema/beans/spring-beans.xsd
       http://www.springframework.org/schema/aop
```

① 完整代码放在了本书配套代码示例的 ch3/helloworld-xml-sample 目录中。

```
            https://www.springframework.org/schema/aop/spring-aop.xsd">

    <aop:config>
        <aop:aspect ref="helloAspect" order="1">
            <aop:before pointcut="target(learning.spring.helloworld.Hello) and args(words)"
                        method="addWords"/>
        </aop:aspect>

        <aop:aspect ref="sayAspect" order="2">
            <aop:before pointcut="execution(* say*(..)) and args(words)" method="countSentence" />
            <aop:around pointcut="execution(* sayHello(..)) and this(bye)" method="addSay" />
            <aop:declare-parents types-matching="learning.spring.helloworld.*"
                implement-interface="learning.spring.helloworld.GoodBye"
                default-impl="learning.spring.helloworld.DefaultGoodBye" />
        </aop:aspect>
    </aop:config>

    <bean id="springHello" class="learning.spring.helloworld.SpringHello" />
    <bean id="helloAspect" class="learning.spring.helloworld.HelloAspect" />
    <bean id="sayAspect" class="learning.spring.helloworld.SayAspect" />

</beans>
```

由于容器的配置使用了 XML 文件，所以在 Application 类中也要使用对应的类来加载容器配置，本次我们选择了 ClassPathXmlApplicationContext，具体的执行代码如代码示例 3-15 所示。运行后可以看到与 3.2.3 中一样的输出。

代码示例 3-15　Application 类的代码片段

```
public class Application {
    public static void main(String[] args) {
        ApplicationContext applicationContext = new ClassPathXmlApplicationContext("applicationContext.xml");

        Hello hello = applicationContext.getBean("springHello", Hello.class);
        System.out.println(hello.sayHello(new StringBuffer("My Friend. ")));
        System.out.println(hello.sayHello(new StringBuffer("My Dear Friend. ")));
    }
}
```

对于单元测试，我们需要做的改动也非常小，之前的 @ContextConfiguration 中给的是 Java 配置类，这次将其改为提供 CLASSPATH 中的 XML 配置文件，其余不动，具体如下所示：

```
@ExtendWith(SpringExtension.class)
@ContextConfiguration("classpath:applicationContext.xml")
public class ApplicationTest {
    // 省略
}
```

> 茶歇时间：超简洁的 JUnit 单元测试入门
>
> 在这两节的例子中，我们都使用了 JUnit 5 来进行自动化测试。有了自动化测试的保障，我们就可以在每次修改代码后快速进行验证，这样既能保障质量，又能节省大量人力。因此，很有必要为系统编写测试代码，其中单元测试和集成测试缺一不可。

通过代码示例 3-12 可以看到，带有 @Test 注解的方法会被视为测试方法，在测试方法中务必使用断言进行判断，而不要用输出日志的方式进行人工观察，否则测试代码的价值会大打折扣。org.junit.jupiter.api.Assertions 类中提供了大量的断言静态方法，比如：

- 判断两者是否相等的 assertEquals() 和 assertNotEquals()；
- 判断布尔值的 assertTrue() 和 assertFalse()；
- 判断对象是否为空的 assertNull() 和 assertNotNull()。

在每个测试方法执行前后，都可以执行一些初始化和清理的逻辑：添加了 @BeforeEach 和 @AfterEach 的方法会分别在测试方法执行前后被 JUnit 执行；如果要在所有测试方法执行前进行总的初始化，可以使用 @BeforeAll 注解，对应的还有所有测试方法执行后执行的 @AfterAll。

JUnit 5 可以通过 @ExtendWith 注解来添加扩展，在我们的例子中，@ExtendWith(SpringExtension.class) 就添加了 Spring 的测试支持，@ContextConfiguration 注解指定了用来初始化 Spring 容器的配置类或配置文件。

值得一提的是，JUnit 4 和 JUnit 5 在 API 层面存在不少差异，比如 @Before 和 @After 分别对应了 @BeforeEach 和 @AfterEach，@RunWith 对应了 @ExtendWith，两个版本的 assertXxx() 静态方法放在了不同的类里等。如果大家还在使用 JUnit 4，可以查阅官方文档了解具体的用法。鉴于 JUnit 5 在功能上更胜一筹，如果可以的话，建议大家还是使用 JUnit 5，在本书后面的章节也会有更多关于 Spring 的测试支持的例子。

3.4　小结

通过本章的学习，相信大家已经对 Spring AOP 有了一个基本的认识：了解了 AOP 的核心概念以及 Spring Framework 中 AOP 的实现原理；学习了 Spring Framework 提供的两种配置方式，大家可以根据实际情况选择使用基于 @AspectJ 注解的方式，或者基于 <aop/> XML Schema 的方式（无论哪种方式，其中对切面、切入点和通知的定义大同小异）。

此外，本章的两个 Hello 示例，都提供了基于 JUnit 5 的自动化测试代码，演示了如何通过单元测试来验证代码的逻辑。希望大家在日常工作中能更多地使用这种测试方式，本书后续章节也会有更多这方面的内容。

下一章，我们会从 Spring Framework 进入 Spring Boot 的领域，为大家介绍 Spring Boot 的几个核心功能。

第 4 章

从 Spring Framework 到 Spring Boot

本章内容
- ❑ 为什么需要 Spring Boot
- ❑ 起步依赖的使用及实现原理
- ❑ 自动配置的使用及实现原理
- ❑ 定制自动配置及起步依赖

通过前面几个章节的介绍，相信大家已经对 Spring Framework 有了一个基本的认识，相比早期那些没有 Spring Framework 加持的项目而言，它让生产力产生了质的飞跃。但人们的追求是无止境的，这也驱动着技术的发展。开发者认为 Spring 还可以更好，于是 Spring Boot 诞生了。本章我们将一起了解一下 Spring Boot 的基础知识，还有它的两个重要功能——起步依赖与自动配置。

4.1 Spring Boot 基础知识

Spring Framework 提供了 IoC 容器、AOP、MVC 等众多功能，让开发者可以从烦琐的工作中抽离出来，只关注在自己的业务逻辑上。Perl 语言发明人 Larry Wal 说过一句名言："懒惰，是程序员的第一大美德。"[①] 当我们得到了一样东西，总会想着去追求更好的。而这个更好的东西就是 Spring Boot。有了 Spring Framework，为什么还需要搞出一个 Spring Boot？ Spring Boot 又包含哪些东西呢？本节的内容将会回答这些问题。

4.1.1 为什么需要 Spring Boot

随着时间的推移，什么是烦琐的工作，这个定义也在发生变化。原先的参照物是 EJB 1.x 和 EJB 2.x，是徒手开发的 JSP 甚至是 CGI 程序；现在，创建一个基于 Spring 的项目本身变成了一件麻烦事——无论使用 Maven 还是 Gradle，要管理清楚这一堆依赖，避免出现冲突，已经是一场灾难了，我们永远都不知道哪个包里的同名类会带来什么"惊喜"。好不容易搞定了依赖，Spring Framework

---

[①] 懒惰、急躁和傲慢是程序员的三大美德。原文是：Most of you are familiar with the virtues of a programmer. There are three, of course: laziness, impatience, and hubris.

的配置又该让人抓狂了，等到 Bean 的自动扫描和自动织入稍稍安抚了一下大家几近奔溃的内心，一大堆与业务逻辑没有太多关系的"模板"配置①又"补了一刀"。当这些东西耗费的心智和开发业务逻辑相当，甚至超过业务逻辑时，开发者就该做点什么了。

就在广大开发者们快要接受这个事实，打算认命的时候，Spring 团队推出了一款代码生成器，它就是 Spring Roo 项目②，官方介绍它是新一代的 Java 快速应用开发工具，在几分钟内就能构建一个完整的 Java 应用。但现实情况是大家不太买账，Spring Roo 一直都没能成为主流，截至本书写作之时，它的最新版本还是末次修改停留在 2017 年的 2.0.0 版本。虽然 Spring Roo 能帮忙生成各种代码和配置，但它们的数量并未减少。后来在笔者与 Spring 团队的 Josh Long 的一次交流过程中，他一语道破了真相，大意是："如果一个东西可以生成出来，那为什么还要生成它呢？"

另一方面，Spring Framework 虽然解决了开发和测试的问题，但在整个系统的生命周期中，上线后的运维也占据了很大的比重，怎么样让系统具备更好的可运维性也是个重要的任务。怎么配置、怎么监控、怎么部署，都是要考虑的事情。

出于这些原因，Spring Boot 横空出世了，它解决了上面说到的各种痛点，再一次将生产力提升了一个台阶。正如 Spring Boot 项目首页③上写的那样，Spring Boot 可以轻松创建独立的生产级 Spring 应用程序，拿来就能用了。这次，Spring Boot 站到了聚光灯下，成了新的主角。

4.1.2　Spring Boot 的组成部分

Spring Boot 提供了大量的功能，但其本身的核心主要是以下几点：
- □ 起步依赖
- □ 自动配置
- □ Spring Boot Actuator④
- □ 命令行 CLI

在实际使用时，最后那项命令行 CLI 用得相对较少，因此本书并不会介绍它。此外，Spring Boot 同时支持 Java 与 Groovy，但在本书中，我们也不会涉及 Groovy 的内容。⑤

1. 起步依赖

起步依赖（starter dependency）的目的就是解决 4.1.1 节中提到的依赖管理难题：针对一个功能，需要引入哪些依赖、它们的版本又是什么、互相之间是否存在冲突、它们的间接依赖项之间是否存在冲突……现在我们可以把这些麻烦都交给 Spring Boot 的起步依赖来解决。

---

① 例如，Spring 事务配置和 Spring MVC 中的各种配置。
② 项目官方首页 https://projects.spring.io/spring-roo。
③ 项目官方首页 https://spring.io/projects/spring-boot。
④ Actuator 意为执行机构，是一个机械术语，将控制信号转换成相应动作的机构，可以理解为一个驱动或控制设施的机械装置。Spring Boot Actuator 指的是它提供的一系列生产级特性。
⑤ 《Spring Boot 实战》中用了两章的篇幅来介绍 Groovy、Grails 和 CLI 的内容，但这些在国内实际用到的比较少。至于为什么 Spring Boot 会支持 Groovy，可能在技术的原因之外，也有些商业的考虑，因为 Groovy 的背后支持者也是 Pivotal，它与 Spring 同属一家公司，Spring 希望能够更多地支持自家的产品也无可厚非。

以我们在 1.2 节中创建的 HelloWorld 为例（即代码示例 1-1），我们只需在 Maven 的 POM 文件中引入 org.springframework.boot:spring-boot-starter-web 这个依赖，Spring Boot 就知道我们的项目需要 Web 这个功能，它实际上为我们引入了大量相关的依赖项。通过 mvn dependency:tree 可以查看 Maven 的依赖信息[①]，其中就有如下的内容：

```
+- org.springframework.boot:spring-boot-starter-web:jar:2.6.3:compile
|  +- org.springframework.boot:spring-boot-starter:jar:2.6.3:compile
|  |  +- org.springframework.boot:spring-boot:jar:2.6.3:compile
|  |  +- org.springframework.boot:spring-boot-autoconfigure:jar:2.6.3:compile
|  |  +- org.springframework.boot:spring-boot-starter-logging:jar:2.6.3:compile
|  |  |  +- ch.qos.logback:logback-classic:jar:1.2.10:compile
|  |  |  |  \- ch.qos.logback:logback-core:jar:1.2.10:compile
|  |  |  +- org.apache.logging.log4j:log4j-to-slf4j:jar:2.17.1:compile
|  |  |  |  \- org.apache.logging.log4j:log4j-api:jar:2.17.1:compile
|  |  |  \- org.slf4j:jul-to-slf4j:jar:1.7.33:compile
|  |  +- jakarta.annotation:jakarta.annotation-api:jar:1.3.5:compile
|  |  \- org.yaml:snakeyaml:jar:1.29:compile
|  +- org.springframework.boot:spring-boot-starter-json:jar:2.6.3:compile
|  |  +- com.fasterxml.jackson.core:jackson-databind:jar:2.13.1:compile
|  |  |  +- com.fasterxml.jackson.core:jackson-annotations:jar:2.13.1:compile
|  |  |  \- com.fasterxml.jackson.core:jackson-core:jar:2.13.1:compile
|  |  +- com.fasterxml.jackson.datatype:jackson-datatype-jdk8:jar:2.13.1:compile
|  |  +- com.fasterxml.jackson.datatype:jackson-datatype-jsr310:jar:2.13.1:compile
|  |  \- com.fasterxml.jackson.module:jackson-module-parameter-names:jar:2.13.1:compile
|  +- org.springframework.boot:spring-boot-starter-tomcat:jar:2.6.3:compile
|  |  +- org.apache.tomcat.embed:tomcat-embed-core:jar:9.0.56:compile
|  |  +- org.apache.tomcat.embed:tomcat-embed-el:jar:9.0.56:compile
|  |  \- org.apache.tomcat.embed:tomcat-embed-websocket:jar:9.0.56:compile
|  +- org.springframework:spring-web:jar:5.3.15:compile
|  |  +- org.springframework:spring-beans:jar:5.3.15:compile
|  \- org.springframework:spring-webmvc:jar:5.3.15:compile
|     +- org.springframework:spring-aop:jar:5.3.15:compile
|     +- org.springframework:spring-context:jar:5.3.15:compile
|     \- org.springframework:spring-expression:jar:5.3.15:compile
```

可以看到，起步依赖是以功能为单位来组织依赖的。要实现某个功能，一共需要哪些依赖，我们自己不清楚，但 Spring Boot 知道。我们会在 4.2 节详细讲解起步依赖。

2. 自动配置

在没有使用 Spring Boot 时，对于一个 Web 项目，我们需要配置 DispatcherServlet 来处理请求，需要配置 Jackson JSON 来处理 JSON 的序列化，需要配置 Log4j2 或者 Logback 来打印日志……而在 1.2 节的 HelloWorld 例子中，我们并没有配置这些东西，Spring Boot 自己完成了所有的配置，我们只需要编写 REST 接口的逻辑就好了。

这就是 Spring Boot 的自动配置，它能根据 CLASSPATH 中存在的类判断出引入了哪些依赖，并为这些依赖提供常规的默认配置，以此来消除模板化的配置。与此同时，Spring Boot 仍然给我们留下了很大的自由度，可以对配置进行各种定制，甚至能够排除自动配置。我们会在 4.3 节详细讲解自动配置。

---

① 如果是在 IDEA 中，也可以使用 MavenHelper 插件来查看依赖关系。

3. Spring Boot Actuator

如果说前两项的目的是简化 Spring 项目的开发，那 Spring Boot Actuator 的目的则是提供一系列在生产环境运行时所需的特性，帮助大家监控并管理应用程序。通过 HTTP 端点或者 JMX，Spring Boot Actuator 可以实现健康检查、度量收集、审计、配置管理等功能。我们会在 5.1 节和 5.2 节详细讲解 Spring Boot Actuator。

4.1.3　解析 Spring Boot 工程

一个使用了 Spring Boot 的项目工程，本质上来说和只使用 Spring Framework 的工程是一样的，如果使用 Maven 来管理，那它就是个标准的 Maven 工程，大概的结构就像下面这样。

```
|-pom.xml
|-src
  |-main
    |-java
    |-resources
  |-test
    |-java
    |-resources
```

具体内容如下：
- ❑ pom.xml 中管理了整个项目的依赖和构建相关的信息；
- ❑ **src/main** 中是生产的 Java 代码和相关资源文件；
- ❑ **src/test** 中是测试的 Java 代码和相关资源文件。

如果通过 Spring Initializr 来生成工程，它还会为我们生成用来启动项目的启动类，比如 HelloWorld 中的 Application 类，以及测试用的 ApplicationTest 类（这是个空的 JUnit 测试类）。其中 Application 类上加了 @SpringBootApplication 注解，表示这是应用的主类，在打包成可执行 Jar 包后，运行 Jar 包时 [①] 会去调用这个主类的 main() 方法。

这里需要展开说明一下 POM 文件的内容，分为以下几个部分：
- ❑ 工程自身的 GroupId、ArtifactId 与 Version 等内容定义；
- ❑ 工程继承的 org.springframework.boot:spring-boot-starter-parent 定义；
- ❑ <dependencies/> 依赖项定义；
- ❑ <build/> 构建相关的配置定义。

org.springframework.boot:spring-boot-starter-parent 又继承了 org.springframework.boot:spring-boot-dependencies，它通过 <dependencyManagement/> 定义了大量的依赖项，有了 <dependencyManagement/> 的加持，在我们自己的工程中，只需要在 <dependencies/> 中写入依赖项的 <groupId> 和 <artifactId> 就好了，无须指定版本，有冲突的依赖项也在 <dependencyManagement/> 中排除了，无须重复排除。

在 <build/> 中的 org.springframework.boot:spring-boot-maven-plugin 在打包时能够生成可执行 Jar 包，它也是在 org.springframework.boot:spring-boot-starter-parent 中定义的。

―――――――――
① 可以通过 java -jar 命令来直接运行这个 Jar 包。

在一些特殊情况下，我们的工程无法直接继承 org.springframework.boot:spring-boot-starter-parent，这时就可能失去 Spring Boot 的很多便利之处。为此，我们需要自己在 pom.xml 中做些额外的工作。

首先，增加 <dependencyManagement/>，导入 org.springframework.boot:spring-boot-dependencies 中的依赖项 ①，这样就能利用其中定义的依赖了：

```
<dependencyManagement>
    <dependencies>
        <dependency>
            <groupId>org.springframework.boot</groupId>
            <artifactId>spring-boot-dependencies</artifactId>
            <version>2.6.3</version>
            <type>pom</type>
            <scope>import</scope>
        </dependency>
    </dependencies>
</dependencyManagement>
```

接着，在 <build/> 中增加 org.springframework.boot:spring-boot-maven-plugin，这样打包时就能用上 Spring Boot 的插件，打出可执行的 Jar 包：

```
<build>
    <plugins>
        <plugin>
            <groupId>org.springframework.boot</groupId>
            <artifactId>spring-boot-maven-plugin</artifactId>
            <version>2.6.3</version>
            <executions>
                <execution>
                    <goals>
                        <goal>repackage</goal>
                    </goals>
                </execution>
            </executions>
        </plugin>
    </plugins>
</build>
```

通过上述修改，我们就能在不继承 org.springframework.boot:spring-boot-starter-parent 的情况下继续让 Spring Boot 替我们管理依赖并构建可执行 Jar 包了。

4.2　起步依赖

在自己管理依赖时，我们要为工程引入 Web 相关的支持，需要配置一堆依赖，但我们常常会搞不清楚哪些是必需的，哪些是多余的，最后只能不管三七二十一从某个现在能跑的工程里胡乱复制一通。

有了 Spring Boot，情况就不一样了。Spring Boot 按照功能划分了很多起步依赖，大家只需要知道自己要什么功能，比如要实现 Web 功能、需要 JPA 支持等，具体引入什么依赖、分别是什么版本，

---

① 这里导入的是 Maven 的 BOM（Bill of Materials）文件，其中管理了大量依赖。

都可以交给起步依赖来管理。

此外，管理依赖时不仅要避免出现 GroupId 和 ArtifactId 相同但 Version 不同的依赖，还要注意同一个依赖项因为版本升级替换了 GroupId 或 ArtifactId 的情况。[①] 对于前者 Maven 会仅保留一个依赖，但它未必是你想要的那个，而对于后者则更糟糕，Maven 会认为这是两个不同的依赖，它们都会被保留下来。但用了 Spring Boot 的起步依赖之后，此类问题就能得到缓解[②]，同一版本的 Spring Boot 中的各个起步依赖所引入的依赖不会产生冲突，因为官方对这些依赖进行了严格的测试。

所以说起步依赖是帮助大家摆脱依赖管理困局的一大利器，这节就让我们来了解一下 Spring Boot 都提供了哪些起步依赖，它背后的实现原理又是什么样的。

4.2.1　Spring Boot 内置的起步依赖

Spring Boot 官方的起步依赖都遵循一样的命名规范，即都以 `spring-boot-starter-` 开头，其他第三方的起步依赖都应该**避免使用这个前缀**，以免引起混淆。

Spring Boot 内置了超过 50 个不同的起步依赖[③]，表 4-1 罗列了其中 10 个常用的起步依赖。

表 4-1　一些常用的 Spring Boot 起步依赖

名　　称	描　　述
`spring-boot-starter`	Spring Boot 的核心功能，比如自动配置、配置加载等
`spring-boot-starter-actuator`	Spring Boot 提供的各种生产级特性
`spring-boot-starter-aop`	Spring AOP 相关支持
`spring-boot-starter-data-jpa`	Spring Data JPA 相关支持，默认使用 Hibernate 作为 JPA 实现
`spring-boot-starter-data-redis`	Spring Data Redis 相关支持，默认使用 Lettuce 作为 Redis 客户端
`spring-boot-starter-jdbc`	Spring 的 JDBC 支持
`spring-boot-starter-logging`	日志依赖，默认使用 Logback
`spring-boot-starter-security`	Spring Security 相关支持
`spring-boot-starter-test`	在 Spring 项目中进行测试所需的相关库
`spring-boot-starter-web`	构建 Web 项目所需的各种依赖，默认使用 Tomcat 作为内嵌容器

后续大家还会接触到很多起步依赖，比如 Spring Cloud 的各种组件，也有第三方的，比如 MyBatis 的 `mybatis-spring-boot-starter` 和 Druid 的 `druid-spring-boot-starter`。

在引入了起步依赖后，如果我们希望修改某些依赖的版本，如何操作呢？可以在 Maven 的 `<properties/>` 中指定对应依赖的版本。通常这种情况是想要升级某些依赖、修复安全漏洞或使用新功能，但 Spring Boot 的依赖并未升级。例如，想要指定 Jackson 的版本来升级 Jackson Databind，就可以像下面这样：

[①] 这种情况并不少见，比如 Java 字节码操作框架 ASM 的依赖就从 `asm:asm` 升级为了 `org.ow2.asm:asm`，知名的 Java 网络框架 Netty 也从 `org.jboss.netty:netty` 升级为了 `io.netty:netty`。

[②] 因为不能避免我们自己引入起步依赖以外的东西与起步依赖中的依赖项发生冲突，或者我们覆盖了起步依赖中的依赖项，对版本做了升级等，都会产生新的问题，所以这里只能说是缓解。

[③] 完整的官方起步依赖列表，可以访问 GitHub（/spring-projects/spring-boot/tree/master/spring-boot-project/spring-boot-starters）。

```
<properties>
    <jackson-bom.version>2.11.0</jackson-bom.version>
</properties>
```

具体的属性可以在 org.springframework.boot:spring-boot-dependencies 的 pom.xml 中寻找。当然，也可以再彻底一些，在项目 POM 文件的 <dependencies/> 中直接引入自己所需要的依赖，同时，在引入的起步依赖中排除刚才你所加的依赖。

Spring Boot 本身也提供了一些可以互相替换的起步依赖，例如，Log4j2 可以代替 Logback，Jetty 和 Netty 可以代替 Tomcat，如代码示例 4-1 所示。

代码示例 4-1　用 Log4j2 代替 Logback

```
<dependencies>
    <dependency>
        <groupId>org.springframework.boot</groupId>
        <artifactId>spring-boot-starter-web</artifactId>
        <exclusions>
            <exclusion>
                <groupId>org.springframework.boot</groupId>
                <artifactId>spring-boot-starter-logging</artifactId>
            </exclusion>
        </exclusions>
    </dependency>

    <dependency>
        <groupId>org.springframework.boot</groupId>
        <artifactId>spring-boot-starter-log4j2</artifactId>
    </dependency>
</dependencies>
```

4.2.2　起步依赖的实现原理

如果熟悉 Maven，那么相信大家已经猜到了，起步依赖背后使用的其实就是 **Maven 的传递依赖机制**[①]。看似只添加了一个依赖，但实际上通过传递依赖，我们已经引入了一堆的依赖。

我们可以在 Maven 的 <dependencyManagement/> 中统一定义依赖的信息，比如版本、排除的传递依赖项等，随后在 <dependencies/> 中添加这个依赖时就不用再重复配置这些信息了。起步依赖与其中定义的依赖项都是通过这种方式定义的，所以使用了起步依赖后就不用再考虑版本和应该排除哪些东西了。

以 2.3.0.RELEASE 版本的 org.springframework.boot:spring-boot-starter-web 为例，它的 POM 文件分为如下三部分：

- □ 起步依赖本身的描述信息
- □ 导入依赖管理项
- □ 具体依赖项

---

① 举个例子说明下什么是传递依赖，假设 B 依赖于 C，而 A 又依赖于 B，那么 A 无须明确声明对 C 的依赖，而是通过 B 依赖于 C。

在 `<dependencyManagement/>` 中用 `import` 的方式导入 `org.springframework.boot:spring-boot-dependencies` 里配置的依赖信息，具体如下所示：

```
<dependencyManagement>
    <dependencies>
        <dependency>
            <groupId>org.springframework.boot</groupId>
            <artifactId>spring-boot-dependencies</artifactId>
            <version>2.3.0.RELEASE</version>
            <type>pom</type>
            <scope>import</scope>
        </dependency>
    </dependencies>
</dependencyManagement>
```

随后，在 `<dependencies/>` 中配置具体要引入的依赖，而这些依赖所间接依赖的内容也会被传递进来，具体如下所示：

```
<dependencies>
    <dependency>
        <groupId>org.springframework.boot</groupId>
        <artifactId>spring-boot-starter</artifactId>
        <version>2.3.0.RELEASE</version>
        <scope>compile</scope>
    </dependency>
    <dependency>
        <groupId>org.springframework.boot</groupId>
        <artifactId>spring-boot-starter-json</artifactId>
        <version>2.3.0.RELEASE</version>
        <scope>compile</scope>
    </dependency>
    <dependency>
        <groupId>org.springframework.boot</groupId>
        <artifactId>spring-boot-starter-tomcat</artifactId>
        <version>2.3.0.RELEASE</version>
        <scope>compile</scope>
    </dependency>
    <dependency>
        <groupId>org.springframework</groupId>
        <artifactId>spring-web</artifactId>
        <scope>compile</scope>
    </dependency>
    <dependency>
        <groupId>org.springframework</groupId>
        <artifactId>spring-webmvc</artifactId>
        <scope>compile</scope>
    </dependency>
</dependencies>
```

而到了后面的版本，Spring Boot Starter 的内容变得更直接了，以 2.6.3 版本的 `org.springframework.boot:spring-boot-starter-web` 为例，其中去掉了 `<dependencyManagement/>` 的部分，所有依赖的版本信息直接硬编码写死在了 `<dependencies/>` 里。这两种方式对使用 Spring Boot 的开发者而言，在使用体验上并没有什么差异，所以我们不用在意这些细节。

4.3　自动配置

　　Spring Boot 可以根据 CLASSPATH、配置项等条件自动进行常规配置，省去了我们自己动手把一模一样的配置复制来复制去的麻烦。既然框架能猜到你想这么配，那它自己就能帮你搞定，如果它的配置不是我们想要的，再做些手动配置就好了。

　　我们已经在代码示例 1-1 中看到过 @SpringBootApplication 注解了，查看这个注解，可以发现它上面添加了 @EnableAutoConfiguration，它可以开启自动配置功能。这两个注解上都有 exclude 属性，我们可以在其中排除一些不想启用的自动配置类。如果不想启用自动配置功能，也可以在配置文件中配置 spring.boot.enableautoconfiguration=false，关闭该功能。

4.3.1　自动配置的实现原理

　　自动配置类其实就是添加了 @Configuration 的普通 Java 配置类，它利用 Spring Framework 4.0 加入的条件注解 @Conditional 来实现"根据特定条件启用相关配置类"，注解中传入的 Condition 类就是不同条件的判断逻辑。Spring Boot 内置了很多条件注解，表 4-2 中列举了 org.springframework. boot.autoconfigure.condition 包中的条件注解。

表 4-2　Spring Boot 内置的条件注解

条件注解	生效条件
@ConditionalOnBean	存在特定名称、特定类型、特定泛型参数或带有特定注解的 Bean
@ConditionalOnMissingBean	与前者相反，不存在特定 Bean
@ConditionalOnClass	存在特定的类
@ConditionalOnMissingClass	与前者相反，不存在特定类
@ConditionalOnCloudPlatform	运行在特定的云平台上，截至 2.6.3 版本，代表云平台的枚举类支持无云平台、CloudFoundry、Heroku、SAP、Kubernetes 和 Azure，可以通过 spring.main. cloud-platform 配置强制使用的云平台
@ConditionalOnExpression	指定的 SpEL 表达式为真
@ConditionalOnJava	运行在满足条件的 Java 上，可以比指定版本新，也可以比指定版本旧
@ConditionalOnJndi	指定的 JNDI 位置必须存在一个，如没有指定，则需要存在 InitialContext
@ConditionalOnProperty	属性值满足特定条件，比如给定的属性值都不能为 false
@ConditionalOnResource	存在特定资源
@ConditionalOnSingleCandidate	当前上下文中，特定类型的 Bean 有且仅有一个
@ConditionalOnWarDeployment	应用程序是通过传统的 War 方式部署的，而非内嵌容器
@ConditionalOnWebApplication	应用程序是一个 Web 应用程序
@ConditionalOnNotWebApplication	与前者相反，应用程序不是一个 Web 应用程序

　　以 @ConditionalOnClass 注解为例，它的定义如下所示，@Target 指明该注解可用于类型和方法定义，@Rentention 指明注解的信息在运行时也能获取到，而其中最关键的就是 OnClassCondition 条件类，里面是具体的条件计算逻辑：

```
@Target({ ElementType.TYPE, ElementType.METHOD })
@Retention(RetentionPolicy.RUNTIME)
@Documented
@Conditional(OnClassCondition.class)
public @interface ConditionalOnClass {
    Class<?>[] value() default {};
    String[] name() default {};
}
```

了解了条件注解后，再来看看它们是如何与配置类结合使用的。以后续章节中会用到的
JdbcTemplateAutoConfiguration 为例，它的完整类定义代码如下所示：

```
@Configuration(proxyBeanMethods = false)
@ConditionalOnClass({ DataSource.class, JdbcTemplate.class })
@ConditionalOnSingleCandidate(DataSource.class)
@AutoConfigureAfter(DataSourceAutoConfiguration.class)
@EnableConfigurationProperties(JdbcProperties.class)
@Import({ JdbcTemplateConfiguration.class, NamedParameterJdbcTemplateConfiguration.class })
public class JdbcTemplateAutoConfiguration {}
```

可以看到这个配置类的生效条件是存在 DataSource 和 JdbcTemplate 类，且在上下文中只能有
一个 DataSource。此外，这个自动配置需要在 DataSourceAutoConfiguration 之后再配置（可以用
@AutoConfigureBefore、@AutoConfigureAfter 和 @AutoConfigureOrder 来控制自动配置的顺序）。这个配
置类还会同时导入 JdbcTemplateConfiguration 和 NamedParameterJdbcTemplateConfiguration 里的配置。

> **茶歇时间：通过 ImportSelector 选择性导入配置**
>
> 普通的配置类需要被扫描到才能生效，可是自动配置类并不在我们项目的扫描路径中，它
> 们又是怎么被加载上来的呢？
>
> 秘密在于 @EnableAutoConfiguration 上的 @Import(AutoConfigurationImportSelector.class)，
> 其中的 AutoConfigurationImportSelector 类是 ImportSelector 的实现，这个接口的作用就是根据
> 特定条件决定可以导入哪些配置类，接口中的 selectImports() 方法返回的就是可以导入的配置
> 类名。
>
> AutoConfigurationImportSelector 通过 SpringFactoriesLoader 来加载 /META-INF/spring.
> factories 里配置的自动配置类列表 [①]，所用的键是 org.springframework.boot.autoconfigure.
> EnableAutoConfiguration，值是以逗号分隔的自动配置类全限定类名（包含了完整包名与类名）
> 清单。
>
> 所以，只要在我们的类上增加 @SpringBootApplication 或者 @EnableAutoConfiguration 后，
> Spring Boot 就会自动替我们加载所有的自动配置类。

---

① 从 Spring Boot 2.7 开始，AutoConfigurationImportSelector 不再从 /META-INF/spring.factories 加载自动配置类，而
是开始使用新的 /META-INF/spring/org.springframework.boot.autoconfigure.AutoConfiguration.imports 文件，直接
在里面添加自动配置类的全限定类名即可。

自动配置固然帮我们做了很多事，降低了配置的复杂度，但总有些情况我们会想要强制禁用某些自动配置，这时就需要做以下处理：

□ 在配置文件中使用 spring.autoconfigure.exclude 配置项，它的值是要排除的自动配置类的全限定类名；

□ 在 @SpringBootApplication 注解中添加 exclude 配置，它的值是要排除的自动配置类。

4.3.2　配置项加载机制详解

如果自动配置的东西不满足我们的需要，我们可以自己动手进行配置，但在动手之前，可以先了解下 Spring Boot 的自动配置是否有给我们留下什么"开关参数"，用来定制配置内容。以 AOP 的配置为例，它就可以通过 spring.aop.proxy-target-class 属性来做微调：

```
@Configuration(proxyBeanMethods = false)
@EnableAspectJAutoProxy(proxyTargetClass = false)
@ConditionalOnProperty(prefix = "spring.aop", name = "proxy-target-class", havingValue = "false",
                       matchIfMissing = false)
static class JdkDynamicAutoProxyConfiguration {}

@Configuration(proxyBeanMethods = false)
@EnableAspectJAutoProxy(proxyTargetClass = true)
@ConditionalOnProperty(prefix = "spring.aop", name = "proxy-target-class", havingValue = "true",
                       matchIfMissing = true)
static class CglibAutoProxyConfiguration {}
```

在 2.3.1 节中，我们了解过了 Spring Framework 的 PropertySource 抽象机制，Spring Boot 将它又向前推进了一大步。

1. Spring Boot 的属性加载优先级

Spring Boot 有 18 种方式来加载属性[1]，且存在覆盖关系，本节根据优先级列出其中的一部分：

(1) 测试类上的 @TestPropertySource 注解；

(2) 测试类上的 @SpringBootTest 注解中的 properties 属性，还有些其他 @...Test 注解也有该属性；

(3) 命令行参数（在 5.3 节中会讨论如何获取命令行参数）；

(4) java:comp/env 中的 JNDI 属性；

(5) System.getProperties() 中获取到的系统属性；

(6) 操作系统环境变量；

(7) RandomValuePropertySource 提供的 random.* 属性（比如 ${random.long}、${random.uuid}、${random.int(100)} 和 ${random.int[1,10]}）；

(8) 应用配置文件（有好几个地方可以配置，下面会详细说明）；

(9) 配置类上的 @PropertySource 注解。

如果存在同名的属性，越往前的位置优先级越高，例如 my.prop 出现在命令行上，又出现在配置文件里，那最终会使用命令行里的值。

---

① 想了解完整的优先级信息，可以参考 Spring Boot 官方文档的 Spring Boot Features 章节中关于外置配置的内容。

2. Spring Boot 的配置文件

Spring Boot 还为我们提供了一套配置文件，默认以 application 作为主文件名，支持 Properties 格式（文件以 .properties 结尾）和 YAML① 格式（文件以 .yml 结尾）。Spring Boot 会按如下优先级加载属性（以 .properties 文件为例，.yml 文件的顺序是一样的）：

(1) 打包后的 Jar 包以外的 application-{profile}.properties；

(2) 打包后的 Jar 包以外的 application.properties；

(3) Jar 包内部的 application-{profile}.properties；

(4) Jar 包内部的 application.properties。

可以看到 Jar 包外部的文件比内部的优先级高，特定 Profile 的文件比公共的文件优先级高。

在 Spring Boot 2.4.0 之前，上述第 2 和第 3 个文件的优先级顺序是反的，所有 application-{profile}. properties 文件的顺序都要高于 application.properties，无论是否在 Jar 包外。从 2.4.0 开始，调整为 Jar 包外部的文件优先级更高。可以设置 spring.config.use-legacy-processing=true 来开启兼容逻辑，Spring Boot 3.0 里会移除这个开关。

Spring Boot 会在如下几处位置寻找 application.properties 文件，并将其中的内容添加到 Spring 的 Environment 中：

❑ 当前目录的 /config 子目录；

❑ 当前目录；

❑ CLASSPATH 中的 /config 目录；

❑ CLASSPATH 根目录。

如果我们不想用 application 来做主文件名，可以通过 spring.config.name② 来改变默认值。通过下面的方式可以将 application.properties 改为 spring.properties：

▶ java -jar foo.jar --spring.config.name=spring

还可以通过 spring.config.location 来修改查找配置文件的路径，默认是下面这样的，用逗号分隔，越靠后的优先级越高：

```
classpath:/,classpath:/config/,file:./,file:./config/*/,file:./config/
```

如果同时存在 .propertries 文件和 .yml 文件，那么后者中配置的属性优先级更高。

3. 类型安全的配置属性

通常，我们会在类中用 @Value("${}") 注解来访问属性，或者在 XML 文件中使用 ${} 占位符。在配置中，可能会有大量的属性需要一一对应到类的成员变量上，Spring Boot 提供了一种结构化且类型安全的方式来处理配置属性（configuration properties）——使用 @ConfigurationProperties 注解。

---

① YAML 是种非常灵活的标记语言，在 Spring Boot 中可以用它来代替 Properties 文件，更多详情请见其官网。

② 因为要用这个属性来加载配置文件，所以它显然不能写在配置文件里，但是我们可以把它放在系统环境变量、Java 系统属性或命令行参数这样的环境属性中。spring.config.location 这个属性的情况也是类似的。

下面的代码是 DataSourceProperties 类的一部分，这是一个典型的配置属性类（当然，它也是一个 POJO），Spring Boot 会把环境中以 spring.datasource 打头的属性都绑定到类的成员变量上，并且完成对应的类型转换。例如，spring.datasource.url 就会绑定到 url 上。

```
@ConfigurationProperties(prefix = "spring.datasource")
public class DataSourceProperties implements BeanClassLoaderAware, InitializingBean {
    private ClassLoader classLoader;
    private String name;
    private boolean generateUniqueName = true;
    private Class<? extends DataSource> type;
    private String driverClassName;
    private String url;
    // 以下省略
}
```

如果为类加上 @ConstructorBinding 注解，还可以通过构造方法完成绑定，不过这种做法相对而言并不常用。

ConfigurationPropertiesAutoConfiguration 自动配置类添加了 @EnableConfigurationProperties 注解，开启了对 @ConfigurationProperties 的支持。我们可以通过添加 @EnableConfigurationProperties(DataSourceProperties.class) 注解这样的方式将绑定后的 DataSourceProperties 注册为 Bean，此时的 Bean 名称为 "属性前缀 - 配置类的全限定类名"，例如 spring.datasource-org.springframework.boot.autoconfigure.jdbc.DataSourceProperties；也可以直接用 @Component 注解或其他标准 Bean 配置方式将其注册为 Bean，以供其他 Bean 注入使用。

除了添加到类上，@ConfigurationProperties 注解也可以被加到带有 @Bean 注解的方法上，这样就能为方法返回的 Bean 对象绑定上下文中的属性了。

Spring Boot 在绑定属性时非常灵活，几乎可以说怎么写都能绑上，它一共支持四种属性命名形式：

- 短横线分隔，推荐的写法，比如 spring.datasource.driver-class-name；
- 驼峰式，比如 spring.datasource.driverClassName；
- 下划线分隔，比如 spring.datasource.driver_class_name；
- 全大写且用下划线分隔，比如 SPRING_DATASOURCE_DRIVERCLASSNAME。

前三种形式多用于 .properties 文件、.yml 文件和 Java 系统属性的配置方式，第四种则更多出现在系统的环境变量中[①]。而 @ConfigurationProperties 中的 prefix 属性只能使用第一种形式。

4.4 编写我们自己的自动配置与起步依赖

既然 Spring Boot 为我们提供了这么灵活强大的自动配置与起步依赖功能，那我们是否也可以参考其实现原理，实现专属于自己的自动配置与起步依赖呢？答案是肯定的。不仅如此，我们还可以对实现稍作修改，让它适用于非 Spring Boot 环境，甚至是低版本的 Spring Framework 环境。

---

① *nix 对环境变量名的支持有限，我们可以把属性名中的 . 换成 _，将 - 全部去除，再全部转为大写，这样 Spring Boot 就能把这个环境变量绑定到属性上。

4.4.1 编写自己的自动配置

根据 4.3.1 节的描述，我们很容易就能想到，要编写自己的自动配置，只需要以下三个步骤：

(1) 编写常规的配置类；

(2) 为配置类增加生效条件与顺序；

(3) 在 /META-INF/spring.factories 文件中添加自动配置类。

从第 4 章的例子开始，我们将正式开始开发二进制奶茶店的代码。作为贯穿全书的案例，它几乎会串联起全书所有的重要知识点，方便大家理解并加深印象。

> 需求描述 二进制奶茶店新店开张，有很多准备工作要做，因此在尚未做好对外营业的准备时，不能开门迎客。现在，我们需要将具体的准备情况和每天的营业时间信息找个地方统一管理起来，以便合理安排门店的营业工作。

在 Spring Initializr 中，选择新建一个 Spring Boot 2.6.3 版本的 Maven 工程，具体信息如表 4-3 所示。点击生成按钮后，就能获得一个 binarytea.zip 压缩文件，这个文件被解压后即是原始工程。我们将这个工程放在 ch4/binarytea 目录中。

表 4-3 BinaryTea 的项目信息

条　　目	内　　容
项目	Maven Project
语言	Java
Spring Boot 版本	2.6.3
Group	learning.spring
Artifact	binarytea
名称	BinaryTea
Java 包名	learning.spring.binarytea
打包方式	Jar
Java 版本	11

1. 编写配置类并指定条件

考虑到在 Spring Boot 项目里可以很方便地从配置文件里加载配置，我们可以把具体的准备情况和每天的营业时间都放在配置文件里，通过对应配置项来控制程序的运行逻辑。

编写一个简单的 ShopConfiguration 类，上面增加了 @Cofiguration 注解，表示这是一个配置类。这个配置类生效的条件是 binarytea.ready 属性的值为 true，也就是店铺已经准备就绪了，除此之外的值或者不存在该属性时 ShopConfiguration 都不会生效。ShopConfiguration 类的代码大致如代码示例 4-2 所示。

代码示例 4-2 ShopConfiguration 自动配置类定义

```
package learning.spring.config;

// 省略import部分

@Configuration
@EnableConfigurationProperties(BinaryTeaProperties.class)
@ConditionalOnProperty(name = "binarytea.ready", havingValue = "true")
public class ShopConfiguration {
}
```

它的作用是创建一个 BinaryTeaProperties 的 Bean，并将就绪状态和营业时间绑定到 Bean 的成员上。BinaryTeaProperties 的代码大致如代码示例 4-3 所示。

代码示例 4-3 BinaryTeaProperties 代码片段

```
@ConfigurationProperties("binarytea")
public class BinaryTeaProperties {
    private boolean ready;
    private String openHours;
    // 省略Getter和Setter
}
```

以 binarytea 打头的属性值会被绑定到 BinaryTeaProperties 的 ready 和 openHours 成员上。例如，application.properties 文件包含如下内容，它们就会被绑定上去：

```
binarytea.ready=true
binarytea.open-hours=8:30-22:00
```

2. 配置 spring.factories 文件

为了让 Spring Boot 能找到我们写的这个配置类，我们需要在工程的 src/resources 目录中创建 META-INF/spring.factories 文件，其内容如下：

```
org.springframework.boot.autoconfigure.EnableAutoConfiguration=learning.spring.config.ShopConfiguration
```

由于工程生成的包名是 learning.spring.binarytea，所以默认会扫描这个包下的类。出于演示的目的，我们不希望 Spring Boot 工程自动扫描到 ShopConfiguration 类，所以特意将它放在 learning.spring.config 包中。Spring Boot 的自动配置机制会通过 spring.factories 文件里的配置，找到我们的 ShopConfiguration 类。

3. 测试

要测试我们的自动配置是否生效，只要看 Spring 上下文中是否存在 BinaryTeaProperties 类型的 Bean。@SpringBootTest 注解提供了基本的 Spring Boot 工程测试能力，classes 属性的值是该测试类依赖的配置类，properties 属性中以键值对的形式提供了属性配置，代替了在测试文件夹中提供的 application.properties，我们还可以根据测试需要调整属性值。

如果店铺已经准备好开门营业了，规定每天的营业时间是早 8 点 30 分至晚 10 点，检查整个自动配置功能是否符合预期的测试代码应该如代码示例 4-4 所示。

代码示例 4-4　ShopConfigurationEnableTest 测试类

```
package learning.spring.config;

// 省略import部分

@SpringBootTest(classes = BinaryTeaApplication.class, properties = {
    "binarytea.ready=true",
    "binarytea.open-hours=8:30-22:00"
})
public class ShopConfigurationEnableTest {
    @Autowired
    private ApplicationContext applicationContext;

    @Test
    void testPropertiesBeanAvailable() {
        assertNotNull(applicationContext.getBean(BinaryTeaProperties.class));
        assertTrue(applicationContext
                .containsBean("binarytea-learning.spring.binarytea.BinaryTeaProperties"));
    }

    @Test
    void testPropertyValues() {
        BinaryTeaProperties properties = applicationContext.getBean(BinaryTeaProperties.class);
        assertTrue(properties.isReady());
        assertEquals("8:30-22:00", properties.getOpenHours());
    }
}
```

其中，testPropertiesBeanAvailable() 方法的作用是检查 Spring 上下文中是否存在 Binary-TeaProperties 类型的 Bean，Bean 的名字是否如 4.3.2 节所描述的那样；testPropertyValues() 方法的作用是检查属性内容是否被正确绑定到成员变量中。

如果店铺还没准备好，那么自动配置类不应该生效。我们可以通过 ShopConfigurationDisableTest 类来测试，其中会检查 binarytea.ready 属性值，并确认上下文中不存在 BinaryTeaProperties 类型的 Bean，具体代码如代码示例 4-5 所示。

代码示例 4-5　ShopConfigurationDisableTest 测试类代码片段

```
@SpringBootTest(classes = BinaryTeaApplication.class, properties = {
    "binarytea.ready=false"
})
public class ShopConfigurationDisableTest {
    @Autowired
    private ApplicationContext applicationContext;

    @Test
    void testPropertiesBeanUnavailable() {
        assertEquals("false", applicationContext.getEnvironment().getProperty("binarytea.ready"));
        assertFalse(applicationContext.containsBean("binarytea-learning.spring.binarytea.BinaryTeaProperties"));
    }
}
```

算上生成工程时自动生成的 BinaryTeaApplicationTests 类中的 contextLoads() 测试方法，通过 mvn test 命令执行测试后，如果测试全部成功，我们可以看到类似下面的结果：

```
[INFO] Results:
[INFO]
[INFO] Tests run: 4, Failures: 0, Errors: 0, Skipped: 0
[INFO]
[INFO] ------------------------------------------------------------
[INFO] BUILD SUCCESS
[INFO] ------------------------------------------------------------
```

4.4.2　脱离 Spring Boot 实现自动配置

上一节中，我们依赖 Spring Boot 提供的一些能力，实现了一个自动配置类。可是，如果没有 Spring Boot，又该怎么办？甚至出于某些原因，我们要在 Spring Framework 4.*x* 或者更低的版本上也做些自动配置，又该怎么办呢？

这里需要解决两个问题：

❑ 如何找到配置类；

❑ 如何实现配置类上的条件。

第一个问题相对容易解决，只需要根据当前工程的情况进行调整，让我们的配置类位于工程会扫描的包里（比如 @ComponentScan 配置的扫描目标里），或者把我们的配置类追加到工程的扫描范围里。第二个问题则要复杂一些，如果我们用的是 4.*x* 版本的 Spring Framework，那么它本身就有 @Conditional 注解，我们完全可以按照 Spring Boot 中那些条件注解的实现，按需复制过来；如果用的是 3.*x* 版本的 Spring Framework，就只能通过自定义 BeanFactoryPostProcessor，根据一定的条件，再决定是否用编程的方式注册 Bean。

假设我们根据配置来决定 HelloWorld 程序输出的语言种类[①]，如代码示例 4-6，在 learning.spring.speaker 包中定义接口与类。

代码示例 4-6　Speaker 接口及其实现代码片段

```java
public interface Speaker {
    String speak();
}

public class ChineseSpeaker implements Speaker {
    @Override
    public String speak() {
        return "你好,我爱Spring。";
    }
}

public class EnglishSpeaker implements Speaker {
    @Override
    public String speak() {
        return "Hello, I love Spring.";
    }
}
```

---

① 具体的工程配置文件 pom.xml 与代码请见本书代码示例 ch4/helloworld-autoconfig。其中只引入了 Spring Framework 和测试相关的依赖。

1. 定义配置类并实现条件判断

如果工程的 Spring Bean 扫描路径是 learning.spring.helloworld，那就在这个包下放一个配置类，具体如代码示例 4-7 所示，其中创建了 SpeakerBeanFactoryPostProcessor，同时也让容器加载了 application.properties 文件①。

代码示例 4-7 用于添加 BeanFactoryPostProcessor 的配置类代码片段

```java
@Configuration
@PropertySource("classpath:/application.properties")
public class AutoConfiguration {
    @Bean
    public static SpeakerBeanFactoryPostProcessor speakerBeanFactoryPostProcessor() {
        return new SpeakerBeanFactoryPostProcessor();
    }
}
```

SpeakerBeanFactoryPostProcessor 的工作比较多，有如下几种。

- □ 根据 spring.speaker.enable 开关确定是否自动配置 speaker Bean。
- □ 根据 spring.speaker.language 动态确定使用哪个 Speaker 接口的实现。
- □ 将确定的 Speaker 实现注册到 Spring 上下文中。

具体获取属性进行判断和注册的代码如代码示例 4-8 所示。

代码示例 4-8 SpeakerBeanFactoryPostProcessor 处理逻辑

```java
public class SpeakerBeanFactoryPostProcessor implements BeanFactoryPostProcessor, EnvironmentAware {
    private static final Log log = LogFactory.getLog(SpeakerBeanFactoryPostProcessor.class);
    // 为了获得配置属性,注入Environment
    private Environment environment;

    @Override
    public void postProcessBeanFactory(ConfigurableListableBeanFactory beanFactory) throws BeansException {
        // 获取属性值
        String enable = environment.getProperty("spring.speaker.enable");
        String language = environment.getProperty("spring.speaker.language", "English");
        String clazz = "learning.spring.speaker." + language + "Speaker";

        // 开关为true则注册Bean,否则结束
        if (!"true".equalsIgnoreCase(enable)) {
            return;
        }
        // 如果目标类不存在,结束处理
        if (!ClassUtils.isPresent(clazz, SpeakerBeanFactoryPostProcessor.class.getClassLoader())) {
            return;
        }

        if (beanFactory instanceof BeanDefinitionRegistry) {
            registerBeanDefinition((BeanDefinitionRegistry) beanFactory, clazz);
        } else {
            registerBean(beanFactory, clazz);
        }
    }
    // 省略其他代码
}
```

---

① 这是为了模拟 Spring Boot，把配置内容外置到文件里，可以回顾一下 2.4.1 节说的 PropertySource 抽象。

代码示例 4-8 的 postProcessBeanFactory() 方法最后，根据 BeanFactory 的类型选择了不同的
Bean 注册方式，实际情况中会更倾向于使用 BeanDefinitionRegistry 来注册 Bean 定义。两种不同的
注册方法如代码示例 4-9 所示。

代码示例 4-9 SpeakerBeanFactoryPostProcessor 中的 Bean 注册逻辑

```java
public class SpeakerBeanFactoryPostProcessor implements BeanFactoryPostProcessor, EnvironmentAware {
    // 如果是BeanDefinitionRegistry,可以注册BeanDefinition
    private void registerBeanDefinition(BeanDefinitionRegistry beanFactory, String clazz) {
        GenericBeanDefinition beanDefinition = new GenericBeanDefinition();
        beanDefinition.setBeanClassName(clazz);
        beanFactory.registerBeanDefinition("speaker", beanDefinition);
    }

    // 如果只能识别成ConfigurableListableBeanFactory,直接注册一个Bean实例
    private void registerBean(ConfigurableListableBeanFactory beanFactory, String clazz) {
        try {
            Speaker speaker = (Speaker) ClassUtils.forName(clazz, SpeakerBeanFactoryPostProcessor.class.
                                    getClassLoader()).getDeclaredConstructor().newInstance();
            beanFactory.registerSingleton("speaker", speaker);
        } catch (Exception e) {
            log.error("Can not create Speaker.", e);
        }
    }

    // 省略其他代码
}
```

2. 运行与测试

为了简化演示工程，假设 learning.spring.helloworld 中是需要运行的代码，我们可以直接在
main() 方法中创建 Spring 上下文，具体如代码示例 4-10 所示。

代码示例 4-10 Application 类定义

```java
@Configuration
@ComponentScan("learning.spring.helloworld")
public class Application {
    public static void main(String[] args) {
        AnnotationConfigApplicationContext applicationContext =
                new AnnotationConfigApplicationContext(Application.class);
        Speaker speaker = applicationContext.getBean("speaker", Speaker.class);
        System.out.println(speaker.speak());
    }
}
```

配套的 application.properties 文件仅包含两个配置，具体如下：

```
spring.speaker.enable=true
spring.speaker.language=Chinese
```

程序的运行效果就是输出一句中文：

```
你好，我爱Spring。
```

如果将 spring.speaker.language 删除，或者改为 English，输出则为英文：

```
Hello, I love Spring.
```

与之前一样，我们也提供了基本的测试代码。由于配置内容不同，不同的组合需要我们编写不同的测试类，比如，和上述的运行一样，要求正常输出中文，可以使用代码示例 4-11 的测试代码。

代码示例 4-11　ChineseAutoConfigurationTest 中文测试类

```java
@SpringJUnitConfig(AutoConfiguration.class)
@TestPropertySource(properties = {
    "spring.speaker.enable=true",
    "spring.speaker.language=Chinese"
})
public class ChineseAutoConfigurationTest {
    @Autowired
    private ApplicationContext applicationContext;

    @Test
    void testHasChineseSpeaker() {
        assertTrue(applicationContext.containsBean("speaker"));
        Speaker speaker = applicationContext.getBean("speaker", Speaker.class);
        assertEquals(ChineseSpeaker.class, speaker.getClass());
    }
}
```

@SpringJUnitConfig 注解是 Spring 的测试框架提供的组合注解，可以代替之前看到过的 @ExtendWith(SpringExtension.class)，同时配置一些 Spring 相关的内容。@TestPropertySource 注解可以指定属性文件的位置，也可以直接提供属性键值对。

如果要关闭开关，则可以像代码示例 4-12 那样。

代码示例 4-12　DisableAutoConfigurationTest 关闭开关的测试

```java
@SpringJUnitConfig(AutoConfiguration.class)
@TestPropertySource(properties = {"spring.speaker.enable=false"})
public class DisableAutoConfigurationTest {
    @Autowired
    private ApplicationContext applicationContext;

    @Test
    void testHasNoSpeaker() {
        assertFalse(applicationContext.containsBean("speaker"));
    }
}
```

如果 spring.speaker.language 的值我们不支持，那只需要调整 @TestPropertySource 中提供的属性值，其他测试代码和断言逻辑与 DisableAutoConfigurationTest 完全一样，具体如代码示例 4-13 所示。

代码示例 4-13　WrongAutoConfigurationTest 错误语言的测试

```java
@SpringJUnitConfig(AutoConfiguration.class)
@TestPropertySource(properties = {
    "spring.speaker.enable=true",
    "spring.speaker.language=Japanese"
})
public class WrongAutoConfigurationTest {
    // 具体代码省略,同DisableAutoConfigurationTest
}
```

在 IDEA 中运行所有这些测试类的效果如图 4-1 所示。

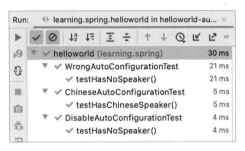

图 4-1　IDEA 中的测试运行效果

4.4.3 编写自己的起步依赖

在通常情况下，起步依赖主要由两部分内容组成：

(1) 所需要管理的依赖项；

(2) 对应功能的自动配置。

1. 依赖项该如何管理

如 4.2.2 节所述，Spring Boot 的起步依赖本身就是一个 Maven 模块，所以将要管理的依赖项直接放在它的 pom.xml 中即可，即放在 <dependencies/> 中。对于自动配置，我们一般都会单独编写一个模块，把相关自动配置类和 spring.factories 等文件放在一起。前者就是起步依赖自身，即 starter 模块，后者就是 autoconfigure 模块。

由于 Spring Boot 官方的起步依赖都使用 spring-boot 开头，因而我们的自定义起步依赖需要**避免**使用这个前缀。大家可以根据要实现的功能，或者要引入的内容来设计前缀，后缀使用 -spring-boot-starter，例如 binarytea-spring-boot-starter。

2. 自动配置模块该如何定义

在 autoconfigure 模块中一般还会包含所需的属性配置，通常是带有 @ConfigurationProperties 的类，这些属性的前缀最好和 starter 中的保持一致，不要和 Spring Boot 内置的自动配置使用的 spring、server 等前缀混在一起。而 autoconfigure 模块的命名后缀可以使用 -spring-boot-autoconfigure，例如 binarytea-spring-boot-autoconfigure。

在准备完自动配置模块 binarytea-spring-boot-autoconfigure 后，务必将它也放到 binaryteaspring-boot-starter 的 <dependencies/> 中去，这样就能和其他起步依赖一样，在使用时只需引入 starter 模块就可以了。当然，如果两者的内容都十分简单，也可以将它们合并到一起，直接放到 starter 中。

顺便再强调一下，起步依赖本身就是一个普通的 Maven 模块，因此无论是否用在 Spring Boot 工程里，它的实现和功能都不会有太大差异。

4.5 小结

本章我们了解了为何在 Spring Framework 已经成为事实行业标准的情况下，Spring 团队仍然孕育出了 Spring Boot 这么一个炙手可热的项目，大有"不用 Spring Boot 就不算开发 Spring 项目"的意思。我们也一同学习了 Spring Boot 中使用最广泛的两个功能——起步依赖与自动配置，了解了它们的基本使用和二者背后的实现原理。在此过程之中，对于 Spring Boot 是如何加载配置项的，它的加载位置与优先级顺序等一系列问题，我们都做了简单的说明。

章节的最后，大家一起动手解决了几个问题，即如何编写自己的起步依赖与自动配置，还把问题延展了一下：如果没有 Spring Boot 又该如何实现呢？

下一章，我们会进一步展开说明 Spring Boot 中与生产运行相关的功能，并学习 Spring Boot Actuator、监控与部署相关的一些话题。

二进制奶茶店项目开发小结

本章我们正式开始搭建二进制奶茶店的示例工程，主要做了两件事：

(1) 通过 Spring Initializr 初始化了二进制奶茶店的 BinaryTea 工程，完成了项目骨架的搭建；
(2) 编写了一个读取是否开门营业和营业时间配置的自动配置类。

这只是整个示例的"第一步"，后续章节中的演示都会基于本章的工程展开。

第 5 章

面向生产的 Spring Boot

本章内容
- ❑ 通过 Spring Boot Actuator 了解运行情况
- ❑ 定制 Spring Boot Actuator 的端点
- ❑ 使用 Micrometer 输出度量数据
- ❑ Spring Boot 应用程序的部署及原理

在 4.1.2 节中，我们介绍了 Spring Boot 的四大核心组成部分，第 4 章主要介绍了其中的起步依赖与自动配置，本章将重点介绍 Spring Boot Actuator，包括如何通过 Actuator 提供的各种端点（endpoint）了解系统的运行情况，使用 Micrometer 为各种监控系统提供度量指标数据，最后还要了解如何打包部署 Spring Boot 应用程序。

5.1 Spring Boot Actuator 概述

Spring Boot Actuator 是 Spring Boot 的重要功能模块，能为系统提供一系列在生产环境中运行所必需的功能，比如监控、度量、配置管理等。只需引入 org.springframework.boot:spring-boot-starter-actuator 起步依赖后，我们就可以通过 HTTP 来访问这些功能（也可以使用 JMX 来访问）。Spring Boot 还为我们预留了很多配置，可以根据自己的需求对 Spring Boot Actuator 的功能进行定制。

5.1.1 端点概览

不知道大家有没有尝试解决过类似下面的问题：
- ❑ Spring 上下文中到底存在哪些 Bean
- ❑ Spring Boot 中的哪些自动配置最终生效了
- ❑ 应用究竟获取到了哪些配置项
- ❑ 系统中存在哪些 URL，它们又映射到了哪里

在没有 Spring Boot Actuator 的时候，获取这些信息还是需要费一番功夫的；但现在就不一样了，Spring Boot Actuator 内置了大量的端点，这些端点可以帮助大家了解系统内部的运行情况，并针对一些功能做出调整。

根据功能的不同，我们可以将这些端点划分成四类：信息类端点、监控类端点、操作类端点、集成类端点，其中部分端点需要引入特定的依赖，或者配置特定的 Bean。接下来我们会依次介绍这四类端点，首先是用于获取系统运行信息的端点，如表 5-1 所示。

表 5-1　Spring Boot Actuator 中的信息类端点列表

端点 ID	默认开启 HTTP	默认开启 JMX	端点说明
auditevents	否	是	提供系统的审计信息
beans	否	是	提供系统中的 Bean 列表
caches	否	是	提供系统中的缓存信息
conditions	否	是	提供配置类的匹配情况及条件运算结果
configprops	否	是	提供 @ConfigurationProperties 的列表
env	否	是	提供 ConfigurableEnvironment 中的属性信息
flyway	否	是	提供已执行的 Flyway 数据库迁移信息
httptrace	否	是	提供 HTTP 跟踪信息，默认最近 100 条
info	是	是	显示事先设置好的系统信息
integrationgraph	否	是	提供 Spring Integration 图信息
liquibase	否	是	提供已执行的 Liquibase 数据库迁移信息
logfile	否	无此功能	如果设置了 logging.file.name 或 logging.file.path 属性，则显示日志文件内容
mappings	否	是	提供 @RequestMapping 的映射列表
scheduledtasks	否	是	提供系统中的调度任务列表

第二类端点是监控与度量相关的端点，具体如表 5-2 所示。

表 5-2　Spring Boot Actuator 中的监控类端点列表

端点 ID	默认开启 HTTP	默认开启 JMX	端点说明
health	是	是	提供系统运行的健康状态
metrics	否	是	提供系统的度量信息
prometheus	否	无此功能	提供 Prometheus 系统可解析的度量信息

我们对第 1 章的 helloworld 示例稍作调整，在其 pom.xml 的 `<dependencies/>` 中增加如下内容即可引入 Spring Boot Actuator 的依赖：

```
<dependency>
    <groupId>org.springframework.boot</groupId>
    <artifactId>spring-boot-starter-actuator</artifactId>
</dependency>
```

从上述两张表中我们可以发现，默认只有 info 和 health 两个端点是开启了 HTTP 访问的，因此在运行程序后，通过浏览器或者其他方式访问 http://localhost:8080/actuator/health 就能访问到 health 端点的信息。如果在 macOS 或 Linux 上，我们可以使用 curl 命令[1]，具体运行结果如下：

```
▶ curl -v http://localhost:8080/actuator/health

*   Trying ::1...
```

---

[1] 在 Windows 上，我们也可以通过 Cygwin 来安装 curl 命令。

```
* TCP_NODELAY set
* Connected to localhost (::1) port 8080 (#0)
> GET /actuator/health HTTP/1.1
> Host: localhost:8080
> User-Agent: curl/7.64.1
> Accept: */*
>
< HTTP/1.1 200
< Content-Type: application/vnd.spring-boot.actuator.v3+json
< Transfer-Encoding: chunked
< Date: Fri, 10 Jul 2020 15:38:54 GMT
<
* Connection #0 to host localhost left intact
{"status":"UP"}* Closing connection 0
```

如果使用浏览器，访问的效果如图 5-1 所示 [①]。

图 5-1　通过 Chrome 浏览器查看 health 端点

第三类端点可以执行一些实际的操作，例如调整日志级别，具体如表 5-3 所示。

表 5-3　Spring Boot Actuator 中的操作类端点列表

端点 ID	默认开启 HTTP	默认开启 JMX	端点说明
heapdump	否	无此功能	执行 Heap Dump 操作
loggers	否	是	查看并修改日志信息
sessions	否	是	针对使用了 Spring Session 的系统，可获取或删除用户的 Session
shutdown	否	否	优雅地关闭系统
threaddump	否	是	执行 Thread Dump 操作

最后一类端点比较特殊，它的功能与集成有关，就只有一个 jolokia，见表 5-4。

表 5-4　Spring Boot Actuator 中的集成类端点列表

端点 ID	默认开启 HTTP	默认开启 JMX	端点说明
jolokia	否	无此功能	通过 HTTP 来发布 JMX Bean

① 本书示例中使用了 Chrome 浏览器，并安装了 JSON Viewer 插件以方便查看 JSON 格式的输出。

5.1.2　端点配置

在了解了 Spring Boot 提供的端点后，我们就要将它们投入具体的生产使用当中了。Spring Boot Actuator 非常灵活，它提供了大量的开关配置，还有两种不同的访问方式可供我们选择。接下来大家就来一起了解一下这些配置。

1. 开启或禁用端点

默认情况下，除了 shutdown 以外，所有的端点都是处于开启状态的，只是访问方式不同，或者保护状态不同。如果要开启或者禁用某个端点，可以调整 management.endpoint.<id>.enabled 属性。例如，想要开启 shutdown 端点，就可以这样配置：

```
management.endpoint.shutdown.enabled=true
```

也可以调整默认值，禁用所有端点，随后开启指定端点。例如，只开启 health 端点：

```
management.endpoints.enabled-by-default=false
management.endpoint.health.enabled=true
```

2. 通过 HTTP 访问端点

默认仅有 health 和 info 端点是可以通过 HTTP 方式来访问的，在 5.1.1 节中，我们已经看到了如何通过 curl 命令和浏览器来访问 health 端口。那如何才能开启其他端点的 HTTP 访问功能呢？可以使用 management.endpoints.web.exposure.include 和 management.endpoints.web.exposure.exclude 这两个属性来控制哪些端点可以通过 HTTP 方式发布，哪些端点不行。前者的默认值为 health,info，后者的默认值为空。

例如，我们希望在原有基础上再增加 beans 和 env 端点，就可以这样来设置：

```
management.endpoints.web.exposure.include=beans,env,health,info
```

如果希望放开所有的端点，让它们都能通过 HTTP 方式来访问，我们就可以将上述属性设置为 *[①]：

```
management.endpoints.web.exposure.include=*
```

要是一个端点同时出现在 management.endpoints.web.exposure.include 和 management.endpoints. web.exposure.exclude 这两个属性里，那么后者的优先级会高于前者，也就是说该端点会被排除。

如果我们希望了解 HTTP 方式可以访问哪些端点，可以直接访问 /actuator 地址，会得到类似下面的 JSON 信息：

```
{
    "_links": {
        "health": {
            "href": "http://localhost:8080/actuator/health",
            "templated": false
        },
        "health-path": {
```

---

① * 在 YAML 中有特殊含义，我们如果要使用 YAML 格式来配置文件，就需要使用 "*" 的格式来表示。

```
            "href": "http://localhost:8080/actuator/health/{*path}",
            "templated": true
        },
        "info": {
            "href": "http://localhost:8080/actuator/info",
            "templated": false
        },
        "self": {
            "href": "http://localhost:8080/actuator",
            "templated": false
        }
    }
}
```

其中 templated 为 true 的 URL 可以用具体的值去代替 {} 里的内容，比如，http://localhost:8080/actuator/metrics/{requiredMetricName} 的 {requiredMetricName} 就 可 以 用 http://localhost:8080/actuator/metrics 里所罗列的名称代替。

需要特别说明一点，要发布 HTTP 端点，必须要有 Web 支持，因此项目需要引入 spring-boot-starter-web 起步依赖。

3. 通过 JMX 访问端点

与 HTTP 方式类似，JMX 也有两个属性，即 management.endpoints.jmx.exposure.include 和 management.endpoints.jmx.exposure.exclude。前者的默认值为 *，后者的默认值为空。

有不少工具可以用来访问 JMX 端点，比如 JVisualVM 和 JConsole，它们都是 JDK 自带的工具。以 JConsole 为例，启动 JConsole 后会弹出新建连接界面，从中可以选择想要连接的本地 Java 进程，也可以通过指定信息连接远程的进程，具体如图 5-2 所示。

图 5-2　JConsole 的新建连接界面

选中目标进程后，点击连接按钮，稍过一段时间后，就能连上目标进程了。随后选中 MBean 标签页，在 org.springframework.boot 目录下找到 Endpoint，其中列出的就是可以访问的 JMX 端点。图 5-3 就是选择了 Health 后界面的样子，点击 health 按钮即可获得健康检查的 JSON 结果。

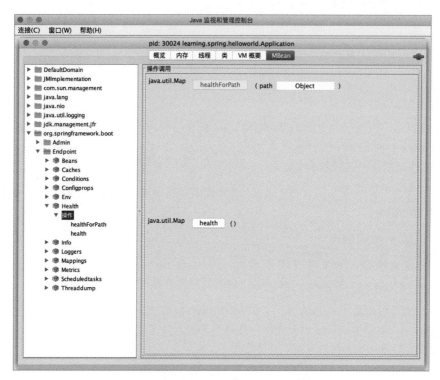

图 5-3　通过 JMX 方式访问 health 端点

4. 保护端点

如果在工程中引入了 Spring Security，那么 Spring Boot Actuator 会自动对各种端点进行保护，例如，默认通过浏览器访问时，浏览器会显示一个页面，要求输入用户名和密码。如果我们没有配置过相关信息，那么在系统启动时，可以在日志中查找类似下面的日志：

```
Using generated security password: 4fbc8059-fdb8-46f9-a54e-21d5cb2e9eb2
```

默认的用户名是 user，密码就是上面这段随机生成的内容。关于 Spring Security 的更多细节，我们会在第 10 章中详细展开。此处，给出两个示例，它们都需要在 pom.xml 中增加 spring-boot-starter-actuator 和 spring-boot-starter-security 起步依赖。这里先来演示如何不用登录页，而是使用 HTTP Basic 的方式进行验证（但 health 端点除外），具体的配置如代码示例 5-1 所示[①]，注意其中的 EndpointRequest 用的是 org.springframework.boot.actuate.autoconfigure.security.servlet.EndpointRequest。

① 这部分与端点相关的示例，包括 5.1.3 中的例子都在 ch5/helloworld-actuator 工程中。

代码示例 5-1　需要认证才可访问端点的配置代码片段

```
@Configuration
public class ActuatorSecurityConfigurer extends WebSecurityConfigurerAdapter {
    @Override
    protected void configure(HttpSecurity http) throws Exception {
        http.requestMatcher(EndpointRequest.toAnyEndpoint().excluding("health")).
authorizeRequests((requests) -> requests.anyRequest().authenticated());
        http.httpBasic();
    }
}
```

第二个演示针对所有端点，可以提供匿名访问，具体如代码示例 5-2 所示。

代码示例 5-2　可匿名访问端点的配置代码片段

```
@Configuration
public class ActuatorSecurityConfigurer extends WebSecurityConfigurerAdapter {
    @Override
    protected void configure(HttpSecurity http) throws Exception {
        http.requestMatcher(EndpointRequest.toAnyEndpoint()).authorizeRequests((requests) -> requests.
anyRequest().anonymous());
        http.httpBasic();
    }
}
```

茶歇时间：针对 Web 和 Actuator 使用不同端口的好处

试想一下，我们的系统在对外提供 HTTP 服务，一般会在集群前增加一个负载均衡设备（比如 Nginx），将外部对 80 端口的请求转发至系统的 8080 端口。如果 Spring Boot Actuator 的端口也在 8080，而我们又没对端点做足够的保护，黑客很轻松地就能获取系统的信息。就算做了保护，黑客也能通过端点信息推断出这个系统是通过 Spring Boot 实现的、可能存在哪些漏洞。

一般我们都会在系统启动后，通过 health 端点来判断系统的健康情况，如果对这个端点做了过多保护，反而不便于获取健康检查结果。

一种做法是在防火墙或者负载均衡层面，禁止外部访问 Spring Boot Actuator 的 URL，例如，直接禁止访问 /actuator 及其子路径。另一种做法，就是索性让 Actuator 的端点暴露在与业务代码不同的 HTTP 端口上，比如，不再共用 8080 端口，而是单独提供一个 8081 端口，而防火墙和负载均衡设备只知道 8080 端口的存在，也只会转发请求到 8080 端口，就不用担心外部能访问到 8081 端口的问题了。

通过 management.server.port=8081 能实现设置 Actuator 专属端口的功能。更进一步，我们还可以使用 management.server.base-path 属性（以前是 management.server.servlet.context-path）为 Spring Boot Actuator 设置 Servlet 上下文，默认为空；使用 management.endpoints.web.base-path 属性来调整 /actuator 这个默认的基础路径。如果像下面这样来做设置，就能将 health 端点访问的 URL 调整为 http://localhost:8081/management/my-actuator/health 了：

```
management.server.port=8081
management.server.base-path=/management
management.endpoints.web.base-path=/my-actuator
```

5.1.3 定制端点信息

Spring Boot Actuator 中的每个端点或多或少会有一些属于自己的配置属性，大家可以在 org.springframework.boot:spring-boot-actuator-autoconfigure 包中查看各种以 Properties 结尾的属性类，也可以直接通过 configprops 端点来查看属性类。

例 如，EnvironmentEndpointProperties 就 对 应 了 management.endpoint.env 中 的 属 性，其 中 的 keysToSanitize 就是环境中要过滤的自定义敏感信息键名清单，根据代码注释，其中可以设置匹配的结尾字符串，也可以使用正则表达式。在设置了 management.endpoint.env.keys-to-sanitize=java.*,sun.* 后，env 端点返回的属性中，所有 java 和 sun 打头的属性值都会以 * 显示。

Spring Boot Actuator 默认为 info 和 health 端点开启了 HTTP 访问支持，那么就让我们来详细了解一下这两个端点有哪些可以定制的地方吧。

1. 定制 info 端点信息

根据 InfoEndpointAutoConfiguration 可以得知，InfoEndpoint 中会注入 Spring 上下文中的所有 InfoContributor Bean 实例。InfoContributorAutoConfiguration 自动注册了 env、git 和 build 这三个 InfoContributor，Spring Boot Actuator 提供的 InfoContributor 列表如表 5-5 所示。

表 5-5 内置 InfoContributor 列表

类 名	默认开启	说 明
BuildInfoContributor	是	提供 BuildProperties 的信息，通过 spring.info.build 来设置，默认读取 META-INF/build-info.properties
EnvironmentInfoContributor	是	将配置中以 info 打头的属性通过端点暴露
GitInfoContributor	是	提供 GitProperties 的信息，通过 spring.info.git 来设置，默认读取 git.properties
InfoPropertiesInfoContributor	否	抽象类，一般作为其他 InfoContributor 的父类
MapInfoContributor	否	将内置 Map 作为信息输出
SimpleInfoContributor	否	仅包含一对键值对的信息

假设在配置文件中设置了如下内容：

```
info.app=HelloWorld
info.welcome=Welcome to the world of Spring.
```

再提供如下的 Bean：

```
@Bean
public SimpleInfoContributor simpleInfoContributor() {
    return new SimpleInfoContributor("simple", "HelloWorld!");
}
```

那 info 端点输出的内容大致如下所示：

```
{
    "app": "HelloWorld",
    "simple": "HelloWorld!",
    "welcome": "Welcome to the world of Spring."
}
```

2. 定制 health 端点信息

健康检查是一个很常用的功能，可以帮助我们了解系统的健康状况，例如，系统在启动后是否准备好对外提供服务了，所依赖的组件是否已就绪等。

健康检查主要是依赖 HealthIndicator[①] 的各种实现来完成的。Spring Boot Actuator 内置了近 20 种不同的实现，表 5-6 列举了一些常用的 HealthIndicator 实现，基本可以满足日常使用的需求。

表 5-6　常用的 HealthIndicator 实现

实　现　类	作　　用
DataSourceHealthIndicator	检查 Spring 上下文中能取到的所有 DataSource 是否健康
DiskSpaceHealthIndicator	检查磁盘空间
LivenessStateHealthIndicator	检查系统的存活（Liveness）情况，一般用于 Kubernetes 中
ReadinessStateHealthIndicator	检查系统是否处于就绪（Readiness）状态，一般用于 Kubernetes 中
RedisHealthIndicator	检查所依赖的 Redis 健康情况

每个 HealthIndicator 检查后都会有自己的状态信息，Spring Boot Actuator 最后会根据所有结果的状态信息综合得出系统的最终状态。org.springframework.boot.actuate.health.Status 定义了几种默认状态，按照优先级降序排列分别为 DOWN、OUT_OF_SERVICE、UP 和 UNKNOWN，所有结果状态中优先级最高的状态会成为 health 端点的最终状态。如果有需要，我们也可以通过 management.endpoint.health.status.order 来更改状态的优先级。

Spring Boot Actuator 默认开启了所有的 HealthIndicator，它们会根据情况自行判断是否生效，也可以通过 management.health.defaults.enabled=false 开关（默认关闭），随后使用 management.health.<name>.enabled 选择性地开启 HealthIndicator。例如，DataSourceHealthContributorAutoConfiguration 是这样定义的：

```
@Configuration(proxyBeanMethods = false)
@ConditionalOnClass({ JdbcTemplate.class, AbstractRoutingDataSource.class })
@ConditionalOnBean(DataSource.class)
@ConditionalOnEnabledHealthIndicator("db")
@AutoConfigureAfter(DataSourceAutoConfiguration.class)
public class DataSourceHealthContributorAutoConfiguration extends
    CompositeHealthContributorConfiguration
<AbstractHealthIndicator, DataSource>
    implements InitializingBean {}
```

那么它的生效条件是这样的：

❑ CLASSPATH 中存在 JdbcTemplate 和 AbstractRoutingDataSource 类；

❑ Spring 上下文中存在 DataSource 类型的 Bean；

❑ 默认开关打开，或者 management.health.db.enabled=true，此处 @ConditionalOnEnabledHealthIndicator 中的 db 就是 name[②]。

---

① HealthContributor 接口的两个重要的子接口分别是 HealthIndicator 和 CompositeHealthContributor，一般我们都直接使用 HealthIndicator，CompositeHealthContributor 用于组合一些 HealthContributor 的结果。

② 通常情况下，name 是 Bean 的名称去除 HealthIndicator 或 HealthContributor 后缀后的内容。

知道了 health 中的各个 HealthIndicator 后，怎么才能看到结果呢？我们可以通过配置 management. endpoint.health.show-details 和 management.endpoint.health.show-components 的属性值来查看结果，默认是 never，将其调整为 always 后就会始终显示具体内容了。如果依赖中存在 Spring Security，也可以仅对授权后的用户开放，将属性值配置为 when-authorized，这时我们可以通过 management. endpoint.health.roles 来设置可以访问的用户的角色。一般情况下，可以考虑将其调整为 always。

如今越来越多的系统运行在 Kubernetes 环境中，而 Kubernetes 需要检查系统是否存活，是否就绪，对此，health 端点也提供了对应的 LivenessStateHealthIndicator 和 ReadinessStateHealthIndicator，默认 URL 分别为 /actuator/health/liveness 和 /actuator/health/readiness。

5.1.4 开发自己的组件与端点

在上一节中，我们看到的基本都是对现有端点与组件的配置，Spring Boot Actuator 提供了让我们自己扩展端点或者实现新端点的功能。例如，在进行健康检查时，我们可以加入自己的检查逻辑，只需实现 HealthIndicator 即可。

1. 开发自己的 HealthIndicator

为了增加自己的健康检查逻辑，我们可以定制一个 HealthIndicator 实现，通常会选择扩展 AbstractHealthIndicator 类，实现其中的 doHealthCheck() 方法。

根据 HealthEndpointConfiguration 类的代码，我们可以知道 healthContributorRegistry 会从 Spring 上下文获取所有 HealthContributor 类型（HealthIndicator 继承了这个接口）的 Bean，并进行注册，所以我们也只需要把写好的 HealthIndicator 配置为 Bean 即可。

```
@Configuration(proxyBeanMethods = false)
class HealthEndpointConfiguration {
@Bean
    @ConditionalOnMissingBean
    HealthContributorRegistry healthContributorRegistry(ApplicationContext applicationContext,
            HealthEndpointGroups groups) {
        Map<String, HealthContributor> healthContributors = new LinkedHashMap<>(applicationContext
            .getBeansOfType(HealthContributor.class));
        if (ClassUtils.isPresent("reactor.core.publisher.Flux", applicationContext.getClassLoader())) {
            healthContributors.putAll(new AdaptedReactiveHealthContributors(applicationContext).get());
        }
        return new AutoConfiguredHealthContributorRegistry(healthContributors, groups.getNames());
    }
    // 省略其他代码
}
```

接下来，我们以第 4 章的 BinaryTea 项目作为基础，在其中添加自己的 HealthIndicator。在 ShopReadyHealthIndicator 上添加 @Component 注解，以便在扫描到它后就能将其注册为 Bean。通过构造方法注入 BinaryTeaProperties，检查时如果没有 binaryTeaProperties 或者属性中的 ready 为 false，检查即为失败，除此之外都算成功。具体如代码示例 5-3 所示。[①]

---

① 可以在本书示例的 ch5/binarytea-endpoint 项目中找到这个例子。

代码示例 5-3　ShopReadyHealthIndicator 健康检查器

```
@Component
public class ShopReadyHealthIndicator extends AbstractHealthIndicator{
    private BinaryTeaProperties binaryTeaProperties;

    public ShopReadyHealthIndicator(ObjectProvider<BinaryTeaProperties> binaryTeaProperties) {
        this.binaryTeaProperties = binaryTeaProperties.getIfAvailable();
    }

    @Override
    protected void doHealthCheck(Health.Builder builder) throws Exception {
        if (binaryTeaProperties == null || !binaryTeaProperties.isReady())  {
            builder.down();
        } else {
            builder.up();
        }
    }
}
```

运行代码前还需要在 pom.xml 中加入 Spring Web 和 Spring Boot Actuator 的依赖，具体如下：

```
<dependency>
    <groupId>org.springframework.boot</groupId>
    <artifactId>spring-boot-starter-web</artifactId>
</dependency>
<dependency>
    <groupId>org.springframework.boot</groupId>
    <artifactId>spring-boot-starter-actuator</artifactId>
</dependency>
```

同时在 application.properties 中增加 management.endpoint.health.show-details=always，以便可以看到 ShopReadyHealthIndicator 的效果。运行 BinaryTeaApplication 后，在浏览器中访问 http://localhost:8080/actuator/health，就能看到类似下面的 JSON 输出：

```
{
    "components": {
        // 省略部分内容
        "ping": {
            "status": "UP"
        },
        "shopReady": {
            "status": "UP"
        }
    },
    "status": "UP"
}
```

为了能够进行自动测试，我们还可以在 ShopConfigurationEnableTest 和 ShopConfigurationDisableTest 中分别加入对应的测试用例，再写个测试检查是否注册了对应的信息，如代码示例 5-4 所示。

代码示例 5-4　针对 ShopReadyHealthIndicator 的各种单元测试用例

```
// ShopConfigurationEnableTest 中的测试用例
@Test
void testIndicatorUp() {
```

```
    ShopReadyHealthIndicator indicator = applicationContext.getBean(ShopReadyHealthIndicator.class);
    assertEquals(Status.UP, indicator.getHealth(false).getStatus());
}

// ShopConfigurationDisableTest 中的测试用例
@Test
void testIndicatorDown() {
    ShopReadyHealthIndicator indicator = applicationContext.getBean(ShopReadyHealthIndicator.class);
    assertEquals(Status.DOWN, indicator.getHealth(false).getStatus());
}

// 独立的 ShopReadyHealthIndicatorTest, 测试是否注册了 shopReady
@SpringBootTest
public class ShopReadyHealthIndicatorTest {
    @Autowired
    private HealthContributorRegistry registry;

    @Test
    void testRegistryContainsShopReady() {
        assertNotNull(registry.getContributor("shopReady"));
    }
}
```

如果一切顺利，执行 `mvn test` 后我们应该就能看到测试通过的信息了：

```
[INFO] Results:
[INFO]
[INFO] Tests run: 7, Failures: 0, Errors: 0, Skipped: 0
[INFO]
[INFO] ------------------------------------------------------------------------
[INFO] BUILD SUCCESS
[INFO] ------------------------------------------------------------------------
```

> **茶歇时间：为什么要优先通过 `ObjectProvider` 获取 Bean**
>
> 　　当我们需要从 Spring 上下文中获取其他 Bean 时，最直接的方法是使用 `@Autowired` 注解，但系统运行时的不确定性太多了，比如不确定是否存在需要的依赖，这时就需要加上 `required=false`；也有可能目标类型的 Bean 不止一个，而我们只需要一个；构造方法有多个参数……
>
> 　　这时就该 `ObjectProvider<T>` 上场了，它大多用于构造方法注入的场景，让我们有能力处理那些尴尬的场面，其中的 `getIfAvailable()` 方法在存在对应 Bean 时返回对象，不存在时则返回 `null`；`getIfUnique()` 方法在有且仅有一个对应 Bean 时返回对象，Bean 不存在或不唯一，且不唯一时没有标注 `Primary` 的情况下返回 `null`。再加上一些检查和遍历的方法，通过明确的编码，我们就可以确保自己的代码获取到必要的依赖，或判断出缺少的东西，并加以处理。

2. 开发自己的端点

　　如果内置的端点无法满足我们的需求，那最后一招就是写一个自己的端点。好在 Spring Boot Actuator 支持到位，只需简单几步就能帮助我们实现一个端点。

首先，在 Bean 上添加 @Endpoint 注解，其中带有 @ReadOperation、@WriteOperation 和 @Delete-Operation 的方法能被发布出来，而且能通过 JMX 或者 HTTP 的方式访问到这些方法

接下来，如果我们希望限制只用其中的一种方式来发布，则可以将 @Endpoint 替换为 @JmxEndpoint 或 @WebEndpoint。

如果是通过 HTTP 方式访问的，默认的 URL 是 /actuator/<id>，其中的 id 就是 @Endpoint 注解中指定的 id，而 @ReadOperation、@WriteOperation 和 @DeleteOperation 的方法分别对应了 HTTP 的 GET、POST 和 DELETE 方法。HTTP 的响应码则取决于方法的返回值，如果存在返回内容，则响应码是 200 OK，否则 @ReadOperation 方法会返回 404 Not Found，而另两个则返回 204 No Content；对于需要参数但又获取不到的情况，方法会返回 400 Bad Request。

我们为 BinaryTea 编写了一个返回商店状态的端点，具体如代码示例 5-5 所示，大部分逻辑与 ShopReadyHealthIndicator 是类似的，这里就不再赘述了。

代码示例 5-5　ShopEndpoint 代码片段

```
@Component
@Endpoint(id = "shop")
public class ShopEndpoint {
    private BinaryTeaProperties binaryTeaProperties;

    public ShopEndpoint(ObjectProvider<BinaryTeaProperties> binaryTeaProperties) {
        this.binaryTeaProperties = binaryTeaProperties.getIfAvailable();
    }

    @ReadOperation
    public String state() {
        if (binaryTeaProperties == null || !binaryTeaProperties.isReady()) {
            return "We're not ready.";
        } else {
            return "We open " + binaryTeaProperties.getOpenHours() + ".";
        }
    }
}
```

为了能访问到我们的端点，需要在 application.properties 中允许它以 Web 形式发布：

management.endpoints.web.exposure.include=health,info,shop

启动系统后，通过 http://localhost:8080/actuator/shop 即可访问 ShopEndpoint 的输出。

5.2　基于 Micrometer 的系统度量

系统在生产环境中运行时，我们需要通过各种方式了解系统的运作是否正常。之前提到的 health 端点只能判断最基本的情况，至于更多细节，还需要获取详细的度量指标，metrics 端点就是用来提供系统度量信息的。

5.2.1　Micrometer 概述

从 2.0 版本开始,Spring Boot 就把 Micrometer 作为默认的系统度量指标获取途径了[①],因此本节也先从 Micrometer 讲起。

Java 开发者应该都很熟悉 SLF4J(Simple Logging Facade for Java),它提供了一套日志框架的抽象,屏蔽了底层不同日志框架(比如 Commons Logging、Log4j 和 Logback)实现上的差异,让开发者能以统一的方式在代码中打印日志。如果说 Micrometer 的目标就是成为度量界的 SLF4J,相信大家就能理解 Micrometer 是干什么的了。

Micrometer 为很多主流的监控系统提供了一套简单且强大的客户端门面,先是定义了一套 SPI(Service Provider Interface),再为不同的监控系统提供实现。接入 Micrometer 后,开发者通过 Micrometer 进行埋点时就不会被绑定在某个特定的监控系统上。它支持的监控系统,以及这些系统的特性,如表 5-7 所示。

表 5-7　Micrometer 支持的监控系统清单

监控系统	是否支持多维度[②]	数据聚合方式	数据获取方式
AppOptics	是	客户端聚合	客户端推
Atlas	是	客户端聚合	客户端推
Azure Monitor	是	客户端聚合	客户端推
Cloudwatch	是	客户端聚合	客户端推
Datadog	是	客户端聚合	客户端推
Datadog StatsD	是	客户端聚合	服务端拉
Dynatrace	是	客户端聚合	客户端推
Elastic	是	客户端聚合	客户端推
Etsy StatsD	否	客户端聚合	服务端拉
Ganglia	否	客户端聚合	客户端推
Graphite	否	客户端聚合	客户端推
Humio	是	客户端聚合	客户端推
Influx	是	客户端聚合	客户端推
JMX	否	客户端聚合	客户端推
KairosDB	是	客户端聚合	客户端推
New Relic	是	客户端聚合	客户端推
Prometheus	是	服务端聚合	服务端拉
SignalFx	是	客户端聚合	客户端推
Sysdig StatsD	是	客户端聚合	服务端拉
Telegraf StatsD	是	客户端聚合	服务端拉
Wavefront	是	服务端聚合	客户端推

---

① Micrometer 也是 Pivotal 开发的,所以 Spring Boot 对它会有一定的偏好。
② 度量指标的名称是否支持配置多个标签。

Micrometer 通过 `Meter` 接口来收集系统的度量数据，由 `MeterRegistry` 来创建并管理 `Meter`，Micrometer 支持的各种监控系统都有自己的 `MeterRegistry` 实现。内置的 `Meter` 实现分为几种，具体如表 5-8 所示。

表 5-8　几种主要的 `Meter` 实现

Meter 类型	说　　明
Timer	计时器，用来记录一个事件的耗时
Counter	计数器，用来表示一个单调递增的值
Gauge	计量仪，用来表示一个变化的值，通常能用 Counter 就不用 Gauge
DistributionSummary	分布统计，用来记录事件的分布情况，可以设置一个范围，获取范围内的直方图和百分位数
LongTaskTimer	长任务计时器，记录一个长时间任务的耗时，可以记录已经耗费的时间
FunctionCounter	函数计数器，追踪某个单调递增函数的计数器
FunctionTimer	函数计时器，追踪两个单调递增函数，一个计数，另一个计时

要创建 `Meter`，既可以通过 `MeterRegistry` 上的方法，例如 `registry.timer("foo")`，也可以通过 Fluent 风格的构建方法，例如 `Timer.builder("foo").tags("bar").register(registry)`。`Meter` 的命名采用以 . 分隔的全小写单词组合，不同的监控系统功能有不同的命名方式，Micrometer 会负责将 `Meter` 的名称转为合适的方式，在官方文档中就给出了这样一个例子：

```
registry.timer("http.server.requests");
```

在使用 Prometheus 时，这个 Timer 的名字就会被转为 http_server_requests_duration_seconds。

标签也遵循一样的命名方式，Micrometer 同样也会负责帮我们将 Timer 的标签转换成不同监控系统所推荐的名称。下面的标签名为 uri，值为 /api/orders：

```
registry.timer("http.server.requests", "uri", "/api/orders");
```

针对通用的标签，Micrometer 还贴心地提供了公共标签的功能，在 `MeterRegistry` 上设置标签：

```
registry.config().commonTags("prod", "region", "cn-shanghai-1");
```

5.2.2　常用度量指标

Spring Boot Actuator 中提供了 `metrics` 端点，通过 /actuator/metrics 我们可以获取系统的度量值。而且 Spring Boot 还内置了很多实用的指标，可以直接拿来使用。

首先介绍的是 Micrometer 本身支持的 JVM 相关指标，具体见表 5-9。

表 5-9　Micrometer 支持的 JVM 度量指标

度量指标	说　　明
ClassLoaderMetrics	收集加载和卸载的类信息
JvmMemoryMetrics	收集 JVM 内存利用情况
JvmGcMetrics	收集 JVM 的 GC 情况
ProcessorMetrics	收集 CPU 负载情况
JvmThreadMetrics	收集 JVM 中的线程情况

用下面的语句就能绑定一个 `ClassLoaderMetrics`：

```
new ClassLoaderMetrics().bindTo(registry);
```

但在 Spring Boot Actuator 的帮助下，我们无须自己来绑定这些度量指标，Spring Boot 中 JvmMetricsAutoConfiguration 之类的自动配置类已经替我们做好了绑定的工作。此外，它还在此基础上提供了 Spring MVC、Spring WebFlux、HTTP 客户端和数据源等其他度量指标。

仍然以 5.1.4 节的 binarytea-endpoint 为例，我们在 application.properties 中做些修改，将 metrics 端点加入 Web 可访问的端点中：

```
management.endpoints.web.exposure.include=health,info,shop,metrics
```

启动程序后，通过 http://localhost:8080/actuator/metrics 可以看到类似下面这样的一个清单，其中列举的 names 就是具体的度量指标名称：

```
{
    "names": [
        "http.server.requests",
        "jvm.buffer.count",
        "jvm.buffer.memory.used",
        "jvm.buffer.total.capacity",
        "jvm.classes.loaded",
        "jvm.classes.unloaded",
        "jvm.gc.live.data.size",
        "jvm.gc.max.data.size",
        "jvm.gc.memory.allocated",
        "jvm.gc.pause",
        "jvm.memory.max",
        "jvm.memory.used",
        "jvm.threads.live",
        "jvm.threads.peak",
        "logback.events",
        "process.cpu.usage",
        "process.files.max",
        "process.start.time",
        "process.uptime",
        "system.cpu.usage",
        "system.load.average.1m",
        "tomcat.sessions.active.current",
        "tomcat.sessions.active.max",
        "tomcat.sessions.rejected"
        // 列表中省略了一些内容
    ]
}
```

在 URI 后增加具体的名称，例如，http://localhost:8080/actuator/metrics/jvm.classes.loaded，就能查看具体的度量信息：

```
{
    "availableTags": [

    ],
    "baseUnit": "classes",
    "description": "The number of classes that are currently loaded in the Java virtual machine",
```

```
        "measurements": [
            {
            "statistic": "VALUE",
            "value": 7232.0
            }
        ],
        "name": "jvm.classes.loaded"
}
```

1. Spring MVC

默认所有基于 Spring MVC 的 Web 请求都会被记录下来，通过 /actuator/metrics/http.server.requests 我们可以查看类似下面这样的输出，其中包含了大量的信息，比如用过的 HTTP 方法、访问过的地址、返回的 HTTP 响应码、请求的总次数和总耗时，以及最大单次耗时等：

```
{
    "availableTags": [
        { "tag": "exception", "values": ["None"] },
        { "tag": "method", "values": ["GET"] },
        {
            "tag": "uri",
            "values": [
                "/actuator/metrics/{requiredMetricName}",
                "/actuator/metrics"
            ]
        },
        { "tag": "outcome", "values": ["SUCCESS"] },
        { "tag": "status", "values": ["200"] }
    ],
    "baseUnit": "seconds",
    "description": null,
    "measurements": [
        { "statistic": "COUNT", "value": 5.0 },
        { "statistic": "TOTAL_TIME", "value": 0.085699938 },
        { "statistic": "MAX", "value": 0.042694752 }
    ],
    "name": "http.server.requests"
}
```

management.metrics.web.server.request.autotime.enabled 默认为 true，它能自动统计所有的 Web 请求，如果我们将它设置为 false，则需要自己在类上或者方法上添加 @Timed 来标记要统计的 Controller 方法[①]，@Timed 注解可以做些更精细的设置，例如，添加额外的标签，计算百分位数，等等：

```
@Controller
public class SampleController {
    @RequestMapping("/")
    @Timed(extraTags = { "region", "cn-shanghai-1" }, percentiles = 0.99)
    public String foo() {}
}
```

---

① 关于 Spring MVC Controller 类和相关注解的内容会在第 11 章中详细介绍。

2. HTTP 客户端

当使用 RestTemplate 和 WebClient 访问 HTTP 服务时[①]，Spring Boot Actuator 提供了针对 HTTP 客户端的度量指标，但这并不是自动的，还需要做一些配置它们才能生效。这里建议通过如下方式来创建 RestTemplate：

```
@Bean
public RestTemplate restTemplate(RestTemplateBuilder builder) {
    return builder.build();
}
```

使用 RestTemplateBuilder 来构建 RestTemplate 时，会对其应用所有配置在 Spring 上下文里的 RestTemplateCustomizer，而其中就有与度量相关的 MetricsRestTemplateCustomizer。针对 WebClient 也是一样的，可以用 WebClient.Builder。

如果大家有通过 RestTemplate 访问过 HTTP 服务，访问 /actuator/metrics/http.client.requests 后就能看到类似下面这样的输出：

```
{
    "availableTags": [
        { "tag": "method", "values": [ "GET" ] },
        { "tag": "clientName", "values": [ "localhost" ] },
        { "tag": "uri", "values": [ "/actuator/metrics" ] },
        { "tag": "outcome", "values": [ "SUCCESS" ] },
        { "tag": "status", "values": [ "200" ] }
    ],
    "baseUnit": "seconds",
    "description": "Timer of RestTemplate operation",
    "measurements": [
        { "statistic": "COUNT", "value": 1.0 },
        { "statistic": "TOTAL_TIME", "value": 0.115555898 },
        { "statistic": "MAX", "value": 0.115555898 }
    ],
    "name": "http.client.requests"
}
```

3. 数据源

对于那些使用了数据库的系统，了解数据源的具体情况是非常有必要的，例如，当前的连接池配置的大小是什么样的，有多少个连接处于活跃状态等。如果连接池经常被占满，导致业务代码无法获取连接，那么无论是让业务线程等待连接，还是等待超时后报错都可能影响业务。

只要在 Spring 上下文中存在 DataSource[②] Bean，Spring Boot Actuator 就会自动配置对应的度量指标，如果我们使用的是 HikariCP，还会有额外的信息。访问 /actuator/metrics 后能看到下面这些显示：

```
{
    "names": [
```

[①] RestTemplate 是以同步方式访问 HTTP 服务的，而 WebClient 是以非阻塞方式访问的，关于 WebClient 的内容会在第 11 章中详细介绍。

[②] DataSource 接口的实现基本是某个数据库连接池，比如 Spring Boot 默认的 HikariCP，以及我们会介绍到的 Alibaba Druid 连接池。

```
        "hikaricp.connections",
        "hikaricp.connections.acquire",
        "hikaricp.connections.active",
        "hikaricp.connections.creation",
        "hikaricp.connections.idle",
        "hikaricp.connections.max",
        "hikaricp.connections.min",
        "hikaricp.connections.pending",
        "hikaricp.connections.timeout",
        "hikaricp.connections.usage",
        "jdbc.connections.max",
        "jdbc.connections.min"
        // 省略其他无关的内容
    ]
}
```

而具体到 /actuator/metrics/hikaricp.connections 则是这样的：

```
{
    "availableTags": [
        { "tag": "pool", "values": [ "HikariPool-1" ] }
    ],
    "baseUnit": null,
    "description": "Total connections",
    "measurements": [
        { "statistic": "VALUE", "value": 10.0 }
    ],
    "name": "hikaricp.connections"
}
```

通过这些度量指标，我们可以轻松地掌握系统中数据源的大概情况，在遇到问题时更好地进行决策。

5.2.3 自定义度量指标

Spring Boot Actuator 内置的度量指标可以帮助我们掌握系统的情况，但光了解系统是远远不够的，系统运行正常，但业务指标却一路下滑的情况并不少见，因此还需要针对各种业务做对应的数据埋点，通过业务指标我们也可以反过来进一步了解系统的情况。

有两种绑定 Meter 的方法，一般可以考虑使用后者：
□ 注入 Spring 上下文中的 MeterRegistry，通过它来绑定 Meter；
□ 让 Bean 实现 MeterBinder，在其 bindTo() 方法中绑定 Meter。

下面，让我们通过二进制奶茶店项目中的一个例子来了解一下如何自定义度量指标。

> 需求描述 门店开始营业后，我们要频繁关注经营情况，像订单总笔数、总金额、客单价等都是常见的经营指标，最好能有个地方可以让经营者方便地看到这些信息。

以 5.1.4 节的 binarytea-endpoint 作为基础，增加如表 5-10 所示的三个经营指标，用来记录自开始营业起的经营情况，相信是个经营者都关心自己的店是不是赚钱吧？大家可以在本书配套示例的

ch5/binarytea-metrics 目录中找到这个例子。

表 5-10　三个经营指标

指标名称	类　　型	含　　义
order.count	Counter	总订单数
order.amount.sum	Counter	总订单金额
order.amount.average	Gauge	客单价

除此之外，为了演示 DistributionSummary 的用法，我们还额外增加了一个 order.summary 的指标，可以输出 95 分位的订单情况[①]。对应的 Meter 配置与绑定代码如代码示例 5-6 所示，其中绑定了四个 Meter（为了方便演示，客单价使用了一个整数），还提供了一个新的下订单方法，用来改变各Meter 的值。

代码示例 5-6　SalesMetrics 的代码片段

```java
@Component
public class SalesMetrics implements MeterBinder {
    private Counter orderCount;
    private Counter totalAmount;
    private DistributionSummary orderSummary;
    private AtomicInteger averageAmount = new AtomicInteger();

    @Override
    public void bindTo(MeterRegistry registry) {
        this.orderCount = registry.counter("order.count", "direction", "income");
        this.totalAmount = registry.counter("order.amount.sum", "direction", "income");
        this.orderSummary = registry.summary("order.summary", "direction", "income");
        registry.gauge("order.amount.average", averageAmount);
    }

    public void makeNewOrder(int amount) {
        orderCount.increment();
        totalAmount.increment(amount);
        orderSummary.record(amount);
        averageAmount.set((int) orderSummary.mean());
    }
}
```

由于现阶段还没有开发下单的客户端，我们可以在 BinaryTeaApplication 这个主程序中通过2.4.2 节中介绍的定时任务来定时下单，如代码示例 5-7 所示，其中金额为 0 至 100 元内的随机整数[②]，每隔 5 秒会下一单并打印日志。

代码示例 5-7　可以定时下单的主程序代码片段

```java
@SpringBootApplication
@EnableScheduling
public class BinaryTeaApplication {
    private static Logger logger = LoggerFactory.getLogger(BinaryTeaApplication.class);
```

① 其实计数、求和与平均值都可以通过一个 DistributionSummary 来实现，但这里为了演示，没有合并。

② 金额的表示很有讲究，用浮点数来表示金额是个很糟糕的做法。通常建议使用专门的 Money 类，最不济也要选择最小的单位从而尽可能用整数来表示金额，例如，以分作为单位，用 long 来表示金额。本书的后续章节会介绍 Joda Money 的用法。

```
private Random random = new Random();
@Autowired
private SalesMetrics salesMetrics;

public static void main(String[] args) {
    SpringApplication.run(BinaryTeaApplication.class, args);
}

@Scheduled(fixedRate = 5000, initialDelay = 1000)
public void periodicallyMakeAnOrder() {
    int amount = random.nextInt(100);
    salesMetrics.makeNewOrder(amount);
    logger.info("Make an order of RMB {} yuan.", amount);
}
}
```

此时，通过 /actuator/metrics 我们会看到多出了如下几个指标：

```
{
    "names": [
        "order.amount.average",
        "order.amount.sum",
        "order.count",
        "order.summary",
        // 省略其他内容
    ]
}
```

具体访问 /actuator/metrics/order.summary 则能看到类似下面这样的输出：

```
{
    "availableTags": [
        { "tag": "direction", "values": [ "income" ] }
    ],
    "baseUnit": null,
    "description": null,
    "measurements": [
        { "statistic": "COUNT", "value": 168.0 },
        { "statistic": "TOTAL", "value": 7890.0 },
        { "statistic": "MAX", "value": 95.0 }
    ],
    "name": "order.summary"
}
```

Spring Boot Actuator 中可以对 Micrometer 的度量指标做很多定制，我们既可以按照 Micrometer 的官方做法用 MeterFilter 精确地进行调整，也可以简单地使用配置来做些常规的改动。

例如，可以像下面这样来设置公共标签，将 region 标签的值设置为 cn-shanghai-1：

```
management.metrics.tags.region=cn-shanghai-1
```

针对每个 Meter 也有一些对应的属性，如表 5-11 所示，表中给出的是前缀，在其后面带上具体的度量指标名称后，即可有针对性地进行设置了，例如 management.metrics.enable.order.amount.average=false。

表 5-11 部分针对单个 `Meter` 的属性前缀

属性前缀	说 明	适用范围
management.metrics.enable	是否开启	全部
management.metrics.distribution.minimum-expected-value	分布统计时范围的最小值	Timer 与 DistributionSummary
management.metrics.distribution.maximum-expected-value	分布统计时范围的最大值	Timer 与 DistributionSummary
management.metrics.distribution.percentiles	分布统计时希望计算的百分位值	Timer 与 DistributionSummary

如果希望输出 95 分位的订单情况，可以像代码示例 5-8 那样修改 application.properties 文件。

代码示例 5-8 修改后的 application.properties

```properties
binarytea.ready=true
binarytea.open-hours=8:30-22:00

management.endpoint.health.show-details=always
management.endpoints.web.exposure.include=health,info,shop,metrics

management.metrics.distribution.percentiles.order.summary=0.95
```

配置后会多出一个 order.summary.percentile 的度量指标，具体的内容大致如下所示：

```json
{
    "availableTags": [
        { "tag": "phi", "values": [ "0.95" ] },
        { "tag": "direction", "values": [ "income" ] }
    ],
    "baseUnit": null,
    "description": null,
    "measurements": [
        { "statistic": "VALUE", "value": 87 }
    ],
    "name": "order.summary.percentile"
}
```

茶歇时间：性能分析时的 95 线与 99 线是什么含义

说到衡量一个接口的耗时怎么样，大家的第一反应大多是使用平均响应时间。的确，平均耗时能代表大部分情况下接口的表现。假设一个接口的最小耗时为 4 毫秒，平均耗时为 8 毫秒——看起来性能挺好的，但如果经常会有那么几个请求的时间超过 1000 毫秒，那我们是否应该继续去优化它呢？

答案是肯定的，对于这类长尾的请求，我们还需要去做进一步的分析，这其中必然隐藏着一些问题。在性能测试中，我们往往会更多地关注 TP95 或者 TP99（TP 是 Top Percentile 的缩写），也就是通常所说的 95 线和 99 线指标。在 100 个请求中，按耗时从小到大排序，第 95 个就是耗时的 95 线，95% 的请求都能在这个时间内完成。

还有更苛刻的条件是要去分析 TP9999，也就是 99.99% 的情况，这样才能确保绝大部分请求的耗时都达到要求。

5.2.4 度量值的输出

通过 /actuator/metrics 虽然可以看到每个度量值的情况，但我们无法一直盯着这个URI看输出。在实际生产环境中，我们需要一个更成熟的度量值输出和收集的方案。好在 Micrometer 和 Spring Boot 早已经考虑到了这些，为我们准备好了。

1. 输出到日志

Micrometer 提供了几个基本的 MeterRegistry，其中之一就是 LoggingMeterRegistry，它可以定时将系统中的各个度量指标输出到日志中。有了结构化的日志信息，就能通过 ELK（Elasticsearch、Logstash 和 Kibana）等方式将它们收集起来，并加以分析。即使不做后续处理，把这些日志放着，作为日后回溯的材料也是可以的。

前一节的例子中，在 BinaryTeaApplication 里加上代码示例 5-9 的代码[①]，用来定义一个组合的 MeterRegistry，其中添加了基础的 SimpleMeterRegistry 和输出日志的 LoggingMeterRegistry。

代码示例 5-9　组合多个 MeterRegistry 的定义

```
@Bean
public MeterRegistry customMeterRegistry() {
    CompositeMeterRegistry meterRegistry = new CompositeMeterRegistry();
    meterRegistry.add(new SimpleMeterRegistry());
    meterRegistry.add(new LoggingMeterRegistry());
    return meterRegistry;
}
```

运行后，过一段时间就能在控制台输出的日志中看到类似下面的内容：

```
2022-02-06 22:44:00.029  INFO 50342 --- [trics-publisher] i.m.c.i.logging.LoggingMeterRegistry : jvm.gc.
pause{action=end of minor GC,cause=Metadata GC Threshold} throughput=0.033333/s mean=0.012s max=0.012s
2022-02-06 22:44:00.030  INFO 50342 --- [trics-publisher] i.m.c.i.logging.LoggingMeterRegistry : order.
summary{direction=income} throughput=0.133333/s mean=40.125 max=84
```

在生产环境中使用时，我们可以调整日志的配置文件，将 LoggingMeterRegistry 输出的日志打印到单独的日志中，方便管理。

2. 输出到 Prometheus

在介绍 Mircometer 时，我们提到过它支持多种不同的监控系统，将度量信息直接输出到监控系统也是一种常见做法。下面以 Prometheus 为例，介绍一下它在 Spring Boot 系统中该如何操作。

首先，需要在项目的 pom.xml 中添加 Micrometer 为 Prometheus 编写的 MeterRegistry 依赖，有了这个依赖，后面的事交给 Spring Boot 的自动配置即可：

```
<dependency>
    <groupId>io.micrometer</groupId>
    <artifactId>micrometer-registry-prometheus</artifactId>
</dependency>
```

---

① 5.2.4 节中的示例在 ch5/binarytea-export 项目中。

随后,在 `application.properties` 中放开对对应端点的控制,让 prometheus 端点可以通过 Web 访问:

```
management.endpoints.web.exposure.include=health,info,shop,metrics,prometheus
```

再次运行我们的程序,在浏览器中访问 /actuator/prometheus 就能看到一个文本输出,Prometheus 在经过适当配置后会读取其中的内容,可以看到其中的名称已经从 Micrometer 的以点分隔,变为了 Prometheus 的下划线分隔,这也是 Micrometer 实现的:

```
# 省略了很多内容,以下仅为片段
jvm_memory_max_bytes{area="nonheap",id="CodeHeap 'non-profiled nmethods'",} 2.44105216E8
# HELP order_count_total
# TYPE order_count_total counter
order_count_total{direction="income",} 7.0
# HELP order_summary_max
# TYPE order_summary_max gauge
order_summary_max{direction="income",} 76.0
# HELP order_summary
# TYPE order_summary summary
order_summary{direction="income",quantile="0.95",} 79.5
order_summary_count{direction="income",} 7.0
order_summary_sum{direction="income",} 347.0
# HELP tomcat_sessions_active_current_sessions
# TYPE tomcat_sessions_active_current_sessions gauge
tomcat_sessions_active_current_sessions 0.0
```

5.3 部署 Spring Boot 应用程序

在 Spring Boot Actuator 的帮助下,我们早早地就准备好了一些手段来掌握系统在运行时的各种指标,现在就差临门一脚,让系统在服务器上跑起来了,而这也是一门学问,在这一节里就让我们一同来了解一下其中的秘诀。

5.3.1 可执行 Jar 及其原理

放到以前,要运行 Java EE 的应用程序需要一个应用容器,比如 JBoss 或者 Tomcat。但随着技术的发展,外置容器已经不再是必选项了,Spring Boot 可以内嵌 Tomcat、Jetty 等容器,一句简单的 `java -jar` 命令就能让我们的工程像个普通进程一样运行起来。

1. 通过 Maven 打包整个工程

在用 Maven 命令打包前,先来回顾一下 pom.xml 中配置的插件:

```xml
<build>
    <plugins>
        <plugin>
            <groupId>org.springframework.boot</groupId>
            <artifactId>spring-boot-maven-plugin</artifactId>
        </plugin>
    </plugins>
</build>
```

spring-boot-maven-plugin 会在 Maven 的打包过程中自动介入，除了生成普通的 Jar 包外，还会生成一个包含所有依赖的 Fat Jar。以上一节用到的 ch5/binarytea-export 为例，打开一个终端（macOS 中的终端，对应 Windows 中的 CMD 或者 PowerShell），在工程目录中（即 pom.xml 的目录）键入如下命令[①]：

```
▶ mvn clean package -Dmaven.test.skip
```

随后，查看 target 目录的内容，大致会是下面这样的：

```
total 38712
-rw-r--r--   1 digitalsonic  staff    19M   2  7 22:43 binarytea-0.0.1-SNAPSHOT.jar
-rw-r--r--   1 digitalsonic  staff   8.3K   2  7 22:43 binarytea-0.0.1-SNAPSHOT.jar.original
drwxr-xr-x   5 digitalsonic  staff   160B   2  7 22:43 classes
drwxr-xr-x   3 digitalsonic  staff    96B   2  7 22:43 generated-sources
drwxr-xr-x   3 digitalsonic  staff    96B   2  7 22:43 maven-archiver
drwxr-xr-x   3 digitalsonic  staff    96B   2  7 22:43 maven-status
```

其中的 binarytea-0.0.1-SNAPSHOT.jar.original 是原始的 Jar 包，仅包含工程代码编译后的内容，大小只有 8.3KB；而 binarytea-0.0.1-SNAPSHOT.jar 则有 19MB，这就是生成的可执行 Jar 包。只需简单的一条命令就能将工程运行起来：

```
▶ java -jar target/binarytea-0.0.1-SNAPSHOT.jar
```

2. 可执行 Jar 背后的原理

binarytea-0.0.1-SNAPSHOT.jar 相比 binarytea-0.0.1-SNAPSHOT.jar.original 而言，简直就是一个庞然大物，通过 unzip 命令查看 Jar 包内容，我们可以看到它基本由以下几部分组成：

❑ **META-INF**，工程的元数据，例如 Maven 的描述文件与 spring.factories 文件；

❑ **org/springframework/boot/loader**，Spring Boot 用来引导工程启动的 Loader 相关类；

❑ **BOOT-INF/classes**，工程自身的类与资源文件；

❑ **BOOT-INF/lib**，工程所依赖的各种其他 Jar 文件。

大概就像下面这样：

```
▶ unzip -l binarytea-0.0.1-SNAPSHOT.jar
Archive:  binarytea-0.0.1-SNAPSHOT.jar
  Length      Date    Time    Name
---------  ---------- -----   ----
        0  02-07-2022 22:43   META-INF/
      472  02-07-2022 22:43   META-INF/MANIFEST.MF
      103  02-07-2022 22:43   META-INF/spring.factories
# 省略大量META-INF/下的文件
        0  02-01-1980 00:00   org/
        0  02-01-1980 00:00   org/springframework/
        0  02-01-1980 00:00   org/springframework/boot/
        0  02-01-1980 00:00   org/springframework/boot/loader/
     5871  02-01-1980 00:00   org/springframework/boot/loader/ClassPathIndexFile.class
# 省略大量org/下的文件
        0  02-07-2022 22:43   BOOT-INF/
        0  02-07-2022 22:43   BOOT-INF/classes/
```

---

① mvn 命令后的 clean 代表清理目标目录，package 是执行打包动作，-Dmaven.test.skip 是为了加速打包过程，跳过测试。

```
     242  02-07-2022 22:43   BOOT-INF/classes/application.properties
       0  02-07-2022 22:43   BOOT-INF/classes/learning/
       0  02-07-2022 22:43   BOOT-INF/classes/learning/spring/
# 省略大量BOOT-INF/classes/下的文件
       0  02-07-2022 22:43   BOOT-INF/lib/
 1423985  01-20-2022 14:03   BOOT-INF/lib/spring-boot-2.6.3.jar
 1627754  01-20-2022 14:02   BOOT-INF/lib/spring-boot-autoconfigure-2.6.3.jar
# 省略大量BOOT-INF/lib/下的文件
 ---------                   ---------
 19930105                    141 files
```

运行这个 Jar 所需要的信息都记录在了 META-INF/MANIFEST.MF 中，具体内容如下所示：

```
Manifest-Version: 1.0
Created-By: Maven JAR Plugin 3.2.2
Build-Jdk-Spec: 11
Implementation-Title: BinaryTea
Implementation-Version: 0.0.1-SNAPSHOT
Main-Class: org.springframework.boot.loader.JarLauncher
Start-Class: learning.spring.binarytea.BinaryTeaApplication
Spring-Boot-Version: 2.6.3
Spring-Boot-Classes: BOOT-INF/classes/
Spring-Boot-Lib: BOOT-INF/lib/
Spring-Boot-Classpath-Index: BOOT-INF/classpath.idx
Spring-Boot-Layers-Index: BOOT-INF/layers.idx
```

java 命令会找到 Main-Class 作为启动类，Spring Boot 提供了三种不同的 Launcher，可以从内嵌文件中加载启动所需的资源：

- **JarLauncher**，从 Jar 包的固定位置加载内嵌资源，即 BOOT-INF/lib/ ；
- **WarLauncher**，从 War 包的固定位置加载内嵌资源，分别为 WEB-INF/lib/ 和 WEB-INF/lib-provided/；
- **PropertiesLauncher**[①]，默认从 BOOT-INF/lib/ 加载资源，但可以通过环境变量来指定额外的位置。

默认生成的工程会使用 JarLauncher 生成可执行 Jar 包，而启动后执行的具体代码则由 Start-Class 指定，我们可以看到这个类就是添加了 @SpringBootApplication 注解的类。

用这种方式打包有两个局限。

- Jar 文件其实就是一个 ZIP 文件，ZIP 文件可以设置压缩力度，从仅存储（不压缩）到最大化压缩，在内嵌 Jar 的情况下，我们只能使用 ZipEntry.STORED，即仅存储，不压缩的方式。
- 要获取 ClassLoader 时必须使用 Thread.getContextClassLoader()，而不能使用 ClassLoader. getSystemClassLoader()。

Spring Boot 中还有一种更激进的方式，生成可以直接在 Linux 中运行的 Jar 文件，不再需要 java -jar 命令（当然，这个文件中不包含 JRE），具体修改 spring-boot-maven-plugin 配置的方式如下：

```
<build>
    <plugins>
        <plugin>
```

---

① 关于 PropertiesLauncher 的用法可以参考 Spring Boot 官方文档 "PropertiesLauncher Features" 部分的内容，本书不做详细展开了。

```
            <groupId>org.springframework.boot</groupId>
            <artifactId>spring-boot-maven-plugin</artifactId>
            <configuration>
                <executable>true</executable>
            </configuration>
        </plugin>
    </plugins>
</build>
```

这样通过 `mvn package` 打出的 Jar 包会更特殊一些，用文本编辑器或者 `less` 命令查看这个文件，我们会发现这个文件的头部其实是个 Shell 脚本，后面才是压缩的 Jar 包内容。这背后的"魔法"正是利用了 Shell 脚本是从前往后解析，而 Jar 文件则是从后往前解析的特性。

现在要运行这个文件只需简单的 `./target/binarytea-0.0.1-SNAPSHOT.jar` 就可以了。对应的一些类似 JVM 参数和运行的参数，可以放在同名的 `.conf` 配置文件中，一些基本的执行配置项见表 5-12。

表 5-12 一些基本的执行配置项

配置项	说　　明
CONF_FOLDER	.conf 文件的目录位置，因为要靠它加载配置文件，所以这个参数必须放在环境变量里
JAVA_OPTS	启动 Java 程序使用的 JVM 参数，比如 JVM 内存和 GC 相关的参数
RUN_ARGS	运行程序所需提供的运行时参数

这样一来就可以把这个 Jar 文件放在 init.d 或 systemd 里运行了，但不得不说，相比 `java -jar`，这种用法还是很少见的。此外，更新的技术出现了，不仅能代替这种方式，而且还带来了更好的体验，这就是 GraalVM[①]。GraalVM 能把 Java 程序编译为 Linux 二进制，系统启动速度更快，所占内存更小。

5.3.2 构建启动代码

在之前的例子中我们已经多次看到过带有 `@SpringBootApplication` 注解的主类，其中用 `SpringApplication.run()` 方法来运行我们的代码。Spring Boot 为我们预留了很多自定义工程启动的扩展点，比如可以设置启动的各种参数，能针对失败进行各种处理、还能定制自己的 Banner 栏等。

1. 自定义 SpringApplication

通过 Spring Initializr 生成的工程，其中的 `main()` 方法应该是下面这样的，它可以满足绝大部分的需求：

```
public static void main(String[] args) {
    SpringApplication.run(BinaryTeaApplication.class, args);
}
```

我们也完全可以自己新建一个 `SpringApplication` 对象，设置各种属性，例如 `bannerMode` 和 `lazyInitialization` 等，随后再调用它的 `run()` 方法。

当然，这样的操作略显繁琐，Spring Boot 贴心地提供了一个 `SpringApplicationBuilder` 构造器，

---

① Oracle 推出的一款高性能通用虚拟机，可以运行多种语言，它消除了语言间的隔阂，通过共享运行时增强了互操作性。官方宣称，相比传统 JVM，GraalVM 的启动时间更短，占用内存更少，是微服务的理想选择。

通过它我们可以流畅地编写类似代码示例 5-10 这样的代码。[①]

代码示例 5-10　通过 SpringApplicationBuilder 启动应用程序

```java
public static void main(String[] args) {
    new SpringApplicationBuilder()
        .sources(BinaryTeaApplication.class)
        .main(BinaryTeaApplication.class)
        .bannerMode(Banner.Mode.OFF)
        .web(WebApplicationType.SERVLET)
        .run(args);
}
```

上面的一些设置代码，也可以改用配置文件的方式，在 application.properties 或 application.yml 里进行设置，例如在 application.properties 里可以像下面这样来关闭 Web 容器和 Banner 栏：

```
spring.main.web-application-type=none
spring.main.banner-mode=off
```

2. 通过 FailureAnalyzer 提供失败原因分析

程序启动时，如果遇到异常就会退出，这时需要查看日志，分析原因，那有没有可能让系统自己分析原因，然后告诉我们为什么失败了呢？答案是肯定的，因为 Spring Boot 可以通过 FailureAnalyzer 来分析失败，并打印分析出的原因。表 5-13 罗列了一些内置的 FailureAnalyzer 实现类，Spring Boot 内置了近 20 种不同的分析器，表 5-13 里展示的只是其中的一小部分。

表 5-13　Spring Boot 的部分内置 FailureAnalyzer 实现类

FailureAnalyzer 实现类	功　　能
BindFailureAnalyzer	提示属性绑定相关异常
DataSourceBeanCreationFailureAnalyzer	提示数据源创建相关异常
InvalidConfigurationPropertyNameFailureAnalyzer	提示配置属性名不正确
NoSuchBeanDefinitionFailureAnalyzer	提示 Spring 上下文中找不到需要的 Bean 定义
NoUniqueBeanDefinitionFailureAnalyzer	提示要注入一个 Bean，但实际却找到了不止一个

我们也可以根据实际情况，提供自己的 FailureAnalyzer 实现类。方便起见，Spring Boot 提供了一个 AbstractFailureAnalyzer<T extends Throwable> 抽象类，其中的泛型 T 就是要分析的异常，实现这个抽象类会更简单，框架内置的大部分实现都是基于这个抽象类来开发的。我们以 Spring Boot 的 PortInUseFailureAnalyzer 为例，看到传入待分析的异常是 PortInUseException 就能知道端口已经被占用了，从而直观地提示 Web 服务器端口已被占用：

```java
class PortInUseFailureAnalyzer extends AbstractFailureAnalyzer<PortInUseException> {
    @Override
    protected FailureAnalysis analyze(Throwable rootFailure, PortInUseException cause) {
        return new FailureAnalysis("Web server failed to start. Port " + cause.getPort() + " was already in use.",
                "Identify and stop the process that's listening on port " + cause.getPort() + " or configure this "
                + "application to listen on another port.", cause);
    }
}
```

---

① 这个例子在 ch5/binarytea-start 项目里。

3. 自定义 Banner 栏

启动程序时，默认会打出 Spring 的字样，这是由 ASCII 字符组成的图案，看起来非常的酷炫。我们可以通过 spring.main.banner-mode 属性来控制 Banner 的输出方式：

❑ **Banner.Mode.OFF**（属性值为 off），关闭输出；
❑ **Banner.Mode.CONSOLE**（属性值为 console），输出到控制台，即标准输出 STDOUT；
❑ **Banner.Mode.LOG**（属性值为 log），输出到日志。

如果要自定义输出的内容，可以在 CLASSPATH 中放置一个 banner.txt[①]，也可以通过 spring.banner.location 指定文件位置，文件中除了 ASCII 图案，还可以写一些占位符，例如，可以从 MANIFEST.MF 文件中获取一些信息：

❑ **${application.title}**，对应 Implementation-Title；
❑ **${application.version}**，对应 Implementation-Version；
❑ **${application.formatted-version}**，同样对应 Implementation-Version，但会添加 v 前缀，再将版本放在括号内。

当然，如果还希望做得更彻底，我们可以直接写一个自己的 org.springframework.boot.Banner 接口实现，在其中的 printBanner() 方法里打印 Banner。

> **茶歇时间：如何优雅地关闭系统**
>
> 系统有启动，自然就会有关闭的时候。如果说异常宕机时损失一个实例对整个集群的服务造成部分影响还情有可原，那常规的系统升级发布就不应该对整体服务有任何影响。
>
> 在我们打算关闭系统时，可能会遇到如下的情况（不仅限于此）：
> ❑ **系统仍在接收同步请求**，例如，在处理 HTTP 请求；
> ❑ **系统仍在消费消息**，例如，在消费 Kafka 消息；
> ❑ **系统有定时任务在运行**，可能是分布式调度，也可能是单机的调度任务。
>
> 当系统处于处理中的状态时，直接关闭系统可能会影响当前的处理。
>
> 为此，我们要针对性地做一些处理，例如，将当前节点从负载均衡中剔除，如果使用 Nginx 进行负载均衡，就调整 upstream 的配置；如果是动态发现的，就让健康检查失败（可以使用 5.1 节中提到的 health 端点），让服务注册中心将节点下线。（在第 13 章中我们还会聊到服务的注册中心。）
>
> 消息的消费要力争做到可重复消费，因为消费本身就要考虑到消息的乱序和重发等情况。如果一条消息消费到一半，进程被杀掉了，那么消息中间件会认为该消息未被正常处理，会再重新发送。当然，我们也可以做些优化，在停止进程前，不再接收新消息，针对拉（PULL）模式的客户端，不再从服务端拉取新消息，推（PUSH）模式的则不再处理新消息，等待或拒绝也不失为一个好办法。

[①] 从 Spring Boot 3.0.0-M2 开始，Banner 不再支持图片类型，系统会忽略 banner.gif、banner.jpg 和 banner.png 文件。要定制漂亮的 Banner，还是用 banner.txt 文本方式吧。

> 对调度任务也是一样的，任务需要能够支持"重跑"，高频任务不必多说，低频任务万一被中断，需要有补偿机制，能够快速恢复。例如，分布式调度（诸如 ElasticJob 之类的调度）可以设置故障转移。
>
> Spring Boot 提供了优雅关闭的能力，通过 server.shutdown=graceful 这个配置可以开启 Web 服务器优雅关闭的支持，让系统在收到关闭信号时等待一段时间（通过 spring.lifecycle. timeout-per-shutdown-phase 设置），以便等待当前正在处理的请求处理结束。但通过前面的描述，我们不难发现，仅提供这些能力并不足以在生产环境中做到无损的节点下线，还有大量的工作需要我们自己来实现。

5.3.3　启动后的一次性执行逻辑

在系统启动时，可能会有些初始化后需要立即执行的逻辑，也有可能这就是一个命令行程序 [①]，执行完特定逻辑后程序就该退出了。这时我们该怎么办？写一个 Bean，在它的 @PostConstruct 方法中执行逻辑么？其实，在 Spring Boot 中有更好的选择。

Spring Boot 为我们提供了两个接口，分别是 ApplicationRunner 与 CommandLineRunner，它们的功能基本是相同的，只是方法的参数不同，具体如下所示：

```
public interface ApplicationRunner {
    void run(ApplicationArguments args) throws Exception;
}

public interface CommandLineRunner {
    void run(String... args) throws Exception;
}
```

CommandLineRunner 的 run(String... args) 传入的参数与 main(String... args) 方法一样，就是命令行的所有参数。而通过 ApplicationArguments，我们可以更方便灵活地控制命令行中的参数。如果 Spring 上下文中存在多个 ApplicationRunner 或 CommandLineRunner Bean，可以通过 @Order 注解或 Ordered 接口来指定运行的顺序。接下来，让我们看个例子。

> 需求描述　有奶茶店，自然就会有顾客，每次都让顾客跑到门店找服务员点单多少有些不方便，我们需要一个程序让顾客可以自己下单。所以，为顾客开发一个程序吧。

为了方便演示，建立一个新的 Customer 工程，代表二进制奶茶店的顾客，放在 ch5/customer 项目中，其详细信息如表 5-14 所示。

---

① 如果是纯命令行的程序，不引入 Web 相关依赖即可；如果 CLASSPATH 里存在 Web 的依赖，也可以配置 spring. main.web-application-type=none，或者设置 SpringApplication 的 webApplicationType 为 NONE。

表 5-14　Customer 工程的详细信息

条　目	内　容
项目	Maven Project
语言	Java
Spring Boot 版本	2.6.3
Group	learning.spring
Artifact	customer
名称	Customer
Java 包名	learning.spring.customer
打包方式	Jar
Java 版本	11
依赖	Lombok

这个项目会模拟顾客的操作，目前我们的奶茶店还没开门营业，可以让顾客选择等待奶茶店开门，还是直接离开。

代码示例 5-11[①] 是一个 CommandLineRunner 的实现，它的作用是打印所有的命令行参数，其中的日志输出通过 Lombok 的 @Slf4j 指定了使用 SLF4J 日志框架，无须我们自己定义 log 成员变量。

代码示例 5-11　ArgsPrinterRunner 代码片段

```
@Component
@Slf4j
@Order(1)
public class ArgsPrinterRunner implements CommandLineRunner {
    @Override
    public void run(String... args) throws Exception {
        log.info("共传入了{}个参数。分别是:{}", args.length, StringUtils.arrayToCommaDelimitedString(args));
    }
}
```

代码示例 5-12 是一个 ApplicationRunner 的实现，它会根据命令行上传入的参数来决定是否等待，如果我们通过 wait 选项设置了等待时间，则等待时间即为程序里 sleep 对应的秒数，没有 wait 就直接结束。其中演示了几个方法：

- **containsOption()**，是否包含指定选项（所谓选项，其形式是 -- 选项名 = 值）；
- **getOptionValues()**，获取指定选项的值，返回的是一个 List，因为可以多次设值，例如 --wait=5 --wait=6；
- **getNonOptionArgs()**，获取非选项类型的其他参数。

代码示例 5-12　WaitForOpenRunner 代码片段

```
@Component
@Slf4j
@Order(2)
public class WaitForOpenRunner implements ApplicationRunner {
    @Override
```

① 这个例子在 ch5/customer 项目中。

```java
public void run(ApplicationArguments args) throws Exception {
    boolean needWait = args.containsOption("wait");
    if (!needWait) {
        log.info("如果没开门,就不用等了。");
        return;
    }

    List<String> waitSeconds = args.getOptionValues("wait");
    if (!waitSeconds.isEmpty()) {
        int seconds = NumberUtils.parseNumber(waitSeconds.get(0), Integer.class);
        log.info("还没开门,先等{}秒。", seconds);
        Thread.sleep(seconds * 1000);
    }

    log.info("其他参数:{}",StringUtils.collectionToCommaDelimitedString(args.getNonOptionArgs()));
}
}
```

使用 `mvn clean package -Dmaven.test.skip` 命令打包后，通过如下命令启动程序：

▶ `java -jar target/customer-0.0.1-SNAPSHOT.jar --wait=3 Hello`

运行的结果应该与下面的输出类似：

```
INFO 85578 --- [main] l.spring.customer.CustomerApplication : Started CustomerApplication in 1.059
seconds (JVM running for 1.482)
INFO 85578 --- [main] l.spring.customer.ArgsPrinterRunner : 共传入了2个参数。分别是:--wait=3,Hello
INFO 85578 --- [main] l.spring.customer.WaitForOpenRunner : 准备等待3秒。
INFO 85578 --- [main] l.spring.customer.WaitForOpenRunner : 其他参数:Hello
```

程序退出时可以指定一个退出码，在 Linux 或 macOS 操作系统中，可以用 `echo $?` 命令看到上一条命令的退出码。通常，退出码 0 表示**正常结束**，其他的退出码都表示**非正常结束**。在 Shell 脚本中往往都会根据某条命令的退出码决定后续的动作。

在 Java 里，可以调用 `System.exit()` 退出程序，这个方法能够传入需要返回的退出码。Spring Boot 为我们提供了 `ExitCodeGenerator` 接口，通过实现该接口我们可以加入自己的逻辑来控制退出码，如果存在多个 Bean，可以和前文一样用 `@Order` 注解或 `Ordered` 接口来控制顺序。调用 `SpringApplication.exit()` 方法即可获得最终计算出的退出码，把它传入 `System.exit()` 就可以了。

作为经营者，我们当然是希望顾客来自己店里，而且如果顾客愿意等我们开门最好了，为此，我们编写一个自己的 `ExitCodeGenerator` 实现，命令行里提供了 `wait` 选项则视为正常，否则不正常，具体代码如代码示例 5-13 所示。

代码示例 5-13　直接在 `@Bean` 方法中实现 `ExitCodeGenerator`

```java
@SpringBootApplication
public class CustomerApplication {

    public static void main(String[] args) {
        SpringApplication.run(CustomerApplication.class, args);
    }
}
```

```
/**
 * 如果命令行里给了wait选项,返回0,否则返回1
 */
@Bean
public ExitCodeGenerator waitExitCodeGenerator(ApplicationArguments args) {
    return () -> (args.containsOption("wait") ? 0 : 1);
}
}
```

框架会自动把上下文中的 ApplicationArguments 作为参数传入 waitExitCodeGenerator(),这里取到的值和我们在 ApplicationRunner 里取到的值是一样的。

随后,简单调整一下 WaitForOpenRunner,在执行完日志输出后调用退出逻辑,如代码示例 5-14 所示。SpringApplication.exit() 需要传入 ApplicationContext,因此我们让 WaitForOpenRunner 实现 ApplicationContextAware,这里的 Setter 方法直接通过 Lombok 的 @Setter 来实现。

代码示例 5-14 调整后的 WaitForOpenRunner 代码片段

```
@Component
@Slf4j
@Order(2)
public class WaitForOpenRunner implements ApplicationRunner, ApplicationContextAware {
    @Setter
    private ApplicationContext applicationContext;

    @Override
    public void run(ApplicationArguments args) throws Exception {
        boolean needWait = args.containsOption("wait");
        if (!needWait) {
            log.info("如果没开门,就不用等了。");
        } else {
            List<String> waitSeconds = args.getOptionValues("wait");
            if (!waitSeconds.isEmpty()) {
                int seconds = NumberUtils.parseNumber(waitSeconds.get(0), Integer.class);
                log.info("还没开门,先等{}秒。", seconds);
                Thread.sleep(seconds * 1000);
            }

            log.info("其他参数:{}", StringUtils.collectionToCommaDelimitedString(args.getNonOptionArgs()));
        }

        System.exit(SpringApplication.exit(applicationContext));
    }
}
```

现在重新打包运行我们的程序,如果命令行里没有 --wait,退出码就是 1。

茶歇时间:通过 Lombok 简化代码

相信只要是写过 Java 的人都会写过 Getter 和 Setter 方法,虽然绝大多数人会选择让 IDE 来自动生成,但本着"懒惰是程序员的第一大美德"的理念,能不要这些代码,我们还是希望就不出现这些代码。与之类似的还有简单的用于成员变量赋值的构造方法、Logger 对象的定义语句等。

Lombok[①] 就是这样一个解放生产力的利器，它通过一系列注解消灭了上述冗长繁琐的语句。常用的一些注解如表 5-15 所示。

表 5-15　常用的 Lombok 注解

注　解	作　用
@Getter / @Setter	自动生成成员属性的 Getter 和 Setter 方法
@ToString	自动生成 toString() 方法，默认拼接所有的成员属性，也可以排除指定的属性
@NoArgsConstructor / @RequiredArgsConstructor / @AllArgsConstructor	自动生成无参数的构造方法，必要参数的构造方法以及包含全部参数的构造方法
@EqualsAndHashCode	自动生成 equals() 与 hashCode() 方法
@Data	相当于添加了 @ToString、@EqualsAndHashCode、@Getter、@Setter 和 @Required-ArgsConstructor 注解
@Builder	提供了一个灵活的构造器，能够设置各个成员变量，再据此创建对象实例
@Slf4j/@CommonsLog/@Log4j2	自动生成对应日志框架的日志类，例如定义了一个 Logger 类型的 log，方便输出日志

需要注意的是，虽然编译时没有什么特殊设置，但在 IDE 中，为了开启对 Lombok 的支持，我们需要安装对应 IDE 的 Lombok 插件，例如，IDEA 中要安装 IntelliJ Lombok plugin。

5.4　小结

本章我们学习了 Spring Boot 提供的面向生产环境的诸多功能，例如，Spring Boot Actuator 的各种端点，如何自己定制健康检查信息。还学习了生产环境中所必不可少的度量方法，通过 Micrometer 输出各种内容，帮助我们了解系统的运行情况。最后，把开发好的代码打包成了实际可以部署的 Jar 包，Spring Boot 的 Jar 包可以直接执行，我们对这背后的原理也做了说明。除此之外，还聊了聊怎么编写用来启动整个工程的 SpringAppliation 代码，控制整个启动和运行的逻辑。

在代码示例中，我们第一次引入了 Lombok，它可以在很大程度上简化我们的代码，在日常工作中也强烈建议大家使用。

全书的第一部分到此就告一段落了，我们学习了 Spring Framework 与 Spring Boot 的一些基础知识和用法，从下一章开始，我们将进入新的环节，编写与数据库交互的系统。

二进制奶茶店项目开发进度

本章我们为二进制奶茶店的程序增加了一些面向生产环境的功能：

- ❑ 添加了可在运行时了解营业情况的健康检查项和端点；
- ❑ 添加了可获得累计营收情况的监控项。

此外，我们还初始化了代表顾客的 Customer 工程，它目前可以接受一些命令行参数，判断是否等待店铺开门。

---

① 官方首页地址 https://projectlombok.org/。

第二部分

Spring 中的
数据操作

第 6 章

Spring 中的 JDBC

本章内容
- ❏ 常见的数据库连接池配置
- ❏ 在 Spring 中使用 JDBC 操作数据库
- ❏ Spring 中的事务抽象
- ❏ Spring 中的异常抽象

JDBC 的全称是 Java Database Connectivity，是一套面向关系型数据库的规范。虽然数据库各有不同，但这些数据库都提供了基于 JDBC 规范实现的 JDBC 驱动。开发者只需要面向 JDBC 接口编程，就能在很大程度上规避数据库差异带来的问题。Java 应用程序基本上是通过 JDBC 来连接并操作数据库的，哪怕我们使用了对象关系映射框架（例如 Hibernate），其底层也是用 JDBC 来与数据库进行交互的。

6.1　配置数据源

无论是简单的增删改查操作，还是复杂的数据分析任务，都需要先提供一个数据源（DataSource）。顾名思义，数据源就是数据的源头，即可以从中获取数据的地方。数据源的常见实现是连接池，开发者能通过连接池来管理 JDBC 连接。由于 JDBC 操作都是基于连接的，因而在本章的第一部分中，我们先来了解一下连接池。

6.1.1　数据库连接池

在学习 Java 时，大家可能学习过 JDBC 的基础知识。JDBC 通过 `java.sql` 包中的 `Connection` 来连接数据库，随后创建 `Statement` 或 `PreparedStatement` 执行 SQL 语句。如果是查询操作，在 JDBC 中会用 `ResultSet` 来代表返回的结果集。一个普通的查询操作可能如代码示例 6-1 所示。[①]

代码示例 6-1　基础的 JDBC 查询操作示例片段

```
Class.forName("org.h2.Driver");
// 此处使用了try-with-resource的语法,因此不用在finally语法段中关闭资源
try (Connection connection = DriverManager.getConnection("jdbc:h2:mem:test_db");
```

---

① 这个示例位于 ch6/raw-jdbc-demo 项目中。

```
        Statement statement = connection.createStatement();
        ResultSet resultSet = statement.executeQuery("SELECT X FROM SYSTEM_RANGE(1, 10)")) {
        while (resultSet.next()) {
            log.info("取值:{}", resultSet.getInt(1));
        }
} catch (Exception e) {
    log.error("出错啦", e);
}
```

这样的代码虽然不复杂，但是在真实的生产环境中，并不推荐大家自己来创建并管理数据库连接，主要原因是创建一个 JDBC 连接的成本非常高。我们建议通过数据库连接池来管理连接，它的主要功能有：

- 根据配置，事先创建一定数量的连接放在连接池中，以便在需要的时候直接返回现成的连接；
- 维护连接池中的连接，根据配置，清理已存在的连接。

我们常用的数据库连接池都实现了 DataSource 接口，通过其中的 getConnection() 方法即可获得一个连接。本节将介绍目前比较流行的两个连接池——HikariCP 和 Druid。此外，业界还有其他一些连接池的出镜率也比较高，比如 DBCP2 和 C3P0 等。

1. HikariCP

Spring Boot 2.*x* 项目的默认数据库连接池是 HikariCP，Hikari 这个词在日语中的意思是"光"，也许作者起这个名字是为了突出它"速度快"的这个特点。在工程中引入数据库相关的 Spring Boot Starter，默认就会引入 HikariCP 的依赖。例如，在 Spring Initializr 上选中 H2、JDBC API 和 Lombok 三个组件，生成一个工程，其中的依赖就包括如下内容：

```xml
<dependency>
    <groupId>org.springframework.boot</groupId>
    <artifactId>spring-boot-starter-jdbc</artifactId>
</dependency>
<dependency>
    <groupId>com.h2database</groupId>
    <artifactId>h2</artifactId>
    <scope>runtime</scope>
</dependency>
<dependency>
    <groupId>org.projectlombok</groupId>
    <artifactId>lombok</artifactId>
    <optional>true</optional>
</dependency>
<dependency>
    <groupId>org.springframework.boot</groupId>
    <artifactId>spring-boot-starter-test</artifactId>
    <scope>test</scope>
</dependency>
```

Spring Boot 的自动配置机制在检测到 CLASSPATH 中存在 H2 数据库的依赖，且没有配置过 DataSource 时，会进行自动配置，提供一个基于内存数据库的数据源。在下一节中我们还会看到不用 Spring Boot 自动配置，而是手动配置一个 DataSource 的例子。我们可以通过一段测试代码来验证一下，如代码示例 6-2 所示。①

---

① 这个示例位于 ch6/datasource-demo 项目中。

代码示例 6-2 DatasourceDemoApplicationTests 测试类代码片段

```java
@SpringBootTest
class DatasourceDemoApplicationTests {
    @Autowired
    private ApplicationContext applicationContext;

    @Test
    void testDataSource() throws SQLException {
        assertTrue(applicationContext.containsBean("dataSource"));
        DataSource dataSource = applicationContext.getBean("dataSource", DataSource.class);
        assertTrue(dataSource instanceof HikariDataSource);

        Connection connection = dataSource.getConnection();
        assertTrue(connection instanceof HikariProxyConnection);
        connection.close();

        assertEquals(10, ((HikariDataSource) dataSource).getMaximumPoolSize());
    }
}
```

在 testDataSource() 方法中，我们做了如下一些动作：

(1) 先判断上下文中是否存在名为 dataSource 的 Bean ；

(2) 如果存在，则取出该 Bean，同时要求这个 Bean 是实现了 DataSource 接口的；

(3) 判断取出的 dataSource 是 HikariDataSource 类型的；

(4) 从 dataSource 中取出一个连接，判断它是否为 HikariProxyConnection 类型；

(5) 判断连接池的最大连接数是否为 10，这是一个默认值。

运行后，这个单元测试能够顺利通过。

在实际使用时，可以直接注入 DataSource Bean，但在更多的情况下，我们并不会直接去操作 DataSource，而是使用更上层的 API。在后文中我们会看到 Spring Framework 的一些 JDBC 封装操作。

HikariCP 有不少配置项，用于调整连接池的大小和各种超时设置，可以直接配置在连接池对象上。Spring Boot 为我们提供了方便的配置方式，在 application.properties 中就可以修改自动配置的连接池，具体的参数如表 6-1 所示。

表 6-1 HikariCP 的常用配置项

配置项	Spring Boot 配置属性	配置含义
jdbcUrl	spring.datasource.url	用于连接数据库的 JDBC URL
username	spring.datasource.username	连接数据库使用的用户名
password	spring.datasource.password	连接数据库使用的密码
maximumPoolSize	spring.datasource.hikari.maximum-pool-size	连接池中的最大连接数
minimumIdle	spring.datasource.hikari.minimum-idle	连接池中保持的最小空闲连接数
connectionTimeout	spring.datasource.hikari.connection-timeout	建立连接时的超时时间，单位为秒
idleTimeout	spring.datasource.hikari.idle-timeout	连接清理前的空闲时间，单位为秒
maxLifetime	spring.datasource.hikari.max-lifetime	连接池中连接的最大存活时间，单位为秒

茶歇时间：HikariCP 为什么说自己比别人快

HikariCP 官方一直将"快"作为自己的亮点。从官方性能测试的结果来看，HikariCP 的性能数倍于 DBCP2、C3P0 和 Tomcat 连接池。

官方有一篇"Down the Rabbit Hole"的文章，简单说明了 HikariCP 性能出众的原因：

- 通过字节码进行加速，JavassistProxyFactory 中使用 Javassist 直接生成了大量字节码塞到了 ProxyFactory 中，同时还对字节码进行了精确地优化；
- 使用 FastList 代替了 JDK 内置的 ArrayList；
- 从 .NET 中借鉴了无锁集合 ConcurrentBag。

由此可见，HikariCP 的作者还是在连接池的性能调优方面下了很多功夫的，甚至可以说用上了不少"奇技淫巧"。

2.Druid

阿里巴巴开源的 Druid 数据库连接池在阿里巴巴集团内部得到了广泛的应用，在国内也有大量的使用者。暂且不论 Druid 是否是 Java 语言中最好的数据库连接池，但其官方宣称它是面向监控而生的数据库连接池倒是一个不争的事实。在监控能力之外，Druid 还提供了很丰富的功能，例如：

- 针对主流数据库的适配，包含驱动、连接检查、异常等；
- 内置 SQL 注入防火墙功能；
- 内置数据库密码非对称加密功能；
- 内置针对数据库异常的 ExceptionSorter，可对不同的异常进行区别对待；
- 内置丰富的日志信息；
- 提供了强大的扩展能力，可在 JDBC 连接操作的各个阶段注入自己的逻辑。

如果用一个字来形容 HikariCP 的特点，那就是"快"，它需要配合其他的一些组件才能实现某些功能。Druid 的特点应该就是"全"，仅其内置的功能就已经能满足绝大部分生产环境中的苛刻要求了，更不用说我们还能对它进行扩展。

Druid 提供了一个 Spring Boot Starter 来适配 Spring Boot 的自动配置功能。也就是说，除了自己动手配置一个 DruidDataSource Bean 以外，我们也可以通过自动配置的方式来提供数据源的 Bean。

仍旧以上面的 DataSourceDemo 为例，在 pom.xml 中添加如下依赖（版本可通过官方主页查询）即可引入 Druid 的支持。如果可以的话，建议从 spring-boot-starter-jdbc 中排除掉 HikariCP 的依赖，因为项目中不再需要它了：

```
<dependency>
    <groupId>com.alibaba</groupId>
    <artifactId>druid-spring-boot-starter</artifactId>
    <version>1.2.8</version>
</dependency>
```

对于测试代码，我们也稍作调整，将判断的条件替换为 Druid 的类，具体如代码示例 6-3 所示。[①]

代码示例 6-3 DatasourceDemoApplicationTests 测试类代码片段

```java
@SpringBootTest
class DatasourceDemoApplicationTests {
    @Autowired
    private ApplicationContext applicationContext;

    @Test
    void testDataSource() throws SQLException {
        assertTrue(applicationContext.containsBean("dataSource"));
        DataSource dataSource = applicationContext.getBean("dataSource", DataSource.class);
        assertTrue(dataSource instanceof DruidDataSource);

        Connection connection = dataSource.getConnection();
        assertTrue(connection instanceof DruidPooledConnection);
        connection.close();

        assertEquals(DruidDataSource.DEFAULT_MAX_ACTIVE_SIZE,((DruidDataSource) dataSource).getMaxActive());
    }
}
```

在判断出使用了 H2 内嵌数据库后，通过 druid-spring-boot-starter 也能自动创建数据源的 Bean。我们对其类型和一些默认配置做了判断。与 HikariCP 类似，Druid 也提供了很多配置项，其中常用的内容如表 6-2 所示，关于 Druid 的高阶功能，我们会在后续的章节中再展开讨论。

表 6-2 Druid 的常用配置项

配 置 项	Spring Boot 配置属性	配置含义
url	spring.datasource.url	用于连接数据库的 JDBC URL
username	spring.datasource.username	连接数据库使用的用户名
password	spring.datasource.password	连接数据库使用的密码
initialSize	spring.datasource.druid.initial-size	初始化连接池时建立的连接数
maxActive	spring.datasource.druid.max-active	连接池中的最大连接数
minIdle	spring.datasource.druid.min-idle	连接池中保持的最小空闲连接数
maxWait	spring.datasource.druid.max-wait	获取连接的最大等待时间，单位为毫秒
testOnBorrow	spring.datasource.druid.test-on-borrow	获取连接时检查连接，会影响性能
testOnReturn	spring.datasource.druid.test-on-return	归还连接时检查连接，会影响性能
testWhileIdle	spring.datasource.druid.test-while-idle	检查空闲的连接，具体的检查发生在获取时，对性能几乎无影响
filters	spring.datasource.druid.filters	要配置的插件过滤器列表

6.1.2 数据源配置详解

Spring Boot 为了减少数据源的配置工作，做了大量的基础工作，比如：

❑ 提供了方便的 spring.datasource 通用配置参数；

[①] 这个示例位于 ch6/druid-datasource-demo 项目中。

❏ 提供了针对多种连接池的单数据源自动配置；

❏ 提供了针对内嵌数据库的特殊自动配置。

接下来就让我们分别来了解这些特性以及它们的实现原理。在本节的最后，会以 MySQL 为例，配置一个数据源。

1. 数据源配置参数详解

Spring Boot 为数据源配置提供了一个 DataSourceProperties，用于绑定 spring.datasource 的配置内容。它的类定义如下：

```
@ConfigurationProperties(prefix = "spring.datasource")
public class DataSourceProperties implements BeanClassLoaderAware, InitializingBean {}
```

之前在介绍 HikariCP 和 Druid 时，我们已经看到过一些配置项了，现在再跟着 DataSource-Properties 重新认识一下 Spring Boot 提供的配置项，具体如表 6-3 所示。

表 6-3　Spring Boot 提供的部分常用 spring.datasource 配置项

配　置　项	默　认　值	说　　　明
spring.datasource.url		数据库的 JDBC URL
spring.datasource.username		连接数据库的用户名
spring.datasource.password		连接数据库的密码
spring.datasource.name	使用内嵌数据库时为 testdb	数据源的名称
spring.datasource.jndi-name		获取数据源的 JNDI 名称
spring.datasource.type	根据 CLASSPATH 自动探测	连接池实现的全限定类名
spring.datasource.driver-class-name	根据 URL 自动探测	JDBC 驱动类的全限定类名
spring.datasource.generate-unique-name	true	是否随机生成数据源名称

我们一般会配置表 6-3 中的前三个配置项，再结合一些连接池的配置（Spring Boot 内置了对 HikariCP、DBCP2 和 Tomcat 连接池的支持），还有其他对应的配置，分别放在了如下前缀的配置项中：

❏ spring.datasource.hikari.*（在之前的章节中已经见过一些了）；

❏ spring.datasource.dbcp2.*；

❏ spring.datasource.tomcat.*。

还有一些与初始化相关的配置，稍后再做说明。

2. 数据源自动配置详解

Spring Boot 的数据源自动配置，是一个很好的自动配置实现示范。我们通过 DataSourceAuto-Configuration 类可以学习到很多自动配置的技巧，例如条件控制、内嵌配置类、导入其他配置等。

DataSourceAutoConfiguration 会先判断是否存在 DataSource 和 EmbeddedDatabaseType，满足条件则导入 DataSourcePoolMetadataProvidersConfiguration 和 DataSourceInitializationConfiguration 两个配置类，前者配置连接池元数据提供者，后者进行数据源初始化配置。

整个 DataSourceAutoConfiguration 分为两个内嵌配置类——内嵌数据库配置类 EmbeddedDatabase-Configuration 和连接池数据源配置类 PooledDataSourceConfiguration。下面来看一下连接池数据源的配置。

PooledDataSourceConfiguration 会直接导入 DataSourceConfiguration 中关于 HikariCP、DBCP2、Tomcat 和通用数据源的配置，随后这些配置类再根据自己的条件决定是否生效；此外 DataSourceJmx-Configuration 配置类也会根据条件将不同数据库连接池的信息发布到 JMX 端点上。

我们以 HikariCP 的自动配置 DataSourceConfiguration.Hikari 为例，来看一下 Spring Boot 是如何为我们自动配置 DataSource 的。其他类型数据库连接池的配置与它大同小异，下面是具体的代码：

```
@Configuration(proxyBeanMethods = false)
@ConditionalOnClass(HikariDataSource.class)
@ConditionalOnMissingBean(DataSource.class)
@ConditionalOnProperty(name = "spring.datasource.type", havingValue = "com.zaxxer.hikari.
HikariDataSource", matchIfMissing = true)
static class Hikari {
    @Bean
    @ConfigurationProperties(prefix = "spring.datasource.hikari")
    HikariDataSource dataSource(DataSourceProperties properties) {
        HikariDataSource dataSource = createDataSource(properties, HikariDataSource.class);
        if (StringUtils.hasText(properties.getName())) {
            dataSource.setPoolName(properties.getName());
        }
        return dataSource;
    }
}
```

首先，判断 CLASSPATH 中存在 HikariDataSource 类，并且尚未配置 DataSource。如果配置了 spring.datasource.type 并且是 HikariCP 的类，或者这个属性为空，则配置生效。

接着，创建一个 HikariDataSource 数据源对象，如果指定了数据源名称，则进行赋值。

最后，通过 @ConfigurationProperties 将 spring.datasource.hikari.* 的属性都绑定到返回的 HikariDataSource 对象上，这个对象就是 Spring 上下文中的 DataSource Bean 了。

3. 内嵌数据库的特殊逻辑

在之前的示例中，我们使用了 H2 内嵌数据库，它可以轻松地将所有数据保存在本机内存中[①]，程序关闭后，内存中的数据就消失了。因此，H2 用来作为测试数据库非常合适。我们在后续的示例中也会大量地使用 H2。

EmbeddedDatabaseType 定义了 Spring Boot 内置支持的三种数据库，即 HSQL、H2 和 Derby，EmbeddedDatabaseConnection 则分别定义了三者的 JDBC 驱动类和用来创建内存数据库的 JDBC URL。系统启动时会根据 CLASSPATH 来判断是否存在对应的驱动类。随后，EmbeddedDataSourceConfiguration.dataSource() 方法会根据前面的信息来创建 DataSource 对象。

创建完内嵌数据库的 DataSource 后，Spring Boot 还会为我们进行数据库的初始化工作，我们可

---

① H2 也支持将数据保存在文件中，或者以独立进程的方式提供服务。

以在这个过程中建表，并导入初始的数据。初始化动作是由 DataSourceInitializer 类来实现的，它会根据 spring.sql.init.schema-locations 和 spring.sql.init.data-locations 这两个属性来初始化数据库中的表和数据，默认通过读取 CLASSPATH 中的 schema.sql 和 data.sql 文件来进行初始化。表 6-4 罗列了一些与数据源初始化相关的配置项[①]。

表 6-4　与数据源初始化相关的配置项

当前配置项	旧配置项	默认值	说　　明
spring.sql.init.mode	spring.datasource.initialization-mode	embedded	何时使用 DDL 和 DML[②]脚本初始化数据源，可选值为 embedded、always 和 never
spring.sql.init.platform	spring.datasource.platform	all	脚本对应的平台，用来拼接最终的 SQL 脚本文件名，例如，schema-{platform}.sql
spring.sql.init.separator	spring.datasource.separator	;	脚本中的语句分隔符
spring.sql.init.encoding	spring.datasource.sql-script-encoding		SQL 脚本的编码
spring.sql.init.continue-on-error	spring.datasource.continue-on-error	false	初始化过程中报错是否停止初始化
spring.sql.init.schema-locations	spring.datasource.schema		初始化用的 DDL 脚本，默认会用 schema.sql
spring.sql.init.username	spring.datasource.schema-username		DDL 语句运行所用的用户名，如与连接用的不一样，可在此指定
spring.sql.init.password	spring.datasource.schema-password		DDL 语句运行所用的密码，如与连接用的不一样，可在此指定
spring.sql.init.data-locations	spring.datasource.data		初始化用的 DML 脚本，默认会用 data.sql
spring.sql.init.username	spring.datasource.data-username		DML 语句运行所用的用户名，如与连接用的不一样，可在此指定
spring.sql.init.password	spring.datasource.data-password		DML 语句运行所用的密码，如与连接用的不一样，可在此指定

　　第一个配置项就告诉我们，Spring Boot 只是默认为内嵌数据库做初始化，其实，我们也可以对任意数据库进行初始化。不过在实际生产中，这种初始化工作很少由系统来实现，更多的是通过一定的流程，经 DBA 审批后自动或人工进行变更的。

4. 配置一个连接 MySQL 的数据源

　　在工作中，我们的系统一般都会连接类似 MySQL、Oracle 这样的数据库，很少会用 H2、Derby，

---

① 从 Spring Boot 2.5 开始，与初始化相关的配置项都移到了 spring.sql.init 下，表 6-4 中列出了新旧配置项。
② DDL 是数据定义语言，一般对应与表结构相关的内容；DML 是数据操作语言，一般对应与表数据库增删改查相关的操作内容。

所以在本节的最后，我们以 MySQL 为例，看看 Spring Boot 程序该如何来连接生产数据库。

要连接数据库，首先需要在 pom.xml 的 <dependencies/> 中加入 MySQL 的 JDBC 驱动，可以像下面这样添加依赖：

```
<dependency>
    <groupId>mysql</groupId>
    <artifactId>mysql-connector-java</artifactId>
</dependency>
```

spring-boot-dependencies 会自动为我们管理 mysql-connector-java 的版本。例如，Spring Boot 2.6.3 中用的就是 mysql-connector-java 8.0.28。随后，我们在 application.properties 中添加与数据源相关的配置，如代码示例 6-4[①] 所示。

代码示例 6-4 application.properties 中 MySQL 数据源的配置

```
spring.datasource.url=jdbc:mysql://localhost/binary-tea?useUnicode=true&characterEncoding=utf8
spring.datasource.username=binary-tea
spring.datasource.password=binary-tea
spring.datasource.hikari.maximum-pool-size=20
spring.datasource.hikari.minimum-idle=10
```

这个配置会连接本机安装的 MySQL，端口是默认的 3306，连接的数据库是 binary-tea，用户名和密码也是 binary-tea。

请注意　在生产环境请不要使用这样的"弱密码"，而且密码不要用明文配置在文件中。

随后，对测试代码稍作修改，让它检查一下我们是否成功连接了 MySQL。具体见代码示例 6-5。

代码示例 6-5 DatasourceDemoApplicationTests 测试类代码片段

```
@SpringBootTest
class DatasourceDemoApplicationTests {
    @Autowired
    private ApplicationContext applicationContext;
    @Value("${spring.datasource.url}")
    private String jdbcUrl;

    @Test
    void testDataSource() throws SQLException {
        assertTrue(applicationContext.containsBean("dataSource"));
        DataSource dataSource = applicationContext.getBean("dataSource", DataSource.class);
        assertTrue(dataSource instanceof HikariDataSource);

        HikariDataSource hikari = (HikariDataSource) dataSource;
        assertEquals(20, hikari.getMaximumPoolSize());
        assertEquals(10, hikari.getMinimumIdle());
        assertEquals("com.mysql.cj.jdbc.Driver", hikari.getDriverClassName());
        assertEquals(jdbcUrl, hikari.getJdbcUrl());

        Connection connection = hikari.getConnection();
```

① 这个部分的示例在 ch6/mysql-datasource-demo 项目中。

```
        assertNotNull(connection);
        connection.close();
    }
}
```

通过这个测试，我们可以看到 Spring Boot 根据我们的 JDBC URL 和 CLASSPATH 自动推断出了所需的 JDBC 驱动类，并将其设置为了 com.mysql.cj.jdbc.Driver。我们也可以自己来创建 DataSource Bean，HikariCP 本身也能自己来选择驱动，但如果此时 driverClassName 为空，则可以去掉那个判断。代码示例 6-6 是自己创建 Bean 的代码。

代码示例 6-6　自己配置 HikariDataSource　Bean 的代码

```java
@Bean
@ConfigurationProperties("spring.datasource.hikari")
public DataSource dataSource(DataSourceProperties properties) {
    HikariDataSource dataSource = new HikariDataSource();
    dataSource.setJdbcUrl(properties.getUrl());
    dataSource.setUsername(properties.getUsername());
    dataSource.setPassword(properties.getPassword());
    return dataSource;
}
```

如果使用 XML 的方式，可能会像下面这样：

```xml
<?xml version="1.0" encoding="UTF-8"?>
<beans xmlns="http://www.springframework.org/schema/beans"
    xmlns:xsi="http://www.w3.org/2001/XMLSchema-instance"
    xsi:schemaLocation="http://www.springframework.org/schema/beans
    https://www.springframework.org/schema/beans/spring-beans.xsd">

    <bean id="dataSource" class="com.zaxxer.hikari.HikariDataSource">
        <property name="jdbcUrl" ref="${spring.datasource.url}"/>
        <property name="username" ref="${spring.datasource.username}"/>
        <property name="password" ref="${spring.datasource.password}"/>
        <property name="maxPoolSize" ref="${spring.datasource.hikari.max-pool-size}"/>
        <property name="minIdle" ref="${spring.datasource.hikari.min-idle}"/>
        <!-- 其他配置省略 -->
    </bean>
</beans>
```

茶歇时间：使用 Docker 简化本地开发环境的准备工作

随着容器技术的普及，在生产和测试环境使用 Kubernetes 早已不是什么新鲜事了。容器中不仅包含了我们的工程，还包含了工程运行所需的整个环境。而且，容器技术相比传统的虚拟机更节省资源，运行效率更高，是交付与运行的理想之选。

Docker 是目前比较常用的容器，它提供了针对不同操作系统的支持，可以非常方便地在本地搭建起一套环境。在开发时，我们经常需要搭建各种基础设施，比如，MySQL 数据库、Redis、Zookeeper 等。有了 Docker，搭建这些基础设施就变成了简单的几条命令。

以上面提到的 MySQL 为例，要在本机从头开始搭建一套 MySQL，只需简单的两句命令。

首先，通过 docker pull 命令从仓库 [①] 中获取 MySQL 的镜像：

▸ docker pull mysql

接着，根据官方镜像的说明运行 MySQL，并进行相应的初始化：

▸ docker run --name binary-tea-mysql -d -p 3306:3306 -v ~/docker-data/mysql/binary-tea:/var/lib/
mysql -e MYSQL_DATABASE=binary-tea -e MYSQL_USER=binary-tea -e MYSQL_PASSWORD=binary-tea -e MYSQL_
ROOT_PASSWORD=root_password mysql

这里，我们简单说明一下 docker run 的命令，命令最后的 mysql 是镜像名，前面几个参数的作用见表 6-5。

表 6-5　docker run 命令中几个参数的作用

参　数	作　用
--name	指定了运行后容器的名称，如果不指定的话，Docker 会自动生成一个
-d	在后台运行容器
-p	将容器中的端口映射到宿主机上，例如，这里就可以通过本机的 3306 端口来访问容器的 3306 端口
-v	将宿主机的某个目录挂载到容器中，例如，这里就把本机的 ~/docker-data/mysql/binary-tea 目录挂载到了容器里
-e	用来指定容器的环境变量

除了 docker run，常用的命令还有 docker stop、docker start 和 docker ps。docker stop 用来停止运行中的容器，docker start 则是将停止运行的容器再启动起来，例如，可以用 docker stop binary-tea-mysql 来停止刚才由 docker run 创建的容器。docker ps 命令可以查看当前正在运行的容器。

Docker 涉及的内容非常多，如果大家感兴趣的话，可以前往其官方网站了解更多信息。

6.2　使用 JDBC 操作数据库

在建立了数据源之后，想要操作数据，最简单的办法就是使用 JDBC 提供的接口，正如 6.1 节开头那样。但使用原生 API 需要做很多模板化的工作，而且在一些细节上如果处理不当也会造成一些麻烦。Spring Framework 为我们提供了一整套关于 JDBC 的封装，Spring Boot 更是贴心地提供了相关的自动配置。在本节中，我们就来了解一些与数据操作相关的内容。

说起 JDBC 操作，最基本的就是增删改查操作，但无论是什么操作，都遵循一个基本的流程：

(1) 获取 Connection 连接；

(2) 通过 Connection 创建 Statement 或者 PreparedStatement；

(3) 执行具体的 SQL 操作；

---

① Docker 有一个官方的仓库，即 Docker Hub，我们可以在其中找到所需的镜像，一般由软件官方提供的镜像在页面上都会有一些使用说明，比如 MySQL（_/mysql）的官方仓库中就有详细的命令解释。从 Docker Hub 下载镜像（image）有时会比较慢，在国内可以考虑使用阿里云、腾讯云或中科大的国内镜像（mirror）站点。

(4) 关闭 `Statement` 或者 `PreparedStatement` ；

(5) 关闭 `Connection`。

可以看到，其中只有第 (3) 步是与我们的逻辑有关的，其他的步骤都是基本一样的，GoF 23 中的模板模式就非常适用这种情况。实际上，Spring Framework 也是这么做的，它为我们提供了 `JdbcTemplate` 和 `NamedParameterJdbcTemplate` 两个模板类，我们可以通过它们进行各种 SQL 操作。

接下来，让我们以 `JdbcTemplate` 为例来了解下如何通过模板类进行增删改查操作。

6.2.1 查询类操作

`JdbcTemplate` 中提供了很多参数与返回类型的 query 前缀方法，其中，比较常用的是 `query()` 和 `queryForObject()`。它们也有很多参数和返回类型，本节中只会介绍其中的几个，其他的可以通过 JavaDoc 或者 `JdbcTemplate` 的代码来了解。现在，继续以我们的奶茶店系统为例，演示一下 JDBC 相关的操作。

> 需求描述 假设，顾客进店点饮品，我们需要准备一份菜单，其中包含饮品的名称和价格。此处，需要提供两个查询方法，一个用来查询菜单中的条目总数，当条目总数多的时候，可以让顾客感觉我们店内饮品选择多样化，条目总数少的时候，可以说我们只做精品；另一个用来查询菜单的明细，在启动时打印一下店里的菜单。

以第 5 章的 binarytea-endpoint 例子作为基础，我们新建一个 binarytea-jdbc 项目，菜单信息会被保存在名为 t_menu 的表中，并提供相应的接口。[①] 在项目的 pom.xml 文件依赖中增加如下内容，分别是 Spring Boot 的 JDBC 依赖、H2 数据库依赖以及 Lombok。

```xml
<dependency>
    <groupId>org.springframework.boot</groupId>
    <artifactId>spring-boot-starter-jdbc</artifactId>
</dependency>
<dependency>
    <groupId>com.h2database</groupId>
    <artifactId>h2</artifactId>
    <scope>runtime</scope>
</dependency>
<dependency>
    <groupId>org.projectlombok</groupId>
    <artifactId>lombok</artifactId>
    <optional>true</optional>
</dependency>
```

先为菜单条目创建一个对应的模型（Model）类，其中的内容与数据表结构一一对应。在后续操作时，它可以将查询所得结果转换为这个类型，这样更便于使用，也易于理解，具体见代码示例 6-7。其中，我们通过 Lombok 注解减少了大量方法代码的编写工作。

---

① 整个例子放在 ch6/binarytea-jdbc 项目中。

> **请注意** 请务必事先在 IDEA 中安装 Lombok 插件。

代码示例 6-7 MenuItem 类的声明

```
package learning.spring.binarytea.model;

// 省略 import

@Builder
@Getter
@Setter
@ToString
public class MenuItem {
    private Long id;
    private String name;
    private String size;
    private BigDecimal price; // 暂时用BigDecimal表示金额
    private Date createTime;
    private Date updateTime;
}
```

主要的查询逻辑都会放在 MenuRepository 中,这个类上添加了 @Repository 注解,用来告诉 Spring 容器这个类要创建 Bean 实例,并且它代表了一个数据仓库(Repository)。容器会自动注入构造方法所需的 JdbcTemplate 实例,我们也可以提供空构造方法,在 jdbcTemplate 的声明上添加 @Autowired,效果是一样的。具体的类声明见代码示例 6-8。

代码示例 6-8 MenuRepository 类的声明

```
package learning.spring.binarytea.repository;

// 省略import

@Repository
public class MenuRepository {
    private JdbcTemplate jdbcTemplate;

    public MenuRepository(JdbcTemplate jdbcTemplate) {
        this.jdbcTemplate = jdbcTemplate;
    }
    // 几个查询方法待说明
}
```

要查询的 SQL 只返回一个值,那么可以使用 queryForObject(String sql, Class<T> requiredType) 方法,例如,代码示例 6-9 会返回表中记录的总数。

代码示例 6-9 统计总数的 countMenuItems() 方法

```
public long countMenuItems() {
    return jdbcTemplate.queryForObject("select count(*) from t_menu", Long.class);
}
```

返回的结果有多个字段,可以用 queryForMap() 将它们都放到一个 Map<String, Object> 中,也可以通过 RowMapper 将字段映射到某个对象上。例如,代码示例 6-10 用 queryForObject(String sql, RowMapper<T>

rowMapper, @Nullable Object... args) 方法查询单条记录，并将字段内容填充进 MenuItem 里。

代码示例 6-10　查询单条记录的 queryForItem() 方法

```
public MenuItem queryForItem(Long id) {
    return jdbcTemplate.queryForObject("select * from t_menu where id = ?", rowMapper(), id);
}

private RowMapper<MenuItem> rowMapper() {
    return  (resultSet, rowNum) -> {
        return MenuItem.builder()
                .id(resultSet.getLong("id"))
                .name(resultSet.getString("name"))
                .size(resultSet.getString("size"))
                .price(BigDecimal.valueOf(resultSet.getLong("price") / 100.0d))
                .createTime(new Date(resultSet.getDate("create_time").getTime()))
                .updateTime(new Date(resultSet.getDate("update_time").getTime()))
                .build();
    };
}
```

其中的 RowMapper<MenuItem> 可以直接通过 Lambda 的方式写在方法调用里，但为了能够复用这个 RowMapper，我们将它单独"抽"了出来。

一个查询操作如果要求返回多条记录，可以使用 query(String sql, RowMapper<T> rowMapper)。代码示例 6-11 的 queryAllItems() 可以返回全部的菜单内容，其中还用到了上面定义的 rowMapper()。

代码示例 6-11　返回全部菜单的 queryAllItems()

```
public List<MenuItem> queryAllItems() {
    return jdbcTemplate.query("select * from t_menu", rowMapper());
}
```

为了让查询能够正常执行，我们需要为 H2 数据库建表并添加一些初始数据①，它们被分别放在工程 src/resources 目录的 schema.sql 和 data.sql 中，具体内容见代码示例 6-12 与代码示例 6-13。

代码示例 6-12　包含表结构定义的 schema.sql

```
drop table t_menu if exists;

create table t_menu (
    id bigint auto_increment,
    name varchar(128),
    size varchar(16),
    price bigint,
    create_time timestamp,
    update_time timestamp,
    primary key (id)
);
```

代码示例 6-13　包含初始数据的 data.sql

```
insert into t_menu (name, size, price, create_time, update_time) values ('Java咖啡', '中杯', 1000, now(), now());
insert into t_menu (name, size, price, create_time, update_time) values ('Java咖啡', '大杯', 1500, now(), now());
```

① 这里用的都是 H2 的 SQL 语法，会与标准 SQL 有细微差异。

为了保证 MenuRepository 类的功能正确，我们需要添加一些单元测试，根据上面构造的数据对方法的调用结果进行判断，就像代码示例 6-14 中演示的那样。

代码示例 6-14　MenuRepositoryTest 中的测试代码

```java
@SpringBootTest
class MenuRepositoryTest {
    @Autowired
    private MenuRepository menuRepository;

    @Test
    void testCountMenuItems() {
        assertEquals(2, menuRepository.countMenuItems());
    }

    @Test
    void testQueryAllItems() {
        List<MenuItem> items = menuRepository.queryAllItems();
        assertNotNull(items);
        assertFalse(items.isEmpty());
        assertEquals(2, items.size());
    }

    @Test
    void testQueryForItem() {
        MenuItem item = menuRepository.queryForItem(1L);
        assertItem(item, 1L, "Java咖啡", "中杯", BigDecimal.valueOf(10.00));
    }

    private void assertItem(MenuItem item, Long id, String name, String size, BigDecimal price) {
        assertNotNull(item);
        assertEquals(id, item.getId());
        assertEquals(name, item.getName());
        assertEquals(size, item.getSize());
        assertEquals(price, item.getPrice());
    }
}
```

单元测试中，我们通过各种断言自动验证了方法的返回内容，在自动化测试过程中无须人的介入，并且可以反复执行。断言是单元测试中**必不可少的部分**，千万不要用"**日志输出＋人工观察**"的方式。

最后，编写启动后输出菜单的逻辑。我们可以通过 ApplicationRunner 来执行打印动作，如代码示例 6-15 所示。在 MenuPrinterRunner 上添加 Lombok 的 @Slf4j 注解，会自动生成一个 log 对象，即可用它来打印日志。

代码示例 6-15　MenuPrinterRunner 类代码片段

```java
package learning.spring.binarytea.runner;

// 省略import

@Component
@Slf4j
public class MenuPrinterRunner implements ApplicationRunner {
    private final MenuRepository menuRepository;
```

```
public MenuPrinterRunner(MenuRepository menuRepository) {
    this.menuRepository = menuRepository;
}

@Override
public void run(ApplicationArguments args) throws Exception {
    log.info("共有{}个饮品可选。", menuRepository.countMenuItems());
    menuRepository.queryAllItems().forEach(i -> log.info("饮品:{}", i));
}
}
```

整个程序在运行后，能在日志中找到类似下面这样的内容：

```
2022-02-13 00:01:48.838  INFO 70291 --- [main] l.s.binarytea.runner.MenuPrinterRunner  :共有2个饮品可选。
2022-02-13 00:01:48.841  INFO 70291 --- [main] l.s.binarytea.runner.MenuPrinterRunner  :饮品:
MenuItem(id=1, name=Java咖啡, size=中杯, price=10.0, createTime=Sun Feb 13 00:00:00 CST 2022,
updateTime=Sun Feb 13 00:00:00 CST 2022)
2022-02-13 00:01:48.849  INFO 70291 --- [main] l.s.binarytea.runner.MenuPrinterRunner  :饮品:
MenuItem(id=2, name=Java咖啡, size=大杯, price=15.0, createTime=Sun Feb 13 00:00:00 CST 2022,
updateTime=Sun Feb 13 00:00:00 CST 2022)
```

6.2.2 变更类操作

JdbcTemplate 的 update() 方法可以用来执行修改类的 SQL 语句，比如 INSERT、UPDATE 和 DELETE
语句。以插入数据为例，大家可以简单地使用 update(String sql, @Nullable Object... args) 方法，
这个方法的返回值是更新到的记录条数。插入一条菜单内容的代码大概是代码示例 6-16 这样的。

代码示例 6-16　插入一条记录

```
public static final String INSERT_SQL =
        "insert into t_menu (name, size, price, create_time, update_time) values (?, ?, ?, now(), now())";

public int insertItem(MenuItem item) {
    return jdbcTemplate.update(INSERT_SQL, item.getName(),
            item.getSize(), item.getPrice().multiply(BigDecimal.valueOf(100)).longValue());
}
```

其中，SQL 语句后的参数顺序对应了 SQL 中 ? 占位符的顺序。在很多时候，数据的 ID 是自增
长的主键，如果我们希望在插入记录后能取得生成的 ID，这时可以使用 KeyHolder 类来持有生成的
键。代码类似代码示例 6-17。

代码示例 6-17　插入一条记录并填充主键

```
public int insertItemAndFillId(MenuItem item) {
    KeyHolder keyHolder = new GeneratedKeyHolder();
    int affected = jdbcTemplate.update(con -> {
        PreparedStatement preparedStatement =
                con.prepareStatement(INSERT_SQL, PreparedStatement.RETURN_GENERATED_KEYS);
        // 也可以用PreparedStatement preparedStatement =
        //         con.prepareStatement(INSERT_SQL, new String[] { "id" });

        preparedStatement.setString(1, item.getName());
        preparedStatement.setString(2, item.getSize());
        preparedStatement.setLong(3, item.getPrice().multiply(BigDecimal.valueOf(100)).longValue());
        return preparedStatement;
    }, keyHolder);
```

```
    if (affected == 1) {
        item.setId(keyHolder.getKey().longValue());
    }
    return affected;
}
```

更新与删除操作使用的也是类似的手法，同样也是 update() 方法，例如，代码示例 6-18 将根据主键删除一条菜单项记录。

代码示例 6-18　删除一条菜单项记录

```
public int deleteItem(Long id) {
    return jdbcTemplate.update("delete from t_menu where id = ?", id);
}
```

上述增加和删除方法的测试会影响表中的记录数量，随机运行会导致对结果判断的不准确，因此需要指定测试的运行顺序。JUnit 5 提供了 @TestMethodOrder 注解来指定操作的执行顺序，可以选择字母序、注解顺序和随机三种。以注解顺序为例，代码大概会是代码示例 6-19 这样的。

代码示例 6-19　指定了注解顺序的测试代码

```
@SpringBootTest
@TestMethodOrder(MethodOrderer.OrderAnnotation.class)
class MenuRepositoryTest {
    @Autowired
    private MenuRepository menuRepository;
    // 省略了其他测试方法
    @Test
    @Order(1)
    void testInsertItem() {
        MenuItem item = MenuItem.builder().name("Go橙汁").size("中杯").price(BigDecimal.valueOf(12.00)).build();

        assertEquals(1, menuRepository.insertItem(item));
        assertNull(item.getId());
        MenuItem queryItem = menuRepository.queryForItem(3L);
        assertItem(queryItem, 3L, "Go橙汁", "中杯", BigDecimal.valueOf(12.00));

        assertEquals(1, menuRepository.insertItemAndFillId(item));
        queryItem = menuRepository.queryForItem(item.getId());
        assertItem(queryItem, 4L, "Go橙汁", "中杯", BigDecimal.valueOf(12.00));
    }

    @Test
    @Order(2)
    void testDelete() {
        assertEquals(1, menuRepository.deleteItem(3L));
        assertEquals(1, menuRepository.deleteItem(2L));
    }

    private void assertItem(MenuItem item, Long id, String name, String size, BigDecimal price) {
        assertNotNull(item);
        assertEquals(id, item.getId());
        assertEquals(name, item.getName());
        assertEquals(size, item.getSize());
        assertEquals(price, item.getPrice());
    }
}
```

在上面的例子里，我们的 SQL 中用到了很多 ?，? 的数量一多，就容易在传参时搞错位置。Spring Framework 为我们提供了一个 NamedParameterJdbcTemplate 类，其中封装了很多 JdbcTemplate 的操作。NamedParameterJdbcTemplate 可以为 SQL 中的参数设定名称，然后根据名称进行赋值。Spring Boot 同样为它进行了自动配置，在只有一个或指定了主 JdbcTemplate 的 Bean 时，Spring Boot 就会自动配置一个 NamedParameterJdbcTemplate Bean。我们可以把上面的 insertItem() 修改成代码示例 6-20 这样。

代码示例 6-20 使用了 NamedParameterJdbcTemplate 的 insertItem() 方法

```
public int insertItem(MenuItem item) {
    String sql = "insert into t_menu (name, size, price, create_time, update_time) values " +
            "(:name, :size, :price, now(), now())";
    MapSqlParameterSource sqlParameterSource = new MapSqlParameterSource();
    sqlParameterSource.addValue("name", item.getName());
    sqlParameterSource.addValue("size", item.getSize());
    sqlParameterSource.addValue("price", item.getPrice().multiply(BigDecimal.valueOf(100)).longValue());
    return namedParameterJdbcTemplate.update(sql, sqlParameterSource);
}
```

在代码示例 6-20 中可以看到，SQL 中的占位符被替换为了具体的参数名称。在执行语句时，通过 SqlParameterSource 来传入参数，这个接口有多种实现，比如上面例子中的 MapSqlParameterSource 会以 Map 的形式来提供参数，BeanPropertySqlParameterSource 会从 Bean 属性中提取参数。

6.2.3 批处理操作

在数据处理时，我们经常会遇到需要插入或更新一大批数据的情况。大多数 JDBC 驱动针对批量调用相同 PreparedStatement 的情况都做了特殊优化，所以在 Spring Framework 中也为批处理操作提供了多个 batchUpdate() 方法，方法的返回是一个 int[]，代表每次执行语句的更新条数。

> 需求描述 二进制奶茶店目前的菜单内容还比较少，一条一条地添加勉强也可以接受，但内容多了之后，完整的操作过程就太慢了，效率也不高。为何不一次性添加一批菜单条目呢？搞个批量操作多好呀！

我们可以设计一个批量插入数据的接口，像代码示例 6-21 那样，在 batchUpdate() 方法中，传入 BatchPreparedStatementSetter 来设置 PreparedStatement 占位符的内容。

代码示例 6-21 批量插入方法

```
public int insertItems(List<MenuItem> items) {
    int[] count = jdbcTemplate.batchUpdate(INSERT_SQL, new BatchPreparedStatementSetter() {
        @Override
        public void setValues(PreparedStatement ps, int i) throws SQLException {
            MenuItem item = items.get(i);
            ps.setString(1, item.getName());
            ps.setString(2, item.getSize());
            ps.setLong(3, item.getPrice().multiply(BigDecimal.valueOf(100)).longValue());
        }
```

```
        @Override
        public int getBatchSize() {
            return items.size();
        }
    });
    return Arrays.stream(count).sum();
}
```

上述方法的测试代码如代码示例 6-22 所示。我们通过 Java 8 的流式代码创建了 3 个菜单条目，将它们放在一个 List<MenuItem> 中，随后调用 insertItems() 方法，判断是否成功插入 3 条记录，并逐条验证了每条插入记录的内容。这里设置了 @Order(3) 来控制测试用例的执行顺序，因为上面插入过几条记录，所以本次新增的记录 ID 从 5 开始。如果是单独运行 testInsertItems()，那么 ID 要从 3 开始。

代码示例 6-22　MenuRepositoryTest 中关于 insertItems() 的测试代码

```
@Test
@Order(3)
void testInsertItems() {
    List<MenuItem> items = Stream.of("Go橙汁", "Python气泡水", "JavaScript苏打水")
            .map(n -> MenuItem.builder().name(n).size("中杯").price(BigDecimal.valueOf(12.00)).build())
            .collect(Collectors.toList());
    assertEquals(3, menuRepository.insertItems(items));
    assertItem(menuRepository.queryForItem(3L), 3L, "Go橙汁", "中杯", BigDecimal.valueOf(12.00));
    assertItem(menuRepository.queryForItem(4L), 4L, "Python气泡水", "中杯", BigDecimal.valueOf(12.00));
    assertItem(menuRepository.queryForItem(5L), 5L, "JavaScript苏打水", "中杯", BigDecimal.valueOf(12.00));
}
```

batchUpdate() 方法还有其他几种形式，用起来也相对容易些，例如 batchUpdate(String sql, List<Object[]> batchArgs)，Object[] 就是按给定的顺序替换内容。insertItems() 可以改写成下面这样：

```
public int insertItems(List<MenuItem> items) {
    List<Object[]> batchArgs = items.stream().map(item -> new Object[]{
            item.getName(), item.getSize(), item.getPrice().multiply(BigDecimal.valueOf(100)).longValue()})
            .collect(Collectors.toList());
    int[] count = jdbcTemplate.batchUpdate(INSERT_SQL, batchArgs);
    return Arrays.stream(count).sum();
}
```

NamedParameterJdbcTemplate 中也提供了 batchUpdate() 方法，我们能使用 SqlParameterSource 来代表一条对应的内容。辅助类 SqlParameterSourceUtils 中有一些方法，可以帮我们把一批对象转换为 SqlParameterSource[]。同样的，我们可以用 NamedParameterJdbcTemplate 来改写 insertItems() 方法：

```
public int insertItems(List<MenuItem> items) {
    String sql = "insert into t_menu (name, size, price, create_time, update_time) values " +
            "(:name, :size, :price * 100, now(), now())";
    int[] count = namedParameterJdbcTemplate.batchUpdate(sql, SqlParameterSourceUtils.createBatch(items));
    return Arrays.stream(count).sum();
}
```

这里我们实际使用的是 BeanPropertySqlParameterSource，从对象中提取属性对应到 SQL 中的命名参数上，price 的类型是 BigDecimal，单位是元，而数据库中我们的单位是分，所以在 SQL 语句中做了些小调整。

6.2.4 自动配置说明

上文提到 Spring Boot 提供了 JdbcTemplate 和 NamedParameterJdbcTemplate 的自动配置，接下来让我们详细看一下它的具体配置：

```
@Configuration(proxyBeanMethods = false)
@ConditionalOnClass({ DataSource.class, JdbcTemplate.class })
@ConditionalOnSingleCandidate(DataSource.class)
@AutoConfigureAfter(DataSourceAutoConfiguration.class)
@EnableConfigurationProperties(JdbcProperties.class)
@Import({ DatabaseInitializationDependencyConfigurer.class, JdbcTemplateConfiguration.class,
NamedParameterJdbcTemplateConfiguration.class })
public class JdbcTemplateAutoConfiguration {}
```

当 CLASSPATH 中存在 DataSource 和 JdbcTemplate，同时能明确一个主要的 DataSource Bean 时，JdbcTemplateAutoConfiguration 才会生效，而它的配置内容要看 DatabaseInitializationDependency-Configurer、JdbcTemplateConfiguration 和 NamedParameterJdbcTemplateConfiguration，重点是后面两个。

JdbcTemplateConfiguration 会在没有配置 JdbcOperations 的实现 Bean 时生效，它的作用是提供一个 JdbcTemplate Bean，这个 Bean 会自动注入现有的 DataSource，并将 spring.jdbc.template.* 的配置项内容设置进来，相关配置及其说明见表 6-6。

表 6-6 spring.jdbc.template.* 的配置项

配　置　项	默　认　值	说　　　　明
spring.jdbc.template.fetch-size	-1	每次从数据库获取的记录条数，-1 表示使用驱动的默认值
spring.jdbc.template.max-rows	-1	一次查询可获取的最大记录条数，-1 表示使用驱动的默认值
spring.jdbc.template.query-timeout		查询的超时时间，没有配置的话使用 JDBC 驱动的默认值，如果没有加时间单位，默认为秒

NamedParameterJdbcTemplateConfiguration 则比较简单，在能确定一个主要的 JdbcTemplate，同时又没有手动配置 NamedParameterJdbcOperations Bean 时，自动创建一个 NamedParameter-JdbcTemplate Bean，并将 JdbcTemplate 注入其中。

如果我们不希望 Spring Boot 为我们做自动配置，只需要自己创建一个 JdbcTemplate 就可以了，比如像下面这样：

```
@Bean
public JdbcTemplate jdbcTemplate(DataSource dataSource) {
    return new JdbcTemplate(dataSource);
}
```

6.3　事务管理

说起数据库事务，相信大家一定不会陌生，网上是这么解释它的 [①]：

---

① 摘自百度百科"数据库事务"词条。

数据库事务是访问并可能操作各种数据项的一个数据库操作序列，这些操作要么全部执行，要么全部不执行，是一个不可分割的工作单位。事务由事务开始与事务结束之间执行的全部数据库操作组成。

我们平时接触的系统一般都需要与数据库打交道，管理好操作中的事务就是一道绕不过去的"坎"。直接使用 JDBC 的话，同样会有很多模板化的代码。Spring Framework 又一次展现出了自己在问题抽象上的能力，为我们提供了一套统一的事务抽象，它有声明式和编程式两种使用方式。本节，就让我们来了解一下 Spring Framework 是如何管理事务的。

6.3.1　Spring Framework 的事务抽象

在 Java EE 环境中，事务可以是使用 JTA（Java Transaction API）这样的全局事务，也可以是基于 JDBC 连接的本地事务。实际上，大家日常工作中使用的大多是本地事务。随着分布式系统的发展，很多人会聊到分布式事务的话题，这时可以使用两阶段提交，常见的选择是 TCC[①]。但**如果可以的话，还是建议避免分布式事务，降低系统的复杂度**。如无特殊说明，本书中提到的所有事务均指本地事务。

为了消除不同事务对代码的影响，Spring Framework 对事务管理做了一层抽象：无论是全局事务还是本地事务，无论 JDBC 直接操作 SQL 还是对象关系映射，都能在一个模型中去理解和管理事务。这个抽象的核心是事务管理器，即 TransactionManager，它是一个空接口，通常都会将 PlatformTransactionManager 作为核心接口，其中包含了获取事务、提交事务和回滚事务的方法。它的定义是这样的：

```
public interface PlatformTransactionManager extends TransactionManager {
    TransactionStatus getTransaction(@Nullable TransactionDefinition definition)throws TransactionException;
    void commit(TransactionStatus status) throws TransactionException;
    void rollback(TransactionStatus status) throws TransactionException;
}
```

DataSourceTransactionManager、JtaTransactionManager 和 HibernateTransactionManager 这些底层事务管理器都实现了上述接口。对上层业务来说，只要知道能调用 PlatformTransaction-Manager 接口的这几个方法来操作事务就行，事务的差异就这样被屏蔽了。以本地数据源的事务为例，可以像下面这样来配置 DataSourceTransactionManager：

```
<bean id="transactionManager" class="org.springframework.jdbc.datasource.DataSourceTransactionManager">
    <property name="dataSource" ref="dataSource"/>
</bean>
```

用来描述事务定义的 TransactionDefinition 接口中包含了几个与事务密切相关的属性：
- 传播性
- 隔离级别
- 超时时间
- 是否只读

---

① TCC 是 try-confirm-cancel 的缩写，即针对每个事务操作都要提供对应的确认和撤销操作，用于实现最终一致性。

"超时时间"和"是否只读"比较容易理解，而"传播性"和"隔离级别"需要再展开说明一下。

1. 传播性

事务传播性分为 7 个级别，对应的，在 TransactionDefinition 中定义了 7 个常量，具体信息如表 6-7 所示。

表 6-7 事务传播性的相关定义与说明

传 播 性	值	描 述
PROPAGATION_REQUIRED	0	当前有事务就用当前事务，没有事务就新启动一个事务
PROPAGATION_SUPPORTS	1	事务不是必需的，可以有事务，也可以没有
PROPAGATION_MANDATORY	2	一定要存在一个事务，不然就报错
PROPAGATION_REQUIRES_NEW	3	新启动一个事务，如果当前存在一个事务则将其挂起
PROPAGATION_NOT_SUPPORTED	4	不支持事务，以非事务的方式运行
PROPAGATION_NEVER	5	不支持事务，如果当前存在一个事务则抛异常
PROPAGATION_NESTED	6	如果当前存在一个事务，则在该事务内再启动一个事务

默认的事务传播性会使用 PROPAGATION_REQUIRED，正常情况下这就够了。在上面的 7 种情况中，需要再特殊说明一下 PROPAGATION_REQUIRES_NEW 和 PROPAGATION_NESTED 的异同点：它们都会启动两个事务，但前者的两个事务是不相关的，而后者的两个事务存在包含关系。假设使用 PROPAGATION_NESTED 时两个事务分别为事务 A 和事务 B，事务 A 包含事务 B，事务 B 如果回滚了，事务 A 可以不受事务 B 的影响继续提交，但如果事务 A 回滚了，哪怕事务 B 是提交状态也会被回滚。

2. 事务隔离级别

数据库的事务有 4 种隔离级别，隔离级别越高，不同事务相互影响的概率就越小，具体就是出现脏读、不可重复读和幻读的情况。这三种情况的具体描述如下。

- **脏读**：事务 A 修改了记录 1 的值但未提交事务，这时事务 B 读取了记录 1 尚未提交的值，但后来事务 A 回滚了，事务 B 读到的值并不会存在于数据库中，这就是脏读。
- **不可重复读**：事务 A 会读取记录 1 两次，在两次读取之间，事务 B 修改了记录 1 的值并提交了，这时事务 A 第一次与第二次读取到的记录 1 的内容就不一样了，这就是不可重复读。
- **幻读**：事务 A 以某种条件操作了数据表中的一批数据，这时事务 B 往表中插入并提交了 1 条记录，正好也符合事务 A 的操作条件，当事务 A 再次以同样的条件操作这批数据时，就会发现操作的数据集变了，这就是幻读。以 SELECT count(*) 为例，发生幻读时，如果两次以同样的条件来执行，结果值就会不同。

不可重复读与幻读看起来很像，但不可重复读强调的是同一条数据在两次读取之间被修改了，而幻读强调的是数据集发生了数据增加或数据删除的情况。

同样的，TransactionDefinition 中也对事务隔离级别做了具体的定义，引用了 JDBC Connection 中的常量，具体信息如表 6-8 所示。

表 6-8 事务隔离级别的相关定义与说明

隔离性	值	脏　读	不可重复读	幻　读
ISOLATION_READ_UNCOMMITTED	1	存在	存在	存在
ISOLATION_READ_COMMITTED	2	不存在	存在	存在
ISOLATION_REPEATABLE_READ	3	不存在	不存在	存在
ISOLATION_SERIALIZABLE	4	不存在	不存在	不存在

TransactionDefinition 中的默认隔离级别设置为 -1，使用底层数据源的配置，比如，MySQL 默认的隔离级别是 REPEATABLE_READ，Oracle 默认的隔离级别则是 READ_COMMITTED。

6.3.2　Spring 事务的基本配置

通过 6.3.1 节的介绍，我们知道 Spring Framework 的核心类是 TransactionManager，并且在上下文中需要一个 PlatformTransactionManager Bean，例如，DataSourceTransactionManager 或者 JpaTransaction-Manager。可以像下面这样来定义一个 PlatformTransactionManager：

```
@Configuration
public class TransactionConfiguration {
    @Bean
    public DataSourceTransactionManager transactionManager(DataSource dataSource) {
        return new DataSourceTransactionManager(dataSource);
    }
}
```

这节的标题没有用 Spring Framework 是有原因的——Spring Boot 为我们提供了一整套事务的自动配置，这远比自己动手配置方便。主要的自动配置类是 DataSourceTransactionManagerAutoConfiguration 和 TransactionAutoConfiguration。

DataSourceTransactionManagerAutoConfiguration 的作用主要是自动配置 DataSourceTransaction-Manager，具体代码如下所示：

```
@Configuration(proxyBeanMethods = false)
@ConditionalOnClass({ JdbcTemplate.class, TransactionManager.class })
@AutoConfigureOrder(Ordered.LOWEST_PRECEDENCE)
@EnableConfigurationProperties(DataSourceProperties.class)
public class DataSourceTransactionManagerAutoConfiguration {
    @Configuration(proxyBeanMethods = false)
    @ConditionalOnSingleCandidate(DataSource.class)
    static class DataSourceTransactionManagerConfiguration {
        @Bean
        @ConditionalOnMissingBean(TransactionManager.class)
        DataSourceTransactionManager transactionManager(Environment environment, DataSource dataSource,
            ObjectProvider<TransactionManagerCustomizers> transactionManagerCustomizers) {
            // 省略具体代码
        }
        // 省略部分代码
    }
}
```

当 Spring 上下文中提供了明确的一个 DataSource（只有一个或者标明了一个主要的 Bean），且没有配置 PlatformTransactionManager 时，Spring Boot 会自动创建一个 DataSourceTransactionManager。
这里需要特别说明一下 TransactionManagerCustomizers，它是 Spring Boot 的自动配置留下的扩展点，
可以让我们通过创建 TransactionManagerCustomizers 来对自动配置的 DataSourceTransactionManager
进行微调。在 Spring Boot 中类似的 XXXCustomizer 还有很多，比如在 Web 相关章节里会看到的
RestTemplateCustomizer。

TransactionAutoConfiguration 会为事务再提供进一步的配置，它主要做了两件事：第一是创建
了编程式事务需要用到的 TransactionTemplate ；第二是开启了基于注解的事务支持，这部分是由内
部类 EnableTransactionManagementConfiguration 来定义的，具体代码如下：

```
@Configuration(proxyBeanMethods = false)
@ConditionalOnBean(TransactionManager.class)
@ConditionalOnMissingBean(AbstractTransactionManagementConfiguration.class)
public static class EnableTransactionManagementConfiguration {
    @Configuration(proxyBeanMethods = false)
    @EnableTransactionManagement(proxyTargetClass = false)
    @ConditionalOnProperty(prefix = "spring.aop", name = "proxy-target-class", havingValue = "false",
        matchIfMissing = false)
    public static class JdkDynamicAutoProxyConfiguration {}

    @Configuration(proxyBeanMethods = false)
    @EnableTransactionManagement(proxyTargetClass = true)
    @ConditionalOnProperty(prefix = "spring.aop", name = "proxy-target-class", havingValue = "true",
        matchIfMissing = true)
    public static class CglibAutoProxyConfiguration {}
}
```

在配置类上添加 @EnableTransactionManagement 注解就能开启事务支持。Spring Framework 的
声明式事务是通过 AOP 来实现的，因此根据 AOP 配置的不同，需要选择是否开启对类的代理。当
spring.aop.proxy-target-class=true 时，可以直接对没有实现接口的类开启声明式事务支持，这也
是默认的配置。

实际上，如果我们去翻看 AopAutoConfiguration 的代码，也能看到其中有类似的自动配置。可
见，在 Spring Boot 中基于 CGLIB 的 AOP 就是默认的 AOP 代理方式：

```
@Configuration(proxyBeanMethods = false)
@ConditionalOnProperty(prefix = "spring.aop", name = "auto", havingValue = "true", matchIfMissing = true)
public class AopAutoConfiguration {
    @Configuration(proxyBeanMethods = false)
    @ConditionalOnClass(Advice.class)
    static class AspectJAutoProxyingConfiguration {
        @Configuration(proxyBeanMethods = false)
        @EnableAspectJAutoProxy(proxyTargetClass = false)
        @ConditionalOnProperty(prefix = "spring.aop", name = "proxy-target-class", havingValue = "false",
            matchIfMissing = false)
        static class JdkDynamicAutoProxyConfiguration {}

        @Configuration(proxyBeanMethods = false)
        @EnableAspectJAutoProxy(proxyTargetClass = true)
        @ConditionalOnProperty(prefix = "spring.aop", name = "proxy-target-class", havingValue = "true",
            matchIfMissing = true)
```

```
        static class CglibAutoProxyConfiguration {}
    }
    // 其他内容省略
}
```

TransactionProperties 是事务的属性配置，其中只有两个配置：spring.transaction.default-timeout 用于配置默认超时时间，默认单位为秒；spring.transaction.rollback-on-commit-failure 配置在提交失败时是否回滚。

6.3.3　声明式事务

通常在没有特殊需求的情况下，我们建议使用 Spring Framework 的声明式事务来管理事务。而且如果有一大堆类需要配置事务，声明式事务也会比编程式事务更方便一些。所以，我们会着重介绍声明式事务的使用方式。

1. 基于注解的方式

Spring Framework 提供了一个 @Transactional 注解，它可以在类型和方法上[①] 标注与事务相关的信息。同时，我们也可以使用 JTA 中的 @Transactional 注解（在 javax.transaction 包里），两者的作用基本是一样的。在注解中可以设置很多事务属性，具体如表 6-9 所示。

表 6-9　@Transactional 注解可以设置的事务属性

属　　　性	默　认　值	描　　　述
transactionManager	默认会找名为 transactionManager 的事务管理器	指定事务管理器
propagation	Propagation.REQUIRED	指定事务的传播性
isolation	Isolation.DEFAULT	指定事务的隔离性
timeout	-1，即由具体的底层实现来设置	指定事务超时时间
readOnly	false	是否为只读事务
rollbackFor / rollbackForClassName	空	指定需要回滚事务的异常类型
noRollbackFor / noRollbackForClassName	空	指定无须回滚事务的异常类型

> 请注意　默认情况下，事务只会在遇到 RuntimeException 和 Error 时才会回滚，碰到受检异常（checked exception）时并不会回滚。例如，我们定义了一个业务异常 BizException，它继承的是 Exception 类，在代码抛出这个异常时，事务不会自己回滚，但我们可以手动设置回滚，或者在 rollbackFor 中进行设置。

要开启注解驱动的事务支持，有两种方式，在上一节里已经看到过了在配置类上添加 @EnableTransactionManagement 的方式，这里来介绍一下第二种：通过 <tx:annotation-driven/> 这个 XML 标签来启用注解支持，具体如下所示：

---

① 建议在具体的类而非接口上添加 @Transactional 注解。在方法上添加该注解时，也请只用在修饰符为 public 的方法上。

```
<?xml version="1.0" encoding="UTF-8"?>
<beans xmlns="http://www.springframework.org/schema/beans"
    xmlns:xsi="http://www.w3.org/2001/XMLSchema-instance"
    xmlns:tx="http://www.springframework.org/schema/tx"
    xsi:schemaLocation="
        http://www.springframework.org/schema/beans
        https://www.springframework.org/schema/beans/spring-beans.xsd
        http://www.springframework.org/schema/tx
        https://www.springframework.org/schema/tx/spring-tx.xsd">

    <!-- 开启事务注解支持,可以明确设置一个TransactionManager -->
    <tx:annotation-driven transaction-manager="txManager"/>
</beans>
```

在开启注解驱动事务支持时，除了配置 TransactionManager，还可以进行一些其他配置。@Enable-TransactionManagement 和 <tx:annotation-driven/> 拥有一些共同的配置，如表 6-10 所示。

表 6-10　注解驱动事务支持的部分配置

配 置 项	默 认 值	含 义
mode	proxy	声明式事务 AOP 的拦截方式，默认 proxy 是代理方式，也可以改为 aspectj
order	Ordered.LOWEST_PRECEDENCE	声明式事务 AOP 拦截的顺序，值越小，优先级越高
proxyTargetClass / proxy-target-class（XML）	false	是否使用 CGLIB 的方式拦截类[①]

在 <tx:annotation-driven/> 中还有一个 transacation-manager 属性，在事务管理器的名字不是 transactionManager 时用来指定事务要使用的事务管理器。但 @EnableTransactionManagement 里却没有这一属性，它会根据类型来做注入。如果希望明确指定使用哪个 TransactionManager，可以让 @Configuration 类实现 TransactionManagementConfigurer 接口，在 annotationDrivenTransactionManager() 方法里返回希望使用的那个 TransactionManager。

在介绍事务传播性时，我们有讲到 PROPAGATION_REQUIRED、PROPAGATION_REQUIRES_NEW 和 PROPAGATION_NESTED 的区别。下面我们通过基于注解的声明式事务来实际感受一下它们之间的差别。

通过 Spring Initializr 创建一个新工程[②]，依赖项选择 JDBC API、H2 和 Lombok。在 src/main/resources 目录中创建 schema.sql，添加代码示例 6-23 中的建表语句。

代码示例 6-23　schema.sql 中的建表语句

```
create table t_demo (
    id bigint auto_increment,
    name varchar(128),
    create_time timestamp,
    update_time timestamp,
    primary key (id)
);
```

---

① 虽然这里的默认值是 false，但通过 6.3.2 节的介绍，我们已经知道了在 Spring Boot 中，默认会使用 CGLIB 的方式来做拦截。

② 这个示例位于 ch6/annotaion-demo 项目中。

接下来我们的试验就是操作 t_demo 表，在不同的事务传播性下插入记录，查看结果，对表的操作如代码示例 6-24 所示。三个插入方法分别使用不同的事务传播性，showNames() 方法返回表中所有的 name 内容。

代码示例 6-24　提供不同事务传播性插入方法的 DemoService 类

```java
package learning.spring.transaction;

// 省略import

@Service
public class DemoService {
    public static final String SQL =
        "insert into t_demo (name, create_time, update_time) values(?, now(), now())";
    @Autowired
    private JdbcTemplate jdbcTemplate;

    @Transactional(readOnly = true)
    public String showNames() {
        return jdbcTemplate.queryForList("select name from t_demo;", String.class)
            .stream().collect(Collectors.joining(","));
    }

    @Transactional(propagation = Propagation.REQUIRED)
    public void insertRecordRequired() {
        jdbcTemplate.update(SQL, "one");
    }

    @Transactional(propagation = Propagation.REQUIRES_NEW)
    public void insertRecordRequiresNew() {
        jdbcTemplate.update(SQL, "two");
    }

    @Transactional(propagation = Propagation.NESTED)
    public void insertRecordNested() {
        jdbcTemplate.update(SQL, "three");
        throw new RuntimeException(); // 让事务回滚
    }
}
```

再用另一个类来组合几个插入方法，不同的组合会有不同的效果，如代码示例 6-25 所示。

代码示例 6-25　调用插入方法的 MixService 类

```java
package learning.spring.transaction;

// 省略import

@Service
public class MixService {
    @Autowired
    private DemoService demoService;

    @Transactional
    public void trySomeMethods() {
        demoService.insertRecordRequired();
        try {
            demoService.insertRecordNested();
        } catch(Exception e) {}
    }
}
```

工程的主类就比较简单了，执行 MixService 的 trySomeMethods() 方法，如代码示例 6-26 所示。

代码示例 6-26　AnnotationDemoApplication 类代码片段

```java
@SpringBootApplication
@Slf4j
public class AnnotationDemoApplication implements ApplicationRunner {
    @Autowired
    private MixService mixService;
    @Autowired
    private DemoService demoService;

    public static void main(String[] args) {
        SpringApplication.run(AnnotationDemoApplication.class, args);
    }

    @Override
    public void run(ApplicationArguments args) throws Exception {
        try {
            mixService.trySomeMethods();
        } catch (Exception e) {}
        log.info("Names: {}", demoService.showNames());
    }
}
```

在目前的 trySomeMethods() 中，程序会输出 Names: one，内嵌事务回滚不影响外部事务。如果将 trySomeMethods() 调整为下面这样：

```java
@Transactional
public void trySomeMethods() {
    demoService.insertRecordRequired();
    demoService.insertRecordRequiresNew();
    throw new RuntimeException();
}
```

那输出就会是 Names: two，Propagation.REQUIRES_NEW，会新启动一个与当前事务无关的事务，提交后如果当前事务回滚了，不会影响已提交内容。

茶歇时间：通常事务加在哪层比较合适？

Spring Framework 虽然为我们提供了声明式的事务，可以将事务与代码剥离，但它并没有告诉我们究竟将事务拦在哪里更合适。

通常情况下，我们会对应用进行分层，划分出 DAO 层、Service 层、View 层等。如果了解过领域驱动设计（Domain-Driven Design，DDD），就会知道其中也有 Repository 和 Service 的概念。一次业务操作一般都会涉及多张表的数据，因此在单表的 DAO 或 Repository 上增加事务，粒度太细，并不能实现业务的要求。而在对外提供的服务接口上增加事务，整个事务的范围又太大，一个请求从开始到结束都在一个大事务里，着实又有些浪费。

所以，事务一般放在内部的领域服务上，也就是 Service 层上会是比较常见的一个做法，其中的一个方法，也就对应了一个业务操作。

2. 基于 XML 的方式

看过了注解驱动的事务，再来了解一下如何通过 XML 配置实现相同的功能。@Transactional 注解需要添加在代码里，而 XML 则可以从业务代码剥离，将事务配置与业务逻辑解耦。

Spring Framework 提供了一系列 <tx/> 的 XML 来配置事务相关的 AOP 通知。有了 AOP 通知后，我们就可以像普通的 AOP 配置那样对方法的执行进行拦截和增强了。

其中，<tx:advice/> 用来配置事务通知，如果事务管理器的名字是 transactionManager，那就可以不用设置 transaction-manager 属性了。具体的事务属性则通过 <tx:attributes/> 和 <tx:method/> 来设置。<tx:method/> 可供设置的属性和 @Transactional 注解的基本一样，具体见表 6-11。

表 6-11　<tx:method/> 的属性清单

属　　性	默　认　值	含　　义
name	无	要拦截的方法名称，可以带通配符，是唯一的必选项
propagation	REQUIRED	事务传播性
isolation	DEFAULT	事务隔离性
timeout	-1	事务超时时间，单位为秒
read-only	false	是否是只读事务
rollback-for	无	会触发回滚的异常清单，以逗号分隔，可以是全限定类名，也可以是简单类名
no-rollback-for	无	不触发回滚的异常清单，以逗号分隔，可以是全限定类名，也可以是简单类名

可以将前面提到的 annotation-demo 修改一下，去掉所有的 @Transactional 注解，改用 XML 的方式来配置事务，代码放在示例的 ch6/xml-transaction-demo 中。具体的 XML 配置如代码示例 6-27 所示。由于用到了 AspectJ 的切入点，工程中还需要引入 org.springframework.boot:spring-boot-starter-aop 依赖。

代码示例 6-27　完整的 applicationContext.xml 配置示例

```xml
<?xml version="1.0" encoding="UTF-8"?>
<beans xmlns="http://www.springframework.org/schema/beans"
       xmlns:xsi="http://www.w3.org/2001/XMLSchema-instance"
       xmlns:aop="http://www.springframework.org/schema/aop"
       xmlns:tx="http://www.springframework.org/schema/tx"
       xsi:schemaLocation="
       http://www.springframework.org/schema/beans
       https://www.springframework.org/schema/beans/spring-beans.xsd
       http://www.springframework.org/schema/tx
       https://www.springframework.org/schema/tx/spring-tx.xsd
       http://www.springframework.org/schema/aop
       https://www.springframework.org/schema/aop/spring-aop.xsd">

    <tx:advice id="demoTxAdvice">
        <tx:attributes>
            <tx:method name="showNames" read-only="true"/>
            <tx:method name="insertRecordRequired" propagation="REQUIRED"/>
            <tx:method name="insertRecordRequiresNew" propagation="REQUIRES_NEW"/>
```

```
            <tx:method name="insertRecordNested" propagation="NESTED"/>
        </tx:attributes>
    </tx:advice>

    <tx:advice id="mixTxAdvice">
        <tx:attributes>
            <tx:method name="*" />
        </tx:attributes>
    </tx:advice>

    <aop:config>
        <aop:pointcut id="demoServiceMethods"
            expression="execution(* learning.spring.transaction.DemoService.*(..))"/>
        <aop:pointcut id="mixServiceMethods"
            expression="execution(* learning.spring.transaction.MixService.*(..))"/>
        <aop:advisor advice-ref="demoTxAdvice" pointcut-ref="demoServiceMethods"/>
        <aop:advisor advice-ref="mixTxAdvice" pointcut-ref="mixServiceMethods"/>
    </aop:config>
</beans>
```

上面的 XML 中，针对 DemoService 的不同方法配置了不同的传播性，而 DemoService 和 MixService 的事务配置也有所不同。我们可以在工程主类，或者其他带有 @Configuration 注解的配置类上增加 @ImportResource("applicationContext.xml")，导入 XML 配置。程序的运行效果与之前注解驱动的事务一模一样。

茶歇时间：声明式事务背后的原理

Spring Framework 的声明式事务，其本质是对目标类和方法进行了 AOP 拦截，并在方法的执行前后增加了事务相关的操作，比如启动事务、提交事务和回滚事务。

既然是通过 AOP 实现的，那它就必定遵循了 AOP 的各种规则和限制。Spring Framework 的 AOP 增强通常都是通过代理的方式来实现的，这就意味着事务也是在代理类上的。**我们必须调用增强后的代理类中的方法，而非原本的对象，这样才能拥有事务**。也就是说调用下面的 methodWithoutTx() 并不会启动一个事务：

```
public class Demo {
    @Trasactional
    public void methodWithTx() {...}

    public void methodWithoutTx() {
        this.methodWithTx();
    }
}
```

我们在第 3 章的**基于代理的"小坑"**中也提到过类似的场景，请务必注意避免这种情况。如果一定要调用自己的方法，可以从 ApplicationContext 中获取自己的代理对象，操作这个对象上的方法，而不是使用 this。或者，也可以在适当配置下，通过 AopContext.currentProxy() 来获得当前的代理。

6.3.4 编程式事务

在看过了声明式事务之后,理解编程式事务就不是什么难事了。正如本节标题字面上的意思,Spring Framework 还支持用编程的方式来控制事务,但绝不是简单地调用 Connection 的 setAutoCommit(false) 来启动事务,结束时调用 commit() 或 rollback() 提交或回滚事务,而是将这些流程固化到了模板类中。和 JdbcTemplate 类似,Spring Framework 为事务提供了一个 TransacationTemplate。

Spring Boot 在 TransactionAutoConfiguration 中包含了一个内部类 TransactionTemplateConfiguration,会自动基于明确的 PlatformTransactionManager 创建 TransactionTemplate,手动创建也很简单:

```
@Configuration
public class TxConfiguration {
    @Bean
    public TransactionTemplate transactionTemplate(PlatformTransactionManager transactionManager) {
        return new TransactionTemplate(transactionManager);
    }
}
```

在使用时,我们主要用它的 execute() 和 executeWithoutResult() 方法,方法的声明形式如下所示:

```
public <T> T execute(TransactionCallback<T> action) throws TransactionException;
public void executeWithoutResult(Consumer<TransactionStatus> action) throws TransactionException;
```

TransactionCallback 接口就一个 doInTransaction() 方法,通常都是直接写个匿名类,或者是 Lambda 表达式。我们简单修改一下代码示例 6-24 中的几个方法,看看编程式事务该怎么写。查询类方法 showNames() 可以改写成代码示例 6-28 的样子。

代码示例 6-28　查询方法示例

```
// Lambda 形式
public String showNamesProgrammatically() {
    return transactionTemplate.execute(
            status -> jdbcTemplate.queryForList("select name from t_demo;", String.class)
                    .stream().collect(Collectors.joining(",")));
}

// 匿名类形式
public String showNamesProgrammatically() {
    return transactionTemplate.execute(new TransactionCallback<String>() {
        @Override
        public String doInTransaction(TransactionStatus status) {
            return jdbcTemplate.queryForList("select name from t_demo;", String.class)
                    .stream().collect(Collectors.joining(","));
        }
    });
}
```

如果是更新类的操作,则没有返回值,比如 insertRecordRequired(),可以改写为代码示例 6-29 的样子。通过这两个例子,相信大家一定发现了,Lambda 表达式比起匿名类的形式要简洁很多,因此建议大家平时多多考虑 Lambda 表达式。

```
// Lambda形式
public void insertRecordRequiredProgrammatically() {
    transactionTemplate.executeWithoutResult(status -> jdbcTemplate.update(SQL, "one"));
}

// 匿名类形式
public void insertRecordRequiredProgrammatically() {
    transactionTemplate.execute(new TransactionCallbackWithoutResult()    {
        @Override
        protected void doInTransactionWithoutResult(TransactionStatus status) {
            jdbcTemplate.update(SQL, "one");
        }
    });
}
```

如果希望修改事务的属性，可以直接调用 TransactionTemplate 的对应方法，或者在创建时将其作为 Bean 属性配置进去，这里建议使用对应的常量，而非写成固定的一个数字。这些属性是设置在对象上的，如果要在不同的代码中复用同一个 TransactionTemplate 对象，请确认它们可以使用相同的配置。

在代码中设置传播性与隔离性，可以使用 setPropagationBehavior() 和 setIsolationLevel() 方法，如果是在 XML 配置中设置 Bean 属性，则可以选择对应的 propagationBehaviorName 和 isolation-LevelName 属性。

6.4　异常处理

在使用传统的 JDBC 操作数据库时，我们不得不面对异常处理的问题，只捕获 SQLException 的粒度太粗，根据其中的 SQLState 和 ErrorCode 可以大致分析出特定数据库的错误，但换了一个数据库，错误码一改就得重头来过。

不同数据库的 JDBC 驱动中也会定义一些 SQLException 的子类，只是捕获特定数据库的异常类就会把代码和底层数据库彻底“绑死了”，万一遇到变更底层数据库类型的情况，就会非常被动，例如碰上了公司要“去 O”[①]，那这些异常处理逻辑几乎得重写。

Spring Framework 为我们提供了一套统一的数据库操作异常体系，它独立于具体的数据库产品，甚至也不依赖 JDBC，支持绝大多数常用数据库。它能将不同数据库的返回码翻译成特定的类型，开发者只需捕获并处理 Spring Framework 封装后的异常就可以了。

6.4.1　统一的异常抽象

Spring Framework 的数据库操作异常抽象从 DataAccessException 这个类开始，所有的异常都是它的子类。无论是使用 JDBC，还是后续要介绍到的对象关系映射，都会涉及这套抽象，图 6-1 展示了其中部分常用的异常类。

---

① 这里的 O 指的是 Oracle 数据库，为了支持海量业务，早期大公司都会使用昂贵的商业硬件和软件，后来国内掀起了去 IOE 的浪潮，这里就是指在系统中去除 IBM 小型机、Oracle 数据库和 EMC 高端存储。

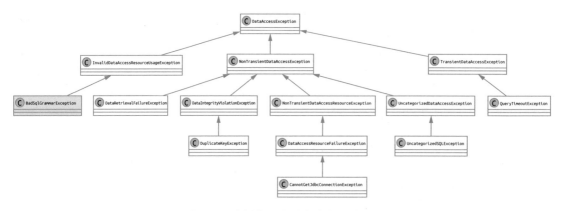

图 6-1　统一数据库操作异常抽象中部分常用的异常类

可以看到，这套异常覆盖了绝大部分的常见异常，例如，违反了唯一性约束就会抛出的 DataIntegrityViolationException，针对主键冲突的异常，还有一个 DuplicateKeyException 子类，我们可以根据这些异常清晰地判断究竟发生了什么问题。

那 Spring Framework 又是怎么来理解和翻译这么多不同类型的数据库异常的呢？这背后的核心接口就是 SQLExceptionTranslator，它负责将不同的 SQLException 转换为 DataAccessException。SQLExceptionTranslator 及其重要实现类的关系如图 6-2 所示。

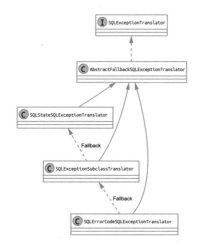

图 6-2　SQLExceptionTranslator 及其重要实现类的关系

图中的 SQLStateSQLExceptionTranslator 会分析异常中的 SQLState，根据标准 SQLState 和常见的特定数据库 SQLState 进行转换；SQLExceptionSubclassTranslator 根据 java.sql.SQLException 的子类类型进行转换；而 SQLErrorCodeSQLExceptionTranslator 则是根据异常中的错误码进行转换的。

JdbcTemplate 中会创建一个默认的 SQLErrorCodeSQLExceptionTranslator，根据数据库类型选

择不同配置来进行实际的异常转换，所以让我们来具体看看它的实现。SQLErrorCodeSQLException-Translator 会通过 SQLErrorCodesFactory 来获取特定数据库的错误码信息，SQLErrorCodesFactory 默认从 CLASSPATH 的 org/springframework/jdbc/support/sql-error-codes.xml 文件中加载错误码配置，这是一个 Bean 的配置文件，其中都是 SQLErrorCodes 类型的 Bean。这个文件中包含了 MySQL、Oracle、PostgreSQL、MS-SQL 等 10 余种常见数据库的错误码信息，例如下面就是 MySQL 的配置，可以看到它将错误码与具体的异常类型关联了起来：

```xml
<bean id="MySQL" class="org.springframework.jdbc.support.SQLErrorCodes">
    <property name="databaseProductNames">
        <list>
            <value>MySQL</value>
            <value>MariaDB</value>
        </list>
    </property>
    <property name="badSqlGrammarCodes">
        <value>1054,1064,1146</value>
    </property>
    <property name="duplicateKeyCodes">
        <value>1062</value>
    </property>
    <property name="dataIntegrityViolationCodes">
        <value>630,839,840,893,1169,1215,1216,1217,1364,1451,1452,1557</value>
    </property>
    <property name="dataAccessResourceFailureCodes">
        <value>1</value>
    </property>
    <property name="cannotAcquireLockCodes">
        <value>1205,3572</value>
    </property>
    <property name="deadlockLoserCodes">
        <value>1213</value>
    </property>
</bean>
```

SQLErrorCodeSQLExceptionTranslator 会先尝试 SQLErrorCodes 中的 customSqlExceptionTranslator 来转换，接着再尝试 SQLErrorCodes 中的 customTranslations，最后再根据配置的错误码来判断。如果最后还是匹配不上，就降级到其他 SQLExceptionTranslator 上。

6.4.2 自定义错误码处理逻辑

Spring Framework 针对常见数据库异常的处理已经比较完善了，但在一些特殊场景中，默认的逻辑并不能满足我们的需求。假设在公司内部有一套自己的数据库代理中间件，能在应用与实际的数据库之间提供连接收敛、请求路由、分库分表等功能，对外提供 MySQL 协议，但又扩展了一些其他的功能：通过特定的错误码向上返回某些扩展的状态，这些错误码超出了默认的范围。

在看过了 Spring Framework 处理数据库错误码的逻辑之后，我们很快就能想到去扩展 SQLErrorCodes。SQLErrorCodesFactory 其实也预留了扩展点，它会加载 CLASSPATH 根目录中的 sql-error-codes.xml 文件，用其中的配置覆盖默认配置。CustomSQLErrorCodesTranslation 提供了根据错误码来映射异常的功能，代码示例 6-30 演示了如何通过它来扩展 MySQL 的异常配置。

代码示例 6-30　使用 `CustomSQLErrorCodesTranslation` 来扩展 MySQL 异常码逻辑

```xml
<bean id="MySQL" class="org.springframework.jdbc.support.SQLErrorCodes">
    <property name="databaseProductNames">
        <list>
            <value>MySQL</value>
            <value>MariaDB</value>
        </list>
    </property>
    <property name="badSqlGrammarCodes">
        <value>1054,1064,1146</value>
    </property>
    <property name="duplicateKeyCodes">
        <value>1062</value>
    </property>
    <property name="dataIntegrityViolationCodes">
        <value>630,839,840,893,1169,1215,1216,1217,1364,1451,1452,1557</value>
    </property>
    <property name="dataAccessResourceFailureCodes">
        <value>1</value>
    </property>
    <property name="cannotAcquireLockCodes">
        <value>1205,3572</value>
    </property>
    <property name="deadlockLoserCodes">
        <value>1213</value>
    </property>
    <property name="customTranslations">
        <bean class="org.springframework.jdbc.support.CustomSQLErrorCodesTranslation">
            <property name="errorCodes" value="123456" />
            <property name="exceptionClass" value="learning.spring.data.DbSwitchingException" />
        </bean>
    </property>
</bean>
```

当然，还有另一种做法，即直接继承 `SQLErrorCodeSQLExceptionTranslator`，覆盖其中的 `custom-Translate(String task, @Nullable String sql, SQLException sqlEx)` 方法，随后在 `JdbcTemplate` 中直接注入我们自己写的类实例。不过，在大部分情况下，前一种方法已经能够满足我们的需求了，大家可以根据实际情况来选择具体的方案。

6.5　小结

本章我们学习了 Spring Framework 中数据库操作的基础知识，尤其是聚焦在了数据源配置、JDBC 基础操作、事务管理和异常处理这四点上。

其中，我们详细了解了 Spring Boot 2.x 推荐的 HikariCP 数据库连接池及其配置，以及如何用 Druid 来替换 HikariCP。并且我们还了解了 Spring 是如何帮助我们来简化 JDBC 操作的，`JdbcTemplate` 在各种场景中都非常好用。在事务管理和异常处理部分，不仅学习到了怎么运用这些东西，更是深入了解了它们背后的实现逻辑。

下一章，我们将从 JDBC 切换到通过对象关系映射来操作数据库，看看在 Spring 中如何来使用 Hibernate 与 MyBatis。

二进制奶茶店项目开发小结

本章我们为二进制奶茶店的核心服务 BinaryTea 增加了一个数据源，在其中存储了店铺中的菜单信息。此外，还为菜单表提供了相应的增加、删除和查询方法，并且在启动工程时还会初始化菜单并打印菜单的内容。

在实际工作中，直接使用 JDBC 来做增删改查操作并不友好，更多的情况下还是会使用对象关系映射框架，下一章会对本章的 JDBC 代码进行比较大的重构。

第 7 章

对象关系映射

本章内容
- ❏ Hibernate 与 JPA 的基础知识
- ❏ 通过 Spring Data 的 Repository 操作数据库
- ❏ MyBatis 的基本用法
- ❏ 通过工具提升 MyBatis 的使用体验

在第 6 章中,我们大概了解了如何通过 JDBC 来进行简单的数据库操作。通过 SQL 来执行操作虽然不算复杂,但在面向对象的语言中,这类操作多少显得有些格格不入,毕竟我们都是在与"对象"打交道。把对象与关系型数据库关联起来,就有了我们要讨论的对象关系映射(Object-Relational Mapping,ORM)。而 Hibernate 和 MyBatis 是目前较为主流的两种 ORM 框架,本章主要介绍如何在项目中使用它们。

7.1 通过 Hibernate 操作数据库

如果我们希望用 Java 来开发一个 MVC 模型的应用,就一定离不开 SSH 组合。早期三个字母 SSH 分别代表了应用的核心框架 Spring Framework、开发 Web 功能的 Struts,以及开发数据层的 Hibernate ORM[1]。随着时间的推移,Struts 慢慢淡出了人们的视野,Spring MVC 取代了这个 S 的位置[2],新的 SSH 变为 Spring Framework、Spring MVC 与 Hibernate。在这个组合中,Hibernate 的角色与地位一直没有发生过变化,因此,本章我们会先来了解一下 Hibernate。由于本书的主要对象是 Spring 而非 Hibernate,所以这里我们不会过多地深入讨论,对 Hibernate 感兴趣的同学,可以访问它的官网了解更多细节。

7.1.1 Hibernate 与 JPA

Hibernate 是一款基于 Java 语言的开源对象关系映射框架。所谓**对象关系映射**,简单来说就是将

---

[1] Hibernate ORM,通常简称为 Hibernate。早期 Hibernate 下只有 ORM 工具一个项目,后来才逐步发展出了很多子项目,例如 Hibernate Validator、Hibernate Search 等。在 Hibernate 4.1 版本发布前,它还叫 Hibernate Core,后来改名为 Hibernate ORM。出于习惯,我们还是经常用 Hibernate 来表示 Hibernate ORM。

[2] Struts 还存在大量的安全问题,即使不用 Spring MVC,也不建议大家再使用 Struts 框架。

面向对象的领域模型与关系型数据库中的表互相映射起来。对象关系映射很好地解决了对象与关系间的阻抗不匹配（impedance mismatch）问题[①]。虽然有一些不太协调的地方，但两者之间还是可以相互融合的，表 7-1 简单进行了一些对比。

表 7-1　面向对象与关系型数据库的简单对比

对比维度	面向对象概念	关系型数据库
粒度	接口、类	表、视图
继承与多态	有	没有
唯一性	a == b 或 a.equals(b)	主键
关联关系	引用	外键

Hibernate 不仅将 Java 对象与数据表互相映射起来，还建立了 Java 数据类型到 SQL 数据类型的映射，提供了数据查询与操作的能力，能够自动根据操作来生成 SQL 调用。它将开发者从大量繁琐的数据层操作中释放了出来，提升了大家的开发效率。

说到 Hibernate 的历史，还得追溯到 2001 年。当时开发 Java EE（那时还叫 J2EE）应用程序需要使用 EJB，而澳大利亚程序员 Gavin King 对 EJB 中的实体 Bean 并无好感，于是他在 2001 年开发了 Hibernate 的第一个版本。后来随着 Spring Framework 创始人 Rod Johnson 的那本 *Expert One-on-One J2EE Development without EJB* 的出版，作为轻量级框架代表之一的 Hibernate 也逐步得到了大家的认可。

2006 年，Java 的持久化标准 JPA（Java Persistent API，Java 持久化 API）正式发布。它的目标就是屏蔽不同持久化 API 之间的差异，简化持久化代码的开发工作。当时的 JPA 标准基本就是以 Hibernate 作为蓝本来制定的，而 Gavin King 也当仁不让地在这个规范的专家组中。Hibernate 从 3.2 版本开始兼容 JPA。2010 年，Hibernate 3.5 成为了 JPA 2.0 的认证实现。表 7-2 对 Hibernate 与 JPA 的接口做了一个比较。

表 7-2　Hibernate 与 JPA 接口的对应关系与实现

JPA 接口	Hibernate 接口	实 现 类	作 用
EntityManagerFactory	SessionFactory	SessionFactoryImpl	管理领域模型与数据库的映射关系
EntityManager	Session	SessionImpl	基本的工作单元，封装了连接与事务相关的内容
EntityTransaction	Transaction	TransactionImpl	用来抽象底层的事务细节

虽然 SessionFactory 或 EntityManagerFactory 的创建成本比较高，好在它们是线程安全的。一般应用程序中只有一个实例，而且会在程序中共享。

Spring Framework 对 Hibernate 提供了比较好的支持，后来有了 Spring Data JPA 项目，更是提供了统一的 Repository 操作封装，开发者只需定义接口就能自动实现简单的操作。在后续的内容中，我们会了解到相关的使用方法。现在，第一步要做的就是在 pom.xml 的 <dependencies/> 中引入 Hibernate 与 JPA 相关的依赖。这一步通过 Spring Boot 的起步依赖就能做到：

---

① 详细的内容可以在维基百科上查看（Object-relational impedance mismatch）。

```
<dependency>
    <groupId>org.springframework.boot</groupId>
    <artifactId>spring-boot-starter-data-jpa</artifactId>
</dependency>
```

7.1.2　定义实体对象

在早期，开发者们都是通过 XML 来做各种配置的，其中也包括 Hibernate 的映射配置。但时至今日，大家早就习惯了使用注解来进行配置，甚至会"约定优于配置"（convention over configuration），追求"零"配置。在这一节中，我们只会涉及注解的配置方式，看看如何通过 JPA 的注解[①]来进行常规的配置，其中还会结合少许 Hibernate 的特有注解。

1. 实体及主键

既然是对象关系映射，那自然需要定义清楚"对象"与"关系"之间的关系。这层关系是由实体对象及其上添加的注解来承载的，表 7-3 中展示了用来定义实体及其主键的四个注解。

表 7-3　定义实体及其主键的注解

注　　解	作　　用	重点属性说明
@Entity	标识类是实体类	name，默认为非限定类名，用在 HQL（Hibernate query language，Hibernate 查询语言）查询中标识实体
@Table	指定实体对应的数据表，不加的话默认将类名作为表名	name，默认是实体名；schema，默认是用户的默认 Schema
@Id	指定字段是实体的主键	
@GeneratedValue	指定主键的生成策略	strategy，指定生成策略，共有四种策略——TABLE、SEQUENCE、IDENTITY 和 AUTO；generator，指定生成器，用于 TABLE 和 SEQUENCE 这两种策略中

我们可以将之前的 MenuItem 类稍作修改，用 JPA 注解来进行标注，具体如代码示例 7-1[②] 所示。类上共有六个注解[③]，前四个注解都是 Lombok 的，用来减少模板化的代码，为类增加构建器、构造方法、Getter 与 Setter 等方法；@Entity 说明这是一个实体类；@Table 指定该实体类对应的数据表是 t_menu。id 上的注解表明了它是表的主键，并且是自动生成主键值的——通常像 MySQL 这样的数据库我们都会定义一个自增主键，默认策略就是 IDENTITY。

代码示例 7-1　增加了 JPA 注解的 MenuItem 类代码片段

```
@Builder
@Data
@AllArgsConstructor
@NoArgsConstructor
```

---

① JPA 注解都在 javax.persistence 包里。从 Spring Framework 6.0 开始，Spring 要兼容 Jakarta EE 9 就需要使用 jakarta.persistence 包里的注解了，无法零修改实现兼容。本书使用的还是 Spring Framework 5.3，所以对应注解仍在 javax.persistence 里。

② 本小节的示例都放在 ch7/binarytea-hibernate 项目中。

③ @Data 相当于添加了 @Getter、@Setter、@RequiredArgsConstructor、@ToString 和 @EqualsAndHashCode 注解，因此我们需要额外再加一个 @NoArgsConstructor 来提供无参数的构造方法。

```
@Entity
@Table(name = "t_menu")
public class MenuItem {
    @Id
    @GeneratedValue
    private Long id;
    // 以下省略
}
```

除了自增主键，还可以用 @SequenceGenerator 和 @TableGenerator 来指定基于序列和表生成主键。以 @SequenceGenerator 为例，假设我们有个序列 seq_menu，上面的 MenuItem 可以调整成代码示例 7-2 这样。至于 @TableGenerator，就留给大家查阅文档去了解吧。

代码示例 7-2　根据注解生成主键的 MenuItem 类片段

```
@Builder
@Data
@AllArgsConstructor
@NoArgsConstructor
@Entity
@Table(name = "t_menu")
public class MenuItem {
    @Id
    @GeneratedValue(strategy = GenerationType.SEQUENCE, generator = "sequence-generator")
    @SequenceGenerator(name = "sequence-generator", sequenceName = "seq_menu")
    private Long id;
    // 以下省略
}
```

2. 字段

在定义完实体和主键后，就该轮到各个字段了。表 7-4 罗列了一些字段相关的常用注解。

表 7-4　一些字段相关的常用注解

注　解	作　用	重点属性说明
@Basic	映射简单类型，例如 Java 原子类型及其封装类、日期时间类型等，一般不用添加该注解，默认就有同样的效果	
@Column	描述字段信息	name，字段名称，默认同属性名；unique 是否唯一；nullable 是否可为 null；insertable 是否出现在 INSERT 语句中；updatable 是否出现在 UPDATE 语句中
@Enumerated	映射枚举类型	value，映射方式，默认是 ORDINAL，使用枚举的序号，也可以用 STRING，使用枚举值
@Type	定义 Hibernate 的类型映射，这是 Hibernate 的注解	type，Hibernate 类型实现的全限定类名；parameters，类型所需的参数
@Temporal	映射日期与时间类型，适用于 java.util.Date 和 java.util.Calendar	value，要映射的内容，DATE 对应 java.sql.Date，TIME 对应 java.sql.Time，TIMESTAMP 对应 java.sql.Timestamp
@CreationTimestamp	插入时传入当前时间，这是 Hibernate 的注解	
@UpdateTimestamp	更新时传入当前时间，这是 Hibernate 的注解	

在了解了映射字段信息的注解后，我们再对 MenuItem 类做进一步的调整，具体改动后的情况如代码示例 7-3 所示。

代码示例 7-3　新增的杯型 Size 枚举与修改后的 MenuItem 类

```java
public enum Size {
    SMALL, MEDIUM, LARGE
}

@Builder
@Data
@AllArgsConstructor
@NoArgsConstructor
@Entity
@Table(name = "t_menu")
public class MenuItem {
    @Id
    @GeneratedValue
    private Long id;
    private String name;

    @Enumerated(EnumType.STRING)
    private Size size;

    @Type(type = "org.jadira.usertype.moneyandcurrency.joda.PersistentMoneyMinorAmount",
            parameters = {@org.hibernate.annotations.Parameter(name = "currencyCode", value = "CNY")})
    private Money price;

    @Column(updatable = false)
    @Temporal(TemporalType.TIMESTAMP)
    @CreationTimestamp
    private Date createTime;

    @Temporal(TemporalType.TIMESTAMP)
    @UpdateTimestamp
    private Date updateTime;
}
```

上面的代码有几处具体的变动。

(1) size 从 String 类型改为了枚举。通过 @Enumerated(EnumType.STRING) 指明用枚举值来做映射，也就是说数据库里的值会是 SMALL、MEDIUM 和 LARGE。

(2) price 从 BigDecimal 换成了 Joda-Money 库[①]中的 Money 类型。通过 @Type 声明了如何将数据库中 Long 类型的值转换为 Money，这里用到了一个开源的转换类，如果数据库里存的是小数类型，可以考虑把 PersistentMoneyMinorAmount 替换为 PersistentMoneyAmount。

(3) createTime 标记为不可修改的，在创建时会填入当前时间戳。@CreationTimestamp 是 Hibernate 的注解，在此处 @Temporal(TemporalType.TIMESTAMP) 其实是可以省略的。

(4) updateTime 会在每次修改时填入当前时间戳。@UpdateTimestamp 是 Hibernate 的注解，在此处 @Temporal(TemporalType.TIMESTAMP) 也是可以省略的。

---

① Joda Project 提供了不少实用的工具库，比如处理货币的 Joda-Money，处理时间的 Joda-Time，后者成了 JDK 的一部分。

关于 Joda-Money 和对应的 Hibernate 类型 `PersistentMoneyMinorAmount`，两者均需要在 pom.xml 中加入下面两个依赖：

```
<dependency>
    <groupId>org.joda</groupId>
    <artifactId>joda-money</artifactId>
    <version>1.0.1</version>
</dependency>
<dependency>
    <groupId>org.jadira.usertype</groupId>
    <artifactId>usertype.core</artifactId>
    <version>6.0.1.GA</version>
</dependency>
```

`usertype.core` 里还有不少其他有用的类，实用性非常强。

茶歇时间：为什么一定要用 `Money` 类来表示金额

在处理金额时，千万不要想当然地使用 `float` 或者 `double` 类型。原因是在遇到浮点数运算时，精度的丢失可能带来巨大的差异，甚至会造成资金损失。虽然 `BigDecimal` 在计算时能顺利过关，但金额的内容却不止是一个数值，还有与之关联的币种（ISO-4217）、单位等内容。

以人民币为例，标准的币种简写是 CNY，最小单位（代码中用 Minor 表示）是分，主要单位（代码中用 Major 表示）是元。美元、欧元、日元等货币都有各自的规范。在不同的货币之间，还有货币转换的需求。所以说，我们需要一个专门用来表示金额的类，而 Joda-Money 就是一个好的选择。举个例子，我们可以通过 `Money.ofMinor(CurrencyUnit.of("CNY"), 1234)`，创建代表人民币 12.34 元的对象，`Money.of(CurrencyUnit.of("CNY"), 12.34)` 与之等价。

---

3. 关联关系

我们在学习数据库的范式时，为了适当地降低冗余，提升操作效率，会去设计不同的表之间的关系。在做对象关系映射时，这种关系也需要体现出来。表 7-5 中罗列了常用的几种关系及其对应的注解。

表 7-5　常见关系及其对应的注解

关　　系	数据库的实现方式	注　　解
1:1	外键	@OneToOne
1:n	外键	@OneToMany、@JoinColumn、@OrderBy
n:1	外键	@ManyToOne、@JoinColumn
n:n	关联表	@ManyToMany、@JoinTable、@OrderBy

为了方便大家理解这些注解的用法，我们结合二进制奶茶店的例子来看看。

需求描述 在二进制奶茶店中，我们会将顾客点单的信息记录在订单（即 Order）里。店内主要流转的信息就是订单，我们通过订单来驱动后续的工作。一个订单会有多个条目（即 MenuItem），每个订单又会由一名调茶师（即 TeaMaker）负责完成。[①] 它们之间的关系如图 7-1 所示，订单与调茶师是多对一关系，而订单与条目是多对多关系。

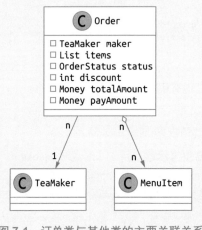

图 7-1　订单类与其他类的主要关联关系

其中，TeaMaker 类的代码如代码示例 7-4 所示，大部分内容与 MenuItem 大同小异，但其中有一个一对多关系的 orders 属性需要特别说明一下。orders 属性可以直接获取与当前调茶师关联的订单列表。@OneToMany 的获取方式默认是懒加载，即在使用时才会加载，mappedBy 标明了根据 Order. maker 属性来进行映射。@OrderBy 会对取得的结果进行排序，默认按主键排序，也可以指定多个字段，用逗号分隔，默认是升序（即 asc）。

代码示例 7-4　TeaMaker 的主要代码

```
@Builder
@Getter
@Setter
@AllArgsConstructor
@NoArgsConstructor
@Entity
@Table(name = "t_tea_maker")
public class TeaMaker {
    @Id
    @GeneratedValue
    private Long id;
    private String name;
```

① 实际情况下，通常一个奶茶店有多名员工，一张订单由多人一起制作完成。此外，由于订单里的商品会随着时间的变化而发生变化，因而保险起见，应该在订单中保存商品的快照，而不是用商品 ID 来做记录。但我们这里是做演示，先忽略这些细节。

```
    @OneToMany(mappedBy = "maker")
    @OrderBy("id desc")
    private List<Order> orders = new ArrayList<>();

    @Column(updatable = false)
    @CreationTimestamp
    private Date createTime;

    @UpdateTimestamp
    private Date updateTime;
}
```

接着，让我们来定义订单对象。每笔订单都有自己的状态，因此要先定义一个枚举来表示订单的状态机。OrderStatus 中有五种状态，分别是已下单、已支付、制作中、已完成和已取货，实际情况中可能还有退款、取消等状态，在本例中就一切从简了。订单及其枚举的定义如代码示例 7-5 所示。

代码示例 7-5　订单对象及订单状态枚举

```
public enum OrderStatus {
    ORDERED, PAID, MAKING, FINISHED, TAKEN;
}

@Builder
@Getter
@Setter
@AllArgsConstructor
@NoArgsConstructor
@Entity
@Table(name = "t_order")
public class Order {
    @Id
    @GeneratedValue
    private Long id;

    @ManyToOne(fetch = FetchType.LAZY)
    @JoinColumn(name = "maker_id")
    private TeaMaker maker;

    @ManyToMany
    @JoinTable(name = "t_order_item", joinColumns = @JoinColumn(name = "item_id"),
            inverseJoinColumns = @JoinColumn(name = "order_id"))
    @OrderBy
    private List<MenuItem> items;

    @Embedded
    private Amount amount;

    @Enumerated
    private OrderStatus status;

    @Column(updatable = false)
    @CreationTimestamp
    private Date createTime;

    @UpdateTimestamp
    private Date updateTime;
}
```

maker 指向了订单的调茶师，通过 @ManyToOne 指定了多对一的关系，这里的 fetch 默认是积极加载（EAGER）的，我们将其设定为了懒加载（LAZY）。@JoinColumn 标明了数据表中记录映射关系的字段名称。items 是订单中的具体内容，与 MenuItem 是多对多关系，二者通过关联表 t_order_item 进行关联，我们指定了表中用到的具体字段，还要求对 List 进行排序。

> **请注意** Lombok 的 @Data 注解相当于添加了好多注解。其中之一是 @ToString 注解，即提供了更可读的 toString() 方法，输出的内容会包含成员变量的内容。为了避免 toString() 触发 Hibernate 加载那些懒加载的对象，在 TeaMaker 和 Order 上将 @Data 改为了 @Getter 和 @Setter。

订单的金额信息被我们剥离到了单独的一个对象里，此时的 amount 就是一个嵌套对象，用 @Embedded 来加以说明。而在 Amount 对象上也需要加上 @Embeddable，说明它是可以被嵌套到其他实体中的。具体见代码示例 7-6，其中也用到了前面说到的金额类型转换器 PersistentMoneyMinorAmount。

代码示例 7-6　订单的金额信息

```java
@Builder
@Data
@AllArgsConstructor
@NoArgsConstructor
@Embeddable
public class Amount {
    @Column(name = "amount_discount")
    private int discount;

    @Column(name = "amount_total")
    @Type(type = "org.jadira.usertype.moneyandcurrency.joda.PersistentMoneyMinorAmount",
            parameters = {@org.hibernate.annotations.Parameter(name = "currencyCode", value = "CNY")})
    private Money totalAmount;

    @Column(name = "amount_pay")
    @Type(type = "org.jadira.usertype.moneyandcurrency.joda.PersistentMoneyMinorAmount",
            parameters = {@org.hibernate.annotations.Parameter(name = "currencyCode", value = "CNY")})
    private Money payAmount;
}
```

茶歇时间：OpenSessionInView 问题

Hibernate 的懒加载机制有时就像一把双刃剑，虽然性能有所提升，但偶尔也会带来些麻烦，比如 OpenSessionInView 这个问题。

所谓 OpenSessionInView，是指 Hibernate 在加载时并未把数据加载上来就关闭了 Session，在要用到这些数据时，Hibernate 就会尝试使用之前的 Session，但此时 Session 已经关闭，所以会导致报错。这种情况在传统的 MVC 结构应用中会比较常见，OpenSessionInView 中的 View 指的就是 MVC 中的视图层，也就是视图层会尝试加载之前被延时加载的内容，随后报错。

Spring Framework 为我们提供了对应的解决方案：在 web.xml 中配置 `OpenSessionInViewFilter`，或者在 Spring 的 Web 上下文中配置 `OpenSessionInViewInterceptor`，两者都可以实现在视图层处理结束后才关闭 Session 的效果。

如果用的是 JPA，那 Spring Framework 中也有对应的 `OpenEntityManagerInViewInterceptor` 拦截器可供开发者使用。

7.1.3 通过 Hibernate API 操作数据库

有了定义好的实体对象后，就可以通过对应的 API 来操作它们，从而实现对数据库的操作。但在使用前，我们需要先在 Spring 上下文中做一些简单的配置。由于 Hibernate 也是 JPA 的参考实现，两者有很多配置都是相似的，因而表 7-6 将 Hibernate 与 JPA 所需的配置放到一起来展示。

表 7-6　Hibernate 与 JPA 需要配置的内容

配置内容	Hibernate	JPA
会话工厂	`LocalSessionFactoryBean`	`LocalEntityManagerFactoryBean` / `LocalContainerEntityManager-FactoryBean`
事务管理器	`HibernateTransactionManager`	`JpaTransactionManager`

Spring Boot 的 `HibernateJpaConfiguration` 提供了一整套完整的自动配置。如果我们不想自己动手，可以把配置的工作交给 Spring Boot，只需要确保有一个明确的主 DataSource Bean 即可。代码示例 7-7 演示了如何手动配置 Hibernate 的相关 Bean，`LocalSessionFactoryBean` 中设置了要扫描的包路径，在这个路径中查找要映射的实体，除此之外，还设置了一些 Hibernate 的属性：

- ❑ `hibernate.hbm2ddl.auto`，自动根据实体类生成 DDL 语句并执行。一般在生产环境中，数据库都是由 DBA 来运维的，不会用程序创建表结构，但开发者在开发时偶尔还是会用到这个功能。在本节的演示中我们就需要靠它来生成表结构；
- ❑ `hibernate.show_sql`，打印 Hibernate 具体执行的 SQL 语句；
- ❑ `hibernate.format_sql`，对要打印的 SQL 进行格式化。

Hibernate 有很多可以设置的属性，各位读者如果想要了解更多内容，可以查询 Hibernate 的官方文档。

代码示例 7-7　手动在主类中配置 Hibernate 相关 Bean

```
@SpringBootApplication
public class BinaryTeaApplication {

    public static void main(String[] args) {
        SpringApplication.run(BinaryTeaApplication.class, args);
    }

    @Bean
    public LocalSessionFactoryBean sessionFactory(DataSource dataSource) {
        Properties properties = new Properties();
        // 在H2内存数据库中生成对应表结构
```

```
        properties.setProperty("hibernate.hbm2ddl.auto", "create-drop");
        properties.setProperty("hibernate.show_sql", "true");
        properties.setProperty("hibernate.format_sql", "true");

        LocalSessionFactoryBean factoryBean = new LocalSessionFactoryBean();
        factoryBean.setDataSource(dataSource);
        factoryBean.setHibernateProperties(properties);
        factoryBean.setPackagesToScan("learning.spring.binarytea.model");
        return factoryBean;
    }

    @Bean
    public PlatformTransactionManager transactionManager(SessionFactory sessionFactory) {
        return new HibernateTransactionManager(sessionFactory);
    }
}
```

在第 6 章中，我们介绍了 Spring Framework 为各种模板化的操作提供了模板类，事务操作有 TransactionTemplate，JDBC 操作有 JdbcTemplate，而 Hibernate 操作也有专门的 HibernateTemplate。为了方便使用，Spring Framework 还更进一步提供了一个 HibernateDaoSupport 辅助类。代码示例 7-8 和代码示例 7-9 演示了如何通过 Spring Framework 的辅助类进行增删改查操作。

代码示例 7-8　通过 Hibernate 重新实现 MenuRepository 的查询操作

```
@Repository
@Transactional
public class MenuRepository extends HibernateDaoSupport {
    // 传入SessionFactory
    public MenuRepository(SessionFactory sessionFactory) {
        super.setSessionFactory(sessionFactory);
    }

    public long countMenuItems() {
        // 这里的是HQL,不是SQL语句
        return getSessionFactory().getCurrentSession()
                .createQuery("select count(t) from MenuItem t", Long.class).getSingleResult();
    }

    public List<MenuItem> queryAllItems() {
        return getHibernateTemplate().loadAll(MenuItem.class);
    }

    public MenuItem queryForItem(Long id) {
        return getHibernateTemplate().get(MenuItem.class, id);
    }
    // 省略插入、修改、删除方法
}
```

上面的代码演示了通过 getHibernateTemplate() 获取 HibernateTemplate 后进行的各种查询类操作，而 countMenuItems() 则直接可以获取 Session（通过 HQL 语句进行操作）。我们在 MenuRepository 上添加了 @Transactional 注解，开启了事务。实践中我们一般会把事务加在 Service 层上，这里也只是为了演示，此外，getCurrentSession() 也需要运行在事务里。代码示例 7-9 是 MenuRepository 中的增加、修改和删除操作。

代码示例 7-9　通过 Hibernate 重新实现 MenuRepository 的增删改操作

```
@Repository
@Transactional
public class MenuRepository extends HibernateDaoSupport {
    public void insertItem(MenuItem item) {
        getHibernateTemplate().save(item);
    }

    public void updateItem(MenuItem item) {
        getHibernateTemplate().update(item);
    }

    public void deleteItem(Long id) {
        MenuItem item = getHibernateTemplate().get(MenuItem.class, id);
        if (item != null) {
            getHibernateTemplate().delete(item);
        }
    }
}
```

为了演示这个 MenuRepository 的使用效果，我们需要一个简单的单元测试，可以对 MenuRepos-itoryTest 稍作修改。代码示例 7-10 是对插入操作的测试。这个测试的逻辑大致是这样的：先通过 MenuRepository 来进行操作，随后再用 JdbcTemplate 执行 SQL 语句来验证执行的效果。testInsertItem() 先插入了 3 条记录，通过 Lombok 生成的 Builder 来创建 MenuItem。在设置 price 时，我们演示了如何创建代表人民币 12 元的 Money 对象。明细核对的方法被单独放在了 assertItem() 里，以便后面的用例中能够复用。此处，与第 6 章的例子有一个区别，当时我们使用 schema.sql 和 data.sql 来初始化表结构和数据，这里为了保证测试数据不受外部影响，Spring Boot 的初始化，由 Hibernate 来实现表结构的初始化。

代码示例 7-10　MenuRepositoryTest 中针对插入操作的单元测试

```
@SpringBootTest(properties = {"spring.sql.init.mode=never", "spring.jpa.hibernate.ddl-auto=create-drop"})
@TestMethodOrder(MethodOrderer.OrderAnnotation.class)
class MenuRepositoryTest {
    @Autowired
    private MenuRepository menuRepository;
    @Autowired
    private DataSource dataSource;
    private JdbcTemplate jdbcTemplate;

    @BeforeEach
    public void setUp() {
        jdbcTemplate = new JdbcTemplate(dataSource);
    }

    @AfterEach
    public void tearDown() {
        jdbcTemplate = null;
    }

    @Test
    @Order(1)
    void testInsertItem() {
        List<MenuItem> items = Stream.of("Go橙汁", "Python气泡水", "JavaScript苏打水")
                .map(n -> MenuItem.builder().name(n).size(Size.MEDIUM)
```

```
                    .price(Money.ofMinor(CurrencyUnit.of("CNY"), 1200)).build())
                .peek(m -> menuRepository.insertItem(m)).collect(Collectors.toList());
        for (int i = 0; i < 3; i++) {
            assertEquals(i + 1, items.get(i).getId());
            assertItem(i + 1L, items.get(i).getName());
        }
    }

    private void assertItem(Long id, String name) {
        Map<String, Object> result = jdbcTemplate.queryForMap("select * from t_menu where id = ?", id);
        assertEquals(name, result.get("name"));
        assertEquals(Size.MEDIUM.name(), result.get("size"));
        assertEquals(1200L, result.get("price"));
    }
    // 省略其他测试用例
}
```

代码示例 7-11 是针对查询方法的相关测试，我们可以看到其中的核对大部分复用了 assertItem()。

代码示例 7-11　MenuRepositoryTest 中针对查询操作的单元测试

```
@SpringBootTest(properties = {"spring.sql.init.mode=never", "spring.jpa.hibernate.ddl-auto=create-drop"})
@TestMethodOrder(MethodOrderer.OrderAnnotation.class)
class MenuRepositoryTest {
    @Test
    @Order(2)
    void testCountMenuItems() {
        assertEquals(3, menuRepository.countMenuItems());
    }

    @Test
    @Order(3)
    void testQueryForItem() {
        MenuItem item = menuRepository.queryForItem(1L);
        assertNotNull(item);
        assertItem(1L, "Go橙汁");
    }

    @Test
    @Order(4)
    void testQueryAllItems() {
        List<MenuItem> items = menuRepository.queryAllItems();
        assertNotNull(items);
        assertFalse(items.isEmpty());
        assertEquals(3, items.size());
    }
    // 省略其他代码
}
```

代码示例 7-12 是与修改和删除相关的测试用例：testUpdateItem() 中先查出了 ID 为 1 的菜单项，将其中的价格修改为了 11 元，更新回数据库后又用 jdbcTemplate 把记录查询出来进行了核对；testDeleteItem() 则比较简单，直接删除 ID 为 2 的记录，随后再通过查询操作来看一下数据在不在。

代码示例 7-12　MenuRepositoryTest 中针对修改和删除操作的单元测试

```
@SpringBootTest(properties = {"spring.sql.init.mode=never", "spring.jpa.hibernate.ddl-auto=create-drop"})
@TestMethodOrder(MethodOrderer.OrderAnnotation.class)
class MenuRepositoryTest {
```

```
@Test
@Order(5)
void testUpdateItem() {
    MenuItem item = menuRepository.queryForItem(1L);
    item.setPrice(Money.ofMinor(CurrencyUnit.of("CNY"), 1100));
    menuRepository.updateItem(item);
    Long price = jdbcTemplate.queryForObject("select price from t_menu where id = 1", Long.class);
    assertEquals(1100L, price);
}

@Test
@Order(6)
void testDeleteItem() {
    menuRepository.deleteItem(2L);
    assertNull(menuRepository.queryForItem(2L));
}
// 省略其他代码
}
```

需要注意两点：第一，这个测试必须按照指定的顺序执行，因为测试数据是通过 testInsertItem() 插入的；第二，这只是一个演示用的单元测试，在实际工作中，我们还要考虑各种边界条件。

Spring Framework 针对涉及数据库的操作还提供了专门的测试支持，可以在每个测试执行后回滚数据库中的各种修改，此处暂且通过简单的方式来做。更复杂的用法大家可以通过 Spring Framework 的官方手册进行了解。

7.1.4　通过 Spring Data 的 Repository 操作数据库

虽然与直接使用 SQL 的方式相比，Hibernate 方便了不少，但广大开发者对效率的追求是无止境的。不少日常增删改查操作的代码都"长得差不多"，而且对关系型数据、NoSQL 数据库都有类似的操作，那么是否还可以进一步简化呢？答案是肯定的，Spring Data 项目就为不同的常见数据库提供了统一的 Repository 抽象层。我们可以通过约定好的方式定义接口，使用其中的方法来声明需要的操作，剩下的实现工作完全交由 Spring Data 来完成。Spring Data 的核心接口是 Repository<T, ID>，T 是实体类型，ID 是主键类型，一般我们会使用它的子接口 CrudRepository<T, ID> 或者 PagingAndSortingRepository<T, ID>。CrudRepository<T, ID> 的定义如下所示：

```
@NoRepositoryBean
public interface CrudRepository<T, ID> extends Repository<T, ID> {
    <S extends T> S save(S var1);
    <S extends T> Iterable<S> saveAll(Iterable<S> var1);

    Optional<T> findById(ID var1);
    boolean existsById(ID var1);
    Iterable<T> findAll();
    Iterable<T> findAllById(Iterable<ID> var1);

    long count();

    void deleteById(ID var1);
    void delete(T var1);
    void deleteAll(Iterable<? extends T> var1);
    void deleteAll();
}
```

可以看到其中已经包含了一些通用的方法，比如新增和删除实体，还有根据 ID 查找实体等。PagingAndSortingRepository<T, ID> 则是在此基础之上又增加了分页和排序功能。

Spring Data JPA 是专门针对 JPA 的。在 pom.xml 中引入 org.springframework.boot:spring-boot-starter-data-jpa 就能添加所需的依赖。其中提供了一个专属的 JpaRepository<T, ID> 接口，可以在配置类上增加 @EnableJpaRepositories 来开启 JPA 的支持，通过这个注解还可以配置一些个性化的信息，比如要扫描 Repository 接口的包。

Spring Boot 的 JpaRepositoriesAutoConfiguration 提供了 JpaRepository 相关的自动配置，只要符合条件就能完成配置。它通过 @Import 注解导入了 JpaRepositoriesRegistrar 类，其中直接定义了一个静态内部类 EnableJpaRepositoriesConfiguration，上面添加了 @EnableJpaRepositories，所以在 Spring Boot 项目里无须自己添加该注解，只要有相应的依赖，Spring Boot 的自动配置就能帮忙完成剩下的工作：

```
@Configuration(proxyBeanMethods = false)
@ConditionalOnBean(DataSource.class)
@ConditionalOnClass(JpaRepository.class)
@ConditionalOnMissingBean({ JpaRepositoryFactoryBean.class, JpaRepositoryConfigExtension.class })
@ConditionalOnProperty(prefix = "spring.data.jpa.repositories", name = "enabled", havingValue = "true",
    matchIfMissing = true)
@Import(JpaRepositoriesRegistrar.class)
@AutoConfigureAfter({ HibernateJpaAutoConfiguration.class, TaskExecutionAutoConfiguration.class })
public class JpaRepositoriesAutoConfiguration { ... }
```

要定义自己的 Repository 只需扩展 CrudRepository<T, ID>、PagingAndSortingRepository<T, ID> 或 JpaRepository<T, ID>，并明确指定泛型类型即可。例如，MenuItem 和 TeaMaker 的 Repository 大概就是代码示例 7-13[①] 这样的。

代码示例 7-13　MenuItem 和 TeaMaker 的 Repository 定义

```
public interface MenuRepository extends JpaRepository<MenuItem, Long> {}
public interface TeaMakerRepository extends JpaRepository<TeaMaker, Long> {}
```

通用的方法基本能满足大部分需求，但是总会有一些业务所需的特殊查询需要是通用的方法所不能满足的。在 Spring Data 的帮助下，我们只需要根据它的要求定义方法，无须编写具体的实现，这就省却了很多工作。以下几种形式的方法名都可以视为有效的查询方法：

- ❑ find...By...
- ❑ read...By...
- ❑ query...By...
- ❑ get...By...

如果只是想要统计数量，不用返回具体内容，可以使用 count...By... 的形式。

其中，第一段 "..." 的内容是限定返回的结果条数，比如用 TopN、FirstN 表示返回头 N 个结果，还可以用 Distinct 起到 SQL 语句中 distinct 关键词的效果。第二段 "..." 的内容是查询的条件，也就是 SQL 语句中 where 的部分，条件所需的内容与方法的参数列表对应，可以通过 And、Or 关键

---

① 本节中 Spring Data JPA 的示例都在 ch7/binarytea-jpa 项目中。

词组合多个条件，用 Not 关键词取反。Spring Data 方法支持多种形式的条件，具体见表 7-7。

表 7-7　Spring Data 查询方法支持的关键词

作　　用	关 键 词	例　　子
相等	Is、Equals，不写的话默认就是相等	findByNameIs(String name)
比较	LessThan、LessThanEqual、GreaterThan、GreaterThanEqual	findByNumberLessThan(int number)
比较	Between，用于日期时间的比较	findByStartDateBetween(Date d1, Date d2)
比较	Before、After，用于日期时间的比较	findByEndDateBefore(Date date)
是否为空	Null、IsNull、NotNull、IsNotNull	findBySizeIsNotNull()
相似	Like、NotLike	findByNameNotLike(String name)
字符串判断	StartingWith、EndingWith、Containing	findByNameContaining(String name)
忽略字符串大小写进行判断	IgnoreCase、AllIgnoreCase	findByLastnameAndFirstnameAllIgnoreCase(String lastname, String firstname)
集合	In、NotIn	findBySizeIn(List<Size> sizeList)
布尔判断	True、False	findByActiveFalse()

对于会返回多条结果的方法，可以在方法名结尾处增加 OrderBy 关键词指定排序的字段，通过 Asc 和 Desc 指定升序或者降序（默认为 Asc）。例如 findByNameOrderByIdDesc(String name)，这里也支持多个字段排序的组合，例如 findByNameOrderByUpdateTimeDescId(String name)。也可以在参数中增加一个 Sort 类型的参数来灵活地传入期望的排序方式，例如：

```
Sort sort = Sort.by("name").descending().and(Sort.by("id").ascending());
```

另一个常见的需求是分页。方法的返回值可以是 Page<T> 或集合类型，通过传入 Pageable 类型的参数来指定分页信息。

Spring Data 的 Repository 接口方法支持很多种返回类型：单个返回值的，除了常见的 T 类型，也可以是 Optional<T>；集合类型除了 Iterable 相关的类型，还可以是 Streamable 的，方便做流式处理。

既然这里用的是 JPA 的 Repository 接口，自然就要用 JPA 相关的配置。之前我们做的 Hibernate 的配置就可以替换一下，最简单的就是把配置都删了，完全靠 Spring Boot 的自动配置。之前 Hibernate 配置的一些属性，可以写到 application.properties 里，如代码示例 7-14 所示。

代码示例 7-14　application.properties 中的一些配置片段

```
spring.jpa.hibernate.ddl-auto=create-drop
spring.jpa.properties.hibernate.format_sql=true
#spring.jpa.properties.hibernate.show_sql=true
spring.jpa.show-sql=true
```

这三个配置的效果，等同于代码示例 7-7 中用代码做的配置，其中 spring.jpa.properties.hibernate.show_sql 与 spring.jpa.show-sql 的效果相同。

对于订单的操作，我们可以定义一个 OrderRepository 接口，具体如代码示例 7-15 所示。

代码示例 7-15　操作订单的 OrderRepository 接口

```java
public interface OrderRepository extends JpaRepository<Order, Long> {
    List<Order> findByStatusOrderById(OrderStatus status);
    List<Order> findByMaker_NameLikeIgnoreCaseOrderByUpdateTimeDescId(String name);
}
```

上面的第一个方法根据 Order.status 进行查找，结果按照 id 升序排列；第二个方法比较复杂，根据 Order.maker.name 进行相似匹配，且忽略大小写，结果先按照 updateTime 降序排列，如果相同再按 id 升序排列。对于 Order.maker.name 这样的属性，可以像上面这样用 _ 明确地表示 name 是 Maker 的属性，也可以不加 _，让 Spring Data 自行判断。大家可以尝试写一下这个接口的单元测试，也可以参考我们提供的代码示例中的 OrderRepositoryTest 类，此处就不再展开了。在取到 Order 后，其中懒加载的内容有可能没有被加载上来，因此我们在访问时需要增加一个事务，保证在操作时能够取得当前会话。

如果有一些公共的方法希望能剥离到公共接口里，但又不希望这个公共接口被创建成 Repository 的 Bean，这时就可以在接口上添加 @NoRepositoryBean 注解。JpaRepository 接口就是这样的：

```java
@NoRepositoryBean
public interface JpaRepository<T, ID> extends PagingAndSortingRepository<T, ID>, QueryByExampleExecutor<T> {}
```

这里，我们同样要为 OrderRepository 中的两个方法添加一些简单的单元测试，这些测试需要用到一些测试数据，它们可以和 TeaMakerRepository 的测试复用，因此可以将测试数据的准备工作单独剥离出来，放到 src/test/java 对应的位置，代码内容具体如代码示例 7-16 所示。具体的逻辑是先插入 3 条 MenuItem 和 2 条 TeaMaker 记录，随后用它们来创建订单，两条订单之间间隔 200 毫秒，这样在按照订单时间排序时可以有明确的顺序。

代码示例 7-16　进行测试数据准备的 DataInitializationRunner 类

```java
public class DataInitializationRunner implements ApplicationRunner {
    @Autowired
    private TeaMakerRepository makerRepository;
    @Autowired
    private MenuRepository menuRepository;
    @Autowired
    private OrderRepository orderRepository;

    @Override
    @Transactional
    public void run(ApplicationArguments args) throws Exception {
        List<MenuItem> menuItemList = Stream.of("Go橙汁", "Python气泡水", "JavaScript苏打水")
                .map(n -> MenuItem.builder().name(n).size(Size.MEDIUM)
                        .price(Money.ofMinor(CurrencyUnit.of("CNY"), 1200)).build())
                .map(m -> {
            menuRepository.save(m);
            return m;
        }).collect(Collectors.toList());

        List<TeaMaker> makerList = Stream.of("LiLei", "HanMeimei")
                .map(n -> TeaMaker.builder().name(n).build())
                .map(m -> {
            makerRepository.save(m);
            return m;
```

```
    }).collect(Collectors.toList());

    Order order = Order.builder().maker(makerList.get(0))
                            .amount(Amount.builder()
                            .discount(90).totalAmount(Money.ofMinor(CurrencyUnit.of("CNY"), 1200))
                            .payAmount(Money.ofMinor(CurrencyUnit.of("CNY"), 1080)).build())
                            .items(List.of(menuItemList.get(0))).status(OrderStatus.ORDERED).build();
    orderRepository.save(order);

    try {
        Thread.sleep(200);
    } catch (InterruptedException e) {
    }

    order = Order.builder().maker(makerList.get(0)).amount(Amount.builder().discount(100)
            .totalAmount(Money.ofMinor(CurrencyUnit.of("CNY"), 1200))
            .payAmount(Money.ofMinor(CurrencyUnit.of("CNY"), 1200)).build())
        .items(List.of(menuItemList.get(1)))
        .status(OrderStatus.ORDERED).build();
    orderRepository.save(order);
    }
}
```

上面的 DataInitializationRunner 类上并未添加任何 Spring Bean 相关的注解，所以它并不会被自动扫描加载为 Bean。由于代码示例 7-12 中的 MenuRepositoryTest 并不需要它的数据，让它跑起来反而还会破坏原来的测试，所以我们可以有条件地选择性执行这段初始化逻辑。代码示例 7-17 就是对应的配置类，通过 @ConditionalOnProperty 可以实现根据 data.init.enable 属性的值来确定是否创建 DataInitializationRunner Bean：只有值为 true 时才会创建，为其他值或没有设置时都不会有任何效果。

代码示例 7-17　根据特定属性生效的 DataInitializationConfig 配置类

```
@Configuration
@ConditionalOnProperty(name = "data.init.enable", havingValue = "true")
public class DataInitializationConfig {
    @Bean
    public DataInitializationRunner dataInitializationRunner() {
        return new DataInitializationRunner();
    }
}
```

代码示例 7-18 就是针对 OrderRepository 的测试类，在 @SpringBootTest 上增加了一个 data.init.enable=true 的属性配置，这样就能用上前面准备的测试数据初始化逻辑了。随后的两个测试方法内容比较直观，就不再做过多说明了。

代码示例 7-18　针对 OrderRepository 的测试类

```
@SpringBootTest(properties = {"data.init.enable=true",
        "spring.sql.init.mode=never", "spring.jpa.hibernate.ddl-auto=create-drop"})
@TestMethodOrder(MethodOrderer.OrderAnnotation.class)
class OrderRepositoryTest {
    @Autowired
    private OrderRepository orderRepository;

    @Test
    @Transactional
```

```
    public void testFindByStatusOrderById() {
        assertTrue(orderRepository.findByStatusOrderById(OrderStatus.FINISHED).isEmpty());
        List<Order> list = orderRepository.findByStatusOrderById(OrderStatus.ORDERED);
        assertEquals(2, list.size());
        assertEquals("Go橙汁", list.get(0).getItems().get(0).getName());
        assertEquals("Python气泡水", list.get(1).getItems().get(0).getName());
        assertTrue(list.get(0).getId() < list.get(1).getId());
        assertEquals("LiLei", list.get(0).getMaker().getName());
        assertEquals("LiLei", list.get(1).getMaker().getName());
    }

    @Test
    public void testFindByMaker_NameLikeOrderByUpdateTimeDescId() {
        assertTrue(orderRepository.findByMaker_NameLikeIgnoreCaseOrderByUpdateTimeDescId("%han%").isEmpty());
        List<Order> list = orderRepository.findByMaker_NameLikeIgnoreCaseOrderByUpdateTimeDescId("%lei%");
        assertEquals(2, list.size());
        assertTrue(list.get(0).getUpdateTime().getTime() >= list.get(1).getUpdateTime().getTime());
        assertTrue(list.get(0).getId() > list.get(1).getId());
    }
}
```

茶歇时间：JpaRepository 背后的原理

在正文中有提到，Spring Boot 的自动配置导入了 JpaRepositoriesRegistrar，这个类的内部类添加了 @EnableJpaRepositories，开启了对 JPA Repository 的支持。相关的扩展配置则是由 JpaRepositoryConfigExtension 提供的，其中注册了很多 Bean，例如：

- ❑ EntityManagerBeanDefinitionRegistrarPostProcessor
- ❑ JpaMetamodelMappingContextFactoryBean
- ❑ PersistenceAnnotationBeanPostProcessor
- ❑ DefaultJpaContext
- ❑ JpaMetamodelCacheCleanup
- ❑ JpaEvaluationContextExtension

此外，扫描找到的 Repository 接口都会对应地配置一个 JpaRepositoryFactoryBean 类型的工厂 Bean。可以通过这个工厂 Bean 来获得具体的 JpaRepositoryFactory，它是 RepositoryFactorySupport 的子类，其中的 getRepository(Class<T> repositoryInterface, RepositoryFragments fragments) 会返回最终的 Repository 实现。

getRepository() 方法为我们的接口创建了一个扩展了 SimpleJpaRepository<T, ID> 的实现，它包含了最基础的增删改查方法的实现。另外 getRepository() 返回的 Bean 还添加了一层动态代理，其中添加了一些 AOP 通知，根据不同情况，可能会有以下几种：

- ❑ MethodInvocationValidator
- ❑ ExposeInvocationInterceptor
- ❑ DefaultMethodInvokingMethodInterceptor
- ❑ QueryExecutorMethodInterceptor
- ❑ ImplementationMethodExecutionInterceptor

在这些通知中，`QueryExecutorMethodInterceptor` 就负责为我们自定义的各种查询方法提供实现。`PartTree` 定义了查询方法该如何解析，关键词信息如下：

```
private static final String KEYWORD_TEMPLATE = "(%s)(?=(\\p{Lu}|\\P{InBASIC_LATIN}))";
private static final String QUERY_PATTERN = "find|read|get|query|search|stream";
private static final String COUNT_PATTERN = "count";
private static final String EXISTS_PATTERN = "exists";
private static final String DELETE_PATTERN = "delete|remove";
```

`Part` 类中的内部枚举 `Type` 中定义了各式条件：

```
private static final List<Part.Type> ALL = Arrays.asList(IS_NOT_NULL, IS_NULL, BETWEEN, LESS_THAN,
    LESS_THAN_EQUAL, GREATER_THAN, GREATER_THAN_EQUAL, BEFORE, AFTER, NOT_LIKE, LIKE,
    STARTING_WITH, ENDING_WITH, IS_NOT_EMPTY, IS_EMPTY, NOT_CONTAINING, CONTAINING, NOT_IN, IN,
    NEAR, WITHIN, REGEX, EXISTS, TRUE, FALSE, NEGATING_SIMPLE_PROPERTY, SIMPLE_PROPERTY);
```

`AbstractJpaQuery` 子类中的 `execute(Object[] parameters)` 方法负责执行具体的查询。

经过这样的一路分析，可以发现整个 JPA 的 Repository 的实现并没有太多高深的地方，依靠动态代理和对各种情况的预先编码，最后的效果就是我们看到的：通过定义接口来实现格式操作。

7.2　通过 MyBatis 操作数据库

MyBatis 是一款优秀的持久化框架，它支持自定义 SQL、存储过程和高级映射。与 Hibernate 一样，我们几乎不再需要手写 JDBC 代码，就能完成常见的数据库操作。表 7-8 对两种对象关系映射框架做了一个简单的对比。

表 7-8　MyBatis 与 Hibernate 的简单对比 [1][2]

	MyBatis	Hibernate
XML 方式配置映射	支持	支持
注解方式配置映射	支持	支持
自动生成目标 SQL	不支持 [1]	支持
复杂的 SQL 操作	支持	部分支持 [2]
SQL 优化难易程度	方便	不方便
底层数据库的可移植性	映射 SQL 与数据库绑定	有灵活的"方言"支持

通过 Google Trends，我们可以看到一个有趣的现象：过去 5 年里 [3]，在全球范围内，Hibernate 的搜索热度是 MyBatis 的 5.7 倍；而在中国，情况恰恰相反，MyBatis 的搜索热度是 Hibernate 的 2.7 倍左右。按照对 MyBatis 关键词的关注度排序的话，前 5 个城市分别是杭州、北京、深圳、上海和广州。

① MyBatis 本身是需要手写 SQL 语句的，但是有工具可以帮助我们生成映射文件，降低工作量。
② Hibernate 可以通过自定义 HQL 的方式进行复杂的查询。
③ 写这一节初稿的时间是 2020 年 9 月，所以这里的统计也截止到 2020 年 9 月。

其实，这个现象还是比较容易解释的，在中国，互联网大厂普遍更喜欢使用 MyBatis。在阿里，绝大多数 Java 项目都使用 MyBatis 而非 Hibernate，若配合一些工具，MyBatis 的方便程度不亚于 Hibernate，而且专业的 DBA 可以对 SQL 做各种优化，灵活度很高。

因此，这一节，我们会一起来简单看一下如何在 Spring 项目中使用 MyBatis。更多详细的内容，感兴趣的同学可以查阅官方文档。官方也有比较详细的中文版本。

7.2.1 定义 MyBatis 映射

MyBatis 支持通过 XML 和注解两种方式来配置映射。从早期的 iBatis 开始，XML 的功能就已经很齐全了，注解的方式是后来才出现的。因为在介绍 JPA 时我们就使用了注解的方式，所以这里我们也通过注解来做映射。

1. 通过注解定义常用操作映射

在使用 JPA 时，我们的映射关系是定义在实体类上的；但在 MyBatis 中，我们对实体类没有什么要求，也无须添加特定的注解，各种映射都是通过 Mapper 接口来定义的。代码示例 7-19[①] 是与代码示例 7-3 对应的实体类，只保留了 Lombok 注解，没有其他额外的内容，其他几个实体类的改动是一样的，就不再说明了。

代码示例 7-19 MyBatis 中使用的部分实体类定义

```java
public enum Size {
    SMALL, MEDIUM, LARGE
}

@Builder
@Data
@AllArgsConstructor
@NoArgsConstructor
public class MenuItem {
    private Long id;
    private String name;
    private Size size;
    private Money price;
    private Date createTime;
    private Date updateTime;
}
```

与之匹配的 Mapper 接口如代码示例 7-20 所示，其中包含了常用的增删改查方法，两种实现方式下它们的功能是基本类似的。

代码示例 7-20 添加了 MyBatis 注解的 Mapper 接口

```java
@Mapper
public interface MenuItemMapper {
    @Select("select count(*) from t_menu")
    long count();
```

---

① 本节中 MyBatis 的代码示例都在 ch7/binarytea-mybatis 项目中。

```
@Insert("insert into t_menu (name, price, size, create_time, update_time) " +
        "values (#{name}, #{price}, #{size}, now(), now())")
@Options(useGeneratedKeys = true, keyProperty = "id")
int save(MenuItem menuItem);

@Update("update t_menu set name = #{name}, price = #{price}, size = #{size}, update_time = now() " +
        "where id = #{id}")
int update(MenuItem menuItem);

@Select("select * from t_menu where id = #{id}")
@Results(id = "menuItem", value = {
    @Result(column = "id", property = "id", id = true),
    @Result(column = "size", property = "size", typeHandler = EnumTypeHandler.class),
    @Result(column = "price", property = "price", typeHandler = MoneyTypeHandler.class),
    @Result(column = "create_time", property = "createTime"),
    @Result(column = "update_time", property = "updateTime")
})
MenuItem findById(@Param("id") Long id);

@Delete("delete from t_menu where id = #{id}")
int deleteById(@Param("id") Long id);

@Select("select * from t_menu")
List<MenuItem> findAll();

@Select("select m.* from t_menu m, t_order_item i where m.id = i.item_id and i.order_id = #{orderId}")
List<MenuItem> findByOrderId(Long orderId);
}
```

接下来，让我们详细地了解一下上述代码中用到的注解，具体如表 7-9 所示。

表 7-9　MyBatis 中的常用注解

注　解	作　用	重点属性说明
@Insert	定义插入操作	value 为具体使用的 SQL 语句
@Delete	定义删除操作	同上
@Update	定义更新操作	同上
@Select	定义查询操作	同上
@Param	指定参数名称，方便在 SQL 中使用对应参数（一般不用指定）	
@Results	指定返回对象的映射方式，具体内容通过 @Result 注解设置	id 用来设置结果映射的 ID，以便复用
@Result	指定具体字段、属性的映射关系	
@ResultMap	引用其他地方已事先定义好的映射关系	
@Options	设置开关和配置选项	useGeneratedKeys——使用生成的主键，keyProperty——主键属性名，fetchSize——获取结果集的条数，timeout——超时时间
@One	指定复杂的单个属性映射	Select——指定查询使用的 Java 方法
@Many	指定复杂的集合属性映射	同上

2. 自定义类型映射

MyBatis 是通过 TypeHandler 来实现特殊类型的处理的。在代码示例 7-17 中，有一段代码定义了特殊类型的映射，具体代码如下：

```
@Result(column = "size", property = "size", typeHandler = EnumTypeHandler.class),
@Result(column = "price", property = "price", typeHandler = MoneyTypeHandler.class),
```

size 属性是一个枚举，通常枚举在数据库中有两种保存方式，一种是保存枚举名，用的就是 EnumTypeHandler，例如，size 枚举的 SMALL、MEDIUM 和 LARGE；另一种是保存枚举的顺序，用的是 EnumOrdinalTypeHandler，例如，0、1 和 2 分别对应了前面 size 枚举的 SMALL、MEDIUM 和 LARGE。MyBatis 中默认使用 EnumTypeHandler 来处理枚举类型。

price 属性的类型是 Money，这个类 MyBatis 没有提供内置的 TypeHandler，因此需要我们自己来实现一个针对 Money 类型的处理器。MyBatis 提供了 BaseTypeHandler 抽象类，通过它可以方便地实现 TypeHandler。MoneyTypeHandler 的代码如代码示例 7-21 所示，它的作用是将金额按分为单位，转换为 Long 类型保存到数据库中，在取出时则以人民币为币种还原为 Money。

代码示例 7-21　处理 Money 类型的 MoneyTypeHandler 代码片段

```java
public class MoneyTypeHandler extends BaseTypeHandler<Money> {
    @Override
    public void setNonNullParameter(PreparedStatement ps, int i,
                                    Money parameter, JdbcType jdbcType) throws SQLException {
        ps.setLong(i, parameter.getAmountMinorLong());
    }

    @Override
    public Money getNullableResult(ResultSet rs, String columnName) throws SQLException {
        return parseMoney(rs.getLong(columnName));
    }

    @Override
    public Money getNullableResult(ResultSet rs, int columnIndex) throws SQLException {
        return parseMoney(rs.getLong(columnIndex));
    }

    @Override
    public Money getNullableResult(CallableStatement cs, int columnIndex) throws SQLException {
        return parseMoney(cs.getLong(columnIndex));
    }

    private Money parseMoney(Long value) {
        return Money.ofMinor(CurrencyUnit.of("CNY"), value);
    }
}
```

3. 一对多与多对多关系

在处理对象时，我们还有一对一、一对多和多对多这样的关系，在 JPA 中有对应的注解可以进行配置，在 MyBatis 中也有类似的功能。表 7-9 中已经介绍过了 @One 和 @Many 注解，现在就让我们一起来看一下它们的具体使用方法。

TeaMaker 中的 orders 列表保存的是这位调茶师所负责的订单信息，在 Order 中则通过 maker 属性保存了订单所对应的调茶师信息。这是一个典型的一对多映射，这个关系在数据库中是由 t_order 表的 maker_id 字段来做持久化的。代码示例 7-22 演示了如何定义 TeaMaker 以及该如何加载 orders 集合。可以看到 @Many 中给定的是具体获取方法的全限定类名加方法名，方法的参数就是指定的字段内容。

代码示例 7-22　在 TeaMakerMapper 中定义一对多的一方

```
@Mapper
public interface TeaMakerMapper {
    @Select("select * from t_tea_maker where id = #{id}")
    @Results(id = "teaMakerMap", value = {
        @Result(column = "id", property = "id"),
        @Result(column = "id", property = "orders",
                many = @Many(select = "learning.spring.binarytea.repository.OrderMapper.findByMakerId"))
    })
    TeaMaker findById(Long id);
    // 省略其他方法
}
```

代码示例 7-23 演示了在 Order 中如何根据 maker_id 加载 TeaMaker，@One 中同样提供了具体的查询方法。此外，订单的具体条目和订单之间是一个多对多关系，即 Order 对象和 MenuItem 对象之间存在多对多关系，具体的关系保存在 t_order_item 表中。我们可以看到 Order 的 items 列表使用了 @Many 来指定查询 MenuItem 集合的方法，这个 MenuItemMapper.findByOrderId() 已经在代码示例 7-20 中提供了。代码示例 7-23 的 findByMakerId() 方法还演示了 @ResultMap 注解的用法。

代码示例 7-23　在 OrderMapper 中定义多对一和多对多关系

```
@Mapper
public interface OrderMapper {
    @Select("select * from t_order where id = #{id}")
    @Results(id = "orderMap", value = {
        @Result(column = "status", property = "status", typeHandler = EnumOrdinalTypeHandler.class),
        @Result(column = "amount_discount", property = "amount.discount"),
        @Result(column = "amount_total", property = "amount.totalAmount"),
        @Result(column = "amount_pay", property = "amount.payAmount"),
        @Result(column = "maker_id", property = "maker",
                one = @One(select = "learning.spring.binarytea.repository.TeaMakerMapper.findById")),
        @Result(column = "id", property = "items",
                many = @Many(select = "learning.spring.binarytea.repository.MenuItemMapper.findByOrderId"))
    })
    Order findById(Long id);

    @Select("select * from t_order where maker_id = #{makerId}")
    @ResultMap("orderMap")
    List<Order> findByMakerId(Long makerId);
    // 省略其他方法
}
```

除了查询，多对多关系的保存也需要特殊处理，代码示例 7-24 就是具体的内容。OrderMapper 的 save() 方法可以直接保存大部分的订单信息，包括其中与 TeaMaker 的关系。t_order 表在保存 status 时就是使用的 EnumOrdinalTypeHandler 类型处理器，它能够保存序号。addOrderItem() 方法用来添加订单中的具体条目，具体的 SQL 则是向 t_order_item 表中插入记录 ①。

代码示例 7-24　在 OrderRepository 中保存订单及对应内容

```
@Mapper
public interface OrderMapper {
    @Insert("insert into t_order " +
            "(maker_id, status, amount_discount, amount_pay, amount_total, create_time, update_time) " +
            "values (#{maker.id}, #{status, typeHandler=org.apache.ibatis.type.EnumOrdinalTypeHandler}, " +
            "#{amount.discount}, #{amount.payAmount}, #{amount.totalAmount}, now(), now())")
    @Options(useGeneratedKeys = true, keyProperty = "id")
    int save(Order order);

    @Insert("insert into t_order_item (order_id, item_id) values (#{orderId}, #{item.id})")
    int addOrderItem(Long orderId, MenuItem item);
    // 省略其他方法
}
```

7.2.2　在 Spring 中配置并使用 MyBatis

定义好了映射关系，接下来的问题就是如何在工程中使用它们。MyBatis-Spring 为 MyBatis 提供了与 Spring Framework 无缝集成的能力，其中包括：

- 与 Spring 事务的集成，主要靠 SpringManagedTransaction 与 SpringManagedTransactionFactory 来实现；
- SqlSession 的构建，主要靠 SqlSessionFactoryBean 实现；
- Mapper 的构建，手动构建靠 MapperFactoryBean，也可以通过 MapperScannerConfigurer 来自动扫描；
- 异常的解析与转换，由 MyBatisExceptionTranslator 实现。

在实际使用时，我们只需要在 Spring Framework 的上下文中配置几个 Bean 就可以了，例如：

```
<bean id="sqlSessionFactory" class="org.mybatis.spring.SqlSessionFactoryBean">
    <property name="dataSource" ref="dataSource" />
</bean>

<!-- 按需定义Mapper Bean -->
<bean id="menuItemMapper" class="org.mybatis.spring.mapper.MapperFactoryBean">
    <property name="mapperInterface" value="learning.spring.binarytea.repository.MenuItemMapper" />
    <property name="sqlSessionFactory" ref="sqlSessionFactory" />
</bean>
```

在 Mapper 多的时候，可以直接通过扫描来实现 Mapper 的自动注册：

```
<beans xmlns="http://www.springframework.org/schema/beans"
       xmlns:xsi="http://www.w3.org/2001/XMLSchema-instance"
       xmlns:mybatis="http://mybatis.org/schema/mybatis-spring"
       xsi:schemaLocation="
       http://www.springframework.org/schema/beans http://www.springframework.org/schema/beans/spring-beans.xsd
```

① 通常我们会建议在每张表中都增加用来记录创建时间和修改时间的字段。此处的 t_order_item 为了保持和之前 JPA 自动生成的表结构一致，并未增加 create_time 和 update_time 字段，这并不是我们推荐的做法，还是建议大家在实际生产环境的表中增加以上两个字段。此外，在 MySQL 等数据库中，每张表还建议增加一个主键字段，此处仅为演示作用，也没有添加。所以该表的设计并不是特别合理，请勿在生产环境这样设计。

```
        http://mybatis.org/schema/mybatis-spring http://mybatis.org/schema/mybatis-spring.xsd">

    <mybatis:scan base-package="learning.spring.binarytea.repository" />

    <bean id="sqlSessionFactory" class="org.mybatis.spring.SqlSessionFactoryBean">
        <property name="dataSource" ref="dataSource" />
    </bean>

    <!-- 其他Bean配置 -->
</beans>
```

当然，还有更方便的注解，可以用来指定扫描范围：

```
@MapperScan("learning.spring.binarytea.repository")
public class Config {}
```

关于 MyBatis-Spring 的更多配置细节就留给大家慢慢去官方文档①中探索吧。其实这样的配置已经十分简单了，但是在 Spring Boot 的加持下，配置还可以进一步简化。于是就该 MyBatis-Spring-Boot-Starter 登场了，它可以帮助我们几乎消除模板式的代码和 XML 配置文件。而我们需要做的只是在 pom.xml 文件中增加相关的依赖，剩下的就交给 MybatisAutoConfiguration 和 MybatisLanguageDriverAutoConfiguration 来做自动配置即可：

```
<dependency>
    <groupId>org.mybatis.spring.boot</groupId>
    <artifactId>mybatis-spring-boot-starter</artifactId>
    <version>2.2.2</version>
</dependency>
```

我们可以通过 application.properties 来定制一些配置，例如表 7-10 中罗列的这些。

表 7-10 MyBatis-Spring-Boot-AutoConfigure 支持的一些配置项②

配　置　项	说　　明
mybatis.type-aliases-package	映射的 POJO 类型放置的包路径
mybatis.type-handlers-package	类型映射所需的 TypeHandler 放置的包路径
mybatis.config-location	MyBatis 配置文件的位置
mybaits.mapper-locations	映射文件的位置
mybatis.configuration.*	MyBatis 核心配置，例如下面两个，不能和 mybatis.config-location 一起使用
mybatis.configuration.map-underscore-to-camel-case	是否将下划线映射为驼峰规则 11
mybatis.configuration.default-statement-timeout	默认语句超时时间

例如，在我们的 application.properties 配置文件里就可以像下面这样做配置，再结合带有 @MapperScan 注解的配置类：

```
mybatis.type-handlers-package=learning.spring.binarytea.support.handler
mybatis.type-aliases-package=learning.spring.binarytea.model
mybatis.configuration.map-underscore-to-camel-case=true
```

① 文档见 MyBatis 官网。
② 即将 xxx_yyy 映射为xxxYyy 的形式。

为了让程序能够顺利执行，我们还需要事先新建好对应的表，插入几条测试数据。既然使用了 H2 内嵌数据库，自然就可以依赖 6.1.2 节中的内嵌数据库初始化逻辑。schema.sql 中的表结构是根据 7.1 节 Hibernate 自动创建的表结构简单修改而来的，如代码示例 7-25 所示。

代码示例 7-25 用于 MyBatis 演示的 src/main/resources/schema.sql 文件

```
drop table if exists t_menu;
drop table if exists t_order;
drop table if exists t_order_item;
drop table if exists t_tea_maker;

create table t_menu (
    id bigint not null auto_increment, name varchar(255), price bigint, size varchar(255),
    create_time timestamp, update_time timestamp, primary key (id)
);

create table t_order (
    id bigint not null auto_increment, amount_discount integer, amount_pay bigint, amount_total bigint,
    status integer, maker_id bigint, create_time timestamp, update_time timestamp, primary key (id)
);

create table t_order_item (
    item_id bigint not null, order_id bigint not null
);

create table t_tea_maker (
    id bigint not null auto_increment, name varchar(255), create_time timestamp, update_time timestamp,
    primary key (id)
);
```

而初始化的数据则放在 data.sql 中，具体如代码示例 7-26 所示。

代码示例 7-26 用于 MyBatis 演示的 src/main/resources/data.sql 文件

```
insert into t_menu (name, size, price, create_time, update_time) values ('Java咖啡', 'MEDIUM', 1200, now(), now());
insert into t_menu (name, size, price, create_time, update_time) values ('Java咖啡', 'LARGE', 1500, now(), now());

insert into t_tea_maker (name, create_time, update_time) values ('LiLei', now(), now());
insert into t_tea_maker (name, create_time, update_time) values ('HanMeimei', now(), now());

insert into t_order (maker_id, status, amount_discount, amount_pay, amount_total, create_time, update_
time) values (1, 0, 100, 1200, 1200, now(), now());

insert into t_order_item (order_id, item_id) values (1, 1);
```

和之前一样，我们使用一段单元测试来验证我们的代码。代码示例 7-27 的逻辑是这样的：

(1) 构建并保存一个订单对象 Order；

(2) 插入对应的订单内容；

(3) 根据第 (1) 步返回的订单 ID，重新查询获得订单对象，验证对应的值是否正确。

代码示例 7-27 用于测试 OrderMapper 的单元测试片段

```
@SpringBootTest
class OrderMapperTest {
    @Autowired
    private OrderMapper orderMapper;
    @Autowired
```

```java
private TeaMakerMapper makerRepository;
@Autowired
private MenuItemMapper menuItemMapper;

@Test
@Transactional
@Rollback
public void testSaveAndFind() {
    TeaMaker maker = makerRepository.findById(2L);
    Order order = Order.builder()
            .status(OrderStatus.ORDERED)
            .maker(maker)
            .amount(Amount.builder()
                    .discount(90)
                    .totalAmount(Money.ofMinor(CurrencyUnit.of("CNY"), 1200))
                    .payAmount(Money.ofMinor(CurrencyUnit.of("CNY"), 1080))
                    .build())
            .build();
    assertEquals(1, orderMapper.save(order));

    Long orderId = order.getId();
    assertNotNull(orderId);
    assertEquals(1, orderMapper.addOrderItem(orderId, menuItemMapper.findById(2L)));

    order = orderMapper.findById(orderId);
    assertEquals(OrderStatus.ORDERED, order.getStatus());
    assertEquals(90, order.getAmount().getDiscount());
    assertEquals(maker.getId(), order.getMaker().getId());
    assertEquals(1, order.getItems().size());
    assertEquals(2L, order.getItems().get(0).getId());
}
// 省略其他测试
}
```

在上面的代码中，需要特别说明一下加在 testSaveAndFind() 上的 @Rollback 注解。Spring Framework 为测试提供了强大的支持，在涉及数据库操作的时候，为了保证每个测试的运行不会给别的测试带来影响，它直接可以回滚测试中的操作，而且这也是默认的逻辑，也就是说我们不用添加 @Rollback 也是一样的效果。如果希望能够让测试代码的变动被提交到数据库中，可以使用 @Commit 或者 @Rollback(false)。当然，这里一切的前提是先有事务，这也就是为什么会在 testSaveAndFind() 上添加 @Transactional 的原因。

7.2.3 提升 MyBatis 的开发效率

通过前面的内容，相信大家也隐约感觉到了，相比 JPA，MyBatis 需要自己实现的内容多了一点点。但其实在一些开源工具的帮助下，MyBatis 的开发效率也不亚于 JPA。有些工具是官方提供的，也有一些是非官方的社区提供的，大家的目的都是让开发体验"如丝般顺滑"。

1. MyBatis 映射生成工具

MyBatis 的使用离不开大量的配置，尤其是 XML 或注解形式都需要手写 SQL。那么是否有什么办法能让这个过程不那么繁琐呢？答案是肯定的。MyBatis 官方为此提供了一套生成工具——MyBatis Generator[①]。

---

① 这款工具自 2019 年 11 月 24 日发布了 1.4.0 版本后，截至 2022 年 2 月一直没有更新过版本。

这套工具可以根据数据库的元数据和配置文件，为我们生成如下内容。

□ 与数据表对应的 POJO 类。

□ Mapper 接口，如果用注解或混合方式配置映射，接口上会有对应的注解。

□ SQLMap 映射 XML 文件（仅在 XML 方式或混合方式时生成）。

其中会包含各种常用的操作，从某种程度上能减少开发的工作量。该工具在使用时需要提供一个 XML 配置文件，与代码示例 7-28 类似。

代码示例 7-28　MyBatis Generator 配置示例

```xml
<?xml version="1.0" encoding="UTF-8"?>
<!DOCTYPE generatorConfiguration PUBLIC "-//mybatis.org//DTD MyBatis Generator Configuration 1.0//EN"
        "http://mybatis.org/dtd/mybatis-generator-config_1_0.dtd">

<generatorConfiguration>
    <context id="H2Tables" targetRuntime="MyBatis3">
        <plugin type="org.mybatis.generator.plugins.FluentBuilderMethodsPlugin" />
        <plugin type="org.mybatis.generator.plugins.ToStringPlugin" />
        <plugin type="org.mybatis.generator.plugins.SerializablePlugin" />
        <plugin type="org.mybatis.generator.plugins.RowBoundsPlugin" />

        <jdbcConnection driverClass="org.h2.Driver" connectionURL="jdbc:h2:mem:testdb" userId="sa" password="">
        </jdbcConnection>

        <javaModelGenerator targetPackage="learning.spring.binarytea.model" targetProject="./src/main/java">
            <property name="enableSubPackages" value="true" />
            <property name="trimStrings" value="true" />
        </javaModelGenerator>

        <sqlMapGenerator targetPackage="learning.spring.binarytea.repository"
                        targetProject="./src/main/resources/mapper">
            <property name="enableSubPackages" value="true" />
        </sqlMapGenerator>

        <javaClientGenerator type="MIXEDMAPPER" targetPackage="learning.spring.binarytea.repository"
                        targetProject="./src/main/java">
            <property name="enableSubPackages" value="true" />
        </javaClientGenerator>

        <table tableName="t_menu" domainObjectName="MenuItem" >
            <generatedKey column="id" sqlStatement="CALL IDENTITY()" identity="true" />
            <columnOverride column="price" javaType="org.joda.money.Money" jdbcType="BIGINT"
                        typeHandler="learning.spring.binarytea.support.handler.MoneyTypeHandler"/>
        </table>
    </context>
</generatorConfiguration>
```

`<context/>` 中的内容需要按照顺序配置，从上往下分别为：

(1) `<plugin/>`，插件配置，例子中配置了生成构建器的插件（类似 Lombok 的 `@Builder`）、生成 `toString()` 方法的插件、分页插件等；

(2) `<jdbcConnection/>`，JDBC 连接信息；

(3) `<javaModelGenerator/>`，POJO 对象生成信息；

(4) `<sqlMapGenerator/>`，SQLMap 生成信息；

(5) <javaClientGenerator/>，Java 客户端，即 Mapper 接口的生成信息；

(6) <table/>，要生成的数据表配置。

值得注意的是配置中的目标位置既可以是绝对路径，也可以是相对当前执行目录的相对路径，而且**在生成前需要先确保目录存在**。

MyBatis Generator 支持多种运行方式，例如，命令行工具、Maven 插件、ANT 任务、Eclipse 插件等。在命令行里可以运行如下命令，JAR 包需要为具体版本的包，同时提供配置文件：

```
java -jar mybatis-generator-core-x.x.x.jar -configfile generatorConfig.xml
```

关于这个工具的更多详细内容，大家可以通过官方文档进一步了解，本书就不展开了。

2. MyBatis 分页插件

分页查询是一个很常见的需求，在 MyBatis 里的分页自然也不会很困难，它依托于插件机制，可以通过分页插件来实现分页查询。这里就要介绍一个国人编写的 MyBatis 分页插件 PageHelper[1]，它支持 3.1.0 以上的 MyBatis 版本，支持十余种数据库的物理分页，还有对应的 Spring Boot Starter，仅需简单几个配置就能直接使用。

首先，在 pom.xml 中添加对应的依赖，例如：

```
<dependency>
    <groupId>com.github.pagehelper</groupId>
    <artifactId>pagehelper-spring-boot-starter</artifactId>
    <version>1.4.1</version>
</dependency>
```

接下来，在 application.properties 中添加一些设置，常用的设置如表 7-11 所示[2]，表中属性的默认值均为 false。我们无须手动设置分页要用到的语法，因为 PageHelper 会自动进行侦测。

表 7-11　PageHelper 在 Spring Boot 中的一些设置

配　置　项	说　　　明
pagehelper.offsetAsPageNum	在使用 RowBounds 作为分页参数时，将 offset 作为页码
pagehelper.rowBoundsWithCount	在使用 RowBounds 作为分页参数时，也会执行 count 操作
pagehelper.pageSizeZero	如果分页大小为 0，则返回所有结果
pagehelper.reasonable	合理化分页，传入的页码小于等于 0 时返回第一页，大于最大页时返回最后一页
pagehelper.supportMethodsArguments	从方法的参数中获取分页所需的信息

下面我们通过几个测试来了解一下 PageHelper 的具体用法。可以通过静态方法 PageHelper.startPage() 设置分页信息，该信息是保存在 ThreadLocal 变量中的，因此操作需要在一个线程中，

---

[1] 官方主页见 GitHub（pagehelper/Mybatis-PageHelper），Spring Boot Starter 项目的主页见 GitHub（pagehelper/pagehelper-spring-boot）。

[2] PageHelper 的早期版本里可以支持中划线的参数，在最近的版本里只能使用遵循驼峰规则的参数了，这和 Spring Boot 配置属性的命名方式不太一样。

例如像代码示例 7-29 的单元测试那样，查询第 1 页，每页 1 条记录。

代码示例 7-29　针对分页功能测试的 MenuItemMapperTest 代码片段

```java
@SpringBootTest
public class MenuItemMapperTest {
    @Autowired
    private MenuItemMapper menuItemMapper;

    @Test
    public void testPagination() {
        // 不分页
        List<MenuItem> list = menuItemMapper.findAll();
        assertEquals(2, list.size());

        // 分页
        PageHelper.startPage(1, 1);
        list = menuItemMapper.findAll();
        assertEquals(1, list.size());
        assertTrue(list instanceof Page);
        PageInfo<MenuItem> pageInfo = new PageInfo<>(list);
        assertEquals(2, pageInfo.getPages()); // 总页数
        assertEquals(1, pageInfo.getPageSize()); // 每页大小
        assertEquals(1, pageInfo.getPageNum()); // 当前页码
        assertEquals(2, pageInfo.getNextPage()); // 下页页码
    }
}
```

也可以换种用法，通过 RowBounds 对象或者直接在方法参数中指定分页信息。代码示例 7-30 是修改后的 TeaMakerMapper 的部分相关代码，在代码示例 7-31 中则是对应的使用方法，也是通过单元测试的形式来演示的。

代码示例 7-30　包含分页逻辑的 TeaMakerMapper 代码片段

```java
@Mapper
public interface TeaMakerMapper {
    @Select("select * from t_tea_maker")
    @ResultMap("teaMakerMap")
    List<TeaMaker> findAllWithRowBounds(RowBounds rowBounds);

    @Select("select * from t_tea_maker")
    @ResultMap("teaMakerMap")
    List<TeaMaker> findAllWithPage(int pageSize, int pageNum);

    // 省略其他方法
}
```

如果 findAllWithPage() 中的参数使用其他名称，也可以用类似 @Param("pageNum") int pageNum 的方式来指定。

代码示例 7-31　针对 TeaMakerMapper 中分页逻辑的测试代码片段

```java
@SpringBootTest
public class TeaMakerMapperTest {
    @Autowired
    private TeaMakerMapper teaMakerMapper;
```

```
@Test
public void testPagination() {
    List<TeaMaker> list = teaMakerMapper.findAllWithRowBounds(new RowBounds(1, 1));
    PageInfo<TeaMaker> pageInfo = new PageInfo<>(list);
    assertEquals(1, list.size());
    assertEquals(1, pageInfo.getPageNum());
    assertEquals(1, pageInfo.getPageSize());
    assertEquals(2, pageInfo.getPages());

    list = teaMakerMapper.findAllWithPage(1, 2);
    pageInfo = new PageInfo<>(list);
    assertEquals(2, pageInfo.getPageNum());
    assertEquals(1, pageInfo.getPrePage());
    assertEquals(0, pageInfo.getNextPage()); // 没有下一页
    }
}
```

为了能够正确地运行上面的程序，还需要在 application.properties 文件中增加如下的一些配置：

```
pagehelper.offsetAsPageNum=true
pagehelper.rowBoundsWithCount=true
pagehelper.supportMethodsArguments=true
```

3. 一站式的 MyBatis Plus

如果觉得又是生成器又是插件，写个东西要好几个工具配合特别麻烦，MyBatis 社区里也有一站式工具提供给大家。以国人开发的 MyBatis Plus 为例，它在 MyBatis 的基础上又增加了一些额外的功能，原生功能可以和扩展功能一起使用，例如：

❏ 提供支持通用增删改查功能的 Mapper；
❏ 内置代码生成器；
❏ 内置分页插件；
❏ 支持 ActiveRecord[①] 形式的操作。

在 MyBatis Plus 的帮助下，MyBatis 的开发体验可以接近于 Spring Data JPA，即只需要定义 POJO 类，再定义一个扩展了 BaseMapper<T> 的接口就能执行常规操作了，但还不能直接通过定义方法然后根据方法名进行扩展操作。

MyBatis Plus 也提供了自己的 Spring Boot Starter，只需在工程的 pom.xml 中增加如下依赖，就能引入 MyBatis Plus、MyBatis 和 MyBatis Spring 的依赖。

```
<dependency>
    <groupId>com.baomidou</groupId>
    <artifactId>mybatis-plus-boot-starter</artifactId>
    <version>3.5.1</version>
</dependency>
```

这个 Starter 中的部分类是从 MyBatis Spring Boot Starter 里复制过来的，同时稍作调整，例如将配置项的前缀调整为 mybatis-plus，像下面这样：

---

① ActiveRecord 是 Ruby 的一种对象关系映射框架。在 Ruby on Rails 流行时，ActiveRecord 的充血模型红极一时。关于充血模型与贫血模型的讨论从未停止，感兴趣的各位可以了解一下。

```
mybatis-plus.type-handlers-package=learning.spring.binarytea.support.handler
mybatis-plus.type-aliases-package=learning.spring.binarytea.model
mybatis-plus.configuration.map-underscore-to-camel-case=true
```

对于像 MenuItem 这样的简单对象，只需代码示例 7-33 中的接口就可以完成基本操作的映射。但由于我们的类名和表名不相同，所以还是需要在模型类上添加 @TableName("t_menu") 注解来声明一下，就像代码示例 7-32[①] 那样。

代码示例 7-32　MenuItem 类的定义

```
@Builder
@Data
@AllArgsConstructor
@NoArgsConstructor
@TableName("t_menu")
public class MenuItem {...}
```

代码示例 7-33 的接口包含了一个自定义的方法，映射关系的写法就是原生的方式。

代码示例 7-33　MenuItemMapper 接口的定义

```
public interface MenuItemMapper extends BaseMapper<MenuItem> {
    @Select("select m.* from t_menu m, t_order_item i where m.id = i.item_id and i.order_id = #{orderId}")
    List<MenuItem> findByOrderId(Long orderId);
}
```

接下来，我们仍然通过一个简单的单元测试来演示 MenuItemMapper 的用法。具体如代码示例 7-34 所示，其中包含统计数量、根据主键查找以及全量加载的演示。

代码示例 7-34　基本的查询方法测试用例

```
@SpringBootTest
public class MenuItemMapperTest {
    @Autowired
    private MenuItemMapper menuItemMapper;

    @Test
    public void testSelect() {
        assertEquals(2, menuItemMapper.selectCount(null));

        MenuItem item = menuItemMapper.selectById(1L);
        assertEquals(1L, item.getId());
        assertEquals("Java咖啡", item.getName());
        assertEquals(Size.MEDIUM, item.getSize());
        assertEquals(Money.ofMinor(CurrencyUnit.of("CNY"), 1200), item.getPrice());

        List<MenuItem> list = menuItemMapper.selectList(null);
        assertEquals(2, list.size());
    }
    // 省略其他方法
}
```

MyBatis Plus 的 BaseMapper<T> 中带有分页的查询方法，但还需要配置分页插件才能完全发挥它的功能。在 Spring Boot 的配置类中增加如下 Bean，其中的 PaginationInnerInterceptor 就是分页插

---

① 这部分 MyBatis Plus 的示例在 ch7/binarytea-mybatis-plus 项目中。

件，在早期的版本中也可以通过配置独立的 PaginationInterceptor 实现相同的功能：

```
@Bean
public MybatisPlusInterceptor mybatisPlusInterceptor() {
    MybatisPlusInterceptor mybatisPlusInterceptor = new MybatisPlusInterceptor();
    mybatisPlusInterceptor.addInnerInterceptor(new PaginationInnerInterceptor());
    return mybatisPlusInterceptor;
}
```

对应的测试代码如代码示例 7-35 所示，其中指定了按照 id 升序，每页 1 条记录，查询第 1 页。

代码示例 7-35　分页测试代码

```
@Test
public void testPagination() {
    Page<MenuItem> page = menuItemMapper.selectPage(new Page<MenuItem>(1, 1).addOrder(OrderItem.
asc("id")), null);
    assertEquals(1, page.getCurrent());
    assertEquals(1L, page.getRecords().get(0).getId());
    assertEquals(1, page.getRecords().size());
    assertEquals(2, page.getTotal());
}
```

7.3　小结

数据库操作是大家日常工作中一定会遇到的操作，本章我们一同学习了流行的 Hibernate 和 MyBatis 在 Spring 项目中的用法。在介绍 Hibernate 时，除了讲解它本身如何与 Spring 结合，我们还说明了 Spring Data JPA 的 Repository 接口该如何使用，它那种通过方法名称就能定义操作的方式着实让人眼前一亮。在 MyBatis 的部分，也是一样的，除了其本身的用法，还介绍了几个让 MyBatis 如虎添翼的工具。

下一章，我们将一起了解一些与数据操作相关的进阶内容，有与连接池相关的点，也有与缓存相关的点，非常贴近实战需要。

二进制奶茶店项目开发小结

本章我们为二进制奶茶店完善了订单相关的操作，主要是定义了调茶师与订单的模型类，并添加了对应的增删改查操作。这从功能上来说并不复杂，但是在实现方式上，我们先后尝试使用了四种不同的方式，分别是 Hibernate 原生方式、Spring Data JPA Repository 接口、MyBatis 原生方式与 MyBatis Plus 扩展。

第 8 章

数据访问进阶

本章内容
- ☐ 适用于生产环境的连接池配置技巧
- ☐ 在 Spring 工程中使用 Redis 的方法
- ☐ 通过 Spring 的缓存抽象简化缓存的使用

前两章我们都在讨论如何实现基本的数据库操作：直接使用 JDBC，或者通过 ORM 框架。但在实际的生产环境中，仅仅实现基本的操作是不够的，甚至只用关系型数据库也是不够的，我们还需要 NoSQL 的帮助，遇到热点数据，还要增加缓存为数据库减负。所以，在这一章里，我们就要来聊聊这些进阶的内容。

8.1 连接池的实用配置

在之前的章节里，我们基本都是在使用 Spring Boot 提供的默认数据库连接池配置，它能满足基本的需求。但在生产环境中会遇到很多实际的问题，光靠基本配置就有点捉襟见肘了，例如，连接数据库用的密码属于需要保护的敏感信息，不能直接放在配置文件里该怎么办？为了方便排查问题，希望能记录执行的所有 SQL 该怎么办？

8.1.1 保护敏感的连接配置

连接数据库所需的信息包括三个要素——JDBC URL、用户名和密码。数据库密码是需要重点保护的信息，所以像第 6 章的代码示例那样以明文方式将密码写在 application.properties 里显然是不合适的。也许你会说："为配置文件设置一个普通用户不可读的权限，只有运维人员能查看其中的内容行不行？"负责安全的工作人员会告诉你："不行！"

在本节中，我们先来了解一下如何为 HikariCP 和 Druid 实现密码加密功能，而在后续的第 14 章，我们还会聊到 Spring Cloud Config 的配置项加密功能。如果你正在使用 Spring Cloud Config，集中式地管理加密密码会是一个相对更好的选择。

1. 结合 HikariCP 与 Jasypt 实现密码加密

HikariCP 的作者一心想做好高性能连接池，把所有其他工作都"外包"了出去，所以配置项加密这个差事显然就需要其他工具来帮忙了。Jasypt 的全称是 Java Simplified Encryption，一看这个名字就知道它是在 Java 环境里处理加解密的，Jasypt 可以很方便地与 Spring 项目集成到一起，究竟有多方便呢？它直接提供了一个 EncryptablePropertiesPropertySource，可以直接解密属性值中用 ENC() 括起来的密文。而且它还有一个 Spring Boot Starter，几乎就是"开箱即用"。

第一步，在 pom.xml 中添加 jasypt-spring-boot-starter 依赖：

```xml
<dependency>
    <groupId>com.github.ulisesbocchio</groupId>
    <artifactId>jasypt-spring-boot-starter</artifactId>
    <version>3.0.3</version>
</dependency>
```

因为我们都会开启自动配置，所以这个起步依赖会自己完成剩下的配置。如果没有开启自动配置，则需要在配置类上增加 @EnableEncryptableProperties 注解。

第二步，修改配置文件，增加 Jasypt 的配置，并将明文密码改为密文。主要是配置加解密使用的算法和密钥，两者分别是 jasypt.encryptor.algorithm 和 jasypt.encryptor.password，默认的算法是 PBEWITHHMACSHA512ANDAES_256。其主要的配置如表 8-1 所示。

表 8-1　jasypt-spring-boot-starter 的一些默认配置

配　置　项	默　认　值	说　　明
jasypt.encryptor.algorithm	PBEWITHHMACSHA512ANDAES_256	加解密算法
jasypt.encryptor.provider-name	SunJCE	加密提供者
jasypt.encryptor.salt-generator-classname	org.jasypt.salt.RandomSaltGenerator	盐生成器
jasypt.encryptor.iv-generator-classname	org.jasypt.iv.RandomIvGenerator	初始化向量生成器

要进行加密，可以直接用 Jasypt 的 Jar 包，调用 CLI 的类。在 macOS 中，可以在 ~/.m2/repository 的 Maven 本地仓库里找到 jasypt-1.9.3.jar，执行如下命令：

```
▶ java -cp ./jasypt-1.9.3.jar org.jasypt.intf.cli.JasyptPBEStringEncryptionCLI input=明文 password=密钥
algorithm=PBEWITHHMACSHA512ANDAES_256 ivGeneratorClassName=org.jasypt.iv.RandomIvGenerator
saltGeneratorClassName=org.jasypt.salt.RandomSaltGenerator
```

假设给的明文和密钥都是 binary-tea，那执行的输出应该会是下面这样的（OUTPUT 部分就是加密后的密文）：

```
----ARGUMENTS-------------------

input: binary-tea
password: binary-tea
saltGeneratorClassName: org.jasypt.salt.RandomSaltGenerator
ivGeneratorClassName: org.jasypt.iv.RandomIvGenerator
algorithm: PBEWITHHMACSHA512ANDAES_256

----OUTPUT----------------------

X401LMpOiBz7+4gOXybK9cQdDOYlqX7mWXmmj6aGZPGWwjqcbf/80hj0vQWqhaqa
```

在 application.properties 中，将 spring.datasource.password 修改为 ENC(X401LMpOiBz7+4gOXybK-9cQdDOYlqX7mWXmmj6aGZPGWwjqcbf/80hj0vQWqhaqa) 就完成了配置的修改。

第三步，在运行时提供解密的密钥。如果把密钥也写在 application.properties 里，那等于把保险箱钥匙和保险箱放在了一起，所以，至少密钥应该放在另一个单独的文件里。借助 Spring Boot 的能力，可以将 jasypt.encryptor.password 放在命令行参数或者环境变量里。由于命令行参数可以通过命令行直接观察到，所以环境变量 JASYPT_ENCRYPTOR_PASSWORD 会是个更好的选择。

2. 使用 Druid 内置功能实现密码加密

Druid 的思路与 HikariCP 截然相反，连接池可能会用到的各种相关功能，它都自己实现了，可谓 "Druid 在手，连接无忧"。Druid 内置了数据库密码的加密功能，使用 RSA 非对称算法来进行加解密，我们无须操心各种加解密的细节，它能够自己全部封装好，例如，具体操作时内部使用 RSA/ECB/PKCS1Padding。只要用它的工具生成公私钥对，并加密好明文就可以了。

使用 Druid 提供的命令行工具来生成密钥和密文，和 Jasypt 一样，在本机的 Maven 仓库里找到 Druid 的 Jar 包。例如，在我的 Mac 上，1.2.8 版本 Jar 包的位置是 ~/.m2/repository/com/alibaba/druid/1.2.8，在这个目录里执行下面的命令：

```
▶ java -cp druid-1.2.8.jar com.alibaba.druid.filter.config.ConfigTools 密码明文
```

假设密码明文是 binary-tea，则输出会类似下面这样，公私钥和密文会有所不同：

privateKey:MIIBUwIBADANBgkqhkiG9w0BAQEFAASCAT0wggE5AgEAAkEAggg3wZKK1/bzA4M4JQ8CtoX48+5poBLFUvMJwxBtnss1o
UEKacWbw2C0vym+WMMSMgm6R+kCrliJqZ6r8MbYuwIDAQABAkAwntQCTEIgOJVrVdBTgwZXq0aIJzhVg09HEdsvld/3RKnQa5WYBbHnw
8zEpptF7VCckVEzQDsOY2zzTmCJO0bRAiEAwUqm7RxrVlyKJ2DEoPIzpXbL+g/aW+FO4KA4pVkDq8MCIQCsN7TeYokq8gugiLNngUbz
BuCL59ovLZUcmkBIbtVnqQIgYTjvZWxaAQJi6xOdU2b/20Y5qvm2V2ioiAuO8nwngIkCIAquleBpWjq4srHtaLtV0HHIjmr/IZBlkm
coxi33+fKpAiAyiVc+QJCtRAZrf8Q5KKi8K2wP5TzxopIWAi7l15MSow==
publicKey:MFwwDQYJKoZIhvcNAQEBBQADSwAwSAJBAIIIN8GSitf28wODOCUPAraF+PPuaaASxVLzCcMQbZ7LNaFBCmnFm8NgtL8pvl
jDEjIJukfpAq5Yiameq/DG2LsCAwEAAQ==
password:gTCrgZfRos9fKw3O0yhkWKaKeiwDrUCTkwIskdB+MdxMQF9CGwVY4wIiIm131Aivt4nEXEHLwavWKMOJTRqjIQ==

接下来，要在 application.properties 中开启密码加密功能，需要让 Druid 加载 ConfigFilter 这个过滤器，并配置解密用的密钥，就像下面这样[①]：

```
spring.datasource.password=gTCrgZfRos9fKw3O0yhkWKaKeiwDrUCTkwIskdB+MdxMQF9CGwVY4wIiIm131Aivt4nEXEHLwav
WKMOJTRqjIQ==

spring.datasource.druid.filters=config
spring.datasource.druid.connection-properties=config.decrypt=true;config.decrypt.key=${publicKey}

publicKey=MFwwDQYJKoZIhvcNAQEBBQADSwAwSAJBAIIIN8GSitf28wODOCUPAraF+PPuaaASxVLzCcMQbZ7LNaFBCmnFm8NgtL8pvl
jDEjIJukfpAq5Yiameq/DG2LsCAwEAAQ==

# 省略其他配置
```

---

① 通常 RSA 加解密，都用公钥加密，私钥解密。此处考虑到是用来加密密码，随后将密文和解密用的密钥分发到各服务器上，所以反转了一下，用私钥加密，公钥解密。在 ConfigTools 中，有这么一段注释——"因为 IBM JDK 不支持私钥加密公钥解密，所以要反转公私钥。也就是说对于解密，可以通过公钥的参数伪造一个私钥对象欺骗 IBM JDK"。可见这个机制在实践中还是踩过坑的。

同样的，把解密的密钥和密文放在一起也不太安全，有两种方式可供选择。

❑ 在命令行上设置系统属性 -Ddruid.config.decrypt.key= 密钥。

❑ 在 Druid 专属的配置文件里设置解密密钥 config.decrypt.key= 密钥和 password= 密码密文，同时要修改 application.properties 中的连接属性，就像下面这样：

```
spring.datasource.druid.connection-properties=config.decrypt=true;config.file= 外部 Druid
配置文件路径
```

Druid 配置加密的逻辑基本都在 ConfigFilter 里，它的大致逻辑是这样的：

(1) 在 Druid 加载 Filter 时，会调用其中的 init() 初始化方法；

(2) init() 会从 DruidDataSource 的 connectProperties 属性，以及指定的配置文件中获取配置；

(3) 判断是否需要解密密码；

(4) 如果需要解密，再从第 (2) 步的两个位置获取解密的密钥；

(5) 解密获得密码明文并进行设置。

8.1.2　记录 SQL 语句执行情况

通常在遇到请求处理缓慢的情况时，我们会对执行的每一步进行分析，看看究竟慢在哪里。如果是执行 SQL 语句，那就要找到较慢的 SQL 进行优化，这时需要记录慢 SQL 日志，DBA 一般也会监控数据库端的慢 SQL。还有另一种场景，数据库里的记录内容与预期的不符，这种时候，如果能记录下每条执行的 SQL 语句，再回过头来分析问题就能方便很多。因此，不管什么情况，如果能够详细地记录程序执行的 SQL 语句，在后续各种性能优化和问题分析时都会非常有用。[1]

1. 结合 HikariCP 与 P6SPY 实现 SQL 记录

HikariCP 本身并没有提供 SQL 日志的功能，因此需要借助 P6SPY[2] 来记录执行的 SQL。P6SPY 是一套可以无缝拦截并记录 SQL 执行情况的框架，它工作在 JDBC 层面，所以无论我们使用什么连接池，是否使用 ORM 框架，都能通过 P6SPY 来进行拦截。

首先，在 pom.xml 中引入 P6SPY 的依赖：

```xml
<dependency>
    <groupId>p6spy</groupId>
    <artifactId>p6spy</artifactId>
    <version>3.9.1</version>
</dependency>
```

接下来，调整连接池的配置，将 JDBC 驱动类名指定为 com.p6spy.engine.spy.P6SpyDriver，并修改 URL：

```
spring.datasource.driver-class-name=com.p6spy.engine.spy.P6SpyDriver
spring.datasource.url=jdbc:p6spy:h2:mem:testdb
```

---

[1] 对性能有追求的各位一定很想知道，每条 SQL 都用日志打印出来会不会很慢。答案是一定会比不打印日志慢，但也不至于太夸张。毕竟天下没有免费的午餐，与它带来的好处相比，付出这点慢的代价还是值得的。为了确保日志对性能的影响不会太大，建议一定对 SQL 日志开启异步日志支持。

[2] 官方主页见 GitHub（p6spy/p6spy）。

P6SPY 的 URL 形式基本可以归纳为在原先的 JDBC URL 的基础上，在 jdbc: 后插入一段 p6spy:，其他与使用数据库原生 JDBC 驱动一致。如果是 MySQL，则 URL 类似 jdbc:p6spy:mysql://localhost:3306/test?useUnicode=true&characterEncoding=UTF-8。

最后，我们还需要一个 P6SPY 的配置文件。在 CLASSPATH 里放一个 spy.properties，其中是 P6SPY 的相关配置[1]。表 8-2 列举了一些基本的配置。

表 8-2　P6SPY 配置文件中的基本配置项[2]

配　置　项	默　认　值	说　　明[2]
dateformat	默认使用时间戳的形式	日期格式，使用 SimpleDateFormat 的格式进行配置
logMessageFormat	com.p6spy.engine.spy.appender.SingleLineFormat	日志格式化类，可以在 SingleLineFormat 和 CustomLineFormat 之间选择
customLogMessageFormat	%(currentTime)|%(executionTime)|%(category)|connection %(connectionId)|%(sqlSingleLine)	CustomLineFormat 使用的输出格式
appender	com.p6spy.engine.spy.appender.FileLogger	打印日志使用的 Appender，可以在 FileLogger、StdoutLogger 和 Slf4JLogger 之间选择
logfile	spy.log	FileLogger 输出的日志文件
outagedetection	false	是否开启慢 SQL 检测，当这个开关开启时，除了慢的 SQL 语句其他语句都不会再输出了
outagedetectioninterval	60	慢 SQL 执行检测的间隔时间，单位是秒
realdatasourceclass		真实的数据源类名，一般都能自动检测出实际需要的驱动类名
realdatasourceproperties		真实的数据源配置属性，配置项键值对形式表示，键与值用分号分隔，不同的键值对之间用逗号分隔

假设我们的 spy.properties 是下面这样的：

```
appender=com.p6spy.engine.spy.appender.Slf4JLogger
dateformat=yyyyMMdd'T'HH:mm:ss
```

在之前的 binarytea-jpa 中完成上述所有的修改，关闭 Hibernate 的 SQL 输出，运行程序，就能在日志中看到类似下面的输出，其中包含了 SQL 执行时间、耗时和 SQL 等内容，一般建议把 P6SPY 的日志单独配置到一个日志里去，方便查看：[3]

```
2022-02-26 14:27:29.922  INFO 67257 --- [main] p6spy : 20220226T14:27:29|0|statement|connection 0|
url jdbc:p6spy:h2:mem:testdb|select count(*) as col_0_0_ from t_menu menuitem0_|select count(*) as
col_0_0_ from t_menu menuitem0_
```

2. 使用 Druid 内置功能实现 SQL 记录

Druid 就不需要什么额外的库支持了，它自己就内置了详尽的日志与统计功能，与密码加密功能

---

① 详细的配置信息可以访问官方说明（p6spy.readthedocs.io/en/latest/configandusage.html）。

② 为了方便排版，这一列的类只写了类名，而在实际配置时需要使用全限定类名。

③ 这个例子在 ch8/binarytea-jpa-p6spy 项目中。

一样，这些功能也是通过 Filter 来实现的。

先是日志过滤器 LogFilter，Druid 一共内置了四个针对不同日志框架的 LogFilter 子类，在配置时可以使用它们的别名。

- 对应 Log4j 1.*x* 的 Log4jFilter，别名 log4j。
- 对应 Log4j 2.*x* 的 Log4j2Filter，别名 log4j2。
- 对应 Commongs Logging 的 CommonsLogFilter，别名 commonlogging。
- 对应 SLF4J 的 Slf4jLogFilter，别名 slf4j。

Druid 的日志过滤器打印的信息很多，它们分别使用了不同的 Logger。我们可以针对不同的 Logger 做不同的日志配置，在实际使用时建议挑选其中的一些打印就可以了。例如，根据不同的日志级别，将日志输出到不同的文件，具体的日志框架配置可以参考它们的文档。表 8-3 罗列了一些与 LogFilter 相关的配置。

表 8-3　LogFilter 中用到的 Logger 名称和配置

Logger 名称	配　置　项	说　　明
druid.sql.DataSource		打印关于 DataSource 的日志
druid.sql.Connection	druid.log.conn=true	打印关于 Connection 的日志
druid.sql.Statement	druid.log.stmt=true	打印关于 Statement 的日志
druid.sql.Statement	druid.log.stmt.executableSql=false	在开启了 Statement 的日志时，是否打印执行的 SQL
druid.sql.ResultSet	druid.log.rs=true	打印关于 ResultSet 的日志

子类，在配置时可以使用它们的别名：查看。要在打印的一大堆 SQL 里找到慢 SQL，还是需要一点时间的。为此，Druid 还贴心地提供了一个慢 SQL 统计的过滤器 StatFilter，别名是 stat。它有三个参数：

- druid.stat.logSlowSql，是否打印慢 SQL，默认值为 false；
- druid.stat.slowSqlMillis，用来定义多慢的 SQL 属于慢 SQL，默认值为 3000，单位毫秒；
- druid.stat.mergeSql，在统计时是否合并 SQL，默认值为 false。

在 application.properties 中，可以配置多个过滤器，就像下面示例的第二行代码这样，用逗号分隔，随后再配置一些属性。由于 Druid 中正常的 SQL 输出使用的是 DEBUG 级别，所以我们还要调整一下相关 Logger 的日志级别才能输出日志。下面是直接在 application.properties 里修改日志级别的代码，但实践中更建议在日志框架的配置文件里修改，和其他日志配置放在一起：

```
logging.level.druid.sql.*=debug

spring.datasource.druid.filters=config,slf4j,stat
spring.datasource.druid.connection-properties=druid.log.stmt.executableSql=true;druid.stat.
logSlowSql=true;druid.stat.mergeSql=true
```

执行程序时，我们可以在日志里找到大量与数据库操作相关的日志，其中会有类似下面这样的日志，打印出了 PreparedStatement 的 SQL、参数值的类型，以及执行耗时：

```
2020-10-07 23:16:43.174 DEBUG 68289 --- [main] druid.sql.Statement : {conn-10001, pstmt-20014}
created. select * from t_menu where id = ?
```

```
2020-10-07 23:16:43.174 DEBUG 68289 --- [main] druid.sql.Statement : {conn-10001, pstmt-20014}
Parameters : [1]
2020-10-07 23:16:43.174 DEBUG 68289 --- [main] druid.sql.Statement : {conn-10001, pstmt-20014}
Types : [BIGINT]
2020-10-07 23:16:43.175 DEBUG 68289 --- [main] druid.sql.Statement : {conn-10001, pstmt-20014, rs-50009}
query executed. 0.293573 millis. select * from t_menu where id = ?
```

8.1.3　Druid 的 Filter 扩展

Druid 的 Filter 是个非常有用的机制，可以拦截 DruidDataSource、Connection、Statement、PreparedStatement、CallableStatement、ResultSet、ResultSetMetaData、Wrapper 和 Clob 上方法的执行。这其中使用了责任链模式，也就是将不同的过滤器串联在一起，以实现不同的功能。

前文提到的数据库密码加密、数据库执行日志都是 Filter 的例子，在 Druid 里还有一个非常有用的 Filter，那就是 SQL 注入防火墙，即 WallFilter，别名是 wall。它能够有效地控制通过 Druid 执行的 SQL，避免恶意行为。通常情况下，自动识别的配置就已经够用了。在 Spring Boot 中，Filter 除了像 8.1.1 节和 8.1.2 节中那样配置之外，还可以借助 Druid Spring Boot Starter 的帮助，直接在 application.properties 里像下面这样来配置，具体的配置实现可以参考 DruidFilterConfiguration 类：

```
spring.datasource.druid.filter.wall.enabled=true
spring.datasource.druid.filter.wall.db-type=h2
spring.datasource.druid.filter.wall.config.delete-allow=false
spring.datasource.druid.filter.wall.config.drop-table-allow=false
spring.datasource.druid.filter.wall.config.create-table-allow=false
spring.datasource.druid.filter.wall.config.alter-table-allow=false
```

不光很多内置功能是通过 Filter 实现的，我们自己也可以通过它做出很多扩展。要开发自己的 Filter，可以直接实现 Filter 接口。但这么做太麻烦，有太多的方法需要我们提供空实现，而我们往往只关心其中的几个，所以继承 FilterAdapter 或者 FilterEventAdapter 会是更好的选择。

FilterAdapter 为每个方法都提供了默认实现，可以直接调用方法参数中传入的 FilterChain 的对应方法，继续执行责任链中的其他过滤器方法。例如，preparedStatement_executeUpdate() 方法的实现是下面这样的：

```
public int preparedStatement_executeUpdate(FilterChain chain, PreparedStatementProxy statement)
throws SQLException {
    return chain.preparedStatement_executeUpdate(statement);
}
```

FilterEventAdapter 是 FilterAdapter 的子类，它在执行责任链的基础之上，又增加了执行前后的动作，以 statement_execute() 为例，它的实现是下面这样的：

```
public boolean statement_execute(FilterChain chain, StatementProxy statement, String sql,
String columnNames[]) throws SQLException {
    statementExecuteBefore(statement, sql);
    try {
        boolean firstResult = super.statement_execute(chain, statement, sql, columnNames);
        this.statementExecuteAfter(statement, sql, firstResult);
        return firstResult;
    } catch (SQLException error) {
```

```
        statement_executeErrorAfter(statement, sql, error);
        throw error;
    } catch (RuntimeException error) {
        statement_executeErrorAfter(statement, sql, error);
        throw error;
    } catch (Error error) {
        statement_executeErrorAfter(statement, sql, error);
        throw error;
    }
}
```

我们可以根据自己的需要，选择性覆盖 statementExecuteBefore()、statementExecuteAfter() 或 statement_executeErrorAfter() 方法，达到在 SQL 语句执行前、执行后、抛异常时运行自定义逻辑的目的。

现在，假设我们希望在执行 Connection 的连接动作前后打印一些日志，可以像代码示例 8-1[①] 那样，继承 FilterEventAdapter，覆盖 connection_connectBefore() 和 connection_connectAfter，并在里面添加自己的逻辑就可以了。

代码示例 8-1　ConnectionConnectFilter 类代码片段

```
@Slf4j
@AutoLoad // 这个注解稍后解释
public class ConnectionConnectFilter extends FilterEventAdapter {
    @Override
    public void connection_connectBefore(FilterChain chain, Properties info) {
        log.info("Trying to create a new Connection.");
        super.connection_connectBefore(chain, info);
    }

    @Override
    public void connection_connectAfter(ConnectionProxy connection) {
        super.connection_connectAfter(connection);
        log.info("We have a new connected Connection.");
    }
}
```

在加载 Filter 时有三种方式，第一种是在配置文件中通过别名来选择要加载的 Filter。别名与具体类的对应关系配置在 META-INF/druid-filter.properties 里，内置的文件内容如下所示：

```
druid.filters.default=com.alibaba.druid.filter.stat.StatFilter
druid.filters.stat=com.alibaba.druid.filter.stat.StatFilter
druid.filters.mergeStat=com.alibaba.druid.filter.stat.MergeStatFilter
druid.filters.counter=com.alibaba.druid.filter.stat.StatFilter
druid.filters.encoding=com.alibaba.druid.filter.encoding.EncodingConvertFilter
druid.filters.log4j=com.alibaba.druid.filter.logging.Log4jFilter
druid.filters.log4j2=com.alibaba.druid.filter.logging.Log4j2Filter
druid.filters.slf4j=com.alibaba.druid.filter.logging.Slf4jLogFilter
druid.filters.commonlogging=com.alibaba.druid.filter.logging.CommonsLogFilter
druid.filters.commonLogging=com.alibaba.druid.filter.logging.CommonsLogFilter
druid.filters.wall=com.alibaba.druid.wall.WallFilter
druid.filters.config=com.alibaba.druid.filter.config.ConfigFilter
```

---

① 这个例子在 ch8/binary-jpa-druid 项目里。

可以看到，键是 `druid.filters.` 别名，值是具体的全限定类名，所以前面可以用 `config`、`stat` 和 `slf4j` 这样的别名来加载 `Filter`。

我们可以在自己的工程里也创建一个 META-INF/druid-filter.properties 文件，内容是之前 `Connection-ConnectFilter` 的映射：

```
druid.filters.connectLog=learning.spring.binarytea.support.ConnectionConnectFilter
```

第二种方式是让 Druid 自动加载 `Filter`。`DruidDataSource` 在通过 `init()` 初始化时，会调用 `initFromSPIServiceLoader()` 方法，使用 Java 的 `ServiceLoader` 来加载 `Filter` 的实现类。如果类上加了 `@AutoLoad` 注解，则自动加载该 `Filter`。`ServiceLoader` 会查找 META-INF/services/com.alibaba.druid.filter.Filter 文件，并从文件中获取具体的全限定类名，因此我们需要把扩展的类写在这个文件里。在工程中创建这个文件，内容如下：

```
learning.spring.binarytea.support.ConnectionConnectFilter
```

第三种方式，就是直接在 Spring 上下文中配置 `Filter` 对应的 Bean，随后将它赋值给 `DruidData-Source` 的 `proxyFilters` 属性。这种方式最为灵活，可以根据情况对 Bean 做各种调整，但配置时相对麻烦一些。

8.2 在 Spring 工程中访问 Redis

如果对系统的性能有所要求，通常都会在系统中引入分布式缓存，在一些极端的情况下甚至会抛弃传统的关系型数据库，将大量数据直接持久化在类似 Redis 这样的 NoSQL[①] 中。Redis[②] 是一款优秀的开源 KV 存储方案，与 Memcached 仅支持简单的 KV 类型和操作不同，Redis 支持很多不同的数据结构，例如列表、集合、散列等，还支持不少复杂的操作，因此 Redis 在实践中得到了广泛的应用。本节我们就来了解一下如何在 Spring 工程中方便地使用 Redis。

8.2.1 配置 Redis 连接

要使用 Redis，自然少不了 Java 的 Redis 客户端。表 8-4 中展示了目前比较主流的三个 Redis 客户端，这三个也是 Redis 官方推荐的。

表 8-4　主流的 Redis 客户端

	IO 方式	线程安全	API
Jedis	阻塞	否	较底层，与 Redis 命令对应
Lettuce	非阻塞	是	有较高抽象
Redission	非阻塞	是	有较高抽象

---

① NoSQL 这个名字是为了与传统的关系型数据库 SQL 有所区分，一般解释为非关系型数据库。它分为几大类型，分别是键值型（Key Value，简称 KV）数据库，例如 Redis 和 Memcached；文档型数据库，例如 MongoDB 和 CouchDB；列存储数据库，例如 HBase 和 Cassandra；图数据库，例如 Neo4j。

② 具体见 Redis 的官网。

在项目中，我们可以直接使用 Redis 客户端来进行操作，只需将其配置为容器中的 Bean，然后注入需要使用它的对象中即可。以 Jedis 为例，在 Spring 容器中配置好 JedisPool Bean，将它注入需要的 Bean 中，操作时从 JedisPool 里取出一个 Jedis 实例就可以了。如果只有这种方式，那我们也不用在这里讨论了。和之前的 ORM 框架一样，Spring 为我们提供了一套对应的抽象——Spring Data Redis，它屏蔽了不同客户端之间的差异，让我们能用相似的方式来配置并操作 Redis。

Spring Data Redis 支持 Redis 2.6 及以上版本，在客户端方面，支持 Jedis 和 Lettuce，后者是默认客户端。工程的 pom.xml 会通过如下方式引入相关依赖，具体的版本由 Spring Boot 来控制，它会传递引入 spring-data-redis 和 lettuce-core 这两个依赖：

```
<dependency>
    <groupId>org.springframework.boot</groupId>
    <artifactId>spring-boot-starter-data-redis</artifactId>
</dependency>
```

1. Spring Data Redis 的模型抽象

Spring Data Redis 通过几层抽象来为开发者提供统一的使用体验，屏蔽底层差异，下面列出的这些接口还有一些扩展，就不在此一一列举了。

❑ RedisCommands ，针对命令的抽象。

❑ RedisConnection，针对连接的抽象。

❑ RedisConnectionFactory，针对连接创建工厂的抽象。

从 RedisConnectionFactory 这个名字就能看出，此处使用了工厂模式来构造 Redis 连接，该接口有两个实现类——LettuceConnectionFactory 和 JedisConnectionFactory，分别对应了 Lettuce 和 Jedis 两个不同的客户端。RedisCommands 和 RedisConnection 的情况也是类似的，最终都会提供针对这两种客户端的实现。

既然 Lettuce 是默认的客户端，那就让我们先来看看它的配置。Spring Boot 在 spring-boot-autoconfigure 中提供了 Redis 相关的自动配置，Lettuce 的配置类是 LettuceConnectionConfiguration，如果 CLASSPATH 中存在 Lettuce 的 RedisClient，则说明用的是 Lettuce 客户端，否则该配置不生效。这个配置类最终会创建两个 Bean，一个是提供构建客户端所需配置及资源的 lettuceClientResources，另一个就是对应 Lettuce 的 redisConnectionFactory：

```
@Configuration(proxyBeanMethods = false)
@ConditionalOnClass(RedisClient.class)
class LettuceConnectionConfiguration extends RedisConnectionConfiguration {
    @Bean(destroyMethod = "shutdown")
    @ConditionalOnMissingBean(ClientResources.class)
    DefaultClientResources lettuceClientResources() {...}

    @Bean
    @ConditionalOnMissingBean(RedisConnectionFactory.class)
    LettuceConnectionFactory redisConnectionFactory(
            ObjectProvider<LettuceClientConfigurationBuilderCustomizer> builderCustomizers,
            ClientResources clientResources)
        throws UnknownHostException {...}

    // 省略其他方法
}
```

LettuceClientConfigurationBuilderCustomizer 是用来定制 LettuceClientConfigurationBuilder 的，我们可以调整其中的一些属性，例如，让 Lettuce 优先读取从节点的数据。

根据配置的不同，自动配置可以为单机模式、哨兵模式和集群模式的 Redis 创建合适的 RedisConnectionFactory，具体的配置由 RedisProperties 类实现，配置的前缀为 spring.redis。主要的配置项如表 8-5 所示。

表 8-5　Spring Data Redis 的主要配置项

配　置　项	默　认　值	说　　　明
spring.redis.host	localhost	Redis 服务器主机名
spring.redis.port	6379	Redis 服务器端口
spring.redis.password		Redis 服务器密码
spring.redis.timeout	60s	连接超时时间
spring.redis.sentinel.master		Redis 服务器名称
spring.redis.sentinel.nodes		哨兵节点列表，节点用"主机名：端口"表示，主机之间用逗号分割
spring.redis.sentinel.password		哨兵节点密码
spring.redis.cluster.nodes		集群节点列表，节点可以自发现，但至少要配置一个节点
spring.redis.cluster.maxRedirects	5	在集群中执行命令时的最大重定向次数
spring.redis.jedis.pool.*		Jedis 连接池配置
spring.redis.lettuce.*		Lettuce 特定的配置

茶歇时间：Redis 的几种部署模式

单机版本的 Redis 仅能用于开发和测试，在生产环境中还是需要做很多高可用的保障的。Redis 官方为我们提供了两种高可用方案——哨兵模式（redis sentinel）和集群模式（redis cluster）。

哨兵模式，即在原有的 Redis 主从节点之外，再搭建一组哨兵节点，通过哨兵来实现对 Redis 节点的监控，在发生问题时进行通知并自动执行故障迁移。新版本的哨兵模式中客户端也可以通过哨兵来获取当前的主节点。出于可用性方面的考虑，搭建高可用的哨兵模式至少需要三个节点，具体如图 8-1 所示。

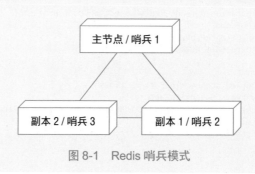

图 8-1　Redis 哨兵模式

集群模式，比哨兵模式更为强大。在哨兵模式中，Redis 数据过大后需要由开发者来负责数据分片，而集群模式则会自动进行分片。通过建立 16 384 个虚拟槽，每个槽映射一部分分片范围，再将这些槽分布到节点上就实现了数据分片。集群模式下，所有节点之间都会相互通信，连上一个节点就能找到整个集群。为了保证高可用性，其中也加入了主从模式，某个主节点出问题后，集群会把对应的从节点提升为主节点。一种可能的 Redis 集群模式如图 8-2 所示。

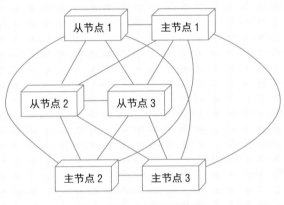

图 8-2　Redis 集群模式

如果集群节点的数量发生变化，那么槽也会进行迁移，这时原先缓存在客户端的槽分布信息就有可能不准确，收到命令的节点会让客户端重定向到正确的节点，这就是**不建议把最大重定向次数设置为 0** 的原因。

为了最大化地利用集群资源，我们可以将部分读请求发送给从节点。Jedis 对 Redis 集群的读写分离支持得很不好，建议有这方面需求的开发者可以使用 Lettuce。在 Spring Data Redis 里可以配置一个 LettuceClientConfigurationBuilderCustomizer，设置优先通过从节点读取数据：

```
@Bean
public LettuceClientConfigurationBuilderCustomizer customizer() {
    return builder -> builder.readFrom(ReadFrom.SLAVE_PREFERRED);
}
```

另外，因为 Redis 用的是异步复制，所以如果有数据写到主节点，但还来不及同步到从节点上，这时主节点的故障就会导致部分数据丢失。如果数据非常重要，不能丢失，那建议还是不要仅存放在 Redis 里，至少应该再备一份到其他存储上。

2. 将 Lettuce 替换为 Jedis

如果希望使用 Jedis 而非 Lettuce，只需简单调整 pom.xml 文件中的依赖，就能完成替换。比如像下面这样，先排除 spring-boot-starter-data-redis 里的 Lettuce 依赖，随后添加 Jedis 的依赖，所有的版本都交由 Spring Boot 的依赖负责管理：

```xml
<dependency>
    <groupId>org.springframework.boot</groupId>
    <artifactId>spring-boot-starter-data-redis</artifactId>
    <exclusions>
        <exclusion>
            <groupId>io.lettuce</groupId>
            <artifactId>lettuce-core</artifactId>
        </exclusion>
    </exclusions>
</dependency>

<dependency>
    <groupId>redis.clients</groupId>
    <artifactId>jedis</artifactId>
</dependency>
```

Jedis 的自动配置是由 JedisConnectionConfiguration 实现的，它的生效条件是 CLASSPATH 中同时存在 Apache 的 Commons Pool2、Spring Boot Data Redis 和 Jedis 相关类（Commons Pool2 是由 Jedis 传递依赖进来的）。这个自动配置类会根据情况注册一个 redisConnectionFactory Bean：

```java
@Configuration(proxyBeanMethods = false)
@ConditionalOnClass({ GenericObjectPool.class, JedisConnection.class, Jedis.class })
class JedisConnectionConfiguration extends RedisConnectionConfiguration {
    @Bean
    @ConditionalOnMissingBean(RedisConnectionFactory.class)
    JedisConnectionFactory redisConnectionFactory(ObjectProvider<JedisClientConfigurationBuilderCustomizer>
builderCustomizers) throws UnknownHostException {...}
    // 省略其他方法
}
```

通过这个自动配置类，后续我们就能使用 Jedis 作为底层客户端来进行操作了。其中 JedisClient-ConfigurationBuilderCustomizer 的作用与之前提到的 LettuceClientConfigurationBuilderCustomizer 类似。

8.2.2　Redis 的基本操作

前面在介绍数据库操作时，我们接触到了 TransactionTemplate、JdbcTemplate 等模板类，Spring 把各类可以固化的代码都封装成了模板。其实，Redis 的操作也很符合这个特征，并且 Redis 的操作"界面"也很符合模板模式，常用操作都被封装进了 RedisTemplate 类中，直接操作这个类就能完成 Redis 的操作了。

Spring Boot 的 RedisAutoConfiguration 为我们自动配置好了两个 RedisTemplate，其中有一个专门用于字符串类型的 Redis 操作。而创建这些 RedisTemplate 所需的 RedisConnectionFactory，就是由上文提到的部分所提供的：

```java
@Configuration(proxyBeanMethods = false)
@ConditionalOnClass(RedisOperations.class)
@EnableConfigurationProperties(RedisProperties.class)
@Import({ LettuceConnectionConfiguration.class, JedisConnectionConfiguration.class })
public class RedisAutoConfiguration {
    @Bean
    @ConditionalOnMissingBean(name = "redisTemplate")
```

```
public RedisTemplate<Object, Object> redisTemplate(RedisConnectionFactory redisConnectionFactory)
        throws UnknownHostException {
    RedisTemplate<Object, Object> template = new RedisTemplate<>();
    template.setConnectionFactory(redisConnectionFactory);
    return template;
}

@Bean
@ConditionalOnMissingBean
public StringRedisTemplate stringRedisTemplate(RedisConnectionFactory redisConnectionFactory)
        throws UnknownHostException {
    StringRedisTemplate template = new StringRedisTemplate();
    template.setConnectionFactory(redisConnectionFactory);
    return template;
}
}
```

其中，`RedisConnection` 提供了与 Redis 交互的底层能力，`RedisTemplate` 则在前者的基础上提供了序列化与连接管理能力。根据数据结构的不同，具体的操作上也做了一定的抽象，详情如表8-6所示。

表 8-6 `RedisTemplate` 中封装的操作类型

操　　作	绑定键名操作	描　　述
ClusterOperations	无	Redis 集群的相关操作
GeoOperations	BoundGeoOperations	Redis 地理位置的相关操作
HashOperations	BoundHashOperations	Redis Hash 类型的相关操作
HyperLogLogOperations	无	Redis HyperLogLog 类型 [①] 的相关操作
ListOperations	BoundListOperations	Redis 列表类型的相关操作
SetOperations	BoundSetOperations	Redis 集合类型的相关操作
StreamOperations	BoundStreamOperations	Redis 流 [②] 的相关操作
ValueOperations	BoundValueOperations	Redis 值类型的相关操作
ZSetOperations	BoundZSetOperations	Redis 有序结合类型的相关操作

当我们要进行某种数据结构的操作时，调用 `RedisTemplate` 的 `opsForXxx()` 方法获得对应的操作对象，然后就能进行操作了。例如，要对 foo 集合做操作，可以调用 `opsForSet()` 方法，随后就能使用其中的 `add()`、`remove()` 和 `pop()` 等方法了。如果要对同一个键名的数据做多次操作，则可以使用 `boundXxxOps()` 来获取 `BoundKeyOperations` 对象，再执行后续操作。

此外，`RedisTemplate` 中还直接提供了一些操作，大多是用于那些和数据结构无关的情况，例如删除、设置过期时间和判断数据是否存在等，这些操作会直接调用 `delete()`、`expire()` 和 `hasKey()` 方法，无须再获取操作对象了。

回到二进制奶茶店的例子，我们来看看 Redis 作为一种缓存是如何在工程中发挥作用的。

---

① HyperLogLog 是 Redis 2.8.9 版本发布时加入的数据结构，专门用来做基数统计，虽然不能 100% 准确地计算基数，但它的优点是只需要很少的空间就能完成对大量数据的统计。

② 是 Redis 5.0 版本发布时加入的类型。这里所谓的流，其实更像是一个消息队列，就连 Redis 的作者本人也承认在设计这部分时很大程度上借鉴了 Kafka。

> 需求描述 奶茶店里的菜单虽然会有更新，但频率不高，通常一个月甚至一个季度才会根据情况对品类和价格做些调整。如果进店的顾客比较多，大家一起查看菜单，对菜单的请求量就会直线上升，类似情况下数据库迟早会成为瓶颈，这时，我们就需要引入新的解决方案了。

通常对于那些不太会变的东西，我们不会每次访问都去查询数据库，而是将它们缓存起来，从而实现在提升性能的同时降低数据库的压力。在这个例子[①]中，我们完全可以将整个菜单缓存到 Redis 里。

第一步，让我们使用 Docker 在本地启动一个 Redis[②]，监听 6379 端口，后续就会将该 Redis 作为缓存：

```
▸ docker pull redis
▸ docker run --name redis -d -p 6379:6379 redis
```

第二步，修改 MenuItem 的代码，因为 RedisTemplate 会将该对象序列化后存储到 Redis 里，所以**它必须实现 Serializable 接口**：

```
public class MenuItem implements Serializable {
    private static final long serialVersionUID = 8585684450527309518L;
    // 其他代码省略
}
```

第三步，在启动时增加一个"加载菜单并存储到 Redis"的动作，这里我们同样使用 Application-Runner，具体如代码示例 8-2 所示。它从数据库中获得所有的菜单项，再将其序列化存入 Redis 的集合中，并将过期时间设置为 300 秒。这里演示了 opsForList() 和 expire() 的用法。

代码示例 8-2 MenuCacheRunner 代码片段

```
@Component
@Slf4j
@Order(1)
public class MenuCacheRunner implements ApplicationRunner {
    @Autowired
    private RedisTemplate redisTemplate;
    @Autowired
    private MenuRepository menuRepository;

    @Override
    public void run(ApplicationArguments args) throws Exception {
        List<MenuItem> itemList = menuRepository.findAll();
        log.info("Load {} MenuItems from DB, ready to cache.", itemList.size());
        redisTemplate.opsForList().leftPushAll("binarytea-menu", itemList);
        redisTemplate.expire("binarytea-menu", 300, TimeUnit.SECONDS);
    }
}
```

第四步，修改之前的 MenuPrinterRunner。原本它只能从数据库中取得信息并输出，而新的版本会优先从 Redis 中获取数据，如果没有的话再从数据库加载。具体如代码示例 8-3 所示。为了保证

---

① 这个例子放在代码示例的 ch8/binarytea-redis 中，本例基于之前的 binarytea-jpa 进行修改，但禁用了 Hibernate 的 DDL
   生成（配置 spring.jpa.hibernate.ddl-auto=none），改用了第 6 章中使用的 schema.sql 和 data.sql 来初始化数据。
② 关于 Redis 的镜像，可以查看 Docker Hub 的对应页面。

MenuCacheRunner 在 MenuPrinterRunner 之前运行，两个类上都增加了 @Order 注解，并配置了执行顺序。

代码示例 8-3　修改后的 MenuPrinterRunner 代码片段

```
@Component
@Slf4j
@Order(2)
public class MenuPrinterRunner implements ApplicationRunner {
    @Autowired
    private MenuRepository menuRepository;
    @Autowired
    private RedisTemplate redisTemplate;

    @Override
    public void run(ApplicationArguments args) throws Exception {
        long size = 0;
        List<MenuItem> menuItemList = null;
        if (redisTemplate.hasKey("binarytea-menu")) {
            BoundListOperations<String, MenuItem> operations = redisTemplate.boundListOps("binarytea-menu");
            size = operations.size();
            menuItemList = operations.range(0, -1);
            log.info("Loading menu from Redis.");
        } else {
            size = menuRepository.count();
            menuItemList = menuRepository.findAll();
            log.info("Loading menu from DB.");
        }
        log.info("共有{}个饮品可选。", size);
        menuItemList.forEach(i -> log.info("饮品:{}", i));
    }
}
```

Spring Boot 的自动配置默认就会连接 localhost:6379 的 Redis，因此我们无须在 application.properties 中做额外配置。如果不是用这个地址，也可以自己设置，例如：

```
spring.redis.host=127.0.0.1
spring.redis.port=6379
```

程序执行的输出大致会是这样的：

```
2022-02-26 22:11:31.498  INFO 97964 --- [main] l.s.binarytea.runner.MenuCacheRunner : Load 2 MenuItems
from DB, ready to cache.
2022-02-26 22:11:31.701  INFO 97964 --- [main] l.s.binarytea.runner.MenuPrinterRunner : Loading menu
from Redis.
2022-02-26 22:11:31.701  INFO 97964 --- [main] l.s.binarytea.runner.MenuPrinterRunner : 共有2个饮品可选。
2022-02-26 22:11:31.701  INFO 97964 --- [main] l.s.binarytea.runner.MenuPrinterRunner : 饮品:
MenuItem(id=2, name=Java咖啡, size=LARGE, price=CNY 15.00, createTime=2022-02-26 22:11:30.570549,
updateTime=2022-02-26 22:11:30.570549)
2022-02-26 22:11:31.705  INFO 97964 --- [main] l.s.binarytea.runner.MenuPrinterRunner : 饮品:
MenuItem(id=1, name=Java咖啡, size=MEDIUM, price=CNY 12.00, createTime=2022-02-26 22:11:30.567212,
updateTime=2022-02-26 22:11:30.567212)
```

如果这时用客户端连上 Redis，查看我们保存进去的数据，会看到下面这样的一大串内容。如果不做特殊配置，Spring Data Redis 默认会使用 JDK 自带的序列化机制进行序列化和反序列化。如果有不同语言的系统共用这些缓存数据，那会在很大程度上影响缓存的使用，所以可以考虑改用 JSON 来进行序列化：

\xac\xed\x00\x05sr\x00(learning.spring.binarytea.model.MenuItemw&z\x84\xd3Fn\xce\x02\x00\x06L\x00\ncreateTimet\x00\x10L......

RedisTemplate 默认使用 JdkSerializationRedisSerializer，如果要改变这个方式，就要自己来创建 RedisTemplate，调整序列化方式。Spring Data Redis 内置了几种实现了 RedisSerializer 接口的序列化器，具体如表 8-7 所示，其中两个 JSON 的序列化器都是基于 Jackson2 来实现的。

表 8-7 Spring Data Redis 内置的序列化器

序列化器	快捷方式	说　明
JdkSerializationRedisSerializer	RedisSerializer.java()	使用 JDK 的序列化方式
ByteArrayRedisSerializer	RedisSerializer.byteArray()	直接透传 byte[]，不做任何处理
StringRedisSerializer	RedisSerializer.string()	根据字符集将字符串序列化为字节
GenericToStringSerializer<T>		依赖 Spring 的 ConversionService 来序列化字符串
GenericJackson2JsonRedisSerializer	RedisSerializer.json()	按照 Object 来序列化对象
Jackson2JsonRedisSerializer<T>		根据给定的泛型类型序列化对象
OxmSerializer		依赖 Spring 的 OXM（Object/XML Mapper，O/M 映射器）来序列化对象

假设我们针对键和值使用不同的序列化方式，可以像下面这段代码一样来配置自己的 RedisTemplate：

```
@Bean
public RedisTemplate redisTemplate(RedisConnectionFactory connectionFactory) {
    RedisTemplate redisTemplate = new RedisTemplate();
    redisTemplate.setConnectionFactory(connectionFactory);
    redisTemplate.setKeySerializer(RedisSerializer.string());
    redisTemplate.setValueSerializer(RedisSerializer.json());
    return redisTemplate;
}
```

但往往只这么做是不够的，因为总有些 Jackson2 的 ObjectMapper 无法直接序列化的类型，比如 Money 类型就需要做些特别的处理。Jackson2 提供了标准的序列化和反序列化接口，我们只需实现这些接口就能实现特定类型的转换，而在 Spring Boot 提供的 @JsonComponent 注解的支持下，带了这个注解的类会直接被注册为 Bean，并注入 Spring Boot 维护的 ObjectMapper 中，省去了我们自己配置的麻烦。

其实，在整个序列化和反序列化的过程中，最重要的就是有一个合适的 ObjectMapper，如果我们希望把控其中的细节，还可以注册自己的 Jackson2ObjectMapperBuilderCustomizer，通过它来进行个性化配置。代码示例 8-4 提供了一套简单的处理 Money 类型的代码。[①]

代码示例 8-4　简单的 Money 类型处理代码

```
@JsonComponent
public class MoneySerializer extends StdSerializer<Money> {
    protected MoneySerializer() {
        super(Money.class);
```

[①] 代码示例 8-4 和代码示例 8-5 放在代码示例的 ch8/binarytea-redis-json 中，基于之前的 binarytea-redis 稍作修改。

```
    }

    @Override
    public void serialize(Money money, JsonGenerator jsonGenerator,
                        SerializerProvider serializerProvider) throws IOException {
        jsonGenerator.writeNumber(money.getAmount());
    }
}

@JsonComponent
public class MoneyDeserializer extends StdDeserializer<Money> {
    protected MoneyDeserializer() {
        super(Money.class);
    }

    @Override
    public Money deserialize(JsonParser jsonParser,
                        DeserializationContext deserializationContext)
        throws IOException, JsonProcessingException {
        return Money.of(CurrencyUnit.of("CNY"), jsonParser.getDecimalValue());
    }
}
```

实际上，考虑到 Joda Money 的使用很广泛，Jackson JSON 官方提供了一个针对 Money 类的序列化类型，无须我们自己来实现序列化与反序列化器，只需添加如下依赖就能引入 jackson-datatype-joda-money：[①]

```
<dependency>
    <groupId>com.fasterxml.jackson.datatype</groupId>
    <artifactId>jackson-datatype-joda-money</artifactId>
    <version>2.13.1</version>
</dependency>
```

随后在 Spring 配置类中注册这个 JSON 模块，让 Spring Boot 在自动配置 ObjectMapper 时自动注册它，也可以手动在自己的 ObjectMapper 中注册这个模块：

```
@Bean
public JodaMoneyModule jodaMoneyModule() {
    return new JodaMoneyModule();
}
```

接下来，再调整一下 redisTemplate()，指定我们要处理的泛型类型，让它专门来处理键为 String 值为 MenuItem 的类型，序列化与反序列化都是用 Spring Boot 自动配置的 ObjectMapper。具体如代码示例 8-5 所示。

代码示例 8-5　为 `MenuItem` 提供个性化的 `RedisTempalte`

```
@Bean
public RedisTemplate<String, MenuItem> redisTemplate(RedisConnectionFactory connectionFactory,
                                                ObjectMapper objectMapper) {
    Jackson2JsonRedisSerializer<MenuItem> serializer = new Jackson2JsonRedisSerializer<>(MenuItem.class);
    serializer.setObjectMapper(objectMapper);
```

---

① 这里的 jackson-datatype-joda-money 的版本建议与使用的 Jackson2 版本保持一致。例如，Spring Boot 2.6.3 管理的 Jackson2 版本为 2.13.1，所以我们也要引入 2.13.1 的 jackson-datatype-joda-money。

```
RedisTemplate<String, MenuItem> redisTemplate = new RedisTemplate<>();
redisTemplate.setConnectionFactory(connectionFactory);
redisTemplate.setKeySerializer(RedisSerializer.string());
redisTemplate.setValueSerializer(serializer);
return redisTemplate;
}
```

程序执行后，再到 Redis 里用 LRANGE "binarytea-menu" 0 0 查看数据，看到的 JSON 输出大概是类似下面这样的：

{\"id\":2,\"name\":\"Java\xe5\x92\x96\xe5\x95\xa1\",\"size\":\"LARGE\",\"price\":15.00,\"createTime\":\"2020-10-15T16:59:26.037+00:00\",\"updateTime\":\"2020-10-15T16:59:26.037+00:00\"}

茶歇时间：本地缓存 vs. 分布式缓存

读多写少的情况下就可以用缓存，比如读写比为 10:1 的情况就很合适。本节聊到的 Redis 很适合做缓存，这其实是把 Redis 集群当做分布式缓存集群在用。一个应用集群访问同一个缓存，一般不会出现缓存数据不一致的情况（如果要较真一些，还是有概率会出现数据不一致的情况，例如 Redis 主从同步有延时，从不同节点读取数据时就可能会有问题）。但分布式缓存也是有代价的，例如，网络交互的开销和序列化的开销，如果缓存的对象很大，或者访问量很高，也不排除会有打满带宽的情况。总之，没有哪种方案是包治百病还零成本的。

与其相对应的是本地缓存，即将数据缓存在应用本地。以 Java 应用为例，可以将数据缓存在 JVM 的堆内存里。这样做的好处是可以不用经过网络，无须序列化，直接就能获取需要的数据。但这样做的弊端也很明显，假设应用集群有 10 台服务器，每台服务器的缓存可能存在差异，何时更新缓存就是一门学问了。因此如果使用本地缓存，就必须考虑不同服务器缓存不一致的情况，要能够容忍这样的差异。

不过，这两种方式并非水火不容，不妨考虑适当结合两者。例如，我们可以接受缓存数据在更新后 15 秒内的不一致，假设应用集群有 100 台服务器，如果每台机器都每隔 10 秒查询一下数据库，那么这个压力也不小。怎么解决呢？可以在本地做 10 秒的缓存，然后每隔 10 秒查询分布式缓存，并在更新数据库时将分布式缓存的值直接写到缓存里。

8.2.3 通过 Repository 操作 Redis

在介绍 JPA 时，Spring Data JPA 的 Repository 十分惊艳，让人印象深刻，只需定义接口和方法就能实现各种常用操作。其实，这并非 JPA 所独有的，Spring Data Redis 也有类似的机制，只要 Redis 服务器的版本在 2.8.0 以上，不用事务，就可以通过 Repository 实现各种常用操作了。

1. 定义实体

既然是个仓库，就有对应要操作的领域对象，所以我们需要先定义这些对象。表 8-8 罗列了定义 Redis 领域对象时会用到的一些注解。

表 8-8 定义 Redis 领域对象常用的注解

注　解	说　明
@RedisHash	与 @Entity 类似，用来定义 Redis 的 Repository 操作的领域对象，其中的 value 定义了不同类型对象存储时使用的前缀，也叫做键空间（keyspace），默认是全限定类名，timeToLive 用来定义缓存的秒数
@Id	定义对象的标识符
@Indexed	定义二级索引，加在属性上可以将该属性定义为查询用的索引
@Reference	缓存对象引用，一般引用的对象也会被展开存储在当前对象中，添加了该注解后会直接存储该对象在 Redis 中的引用

假设我们希望通过 Repository 来缓存菜单，可以像代码示例 8-6 那样定义一个用于 Redis 的菜单对象，其中我们指定了存储时的前缀是 menu，缓存 60 秒，id 为标识符，还有一个二级索引是 name。[①]

代码示例 8-6　用于 Redis 的 RedisMenuItem 类代码片段

```
@RedisHash(value = "menu", timeToLive = 60)
@Getter
@Setter
public class RedisMenuItem implements Serializable {
    private static final long serialVersionUID = 4442333144469925590L;

    @Id
    private Long id;
    @Indexed
    private String name;
    private Size size;
    private Money price;
}
```

这里有一个地方需要注意，如果不是用的 Java 序列化，而是 Jackson JSON，则无法自动处理 Money 类型，我们必须定义两个 Converter 处理 Money 与 byte[] 的互相转换。就像代码示例 8-7 那样，通过上下文里的 ObjectMapper 和 Jackson2JsonRedisSerializer 来进行序列化与反序列化，@ReadingConverter 标注的 BytesToMoneyConverter 负责在读取时将字节转换为 Money，写进 Redis 时则使用 @WritingConverter 标注的 MoneyToBytesConverter。

代码示例 8-7　用于处理 Money 类型的 Converter 代码片段

```
@ReadingConverter
public class BytesToMoneyConverter implements Converter<byte[], Money> {
    private Jackson2JsonRedisSerializer<Money> serializer;

    public BytesToMoneyConverter(ObjectMapper objectMapper) {
        serializer = new Jackson2JsonRedisSerializer<Money>(Money.class);
        serializer.setObjectMapper(objectMapper);
    }

    @Override
    public Money convert(byte[] source) {
        return serializer.deserialize(source);
    }
}
```

① 这部分的例子放在了 ch8/binarytea-redis-repository 中。

```
}

@WritingConverter
public class MoneyToBytesConverter implements Converter<Money, byte[]>{
    private Jackson2JsonRedisSerializer<Money> serializer;

    public MoneyToBytesConverter(ObjectMapper objectMapper) {
        serializer = new Jackson2JsonRedisSerializer<Money>(Money.class);
        serializer.setObjectMapper(objectMapper);
    }

    @Override
    public byte[] convert(Money source) {
        return serializer.serialize(source);
    }
}
```

这两个类需要做个简单的注册，即需要在上下文中配置一个 RedisCustomConversions，将它们添加进去，如代码示例 8-8 所示。

代码示例 8-8　配置 RedisCustomConversions Bean

```
@Bean
public RedisCustomConversions redisCustomConversions(ObjectMapper objectMapper) {
    return new RedisCustomConversions( Arrays.asList(new MoneyToBytesConverter(objectMapper),
new BytesToMoneyConverter(objectMapper)));
}
```

这时使用的 RedisTemplate 可以不用指定泛型类型，用 GenericJackson2JsonRedisSerializer 就够了。我们还是把键序列化成字符串，值序列化成 JSON，如代码示例 8-9 所示。

代码示例 8-9　定制 RedisTemplate Bean

```
@Bean
public RedisTemplate redisTemplate(RedisConnectionFactory connectionFactory,ObjectMapper objectMapper) {
    GenericJackson2JsonRedisSerializer serializer = new GenericJackson2JsonRedisSerializer(objectMapper);
    RedisTemplate redisTemplate = new RedisTemplate();
    redisTemplate.setConnectionFactory(connectionFactory);
    redisTemplate.setKeySerializer(RedisSerializer.string());
    redisTemplate.setValueSerializer(serializer);
    return redisTemplate;
}
```

2. 定义接口

用于 Redis 的 Repository 接口的定义与 JPA 的如出一辙，基本就是一个模子里刻出来的，继承一样的父接口，用一样的规则来定义接口，如果你不太记得的话，可以回顾一下 7.1.4 节。代码示例 8-10 定义了一个针对 RedisMenuItem 的 Repository 接口。

代码示例 8-10　针对 Redis 修改过的 Repository 接口定义

```
public interface RedisMenuRepository extends CrudRepository<RedisMenuItem, Long> {
    List<RedisMenuItem> findByName(String name);
}
```

要激活针对 Redis 的 Repository 接口支持，需要在配置类上添加 @EnableRedisRepositories 注解。与 JPA 一样，Spring Boot 的自动配置类 RedisRepositoriesAutoConfiguration（确切地说是它导入的 RedisRepositoriesRegistrar）已经自动添加了这个注解，只要满足条件，就不用我们自己动手了。

接下来，我们来改造一下之前的 MenuCacheRunner 和 MenuPrinterRunner，从直接使用 RedisTemplate 改为使用 RedisMenuRepository 来操作 Redis。代码示例 8-11 是 MenuCacheRunner 类，它从 MenuRepository 中获取全部的菜单项，转换为 RedisMenuItem 后保存进 Redis。

代码示例 8-11　改造后的 MenuCacheRunner 类

```java
@Component
@Slf4j
@Order(1)
public class MenuCacheRunner implements ApplicationRunner {
    @Autowired
    private MenuRepository menuRepository;
    @Autowired
    private RedisMenuRepository redisMenuRepository;

    @Override
    public void run(ApplicationArguments args) throws Exception {
        List<MenuItem> itemList = menuRepository.findAll();
        log.info("Load {} MenuItems from DB, ready to cache.", itemList.size());

        itemList.forEach(i -> {
            RedisMenuItem rmi = new RedisMenuItem();
            BeanUtils.copyProperties(i, rmi);
            redisMenuRepository.save(rmi);
        });
    }
}
```

代码示例 8-12 是 MenuPrinterRunner 类：redisMenuRepository 中如果存储了内容，则 count() 会返回存储的对象数量，大于 0 就走缓存，否则就走数据库。

代码示例 8-12　改造后的 MenuPrinterRunner 类

```java
@Component
@Slf4j
@Order(2)
public class MenuPrinterRunner implements ApplicationRunner {
    @Autowired
    private MenuRepository menuRepository;
    @Autowired
    private RedisMenuRepository redisMenuRepository;

    @Override
    public void run(ApplicationArguments args) throws Exception {
        long size = 0;
        Iterable<?> menuList;
        if (redisMenuRepository.count() > 0) {
            log.info("Loading menu from Redis.");
            size = redisMenuRepository.count();
            menuList = redisMenuRepository.findAll();
            log.info("Java咖啡缓存了{}条", redisMenuRepository.findByName("Java咖啡").size());
        } else {
```

```
            log.info("Loading menu from DB.");
            size = menuRepository.count();
            menuList = menuRepository.findAll();
        }
        log.info("共有{}个饮品可选。", size);
        menuList.forEach(i -> log.info("饮品:{}", i));
    }
}
```

程序运行后，在 Redis 里查询到的内容会是类似下面这样的：

```
▶ redis-cli
127.0.0.1:6379> keys *
1) "menu:1:phantom"
2) "menu:2"
3) "menu:1:idx"
4) "menu:2:idx"
5) "menu"
6) "menu:2:phantom"
7) "menu:1"
8) "menu:name:Java\xe5\x92\x96\xe5\x95\xa1"

127.0.0.1:6379> hgetall menu:1
 1) "_class"
 2) "learning.spring.binarytea.model.RedisMenuItem"
 3) "id"
 4) "1"
 5) "name"
 6) "Java\xe5\x92\x96\xe5\x95\xa1"
 7) "size"
 8) "MEDIUM"
 9) "price"
10) "{\"amount\":12.00,\"currency\":\"CNY\"}"
127.0.0.1:6379>
```

茶歇时间：多种不同的 Repository 如何共存

不知道大家有没有这样的疑问：工程里同时存在 JPA 和 Redis 两种类型的 Repository 接口，Spring Data 怎么知道它们分别适用于什么类型的存储，又该如何实例化呢？

Spring Data 中定义了如下一些规则，来帮助我们区分。

(1) 领域对象上添加的**注解**。通过这条基本就已经可以充分区分了，JPA 的领域对象用 @Entity，Redis 的领域对象用 @RedisHash，还有 MongoDB 的领域对象用 @Document。

(2) 接口继承的**父接口**。Spring Data 中有一些针对特定底层技术的接口，例如针对 JPA 的 JpaRepository 或者针对 MongoDB 的 MongoRepository。都用了这些接口了，那一定是适配这些技术的。

(3) **包路径**。@EnableJpaRepositories 和 @EnableRedisRepositories 注解里都有 basePackage 属性用于配置扫描的包路径，通过它可以明确地区分不同的接口。

如果可以的话，建议使用第 (1) 条规则，因为它最为清晰明了。

8.3 Spring 的缓存抽象

我们一般是按照图 8-3 的步骤来使用缓存数据的：第一次进入代码段，判断缓存中是否有需要的数据，如果存在就用缓存里的，如果不存在就从数据库或其他地方读取数据并放入缓存，这样下次就能从缓存获取数据了。当然，这里还要考虑缓存内容过期、超过缓存上限时内容淘汰、数据写入缓存时是否加锁等问题。

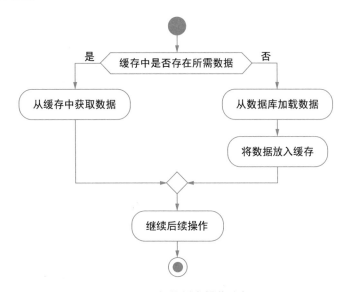

图 8-3　一般的缓存操作流程

我们将这个过程抽象一下，缓存的常见操作无非就是判断是否存在、读取、写入和淘汰，真希望有一套框架能自动缓存特定方法的返回值，这样就不用我们再自己写代码了。Spring Framework 恰好就提供了这么一层缓存抽象。

8.3.1　基于注解的方法缓存

Spring Framework 3.1 引入了一套缓存抽象，它通过注解或者 XML 的方式配置到方法上，每次执行方法就会在缓存里做一次检查，看看是否已经用当前参数调用过这个方法了，如果调用过并且有结果在缓存里了，就不再执行实际的方法调用，而是直接返回缓存值；如果没调用过，就进行调用，并缓存结果。这样一来，就可以自动避免反复执行一些开销很大的方法了。

> 请注意　这里有两点需要着重说明一下：
> ❑ 这套缓存抽象背后是通过 AOP 来实现的，即在实际对象外面包了一层代理，由代理来完成缓存操作，所以必须访问代理后的对象；
> ❑ 只有那些**幂等操作**的方法才适用于这套抽象，因为必须要保证相同的参数拥有一样的返回值。

从 Spring Framework 4.1 版本开始，这套缓存抽象还提供了对 JSR-107 注解的支持。在本节中，我们就着重讨论基于注解的方法缓存。

1. 常用注解介绍

表 8-9 中列举了在 Spring 的缓存抽象中提供的注解，以及它们与 JSR-107 注解的对应关系。

表 8-9　Spring 的缓存抽象中提供的注解

Spring 注解	JSR-107 对应注解	说　明
@Cacheable	@CacheResult	从缓存中获取对应的缓存值，没有的话就执行方法并缓存，然后返回，其中 sync 如果为 true，在调用方法时会锁住缓存，相同的参数只有一个线程会计算，其他线程等待结果
@CachePut	@CachePut	直接用方法返回更新缓存，不做判断
@CacheEvict	@CacheRemove / @CacheRemoveAll	清除缓存，其中的 allEntries 如果设置为 true，则清除指定缓存
@Caching	无	可以用来组合多个缓存抽象的注解，比如两个 @CacheEvict
@CacheConfig	@CacheDefaults	添加在类上，为这个类里的缓存抽象注解提供公共配置，例如统一的 cacheNames 和 cacheManager

这些注解中有很多一样的属性（除了 @Caching），具体如下。

❑ **cacheNames**，用来设置操作的缓存列表，例如 cacheNames="menu"。

❑ **key**，计算缓存键名的 SpEL 表达式，如果不设置，默认值是 ""，即所有参数都参与计算，共同决定键名。通过 {#root.args[0]} 来引用方法的第 1 个参数，此处也可以替换为参数名，例如 #foo；#result 可以访问方法的返回对象，如果注解有 beforeInvocation 属性，配置为 true 时 #result 不可用；#root.methodName 和 #root.targetClass 可以访问方法名和目标类的类名，相应地，#root.method 和 #root.target 则访问对应的对象；#root.caches 可以获得要操作的缓存列表。

❑ **keyGenerator**，自定义的 KeyGenerator Bean 名称，用来生成缓存键名，与 key 属性互斥。

❑ **cacheManager**，缓存管理器的 Bean 名称，负责管理实际的缓存。

❑ **cacheResolver**，缓存解析器的 Bean 名称，与 cacheManager 属性互斥。

❑ **condition**，操作缓存的条件，也是用 SpEL 表达式来计算的。

前面说过，key 和 keyGenerator 是用来计算缓存键名的，默认情况下，SimpleKeyGenerator 会根据参数来生成键名，策略如下。

❑ 如果没有参数，直接返回 SimpleKey.EMPTY。

❑ 如果只有一个参数，且参数不为 null，也不是数组类型，直接返回这个参数。

❑ 如果是其他情况，返回包含所有参数的 SimpleKey 实例。

condition 用来计算操作条件，它可以是这样的：

```
@Cacheable(cacheNames="menu", condition="#name.length() < 16")
public MenuItem findByName(String name) {...}
```

还有一个 unless 参数，并不是所有注解都有，它是用来投否决票的。unless 仅在方法执行后有效，可以拿到执行结果 #result。当 unless 的表达式计算为 true 时则不放入缓存。

2. 如何激活缓存抽象

了解了上面的这些注解后，又该怎么激活 Spring Framework 对它们的支持呢？激活的方法与事务类似，可以在配置类上增加 @EnableCaching 注解，例如下面这样：

```
@Configuration
@EnableCaching
public class Config {}
```

也可以在 XML 配置文件中使用 `<cache:annotation-driven/>` 标签，例如：

```
<beans xmlns="http://www.springframework.org/schema/beans"
       xmlns:xsi="http://www.w3.org/2001/XMLSchema-instance"
       xmlns:cache="http://www.springframework.org/schema/cache"
       xsi:schemaLocation="
       http://www.springframework.org/schema/beans
       https://www.springframework.org/schema/beans/spring-beans.xsd
       http://www.springframework.org/schema/cache
       https://www.springframework.org/schema/cache/spring-cache.xsd">

    <cache:annotation-driven/>
</beans>
```

前文提到的各种注解都可以在 `<cache/>` 中找到对应的配置方法，此处就不展开了，我们还是以注解的用法为主。

现在，回到二进制奶茶店的例子中，8.2 节的需求描述中已经说明了菜单是长时间的，属于读多写少的内容，因此非常适合做缓存。我们可以将整个菜单缓存起来，减少对数据库的操作。[①] 先添加一个菜单服务类 MenuService，用它来封装 Repository 的操作，同时在其方法上添加相应的注解，如代码示例 8-13 所示。其实，**一般都推荐将业务逻辑封装到 Service 中**，一个服务在具体实现过程中可能会涉及多个不同表的操作，所以我们将事务也添加在 Service 上。

代码示例 8-13 MenuService 及 MenuRepository 的代码片段

```
@Service
@CacheConfig(cacheNames = "menu")
public class MenuService {
    @Autowired
    private MenuRepository menuRepository;

    @Cacheable
    public List<MenuItem> getAllMenu() {
        return menuRepository.findAll();
    }

    @Cacheable(key = "#root.methodName + '-' + #name + '-' + #size")
    public Optional<MenuItem> getByNameAndSize(String name, Size size)    {
        return menuRepository.findByNameAndSize(name, size);
    }
}

// MenuRepository稍做调整,增加了一个方法
public interface MenuRepository extends JpaRepository<MenuItem, Long>{
```

---

① 这里的例子在 ch8/binarytea-cache 中。

```
    Optional<MenuItem> findByNameAndSize(String name, Size size);
}
```

上面这段代码中，类上添加的 @CacheConfig 注解配置了公共的 cacheNames，因此就不用再在两个方法上做配置了；getByNameAndSize() 上的 @Cacheable 注解中配置了 key 属性，此处将方法名、name 参数与 size 参数用 "-" 拼接在一起作为缓存的键名。

有了菜单服务，接下来需要初始化一下我们的缓存，做个"预热"，代码示例 8-14 就起到了这个作用。先调用 getAllMenu() 缓存完整的菜单列表，再调用 getByNameAndSize() 缓存单个菜单项。一般情况下在有了完整数据后，可以通过简单处理来获得里面的内容，这里出于演示的目的又加了些其他方法，在实践中可以酌情考虑合理使用缓存。

代码示例 8-14　用于"预热"缓存的 MenuCacheRunner 代码片段

```
@Component
@Order(1)
@Slf4j
public class MenuCacheRunner implements ApplicationRunner {
    @Autowired
    private MenuService menuService;

    @Override
    public void run(ApplicationArguments args) throws Exception {
        log.info("从数据库加载菜单列表,后续应该就在缓存里了");
        List<MenuItem> list = menuService.getAllMenu();
        log.info("共取得{}个条目。", list.size());
        menuService.getByNameAndSize("Java咖啡", Size.MEDIUM).ifPresent(m -> log.info("加载中杯Java咖啡,
放入缓存,ID={}", m.getId()));
    }
}
```

缓存"预热"后，再遇到调用对应方法的情况，只要缓存未失效，就不会执行真正的调用，而是直接返回缓存的值。调整后的 MenuPrinterRunner 会使用 MenuService 来获取菜单信息，加载到 data.sql 中预先插入的两条数据后，再重新通过 getByNameAndSize() 来做遍历，这时因为在 MenuCacheRunner 中缓存过"中杯 Java 咖啡"，它会直接从缓存中获取，而大杯咖啡则还需要访问数据库，如代码示例 8-15 所示。

代码示例 8-15　经过调整的 MenuPrinterRunner 代码片段

```
@Component
@Order(2)
@Slf4j
public class MenuPrinterRunner implements ApplicationRunner {
    @Autowired
    private MenuService menuService;

    @Override
    public void run(ApplicationArguments args) throws Exception {
        log.info("再次加载菜单列表,应该不会访问数据库");
        List<MenuItem> list = menuService.getAllMenu();
        log.info("共有{}个饮品可选。", list.size());
        list.forEach(i -> log.info("重新查询菜单项({}):{}", i.getId(),
            menuService.getByNameAndSize(i.getName(), i.getSize())));
    }
}
```

由于开启了 Hibernate 的 SQL 打印功能，在运行程序时，通过观察日志中的 SQL 执行情况，就可以很方便地判断是否命中缓存。

8.3.2 替换不同的缓存实现

在上一节的例子中，我们使用了 Spring Framework 提供的默认缓存，它的背后是 Java 的 ConcurrentHashMap。其实 Spring 的缓存抽象能够支持多种不同的后端缓存实现，它有一层 CacheManager 抽象，在其中维护了多个 Cache，我们要缓存的内容就是保存在 Cache 里的，而之前注解的 cacheNames 中指定的就是这里的 Cache。

只需选择不同的 CacheManager 实现类，就能替换具体使用的缓存。表 8-9 列出了 Spring Framework 中内置的几个 CacheManager 实现。

表 8-10　内置的 CacheManager 实现

实　现　类	底层实现	说　　　明
ConcurrentMapCacheManager	ConcurrentHashMap	建议仅用于测试目的
NoOpCacheManager	无	不做任何缓存操作，可以视为关闭缓存
CompositeCacheManager	无	用于组合多个不同的 CacheManager，会在其中遍历要找的缓存
EhCacheCacheManager	EhCache	适用于 EhCache
CaffeineCacheManager	Caffeine	适用于 Caffeine
JCacheCacheManager	JCache	适用于遵循 JSR-107 规范的缓存

spring-context 这个 Jar 包中只有几个简单的实现，像 EhCache、Caffeine 和 JCache 这样的支持都在 spring-context-support 里。我们可以手动引入后者，但在 Spring Boot 的帮助下，缓存抽象的引入也变得和其他各种能力一样，有对应的起步依赖：

```
<dependency>
    <groupId>org.springframework.boot</groupId>
    <artifactId>spring-boot-starter-cache</artifactId>
</dependency>
```

而 Spring Boot 的自动配置支持的缓存类型就更多了，除了表 8-10 中提到的，还有下面的几种：
❑ Redis
❑ Couchbase
❑ Hazelcast
❑ Infinispan

CacheProperties 提供了一些基本的配置，在配置文件中使用的前缀是 spring.cache，例如 spring.cache.type=redis 可以指定缓存的类型，spring.cache.cache-names=foo,bar 可以限定只用 foo 和 bar 这两个缓存名称，不能动态创建其他的缓存。

1. 替换为 Caffeine

要将默认的 ConcurrentMapCacheManager 替换为 CaffeineCacheManager，首先需要在 pom.xml 中引入 Caffeine 的依赖，具体的版本交给 Spring Boot 来管理（当然，也可以由我们自己指定）：

```
<dependency>
    <groupId>com.github.ben-manes.caffeine</groupId>
    <artifactId>caffeine</artifactId>
</dependency>
```

Spring Boot 的自动配置 CaffeineCacheConfiguration 会在下面的条件下生效，创建一个 Caffeine-CacheManager：

```
@Configuration(proxyBeanMethods = false)
@ConditionalOnClass({ Caffeine.class, CaffeineCacheManager.class })
@ConditionalOnMissingBean(CacheManager.class)
@Conditional({ CacheCondition.class })
class CaffeineCacheConfiguration {}
```

在配置文件中可以像这样来设置缓存，具体的 spec 内容可以参考 CaffeineSpec 类：

```
spring.cache.caffeine.spec=initialCapacity=10,maximumSize=50,expireAfterAccess=60s
```

8.3.1 节中的例子，只需做如上的调整，就能直接使用 Caffeine 运行起来，在代码层面实现零改动。[①] 我们也可以写一个代码示例 8-16 这样的测试用例，看看是否真的自动使用了 Caffeine 做了缓存。由于我们的测试在运行前会先运行 MenuCacheRunner，所以我们只需要在单元测试里做些简单的判断就行了，比如是不是用了 CaffeineCacheManager，缓存里有没有之前存进去的内容等。

代码示例 8-16　针对 Caffine 的 MenuCacheRunnerTest 测试类

```
@SpringBootTest
class MenuCacheRunnerTest {
    @Autowired
    private CacheManager cacheManager;

    @Test
    void testCache() {
        Cache cache = cacheManager.getCache("menu");
        assertTrue(cacheManager instanceof CaffeineCacheManager);
        assertTrue(cache instanceof CaffeineCache);
        assertNotNull(cache.get("getByNameAndSize-Java咖啡-MEDIUM"));
    }
}
```

2. 替换为 Redis

如果要将缓存抽象的底层缓存实现更换为 Redis，方法和之前类似：引入 Spring Data Redis 的依赖，随后 Spring Boot 的自动配置类 RedisCacheConfiguration 会根据条件生效，在上下文中注册一个 RedisCacheManager Bean。

CacheProperties 中针对 Redis 有一些配置，可以参考 CacheProperties.Redis 这个内部类，具体如表 8-11 所示。

---

① 这个例子在 ch8/binarytea-cache-caffine 中。

表 8-11　spring.cache.redis 配置

配　置　项	默　认　值	说　　明
spring.cache.redis.time-to-live	不过期	过期时间
spring.cache.redis.cache-null-values	true	是否可以缓存空值
spring.cache.redis.key-prefix	无前缀	缓存中键的前缀
spring.cache.redis.use-key-prefix	true	写入缓存时是否添加键的前缀

与前面使用 Caffeine 时一样，先修改 pom.xml，将 Caffeine 的依赖换掉[①]：

```
<dependency>
    <groupId>org.springframework.boot</groupId>
    <artifactId>spring-boot-starter-data-redis</artifactId>
</dependency>
```

我们可以像 8.2 节那样对 Redis 的操作进行设置，调整序列化方式，这里的演示就不做过多的调整了。除了 spring.cache.redis.time-to-live=60s 以外，其他配置先全部使用默认值，连接监听在 localhost:6379 上的 Redis。在运行程序后，可以访问 Redis 缓存，查看数据，看到的结果会与下面的输出类似：

```
# redis-cli
127.0.0.1:6379> keys *
1) "menu:name:Java\xe5\x92\x96\xe5\x95\xa1"
2) "menu::getByNameAndSize-Java\xe5\x92\x96\xe5\x95\xa1-MEDIUM"
3) "menu::SimpleKey []"
4) "menu::getByNameAndSize-Java\xe5\x92\x96\xe5\x95\xa1-LARGE"
5) "menu:1:idx"
6) "menu:2:idx"
7) "menu"
127.0.0.1:6379> type "menu::getByNameAndSize-Java\xe5\x92\x96\xe5\x95\xa1-MEDIUM"
string
127.0.0.1:6379>
```

这里的序列化方式其实都是在 RedisCacheConfiguration 中配置的，其中的 keySerializationPair 和 valueSerializationPair 默认是用 RedisSerializer.string() 和 RedisSerializer.java() 来构造的。要对它们进行调整有两种方式，具体如下所示（如果是要调整序列化方式，建议用第一种）：

(1) 在上下文中配置一个我们自己的 RedisCacheConfiguration Bean，在里面完成自定义；

(2) 在上下文中配置一个我们自己的 RedisCacheManagerBuilderCustomizer 实现，对 RedisCache-Manager 进行调整。

代码示例 8-16 的测试类也要稍做调整，Cache 应该判断是否为 RedisCache 的实例，具体如代码示例 8-17 所示。

代码示例 8-17　针对 Redis 改写的 MenuCacheRunnerTest 测试类

```
@SpringBootTest
class MenuCacheRunnerTest {
    @Autowired
    private CacheManager cacheManager;
```

———————————
① 这个例子在 ch8/binarytea-cache-redis 中。

```
@Test
void testCache() {
    Cache cache = cacheManager.getCache("menu");
    assertTrue(cacheManager instanceof RedisCacheManager);
    assertTrue(cache instanceof RedisCache);
    assertNotNull(cache.get("getByNameAndSize-Java咖啡-MEDIUM"));
}
}
```

8.4　小结

在这一章里，我们更多地还是在聊一些与数据操作实战相关的话题，例如，在实际生产环境中，数据库连接池除了管理连接，还应该搭配哪些功能——可能是其内置的功能，也可能是与其他组件结合，像密码加密就是个必备的能力。除了关系型数据库，我们还会在工程中大量地使用非关系型数据库，Redis 就是其中比较常用的。你应该体会到了，在 Spring Boot 和 Spring Data Redis 的帮助下，Redis 的使用既轻松又惬意。最后我们还聊了聊 Spring Framework 提供的缓存抽象，它在一定程度上简化了方法返回值缓存的复杂性，在工作中十分好用。

本章我们聊完了数据库相关的话题，下一章将要开启一个新篇章 —— 怎么实现 Web 相关的需求。

> ### 二进制奶茶店项目开发小结
>
> 到这一章为止，Spring 中的数据操作部分就结束了，阶段性地小结一下二进制奶茶店目前的情况。在第 5 章小结的基础上，目前 BinaryTea 工程在技术层面又实现了如下功能：
>
> - **菜单、订单等对象建模**，结合 JPA 注解与 Lombok 注解，Model 层的对象可以直接通过 ORM 框架与数据库中的表建立映射关系；
> - **常规关系型数据库操作**，Spring Data 的 `Repository` 可以方便地实现最基本的增删改查操作，定义接口即能实现扩展；
> - **菜单数据缓存**，通过 Spring 的缓存抽象，能够透明地更换底层的缓存实现。
>
> 在项目进展过程中，我们还交替演示了 JDBC、Hibernate 及 MyBatis 的基本使用方法；在演示 Spring Data Redis 时，也切换了 Lettuce 和 Jedis 客户端；介绍缓存抽象时，将基于 `ConcurrentHashMap` 的缓存替换为了 Caffeine 和 Redis。在 Spring 家族各种组件的帮助下，这种切换几乎是无缝的，对业务代码的改动微乎其微。

第三部分

使用 Spring 开发 Web 应用

第 9 章

Spring MVC 实践

大家在日常工作中或多或少会接触到一些与 Web 相关的内容。早期也许是开发一个 Web 网站，随着大前端技术的发展，在前后端分离之后，后端 Java 系统只需要向前端提供 REST 接口就好了。在系统内部，分布式系统的交互也有可能是通过 REST 接口来实现的——因此掌握基本的 Web 开发能力还是很有必要的。本章我们会学习如何使用 Spring Framework 提供的 Spring MVC 来开发 Web 系统。

9.1 简单上手 Spring MVC

在早期的 Java EE 项目开发中，大家经常会提到"SSH"组合，其中的第二个"S"指的是 Web MVC 框架 Struts。但随着时间的推移，Struts 早早地就退出了历史的舞台，同一时期的 WebWork 框架也已少人问津，这第二个"S"早就被 Spring MVC 取代了。现在再提起 Struts，多数是老项目要修复安全漏洞。无论是开发 Web 页面，还是 RESTful Web 服务，都可以使用 Spring MVC 轻松实现。本节就让我们先简单了解一下 Spring MVC 的大概用法。

9.1.1 Spring MVC 概览

Spring MVC 能帮助我们方便地开发符合 MVC 模式[①]的 Web 应用，MVC 即 Model-View-Controller（模型—视图—控制器），是一种软件架构模式。开始时，MVC 适用于桌面端程序，在 B/S 结构的应用兴起后，MVC 模式也被逐渐引入 Web 应用。简单说起来，MVC 的主要**目标**就是对用户界面与业

---

① 根据维基百科的介绍，MVC 模式最早是在 1978 年由 Trygve Reenskaug 提出的。MVC 模式的目的是实现一种动态的程序设计，旨在简化后续对程序的修改和扩展，并且实现对程序中某些部分的重复利用。MVC 模式在分离系统各部分的同时，也赋予了它们应有的功能。

务逻辑进行解耦，提升系统代码的可扩展性、可复用性和可维护性。**模型层**封装了业务逻辑，**视图层**则是暴露给用户的界面，**控制器层**则在两者之间充当黏合剂（所以控制器层一般会很薄，没有太多的逻辑），视图层把数据给到控制器，由控制器去调用模型层对应的服务。Spring MVC 里就有一个重要的 `ModelAndView` 类，请求处理完毕后都会返回这个类型的对象，其中就包含了模型与视图的信息，而代表控制器的类都会带上 `@Controller` 注解。因此可以说，`ModelAndView` 对应了 MVC 中的模型与视图，而带有 `@Controller` 注解的类则对应了 MVC 中的控制器。

Spring MVC 的设计是围绕 `DispatcherServlet` 展开的，它是整个 Spring MVC 的核心，跟它配合的组件主要有下面这些：

- **控制器**，我们编写的各种 `Controller`；
- **各类校验器**，例如，Spring MVC 内置了对 Hibernate Validator 的支持；
- **各类解析器**，例如，视图解析器 `ViewResolver`、异常解析器 `HandlerExceptionResolver` 和 Multipart 解析器 `MultipartResolver`；
- **处理器映射**，`HandlerMapping` 定义了请求该如何找到对应的处理器，例如，根据 Bean 名称的 `BeanNameUrlHandlerMapping`，以及根据 `@RequestMapping` 注解的 `RequestMappingHandlerMapping`；
- **处理器适配器**，`DispatcherServlet` 在收到请求时，通过 `HandlerAdapter` 来调用被映射的处理器。

在后文中，我们会详细介绍 Spring MVC 中的几个主要部分，这里先来了解一下其中的一些常用注解，具体如表 9-1 所示。

表 9-1　Spring MVC 中的常用注解

注　解	说　明
`@Controller`	定义控制器类，与 `@Service` 和 `@Repository` 类似
`@RestController`	定义 REST 服务的控制器类，这是个快捷方式注解，其实就是结合了 `@Controller` 和 `@ResponseBody`
`@RequestMapping`	定义请求的处理类和方法，其中的 `path` 属性是映射的 URL，`method` 是 `RequestMethod` 枚举中的 HTTP 方法，对于后者，还可以使用一些快捷注解，例如 `@GetMapping`、`@PostMapping`、`@PutMapping`、`@DeleteMapping` 和 `@PathMapping`
`@RequestBody`	定义请求正文对象，将整个请求正文映射到对象上
`@ResponseBody`	定义方法返回值即为整个请求的应答
`@ResponseStatus`	定义请求应答的 HTTP 响应码，具体的响应码可以用 `HttpStatus` 枚举

9.1.2　编写一个简单的控制器

Linus Torvalds 有一句名言：

　　Talk is cheap. Show me the code.

要想明白如何编写 Spring MVC 的应用，开发 MVC 的控制器，最好的办法还是动手写一个控制器。以二进制奶茶店为例，我们来看这么一个需求。

> **需求描述** 顾客到店后一般会先浏览菜单。有的顾客会查看完整的菜单，然后从中挑选自己喜欢的饮品；有的顾客会直接报饮品名称；甚至有些熟客能够直接报饮品编号。光顾我们二进制奶茶店的顾客主要是程序员，他们不直接报 0 和 1 组成的编码就是万幸了。
>
> 所以我们需要提供一些服务，以便到店的顾客可以方便地完成下面三件事：
>
> (1) 找到完整的菜单；
>
> (2) 根据名称找到饮品；
>
> (3) 根据编号找到饮品。

1. 开发控制器及其依赖代码

因为要开发 Web 相关的代码，所以 pom.xml 中必须引入 Web 相关的依赖，可以像下面这样：

```
<dependency>
    <groupId>org.springframework.boot</groupId>
    <artifactId>spring-boot-starter-web</artifactId>
</dependency>
```

代码示例 9-1[①] 是菜单的 MVC 控制器代码片段，其中的几个方法分别实现了如下的功能——getAllMenu() 能获取全部菜单项，getById() 可以根据编号获取指定菜单项，getByName() 可以根据名称获取菜单项。

代码示例 9-1　菜单的 MVC 控制器 MenuController

```
@Controller
@ResponseBody
@RequestMapping("/menu")
public class MenuController {
    @Autowired
    private MenuService menuService;

    @GetMapping(params = "!name")
    public List<MenuItem> getAll() {
        return menuService.getAllMenu();
    }

    @GetMapping(path = "/{id}", produces = MediaType.APPLICATION_JSON_VALUE)
    public Optional<MenuItem> getById(@PathVariable Long id) {
        return menuService.getById(id);
    }

    @RequestMapping(params = "name", method = RequestMethod.GET)
    public List<MenuItem> getByName(@RequestParam String name) {
        return menuService.getByName(name);
    }
}
```

详细分析一下这段代码，MenuController 类上添加了 @Controller 注解，表明这个类是 MVC 控制器。@ResponseBody 可以写在类上，也可以写在方法上，表示将方法的返回值作为响应的正文。Spring

---

① 这个示例放在第 9 章的目录里，具体位置是 ch9/binarytea-simple-controller。

MVC 提供了 @RestController 注解，在同时使用 @Controller 和 @ResponseBody 的情况下可以用它来代替。类上的 @RequestMapping 注解设置了整个类里的公共属性，在这里是设置了 URL 映射的基础路径 /menu，下面的方法在写路径时就可以不用再加这段前缀了。

方法上的几个注解用来建立方法和请求的映射关系，@GetMapping 相当于 @RequestMapping(method = RequestMethod.GET)，表 9-1 中提到的其他几个 @XxxMapping 注解也是类似的情况。[①]

在 Spring MVC 中，@RequestMapping 是一个非常重要的注解，所以要详细介绍一下，表 9-2 列出了它的所有属性。

表 9-2　@RequestMapping 注解的属性

属　性	类　型	说　明
name	String	为映射定义一个名称，当类上和方法上的注解里都定义了名称，会用 # 将它们连接起来
path	String[]	指定映射的 URL，也是本注解的默认属性，类上的 path 会作为方法上的 path 的前缀，如果路径中用了占位符 {}，可以用 @PathVariable 注解来取得对应占位符的值
method	RequestMethod[]	用来缩小映射的范围，指定可以接受的 HTTP 方法，RequestMethod 定义了支持的 HTTP 方法
params	String[]	用来缩小映射的范围，当请求参数匹配规则时才做映射，可以用 param1=value1、param2!=value2、param3 和 !param4 分别表示参数等于某个值，参数不等于某个值，必须包含某个参数和不能包含某个参数
headers	String[]	用来缩小映射的范围，当 HTTP 请求头匹配规则时才做映射，规则配置方式与 params 相同
consumes	String[]	用来缩小映射的范围，只能处理特定媒体类型的请求，也就是匹配请求头里的 Content-Type，媒体类型一般通过 MediaType 来配置，可以用 ! 表示否定
produces	String[]	用来缩小映射的范围，只能处理接受特定返回媒体类型的请求，本方法的结果会被限制在指定的媒体类型里

这个控制器用到的 MenuService 与上一章里的基本类似，但增加了一些方法和注解，例如，根据 ID 和名称获取 MenuItem 的方法，另外，事务一般配置在服务层上，所以这里还增加了 @Transactional 注解，具体见代码示例 9-2。

代码示例 9-2　增加了所需方法和注解的 MenuService

```
@Service
@Transactional
@CacheConfig(cacheNames = "menu")
public class MenuService {
    @Autowired
    private MenuRepository menuRepository;

    @Cacheable
    public List<MenuItem> getAllMenu() {
        return menuRepository.findAll();
```

---

① 请注意，本来应该为展现层编写用于向调用方返回的视图对象的，但这里仅是演示，就直接返回了底层数据库映射的对象。在实际生产环境中，并不推荐这种做法。

```
    }

    public Optional<MenuItem> getById(Long id) {
        return menuRepository.findById(id);
    }

    public List<MenuItem> getByName(String name) {
        return menuRepository.findAll(Example.of(MenuItem.builder().name(name).build()), Sort.by("id"));
    }

    @Cacheable(key = "#root.methodName + '-' + #name + '-' + #size")
    public Optional<MenuItem> getByNameAndSize(String name, Size size)    {
        return menuRepository.findByNameAndSize(name, size);
    }
}
```

此外，由于会返回 Money 类型和 Hibernate 的某些类型（我们直接返回了数据库里查找的对象，有些是 Hibernate 包装过的），所以需要对我们的 Jackson JSON 做些配置。本来我们需要自己编写各种序列化和反序列化组件，但好在 Jackson 社区早就为各种常用的库编写好了所需的设施。只需在 pom.xml 中引入需要的数据类型绑定依赖就可以了[①]，例如：

```
<dependencies>
    <dependency>
        <groupId>com.fasterxml.jackson.datatype</groupId>
        <artifactId>jackson-datatype-joda-money</artifactId>
        <version>2.13.1</version>
    </dependency>
    <dependency>
        <groupId>com.fasterxml.jackson.datatype</groupId>
        <artifactId>jackson-datatype-hibernate5</artifactId>
        <version>2.13.1</version>
    </dependency>
    <!-- 省略其他依赖 -->
</dependencies>
```

随后，Spring Boot 会收集上下文中配置的 Module，注册到自动配置的 Jackson JSON ObjectMapper 里，我们要做的就是配置几个 Bean，就像代码示例 9-3 那样。

代码示例 9-3　修改过的 BinaryTeaApplication 代码片段

```
@SpringBootApplication
@EnableCaching
public class BinaryTeaApplication {

    public static void main(String[] args) {
        SpringApplication.run(BinaryTeaApplication.class, args);
    }

    @Bean
    public JodaMoneyModule jodaMoneyModule() {
        return new JodaMoneyModule();
    }

    @Bean
```

---

① 版本需要根据 Spring Boot 管理的 Jackson JSON 的版本来设置。

```
    public Hibernate5Module hibernate5Module() {
        return new Hibernate5Module();
    }
}
```

运行工程，默认 Spring Boot 的应用会监听 8080 端口，随后通过浏览器或者任何可以访问 Web
的方式来访问 http://localhost:8080/menu 就能看到完整的菜单了，图 9-1 就是在 Chrome 浏览器中装上
JSON View 插件后看到的效果。

```
[
  {
    "createTime": "2020-11-08T15:40:23.448+00:00",
    "id": 1,
    "name": "Java咖啡",
    "price": {
      "amount": 12.00,
      "currency": "CNY"
    },
    "size": "MEDIUM",
    "updateTime": "2020-11-08T15:40:23.448+00:00"
  },
  {
    "createTime": "2020-11-08T15:40:23.455+00:00",
    "id": 2,
    "name": "Java咖啡",
    "price": {
      "amount": 15.00,
      "currency": "CNY"
    },
    "size": "LARGE",
    "updateTime": "2020-11-08T15:40:23.455+00:00"
  }
]
```

图 9-1　完整的菜单 JSON 输出

2. 通过 MockMvc 对控制器进行单元测试

用浏览器查看输出是一种简单的测试方法，通过这种方式，我们可以直观地看到程序运行的效
果，但如果希望后续能反复不断地运行测试，做到测试的自动化，那显然需要换一种测试方法，例
如，用对应的单元测试来发起请求并检查结果。

对于 Spring MVC，Spring Framework 提供了一个好用的 MockMvc，可以让我们方便地构建各种
HTTP 请求，并设置期望的返回值，做各种校验。我们可以像代码示例 9-4 这样来构建 MockMvc。

代码示例 9-4　MenuControllerTest 中关于 MockMvc 初始化的部分

```
@SpringBootTest
class MenuControllerTest {
    private MockMvc mockMvc;

    @BeforeEach
    void setUp(WebApplicationContext wac) {
        this.mockMvc = MockMvcBuilders.webAppContextSetup(wac).alwaysExpect(status().isOk()).build();
    }
```

```
@AfterEach
void tearDown() {
    mockMvc = null;
}
// 省略其他部分
}
```

上面的代码通过传入 WebApplicationContext 来构建 MockMvc，随后设置 MockMvc 每次都期望返回 HTTP 200 OK 的返回码（这里的 alwaysExpect() 也可以不加断言，在具体的测试方法里再添加）。在测试过程中会用到很多静态方法，所以最好先根据需要用 import static 导入一些方法，例如：

- ❑ MockMvcBuilders.*
- ❑ MockMvcRequestBuilders.*
- ❑ MockMvcResultMatchers.*
- ❑ MockMvcResultHandlers.*

此外，我们也可以针对特定 Controller 初始化 MockMvc，例如像下面这样，但这样需要自己处理各种依赖，所以建议使用上面的方法。

```
this.mockMvc = MockMvcBuilders.standaloneSetup(new MenuController()).build();
```

getAll() 方法的测试代码如代码示例 9-5 所示，其中有以下几个步骤。

(1) 通过 MockMvcRequestBuilders.get() 发起一个针对 /menu 的 GET 请求，类似的还有 post() 等方法。

(2) andExpect() 用来设置期望的检查项，这里先用 MockMvcResultMatchers.handler() 取得了处理器，随后判断它是不是 MenuController 类的 getAll() 方法，检查映射是否正确。

(3) 通过 JsonPath[①] 对返回的正文进行校验，这里检查了 JSON 是一个数组，数组长度是 2，所有的 name 属性中都有 "Java 咖啡"。在匹配时用到了 Hamcrest[②]，可以在 Matchers 里找到大量现成的匹配器。

代码示例 9-5　MenuControllerTest 中关于 getAll() 测试的部分

```
@SpringBootTest
class MenuControllerTest {
    // 省略其他部分
    @Test
    void testGetAll() throws Exception {
        mockMvc.perform(get("/menu"))
                // 判断处理方法
                .andExpect(handler().handlerType(MenuController.class))
                .andExpect(handler().methodName("getAll"))
                // 判断返回JSON内容
                .andExpect(jsonPath("$").isArray())
                .andExpect(jsonPath("$.length()").value(2))
                .andExpect(jsonPath("$..name").value(Matchers.hasItem("Java咖啡")));
    }
}
```

---

① JSONPath 是一种读取 JSON 文档的 Java DSL。

② Hamcrest 是单元测试利器，可以帮助我们灵活地创建各种匹配表达式，不仅有针对 Java 的版本，也支持很多其他的语言。

接下来，再测试一下 getById() 方法，具体如代码示例 9-6 所示，这里多了用 MockMvcResultMatchers. content() 来检查返回的 Content-Type 头和返回的消息正文，因为只返回单个对象，所以在没有结果时序列化的值为 null。我们分别用两个测试方法测试了两种场景。其实，在没有找到菜单项时应该将 HTTP 响应码设置为 404，这样才更符合 RESTful Web Service 的风格，我们在后续内容会介绍如何进行设置。

代码示例 9-6　MenuControllerTest 中关于 getById() 测试的部分

```java
@SpringBootTest
class MenuControllerTest {
    // 省略其他部分
    @Test
    void testGetById() throws Exception {
        mockMvc.perform(get("/menu/1"))
                // 判断响应头
                .andExpect(content().contentType(MediaType.APPLICATION_JSON))
                // 判断处理方法
                .andExpect(handler().handlerType(MenuController.class))
                .andExpect(handler().methodName("getById"))
                // 判断返回的JSON内容
                .andExpect(jsonPath("$.name").value("Java咖啡"))
                .andExpect(jsonPath("$.size").value("MEDIUM"));
    }

    @Test
    void testGetByIdWithWrongId() throws Exception {
        mockMvc.perform(get("/menu/100"))
                .andExpect(content().string("null"));
    }
}
```

最后，再来测试 getByName() 方法，具体的代码如代码示例 9-7 所示。这里通过 get().param() 方法设置了请求的参数，当传入的参数查不到内容时，返回的数组为空。

代码示例 9-7　MenuControllerTest 中关于 getByName() 测试的部分

```java
@SpringBootTest
class MenuControllerTest {
    // 省略其他部分
    @Test
    void testGetByName() throws Exception {
        mockMvc.perform(get("/menu").param("name", "Java咖啡"))
                .andExpect(handler().handlerType(MenuController.class))
                .andExpect(handler().methodName("getByName"))
                .andExpect(jsonPath("$.length()").value(2));
    }

    @Test
    void testGetByNameWithWrongName() throws Exception {
        mockMvc.perform(get("/menu").param("name", "Java"))
                .andExpect(jsonPath("$").isEmpty());
    }
}
```

JsonPath 非常灵活，有很多操作符和函数，我们可以在其官方主页查看基本的用法，表 9-3 列出了一些常用的操作符。JsonPath 的常用函数有运算类的 max()、min()、avg() 和 sum()，都是用于数组的，此外数组的 length() 可以返回数组长度。

表 9-3　JsonPath 的常用操作符

操　作　符	说　　　　明
$	JSON 的根元素
@	正在处理的当前节点
*	通配符
..	深度扫描，可以扫描很多层以下的内容
.< 名称>	特定名称的子节点
[数组下标]	返回数组的特定位置的元素
[起始数组下标: 结束数组下标]	从数组中切出一部分

9.2　Spring MVC 的请求处理逻辑

在看过了如何编写一个简单的 Spring MVC 程序后，大家心中应该会有一些好奇：这背后到底发生了什么？ Spring MVC 是怎么把这些功能串联起来的？我们只是写了一个控制器而已，HTTP 请求是怎么转换为控制器方法的调用的？结果又是怎么变成 JSON 的……这一节就让我们一点一点来解释其中的逻辑。

9.2.1　请求的处理流程

现代 Java Web 项目在处理 HTTP 请求时基本都遵循一样的规范，即 Java Servlet 规范 [1]（JSR 340）。其处理流程都是 Servlet 容器（例如 Tomcat 或者 Jetty）收到一个请求，接着找到合适的 Servlet 进行处理，随后返回响应。在 Spring MVC 中，这个处理请求的 Servlet 就是前面提到过的 DispatcherServlet。根据配置，Servlet 容器会将指定的请求都交由它来处理，在收到请求后，DispatcherServlet 会在 Spring 容器中找到合适的处理器（大部分情况下是控制器，即带有 @Controller 注解的类）来处理请求，处理结果经过视图模板后得到可以呈现（render）的响应内容，最后再返回给用户，图 9-2 [2] 展示了上述大致的过程。

---

[1] 截至本书编写时，Java Servlet 规范是 3.1 版本的，大家可以从 JCP 的官网查询到 JSR 340 的信息。

[2] 这张图取自 Spring Framework 的官方文档，简单进行了翻译与微调。

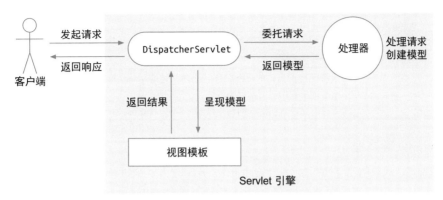

图 9-2 Spring MVC 的请求处理流程概要

1. DispatcherServlet 的初始化

既然 DispatcherServlet 是一个 Servlet 的实现，那就会遵循其生命过程，例如会在创建后进行初始化。HttpServletBean.init() 方法调用了子类的方法 FrameworkServlet.initServletBean()，其中做了 Web 应用上下文的初始化，用的就是 initWebApplicationContext()。在初始化 Web 应用上下文或者是上下文更新时，都会调用 DispatcherServlet.onRefresh()，而这个方法就一句话，直接调用了下面的 initStrategies() 方法。

```
protected void initStrategies(ApplicationContext context) {
    initMultipartResolver(context);
    initLocaleResolver(context);
    initThemeResolver(context);
    initHandlerMappings(context);
    initHandlerAdapters(context);
    initHandlerExceptionResolvers(context);
    initRequestToViewNameTranslator(context);
    initViewResolvers(context);
    initFlashMapManager(context);
}
```

这段代码不难理解，就是在初始化 Spring MVC 的很多特殊类型的 Bean，表 9-4 对这些 Bean 做了一个简单的说明。

表 9-4　Spring MVC 中的特殊 Bean 类型

Bean 类型	说　　明
MultipartResolver	用来解析 MultiPart 请求的解析器，通常是上传文件的请求，MultipartResolver 这层抽象的背后会有多种实现，例如基于 Commons FileUpload
LocaleResolver	和语言环境有关的解析器，通常用于国际化相关的场景中，包含时区、语言等多种信息
ThemeResolver	主题（Theme）解析器，选择应用程序的外观界面，主题通常是一组静态资源
HandlerMapping	用于将请求映射到处理器上，过程中还包括各种前置与后置处理，两个主要的实现类是 RequestMappingHandlerMapping 和 SimpleUrlHandlerMapping
HandlerAdapter	用于触发执行处理器，通过这层抽象，DispatcherServlet 可以不用关心具体如何执行调用

（续）

Bean 类型	说　　明
HandlerExceptionResolver	异常处理解析器
ViewResolver	用于将字符串形式的视图名称转化为具体的 View，RequestToViewNameTranslator 会根据请求信息转换对应的视图名称
FlashMapManager	用于存取在请求间暂存的输入与输出信息，通常会用在重定向时

2. 请求的处理过程

DispatcherServlet 在收到请求后，会交由 doService() 方法来进行处理，其中包含了两个主要的步骤：第一步，向请求中设置 Spring MVC 相关的一些属性；第二步，调用 doDispatch() 将请求分派给具体的处理器执行实际的处理。表 9-5 罗列了第一步里主要设置的几个属性。

表 9-5　doService() 方法中设置到 HttpServletRequest 里的几个属性 [①]

属 性 名 [①]	说　　明
WEB_APPLICATION_CONTEXT_ATTRIBUTE	WebApplicationContext，即 Web 的应用上下文
LOCALE_RESOLVER_ATTRIBUTE	处理请求时可能会需要用到的 LocaleResolver，如果没有国际化需求，可以忽略它
THEME_RESOLVER_ATTRIBUTE	用来决定使用哪个显示主题的 ThemeResolver，如果没有这个需求，也可以忽略它
THEME_SOURCE_ATTRIBUTE	用来获取主题的 ThemeSource，默认是当前的 WebApplicationContext
INPUT_FLASH_MAP_ATTRIBUTE	上个请求传递过来暂存到 FlashMapManager 里的 FlashMap
OUTPUT_FLASH_MAP_ATTRIBUTE	用来向后传递的 FlashMap 中的暂存信息
FLASH_MAP_MANAGER_ATTRIBUTE	如果当前存在 FlashMapManager，则将它设置到请求里

doDispatch() 方法的大致处理逻辑如图 9-3 所示，DispatcherServlet 会尝试根据请求来找到合适的处理器，再通过 HandlerAdapter 来执行处理器的逻辑，经过前置处理、处理器处理和后置处理等多个步骤，最终返回一个 ModelAndView。RequestMappingHandlerAdapter 是专门用来调用 @RequestMapping 注解标记的处理器的。在处理结果的那一步，如果有异常就处理异常，例如交给专门的 HandlerExceptionResolver 来处理；如果没有异常就看 ModelAndView，不为空则呈现具体的视图，不存在也不用担心，因为请求可能已经处理完成了。

通读了 DispatcherServlet 的 doService() 和 doDispatch() 方法之后，我们能大致了解整个请求的处理过程。如果感兴趣的话，你还可以通过 IDE 一步步调试一个请求的处理过程。例如，将端点加在 doDispatch() 的下面这行上，进入内部就能看到 DispatcherServlet 具体是如何从一个 HttpServletRequest 找到对应的处理器的：

```
mappedHandler = getHandler(processedRequest);
```

---

① 这里都是定义的常量名，并非具体的值。

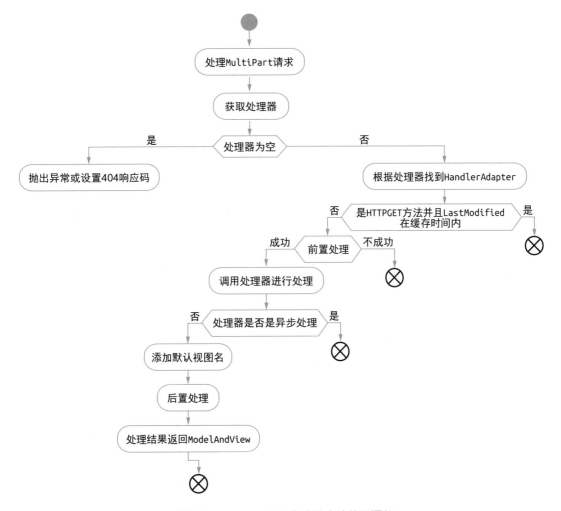

图 9-3　doDispatch() 方法的大致处理逻辑

　　需要特别说明的是，在调用处理器逻辑处理的过程中，针对方法的返回值，会调用 Handler-MethodReturnValueHandler 进行处理——根据不同的情况，会有不同的实现来做处理，例如，加了 @ResponseBody 的方法，返回值就直接被 RequestResponseBodyMethodProcessor 处理掉了，选择合适的 HttpMessageConverter 将对象直接序列化为相应的内容；而返回字符串作为视图名的情况，则是由 ViewNameMethodReturnValueHandler 来处理的。

3. 配置 Spring MVC

　　在 9.1 节中，我们没有做任何配置，只是引入了 Web 相关的依赖，靠着 Spring Boot 的自动配置，就能直接开发 Spring MVC 的代码。Spring Boot 是先用 Spring 的配置启动，随后再启动内嵌的 Web 容器；如果没有 Spring Boot，就需要使用外置的 Web 容器，或者说 Servlet 容器了。

因为现在大部分情况下会使用 Spring Boot，而 Spring Boot 又有完善的自动配置机制，我们不用太操心配置，所以在这部分就简单介绍一下如何在没有 Spring Boot 的情况下配置 Spring MVC。在传统的 Web 工程里，基本都会有一个 web.xml，我们可以把 DispatcherServlet 配置在这个文件里，例如：

```
<web-app>
    <!-- 配置应用上下文 -->
    <listener>
        <listener-class>org.springframework.web.context.ContextLoaderListener</listener-class>
    </listener>

    <context-param>
        <param-name>contextConfigLocation</param-name>
        <param-value>/WEB-INF/applicationContext.xml</param-value>
    </context-param>
    <!-- 配置 Servlet -->
    <servlet>
        <servlet-name>dispatcher</servlet-name>
        <servlet-class>org.springframework.web.servlet.DispatcherServlet</servlet-class>
        <init-param>
            <param-name>contextConfigLocation</param-name>
            <param-value>classpath:dispatcher-servlet.xml</param-value>
        </init-param>
        <load-on-startup>1</load-on-startup>
    </servlet>

    <servlet-mapping>
        <servlet-name>dispatcher</servlet-name>
        <url-pattern>/</url-pattern>
    </servlet-mapping>

</web-app>
```

在上面的配置中，ContextLoaderListener 会加载指定的 XML 文件创建一个上下文，DispatcherServlet 再加载自己的配置文件，创建 Servlet 并映射到 /，两个上下文的关系就如 2.1.4 节中描述的那样，是继承关系。

在 Servlet 3.0 以上的容器里，还可以通过 Java 类的方式来注册并初始化 DispatcherServlet，只要实现 WebApplicationInitializer 接口，容器会自动找到它。例如：

```
public class WebInitializer implements WebApplicationInitializer {
    @Override
    public void onStartup(ServletContext container) {
        XmlWebApplicationContext appContext = new XmlWebApplicationContext();
        appContext.setConfigLocation("classpath:dispatcher-servlet.xml");

        ServletRegistration.Dynamic registration = container.addServlet("dispatcher",
            new DispatcherServlet(appContext));
        registration.setLoadOnStartup(1);
        registration.addMapping("/");
    }
}
```

在上面的代码中，我们还需要自己配置 Spring 的上下文，Spring MVC 提供了一个实现了 WebApplicationInitializer 的抽象类 AbstractDispatcherServletInitializer，通过它的子类 AbstractAnnotationConfigDispatcherServletInitializer 和 AbstractDispatcherServletInitializer 可以轻松地配置基于

Java 配置类的 `DispatcherServlet` 和基于 XML 文件的 `DispatcherServlet`。在实践时，更推荐使用这两个子类。

在配置完 Servlet 后，就该配置 Spring MVC 了，同样有 XML 和 Java 类两种配置方式。在 XML 文件中，使用 `<mvc:annotation-driven/>` 来开启 Spring MVC，就像下面这样：

```xml
<?xml version="1.0" encoding="UTF-8"?>
<beans xmlns="http://www.springframework.org/schema/beans"
       xmlns:mvc="http://www.springframework.org/schema/mvc"
       xmlns:xsi="http://www.w3.org/2001/XMLSchema-instance"
       xsi:schemaLocation="http://www.springframework.org/schema/beans
                           https://www.springframework.org/schema/beans/spring-beans.xsd
                           http://www.springframework.org/schema/mvc
                           https://www.springframework.org/schema/mvc/spring-mvc.xsd">

    <mvc:annotation-driven/>

</beans>
```

基于 Java 类的配置大概是下面这样的。我们需要在配置类上添加 `@EnableWebMvc` 注解，为了实现更精准的配置，还可以让配置类实现 `WebMvcConfigurer` 接口。在 Java 8 里，接口的方法可以带有默认实现，而 Spring Framework 5.0 开始支持的最低 Java 版本就是 Java 8，所以我们可以直接实现这个接口，不需要以前的 `WebMvcConfigurerAdapter` 抽象类了。

```java
@Configuration
@EnableWebMvc
public class WebConfig implements WebMvcConfigurer {
    // 按需实现对应方法
}
```

图 9-4 列出了 `WebMvcConfigurer` 接口的各个方法，覆盖这些方法就能实现对 Spring MVC 的精准配置。

图 9-4 `WebMvcConfigurer` 接口的各个方法

最后，再让我们回到 Spring Boot，Spring Boot 的 `DispatcherServletAutoConfiguration` 提供了针对 `DispatcherServlet` 的自动配置，而 `WebMvcAutoConfiguration` 则提供了 Spring MVC 的自动配置。后者的配置能满足绝大部分的系统需求，在 Spring 的默认配置基础之上还增加了很多额外的功能，例如，自动注册 `Converter`、`GenericConverter`、`Formatter`、`HttpMessageConverters` 和 `MessageCodesResolver` 类型的 Bean，支持静态资源等。

如果希望在保留自动配置的基础上再做一些 Spring MVC 的定制，可以添加一个实现了 `WebMvc-Configurer` 的配置类，但**一定不要加 `@EnableWebMvc` 注解**，因为这样会破坏 Spring Boot 对 Spring MVC 的自动配置。如果希望定制 `RequestMappingHandlerMapping`、`RequestMappingHandlerAdapter` 和 `ExceptionHandlerExceptionResolver`，可以声明一个 `WebMvcRegistrations` 类型的 Bean，把那些对象塞到这个 Bean 里。

如果希望完全由自己来控制 Spring MVC 的配置，可以选择关闭自动配置，或者定义一个带有 `@EnableWebMvc` 注解的配置类。在没有特殊理由的情况下，不建议这么操作，就让 Spring Boot 的自动配置替我们操心一切吧！

茶歇时间：Servlet 的基础知识

早期的 Web 只是简单地提供静态资源，例如页面和图片。随着技术的发展，逐步出现了一些动态技术，能够通过调用服务器上的一些程序动态地响应用户的请求。1993 年美国国家超级电脑应用中心（NCSA）提出了 CGI（Common Gateway Interface，通用网关接口）的概念并成功开发了一套 CGI 程序。后来 CGI 就成为了服务器和请求处理程序之间的一种标准，像 Perl、Python、PHP 等很多语言都能拿来开发 CGI 程序。

不过，当时开发一个 CGI 程序还是比较麻烦的，用 Java 从头开发一个 CGI 程序也一样。为了规范 Java Web 程序，提升开发效率，Java EE（以前叫 J2EE）中诞生了 Java Servlet 技术。Oracle 官方是这样来介绍它的——Java Servlet 技术为 Web 开发者提供了一套既简单又一致的机制，可以用来扩展 Web 服务器的功能，访问现有的业务系统。通常情况下，运行在 Servlet 容器（例如 Tomcat）里的 Servlet 能够完全实现 CGI 程序的功能，甚至有过之而无不及。

Servlet 规范定义了如何接收请求，如何返回响应，如何处理表单，如何处理异常，如何处理 Cookie，如何处理 Session……总之，其中定义了在日常 Web 开发时会遇到的绝大部分内容，只要我们遵循这个规范，使用它的实现，Web 的开发工作相比之前就能轻松不少。

所有的 Servlet 都必须实现 `Servlet` 接口，其中有 5 个方法，分别是：

❏ `init()`，初始化方法；

❏ `getServletConfig()`，获得 Servlet 的配置，例如名称、初始化参数等；

❏ `getServletInfo()`，获得 Servlet 的信息，例如作者、版本等；

❏ `service()`，主要的执行方法；

❏ `destroy()`，销毁方法。

但在实际开发时，我们更多地会使用 HttpServlet 这个抽象类，去实现里面的 doXxx() 方法，例如 doGet() 就是用来处理 GET 请求的。

再后来，Java 程序员不满足于直接开发 Servlet，于是出现了各种 Web 开发框架，尤其是 MVC 模式的框架——Struts、WebWork 就是早期流行的 MVC 框架。当然，后来出现的 Spring MVC 超越了它们，成为了事实上的行业标准。

9.2.2 请求处理方法

在 9.1.2 节中，我们已经看过了如何编写简单的控制器，其中介绍了 @RequestMapping 的用法。其实，Spring MVC 的控制器方法定义非常灵活，可以有各种参数和返回值，接下来就让我们详细了解一下具体的情况。

1. 方法的定义

添加了 @RequestMapping 的方法就是用来处理 HTTP 请求的，所以可以通过方法的参数获得请求的各种信息，可以是原始的，也可以是经过处理的。表 9-6 列出了一些常用的参数类型，更多的内容可以参考 Spring Framework 官方文档中 Spring MVC 相关的章节。

表 9-6　Spring MVC 请求处理方法的常用参数类型

参数类型	说　　明
ServletRequest、ServletResponse	获取当前对应的请求与响应，可以是这两个接口的子类型，例如 HttpServletRequest，对这些对象的操作是最灵活的，但如果没有特殊原因，不建议直接操作 ServletRequest 和 ServletResponse
HttpEntity<T> 与 RequestEntity<T>	获取当前请求的 HTTP 头和请求体，请求体会被 HttpMessageConverter 转换成对应的泛型类型
HttpSession	获取当前的 Session 信息，注意这里对 Session 的操作不是线程安全的
HttpMethod	获得请求的 HTTP 方法，例如 GET 或 POST
InputStream 与 Reader	获得请求的原始消息体内容
OutputStream 与 Writer	获得响应的输出流，以便能够直接输出内容
Map、Model 与 ModelMap	获得用于呈现视图时要使用的模型信息，这三个类型的本质都是 Map
Errors 与 BindingResult	获得绑定对象和校验时的错误信息
Principal	获得当前认证的用户信息
SessionStatus	与 @SessionAttributes 搭配使用，这是一个加在控制器类上的注解，指定将模型中的哪个属性作为 Session 属性存储起来，SessionStatus 的 setComplete() 方法用来清除存储的内容

除了上述类型，还可以在参数上增加一些注解，获取特定的信息，常用的注解如表 9-7 所示。

表 9-7 Spring MVC 请求处理方法的常用参数注解

注　解	说　明
@PathVariable	获得 @RequestMapping 的 path 里配置的占位符对应的值
@RequestParam	获得请求的参数
@RequestHeader	获得请求的 HTTP 头
@RequestBody	获得请求的消息体
@RequestPart	针对 Multipart 请求，获取其中指定的一段内容
@CookieValue	获得 Cookie 内容
@ModelAttribute	获得模型中的属性，如果不存在则初始化一个，请求数据会绑定到对象上并做校验。这个注解的用途比较多，建议查阅官方文档做更进一步的了解
@SessionAttribute	获得 Session 中已有的属性（注意和前面提到的类上的 @SessionAttributes 差一个 s）
@RequestAttribute	获得请求中已有的属性

上面提到的这些参数，大部分内容都会被转换成参数对应的类型，如果没有匹配到表 9-6 的类型，也没有带表 9-7 的注解，并且是简单类型（例如原子类型及其包装类、String 等），那就会被当做带有 @RequestParam 注解，否则就当做带有 @ModelAttribute 注解。

聊完了方法的参数，再来看看方法的返回值，表 9-8 中列出了一些常见的返回值类型，基本都是围绕着呈现结果需要的模型与视图展开的，或者直接给出响应正文。

表 9-8 Spring MVC 请求处理方法的常见返回值类型

返回值类型	说　明
@ResponseBody	方法的返回值会直接序列化为响应的消息正文
ModelAndView	返回最终呈现结果时会用到的模型与视图
Map 与 Model	返回的数据会被加入模型中，用来最终呈现的视图由 RequestToViewName-Translator 来决定
View	返回视图对象，结合模型呈现最终内容
String	返回一个视图名，ViewResolver 要从中解析出视图，再结合模型呈现最终内容
HttpEntity<T> 与 ResponseEntity<T>	返回的对象就是完整的响应，包含了头和正文
HttpHeaders	响应只有 HTTP 头，没有消息正文

如果方法的返回值类型是 void，那么下面几种情况意味着请求已经被处理：

❑ 有 ServletResponse 和 OutputStream 参数；

❑ 有 @ResponseStatus 注解设置了返回的 HTTP 响应码；

❑ 做过 HTTP 缓存处理，例如检查过 E-TAG 没变化。

其他情况下，void 类型的返回值会用 RequestToViewNameTranslator 来解析获得视图的名称，再呈现结果。至于简单类型的返回值就不做解析，保留原样。

茶歇时间：请求处理过程中遇到的几个作用范围

在处理 HTTP 请求时，我们经常会获取一些信息，有时是从请求中，有时是从 Session 中，有时是从 Cookie 中，那它们又有哪些区别呢？

请求的参数或正文里取得的内容，仅在当前这一次请求中有效，请求处理结束后它们也就随之消亡了。

一个 Web 用户在正常操作时往往不会只请求一次，而是会与 Web 系统进行交互，这就是会话。会话期间会发生多次请求，这些请求彼此之间要共享一些信息，这些信息就可以放在 Session 里。Session 的信息是存储在服务器端的，用户的请求里带有名为 JSESSIONID 的 Cookie 值，通过这个值就能在服务器上找到对应的 Session 信息。这里面可以存储不同类型的数据，但出于服务器性能考虑一般不会存太多内容。Session 保存在服务器上，换一台服务器信息就没有了，因此在无状态的集群环境中，我们通常会将 Session 存储在共享存储里，例如放进关系型数据库或者 Redis，本书后面的章节里会再聊到分布式 Session 这个话题。

Cookie 的本质是一个小型的文本文件，存放在客户端，单个 Cookie 文件的大小不超过 4KB，在指定的有效期内 Cookie 中存储的信息都会一直存在。如果在发起请求时带上客户端的 Cookie，处理时我们就能获取上传的 Cookie 信息了。

在 Spring MVC 中，也有几个 Bean 的作用范围，在 Spring 容器基本的 singleton 和 prototype 的基础上，Web 应用程序上下文里还有如表 9-9 所示的 4 种特殊范围。

表 9-9　Web 应用程序上下文中所特有的作用范围

范　　围	说　　明
request	仅存活在单次 HTTP 请求里
session	仅存活在单个 Session 范围里，会话失效（也就是 Session 失效后），Bean 也就被销毁了
application	在整个 ServletContext 的生命周期里有效
websocket	在单个 WebSocket 的生命周期里有效

不过这几种作用范围相比 singleton 和 prototype 而言实在是太小众了，通常没有特殊情况不建议做专门的配置。

2. 请求内容的转换

前面有提到好几个参数类型都带有泛型，此外 @RequestBody 和 @RequestPart 也会对请求的内容进行转换，将它们转换为各种不同的类型传到参数中，这里的转换其实就是由 HttpMessageConverter 来实现的。在 Spring MVC 中，框架为我们内置了大量的转换器，例如之前已经用到过的 Jackson JSON 的转换，其他默认的常用 HttpMessageConverter 如表 9-10 所示。

表 9-10　Spring MVC 内置的常用 `HttpMessageConverter` 列表

类　名	生效条件	处理类型
ByteArrayHttpMessageConverter	默认生效	字节数组
StringHttpMessageConverter	默认生效	文本
AllEncompassingFormHttpMessageConverter	默认生效	按 CLASSPATH 加载支持的所有类型
AtomFeedHttpMessageConverter	存在 ROME 依赖	Atom Feed，即 application/atom+xml
RssChannelHttpMessageConverter	存在 ROME 依赖	RSS Feed，即 application/rss+xml
MappingJackson2XmlHttpMessageConverter	存在 Jackson 的 XML 依赖	XML
Jaxb2RootElementHttpMessageConverter	存在 `javax.xml.bind.Binder`	XML
MappingJackson2HttpMessageConverter	存在 Jackson 的 JSON 依赖	JSON
GsonHttpMessageConverter	存在 Gson 依赖	JSON
JsonbHttpMessageConverter	存在 JSON Binding API 依赖	JSON
MappingJackson2SmileHttpMessageConverter	存在 Jackson 的 Smile 依赖	二进制 JSON，即 application/x-jackson-smile

其中 XML 和 JSON 的优先顺序都是自上而下的，也就是如果存在 Jackson 的依赖，会先用 Jackson 来处理。

在 Spring MVC 里，相关的判断和初始化设置都是在 `WebMvcConfigurationSupport` 里做的，例如判断依赖是否满足，就是下面这样的：

```
static {
    ClassLoader classLoader = WebMvcConfigurationSupport.class.getClassLoader();
    romePresent = ClassUtils.isPresent("com.rometools.rome.feed.WireFeed", classLoader);
    jaxb2Present = ClassUtils.isPresent("javax.xml.bind.Binder", classLoader);
    jackson2Present = ClassUtils.isPresent("com.fasterxml.jackson.databind.ObjectMapper", classLoader)
        && ClassUtils.isPresent("com.fasterxml.jackson.core.JsonGenerator", classLoader);
    jackson2XmlPresent = ClassUtils.isPresent("com.fasterxml.jackson.dataformat.xml.XmlMapper", classLoader);
    jackson2SmilePresent = ClassUtils.isPresent("com.fasterxml.jackson.dataformat.smile.SmileFactory",
        classLoader);
    jackson2CborPresent = ClassUtils.isPresent("com.fasterxml.jackson.dataformat.cbor.CBORFactory",
        classLoader);
    gsonPresent = ClassUtils.isPresent("com.google.gson.Gson", classLoader);
    jsonbPresent = ClassUtils.isPresent("javax.json.bind.Jsonb", classLoader);
}
```

我们可以实现 `WebMvcConfigurer` 接口，覆盖 `configureMessageConverters()` 方法来配置自己的 `HttpMessageConverter`。但在 Spring Boot 里，还有更简单的方法，有一个 `HttpMessageConvertersAuto-Configuration` 自动配置类，大致代码如下：

```
@Configuration(proxyBeanMethods = false)
@ConditionalOnClass(HttpMessageConverter.class)
@Conditional(NotReactiveWebApplicationCondition.class)
@AutoConfigureAfter({ GsonAutoConfiguration.class, JacksonAutoConfiguration.class,
    JsonbAutoConfiguration.class })
@Import({
JacksonHttpMessageConvertersConfiguration.class,
GsonHttpMessageConvertersConfiguration.class,
JsonbHttpMessageConvertersConfiguration.class
})
```

```
public class HttpMessageConvertersAutoConfiguration {
    static final String PREFERRED_MAPPER_PROPERTY = "spring.mvc.converters.preferred-json-mapper";

    @Bean
    @ConditionalOnMissingBean
    public HttpMessageConverters messageConverters(ObjectProvider<HttpMessageConverter<?>> converters) {
        return new HttpMessageConverters(converters.orderedStream().collect(Collectors.toList()));
    }
    // 省略其他代码
}
```

其中，除了有相关依赖的导入和自动配置执行顺序设置，更重要的是它还会从上下文里获取 HttpMessageConverter 并设置到 HttpMessageConverters 对象中。而这个对象会被 Spring MVC 的自动配置类 WebMvcAutoConfiguration 所使用，其内部类 WebMvcAutoConfigurationAdapter 的 configureMessage-Converters() 就会从 HttpMessageConverters 中取出所有的 HttpMessageConverter。

```
public void configureMessageConverters(List<HttpMessageConverter<?>> converters) {
    this.messageConvertersProvider
        .ifAvailable((customConverters) -> converters.addAll(customConverters.getConverters()));
}
```

综上所述，在 Spring Boot 的加持下，我们只需要把自己定制好的 HttpMessageConverter 对象配置为 Spring 上下文中的 Bean，剩下的就不用操心了。

> **茶歇时间：Spring Boot 自动配置预埋的扩展点**
>
> 通常，Spring Boot 针对它内置的自动配置都会提供一些扩展点，我们希望在调整某些配置时，不必彻底禁用相关自动配置，而是找到这些扩展点。以 JSON 配置为例，如果我们希望对 Jackson JSON 的配置做些小修改，例如调整几个序列化参数，可以不用自己新配一个 ObjectMapper，而是看看前面代码中出现的 JacksonAutoConfiguration。
>
> 通读其中的逻辑，可以发现下面这几个细节：
> - 自动配置中的 JacksonObjectMapperConfiguration，使用 Jackson2ObjectMapperBuilder 来创建 ObjectMapper；
> - Jackson2ObjectMapperBuilder 是由 JacksonObjectMapperBuilderConfiguration 提供的；
> - 自动配置的 Jackson2ObjectMapperBuilder 在创建后会使用上下文中的 Jackson2Object-MapperBuilderCustomizer 来做个性化配置。
>
> 因此，如果我们想要调整 ObjectMapper，只需要在上下文中提供自己的 Jackson2Object-MapperBuilderCustomizer Bean 就行了。它可以定制序列化器、反序列化器、Jackson JSON 的各种 Feature 等。除此之外，其他还有很多自动配置也有类似的扩展点，例如，后面会接触到的 RestTemplate，它的 RestTemplateAutoConfiguration 也有提供 RestTemplateCustomizer 来做个性化配置。

3. 绑定与校验

之前有提到过，在定义控制器方法时，不少参数的取值都是绑定了请求中的内容。如果是将完整的请求转换成对象，可以用 HttpMessageConverter 来处理类型转换，那类似 HTTP 表单这样的，将某个属性绑定到参数对象里，又是通过什么来实现类型转换的呢？

在 Spring MVC 中可以通过带有 @InitBinder 注解的方法来初始化 WebDataBinder，它能将请求参数（表单或查询数据）绑定到模型对象上；将请求中的字符串转换为控制器方法中的各种参数类型；在呈现 HTML 表单时，将模型对象中的值格式化为字符串。虽说 WebDataBinder 可以注册 PropertyEditor 做转化，但个人更倾向注册 Converter 和 Formatter，官方文档中有这么一段例子，非常简单：

```
@Controller
public class FormController {
    @InitBinder
    protected void initBinder(WebDataBinder binder) {
        binder.addCustomFormatter(new DateFormatter("yyyy-MM-dd"));
    }
    // ...
}
```

自 3.0 开始，Spring Framework 提供了一套类型转换机制，其核心就是上面讲到的 Converter<S, T> 接口，它能将一个类型转换为另一个，具体的接口定义如下所示：

```
public interface Converter<S, T> {
    T convert(S source);
}
```

这个接口十分通用，能够处理各种类型，但在 Web 中，我们更多是在与 String 打交道，所以可以用 Formatter 来实现上面 Converter 的功能，可以说前者是后者的一个特例。Formatter 的定义如下所示：

```
public interface Formatter<T> extends Printer<T>, Parser<T> {}
```

Printer<T> 和 Parser<T> 都是针对 String 和类型 T 的，一个将 T 变为 String，另一个则反过来。以 Money 类为例，我们可以像代码示例 9-8[①] 那样来做处理。这里只做了最基本的判断，不能用于生产环境，在转换为文本时只输出了金额，没有带币种，从文本转为 Money 时，使用了 org.apache.commons:commons-lang3 中的 NumberUtils 对数字进行了判断，如果是数字再将其转为 BigDecimal，用它来创建人民币。

代码示例 9-8　简单的 Money 类型转换

```
@Component
public class MoneyFormatter implements Formatter<Money> {
    @Override
    public Money parse(String text, Locale locale) throws ParseException {
        if (NumberUtils.isParsable(text)) {
            return Money.of(CurrencyUnit.of("CNY"), NumberUtils.createBigDecimal(text));
        }
        throw new ParseException(text, 0);
```

① 这部分的代码示例都在 ch9/binarytea-form-controller 项目中。

```
    }

    @Override
    public String print(Money object, Locale locale) {
        return object.getAmount().toString();
    }
}
```

在 Spring Boot 中，我们无须去手动初始化 WebDataBinder，注册 MoneyFormatter，Spring Boot 的 MVC 自动配置会收集上下文中的 Converter 和 Formatter，自动完成注册。我们只需通过 @Component 或其他方式将它们声明为 Bean 就可以了。

在将请求内容绑定到参数上之后，一般还会做一些内容的校验，Spring Framework 中就支持 Jakarta Bean Validation API，Hibernate Validator 就是它的一种实现。可以通过注解来标记一些属性，为它加上约束，表 9-11 列举了一些常用注解，这些注解在 javax.validation.constraints 包里[①]。可以在 pom.xml 中引入 Hibernate Validator 的依赖：

```
<dependency>
    <groupId>org.hibernate.validator</groupId>
    <artifactId>hibernate-validator</artifactId>
</dependency>
```

表 9-11　Jakarta Bean Validation API 中的一些常用注解

注　　解	说　　明
@Null、@NotNull、@NotBlank、@NotEmpty	各种 null、非 null、非空白、非空的判断
@Email	是否为电子邮件地址
@Digits	是否是指定范围和类型的数字
@Min、@Max、@DecimalMin、@DecimalMax	数字是否在给定最大、最小范围内
@Negative、@NegativeOrZero、@Positive、@PositiveOrZero	数字是负数、正数和零的相关判断
@Future、@FutureOrPresent、@Past、@PastOrPresent	时间是过去、现在和将来的判断
@Size	集合类型、数组、字符串的长度判断
@Pattern	按正则表达式进行匹配

在对象的属性上添加了上述注解后，还需要在控制器方法的对应参数上增加 @Valid 注解，声明这个参数需要进行绑定校验。紧随其后的参数必须是 Errors 或 BindingResult 类型的，以便我们能够获得校验的错误信息。

在了解了绑定与校验的基本内容后，让我们通过实际的例子来看看具体该如何使用这些功能。

> 需求描述　二进制奶茶店的菜单中有一部分饮品是根据季节调整的。店员需要有途径来新增饮品，例如，草莓上市的季节，就可以推出草莓主题的水果茶。为此，我们需要开发一个接口，让店员能方便地新增菜单项。

---

① Jakarta Validation API 2.x 的包名是 javax.validation，到了 3.x 后包名改为了 jakarta.validation，所以 Spring Framework 6.0 遵循 Jakarta EE 9 后也要用后面的包名了。

在 9.1 节中，我们已经看过了如何使用 JSON 来做交互，这里，我们换种方式，用 HTTP 的 Form 表单来提交一些表单。表单对象如代码示例 9-9 所示。

代码示例 9-9　表单对象 NewMenuItemForm

```
@Getter
@Setter
public class NewMenuItemForm {
    @NotBlank
    private String name;
    @NotNull
    private Money price;
    @NotNull
    private Size size;
}
```

处理新建表单请求的 createByForm() 方法，如代码示例 9-10 所示，它接收发往 /menu 的 POST 请求（请求的媒体类型是 application/x-www-form-urlencoded），将表单绑定到 NewMenuItemForm 后再进行校验，如果 result.hasErrors() 为 true，说明有问题，这时将 HTTP 的响应码设置为 400 Bad Request；如果没有问题，则调用 MenuService 的 save() 方法。

代码示例 9-10　增加了 createByForm() 方法后的 MenuController

```
@Controller
@ResponseBody
@RequestMapping("/menu")
@Slf4j
public class MenuController {
    @Autowired
    private MenuService menuService;

    @PostMapping(consumes = MediaType.APPLICATION_FORM_URLENCODED_VALUE)
    public Optional<MenuItem> createByForm(@Valid NewMenuItemForm form, BindingResult result,
                                           HttpServletResponse response) {
        if (result.hasErrors()) {
            log.warn("绑定参数错误:{}", result.getAllErrors());
            response.setStatus(HttpStatus.BAD_REQUEST.value());
            return Optional.empty();
        }
        MenuItem item = MenuItem.builder().name(form.getName())
                .price(form.getPrice()).size(form.getSize()).build();
        return menuService.save(item);
    }
    // 省略其他内容
}
```

MenuService 中要增加一个保存 MenuItem 的方法，具体如代码示例 9-11 所示，就是简单地调用了 MenuRepository 的同名方法。

代码示例 9-11　增加了 save() 方法的 MenuService

```
@Service
@Transactional
@CacheConfig(cacheNames = "menu")
public class MenuService {
    @Autowired
```

```
    private MenuRepository menuRepository;

    public Optional<MenuItem> save(MenuItem menuItem) {
        return Optional.ofNullable(menuRepository.save(menuItem));
    }
    // 省略其他内容
}
```

由于我们目前使用的是 H2 内存数据库，Spring Data JPA 在映射时会将自增主键自动配置为从序列中获取 ID。我们可以考虑稍作调整，在 @GeneratedValue 中将生成策略设置为 GenerationType.IDENTITY，直接使用 H2 的自增主键。代码示例 9-12 是 MenuItem 的 id 属性，其他几个类也需要调整一下注解。

代码示例 9-12　设置了 GenerationType.IDENTITY 策略的 MenuItem

```
@Builder
@Data
@AllArgsConstructor
@NoArgsConstructor
@Entity
@Table(name = "t_menu")
public class MenuItem implements Serializable {
    private static final long serialVersionUID = 8585684450527309518L;

    @Id
    @GeneratedValue(strategy = GenerationType.IDENTITY)
    private Long id;
    // 省略其他内容
}
```

表单 POST 请求不太好用浏览器模拟，这时就需要引入新的工具了，本书将使用 Postman[①] 来发送 HTTP 请求。在其主界面上，通过 New 按钮打开菜单，选择 Request 来创建新请求，也可以新建 Collection，将请求分门别类地收纳在集合中。现在，假设我们创建了一个"创建饮料"的请求，在 Body 中选择 x-www-form-urlencoded 作为正文类型，输入表单中对应的内容，如图 9-5 所示。

图 9-5　Postman 中创建的"创建饮料"请求

---

① Postman 本来只是一款 Chrome 插件，用来发送 HTTP 请求，但它简单好用，逐步发展为了 REST 接口的测试利器，也开发了独立应用。

在 BinaryTeaApplication 程序运行后，点击 Send 按钮，后端服务就能收到我们发往 http://localhost:
8080/menu 的 POST 请求，返回的内容是个 JSON，大致如下所示：

```
{
    "id": 4,
    "name": "Ruby草莓果茶",
    "size": "MEDIUM",
    "price": {
        "amount": 15.00,
        "currency": "CNY"
    },
    "createTime": "2020-11-23T16:57:10.562+00:00",
    "updateTime": "2020-11-23T16:57:10.563+00:00"
}
```

4. 文件上传

除了常见的请求，HTTP 也支持上传文件，使用的媒体类型是 multipart/form-data 或者 multipart/
mixed，在定义方法时，我们可以通过 MultipartFile 这个参数类型来获得上传的文件，从中取得
InputStream 读取内容，接下来看个例子。

> **需求描述**　在之前的二进制奶茶店例子中，一次新建一个条目的做法虽然简单直接，但在遇到
> 需要添加大量菜单项的时候不免效率低下，最好能够一次性编辑好要添加的内容，完成添加的
> 动作。这时，我们就可以选择先编写文件，然后将文件全部上传，从而实现批量添加的操作。

代码示例 9-13 是用来批量创建菜单条目的方法，在 @PostMapping 注解中标记了该方法接受 multipart/
form-data 这种媒体类型，用 @RequestParam 注解将请求中的文件部分绑定给了 file 参数，该方法主
要做了这么一些动作：

(1) 获取当前请求的 URI 地址，以便在后面构造返回对象时使用；

(2) 判断获取的文件是否为空，如果为空则返回 400 Bad Request 响应；

(3) 取得文件的输入流，逐行读取内容，并转换为 MenuItem 对象；

(4) 将 MenuItem 集合一起保存到数据库，返回 201 Created 响应，并带上保存后的对象；

(5) 如果发生异常，则返回 500 Internal Server Error 响应。

代码示例 9-13　MenuController 中的 createBatch() 方法

```
@PostMapping(consumes = MediaType.MULTIPART_FORM_DATA_VALUE)
public ResponseEntity<List<MenuItem>> createBatch(@RequestParam("file") MultipartFile file) {
    List<MenuItem> menuItemList = new ArrayList<>();
    URI uri = ServletUriComponentsBuilder.fromCurrentRequestUri().build().toUri();
    log.info("Current URI: {}", uri);
    if (file == null || file.isEmpty()) {
        log.warn("File can NOT be null or empty.");
        return ResponseEntity.badRequest().body(menuItemList);
    }
    try (BufferedReader reader = new BufferedReader(new InputStreamReader(file.getInputStream()))) {
        menuItemList = reader.lines().map(l -> StringUtils.split(l))
        .filter(f -> f != null && f.length == 3)
        .map(f -> MenuItem.builder()
```

```
        .name(f[0])
        .size(Size.valueOf(f[1]))
        .price(Money.of(CurrencyUnit.of("CNY"), NumberUtils.createBigDecimal(f[2])))
        .build()).collect(Collectors.toList());
    return ResponseEntity.created(uri).body(menuService.save(menuItemList));
  } catch (Exception e) {
    log.error("Exception occurred while creating menu list.", e);
    return ResponseEntity.status(HttpStatus.INTERNAL_SERVER_ERROR).body(menuItemList);
  }
}
```

这段代码里，我们用到了 ResponseEntity<T>，通过它可以方便地设置返回的 HTTP 响应码；用到了 try-with-resource 的语法，这样可以不用操心资源的关闭问题；还用到了 Lambda 表达式过滤并转换读取的文本内容。代码中调用的 save() 方法如代码示例 9-14 所示，在控制器的方法里只做一些校验和转换工作，实际的保存逻辑建议还是放在 Service 类中。再者，Service 类上增加了事务注解，可以保证这批对象要么一起保存成功，要么一起失败。如果在 createBatch() 方法中循环调用单个对象的保存，则有可能出现部分成功，部分失败的情况。

代码示例 9-14　MenuService 中用来批量保存 MenuItem 的 save() 方法

```
public List<MenuItem> save(List<MenuItem> items) {
    return menuRepository.saveAll(items);
}
```

我们使用的文件就是普通的文本，格式如下所示，用空格分隔，内容依次是名称、大小规格、价格：

```
Ruby草莓果茶 SMALL 12.00
Ruby草莓果茶 MEDIUM 15.00
Ruby草莓果茶 LARGE 18.00
```

在 Postman 中，可以新建一个请求，HTTP 方法选择 POST，填上地址，Body 部分的格式选择 form-data，请求内容 KEY 为 file，类型为文件 File，这时 VALUE 就是一个文件选择按钮，可以选择事先准备好的文本，例如，把上面的三行文字保存为一个 drinks.txt，如图 9-6 所示。

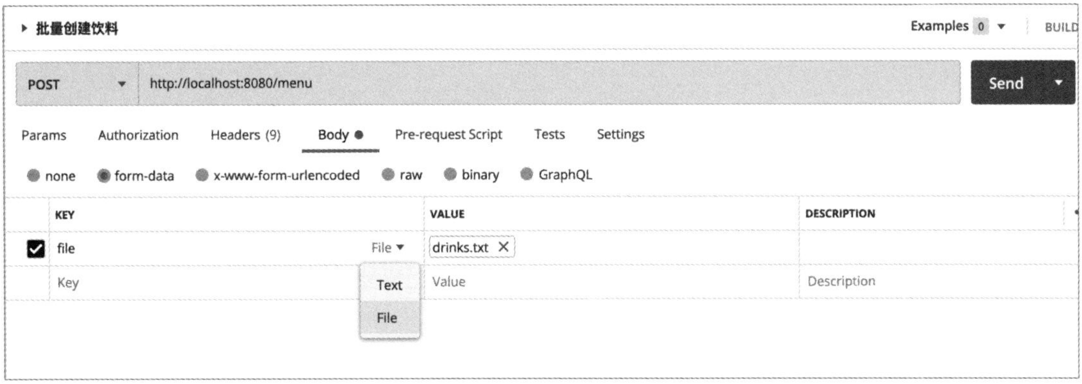

图 9-6　上传文件到 http://localhost:8080/menu 的 Postman 请求

发送这个请求，就能得到如下的 JSON 响应了：

```json
[
    {
        "id": 3,
        "name": "Ruby草莓果茶",
        "size": "SMALL",
        "price": {
            "amount": 12.00,
            "currency": "CNY"
        },
        "createTime": "2020-11-27T09:53:18.041+00:00",
        "updateTime": "2020-11-27T09:53:18.041+00:00"
    },
    // 省略另外两个饮品的信息
]
```

如果用单元测试来验证是否上传了空内容，那就会像代码示例 9-15 那样，大家记得把构建时的 alwaysExpect(status().isOk()) 注释掉，因为这里我们返回的是 400 Bad Request。

代码示例 9-15　对于上传空内容的测试

```java
@SpringBootTest
class MenuControllerTest {
    // 省略其他内容
    @Test
    void testCreateBatchWithEmptyFile() throws Exception {
        mockMvc.perform(multipart("/menu")
                .file("file", null))
                .andExpect(status().isBadRequest())
                .andExpect(content().string("[]"));
    }
}
```

9.3　Spring MVC 的视图机制

在控制器处理完请求之后，需要向前端来呈现最终的结果，这时就会涉及视图的解析，以及解析得到的视图的最终呈现。这个过程总共分为三步：第一步，得到视图名；第二步，根据视图名获取对应的视图对象；第三步，通过视图对象呈现视图。最后一步的实现与具体的视图技术有关，这里就不再详细展开，我们将关注的重点放在前两步上。

9.3.1　视图解析

在讨论控制器的方法定义时，我们聊到有如下几种常用的返回值能指定视图名称，即 String、ModelAndView 和 View，这三种类型都直接指定了视图。在没有明确指定的情况下，DispatcherServlet 会尝试根据请求设置默认的视图，这项工作是由 RequestToViewNameTranslator 接口来实现的。

DispatcherServlet 在初始化时，会先尝试从上下文中查找名称为 viewNameTranslator 的 Bean，没有找到的话就初始化一个 DefaultRequestToViewNameTranslator 实例。它的逻辑非常简单，去掉 URI 里开头和结尾的斜杠，以及文件扩展名，剩下的部分拼上指定的前后缀作为视图名返回。

有了视图名之后，就该根据它来解析出视图对象了，这个步骤依靠 ViewResolver 来实现，图 9-7[①] 展示了该接口及其部分实现类的关系，表 9-12 对其中的一些类做了说明。

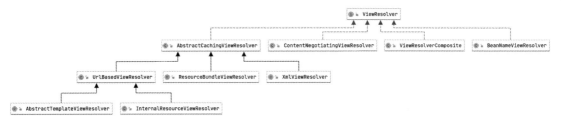

图 9-7　ViewResolver 及其部分实现类的关系

表 9-12　ViewResolver 的部分实现类

类　　名	说　　明
BeanNameViewResolver	将视图名称作为 Bean 名称在上下文中查找视图
ContentNegotiatingViewResolver	支持内容协商的视图解析器，可以根据 HTTP 的 Accept 头或者请求参数来确定视图
ViewResolverComposite	组合视图解析器，能够按照指定顺序逐一进行视图名的匹配
UrlBasedViewResolver	基于 URL 进行视图解析的解析器。除了解析正常的视图之外，如果视图名中包含 redirect: 和 forward: 前缀，它还会做一些特殊的处理，前者是客户端的重定向，相当于 HTTP 302 跳转；后者是服务端的重定向，实际是做了一次 RequestDispatcher.forward() 操作
AbstractTemplateViewResolver	针对模板的解析器抽象类，FreeMarker、Velocity 这些模板的解析器都是其实现类
InternalResourceViewResolver	内置资源视图解析器，用于 JSP 和 JSTL 如果没有特殊处理，这个解析器是用来"兜底"的

Spring Boot 的 WebMvcAutoConfiguration 自动配置类默认提供了 InternalResourceViewResolver、BeanNameViewResolver 和 ContentNegotiatingViewResolver 的 Bean 配置，如果存在可以支持的模板引擎，也会做对应的处理，后面的常用视图部分会再展开。

在 WebMvcConfigurationSupport 里其实也有视图解析器相关的逻辑，mvcViewResolver() 中通过 ViewResolverRegistry 来收集配置上下文里的视图解析器，随后创建了一个 ViewResolverComposite，按顺序尝试解析最合适的视图。

9.3.2　常用视图类型

Spring MVC 支持多种不同的视图，例如，模板语言 Thymeleaf、FreeMarker、Groovy Markup 等，只要是支持 JSR-223 的脚本引擎（Nashron、JRuby、Jython 等），Spring MVC 都能正确地将脚本结果作为视图；此外，还支持 PDF、Excel、RSS 和 Atom，上文也提到了 JSP 与 JSTL；如果是作为 REST 服务，还会经常用到 JSON 和 XML 来作为响应，Spring MVC 对主流的 JSON 和 XML 的库也有很好的支持，比如 Jackson 和 Gson 等。

---

① 图中的虚线是对接口的实现，实线是对类的继承。

之前的章节中，我们已经多次使用过 JSON 了，在本节中就分别介绍一下如何在 Spring MVC 中使用 XML 和 Thymeleaf 模板。

1. XML

在基于 SOAP 的 WebService 流行的时候，XML 是分布式系统交互的重要格式之一，虽然后来越来越多的系统开始使用 JSON 和更高效的二进制协议（例如 Google 的 Protobuf）进行交互，但 XML 的地位依然十分重要。

Spring MVC 中内置了对 Jackson XML 的支持，我们可以通过它来序列化 XML。`MappingJackson2-XmlView` 与 `MappingJackson2JsonView` 都是继承自 `AbstractJackson2View` 的，拥有几乎一致的处理逻辑，只是输出的 `Content-Type` 不同。它们会在代表返回 Model 的 `Map` 中查找键为 `JsonView.class.getName()` 对应的对象，然后对其做序列化输出。

在 9.2.1 节中，我们还介绍过添加了 `@ResponseBody` 注解的方法，其返回值会直接被 `HttpMessage-Converter` 序列化为对应的格式，无须再通过一系列视图解析和呈现的过程（也就是**和视图没什么关系**），两种方式其实都能帮我们实现相同的目的。在前后端分离、后端以提供 REST 服务为主的大前提下，这种方式似乎使用得更多一些。

我们可以在 pom.xml 中像下面这样加入 Jackson 的 XML 格式支持：

```xml
<dependency>
    <groupId>com.fasterxml.jackson.dataformat</groupId>
    <artifactId>jackson-dataformat-xml</artifactId>
</dependency>
```

Spring Boot 的 `JacksonHttpMessageConvertersConfiguration` 配置类会帮助我们处理剩下的工作，像下面这样，在 CLASSPATH 里有 `XmlMapper` 类，上下文里存在 `Jackson2ObjectMapperBuilder` 类型的 Bean 时，为我们创建一个 `MappingJackson2XmlHttpMessageConverter`：

```java
@Configuration(proxyBeanMethods = false)
@ConditionalOnClass(XmlMapper.class)
@ConditionalOnBean(Jackson2ObjectMapperBuilder.class)
protected static class MappingJackson2XmlHttpMessageConverterConfiguration {
    @Bean
    @ConditionalOnMissingBean
    public MappingJackson2XmlHttpMessageConverter mappingJackson2XmlHttpMessageConverter(
        Jackson2ObjectMapperBuilder builder) {
        return new MappingJackson2XmlHttpMessageConverter(builder.createXmlMapper(true).build());
    }
}
```

代码部分无须任何改动，我们就可以让 binarytea-form-controller 这个例子根据请求的 Accept 头来指定返回 JSON 还是 XML。除了下面这个方法，其他都能直接支持返回 XML，因为我们在 produces 里指定了只支持返回 JSON，可以去掉这个限制，或者将其改为 {MediaType.APPLICATION_JSON_VALUE, MediaType.APPLICATION_XML_VALUE}，同时支持两种格式。一般如果没有特殊的要求，不太会限制返回类型：

```java
@GetMapping(path = "/{id}", produces = MediaType.APPLICATION_JSON_VALUE)
public Optional<MenuItem> getById(@PathVariable Long id) {}
```

在 Postman 中,我们可以像图 9-8 那样来指定 Accept 头,Postman 会自动生成一些头,且不允许修改,所以我们把自动生成的 Accept 去掉,手动添加一个值为 application/xml 的 Accept 头。

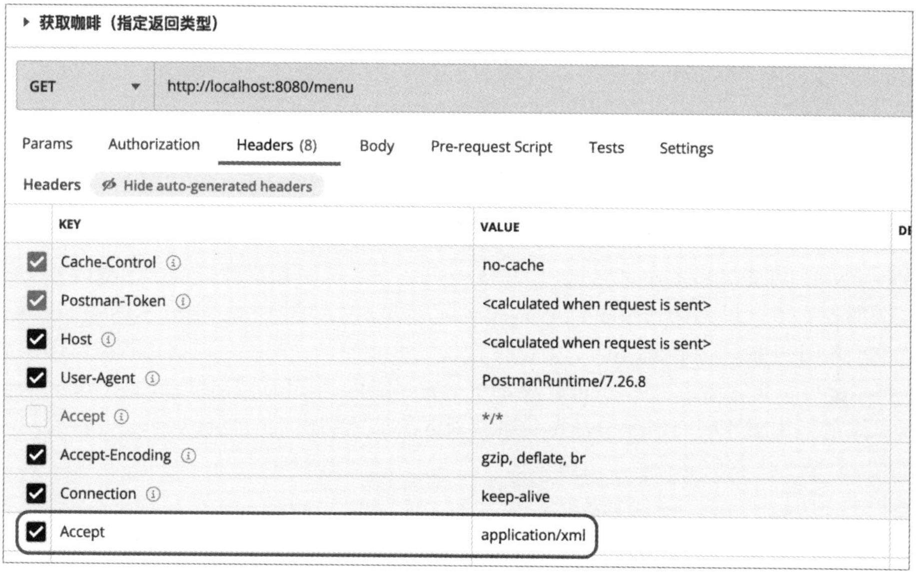

图 9-8　在 Postman 中指定请求的 Accept 头

上述请求返回的就是一段 XML,大概会是下面这样的:

```
<List>
    <item>
        <id>1</id>
        <name>Java 咖啡</name>
        <size>MEDIUM</size>
        <price>
            <amount>12.00</amount>
            <currency>CNY</currency>
        </price>
        <createTime>2020-11-30T12:08:08.545+00:00</createTime>
        <updateTime>2020-11-30T12:08:08.545+00:00</updateTime>
    </item>
    <!-- 省略其他部分 -->
</List>
```

如果明确希望返回 JSON 格式,可以将 Accept 头设置为 application/json。在没有设置,或者将 Accept 设置为 */* 时,则会根据可产生的应答类型,选择第一顺位的那个来做输出。

通过 Accept 头来做选择有时不太方便,Spring Boot 还为我们提供了另外的途径,在 application.properties 里进行如下配置,可以根据 URL 后的 format 参数(这个参数默认的名字是 format)来设置需要的格式,例如:http://localhost:8080/menu?format=xml。

```
spring.mvc.contentnegotiation.favor-parameter=true
spring.mvc.contentnegotiation.parameter-name=format
```

也可以换种方式，像下面这样配置，直接在 URL 里添加文件的后缀，上面的请求 URL 就变成了 `http://localhost:8080/menu.xml`。不过现在 Spring Boot 中这两个参数已经被打上了 `@Deprecated` 注解，不再推荐使用了：

```
spring.mvc.contentnegotiation.favor-path-extension=true
spring.mvc.pathmatch.use-registered-suffix-pattern=true
```

Spring Boot 默认的推荐顺序是优先使用 `Accept` 头，通过配置可以开启 `format` 参数的支持，不建议使用后缀名的方式。

2. Thymeleaf

JSON 与 XML 可能更多地还是通过 `HttpMessageConverter` 来做输出，基于模板的呈现就必须使用视图相关的技术了。说到模板引擎，早期 Apache Velocity 非常流行，但后来因为一直缺少维护，就逐步淡出了人们的视野，Spring MVC 中也将它直接排除掉了。此外，以前比较流行的模板引擎还有 FreeMarker。与前两位相比，Thymeleaf 算是一个后起之秀，它应该算是面向 HTML 的模板，最大的好处是可以在不用服务端的情况下，直接通过浏览器预览到模板的呈现效果，更重要的是目前它还非常活跃，持续有人在对这个项目进行维护。

Spring Boot 的项目中，只需在 pom.xml 中引入 Thymeleaf 依赖，相关配置都可以交由相关的 `ThymeleafAutoConfiguration` 自动配置类来完成，例如配置 `SpringResourceTemplateResolver`、`SpringTemplateEngine` 和 `ThymeleafViewResolver` 等一系列的 Bean。

```
<dependency>
    <groupId>org.springframework.boot</groupId>
    <artifactId>spring-boot-starter-thymeleaf</artifactId>
</dependency>
```

所需要的模板文件默认放在 src/main/resources/templates 目录里，这个位置可以通过配置文件中的配置进行调整，表 9-13 就罗列了 Spring Boot 中关于 Thymeleaf 的一些常用配置。

表 9-13 Spring Boot 关于 Thymeleaf 的一些常用配置

配　置　项	默　认　值	说　　明
spring.thymeleaf.enabled	true	是否开启 Thymeleaf 支持
spring.thymeleaf.encoding	UTF-8	模板的编码格式
spring.thymeleaf.prefix	classpath:/templates/	拼接视图模板路径时的前缀，模板文件位置就是通过它来设置的
spring.thymeleaf.suffix	.html	拼接视图模板路径时的后缀
spring.thymeleaf.mode	HTML	模板所应用的模式，有 6 种模式，具体见 Thymeleaf 的 TemplateMode 枚举类
spring.thymeleaf.cache	true	是否开启模板文件缓存，在开发时可以设置为 false，方便修改后立即生效
spring.thymeleaf.check-template	true	在呈现视图前检查模板文件是否存在
spring.thymeleaf.check-template-location	true	检查模板文件路径是否存在
spring.thymeleaf.servlet.content-type	text/html	HTTP 应答时使用的 Content-Type

目前 Spring Boot 一共支持四种模板引擎，分别是 FreeMaker、Groovy、Mustache 和 Thyemleaf，它们的使用方式大同小异。下面，让我们通过一个例子来详细了解下如何在项目中使用 Thyemleaf 编写 Web 页面。

> **需求描述** 奶茶店差不多可以正式对外营业了，但光有菜单可不够，顾客看了菜单总得要能点单吧？这就需要有个可以操作的界面，让服务员能做些手动下单的操作。为了满足这个需求，我们可以设计一个下单页面，让服务员可以在页面中勾选顾客订单中包含的饮品，同时在页面还可以展示所有的订单。此外，当订单填写有问题时，还要能提示具体的错误。

在开始编写相关的控制器前，先做些基本的准备工作，与菜单类似，我们需要准备一个订单的 Service 类，提供查询所有订单还有创建订单的方法，具体如代码示例 9-16 所示。

代码示例 9-16 提供订单相关服务的 OrderService 类

```
@Service
@Transactional
public class OrderService {
    @Autowired
    private OrderRepository orderRepository;

    public List<Order> getAllOrders() {
        return orderRepository.findAll();
    }
    // 传入订单内容对应的MenuItem，以及整单折扣
    public Order createOrder(List<MenuItem> itemList, int discount) {
        Money total = itemList.stream().map(i -> i.getPrice()).collect(Collectors.collectingAndThen
                (Collectors.toList(),l -> Money.total(l)));
        Money pay = total.multipliedBy(discount / 100d, RoundingMode.HALF_DOWN);

        Amount amount = Amount.builder().discount(discount).totalAmount(total).payAmount(pay).build();
        Order order = Order.builder().amount(amount).status(OrderStatus.ORDERED).items(itemList).build();
        return orderRepository.save(order);
    }
}
```

具体的订单控制器如代码示例 9-17 所示，处理器映射到 /order，主要由以下几个部分组成：

❑ 整个控制器的方法在处理时公用的 @ModelAttribute，用来存放菜单内容；

❑ 处理 /order 的 GET 请求的方法，返回 ModelAndView，指定使用 order 视图，还向 Model 中设置了两个属性，第一个不指定名字，会用非全限定性类名，首字母小写；

❑ 处理 /order 的 POST 请求的方法，收到的表单绑定后还会进行校验，根据表单里的 ID 获取 MenuItem 再去调用创建订单的方法，这个方法直接返回视图名称，所需的 Model 内容由方法参数里的 modelMap 来传递。

代码示例 9-17 订单处理器 OrderController 类

```
@Controller
@RequestMapping("/order")
@Slf4j
```

```java
public class OrderController {
    @Autowired
    private OrderService orderService;
    @Autowired
    private MenuService menuService;

    @ModelAttribute("items")
    public List<MenuItem> items() {
        return menuService.getAllMenu();
    }

    @GetMapping
    public ModelAndView orderPage() {
        return new ModelAndView("order").addObject(new NewOrderForm())
            .addObject("orders", orderService.getAllOrders());
    }

    @PostMapping
    public String createNewOrder(@Valid NewOrderForm form, BindingResult result,ModelMap modelMap) {
        if (result.hasErrors()) {
            modelMap.addAttribute("orders", orderService.getAllOrders());
            return "order";
        }
        List<MenuItem> itemList = form.getItemIdList().stream().map(i -> NumberUtils.toLong(i))
            .collect(Collectors.collectingAndThen(Collectors.toList(),list -> menuService.getByIdList(list)));
        Order order = orderService.createOrder(itemList, form.getDiscount());
        log.info("创建新订单,Order={}", order);
        modelMap.addAttribute("orders", orderService.getAllOrders());
        return "order";
    }
}
```

表单对应的 NewOrderForm 如代码示例 9-18 所示，上面做了些基本的校验，折扣只能在 50 到 100 的范围内。

代码示例 9-18　新订单表单对应的 NewOrderForm 类

```java
@Getter
@Setter
public class NewOrderForm {
    @NotEmpty
    private List<String> itemIdList;
    @Min(50)
    @Max(100)
    private int discount;
}
```

order 视图对应了 src/main/resources/templates/order.html 文件。Thymeleaf 的好处之一就是可以直接在浏览器里看到模板文件处理后的效果，它只是在 HTML 中增加了一些 th 标签。例如，我们的表单会绑定上 newOrderForm 对象；th:if 可以做些判断，在某些属性有问题时显示对应的内容；th:each 能够处理循环，如代码示例 9-19 所示。关于 Thymeleaf 的具体语法，我们就不在这里展开了，大家可以查询官方文档了解更多细节。

代码示例 9-19 订单页面使用的 order.html

```html
<!DOCTYPE html>
<html lang="zh_CN" xmlns:th="http://www.thymeleaf.org">
    <head>
        <meta charset="UTF-8">
        <title>二进制奶茶</title>
    </head>
    <body>
        <h1>二进制奶茶</h1>
        <h2>下单</h2>
        <div>
            <form action="#" th:action="@{/order}" th:object="${newOrderForm}" method="post">
                <p>
                    <label>折扣</label>
                    <input type="number" th:field="*{discount}" th:value="*{discount}" />
                </p>
                <p>
                    <p th:if="${#fields.hasErrors('discount')}" th:errors="*{discount}"
                        style="color:red">折扣错误</p>
                    <label>饮料</label>
                    <ul>
                        <li th:each="item : ${items}">
                            <input type="checkbox" th:field="*{itemIdList}" th:value="${item.id}" />
                            <label th:text="${item.name}">Java咖啡</label>
                            <label th:text="${item.size}">MEDIUM</label>
                            <label th:text="${item.price}">CNY 12.00</label>
                        </li>
                    </ul>
                </p>
                <p th:if="${#fields.hasErrors('itemIdList')}" th:errors="*{itemIdList}"
                    style="color:red">点单错误</p>
                <p>
                    <input type="submit" value="提交"/>
                </p>
            </form>
        </div>
        <h2>订单</h2>
        <div>
            <table border="1px">
                <thead>
                    <tr>
                        <th>订单编号</th>
                        <th>总价</th>
                        <th>实付</th>
                        <th>状态</th>
                        <th>内容</th>
                    </tr>
                </thead>
                <tbody>
                    <tr th:each="order : ${orders}">
                        <td th:text="${order.id}">1</td>
                        <td th:text="${order.amount.totalAmount}">CNY 12.0</td>
                        <td th:text="${order.amount.payAmount}">CNY 12.0</td>
                        <td th:text="${order.status}">ORDERED</td>
                        <td>
```

```
                    <div th:each="item : ${order.items}">
                        <label th:text="${item.name}">Java 咖啡</label>-<label th:text=
                            "${item.size}">MEDIUM</label><br/>
                    </div>
                </td>
            </tr>
        </tbody>
    </table>
</div>
</body>
</html>
```

将程序运行起来后，我们访问 http://localhost:8080/order 就能看到订单页面了。如果提交了一个错误的订单，你能看到如图 9-9 所示的结果。

图 9-9　提交错误订单后的效果

9.3.3　静态资源与缓存

现在基本上中大型系统都采用了前后端分离的开发模式，前后端通过接口进行交互，前端所有的资源都会放在静态资源服务器上，而且用户对静态资源的访问都会先经过 CDN。但对一些小系统，可能还是会将静态资源放在 Servlet 容器里，性能虽然不好，但勉强够用就行。Spring MVC 不仅能够处理动态请求，也为静态资源提供了一定的支持。这一节我们就来简单了解一下 Spring MVC 的静态资源与缓存支持。

1. 静态资源

在 Spring Boot 中，可以通过配置来调整静态资源的设置，相关的属性在 ResourceProperties 类中，例如表 9-14 中列举的这些。

表 9-14 部分静态资源相关配置

配　　置	默　认　值	说　　明
spring.mvc.static-path-pattern	/**	静态资源映射的路径
spring.web.resources.static-locations	[classpath:/META-INF/resources/, classpath:/resources/, classpath:/static/, classpath:/public/]	静态资源的存放位置
spring.web.resources.cache.period		静态资源的缓存时间，不指定单位的话，默认以秒为单位

也就是说，我们可以把项目中的静态资源都放到 CLASSPATH 的 /META-INF/resources/、/resources/、/static/ 和 /public/ 这四个位置中，也就是 src/main/resources 里的四个目录，Spring Boot 已经做好了配置。

如果没有在 Spring Boot 中，或者我们希望自己配置静态资源，那也可以使用 Spring MVC 原生的配置方式，例如，想把静态资源都映射到 /static/ 下，XML 的配置是这样的：

```xml
<mvc:resources mapping="/static/**"
    location="/static, classpath:/static/"
    cache-period="600" />
```

对应的 Java 配置，需要在 WebMvcConfigurer 的实现类里覆盖 addResourceHandlers() 方法，就像下面这样：

```java
@Configuration
@EnableWebMvc
public class WebConfig implements WebMvcConfigurer {
    @Override
    public void addResourceHandlers(ResourceHandlerRegistry registry)    {
        registry.addResourceHandler("/static/**")
                .addResourceLocations("/static", "classpath:/static/")
                .setCachePeriod(600);
    }
}
```

而在 Spring Boot 中，只需在配置文件里添加如下几行，相比之下是不是简单多了：

```
spring.mvc.static-path-pattern=/static/**
spring.web.resources.static-locations=/static,classpath:/static/
spring.web.resources.cache.period=600
```

除了 JavaScript 和 CSS 这类静态资源，一些静态的页面，尤其是错误页面，也可以放在静态资源目录里，在下面添加一个 error 子目录，文件名为具体的 HTTP 响应码，例如，404.html 或者 5xx.html。代码示例 9-20 展示的就是一个最简单的 404 错误页的 HTML 代码。当我们用浏览器访问二进制奶茶店在线网站上一个不存在的页面时，就会显示这个页面。

代码示例 9-20　src/main/resources/static/error/404.html

```html
<!DOCTYPE html>
<html lang="en">
<head>
    <meta charset="UTF-8">
    <title>二进制奶茶</title>
```

```
</head>
<body>
    <p>啊呀,没找到页面啊</p>
</body>
</html>
```

此外,如果有欢迎页,也就是浏览器地址栏里未添加路径直接访问系统域名时会自动跳转的页面,可以将其放在静态资源目录里,用 index.html 作为文件名,Spring Boot 会优先找它,如果没有找到,再用 index 作为视图名进行查找。

2. 缓存

对于静态资源,为了提升性能,通常浏览器或者一些代理服务器会对其进行缓存处理,如果命中缓存,服务器会直接返回不带正文的 304 Not Modified 应答。如果使用静态资源服务器,那这个缓存的设置由静态资源服务器来完成。如果通过 Spring MVC 的应用程序来提供静态资源,那有两种选择,一是由程序来处理缓存,另一个是交由前端的负载均衡(例如 Nginx)来处理。这里我们就来看看 Spring MVC 的程序是如何处理缓存的。

在 HTTP 中,使用 Cache-Control 这个响应头来标识相关的缓存配置,RFC 7234 对这个响应头做了详细的规定。在上一部分里,我们已经看到了如何为静态资源设置一个 600 秒的缓存了。其实,除了 spring.web.resources.cache.period,Spring Boot 可以对静态资源缓存做更精细的控制,相关的配置就在 WebProperties.Resources.Cache.Cachecontrol 这个内部类里,对应的就是 spring.web.resources.cache.cachecontrol.* 的配置项,用来直接控制 Cache-Control,表 9-15 罗列了其中的一些配置项。

表 9-15　Cachecontrol 的部分配置项

配　置　项	说　　明
spring.web.resources.cache.cachecontrol.max-age	最大的可缓存时间,例如 3600s,如果没有指定时间单位,默认为秒
spring.web.resources.cache.cachecontrol.no-store	是否可缓存,取值为 true 和 false
spring.web.resources.cache.cachecontrol.cache-public	是否是公开缓存,所有地方都可进行缓存,取值为 true 和 false
spring.web.resources.cache.cachecontrol.cache-private	是否是针对单个用户的私有缓存,共享缓存不可对其进行缓存,取值为 true 和 false
spring.web.resources.cache.cachecontrol.no-transform	缓存或其他中介不能对响应内容进行转换处理,取值为 true 和 false

在 application.properties 中,可以像下面这样设置静态资源缓存:

```
spring.web.resources.cache.cachecontrol.max-age=7200
spring.web.resources.cache.cachecontrol.cache-public=true
```

除了静态资源,Spring MVC 控制器的返回对象也能做缓存,Spring Framework 提供了一个 CacheControl 类,帮助我们方便地构建 Cache-Control 响应头,例如,与上面的配置相对应的代码可以是下面这样的:

```
// "Cache-Control: max-age=7200, public"
CacheControl cc = CacheControl.maxAge(2, TimeUnit.HOURS).cachePublic();
```

如果不希望客户端缓存响应，可以像下面这样：

```
// "Cache-Control: no-store"
CacheControl cc = CacheControl.noStore();
```

有了 CacheControl 对象后，将其设置到要返回的 ResponseEntity 里去，像下面这样：

```
ResponseEntity.ok().cacheControl(cc).body(menu);
```

在 Cache-Control 响应头之外，HTTP 还有 Last-Modified 和 ETag 头。Last-Modified 的内容是服务器资源的最后修改时间，后续发起请求时用 If-Modify-Since 头将之前保存的最后修改时间再发给服务器，如果资源没有再修改过，则直接返回 304 Not Modified。在代码中，可以通过 WebRequest.checkNotModified() 方法来判断是否有更新。

ETag 是在 Last-Modified 之后再出现的头，前者更强调资源版本的变更，而后者则关注修改的时间，文件可能定时刷新，但刷新的内容是一样的。请求时带上 If-Match 或者 If-None-Match 头，内容就是之前返回的 ETag 值，服务器会在判断后决定是否返回 304 Not Modified。Spring MVC 提供了一个 ShallowEtagHeaderFilter 过滤器，可以方便地基于返回的内容来生成 ETag。

茶歇时间：时间 vs. 空间

在一个系统中，总会有很多非功能性指标，例如，耗时、CPU 使用率、吞吐量、内存占用量、磁盘使用量、带宽、IOPS（Input/Output Operations Per Second，每秒读写次数）……在一定的条件下，鱼和熊掌不可兼得，为了满足某些要求，我们需要放弃另外一些。最常见的就是大家熟悉的"用空间换时间"，以及"用时间换空间"。

缓存是典型的"用空间换时间"。以前流行的 Memcached 就是用大量内存来存储计算后的数据，节省了反复计算的时间和 CPU 开销，我们在之前介绍过的 JVM 内部缓存、Redis 也基本是这个思路。

而大家日常用的文件压缩就是"用时间换空间"。通过压缩算法的计算将大文件压缩成小文件，随后存储在磁盘中或者在网络中进行传输。传输的内容越少，传输的速度就越快，从而节省了传输时间。

本节中谈到的 ShallowEtagHeaderFilter 本质上并不会减少服务器端的计算工作量，所有的操作都会发生，它对发送给客户端的数据进行了额外的计算，产生一个 ETag，如果这个值与客户端传过来的值一样，就不再传输内容，直接告诉客户端没有变化，用以前的就行。因此，它是用额外的服务端 CPU 时间优化了网络传输和客户端感到的耗时。

在 Spring Boot 项目中，要注册 Servlet、Filter 或者 Listener，最简单的办法就是把它们配置为 Bean。如果需要做更多定制，就注册对应的 ServletRegistrationBean、FilterRegistrationBean 和

ServletListenerRegistrationBean。以 ShallowEtagHeaderFilter 为例，可以在 BinaryTeaApplication 中添加一个 Bean 定义，如代码示例 9-21 所示。

代码示例 9-21 添加了 ShallowEtagHeaderFilter 的配置类

```java
@SpringBootApplication
@EnableCaching
public class BinaryTeaApplication {
    // 省略其他内容

    @Bean
    public ShallowEtagHeaderFilter shallowEtagHeaderFilter() {
        return new ShallowEtagHeaderFilter();
    }
}
```

9.4 访问 Web 资源

前面我们都在聊如何编写 Web 服务端的内容，如何发布服务与资源，通过浏览器和一些工具就能访问我们发布的内容。但在一个分布式系统里，我们通常都是编写代码用客户端来进行访问的。这一节里就让我们一起来了解一下如何使用 Spring Framework 提供的 RestTemplate 来访问 Web 资源。

9.4.1 通过 RestTemplate 访问 Web 资源

RestTemplate 封装了常用的 HTTP 操作，支持 GET、POST、PUT、DELETE、HEAD、PATCH 和 OPTIONS 方法，表 9-16 罗列了 RestTemplate 的一些常用方法，本节后面还会聊到 exchange() 等方法。

表 9-16 RestTemplate 的一些常用方法

方 法 名	返回类型	对应 HTTP 方法	说 明
getForObject()	T	GET	获取内容并转换为指定类型
getForEntity()	ResponseEntity\<T>	GET	获取内容并转换为指定类型，同时提供 HTTP 应答头等信息
postForObject()	T	POST	提交内容，将结果转换为指定类型
postForEntity()	ResponseEntity\<T>	POST	提交内容，将结果转换为指定类型，同时提供 HTTP 应答头等信息
postForLocation()	URI	POST	提交内容，无须获得返回，只要拿到结果中的地址信息即可
put()	void	PUT	发送 PUT 请求，创建或更新内容，无返回值
delete()	void	DELETE	发送 DELETE 请求，删除内容，无返回值

通常，Spring Boot 的自动配置都会为我们提供所需的 Bean，早期的 Spring Boot 的确也提供了一个默认的 RestTemplate Bean，但是在后来的版本中又把它去掉了。不过，RestTemplateAutoConfiguration 为我们提供了 RestTemplateBuilder Bean，RestTemplateAutoConfiguration 会将上下文中的 RestTemplateCustomizer 和 RestTemplateRequestCustomizer 收集起来，放到 RestTemplateBuilder 里。而我们可以直接通过这个 RestTemplateBuilder 的 build() 方法来构造自己的 RestTemplate Bean。

接下来，我们通过一个例子来演示如何通过 RestTemplate 来模拟顾客的操作，访问我们的二进制奶茶店。

> 需求描述 二进制奶茶店准备得差不多了，有了菜单，顾客也可以下订单了，现在该看看来到门店的顾客都有哪些行为了。顾客来到店门口之后，可能会先张望一下，看看有没有开门，没开门的话可能直接走开，也可能稍微等上一会儿，开门的话可能进来瞄一眼菜单。一般人查看菜单可能会有这样一些习惯：
>
> ☐ 先看看菜单上第一项；
> ☐ 浏览一下有没有自己喜欢的；
> ☐ 把整个菜单看完再说。
>
> 我们已经有了所需的菜单服务，现在该让顾客出场了。

第 5 章里我们已经写了一个简单的等待开门的 Customer 工程，此处在它的基础上稍作修改。[①] 第一步，调整一下 pom.xml，增加 Spring MVC 等 Web 支持，因为菜单上有金额，所以还需要 Joda Money 相关的支持，在 <dependencies/> 中增加如下内容。

```xml
<dependency>
    <groupId>org.springframework.boot</groupId>
    <artifactId>spring-boot-starter-web</artifactId>
</dependency>

<dependency>
    <groupId>org.joda</groupId>
    <artifactId>joda-money</artifactId>
    <version>1.0.1</version>
</dependency>
<dependency>
    <groupId>com.fasterxml.jackson.datatype</groupId>
    <artifactId>jackson-datatype-joda-money</artifactId>
    <version>2.13.1</version>
</dependency>
```

第二步，调整主类 CustomerApplication，因为引入了 spring-boot-starter-web，所以默认会启动 Web 容器，我们目前只希望开发一个命令行运行的程序，所以需要自定义 Spring 应用，使用 WebApplicationType.NONE 将应用指定为非 Web 类型。此外，通过 RestTemplateBuilder 来定义我们自己的 RestTemplate，这里设置一下超时时间。对于 Money 类型，我们还需要定义 JodaMoneyModule 来处理序列化相关的事宜。具体如代码示例 9-22 所示。

代码示例 9-22　调整后的 CustomerApplication

```java
@SpringBootApplication
public class CustomerApplication {
    public static void main(String[] args) {
        new SpringApplicationBuilder()
            .sources(CustomerApplication.class)
```

---

① 具体的内容放在 ch9/customer-simple-client 项目中。

```
                .web(WebApplicationType.NONE)
                .run(args);
    }

    @Bean
    public RestTemplate restTemplate(RestTemplateBuilder builder) {
        return builder
                .setConnectTimeout(Duration.ofSeconds(1)) // 连接超时
                .setReadTimeout(Duration.ofSeconds(5)) // 读取超时
                .build();
    }

    @Bean
    public JodaMoneyModule jodaMoneyModule() {
        return new JodaMoneyModule();
    }

    @Bean
    public ExitCodeGenerator waitExitCodeGenerator(ApplicationArguments args) {
        return () -> (args.containsOption("wait") ? 0 : 1);
    }
}
```

第三步，调整原来的 WaitForOpenRunner，本来它只是根据命令行参数来决定是否等待，等完就退出的。现在我们的 BinaryTea 服务端准备好了，可以通过访问服务端来判断是否可以提供服务，所以这里就用 RestTemplate 来发起 GET 请求，能获得 200 OK 的响应码就说明奶茶店开门了。具体如代码示例 9-23 所示。

代码示例 9-23　调整后的 WaitForOpenRunner

```
@Component
@Slf4j
@Order(2)
public class WaitForOpenRunner implements ApplicationRunner, ApplicationContextAware {
    @Setter
    private ApplicationContext applicationContext;
    @Autowired
    private RestTemplate restTemplate;
    @Value("${binarytea.url}")
    private String binarytea;

    @Override
    public void run(ApplicationArguments args) throws Exception {
        boolean flag = isOpen(); // 开门了吗？
        flag = flag ? true : (waitForOpen(args) && isOpen()); // 没开门，等一下再看看
        if (!flag) { // 没开门就退出
            log.info("店没开门，走了");
            System.exit(SpringApplication.exit(applicationContext));
        } else {
            log.info("店开门了，进去看看");
        }
    }

    private boolean waitForOpen(ApplicationArguments args) throws InterruptedException {
        boolean needWait = args.containsOption("wait");
        if (!needWait) {
            log.info("如果没开门，就不用等了。");
```

```
    } else {
        List<String> waitSeconds = args.getOptionValues("wait");
        if (!waitSeconds.isEmpty()) {
            int seconds = NumberUtils.parseNumber(waitSeconds.get(0), Integer.class);
            log.info("还没开门,先等{}秒。", seconds);
            Thread.sleep(seconds * 1000);
        }
    }
    return needWait;
}

private boolean isOpen() {
    ResponseEntity<String> entity = null;
    try {
        entity = restTemplate.getForEntity(binarytea + "/menu", String.class);
        return entity.getStatusCode().is2xxSuccessful();
    } catch (Exception e) {
        log.warn("应该还没开门,访问出错:{}", e.getMessage());
    }
    return false;
}
}
```

代码示例 9-26 中的 waitForOpen() 就是从原来的 run() 方法里抽取出来的，专门判断是否要等待，以及要等多久。isOpen() 方法向服务端发起一个 GET 请求，这里访问的是 http://localhost:8080/menu，返回的是 JSON，暂时先用 String 来处理，反正也不用这个返回值，只需要判断响应码即可。在 application.properties 中加上 binarytea.url 配置，这是我们要访问的服务器地址和端口：

```
binarytea.url=http://localhost:8080
```

如果命令行上传入 --wait=5，也就是等待 5 秒[1]，在不启动服务端的情况下，我们得到的输出大概是下面这样的：

```
2020-12-13 23:40:16.586  INFO 24352 --- [main] l.spring.customer.ArgsPrinterRunner : 共传入了1个参数。
分别是:--wait=5
2020-12-13 23:40:16.609  WARN 24352 --- [main] l.spring.customer.WaitForOpenRunner : 应该还没开门,
访问出错:I/O error on GET request for "http://localhost:8080/menu": Connection refused (Connection
refused); nested exception is java.net.ConnectException: Connection refused (Connection refused)
2020-12-13 23:40:16.610  INFO 24352 --- [main] l.spring.customer.WaitForOpenRunner : 还没开门,先等5秒。
2020-12-13 23:40:21.613  WARN 24352 --- [main] l.spring.customer.WaitForOpenRunner : 应该还没开门,
访问出错:I/O error on GET request for "http://localhost:8080/menu": Connection refused (Connection
refused); nested exception is java.net.ConnectException: Connection refused (Connection refused)
2020-12-13 23:40:21.613  INFO 24352 --- [main] l.spring.customer.WaitForOpenRunner : 店没开门,走了
```

最后，来实现查看菜单内容的功能。先要在 Customer 工程中也定义一个菜单的模型，基本与 BinaryTea 中的一样，但不需要增加 JPA 的注解，为了简单，也不需要表示杯型大小的枚举了，具体如代码示例 9-24 所示。

代码示例 9-24　Customer 工程中的 MenuItem

```
@Getter
@Setter
@ToString
```

---

[1] 这里用 5 秒是为了方便演示，可以通过 --wait 传入想要等待的任意时间，让程序在下次重试前一直 sleep() 在那里。

```
public class MenuItem {
    private Long id;
    private String name;
    private String size;
    private Money price;
    private Date createTime;
    private Date updateTime;
}
```

编写一个 MenuRunner 类，其中包含了需求中提到的三种查看菜单的动作，都是用的 getForObject()
方法，不过这里会演示三种不同的用法，具体如代码示例 9-25 所示。

 □ 返回类型指定为具体的类 MenuItem，同时，传入的 URL 中包含占位符 {id}，这里根据占位符
  的顺序选择参数中的值。

 □ 返回列表，暂时还用 String 来做返回值，但占位符替换不再用可变参数，而是使用 Map<String, ?>，
  其中的键与占位符对应。

 □ URL 中没有占位符需要替换，最简单的调用。

代码示例 9-25　包含三种查看菜单动作的 MenuRunner

```
@Component
@Slf4j
@Order(3)
public class MenuRunner implements ApplicationRunner {
    @Autowired
    private RestTemplate restTemplate;
    @Value("${binarytea.url}")
    private String binarytea;

    @Override
    public void run(ApplicationArguments args) throws Exception {
        MenuItem item = restTemplate.getForObject(binarytea + "/menu/{id}", MenuItem.class, 1);
        log.info("菜单上的第一项是{}", item);

        String coffee = restTemplate.getForObject(binarytea + "/menu?name={name}", String.class,
                Collections.singletonMap("name", "Java咖啡"));
        log.info("有Java咖啡吗? {}", coffee);

        String menuJson = restTemplate.getForObject(binarytea + "/menu", String.class);
        log.info("完整菜单:{}", menuJson);
    }
}
```

> **需求描述**　顾客在看完菜单之后，就要开始点单了。之前在 Web 页面上有个下单的功能，现在
> 是时候把这个功能挪到客户端来实现了。

在上一节的例子里，OrderController 只能处理表单请求，而我们暂时还无法用 RestTemplate
来发起表单请求（后面会介绍如何发送带有请求头的 HTTP 请求），所以在第 9 章的 binarytea-rest-
controller 例子中，我们简单修改一下 OrderController，增加一个处理 REST 请求的新建订单方法，如
代码示例 9-26 所示。新增的 createNewOrder() 方法仅处理 application/json 的请求，使用同样的表
单对象，但增加了 @RequestBody 注解，将整个请求正文转换为 NewOrderForm，并进行了校验，其他

的逻辑和之前处理表单的 `createNewOrder()` 别无二致，最后返回一个 `Optional<Order>`。

代码示例 9-26　增加了 REST 接口的 `OrderController` 类

```java
@Controller
@RequestMapping("/order")
@Slf4j
public class OrderController {
    // 省略其他内容
    @PostMapping(consumes = MediaType.APPLICATION_JSON_VALUE)
    @ResponseBody
    public Optional<Order> createNewOrder(@RequestBody @Valid NewOrderForm form, BindingResult result,
                                          HttpServletResponse response) {
        if (result.hasErrors()) {
            log.warn("参数不正确,[{}]", result.getAllErrors());
            response.setStatus(HttpStatus.BAD_REQUEST.value());
            return Optional.empty();
        }
        response.setStatus(HttpStatus.CREATED.value());
        return Optional.ofNullable(createNewOrderWithForm(form));
    }

    private Order createNewOrderWithForm(NewOrderForm form) {
        List<MenuItem> itemList = form.getItemIdList().stream()
                .map(i -> NumberUtils.toLong(i)).collect(Collectors.collectingAndThen(Collectors.toList(),
                list -> menuService.getByIdList(list)));
        Order order = orderService.createOrder(itemList, form.getDiscount());
        log.info("创建新订单,Order={}", order);
        return order;
    }
}
```

在客户端上，我们新建一个 `OrderRunner`，其中使用 `restTemplate.postForObject()` 来发送 POST 请求。请求的正文是一个 `NewOrderForm` 对象，这个类的内容与服务端一致，只是在注解上稍作调整，去掉了校验相关的注解，增加了一个 `@Builder`，方便创建对象。`@NoArgsConstructor` 和 `@AllArgsConstructor` 是为了在序列化和反序列化时能有合适的构造方法，如代码示例 9-27 所示。

代码示例 9-27　客户端里调整后的 `NewOrderForm`

```java
@Getter
@Setter
@Builder
@AllArgsConstructor
@NoArgsConstructor
public class NewOrderForm {
    private List<String> itemIdList;
    private int discount;
}
```

而 `OrderRunner` 则如代码示例 9-28 所示，它的逻辑很简单，创建一个 `NewOrderForm`，其中只有一个编号为 1 的饮料，折扣为 90，用 POST 方法发送到服务端，返回的内容先以 JSON 字符串输出。

代码示例 9-28　用来创建订单的 `OrderRunner`

```java
@Component
@Order(5)
@Setter
```

```
@Slf4j
public class OrderRunner implements ApplicationRunner {
    @Autowired
    private RestTemplate restTemplate;
    @Value("${binarytea.url}")
    private String binarytea;

    @Override
    public void run(ApplicationArguments args) throws Exception {
        callForObject();
    }

    protected String callForObject() {
        NewOrderForm form = NewOrderForm.builder().itemIdList(Arrays.asList("1")).discount(90).build();
        String response = restTemplate.postForObject(binarytea + "/order", form, String.class);
        log.info("下订单:{}", response);
        return response;
    }
}
```

程序运行后的效果大概是下面这样的：

```
2020-12-15 00:50:10.022  INFO 37900 --- [main] learning.spring.customer.OrderRunner : 下订单:{"id":2,
"maker":null,"items":[{"id":1,"name":"Java咖啡","size":"MEDIUM","price":{"amount":12.00,"currency":
"CNY"},"createTime":"2020-12-14T16:49:48.918+00:00","updateTime":"2020-12-14T16:49:48.918+00:00"}],
"amount":{"discount":90,"totalAmount":{"amount":12.00,"currency":"CNY"},"payAmount":{"amount":10.80,
"currency":"CNY"}},"status":"ORDERED","createTime":"2020-12-14T16:50:09.987+00:00","updateTime":
"2020-12-14T16:50:09.987+00:00"}
```

9.4.2　RestTemplate 的进阶用法

面对简单的 HTTP 操作时，上一小节提到的方法就已经绰绰有余了，但现实中往往会有很多复杂的情况，例如，要在请求中传递多个请求头，需要判断应答中的 HTTP 响应码。如果结果复杂一些，例如包含 List、Map 等数据结构，还要把泛型类型用起来……这些事情 RestTemplate 都可以帮我们轻松搞定。

1. 通过 HttpEntity<T> 进行复杂操作

HTTP 头是 HTTP 请求和应答中的重要部分，根据 HTTP 响应码和 HTTP 头可以做很多处理，在发送请求时也可以在 HTTP 头里带入很多信息。在之前的内容中，我们的代码并没有对 HTTP 头做太多处理，只是在使用 Postman 时做了些简单修改。在 RestTemplate 中，可以用 RequestEntity<T> 和 ResponseEntity<T> 分别表示请求和响应，它们都继承了 HttpEntity<T>，其中包含了 HTTP 头和正文，正文会被转换为给定的类型 T。

我们可以将上一节的例子稍作调整，用 postForEntity() 代替 postForObject()，重新写一个请求方法，打印出 HTTP 头和正文，如代码示例 9-29 所示。

代码示例 9-29　用来演示 ResponseEntity<T> 的 OrderRunner 类

```
@Component
@Order(5)
@Setter
@Slf4j
```

```
public class OrderRunner implements ApplicationRunner {
    @Autowired
    private RestTemplate restTemplate;
    @Value("${binarytea.url}")
    private String binarytea;

    @Override
    public void run(ApplicationArguments args) throws Exception {
        callForEntity();
    }

    protected ResponseEntity<String> callForEntity() {
        NewOrderForm form = NewOrderForm.builder().itemIdList(Arrays.asList("1")).discount(90).build();

        ResponseEntity<String> response = restTemplate.postForEntity(binarytea + "/order",form, String.class);
        log.info("HTTP Status: {}, Headers: ", response.getStatusCode());
        response.getHeaders().entrySet().forEach(e -> log.info("{}: {}", e.getKey(), e.getValue()));
        log.info("Body: {}", response.getBody());
        return response;
    }
    // 省略其他内容
}
```

上面的代码运行后的效果大概会是下面这样的，包含 HTTP 响应码、响应中的所有 HTTP 头以及响应正文：

```
2020-12-16 00:28:17.866  INFO 44944 --- [main] learning.spring.customer.OrderRunner : HTTP Status:
201 CREATED, Headers:
2020-12-16 00:28:17.868  INFO 44944 --- [main] learning.spring.customer.OrderRunner : Content-Type:
[application/json]
2020-12-16 00:28:17.868  INFO 44944 --- [main] learning.spring.customer.OrderRunner : Content-Length:
[436]
2020-12-16 00:28:17.868  INFO 44944 --- [main] learning.spring.customer.OrderRunner : Date: [Tue, 15
Dec 2020 16:28:17 GMT]
2020-12-16 00:28:17.868  INFO 44944 --- [main] learning.spring.customer.OrderRunner : Keep-Alive:
[timeout=60]
2020-12-16 00:28:17.868  INFO 44944 --- [main] learning.spring.customer.OrderRunner : Connection:
[keep-alive]
2020-12-16 00:28:17.868  INFO 44944 --- [main] learning.spring.customer.OrderRunner : Body: {"id":2,
"maker":null,"items":[{"id":1,"name":"Java咖啡","size":"MEDIUM","price":{"amount":12.00,"currency":
"CNY"},"createTime":"2020-12-15T16:28:08.084+00:00","updateTime":"2020-12-15T16:28:08.084+00:00"}],
"amount":{"discount":90,"totalAmount":{"amount":12.00,"currency":"CNY"},"payAmount":{"amount":10.80,
"currency":"CNY"}},"status":"ORDERED","createTime":"2020-12-15T16:28:17.835+00:00","updateTime":
"2020-12-15T16:28:17.835+00:00"}
```

postForXxx() 方法中传递的请求对象也可以直接传入一个 HttpEntity<T> 对象（严格说起来这里的请求，应该是 RequestEntity<T>，里面可以对 HTTP 头做各种控制）。可以像代码示例 9-30 这样把 callForEntity() 稍微修改一下。

代码示例 9-30　请求对象改为 RequestEntity<T>

```
@Component
@Order(5)
@Setter
@Slf4j
public class OrderRunner implements ApplicationRunner {
```

```
@Autowired
private RestTemplate restTemplate;
@Value("${binarytea.url}")
private String binarytea;

@Override
public void run(ApplicationArguments args) throws Exception {
    callWithEntity();
}

protected ResponseEntity<String> callWithEntity() {
    NewOrderForm form = NewOrderForm.builder().itemIdList(Arrays.asList("1")).discount(90).build();
    URI uri = UriComponentsBuilder.fromUriString(binarytea + "/order").build().toUri();
    RequestEntity<NewOrderForm> request = RequestEntity.post(uri).contentType(MediaType
        .APPLICATION_JSON).body(form);
    ResponseEntity<String> response = restTemplate.postForEntity(binarytea + "/order", request,
        String.class);
    log.info("HTTP Status: {}, Headers: ", response.getStatusCode());
    response.getHeaders().entrySet().forEach(e -> log.info("{}: {}", e.getKey(), e.getValue()));
    log.info("Body: {}", response.getBody());
    return response;
}
// 省略其他内容
}
```

2. 处理响应中的泛型

在上面的所有例子里，我们都只是简单地指定了请求和返回对象的类型，那如果我们希望返回的类型带有泛型又该怎么办呢？以 MenuController 的 getAll() 方法为例，返回的是 JSON 字符串，内容是一个列表，我们该怎么将它还原为 List<MenuItem> 呢？这时就该轮到 RestTemplate 的 exchange() 方法登场了，它在指定返回类型时，不仅可以简单地给出一个 Class<T>，也可以传入一个 ParameterizedTypeReference<T>，通过这个对象来指定泛型类型。具体如代码示例 9-31 所示。

代码示例 9-31 通过 exchange() 方法查询菜单

```
@Component
@Slf4j
@Order(3)
public class MenuRunner implements ApplicationRunner {
    @Autowired
    private RestTemplate restTemplate;
    @Value("${binarytea.url}")
    private String binarytea;

    @Override
    public void run(ApplicationArguments args) throws Exception {
        // 省略其他内容
        getAllMenu();
    }

    private void getAllMenu() {
        ParameterizedTypeReference<List<MenuItem>>typeReference =
            new ParameterizedTypeReference<List<MenuItem>>() {};
        URI uri = UriComponentsBuilder.fromUriString(binarytea + "/menu").build().toUri();
        RequestEntity<Void> request = RequestEntity.get(uri).accept(MediaType.APPLICATION_JSON).build();
        ResponseEntity<List<MenuItem>> response = restTemplate.exchange(request, typeReference);
```

```
        log.info("响应码:{}", response.getStatusCode());
        response.getBody().forEach( menuItem -> log.info("条目:{}", menuItem));
    }
}
```

3. HTTP 客户端的单元测试

在日常的开发工作中，服务端与客户端的代码通常是由不同人编写的，而且会出现两者并行开发的情况。这时没办法向真实的服务端发起请求，又或者开发者希望能在自己的电脑上运行单元测试，而不依赖任何其他组件。一般这类情况下会有两种做法：

- □ 将发起 HTTP 请求的客户端代码剥离出来，写成单独的类，通过 Mockito 等工具，模拟出这个对象，上层业务代码通过模拟的类进行测试；
- □ 通过 MockWebServer[①] 等工具模拟出一个服务端，它能接收请求并作出响应。

显然，相比第一种方式，第二种方式有一个好处，就是它能覆盖具体发起 HTTP 请求的代码，所以，在这里我们来演示一下如何通过 MockWebServer 编写一个单元测试，大概分成下面几个步骤：

(1) 引入 com.squareup.okhttp3:mockwebserver 依赖；

(2) 在测试类中构造并启动 MockWebServer；

(3) 获取 MockWebServer 的端口，设置到客户端；

(4) 构造模拟的请求应答；

(5) 客户端发起 HTTP 调用；

(6) 验证客户端收到应答后的处理情况；

(7) 验证模拟服务器收到的请求信息。

我们就以代码示例 9-29 为例，为它编写一个单元测试，先在 pom.xml 中增加如下依赖：

```
<dependency>
    <groupId>com.squareup.okhttp3</groupId>
    <artifactId>mockwebserver</artifactId>
    <scope>test</scope>
</dependency>
```

测试的公共部分如代码示例 9-32 所示，@BeforeAll 是在所有测试运行前执行的，在这里我们创建并启动了 MockWebServer；@AfterAll 在所有测试运行结束后执行，负责关闭 MockWebServer；@BeforeEach 是在每个测试运行前都会执行的，这里我们直接新建一个 OrderRunner，设置对应的属性；其实还有 @AfterEach，可以在每个测试运行后进行一些操作，这个例子里的清理就是把 this.runner 设置为 null，因为我们每次都会 new 一个，所以不用做这步动作，就不用写了。

代码示例 9-32　OrderRunnerTest 测试类的公共部分

```
class OrderRunnerTest {
    private static MockWebServer webServer;
    private OrderRunner runner;
    private ObjectMapper objectMapper = new ObjectMapper();
```

---

① 这是由 Square 开发的一套模拟 Web 服务端的工具，放在 OkHttp 的代码库中。

```
@BeforeAll
static void setUp() throws IOException {
    webServer = new MockWebServer();
    webServer.start();
}

@AfterAll
static void tearDown() throws IOException {
    webServer.shutdown();
}

@BeforeEach
void setUpBeforeEach() {
    runner = new OrderRunner();
    runner.setRestTemplate(new RestTemplate());
    runner.setBinarytea("http://localhost:" + webServer.getPort());
}
// 省略具体测试方法
}
```

针对 callForEntity() 的测试方法 testCallForEntity() 的具体代码如代码示例 9-33 所示，我们先构造了一个模拟的应答，设置了 201 Created 响应码、Content-Type 头和应答的正文，通过 enqueue() 方法将其设置到 MockWebServer 里；随后调用 runner.callForEntity() 发起请求，再验证响应和请求的内容。

代码示例 9-33　callForEntity() 的测试方法

```
class OrderRunnerTest {
    // 省略公共部分代码
    @Test
    void testCallForEntity() throws Exception {
        // 构造应答
        String body = "{\"id\":1, \"status\":\"ORDERED\"}";
        MockResponse response = new MockResponse().setResponseCode(HttpStatus.CREATED.value())
                .addHeader(HttpHeaders.CONTENT_TYPE, MediaType.APPLICATION_JSON_VALUE).setBody(body);
        webServer.enqueue(response);

        ResponseEntity<String> entity = runner.callForEntity();
        // 验证响应
        assertEquals(HttpStatus.CREATED, entity.getStatusCode());
        assertEquals(MediaType.APPLICATION_JSON_VALUE,entity.getHeaders().getFirst(HttpHeaders.CONTENT_TYPE));
        assertEquals(body, entity.getBody());

        // 验证请求
        RecordedRequest request = webServer.takeRequest();
        assertEquals("/order", request.getPath());

        NewOrderForm form = objectMapper.readValue(request.getBody().readUtf8(),NewOrderForm.class);
        assertLinesMatch(Arrays.asList("1"), form.getItemIdList());
        assertEquals(90, form.getDiscount());
    }
}
```

茶歇时间：模板设计模式

模板模式是 GoF 23 种经典设计模式中的一种，它定义了整个程序执行的骨架，允许开发者在不改变大结构的前提下对其中的一些步骤进行定制。

在 Spring Framework 中，模板模式的例子随处可见，例如我们之前看到过的 JdbcTemplate、TransactionTemplate 和这一节的 RestTemplate。以 TransactionTemplate 为例，常规的事务操作分为如下几个步骤：

(1) 获取连接，并在该连接上开启事务；

(2) 执行具体操作；

(3) 提交或者回滚事务。

其中的第 (2) 步可以通过 TransactionCallback 来传入具体的操作，整个事务操作的执行骨架在这个过程中是固定的。

RestTemplate 的情况也是类似的，整个过程分为创建请求、执行请求、获得结果和结果处理（提取内容），各种格式转换和底层的多种客户端都被 RestTemplate 封装了起来，可以根据我们的选择进行定制，但这些定制都不影响骨架。

通过这两个例子，我们可以看到模板模式提升了代码的**复用性和可扩展性**。原始的模板模式需要使用抽象类，在 Spring Framework 里并没有这么教条，通过参数、配置、传入匿名类或 Lambda 的方式都可以发挥它的作用。

9.4.3 简单定制 RestTemplate

虽然直接用 new 关键字创建一个 RestTemplate 就能拿来使用了，但这样的 RestTemplate 使用的全是默认配置。在生产环境中，我们追求的不仅是能用，还要更快、更稳、更安全。Spring Framework 当然也充分考虑到了这些诉求，RestTemplate 是个模板，在固定的步骤背后有大量可以灵活配置的东西，下面就让我们一起来了解一下。

1. 配置底层实现

RestTemplate 在其父类 HttpAccessor 中默认设置了 SimpleClientHttpRequestFactory 作为请求工厂类，其内部使用 Java 内置的 HttpURLConnection 来处理请求。但其实 RestTemplate 支持不少 HTTP 客户端，表 9-17 列出了支持的客户端和对应的 ClientHttpRequestFactory 实现类。

表 9-17 RestTemplate 支持的 HTTP 客户端

客 户 端	版 本	ClientHttpRequestFactory 实现类
Apache HttpComponents	从 Spring Framework 4.0 开始仅支持 4.3 以上版本	HttpComponentsClientHttpRequestFactory
OkHttp	3.x 版本	OkHttp3ClientHttpRequestFactory
Netty	4.x 版本	ReactorClientHttpConnector，在 Spring Framework 5.0 前是 Netty4ClientHttpRequestFactory

HttpComponents 和 OkHttp 的实现都是同步的，而 Netty 的实现则是响应式的。要替换底层的客户端，其本质就是替换 `ClientHttpRequestFactory` 的实现。接下来，我们以 HttpComponents 为例，来做个简单的演示，有三种方法来设置 `requestFactory`，推荐在使用时优先考虑后两种方法。

(1) 用 new 来从头创建一个 `RestTemplate`，通过构造方法或 `setRequestFactory()` 方法传入 `HttpComponentsClientHttpRequestFactory` 实例，这种做法无法利用 Spring Boot 提供的各种全局定制配置，不推荐。

(2) 依然使用之前用过的 `RestTemplateBuilder` 来构造 `RestTemplate`，通过 `RestTemplateBuilder` 的 `requestFactory()` 传入 `HttpComponentsClientHttpRequestFactory` 实例，调用 `requestFactory()` 会创建一个新的 `RestTemplateBuilder`，因此仅对当前要 `build()` 的 `RestTemplate` 有效。

(3) 创建一个 `RestTemplateCustomizer` 的实现类，并注册为 Bean，Spring Boot 自动配置的 `RestTemplateBuilder` 会收集上下文中所有的 `RestTemplateCustomizer`，在构造 `RestTemplate` 时，会调用 `RestTemplateCustomizer` 的 `customize()` 方法，我们的 `customize()` 负责为 `RestTemplate` 设置 `HttpComponentsClientHttpRequestFactory` 实例。这种方式会作用于所有的 `RestTemplate`。

HttpComponents 是个功能强大的 HTTP 客户端，除了基本的功能，还支持 HTTP 代理、连接池管理、连接复用 Keep-Alive、超时重试等功能。在 pom.xml 中引入 HttpComponents 的依赖 org.apache.httpcomponents:httpclient，随后通过 `HttpClientBuilder` 可以很方便地定制 `HttpClient`，并用它来构建 `HttpComponentsClientHttpRequestFactory`，再创建 `RestTemplate`，具体如代码示例 9-34 所示。[①]

代码示例 9-34　使用 HttpComponents 作为底层 HTTP 客户端的 RestTemplate 配置

```java
@SpringBootApplication
public class CustomerApplication {
    // 省略其他代码
    @Bean
    public RestTemplate restTemplate(RestTemplateBuilder builder) {
        return builder
                .requestFactory(this::requestFactory)
                .setConnectTimeout(Duration.ofSeconds(1)) // 连接超时
                .setReadTimeout(Duration.ofSeconds(5)) // 读取超时
                .build();
    }

    @Bean
    public ClientHttpRequestFactory requestFactory() {
        HttpClientBuilder builder = HttpClientBuilder.create()
        .disableAutomaticRetries() // 默认重试是开启的,建议关闭
        .evictIdleConnections(10, TimeUnit.MINUTES) // 空闲连接10分钟关闭
        .setConnectionTimeToLive(30, TimeUnit.SECONDS) // 连接的TTLS时间
        .setMaxConnTotal(200) // 连接池大小
        .selMaxConnPerRoute(20); // 每个主机的最大连接数

        return new HttpComponentsClientHttpRequestFactory(builder.build());
    }
}
```

---

① 这部分的例子在 ch9/customer-advanced-client 工程中。

茶歇时间：HttpComponents 的 Keep-Alive 默认策略优化

通过 `HttpClientBuilder` 构造的 `HttpClient` 默认会使用 `DefaultConnectionKeepAliveStrategy` 这个 Keep-Alive 策略，该策略比较简单：

- 查找 HTTP 头里的 Keep-Alive 头；
- 找到 Keep-Alive 头里名称是 timeout（忽略大小写）的那项；
- 有给定复用时间，就用给定的时间；
- 除此之外，都返回 − 1，也就是连接永久有效。

连接永久有效往往不是我们想要的结果，通常都会给一个默认时间，比如 300 秒。可以像下面这样通过 Lambda 表达式来实现一个 `ConnectionKeepAliveStrategy`，传给 `HttpClientBuilder`：

```
builder.setKeepAliveStrategy((response, context) ->
        Arrays.asList(response.getHeaders(HTTP.CONN_KEEP_ALIVE))
              .stream()
              .filter(h -> StringUtils.equalsIgnoreCase(h.getName(), "timeout")
                      && StringUtils.isNumeric(h.getValue()))
              .findFirst()
              .map(h -> NumberUtils.toLong(h.getValue(), 300L))
              .orElse(300L) * 1000);
```

这里用到的 `StringUtils` 和 `NumberUtils` 都是 Apache Common Langs3 中的辅助类。

2. 配置 SSL 相关选项

现在随着大家安全意识的加强（也要感谢各大厂商的强力推动），越来越多的网站开始对外提供 HTTPS 服务，甚至很多公司的内部服务也强制使用 HTTPS 访问。[①]

在访问外部服务时，一般这些目标站点的数字证书都是由专门的机构签发的，Java 内置了大机构的根证书，可以进行证书的校验。针对这种情况，我们无须做什么特殊的处理。

在提供内部 HTTPS 时，如果条件允许，当然也推荐购买或者使用免费的正规证书，但往往在很多企业内部会选择自己签发证书，这时 Java 无法验证证书的有效性，出于安全考虑就会让请求失败。这时有以下方案可以选择：

(1) 将自签证书的根证书导入 Java 的证书链里，这样就能把自己模拟成签发机构；

(2) 调整 `HttpClient` 的设置，忽略证书校验相关的错误。

这里，我们演示一下第二种方案，具体如代码示例 9-35 所示。

代码示例 9-35　不校验证书和主机名的 HttpClientBuilder 代码片段

```
SSLContext sslContext = null;
try {
    sslContext = SSLContextBuilder.create()
    // 放过所有证书校验
    .loadTrustMaterial(null, (certificate, authType) -> true).build();
```

---

① 关于服务端如何开启 HTTPS 和 HTTP/2 支持，我们将放在 11.2 节中展开说明。

```
} catch (GeneralSecurityException e) {
    log.error("Can NOT create SSLContext", e);
}
if (sslContext != null) {
    builder.setSSLContext(sslContext) // 设置SSLContext
            .setSSLHostnameVerifier(NoopHostnameVerifier.INSTANCE); // 不校验主机名
}
```

如果是希望加载一个证书用于校验，可以在使用 loadTrustMaterial() 时，传入对应的证书与密码。最后，还是要强调一下，如果条件允许，无论什么情况，都应该使用正规机构签发的有效数字证书。

9.5 小结

本章我们讨论了很多 Spring MVC 相关的内容。Spring MVC 主要用于 Web 开发，是日常开发 Web 应用必不可少的利器。以前的 Web 开发以后端为主，前端为辅；但现在更流行大前端和前后端分离的策略，前端同学挑大梁，后端负责提供 REST 接口。

除了 Spring MVC 最基本的用法，我们还讨论了以 DispatcherServlet 为中心的请求处理流程，详细介绍了请求处理方法的内容。Spring MVC 的视图层支持很多不同的格式，本章介绍了常用于 REST 接口的 JSON 和 XML 格式，还有呈现页面用的 Thymeleaf 模板。虽然 Spring MVC 也可以提供静态资源服务，但在生产环境中，我们建议大家使用专门的静态资源服务器，例如 Nginx。

最后我们介绍了 RestTemplate 的各种用法和相关配置，有了它就能方便地发起 HTTP 请求，更确切地说是发起 REST 请求的调用。

下一章，我们将聊聊安全那些事儿，有针对性地讨论一下与 Web 安全相关的话题，具体看看 Spring Security 是怎么来保护我们的系统的。

二进制奶茶店项目开发小结

本章中，我们的二进制奶茶店已经有了一个使用 Spring MVC 开发的 Web 界面——服务员可以在浏览器里查看菜单并为顾客下单，还可以以逐条或批量上传的方式来维护菜单。

为了方便系统交互，除了 Web 界面，服务端的程序还提供了对应的 REST 接口。而使用这些接口的正是我们为顾客开发的客户端程序，通过它，我们能够方便地与二进制奶茶店的服务端进行交互。

第 10 章

保护 Web 安全

本章内容
- ☐ Spring Security 的基本情况
- ☐ 基本的认证与授权管理方法
- ☐ 几种常见 Web 攻击的应对措施
- ☐ 简单的 REST API 客户端认证方法

安全是开发者永远绕不开的话题，尤其是现在大家的安全意识在不断地提高，越来越重视对信息安全的保护；与此同时，黑产或者灰产也对用户和系统虎视眈眈，这就对系统开发者提出了更高的要求。你很难想象没有一点儿安全防护、在网上"裸奔"的系统。除了基础的系统安全措施，在系统开发过程中，开发者也要加入更多安全方面的考量。本章就让我们来聊聊如何在 Spring 开发的 Web 项目中增加一些安全措施。

10.1 认识 Spring Security

Spring Security 是 Spring 家族中专门用来提供认证（authentication）与授权（authorization）的一款框架，同时还对一些常见的攻击场景提供了对应的防御措施。对于基于 Spring Framework 开发的系统而言，Spring Security 算得上是安全加固的首选框架，可以帮助我们更方便地打造一个相对安全的 Web 系统。

回顾 Spring Security 的历史，最早可以追溯到 2003 年，彼时的 Spring Framework 也才刚刚起步不久。虽然 Spring 团队认为安全是个非常值得投入的领域，但实在是无暇顾及这块。Ben Alex 开发了一个名为"The Acegi Security System for Spring"的项目[①]，后来该项目被纳入 Spring 项目集，并于 2006 年 5 月发布了正式的 1.0.0 版本，在经历了大量的改进后，于 2007 年底正式改名为 Spring Security。现在的 Spring Security 项目非常活跃，已经与 Spring Framework 一样，成为 Java Web 开发过程中安全相关领域的事实标准了。

---

① 之所以起名为 Acegi，是为了避免与其他项目重名，从 26 个字母表中选出了第 1 个、第 3 个、第 5 个、第 7 个和第 9 个字母。

Spring Security 主要提供了如下一些特性。

- **身份认证**，证明你是谁。Spring Security 支持多种不同类型的认证，例如基于用户名和密码的认证，基于 JAAS（Java Authentication and Authorization Service）的认证，以及 CAS 等。
- **操作授权**，规定你能做什么。Spring Security 提供了相对完善的 RBAC（Role-Based Access Control，基于角色的访问控制）权限，通过表达式就能方便地完成相关配置，将粒度控制到方法级别。
- **常见攻击防御**，在防火墙之外，再给应用穿套"铠甲"。Spring Security 能提供的防护种类有限，主要是针对 CSRF 和 HTTP 请求加固的。

10.1.1　模块介绍

从 Spring Security 3.0 开始，Spring Security 被分成了多个模块，放在不同的 Jar 中，我们可以按需引入相关的依赖。就这一点而言，它与 Spring Framework 的风格是高度一致的。表 10-1 列举了一些主要的模块。

表 10-1　Spring Security 的一些主要模块

Jar 包	说　明
spring-security-core.jar	核心模块，包含了主要的认证与授权支持
spring-security-web.jar	提供 Web 相关的安全支持，大部分情况下都会用到它
spring-security-config.jar	提供 XML 与 Java 配置方式，可以辅助进行各种配置
spring-security-ldap.jar	提供 LDAP（Lightweight Directory Access Protocol）相关支持，很多公司都采用 LDAP 进行用户管理，因此 LDAP 的支持很实用
spring-security-oauth2-*.jar	提供了 OAuth 2.0 相关的支持。除了核心相关内容，还有客户端的支持和简单的资源服务器实现

到了 Spring Security 5.x 的时代，除了同步的 Servlet 应用，Spring Security 还开始支持 Spring WebFlux 这样的响应式应用程序。不过在本章中，我们还是更多地聚焦于 Servlet 应用。

10.1.2　工作原理

Spring Security 针对 Web 应用做了安全加固，本质上是在应用的 Servlet[①] 执行前后做了一些拦截。我们可以把它理解为类似 AOP 的方式，只不过这个拦截是依托于 Servlet 的 `Filter` 过滤器接口来实现的。

既然是和 Spring Framework 搭配使用的，我们自然希望将尽可能多的东西交由 Spring 容器来托管，因此 Spring Security 提供了一个 `DelegatingFilterProxy`。它是一个标准的 Servlet 过滤器，注册到 Servlet 的容器中，但所有的操作都由 Spring 容器中那些实现了 `Filter` 的 Bean 来完成。我们可以认为 `DelegatingFilterProxy` 充当了 Servlet 容器与 Spring 容器之间的桥梁。

通常情况下，系统中用到的过滤器不止一个，仅 Spring Security 就提供了大量不同作用的 Servlet 过滤器。如果每个都需要我们做特别的配置，那工作量无疑是巨大的。因此，我们直接在 `DelegatingFilterProxy` 里配置一个 `FilterChainProxy`，由它来调用 `SecurityFilterChain`（默认实现

---

① 在 Spring MVC 的项目里就是 `DispatcherServlet`。

是 DefaultSecurityFilterChain），后者会管理所涉及的 Filter Bean。针对当前请求该对应哪些过滤器，都由 SecurityFilterChain 来决定。Spring Security 针对不同安全需求提供了大量过滤器，具体可见表 10-2。

表 10-2　Spring Security 提供的部分 Filter 实现

Filter	作　　用
CorsFilter	处理 CORS（Cross-Origin Resource Sharing，跨域资源共享）的 Filter 实现
CsrfFilter	处理 CSRF（Cross-Site Request Forgery，跨站请求伪造）的 Filter 实现
UsernamePasswordAuthenticationFilter	处理用户名与密码认证的 Filter 实现
AnonymousAuthenticationFilter	处理匿名请求的 Filter 实现
RememberMeAuthenticationFilter	实现"记住我"功能的 Filter 实现
BasicAuthenticationFilter	处理 HTTP Basic 认证的 Filter 实现
ExceptionTranslationFilter	翻译异常信息的 Filter 实现

如果用一张图来概括 Spring Security 的处理流程，它应该如图 10-1 所示。客户端发起请求，进入 Servlet 容器后会交由一系列 Servlet 过滤器进行处理，最后再走到 DispatcherServlet，处理后的结果再反向经过过滤器。其中的 DelegatingFilterProxy 在处理时会把请求转给在 Spring 上下文中的 FilterChainProxy，后者再将请求转给 SecurityFilterChain。顾名思义，过滤器链不是一个过滤器，而是一连串的过滤器，这些过滤器都是在 Spring 上下文中管理的。

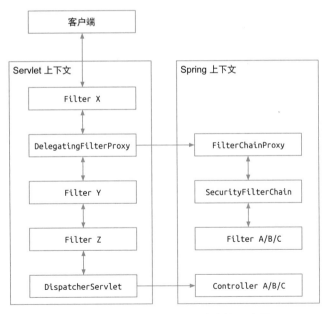

图 10-1　Spring Security 的请求处理流程

10.2 身份认证

在对 Spring Security 有了一个大概的了解后，就该将其投入实践了，我们主要解决两个问题——我是谁以及我能干什么，分别对应身份认证与访问授权两大功能。接下来，就让我们从身份认证开始，来看看 Spring Security 是怎么帮助我们的吧。

10.2.1 Spring Security 的身份认证机制

在 Spring Security 中，有一个安全上下文的概念，用 SecurityContext 接口来表示，Security-ContextHolder 负责提供方法创建并维护当前的 SecurityContext。上下文中包含了当前用户的身份信息，用 Authentication 接口来表示，它又由下面的三部分信息组成。

- □ **用户主体信息**，Authentication 直接继承了 Principal 接口，可以根据规范返回用户信息，getPrincipal() 方法返回任意的 Object，通常这里会使用 UserDetails。
- □ **证明信息**，在用户名与密码做认证的场景下，证明信息通常就是密码，在身份认证通过后会清除该信息，避免信息泄露。
- □ **权限信息**，由 GrantedAuthority 接口来表示，描述了当前用户是什么角色的，能做什么。

Authentication 里几乎已经包含了我们需要的所有信息，因此，整个过程中最重要的动作就是如何取得当前用户的 Authentication，并将其设置到 SecurityContext 里。AuthenticationManager 接口定义了 Spring Security 应该如何进行身份认证，ProviderManager 则是其最常用的实现，其中会有很多 AuthenticationProvider 来进行具体的身份验证判断，例如基于数据库做判断就用 DaoAuthenticationProvider。身份认证机制中一些主要接口与类的关系如图 10-2 所示。

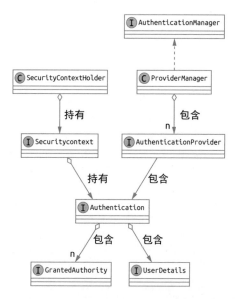

图 10-2 身份认证机制中一些主要接口与类的关系

10.2.2　基于用户名和密码的身份认证

在 Spring Boot 项目中，可以引入 spring-boot-starter-security 快速实现简单的身份认证功能，与此同时，框架也给我们留足了配置项和扩展点，能满足大部分的安全认证需求。

1. 通过 Spring Boot 的自动配置实现身份认证

Spring Boot 提供的自动配置包含 HTTP 表单认证与 HTTP Basic 认证，在 pom.xml 中添加如下依赖：

```
<dependency>
    <groupId>org.springframework.boot</groupId>
    <artifactId>spring-boot-starter-security</artifactId>
</dependency>
```

启动程序后，在输出的日志中能看到类似下面这样的一段输出，这是 Spring Boot 的自动配置类 SecurityProperties.User 中用 UUID 生成的一段密码，对应的用户名默认是 user，用 UUID 做密码：

```
Using generated security password: 40e5d02a-de50-46d6-97a6-970252c35d57
```

在浏览器中，如果访问 http://localhost:8080/order 页面，会被 302 Found 重定向到 Spring Security 提供的默认登录页面；如果用 curl[①] 命令，则会看到 401 Unauthorized 返回码：[②]

```
▶ curl -v http://localhost:8080/order

< HTTP/1.1 401
< Set-Cookie: JSESSIONID=3BB3C245CC937AF15B48DB2D1C07DE6F; Path=/; HttpOnly
< WWW-Authenticate: Basic realm="Realm"
< X-Content-Type-Options: nosniff
< X-XSS-Protection: 1; mode=block
< Cache-Control: no-cache, no-store, max-age=0, must-revalidate
< Pragma: no-cache
< Expires: 0
< X-Frame-Options: DENY
< Content-Type: application/json
< Transfer-Encoding: chunked
< Date: Sun, 10 Jan 2021 13:48:50 GMT
<
* Connection #0 to host localhost left intact
{"timestamp":"2021-01-10T13:48:50.763+00:00","status":401,"error":"Unauthorized","message":"","path":
"/order"}* Closing connection 0
```

可以在登录页面中输入用户名进行登录，如果是 curl 命令则用下面的命令提供 HTTP Basic 认证所需的信息：

```
▶ curl -v -u user:40e5d02a-de50-46d6-97a6-970252c35d57 http://localhost:8080/order
```

如果每次都必须使用默认的用户名和自动生成的密码，那未免也太不方便了。既然是 SecurityProperties 里的属性，那必然可以通过配置来进行设置。可以在 application.properties 中配置下面的

---

① curl 是一款通过 URL 传输数据的命令行工具，同时也是一个库，可以嵌入各种设备中。一般，*nix 系统中都会带有 curl 工具，Windows 用户可以通过 cygwin 来安装 curl。

② 这里背后是 HTTP 的内容协商机制在起作用，如果要返回的是 text/html 之类的格式，说明大概率是浏览器，所以将浏览器重定向到登录页面，走表单认证方式；如果要返回的是客户端常用的格式，则走 HTTP Basic 认证方式。

属性，将用户名和密码变成我们指定的内容：

```
spring.security.user.name=binarytea
spring.security.user.password=showmethemoney
```

茶歇时间：使用 Spring Security 加密保存密码

我们在项目中引入 Spring Security，就是为了增强项目的安全性，对密码的保护也是安全工作的一部分。由于密码泄露而造成的安全问题数不胜数，因而不建议直接用明文方式来保存密码。好在 Spring Security 提供了 PasswordEncoder 接口，我们可以用其 encode() 方法对明文进行编码，用 matches() 方法比较明文和编码后的内容。在创建 Spring Security 的 User 对象时，也能指定要使用的 PasswordEncoder，直接在设置密码时自动进行密码编码。

在 5.0 版本前，默认的实现是 NoOpPasswordEncoder，对应的字符串前缀是 {noop}。通过 PasswordEncoderFactories.createDelegatingPasswordEncoder() 可以创建一个包含大量算法的 DelegatingPasswordEncoder 实例，具体见表 10-3。

表 10-3　默认创建的 DelegatingPasswordEncoder 所代理的 PasswordEncoder

前　　缀	对应的 PasswordEncoder 实现
{noop}	NoOpPasswordEncoder
{bcrypt}	BCryptPasswordEncoder
{pbkdf2}	Pbkdf2PasswordEncoder
{scrypt}	SCryptPasswordEncoder
{SHA-1}	MessageDigestPasswordEncoder
{SHA-256}	MessageDigestPasswordEncoder
{sha256}	StandardPasswordEncoder
{MD4}	MessageDigestPasswordEncoder
{MD5}	MessageDigestPasswordEncoder
{ldap}	LdapShaPasswordEncoder
{argon2}	Argon2PasswordEncoder

如果我们希望配置已编码的密码，可以通过代码事先加密，也可以简单一些，使用 Spring Boot 的 CLI 命令行工具[①]：

▶ spring encodepassword plaintext
{bcrypt}$2a$10$GUextEAokHFRL7vWGk6sqOE8RKyiXD1tnPLJxpqlvBfur4BXzvOSG

也可以用 -a 指定算法：

▶ spring encodepassword -a pbkdf2 plaintext
a40a2a9e11f7a85db0c2c3b508d096138fb38c4ae8fb7e6452f821fdd309496d9c4810b6e984614c

① 可以用 SDKMAN 来安装 Spring Boot CLI，用 sdk list springboot 查看可安装的版本，例如，想安装 2.4.2 版本，可以用 sdk install springboot 2.4.2 来进行安装。

2. 自定义身份认证细节

通过前面的自动配置，我们已经实现了基本的身份认证需求，在访问大部分页面和接口前（除了登录和退出页），都必须先登录。但自动配置不是万能的，总会有些地方需要我们做个性化定制，例如，我们希望有些 URL 能禁用强制登录。

可以在代码中编写一个继承了 WebSecurityConfigurerAdapter 类的配置类，同时在上面增加 @EnableWebSecurity 注解。代码示例 10-1 就将 /menu 路径彻底放开了，允许所有人来访问。[①]

代码示例 10-1　个性化的身份认证配置

```java
@Configuration
@EnableWebSecurity
public class WebSecurityConfiguration extends WebSecurityConfigurerAdapter {
    @Override
    protected void configure(HttpSecurity http) throws Exception {
        http.authorizeRequests()
            .antMatchers("/menu").permitAll()
            .anyRequest().authenticated().and()
            .formLogin().and() // 使用表单登录
            .httpBasic(); // 使用HTTP Basic认证
    }
}
```

如果只希望提供 HTTP Basic 的方式，可以将上面代码中的 formLogin() 调用去掉。其实，在遇到未登录的情况时，究竟采用何种方式应对，提供什么入口，是由 AuthenticationEntryPoint 接口来决定的。例如，LoginUrlAuthenticationEntryPoint 就会将浏览器重定向到登录页 URL；而 BasicAuthenticationEntryPoint 则会返回 401 Unauthorized 响应码，添加 WWW-Authenticate 头，使用 HTTP Basic 认证方式。

在使用登录表单认证时，我们之前看到的 /login 页面是 Spring Security 提供的默认登录页，这个页面是通过 DefaultLoginPageGeneratingFilter 来生成的。如果查看它的源码，你会发现这个页面基本就是靠字符串拼接出来的。不过，就算这么一个页面，Spring Security 也给我们留足了配置项，一些常用的配置如表 10-4 所示。

表 10-4　formLogin() 提供的一些常用配置

配置方法	作　　用
usernameParameter()	配置表单中的用户名字段
passwordParameter()	配置表单中的密码字段
defaultSuccessUrl()	登录成功后跳转的 URL
failureUrl()	登录失败后跳转的 URL
loginProcessingUrl()	提交用户名和密码到此处指定的 URL 进行身份认证
loginPage()	指定自己的登录页，如果设置了这个配置，就不会再有默认的登录页了

代码示例 10-2 是自定义登录页面配置的一个演示，设置了登录成功与失败的 URL，定制了表单

---

① Spring Security 同时支持 Java 配置与 XML 配置两种方式，在本书中，我们优先考虑使用 Java 配置方式。

中的用户名和密码字段，还修改了处理登录请求的 URL。[①] 在设置放行 URL 时，这里分别演示了使用 ANT 匹配器和 MVC 匹配器的方法。

代码示例 10-2 自定义登录表单

```
protected void configure(HttpSecurity http) throws Exception {
    http.authorizeRequests()
        .antMatchers("/").permitAll()
        .mvcMatchers("/actuator/*").permitAll()
        .anyRequest().authenticated().and()
        .formLogin() // 使用表单登录
        .defaultSuccessUrl("/order")
        .failureUrl("/login")
        .loginProcessingUrl("/doLogin")
        .usernameParameter("user")
        .passwordParameter("pwd").and()
        .httpBasic(); // 使用HTTP Basic认证
}
```

Spring Security 的用户名和密码登录，默认是由 UsernamePasswordAuthenticationFilter 来实现的，其中最主要的工作就是取得用户名和密码，然后通过 AuthenticationManager 来实施具体的身份认证动作，UsernamePasswordAuthenticationFilter 中大概的处理逻辑如下所示：

```
public Authentication attemptAuthentication(HttpServletRequest request, HttpServletResponse response)
throws AuthenticationException {
    // 1.POST校验
    // 2.获得用户名与密码操作
    // 3.生成AuthenticationToken
    UsernamePasswordAuthenticationToken authRequest = new UsernamePasswordAuthenticationToken(username,
password);
    setDetails(request, authRequest);
    // 4.通过AuthenticationManager进行认证
    return this.getAuthenticationManager().authenticate(authRequest);
}
```

如果认证成功，需要"记住我"[②]的就做对应记住的动作，随后使用AuthenticationEventPublisher 发送认证成功的事件，再调用 AuthenticationSuccessHandler 做登录成功后的处理。如果登录失败，清除之前保留的登录信息，调用 AuthenticationFailureHandler 做登录失败后的处理。

在了解了定制身份认证细节的方法之后，让我们来看看如何将其运用到二进制奶茶店中，为系统提供更多的防护能力。

> **需求描述** 为二进制奶茶店提供一个登录界面。奶茶店的根页面（/）谁都可以访问，但如果顾客到店希望点单，就只能通过店员进行操作。所以下单页面（/order）只能是店员登录后才能访问。

在实际生产环境中，我们很少直接使用 Spring Security 的默认登录页面，通常会自己写一个页

---

① 这个例子在 ch10/binarytea-default-formlogin 项目中。
② 关于"记住我"的功能，我们在后面的章节中会做介绍。

面。在通过 loginPage() 设置了自己的登录页 URL 后，Spring Security 就不会再为我们提供默认页面了，我们要自己负责处理对这个 URL 的请求。在代码示例 10-3 中，我们定义了自己的 /login 页面模板，使用的是第 10 章中用过的 Thymeleaf 模板。①

```
<!DOCTYPE html>
<html lang="zh_CN" xmlns:th="http://www.thymeleaf.org">
    <head>
        <meta charset="UTF-8">
        <title>二进制奶茶</title>
    </head>
    <body>
        <h1>二进制奶茶</h1>
        <h2>请登录</h2>
        <div>
            <form action="#" th:action="@{/doLogin}" method="post">
                <p>
                    <label>用户名:</label>
                    <input type="text" name="user" placeholder="用户名" />
                </p>
                <p>
                    <label>密码:</label>
                    <input type="password" name="pwd" placeholder="密码" />
                </p>
                <p th:if="${session['SPRING_SECURITY_LAST_EXCEPTION'] != null}"
                    th:with="errorMsg=${session['SPRING_SECURITY_LAST_EXCEPTION'].message}"
                    style="color:#ff0000">
                    登录失败,具体原因:
                    <span th:text="${errorMsg}" style="color:#ff0000">失败原因</span>
                </p>
                <p>
                    <input type="submit" value="提交"/>
                </p>
            </form>
        </div>
    </body>
</html>
```

这里有几点内容需要说明：
- 表单提交的目标需要与 formLogin().loginProcessingUrl() 中设置的地址匹配，默认是 /login；
- 用户名与密码表单项的名称需要与 formLogin().usernameParameter() 和 formLogin().password-Parameter() 匹配，默认是 username 和 password；
- 如果登录失败，Spring Security 会将异常放在 Session 的 SPRING_SECURITY_LAST_EXCEPTION 属性中（用户名密码错误是 BadCredentialsException），因此可以通过它是否为空来判断，message 中会有具体的失败原因描述；
- Thymeleaf 会自动为我们的表单带上一个 CSRF Token，关于 CSRF 的内容会在 10.3 节中展开说明。

为了使用这个登录页，我们的配置也要稍作调整。由于 /login 在显示时并没有什么逻辑，可以直接用 UrlFilenameViewController 来充当控制器类，它能根据请求映射模板，Bean 的 ID 就是要映

---
① 这个例子在 ch10/binarytea-custom-formlogin 项目中。

射的 URL。formLogin().loginPage("/login").permitAll() 设置了要使用自定义登录页，我们还改了一些参数，具体内容见代码示例 10-4。

代码示例 10-4 使用自定义登录页的配置类

```java
@Configuration
@EnableWebSecurity
public class WebSecurityConfiguration extends WebSecurityConfigurerAdapter {
    @Bean("/login")
    public UrlFilenameViewController loginController() {
        UrlFilenameViewController controller = new UrlFilenameViewController();
        controller.setSupportedMethods(HttpMethod.GET.name());
        controller.setSuffix(".html");
        return controller;
    }

    @Override
    protected void configure(HttpSecurity http) throws Exception {
        http.authorizeRequests()
            .antMatchers("/").permitAll()
            .mvcMatchers("/actuator/*").permitAll()
            .anyRequest().authenticated().and()
            .formLogin() // 使用表单登录
            .loginPage("/login").permitAll() // 设置登录页地址,全员可访问
            .defaultSuccessUrl("/order")
            .failureUrl("/login")
            .loginProcessingUrl("/doLogin")
            .usernameParameter("user")
            .passwordParameter("pwd").and()
            .httpBasic(); // 使用HTTP Basic认证
    }
}
```

我们的登录页效果如图 10-3 所示。相比默认的页面，它的确是简单了一些。在实际生产系统中，页面通常都会加上 CSS 效果，不会这么简陋。

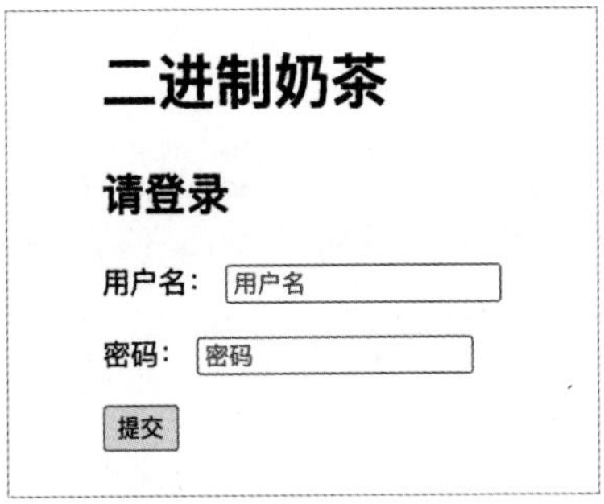

图 10-3 自定义登录页

3. 基于数据库管理用户信息

如果仅仅依靠配置文件配置的用户信息，是无法应对生产环境的复杂性的。我们对用户体系有着更高的要求，最起码也得实现不同用户能够使用不同账户进行登录，每个人都可以有不同的权限。

这时将用户信息记录到数据库中的需求就出现了，而且数据库中的信息相比配置文件更易维护。

Spring Security 中的 UserDetailsService 提供了用户信息服务的抽象，该接口就只有一个 loadUserByUsername() 方法，根据用户名加载用户信息。另外的 UserDetailsManager 则提供了用户信息的增加、删除和修改方法。两个接口搭配在一起就能完成关于用户的增删改查操作。

> 需求描述 随着日益增长的业务需要，奶茶店聘请了好几位员工。只有一个账号的情况肯定是不合适了，现在需要为每个员工分配一个账号，并且账号系统要易于维护。

在使用关系型数据库之前，我们先来看看如何在内存中保存不同用户的信息，这时会用到 InMemoryUserDetailsManager。在没有提供 UserDetailsService 时，Spring Boot 的自动配置类 User-DetailsServiceAutoConfiguration 会自动为我们提供一个 InMemoryUserDetailsManager，所以我们只需自己定义一个就可以了，就像代码示例 10-5 这样。[①]

代码示例 10-5　增加了 InMemoryUserDetailsManager 的配置类

```
@Configuration
@EnableWebSecurity
public class WebSecurityConfiguration extends WebSecurityConfigurerAdapter {
    @Bean
    public UserDetailsService userDetailsService(ObjectProvider<PasswordEncoder> passwordEncoder) {
        PasswordEncoder encoder = passwordEncoder
                .getIfAvailable(() -> PasswordEncoderFactories.createDelegatingPasswordEncoder());
        UserDetails employee = User.builder()
                                    .username("lilei")
                                    .password("binarytea")
                                    .authorities("READ_ORDER", "WRITE_ORDER")
                                    .passwordEncoder(encoder::encode)
                                    .build();
        return new InMemoryUserDetailsManager(employee);
    }
    // 省略其他代码
}
```

在上面的代码中，我们先尝试从 Spring 上下文中获取 PasswordEncoder，如果没有找到则创建一个默认的。通过 User.UserBuilder 来构建用户信息，用户名、密码和权限是必需的。此外，我们这里指定了 PasswordEncoder 来加密存储密码，随后用这个用户来初始化 InMemoryUserDetailsManager。InMemoryUserDetailsManager 中可以管理多个用户，我们的例子就只放了一个而已。

InMemoryUserDetailsManager 通常用在简单的场景或者测试中。在复杂的生产环境中，我们更倾向于使用 JdbcUserDetailsManager，它能够通过 JDBC 与关系型数据库进行交互，满足更多的要求。

既然是要用数据库的，那必然就少不了要创建对应的表结构，Spring Security 在 Jar 包中提供了默认的表结构 DDL 文件（位置是 org/springframework/security/core/userdetails/jdbc/users.ddl），不过它并不要求我们严格遵守这个 DDL 文件中的定义。在之前的示例中，我们已经用了 H2 内嵌数据库，有

---

① 代码位于 ch10/binarytea-in-memory-auth 项目中。

schema.sql 文件，所以我们可以把自己的用户和权限表定义加在后面，具体的 SQL 如代码示例 10-6 所示。[①]

代码示例 10-6　追加在 schema.sql 后面的用户和权限表语句

```
drop table if exists users;
drop table if exists authorities;

create table users(
    username varchar(50) not null primary key,
    password varchar(500) not null,
    enabled boolean not null
);

create table authorities (
    username varchar(50) not null,
    authority varchar(50) not null
);

create unique index ix_auth_username on authorities (username, authority);
```

上面的 SQL 是根据默认 DDL 修改的，去掉了外键，原先的字符串忽略大小写，这里我们还是选择区别大小写。随后在 data.sql 中插入一条默认数据，密码用 spring encodepassword binarytea 做了加密，如代码示例 10-7 所示。

代码示例 10-7　预先插入的默认数据

```
insert into users (username, password, enabled) values ('LiLei',
    '{bcrypt}$2a$10$iAty2GrJu9WfpksIen6qX.vczLmXlp.1q1OHBxWEX8BIldtwxHl3u', true);
insert into authorities (username, authority) values ('LiLei', 'READ_ORDER');
insert into authorities (username, authority) values ('LiLei', 'WRITE_ORDER');
```

最后，如代码示例 10-8 那样修改一下配置类，把 UserDetailsService 的 Bean 换成 JdbcUserDetails-Manager，这里我们还演示了一下如何用代码创建一个用户，放入 JdbcUserDetailsManager。

代码示例 10-8　使用 JdbcUserDetailsManager 来提供用户信息

```
@Configuration
@EnableWebSecurity
public class WebSecurityConfiguration extends WebSecurityConfigurerAdapter {
    @Bean
    public UserDetailsService userDetailsService(ObjectProvider<DataSource> dataSources) {
        JdbcUserDetailsManager userDetailsManager = new JdbcUserDetailsManager();
        userDetailsManager.setDataSource(dataSources.getIfAvailable());
        UserDetails manager = User.builder().username("HanMeimei").password("{bcrypt}$2a$10$iAty2GrJu9Wf
            pksIen6qX.vczLmXlp.1q1OHBxWEX8BIldtwxHl3u").authorities("READ_ORDER", "WRITE_ORDER").build();
        userDetailsManager.createUser(manager);
        return userDetailsManager;
    }
    // 省略其他代码
}
```

[①] 代码位于 ch10/binarytea-jdbc-auth 项目中。注意，为了保证之前的单元测试能够顺利运行，本书示例在测试目录里增加了 users 和 authorities 表对应的实体类定义。

如果详细查看 JdbcUserDetailsManager 的代码，我们会发现，它内部其实内置了很多不同操作所需的 SQL 语句：

```
public static final String DEF_CREATE_USER_SQL = "insert into users (username, password, enabled)
    values (?,?,?)";
public static final String DEF_DELETE_USER_SQL = "delete from users where username = ?";
public static final String DEF_UPDATE_USER_SQL = "update users set password = ?, enabled = ? where
    username = ?";
public static final String DEF_INSERT_AUTHORITY_SQL = "insert into authorities (username, authority)
    values (?,?)";
public static final String DEF_DELETE_USER_AUTHORITIES_SQL = "delete from authorities where username = ?";
public static final String DEF_USER_EXISTS_SQL = "select username from users where username = ?";
public static final String DEF_CHANGE_PASSWORD_SQL = "update users set password = ? where username = ?";
```

如果我们修改了表名或者表结构，不用完全重写这个实现类，只需通过对应的方法把增删改查相关的 SQL 语句改了就可以。此外，JdbcUserDetailsManager 还支持用户组相关的概念和操作，实现方式也是在数据库中增加了用户组的表，并内置了相关 SQL 语句，这部分内容就不在本书中展开了。

4. 退出操作

既然有登录操作，那自然也有对应的退出操作。WebSecurityConfigurerAdapter 默认提供了 /logout 这个 URL 来处理退出的请求，它主要做了如下清理动作：

- 清理 HTTP Session；
- 清理"记住我"相关的信息；
- 清理保存了当前用户信息的 SecurityContextHolder；
- 重定向到 /login?logout。

和 formLogin() 类似，logout() 也有很多可以定制的配置方法，表 10-5 提供了一些常用的配置方法。

表 10-5 logout() 提供的一些常用配置方法

配置方法	作　　用
logoutUrl()	触发退出操作的 URL，默认是 /logout
logoutSuccessUrl()	成功退出后跳转的 URL
logoutSuccessHandler()	指定自定义的 LogoutSuccessHandler，有这个设置 logoutSuccessUrl() 会失效
invalidateHttpSession()	是否清理 HTTP Session
deleteCookies()	是否删除 Cookies
addLogoutHandler()	添加 LogoutHandler，Spring Security 有好多该接口的实现，默认 SecurityContextLogout-Handler 会加在最后
logoutRequestMatcher()	设置退出请求的匹配规则

Spring Security 中默认开启了 CSRF 防护，所以 /logout 也要求带有 CSRF 的 Token，而且必须要使用 POST 方法，这是合理的安全要求。可以通过提交表单的方式来实现退出，也可以用 JavaScript 代码来发起退出的 POST 请求。如果一定要用 GET 方法，可以像代码示例 10-9 这样进行设置，其中将退出成功后的重定向指向了 /，退出请求可以同时使用 GET 和 POST 方法。

代码示例 10-9 增加了退出设置的安全配置类

```java
@Configuration
@EnableWebSecurity
public class WebSecurityConfiguration extends WebSecurityConfigurerAdapter {
    @Override
    protected void configure(HttpSecurity http) throws Exception {
        http.authorizeRequests()
            .antMatchers("/").permitAll()
            .mvcMatchers("/actuator/*").permitAll()
            .anyRequest().authenticated().and()
            .formLogin() // 使用表单登录
            .loginPage("/login").permitAll() // 设置登录页地址,全员可访问
            .defaultSuccessUrl("/order")
            .failureUrl("/login")
            .loginProcessingUrl("/doLogin")
            .usernameParameter("user")
            .passwordParameter("pwd").and()
            .httpBasic().and() // 使用HTTP Basic认证
            .logout()
            .logoutSuccessUrl("/")
            .logoutRequestMatcher(new OrRequestMatcher(
                new AntPathRequestMatcher("/logout", "GET"),
                new AntPathRequestMatcher("/logout", "POST")));
    }
    // 省略其他代码
}
```

现在，我们的下单页面已经拥有了最基本的登录和退出功能，也能在数据库中维护基本的用户信息了。之前都是通过浏览器手动做的验证，为了方便以后回归测试，我们需要编写一些自动化的单元测试。好在 Spring Security 对测试也有很好的支持，我们只需要在 pom.xml 中引入相应的依赖就行了，具体如代码示例 10-10 所示。

代码示例 10-10 pom.xml 中增加 Spring Security 的测试支持

```xml
<dependency>
    <groupId>org.springframework.security</groupId>
    <artifactId>spring-security-test</artifactId>
    <scope>test</scope>
</dependency>
```

接下来，为 OrderController 编写一些测试用例。在为测试构建 MockMvc 时，需要增加 Spring Security 相关的支持，具体如代码示例 10-11 所示，其中用到了 SecurityMockMvcConfigurers.spring-Security() 来初始化 MockMvc。

代码示例 10-11 OrderControllerTest 的初始化

```java
@SpringBootTest
class OrderControllerTest {
    private MockMvc mockMvc;

    @BeforeEach
    void setUp(WebApplicationContext wac) {
        this.mockMvc = MockMvcBuilders.webAppContextSetup(wac)
                                      .apply(springSecurity())
                                      .build();
    }
```

```
    @AfterEach
    void tearDown() {
        mockMvc = null;
    }
    // 省略其他代码
}
```

先来测试一下登录和退出的功能，在代码示例 10-12 中，通过 SecurityMockMvcRequestBuilders. formLogin() 可以发起表单登录请求，我们在 WebSecurityConfiguration 中修改了默认配置，因此这里也需要手动指定处理登录请求的 URL，用户名和密码的表单项名称也要修改。登录后，可以通过 SecurityMockMvcResultMatchers.authenticated() 和 unauthenticated() 方法来判断当前是否通过身份验证，如果成功通过验证则继续确认重定向 URL 是否符合预期。退出的测试逻辑也是类似的，通过 logout() 向默认的 /logout 地址发起退出请求，随后判断是否已没有登录态并重定向到了 /。

代码示例 10-12　登录和退出的测试用例

```
@SpringBootTest
class OrderControllerTest {
    @Test
    void testLogin() throws Exception {
        mockMvc.perform(formLogin("/doLogin")
                .user("user", "LiLei")
                .password("pwd", "binarytea"))
                .andExpect(authenticated())
                .andExpect(redirectedUrl("/order"));
    }

    @Test
    void testLogout() throws Exception {
        mockMvc.perform(logout())
                .andExpect(unauthenticated())
                .andExpect(redirectedUrl("/"));
    }
    // 省略其他代码
}
```

最后，再来测试一下登录和未登录情况下的 /order 页面请求。在未登录的情况下向 /order 发起 GET 请求，会返回 401 Unauthorized 响应码，此时的状态是未经过身份认证，就和用 curl 命令发起 GET 请求时类似。如果指定了 Accept: text/html 头，则情况与浏览器类似，会重定向到登录页面。在发起请求时，如果用 with() 方法带上登录信息，就能模拟带登录态的请求，可以直接带上 user()，指定用户信息（这里只带了用户名，也可以带密码和角色），也可以用 httpBasic() 模拟 HTTP Basic 认证。具体如代码示例 10-13 所示。

代码示例 10-13　对下单页面的单元测试

```
@SpringBootTest
class OrderControllerTest {
    @Test
    void testOrderPageWithoutAuthentication() throws Exception {
        mockMvc.perform(get("/order")
                    // .header("Accept", "text/html") // 模拟浏览器
                )
```

```
                .andExpect(unauthenticated())
            // .andExpect(status().is3xxRedirection()) // 浏览器里是跳转,否则是401走HTTP Basic
            // .andExpect(redirectedUrlPattern("**/login"))
        ;
    }

    @Test
    void testOrderPageWithAuthenticatedUser() throws Exception {
        mockMvc.perform(get("/order").with(user("LiLei")))
                .andExpect(status().is2xxSuccessful());
        mockMvc.perform(get("/order").with(httpBasic("LiLei", "binarytea")))
                .andExpect(status().is2xxSuccessful());
    }
    // 省略其他代码
}
```

通过上面的例子，可以发现在 Spring MVC 中对控制器进行测试也不是特别复杂，即使加上了 Spring Security，难度也不高。在本书中，伴随着各种知识点已经出现了不少单元测试代码，希望大家都能养成为代码编写测试的习惯。

10.2.3　实现"记住我"功能

一般在对安全要求不太严格的场景中，经常会出现"记住我"（Remember me）的选项，即首次成功登录后，对于同一台电脑，用户可以在一段相对较长的时间里无须再次手动输入用户名和密码即可进行登录。这个功能让用户无须重复登录，在一定程度上提升了使用体验。但是，必须强调，如果是在金融、国防等敏感场景下，不建议使用这个功能，至少不能保留太长时间。

Spring Security 里为我们提供了一个 RememberMeServices 抽象，由它来实现"记住我"功能，默认有几个实现：

- □ NullRememberMeServices，空实现，即不提供"记住我"功能，UsernamePasswordAuthenticationFilter 内部默认使用了这个实现；
- □ TokenBasedRememberMeServices，通过 Cookie 中的一段经 BASE64 编码的令牌来实现"记住我"功能，实现较为简单；
- □ PersistentTokenBasedRememberMeServices，通过持久化的令牌来实现"记住我"功能，这里的持久化可以是在内存里的（这严格上不算真正的持久化），也可以是持久化到数据库里的。

TokenBasedRememberMeServices 和 PersistentTokenBasedRememberMeServices 都是基于令牌来实现的，但两者的令牌生成策略不同。我们先来看看 TokenBasedRememberMeServices 生成令牌时使用的策略。令牌是一串字符串的 BASE64 编码，字符串中包含如下几部分：

- □ 用户名，用来查找对应的密码；
- □ 失效时间，用来表示这个令牌何时过期，单位毫秒；
- □ 用户名、失效时间、密码与特定的私钥组合到一起的 MD5。

官方文档中的表示方法如下：

```
base64(用户名 + ":" + 失效时间 + ":" + md5Hex(用户名 + ":" + 失效时间 + ":" + 密码 + ":" + 私钥))
```

使用这样的组合，只要有令牌，就能还原出用户信息，因此无须在服务端存储令牌与用户的关联信息，而且 Cookie 中只会存储明文的用户名 [①]，在到期或者用户修改了密码之后令牌都会失效。

PersistentTokenBasedRememberMeServices 的策略就不同了，它是随机生成一个令牌，在后端的持久化存储中记录下令牌与用户的关系、令牌的失效时间，每次来一个令牌，都要查询一下。

与之前的表单登录和退出配置方法相似，"记住我"在 rememberme() 方法里也提供了不少配置方法，可以设置一系列的参数，表 10-6 中就列出了一些常用的配置方法。

表 10-6 rememberMe() 中常用的配置方法

配置方法	作　用
key()	设置 md5Hex() 时使用的私钥
rememberMeParameter()	请求中表示是否要"记住我"的参数名，默认是 remember-me
rememberMeCookieName()	在 Cookies 中保存令牌的 Cookie 名称，默认是 remember-me
tokenValiditySeconds()	令牌的有效时间，默认两周
userDetailsService()	设置用来根据用户名获取用户信息的 UserDetailsService
alwaysRemember()	是否始终开启"记住我"功能
tokenRepository()	设置用于保存持久化令牌的 PersistentTokenRepository，设置了这个后，就会使用 PersistentTokenBasedRememberMeServices，否则是 TokenBasedRememberMeServices

接下来，我们一起来看看如何在二进制奶茶店中实现"记住我"的功能，以便大家更方便地将其应用于日常开发中。

> 需求描述　每次使用二进制奶茶店的 Web 页面都需要登录，未免有些麻烦。如果成功登录一次，店员这一天都无须再次输入用户名和密码就能以当前的用户身份一直做下单或其他的操作就好了。

我们可以考虑在 BinaryTea 工程中演示如何开启"记住我"功能。我们先来稍微调整一下 Spring Security 的配置，像代码示例 10-14 这样 [②]——其中设置了我们的私钥，即 binarytea；登录表单中表示是否要"记住我"的参数是 remember；令牌有效期修改为一天，还注入了上下文里的 userDetailsService。

代码示例 10-14　在 WebSecurityConfiguration 中增加 rememberMe() 配置

```
@Configuration
@EnableWebSecurity
public class WebSecurityConfiguration extends WebSecurityConfigurerAdapter {
    @Autowired
    private UserDetailsService userDetailsService;

    @Override
    protected void configure(HttpSecurity http) throws Exception {
        http// 省略其他配置内容
```

---

① 虽然令牌中没有明文的密码，但如果私钥不慎泄露，攻击者还是可以通过一定的手段还原出密码，例如穷举各种密码，然后与用户名、失效时间和私钥组合后进行碰撞。

② 这个例子在 ch10/binarytea-remember-me 项目中。

```
            .rememberMe()
            .key("binarytea")
            .rememberMeParameter("remember")
            .tokenValiditySeconds(24 * 60 * 60)
            .userDetailsService(userDetailsService).and()
            .logout()
            .logoutSuccessUrl("/")
            .logoutRequestMatcher(new OrRequestMatcher(
                new AntPathRequestMatcher("/logout", "GET"),
                new AntPathRequestMatcher("/logout", "POST")));
    }
    // 省略其他代码
}
```

在登录页面 login.html 中，我们也要相应地在表单里增加 remember 这个表单项，一般是复选框，就像代码示例 10-15 里的那样。

代码示例 10-15　login.html 中的表单部分

```
<form action="#" th:action="@{/doLogin}" method="post">
    <p>
        <label>用户名:</label>
        <input type="text" name="user" placeholder="用户名" />
    </p>
    <p>
        <label>密码:</label>
        <input type="password" name="pwd" placeholder="密码" />
    </p>
    <p>
        <label>记住我:</label>
        <input type="checkbox" name="remember" />是
    </p>
    <p th:if="${session['SPRING_SECURITY_LAST_EXCEPTION'] != null}"
       th:with="errorMsg=${session['SPRING_SECURITY_LAST_EXCEPTION'].message}"
       style="color:#ff0000">
        登录失败,具体原因:
        <span th:text="${errorMsg}" style="color:#ff0000">失败原因</span>
    </p>
    <p>
        <input type="submit" value="提交"/>
    </p>
</form>
```

运行程序，成功登录后，我们可以通过 Chrome 浏览器的开发者工具观察一下响应中的 Cookies，这里就能找到用于实现"记住我"功能的 remember-me，如图 10-4 所示。

图 10-4　Cookies 中"记住我"的令牌值

如果要使用 Spring Security 内置的持久化令牌，我们需要配置一个 PersistentTokenRepository Bean，Spring Security 内置的还有测试用的 InMemoryTokenRepositoryImpl 内存令牌，还有代码示例 10-16 中使用的 JdbcTokenRepositoryImpl。代码示例 10-16 通过 tokenRepository() 设置了 persistentToken-Repository() 创建的 JdbcTokenRepositoryImpl。JdbcTokenRepositoryImpl 在初始化时可以自己建表，但由于这个动作不会判断表是否已经存在，所以每次初始化都会尝试建表。对于生产环境，本书不建议自动建表。默认的令牌表结构是下面这样的，可以把它加到 schema.sql 中：

```
create table persistent_logins (
    username varchar(64) not null,
    series varchar(64) primary key,
    token varchar(64) not null,
    last_used timestamp not null
);
```

如果想要用自己的表，或者用 Redis 来保存令牌，只需自己实现一个 PersistentTokenRepository 就可以了。

代码示例 10-16　增加了持久化令牌的相关配置

```
@Configuration
@EnableWebSecurity
public class WebSecurityConfiguration extends WebSecurityConfigurerAdapter {
    @Autowired
    private ObjectProvider<DataSource> dataSources;

    @Override
    protected void configure(HttpSecurity http) throws Exception {
        http
            // 省略其他配置内容
            .rememberMe()
                .key("binarytea")
                .rememberMeParameter("remember")
                .tokenValiditySeconds(24 * 60 * 60)
                .tokenRepository(persistentTokenRepository(dataSources))  // 配置持久化令牌
                .userDetailsService(userDetailsService(dataSources)).and()
            .logout()
                .logoutSuccessUrl("/")
                .logoutRequestMatcher(new OrRequestMatcher(
                    new AntPathRequestMatcher("/logout", "GET"),
                    new AntPathRequestMatcher("/logout", "POST")));
    }

    @Bean
    public PersistentTokenRepository persistentTokenRepository(ObjectProvider<DataSource> dataSources) {
        JdbcTokenRepositoryImpl tokenRepository = new JdbcTokenRepositoryImpl();
        tokenRepository.setDataSource(dataSources.getIfAvailable());
        tokenRepository.setCreateTableOnStartup(false);
        return tokenRepository;
    }
    // 省略其他代码
}
```

除了在浏览器中手动进行登录，查看 Cookies 以外，我们还要写个单元测试，保证代码的逻辑符合预期，具体如代码示例 10-17 所示。其中模拟向 /doLogin 提交了一个 POST 请求，其中包含了用户名和密码，还有页面上的复选框 remember，它的值可以是 true、on、yes 和 1 中的任意一个（忽略大小写）。此外，还必须要带上一个 CSRF 令牌（关于 CSRF 的内容，我们在 10.4.1 节再做说明，这里先加上）。在验证部分，额外验证了 remember-me Cookie 的情况，还对 persistent_logins 表里的数据进行了检查。

代码示例 10-17　针对持久化令牌的单元测试

```java
@SpringBootTest
class OrderControllerTest {
    private MockMvc mockMvc;
    private JdbcTemplate jdbcTemplate;

    @BeforeEach
    void setUp(WebApplicationContext wac) {
        this.mockMvc = MockMvcBuilders.webAppContextSetup(wac).apply(springSecurity()).build();
        jdbcTemplate = new JdbcTemplate(wac.getBean(DataSource.class));
    }

    @AfterEach
    void tearDown() {
        mockMvc = null;
        jdbcTemplate = null;
    }

    @Test
    void testOrderPageWithPersistentToken() throws Exception {
        mockMvc.perform(post("/doLogin")
                .param("user", "LiLei")
                .param("pwd", "binarytea")
                .param("remember", "1")
                .with(csrf())) // 提交的内容里要包含一个CSRF令牌
                .andExpect(authenticated())
                .andExpect(cookie().exists("remember-me"))
                .andExpect(cookie().maxAge("remember-me", 24 * 60 * 60));
        assertEquals(1, jdbcTemplate.queryForObject("select count(1) from persistent_logins", Integer.class));
        assertEquals("LiLei",
                jdbcTemplate.queryForObject("select username from persistent_logins", String.class));
    }
    // 省略其他代码
}
```

10.2.4　自定义认证方式

虽然 Spring Security 提供了很多不同的身份验证方式，但总有些时候我们需要自己动手实现一些功能。例如，可以将 JSON Web Token（简称 JWT）拿过来，用做 REST 服务的身份认证。

要实现自定义的认证，大致需要做以下的工作：

(1) 提供一个用于登录的接口，可以是个 Controller；

(2) 提供一个对每个请求进行权限验证的 Filter，一般会基于现有的 Filter 进行扩展，例如，稍后会看到的 AbstractPreAuthenticatedProcessingFilter；

(3) 提供一个 AuthenticationProvider，用来进行具体的验证工作，这个对象会被放到 AuthenticationManager 中；

(4) 如果获取用户信息的方式比较特殊，还需要提供定制的 UserDetailsService 实现。

接下来，让我们看看如何在二进制奶茶店中通过自定义 JWT 认证的方式来提供身份认证能力。

需求描述 虽然店员可以通过 Web 界面为顾客下单，变更订单状态，但我们更希望顾客能够自己通过程序自助完成各种查看菜单和下单的过程。这时，程序就需要知道顾客是谁，告诉服务提供方，还要能验证顾客的身份。

针对这个需求，JWT 就是一个比较轻量级的解决方案。Spring Security 对于 JWT 的支持嵌在 OAuth 2.0 的支持里，我们可以将 JWT 独立出来，专门为 REST 服务做一套身份认证的支持。[①]

要支持 JWT，我们需要在 pom.xml 中引入对应的依赖，这里我们选择 Java JWT:JSON Web Token for Java and Android（简称 JJWT）[②]，可以添加如下的依赖，如果不是用的 Jackson JSON，也有对应 GSON 的包：

```
<dependency>
    <groupId>io.jsonwebtoken</groupId>
    <artifactId>jjwt-api</artifactId>
    <version>0.11.2</version>
</dependency>
<dependency>
    <groupId>io.jsonwebtoken</groupId>
    <artifactId>jjwt-impl</artifactId>
    <version>0.11.2</version>
    <scope>runtime</scope>
</dependency>
<dependency>
    <groupId>io.jsonwebtoken</groupId>
    <artifactId>jjwt-jackson</artifactId>
    <version>0.11.2</version>
    <scope>runtime</scope>
</dependency>
```

在开始 Spring Security 相关内容的开发前，先来准备一个辅助类，实现 JWT 令牌的生成与解析。在 JWT 中，编码的信息称为 Claim，因为 JWT 展开后是 JSON 格式的，所以每个 Claim 都是 JSON 对象里的一个键。一个 JWT 令牌分为三个部分，之间用 "." 分隔，每个部分都是一段 BASE64 编码。第一部分是头信息，包含了签名算法等信息；第二部分是正文，包含了所有的 Claim；第三部分是签名。JWT 的令牌中可以记录和生成有效时间，超过时间就失效了。

我们编写一个 JwtTokenHelper 类，封装与 JWT 有关的操作，代码示例 10-18 是其中的初始化部分。其中我们注入了配置文件中的 jwt.secret，这是签名用的密钥，生成密钥的代码也在示例中，通过 Keys.hmacShaKeyFor() 来进行还原。JwtParser 是线程安全的，因此我们直接在初始化过程中完成了对它的初始化，方便后续解析令牌，考虑到不同的服务器之间可能存在时钟偏移，setAllowedClockSkewSeconds() 方法设置了我们能够容忍的最大时钟误差。

代码示例 10-18 JwtTokenHelper 类的初始化代码

```
@Component
@Slf4j
```

① 具体的代码在 ch10/binarytea-jwt-auth 项目中。
② Java JWT 项目见 GitHub（/jwtk/jjwt）。

```
public class JwtTokenHelper implements InitializingBean {
    private static final String ISSUER = "BinaryTea";

    private JwtParser jwtParser;
    private Key key;

    @Value("${jwt.secret}")
    public void setBase64Key(String base64) {
        // this.key = Keys.secretKeyFor(SignatureAlgorithm.HS512);
        // log.info("使用密钥:{}", Base64.getEncoder().encodeToString(key.getEncoded()));
        // 密钥类似:gR6cytlUlgMfVh08nLFZf8hMk4mdJDX5rWBVlsCbKvRlWcLwNRU6+rIPcLx21x191kJgP8udtoZuHt5yUDWtgg==
        key = Keys.hmacShaKeyFor(Base64.getDecoder().decode(base64));
    }

    @Override
    public void afterPropertiesSet() throws Exception {
        jwtParser = Jwts.parserBuilder().requireIssuer(ISSUER)
                .setSigningKey(key).setAllowedClockSkewSeconds(10)
                .build();
    }
    // 省略其他代码
}
```

令牌的初始化主要是通过 Jwts.builder() 返回的 JwtBuilder 来做的，我们甚至可以将权限列表编码到令牌里，它提供了 claim() 和 addClaims() 等方法。解析令牌则是直接使用 JwtParser. parseClaimsJws() 方法。具体代码如代码示例 10-19 所示。

代码示例 10-19　JwtTokenHelper 类中关于令牌生成与解析的代码

```
@Component
@Slf4j
public class JwtTokenHelper implements InitializingBean {
    public String generateToken(String username) {
        LocalDateTime now = LocalDateTime.now();
        LocalDateTime expireTime = LocalDateTime.now().plusHours(1); // TOKEN一个小时有效

        return Jwts.builder()
                .setSubject(username)
                .setIssuer(ISSUER)
                .setIssuedAt(Date.from(now.atZone(ZoneId.systemDefault()).toInstant()))
                .setExpiration(Date.from(expireTime.atZone(ZoneId.systemDefault()).toInstant()))
                .signWith(key)
                .compact();
    }

    public Jws<Claims> parseToken(String token) {
        try {
            return jwtParser.parseClaimsJws(token);
        } catch (SignatureException | MalformedJwtException | UnsupportedJwtException |
                IllegalArgumentException e) {
            throw new BadCredentialsException("Invalid Token", e);
        } catch (ExpiredJwtException e) {
            throw new CredentialsExpiredException("Token Expired", e);
        }
    }
    // 省略其他代码
}
```

做好了前期的准备，接下来就要进入 Spring Security 相关类的开发阶段了。首先，是根据用户名与密码获取 JWT 令牌的登录接口。具体的登录校验是委托给了 AuthenticationManager 来做的：如果登录信息有效，就生成令牌并返回 HTTP 200 OK 的应答；如果登录信息无效，则返回提示信息，用的响应码就是 403 Forbidden。具体如代码示例 10-20 所示。

代码示例 10-20　根据用户名与密码获得令牌的 TokenController

```java
@RestController
@Slf4j
public class TokenController {
    @Autowired
    private AuthenticationManager authenticationManager;
    @Autowired
    private JwtTokenHelper jwtTokenHelper;

    @PostMapping("/token")
    public ResponseEntity<TokenResponse> createToken(@RequestBody @Valid TokenRequest tokenRequest,
                                                     BindingResult result) {
        if (result.hasErrors()) {
            String errorMessage = result.getAllErrors().stream()
                .map(e -> e.getDefaultMessage()).collect(Collectors.joining(";"));
            return ResponseEntity.badRequest().body(new TokenResponse(null, errorMessage));
        }
        try {
            Authentication authentication =
                new UsernamePasswordAuthenticationToken(tokenRequest.getUsername(), tokenRequest.getPassword());
            authenticationManager.authenticate(authentication);
        } catch (AuthenticationException e) {
            log.warn("Login failed. User: {}, Reason: {}", tokenRequest.getUsername(), e.getMessage());
            return ResponseEntity.status(HttpStatus.FORBIDDEN)
                .body(new TokenResponse(null, e.getMessage()));
        }

        return ResponseEntity.ok(new TokenResponse(generateToken(tokenRequest.getUsername()), null));
    }

    private String generateToken(String username) {
        String token = jwtTokenHelper.generateToken(username);
        log.info("为用户{}生成Token [{}]", username, token);
        return token;
    }
}
```

其中对应的请求和应答类比较简单：TokenRequest 中包含要求非空（带了 @NotEmpty 注解）的 username 和 password 成员；TokenResponse 中则是代表令牌的 token 和代表描述消息的 message。

接下来，要写的就是针对每个请求进行令牌校验的 Filter 了，由于这其实是个预先完成身份认证的处理过程，正好可以用上 AbstractPreAuthenticatedProcessingFilter，我们就将它作为父类进行扩展，Spring Security 针对这类处理已经提供了较好的支持，我们只需开发些简单的代码，再做些配置就好，具体如代码示例 10-21 所示。这段代码从请求中取出令牌作为要验证的主体信息，由于 PreAuthenticatedAuthenticationProvider 的验证要求，代表密码的 getPreAuthenticatedCredentials() 必须要有个值，所以随便返回一串文本。

代码示例 10-21　校验 JWT 令牌的 JwtAuthenticationFilter

```java
public class JwtAuthenticationFilter extends AbstractPreAuthenticatedProcessingFilter {
    @Autowired
    private JwtTokenHelper jwtTokenHelper;

    @Override
    protected Object getPreAuthenticatedPrincipal(HttpServletRequest request) {
        String header = request.getHeader(HttpHeaders.AUTHORIZATION);
        if (!StringUtils.startsWith(header, "Bearer ")) {
            return null;
        }
        String token = StringUtils.substring(header, 7);
        Jws<Claims> jws = jwtTokenHelper.parseToken(token);
        return jws.getBody().getSubject();
    }

    @Override
    protected Object getPreAuthenticatedCredentials(HttpServletRequest request) {
        return "NO_PASSWORD_NEEDED";
    }
}
```

最后将所有内容组装起来，配置过程还是放在 WebSecurityConfiguration 中，具体如代码示例 10-22 所示。

代码示例 10-22　WebSecurityConfiguration 中与 JWT 相关的代码片段

```java
@Configuration
@EnableWebSecurity
@EnableGlobalMethodSecurity(securedEnabled = true, prePostEnabled = true, jsr250Enabled = true)
public class WebSecurityConfiguration extends WebSecurityConfigurerAdapter {
    @Autowired
    private UserDetailsService userDetailsService;

    @Bean
    public JwtAuthenticationFilter jwtAuthenticationFilter() throws Exception {
        JwtAuthenticationFilter filter = new JwtAuthenticationFilter();
        filter.setAuthenticationManager(authenticationManagerBean());
        return filter;
    }

    @Bean
    public PreAuthenticatedAuthenticationProvider jwtPreAuthenticatedAuthenticationProvider() {
        PreAuthenticatedAuthenticationProvider provider = new PreAuthenticatedAuthenticationProvider();
        provider.setPreAuthenticatedUserDetailsService(
            new UserDetailsByNameServiceWrapper<>(userDetailsService));
        return provider;
    }

    @Bean("authenticationManager")
    @Override
    public AuthenticationManager authenticationManagerBean() throws Exception {
        return super.authenticationManagerBean();
    }
    @Override
    protected void configure(HttpSecurity http) throws Exception {
        http.addFilterAt(jwtAuthenticationFilter(), AbstractPreAuthenticatedProcessingFilter.class)
            .csrf().disable()
```

```
    // .sessionManagement().sessionCreationPolicy(SessionCreationPolicy.STATELESS)
    .exceptionHandling()
    .defaultAuthenticationEntryPointFor(
        new LoginUrlAuthenticationEntryPoint("/login"), new MediaTypeRequestMatcher(MediaType.TEXT_HTML))
    .defaultAuthenticationEntryPointFor(new HttpStatusEntryPoint(HttpStatus.UNAUTHORIZED),
        new MediaTypeRequestMatcher(MediaType.APPLICATION_JSON)).and()
    .anonymous()
    // 省略后续配置
}

@Override
protected void configure(AuthenticationManagerBuilder auth) throws Exception {
    auth.authenticationProvider(jwtPreAuthenticatedAuthenticationProvider())
        .userDetailsService(userDetailsService);
}
// 省略其他代码
}
```

上面的代码需要注意以下几点：

(1) 因为我们的令牌中只有用户名的信息，未包含权限，所以 PreAuthenticatedAuthentication
    Provider 在验证后还需要从 UserDetailsService 中根据用户名取出用户信息，这里就要用
    UserDetailsByNameServiceWrapper 封装一下；

(2) 自定义的 PreAuthenticatedAuthenticationProvider 需要塞入 AuthenticationManager 里，最
    后的 configure() 方法就是用来配置 AuthenticationManager 的；

(3) HttpSecurity.addFilterAt() 可以在 Filter 链的指定位置插入 Filter，我们用它来插入自己
    开发的 JwtAuthenticationFilter；

(4) 由于是程序之间的交互，直接在头里携带身份信息，所以这里要关闭 CSRF 防护；

(5) 正常情况下，如果程序全是处理 REST 请求的，可以将会话策略设置为 STATELESS；

(6) 如果请求中未携带 JWT 令牌，需要给一个明确的提示，之前的表单登录用的是 LoginUrlAuthenti-
    cationEntryPoint，这里我们添加一个针对 application/json 请求有效的 HttpStatusEntryPoint，
    它会返回一个 401 Unauthorized 响应。

这个服务端的开发基本就到此为止了，具体的客户端该如何使用，我们会在 10.4 节展开。

10.3　访问授权

通过上一节的学习，我们可以使用身份认证来判断谁能访问系统了，但一个系统通常会有很多
功能，如果只是笼统地通过登录来控制，未免粒度太粗了。在登录进系统后，我们还希望能判断用
户具体能访问哪个功能，这就是访问授权。每个用户可以有不同的权限，能访问什么，不能访问什
么，都可以用 Spring Security 管理起来。

10.3.1　访问授权的判断方式

用户登录后，我们可以取得 Authentication 对象，其中有一系列 GrantedAuthority，它们就代
表了当前用户拥有的权限，AccessDecisionManager 会读取这些权限进行判断：决策用户对于正在访
问的目标是否拥有对应的权限。

Spring Security 内置的 AccessDecisionManager 实现采用了投票的方式，一共有三种不同的决策方式，具体如表 10-7 所示。对于 Web 工程而言，AbstractInterceptUrlConfigurer 中默认使用了 AffirmativeBased 这个实现。

表 10-7　Spring Security 内置的 AccessDecisionManager 实现类

实　现　类	说　　明
AffirmativeBased	只需要有一票赞同即视为同意
UnanimousBased	需要所有成员都投赞同票才视为同意
ConsensusBased	多数人投赞同票即视为同意

那具体的投票动作又该谁来做呢？AccessDecisionManager 的实现类中都会注入一系列的 Access-DecisionVoter，vote() 方法负责具体的投票，返回可以是**赞同**（ACCESS_GRANTED，值是 1）、**弃权**（ACCESS_ABSTAIN，值是 0）和**反对**（ACCESS_DENIED，值是 -1）。Spring Security 中同样也内置了不少实现，例如，RoleVoter 就可以根据当前用户的角色来进行投票，拥有指定角色即投赞同票，否则投反对票。在 Spring Security 中，角色可以视为特殊的权限，以 ROLE_ 打头，当然也可以设置别的前缀，不过一般不去调整。

10.3.2　基本的权限配置

在了解了框架中权限管理的基本知识后，让我们通过二进制奶茶店的例子来看看 Spring Security 权限的具体用法。

> 需求描述　二进制奶茶店的经营逐渐步入正规，生意越来越好了，两个员工已经无法满足日常的经营需要，店长打算再招一些员工。人多了，管理权限就要设置得更细一点儿。现在希望按表 10-8 这样来设计对菜单和订单的权限。
>
> 表 10-8　不同用户对菜单和订单的访问权限
>
> | 角　　色 | 权　　限 | 角　　色 | 权　　限 |
> |---|---|---|---|
> | 路人 | 看菜单 | 调茶师 | 看菜单，看订单，下订单 |
> | 到店顾客 | 看菜单，看订单 | 店长 | 看菜单，改菜单，看订单，下订单 |

根据需求，我们得知一共需要四种权限，即 READ_MENU、WRITE_MENU、READ_ORDER 和 WRITE_ORDER。路人其实就是我们通常所说的匿名用户，在 Spring Security 中，无须权限控制，可以像之前那样配置 permitAll()，但如果是既希望开放给未登录的人访问，又希望这个 URL 的访问是有权限要求的，就可以使用匿名用户，为匿名用户赋予一定的权限。

通过 HttpSecurity 的 anonymous() 方法可以设置匿名用户相关的内容，例如 authorities() 可以设置拥有的权限，key() 可以设置流程中传递匿名身份信息的参数名。

代码示例 10-23[①] 中就配置了匿名用户的相关选项，还有各个路径对应的权限信息。可以看到，

---

① 这个例子在 ch10/binarytea-authorities 项目中。

我们为匿名用户赋予了 READ_MENU 的权限，针对 /menu 及 /menu/** 的 GET 请求都需要这个权限。对 /menu 和 /order 的 GET 和 POST 请求，我们都做了相应的权限控制。

代码示例 10-23　针对各个 URL 的访问权限配置

```java
@Configuration
@EnableWebSecurity
public class WebSecurityConfiguration extends WebSecurityConfigurerAdapter {
    @Override
    protected void configure(HttpSecurity http) throws Exception {
        http.anonymous()
                .key("binarytea_anonymous")
                .authorities("READ_MENU").and()
            .authorizeRequests()
                .antMatchers("/").permitAll()
                .mvcMatchers("/actuator/*").permitAll()
                .mvcMatchers(HttpMethod.GET, "/menu", "/menu/**").hasAuthority("READ_MENU")
                .mvcMatchers(HttpMethod.POST, "/menu").hasAuthority("WRITE_MENU")
                .mvcMatchers(HttpMethod.GET, "/order").hasAuthority("READ_ORDER")
                .mvcMatchers(HttpMethod.POST, "/order").hasAuthority("WRITE_ORDER")
                .anyRequest().authenticated().and()
            // 省略其他配置
    }
    // 省略其他代码
}
```

假设我们最早的 LiLei 和 HanMeimei 分别是调茶师和经理的角色，那他们就要有相应的权限，HanMeimei 是用代码创建的，那这段代码就要调整为代码示例 10-24 那样，配置完整的权限。

代码示例 10-24　调整了权限的 HanMeimei

```java
@Bean
public UserDetailsService userDetailsService(ObjectProvider<DataSource> dataSources) {
    JdbcUserDetailsManager userDetailsManager = new JdbcUserDetailsManager();
    userDetailsManager.setDataSource(dataSources.getIfAvailable());
    UserDetails manager = User.builder().username("HanMeimei")
        .password("{bcrypt}$2a$10$iAty2GrJu9WfpksIen6qX.vczLmXlp.1q1OHBxWEX8BIldtwxHl3u")
        .authorities("READ_MENU", "WRITE_MENU", "READ_ORDER", "WRITE_ORDER").build();
    userDetailsManager.createUser(manager);
    return userDetailsManager;
}
```

而 LiLei 则是在 data.sql 中通过 SQL 代码初始化的，顺便我们再加一位普通用户张三，截取出的具体 SQL 如代码示例 10-25 所示。

代码示例 10-25　LiLei 和 ZhangSan 的初始化 SQL

```sql
insert into users (username, password, enabled) values ('LiLei', '{bcrypt}$2a$10$iAty2GrJu9WfpksIen6qX
    .vczLmXlp.1q1OHBxWEX8BIldtwxHl3u', true);
insert into authorities (username, authority) values ('LiLei', 'READ_MENU');
insert into authorities (username, authority) values ('LiLei', 'READ_ORDER');
insert into authorities (username, authority) values ('LiLei', 'WRITE_ORDER');

insert into users (username, password, enabled) values ('ZhangSan',
    '{bcrypt}$2a$10$iAty2GrJu9WfpksIen6qX.vczLmXlp.1q1OHBxWEX8BIldtwxHl3u', true);
insert into authorities (username, authority) values ('ZhangSan', 'READ_MENU');
insert into authorities (username, authority) values ('ZhangSan', 'READ_ORDER');
```

上面的例子中，我们为一个用户配置了好多权限，不免有些麻烦，如果配置能简单些就更好了。根据表 10-8，我们设置四种不同的角色，分别是 ROLE_ANONYMOUS、ROLE_USER、ROLE_TEA_MAKER 和 ROLE_MANAGER，对应有用表中的不同权限。然后调整 HanMeimei、LiLei 和 ZhangSan 的角色，不再配置详细的权限，直接配置不同的角色，就像代码示例 10-26[①] 与代码示例 10-27 那样。代码示例 10-26 中通过 UserBuilder.roles() 方法可以直接设置角色，设置时无须带 ROLE_ 前缀，Spring Security 会自动根据配置为我们带上前缀。

代码示例 10-26　为 HanMeimei 设置角色

```
@Bean
public UserDetailsService userDetailsService(ObjectProvider<DataSource> dataSources) {
    JdbcUserDetailsManager userDetailsManager = new JdbcUserDetailsManager();
    userDetailsManager.setDataSource(dataSources.getIfAvailable());
    UserDetails manager = User.builder().username("HanMeimei")
        .password("{bcrypt}$2a$10$iAty2GrJu9WfpksIen6qX.vczLmXlp.1q1OHBxWEX8BIldtwxHl3u")
        .roles("MANAGER").build();
    userDetailsManager.createUser(manager);
    return userDetailsManager;
}
```

代码示例 10-27　为 LiLei 和 ZhangSan 设置角色

```
insert into users (username, password, enabled) values ('LiLei',
    '{bcrypt}$2a$10$iAty2GrJu9WfpksIen6qX.vczLmXlp.1q1OHBxWEX8BIldtwxHl3u', true);
insert into authorities (username, authority) values ('LiLei', 'ROLE_TEA_MAKER');

insert into users (username, password, enabled) values ('ZhangSan',
    '{bcrypt}$2a$10$iAty2GrJu9WfpksIen6qX.vczLmXlp.1q1OHBxWEX8BIldtwxHl3u', true);
insert into authorities (username, authority) values ('ZhangSan', 'ROLE_USER');
```

URL 对应的权限配置可以调整成下面这样，不过这种方式看起来也很复杂，只是把原本加在用户上的那些要不断重复的权限管理搬到了代码里，只需要配置一次就可以了：[②]

```
@Override
protected void configure(HttpSecurity http) throws Exception {
    http.anonymous()
        .key("binarytea_anonymous").and()
        .authorizeRequests()
            .antMatchers("/").permitAll()
            .mvcMatchers("/actuator/*").permitAll()
            .mvcMatchers(HttpMethod.GET, "/menu", "/menu/**")
                .hasAnyRole("ANONYMOUS", "USER", "TEA_MAKER", "MANAGER")
            .mvcMatchers(HttpMethod.POST, "/menu").hasRole("MANAGER")
            .mvcMatchers(HttpMethod.GET, "/order").hasAnyRole("USER", "TEA_MAKER", "MANAGER")
            .mvcMatchers(HttpMethod.POST, "/order").hasAnyRole("TEA_MAKER", "MANAGER")
            .anyRequest().authenticated().and()
        // 省略其他配置
}
```

那有没有更简单的方式呢？答案是肯定的。我们可以建立一个角色与权限的映射关系，通常在

---

① 这个例子在 ch10/binarytea-role 项目中。

② 在 Spring Security 中，角色其实也可以有继承关系，RoleVoter 中可以自定义角色层级。我们在本书中会介绍一种看起来更好的方法，所以就不展开 RoleVoter 的定制配置了。

实际生产中会将这些信息与用户一起配置在数据库里，这里我们简单一些，将这些映射固化在代码中。我们可以像代码示例 10-28 那样实现自己的 UserDetailsManager，通过 JdbcUserDetailsManager 预留的 addCustomAuthorities() 扩展点，根据已知权限中有用的角色信息（即 ROLE_ 打头的权限），添加该角色对应的权限。这样一来，在用户侧就只需要配置角色，每个 URL 也只需要配置所需权限就可以了。WebSecurityConfiguration 的 configure() 改回代码示例 10-23，userDetailsService() 方法返回的 Bean 从 JdbcUserDetailsManager 改为 RoleBasedJdbcUserDetailsManager 类型就可以了。

代码示例 10-28　包含用户角色配置的 RoleBasedJdbcUserDetailsManager

```
@Setter
public class RoleBasedJdbcUserDetailsManager extends JdbcUserDetailsManager {
    private Map<String, List<GrantedAuthority>> roleAuthoritiesMap = new HashMap<>();

    public RoleBasedJdbcUserDetailsManager() {
        roleAuthoritiesMap.put("ROLE_USER", AuthorityUtils.createAuthorityList("READ_MENU", "READ_ORDER"));
        roleAuthoritiesMap.put("ROLE_TEA_MAKER", AuthorityUtils.createAuthorityList("READ_MENU", "READ_ORDER",
            "WRITE_ORDER"));
        roleAuthoritiesMap.put("ROLE_MANAGER", AuthorityUtils.createAuthorityList("READ_MENU", "WRITE_MENU",
            "READ_ORDER", "WRITE_ORDER"));
    }

    @Override
    protected void addCustomAuthorities(String username, List<GrantedAuthority> authorities) {
        new ArrayList<>(authorities).stream().filter(ga -> ga.getAuthority().toUpperCase()
            .startsWith("ROLE_")).forEach(r -> authorities.addAll(roleAuthoritiesMap.get(r.getAuthority())));
    }
}
```

在设置 URL 的权限时，我们可以使用表 10-9 中的方法，在上面的例子里其实已经用到了 hasAuthority()、hasAnyAuthority() 和 hasRole()。

表 10-9　设置权限时的常用方法

配置方法	说　明
hasAuthority()	拥有某种权限
hasAnyAuthority()	拥有指定权限中的一种或几种
hasRole()	拥有某种角色，这里写角色时不需要 ROLE_ 前缀
hasAnyRole()	拥有指定角色中的一种或几种，这里写角色时不需要 ROLE_ 前缀
anonymous()	当前是匿名用户
authenticated()	当前是经过认证的用户，通过"记住我"获取到信息的用户也算认证过的
fullyAuthenticated()	当前用户是经过完整身份认证的，也就是非"记住我"的用户
rememberMe()	当前是"记住我"认证的用户
hasIpAddress()	符合特定 IP 地址规则，例如 192.168.0.0/16
permitAll()	所有人都可以访问
denyAll()	所有人都不能访问
not()	规则取反
access()	通过表达式指定复杂的规则

关于最后一个 access() 方法，可以指定比较复杂的表达式，我们可以将代码示例 10-23 中的

configure() 稍作修改，变成代码示例 10-29 这样。无须再为匿名用户指定某个权限，而是在 /menu 和 /menu/** 的规则中指定是匿名用户或者有 READ_MENU 权限都可访问。

代码示例 10-29　使用 access() 配置的代码

```java
@Override
protected void configure(HttpSecurity http) throws Exception {
    http.anonymous()
            .key("binarytea_anonymous").and()
        .authorizeRequests()
            .antMatchers("/").permitAll()
            .mvcMatchers("/actuator/*").permitAll()
            .mvcMatchers(HttpMethod.GET, "/menu", "/menu/**")
            .access("isAnonymous() or hasAuthority('READ_MENU')")
            .mvcMatchers(HttpMethod.POST, "/menu").hasAuthority("WRITE_MENU")
            .mvcMatchers(HttpMethod.GET, "/order").hasAuthority("READ_ORDER")
            .mvcMatchers(HttpMethod.POST, "/order").hasAuthority("WRITE_ORDER")
            .anyRequest().authenticated().and()
        // 省略其他配置
}
```

access() 中可用的表达式大部分与表 10-9 中的方法差不多，例如 hasAuthority()、hasAnyAuthority()、hasRole 和 hasAnyRole()；"所有人都可以访问"和"所有人都不能访问"不再是方法了，而是用 permitAll 和 denyAll，直接代表了返回 true 和 false；对于是否经过认证的判断加上了 is 前缀，变为了 isAnonymous()、isRememberMe()、isAuthenticated() 和 isFullyAuthenticated()；principal 和 authentication 则分别表示了当前登录用户的主体信息，以及 SecurityContext 中的 Authentication 对象。

10.3.3　面向方法的访问授权

之前我们介绍的授权都是与 Web 相关的，在 Web 页面或者 REST 服务上进行控制，但实际上 Spring Security 能做到的还不止于此，它能根据当前用户的情况在方法级别上进行校验，决定当前登录的用户能否调用特定的方法。[①] 通过 Spring Security 提供的注解，或者是 JSR 250[②] 的注解，可以在方法执行前后做些相对简单的判断，例如是否拥有某种角色，从而决定能否执行方法。这些注解一般是加在领域服务层的方法上的。

在 Java 配置类上添加 @EnableGlobalMethodSecurity 注解就能开启方法权限控制的功能，表 10-10 列出了其中的几个重要属性，它们的默认值都是 false。

表 10-10　@EnableGlobalMethodSecurity 注解的重要属性

属　　性	说　　明
securedEnabled	是否开启 @Secured 注解支持
prePostEnabled	是否开启 @PreAuthorize、@PostAuthorize、@PreFilter 和 @PostFilter 注解的支持
jsr250Enabled	是否开启 JSR 250 注解的支持，例如 @DenyAll 和 @PermitAll

---

① 相对 Web 的权限管控而言，这种用法的出镜率比较低，因此在这里只是简单介绍一下，如果想要深入了解方法安全相关的内容，可以参考 Spring Security 的官方文档。

② JSR 250，即 Common Annotations for the JavaTM Platform。

@Secured、@PreXxx 和 @PostXxx 注解都是 Spring Security 提供的注解，@Secured 是 Spring Security 2.0 引入的，在配置上的灵活性稍差，3.0 的时候又引入了新的几个注解，能够支持较为复杂的表达式，使用上一部分最后提到的表达式进行配置。

依然是前面用到的权限控制的需求，我们来看看如果要在服务层的方法上进行控制该如何实现。先在 WebSecurityConfiguration 上添加 @EnableGlobalMethodSecurity 注解，开启各种注解支持，然后尝试在 MenuService 和 OrderService 上使用不同类型的注解：

```
@Configuration
@EnableWebSecurity
@EnableGlobalMethodSecurity(securedEnabled = true,
                           prePostEnabled = true,
                           jsr250Enabled = true)
public class WebSecurityConfiguration extends WebSecurityConfigurerAdapter {...}
```

代码示例 10-30 中，我们为两个修改菜单的方法加上了 @PreAuthorize 注解，判断是否拥有写菜单的权限。[①] 所谓 Pre 就是在某操作之前，@PreAuthorize 会在方法执行前进行权限判断，而 @PostAuthorize 则是在方法执行后，表达式中使用 returnObject 可以取得方法的返回值；@PreFilter 和 @PostFilter 则是用来对集合进行过滤的，表达式中使用 filterObject 可以取得集合中当前的元素，判断它是否要被过滤。

代码示例 10-30　增加了 @PreAuthorize 注解的 MenuService

```
@Service
@Transactional
@CacheConfig(cacheNames = "menu")
public class MenuService {
    @Autowired
    private MenuRepository menuRepository;

    @PreAuthorize("hasAuthority('WRITE_MENU')")
    public Optional<MenuItem> save(MenuItem menuItem) {
        return Optional.ofNullable(menuRepository.save(menuItem));
    }

    @PreAuthorize("hasAuthority('WRITE_MENU')")
    public List<MenuItem> save(List<MenuItem> items) {
        return menuRepository.saveAll(items);
    }
    // 省略其他代码
}
```

代码示例 10-31 则演示了 @Secured 注解和 JSR 250 注解的用法。@Secured 注解里可以直接添加要判断的权限，因为角色其实就是带了 ROLE_ 前缀的权限，所以可以像 getAllOrders() 那样判断是否拥有 MANAGER、TEA_MAKER 和 USER 角色。JSR 250 中权限相关的注解有代表全都允许的 @PermitAll，全不允许的 @DenyAll，允许某些角色的 @RolesAllowed，以某个角色运行的 @RunAs，还有定义安全角色的 @DeclareRoles。在代码示例 10-31 中我们就用到了 @RolesAllowed，指定需要有 MANAGER 或者 TEA_MAKER 角色才能执行 createOrder() 方法。

---

① 这个例子在 ch10/binarytea-role-methods 项目中。

代码示例 10-31 增加了 @Secured 注解和 @RolesAllowed 注解的 OrderService

```
@Service
@Transactional
public class OrderService {
    @Autowired
    private OrderRepository orderRepository;

    @Secured({ "ROLE_MANAGER", "ROLE_TEA_MAKER", "ROLE_USER" })
    public List<Order> getAllOrders() {
        return orderRepository.findAll();
    }

    @RolesAllowed({ "MANAGER", "TEA_MAKER" })
    public Order createOrder(List<MenuItem> itemList, int discount) {
        // 省略具体代码
    }
    // 省略其他代码
}
```

由于方法上增加了权限校验，我们之前的单元测试也要稍作调整。例如，OrderControllerTest 中的 testOrderPageWithAuthenticatedUser() 需要在用户上添加一些权限，如代码示例 10-32 所示。这里的 authorities() 和 roles() 最终都是设置模拟用户的权限，两者只能选择其一，因为需要 READ_ORDER 权限，所以这里只能用 authorities()。

代码示例 10-32 增加了权限的测试用例

```
@Test
void testOrderPageWithAuthenticatedUser() throws Exception {
    mockMvc.perform(get("/order").with(user("LiLei")
            .authorities(AuthorityUtils.createAuthorityList("READ_ORDER", "ROLE_TEA_MAKER"))))
            .andExpect(status().is2xxSuccessful());
    mockMvc.perform(get("/order").with(httpBasic("LiLei", "binarytea")))
            .andExpect(status().is2xxSuccessful());
}
```

> 茶歇时间：如何忽略权限校验
>
> 在一个真实的 Web 系统中，或多或少有些 URL 是无须登录就能访问的，或者是彻底不需要安全校验的，例如 CSS 和图片这样的静态资源。这里就以 /static 为例，说明一下在 Spring Security 中如何对符合特定规则的 URL 设置放行，例如：
>
> - 将 /static/** 设置为匿名用户和登录用户都可访问的，就像代码示例 10-29 那样；
> - 通过 permitAll()，将 /static/** 设置为允许所有人访问的；
> - 通过 WebSecurity 的 ignoring() 方法，直接将 /static/** 忽略掉。
>
> 代码示例 10-33 演示了第三种方法，也是在继承了 WebSecurityConfigurerAdapter 的 Java 配置类中，覆盖 configure()，通过参数中传入的 WebSecurity 来进行设置。

代码示例 10-33　调用 `WebSecurity.ignoring()` 设置忽略的路径

```java
public class WebSecurityConfiguration extends WebSecurityConfigurerAdapter {
    @Override
    public void configure(WebSecurity web) throws Exception {
        web.ignoring().antMatchers("/error", "/static/**");
    }
    // 省略其他代码
}
```

再次强调，**如果条件允许，静态资源应该放置在静态资源服务器上**，哪怕与 Java 应用放在同一台服务器上，也推荐由 Nginx 这样的 Web 服务器来专门提供静态资源服务，而不是让 Java 应用来响应静态资源请求。

10.4　常见 Web 攻击防护

普通用户的正常访问一般不会对系统有什么大的风险，但是，只要攻击能够带来收益，就会有人惦记我们的系统。正所谓"害人之心不可有，防人之心不可无"，我们心中最好还是能够紧绷一根弦，时刻担心"总有刁民想害朕"——本节就让我们来了解几种常见的 Web 攻击方式及其对应的防御手段。

10.4.1　跨站请求伪造攻击防护

跨站请求伪造（Cross Site Request Forgery）被简称为 CSRF 或 XSRF，这种攻击通常指通过某种手段在用户已登录的 Web 程序上执行不是用户本意的操作。维基百科中有一个定义：

> CSRF 是对 Web 站点的一种恶意攻击，攻击者通过 Web 站点信任的用户发出了未经授权的请求。

举个例子，假设 A 银行有个转账的 URL 是 /transfer，接收 HTTP POST 请求，请求参数中包含了转出卡号和目标转入卡号。接收请求后，系统会判断当前登录的账户中是否包含了转出卡号，如果有，就代表了是当前账户想从自己的银行卡转钱到他人的银行卡。张三 1 分钟前刚登录了 A 银行的网银，攻击者发给了他一个 X 网站的 URL，说是有促销活动，诱导张三打开了这个网页，在网页里嵌了一段用户不可见的 JavaScript 代码，就是通过 AJAX 向 A 银行的 /transfer 地址发起 POST 请求，给攻击者转 1000 元。这时由于张三在 A 银行网银的 Cookies 还未失效，所以网银会认为这就是张三自己发出的请求，执行了转账的指令。

当然，我们必须要说明一下，这里的例子只是设想出来的，真实的银行系统可比这要复杂得多，有着多重校验和安全保护，不是这么脆弱的。但这个例子应该能够说明整个 CSRF 的攻击原理了，那么我们该如何对敌呢？

首先想到的应该就是针对重要的页面和接口，只信任自己站点发来的请求。回到上面的例子，就是 /transfer 只接收来自 A 银行网页页面发起的请求，X 网站发来的就不行。HTTP 协议中的 Referer 头就是用来标明请求来源的，通过这个 Referer 可以识别哪些请求是可以信任的。但对于攻击者而言，Referer 的内容太容易伪造了，基本就和改请求的 Agent 没什么区别，所以这种方式的防御效果并不理想。

要禁止他人伪造请求，可以给一个一次性使用的令牌，请求过来一次就核销掉，不能二次使用，这样即使攻击者拿到了之前的令牌也不能重复发起请求。令牌本身也需要有过期时间，万一没被使用过，就被攻击者获取了，有个较短的过期时间也能规避一定风险。所以，**我们可以考虑在重要的请求里带上一个 CSRF 令牌**。

Spring Security 中已经内置了对 CSRF 令牌的支持，之前身份认证的例子中其实已经用到了 CSRF 令牌，只是当时没有展开。可以通过 HttpSecurity 的 csrf() 方法对各种需要或者不需要 CSRF 防护的 URL 进行设置，表 10-11 中列出了几个常用的配置方法。

表 10-11　常用的 CSRF 相关配置方法

配置方法	说　　明
disable()	禁用 CSRF 防护
ignoringAntMatchers()	要忽略 CSRF 防护的 URL 规则
requireCsrfProtectionMatcher()	需要 CSRF 防护的 RequestMatcher，RequestMatcher 可以对请求做详细的规则判断，默认忽略 GET、HEAD、TRACE 和 OPTIONS 的请求
ignoringRequestMatchers()	要忽略 CSRF 防护的 RequestMatcher，即使命中 requireCsrfProtectionMatcher() 的规则，也会忽略
csrfTokenRepository()	传入用于存储 CSRF 令牌的 CsrfTokenRepository，例如 HttpSessionCsrfToken-Repository
sessionAuthenticationStrategy()	传入认证用的 HttpSession 相关策略，例如 CsrfAuthenticationStrategy 会移除当前令牌，再重新生成一个新的放进 CsrfTokenRepository

二进制奶茶店也有一些页面容易受到 CSRF 攻击的威胁，出于安全考虑，我们需要对它们进行加固。

> 需求描述　下单后，用户需要进行支付，随后才能开始饮品制作等步骤。支付这个动作涉及二进制奶茶店的营收，需要保证页面上的支付收银操作的确是由店员执行的。

在修改订单状态的表单中，我们可以通过引入 CSRF 令牌来避免恶意的攻击。Spring Security 的 CsrfFilter 为我们提供了 CSRF 令牌相关的支持，如果请求中没有令牌，则生成一个令牌，放到 HttpServletRequest 中，默认使用的属性名是 _csrf（如果是在 HTTP 头里包含令牌，则默认用的头是 X-CSRF-TOKEN），这个属性名可以在 CsrfTokenRepository 中进行调整。我们可以像下面这样在 HTML 表单中引入一个包含 CSRF 令牌的隐藏域。如果使用 Thymeleaf 模板，Thymeleaf 会自动将请求中的 CSRF 令牌带到表单中，省去了自己设置的麻烦。

```
<input type="hidden" name="${_csrf.parameterName}" value="${_csrf.token}"/>
```

我们需要在订单的控制器中增加一个修改订单状态的方法，HTTP 的 PUT 方法是用来修改资源的，我们就用 @PutMapping 来声明一个 /order 的 PUT 方法，提交的内容中包含要改为已支付状态的订单编号，具体如代码示例 10-34 所示，这段代码将请求内的参数转换为指定的形式传给服务层。[①]

代码示例 10-34　增加了修改订单为已支付状态的 OrderController

```
@Controller
@RequestMapping("/order")
@Slf4j
public class OrderController {
    @PutMapping
    public String modifyOrdersToPaid(@RequestParam("id") String id, ModelMap modelMap) {
        int successCount = 0;
        if (StringUtils.isNotBlank(id)) {
            List<Long> orderIdList = Arrays.stream(id.split(","))
                .map(s -> NumberUtils.toLong(s, -1))
                .filter(l -> l > 0)
                .collect(Collectors.toList());
            successCount = orderService.modifyOrdersState(orderIdList, OrderStatus.ORDERED, OrderStatus.PAID);
        }
        modelMap.addAttribute(new NewOrderForm());
        modelMap.addAttribute("success_count", successCount);
        modelMap.addAttribute("orders", orderService.getAllOrders());
        return "order";
    }
    // 省略其他代码
}
```

代码示例 10-35 的方法负责将指定订单取出，同时增加了条件，取出的订单必须是指定原始状态的，这样就过滤了其他状态的订单，再为它们设置新的状态保存起来。WebSecurityConfiguration 中我们只对 GET 和 POST 的 HTTP 方法设置了权限，可以考虑为 PUT 方法也增加权限控制，在示例中我们选择了在具体的服务层方法上增加 @RolesAllowed 注解来控制执行的权限。

代码示例 10-35　将订单从一个状态变为另一个状态的 modifyOrdersState()

```
@Service
@Transactional
public class OrderService {
    @RolesAllowed({ "MANAGER", "TEA_MAKER" })
    public int modifyOrdersState(List<Long> idList, OrderStatus oldState, OrderStatus newState) {
        List<Order> orders = orderRepository.findByStatusEqualsAndIdInOrderById(oldState, idList);
        orders.forEach(o -> o.setStatus(newState));
        return orderRepository.saveAll(orders).size();
    }
    // 省略其他代码
}
```

由于使用了 Spring Data JPA，我们无须提供具体的实现，只需要在 OrderRepository 中定义如下的方法就行了：

```
List<Order> findByStatusEqualsAndIdInOrderById(OrderStatus status, List<Long> idList);
```

后台的方法准备就绪了，再来看看前台的页面模板。我们在订单页面 order.html 中做一些简单的修改，在页面下半部分的订单表格外面加一层 <form /> 表单，表格第一列增加一个复选框，一次可以选中多个订单，点击按钮提交。具体如代码示例 10-36 所示。

---

① 这个例子放在了 ch10/binarytea-csrf 项目中。

代码示例 10-36　增加了修改订单为"已付款"状态的 Thymeleaf 模板

```html
<h2>订单</h2>
<div>
    <form action="#" th:action="@{/order}" method="post">
        <p th:if="${success_count != null}">更新了<span th:text="${success_count}">N</span>条记录</p>
        <p>
            <table border="1px">
                <thead>
                <tr>
                    <th>选择</th>
                    <th>订单编号</th>
                    <th>总价</th>
                    <th>实付</th>
                    <th>状态</th>
                    <th>内容</th>
                </tr>
                </thead>
                <tbody>
                <tr th:each="order : ${orders}">
                    <td><input name="id" type="checkbox" th:value="${order.id}" value="1"/></td>
                    <td th:text="${order.id}">1</td>
                    <td th:text="${order.amount.totalAmount}">CNY 12.0</td>
                    <td th:text="${order.amount.payAmount}">CNY 12.0</td>
                    <td th:text="${order.status}">ORDERED</td>
                    <td>
                        <div th:each="item : ${order.items}">
                            <label th:text="${item.name}">Java咖啡</label>-
                            <label th:text="${item.size}">MEDIUM</label><br/>
                        </div>
                    </td>
                </tr>
                </tbody>
            </table>
        </p>
        <p>
            <input type="submit" value="已付款" />
            <input type="hidden" name="_method" value="put" />
        </p>
    </form>
</div>
```

　　由于浏览器只能发起 GET 和 POST 方法，所以 Spring MVC 为我们提供了模拟其他 HTTP 方法的方案，上面代码最后的 _method 隐藏域就提示了 Spring MVC 将这个 POST 提交的请求视为 PUT，整个过程是由 HiddenHttpMethodFilter 来实现的，Spring Boot 默认不自动创建这个 Filter，我们可以在 application.properties 中增加如下配置来开启相关支持：

```
spring.mvc.hiddenmethod.filter.enabled=true
```

　　因为 _csrf 太容易猜到了，所以我们想换个参数。在 WebSecurityConfiguration 里，我们自己定义一个 CsrfTokenRepository，就像代码示例 10-37 那样。

代码示例 10-37　增加了 CsrfTokenRepository 配置的 WebSecurityConfiguration

```java
@Configuration
@EnableWebSecurity
@EnableGlobalMethodSecurity(securedEnabled = true, prePostEnabled = true, jsr250Enabled = true)
```

```
public class WebSecurityConfiguration extends WebSecurityConfigurerAdapter {
    @Override
    protected void configure(HttpSecurity http) throws Exception {
        http// 省略其他配置
            .csrf()
            .csrfTokenRepository(tokenRepository());
    }

    @Bean
    public CsrfTokenRepository tokenRepository() {
        HttpSessionCsrfTokenRepository tokenRepository = new HttpSessionCsrfTokenRepository();
        tokenRepository.setParameterName("_token");
        return tokenRepository;
    }
    // 省略其他代码
}
```

再查看 Thymeleaf 呈现出的 HTML 源码时，我们就会看到隐藏域的名称已经换成了 _token：

```
<input type="hidden" name="_token" value="893814bc-4123-4da0-95a9-332a05fbe3bc"/>
```

为了保证代码的正确性，我们为 modifyOrdersToPaid() 增加几个测试用例。代码示例 10-38 中包含了两个用例，第一个是 CSRF 验证失败的情况，包括未带 CSRF 令牌和提供了无效的令牌；第二个是正常成功的情况。

代码示例 10-38　针对订单支付的测试用例

```
@SpringBootTest
class OrderControllerTest {
    @Test
    void testModifyOrdersToPaidWithCsrfFail() throws Exception {
        mockMvc.perform(put("/order")
                .param("id", "1").with(userLiLei()))
                .andExpect(status().is4xxClientError());
        mockMvc.perform(put("/order")
                .param("id", "1").with(userLiLei())
                .with(csrf().useInvalidToken()))
                .andExpect(status().is4xxClientError());
    }

    @Test
    void testModifyOrdersToPaid() throws Exception {
        mockMvc.perform(put("/order").param("id", "1")
                .with(userLiLei()).with(csrf()))
                .andExpect(status().isOk())
                .andExpect(view().name("order"))
                .andExpect(model().attribute("success_count", 1));
    }

    private SecurityMockMvcRequestPostProcessors.UserRequestPostProcessor userLiLei() {
        return user("LiLei").authorities(AuthorityUtils.createAuthorityList("READ_ORDER", "ROLE_TEA_MAKER"));
    }
    // 省略其他代码
}
```

10.4.2 会话固定攻击防护

如果一个系统的会话标识符能被很轻松地固定下来（或者是被人猜出来），那攻击者就能将一个已知的会话发给受害者，让他用这个固定会话登录，从而获得该用户的权限，这就是**会话固定攻击**（Session Fixation Attack）。[1] 在 Java Web 系统里，通常使用 JSESSIONID 来传递会话 ID，请求里带上这个属性很容易就能要求系统使用该会话 ID。假设攻击者一开始访问系统，拿到了一个 JSESSIONID 为 12345 的会话 ID，他还没有登录系统，随后他诱导用户张三访问了网站的 login.html?JESSIONID=12345 页面，张三登录了，这时攻击者再用相同的会话 ID 进行操作，他就有了张三的权限。

好在 Spring Security 为我们内置了解决方案，针对会话固定攻击，有四种处理方式，具体见表 10-12。

表 10-12　SessionFixationConfigurer 中的配置方法

配置方法	说　明
none()	什么都不做，攻击成功了
newSession()	创建一个新会话，已有会话中除了 Spring Security 相关的属性外都不会被复制过来
migrateSession()	创建一个新会话，将已有会话中的内容复制过来，这是 Servlet 3.0 及更早之前的容器中的默认方案
changeSessionId()	已有会话可以继续使用，但是会话 ID 会变，并通知 HttpSessionIdListener，攻击者手上的会话 ID 就没用了，这是 Servlet 3.1 容器开始的默认方案

例如，在扩展了 WebSecurityConfigurerAdapter 的配置类里，可以这样进行设置：

```
protected void configure(HttpSecurity http) throws Exception {
    http.sessionManagement().sessionFixation().migrateSession();
        .and(); // 省略后续的其他配置
}
```

Spring Security 在会话的管理方面还有很多其他配置方法，表 10-13 里就罗列了一些。

表 10-13　SessionManagementConfigurer 中的配置方法

配置方法	说　明
sessionCreationPolicy()	会话创建策略，用的是 SessionCreationPolicy 枚举，ALWAYS 是始终创建，NEVER 不创建但如果有会话就用，IF_REQUIRED 有需要就建，STATELESS 无状态，也不会用会话
sessionFixation()	有关会话固定攻击的相关配置
maximumSessions()	允许的最大会话数
invalidSessionUrl()	遇到无效会话 ID 时，将用户重定向到指定 URL

10.4.3 跨站脚本攻击防护

跨站脚本（Cross Site Scripting，简称 XSS）**攻击**是一种常见的 Web 安全漏洞，攻击者通过网站的一些漏洞，在其页面上注入恶意代码。这些代码通常都是针对用户浏览器的脚本，浏览器本身很难分辨正在执行的脚本是网站本身的脚本，还是攻击者的恶意脚本。只要网站允许上传内容，在输出这些

---

[1] 你也可以参考维基百科的定义。

内容时又把关不严，就会给攻击者留下可乘之机，XSS 攻击注入的脚本可以读取用户的 Cookies、正在访问的页面上的敏感信息，甚至修改页面的内容，造成更严重的危害。

无论是反射型的 XSS，还是持久型的 XSS，防御的思路都差不多，要么就是在收到输入的内容时进行编码或者过滤处理，要么就是在输出内容时进行处理，总之是让恶意代码无法发挥作用。OWASP 提供了一个高效简单的 Java Encoder，用类似下面的代码就能实现内容的处理：

```
String cleanHtml = Encode.forHtmlContent(rawHtml);
String cleanCss = Encode.forCssString(rawCss);
String cleanJs = Encode.forJavaScript(rawJs);
```

现代的主流浏览器也针对 XSS 攻击提供了一些防护，甚至可以直接阻断攻击，Spring Security 就提供了设置 X-XSS-Protection 头的机制。在扩展了 WebSecurityConfigurerAdapter 的配置类里，可以像下面这样设置 XXssProtectionHeaderWriter，默认就是开启保护，阻断攻击：

```
protected void configure(HttpSecurity http) throws Exception {
    http.headers().xssProtection().xssProtectionEnabled(true)
        .block(true).and(); // 省略后续的其他配置
}
```

这段配置会在 HTTP 响应里带上 X-XSS-Protection 头，类似下面这样：

```
X-XSS-Protection: 1; mode=block
```

上面的配置是默认开启的，Spring Security 还有一个默认不开启的 CSP（Content Security Policy，内容安全策略）[①]，也就是 HTTP 的 Content-Security-Policy 头配置，需要开发者根据实际情况进行配置。CSP 相当于一个白名单，告诉浏览器某一类型的资源有哪些是能加载的，除此以外的一概不能加载，这在一定程度上提高了注入恶意内容的门槛。

同样是配置 HTTP 的头，在扩展了 WebSecurityConfigurerAdapter 的配置类里添加下面这样的代码，让浏览器只能从当前域名加载脚本，不加载任何 <object/> 标签的资源，把注入行为报告给 /csp-report-endpoint/ 这个地址。由于还加了 reportOnly()，所以在发生攻击时，只会上报威胁，并不实际阻断攻击，这相当于在响应里添加了 Content-Security-Policy-Report-Only 头。

```
protected void configure(HttpSecurity http) throws Exception {
    http.headers()
        .contentSecurityPolicy("script-src 'self'; object-src 'none'; report-uri /csp-report-endpoint/")
        .reportOnly()
        .and(); // 省略后续的其他配置
}
```

10.4.4 点击劫持攻击防护

点击劫持（Clickjacking）**攻击**是指攻击者通过某些方式，将恶意代码伪装起来，诱导用户在不知情的情况下点击触发恶意的命令。通常的做法可以是将某个正常网页用 iframe 嵌入进来，上面覆盖一个透明的层（也可以是另一个 iframe），用户以为自己在操作正常网页，其实点击的都是透明层

---

① 阮一峰在 2016 年写过一篇关于 Content Security Policy 的文章，对其中的策略介绍得比较详细。

里的东西。根据其攻击的手段，也有人将其称为**界面伪装攻击**（UI redress attack）。[①]

既然攻击者在恶意伪装的页面里会用 iframe 嵌入正常页面，那我们在防御时就会想到不让自己的网页被嵌入恶意页面中。2008 年点击劫持攻击被正式提出后，2009 年 Internet Explorer 8 中就增加了一个 X-Frame-Options 头，后来其他主流浏览器也纷纷跟进。这个 HTTP 头可以取如下几个值：

- ❑ DENY，拒绝被任何网页用 iframe 嵌入；
- ❑ SAMEORIGIN，只允许同源网页嵌入；
- ❑ ALLOW-FROM 具体 URI，允许特定 URI 页面嵌入（有些框架不提供这个选项，例如 Spring Security）。

我们可以在负载均衡层统一增加 X-Frame-Options，也可以交给 Java 应用来实现，比如，在 Spring Security 里就可以这么来配置：

```
protected void configure(HttpSecurity http) throws Exception {
    http.headers().frameOptions().sameOrigin()
        .and(); // 省略后续的其他配置
}
```

10.4.5 引导使用 HTTPS

早期的网站基本都是 HTTP 的，大多通过明文在网络上进行传输，随着大家对隐私保护、敏感信息等方面的重视程度的提高，越来越多的网站开始支持 HTTPS 协议，尤其是涉及资金的网银、第三方支付平台等系统，更是应该强制使用 HTTPS。

大多数网站都会同时支持 HTTP 和 HTTPS，假设用户始终在使用 HTTP 访问该网站（实际上大多数人在浏览器中输入地址时也不会输协议 https://），那 HTTPS 的支持也就形同虚设。2012 年发布的 HTTP 严格传输安全协议（HTTP Strict Transport Security，简称 HSTS）正是用来引导浏览器强制使用 HTTPS 的。添加了 Strict-Transport-Security 头后，浏览器在首次访问时会用 HTTP 请求，在响应里发现了这个头，后续就会强制转为使用 HTTPS。此外，使用了 HSTS 后，针对证书校验不通过等情况，原本用户可以选择忽略报错，现在就不再能够忽略这种错误，又进一步提升了安全性。

例如下面这个头就要求浏览器在未来的 1 年里，对于当前网站及其子域名都直接使用 HTTPS 来进行访问：

```
Strict-Transport-Security: max-age=31536000; includeSubDomains
```

在 Spring Security 里可以这样来做配置：

```
protected void configure(HttpSecurity http) throws Exception {
    http.headers().httpStrictTransportSecurity()
        .maxAgeInSeconds(365*24*3600).includeSubDomains(true);
        .and(); // 省略后续的其他配置
}
```

针对知名的网站，主流浏览器（例如 Chrome）还内置了一份 HSTS 的预加载清单，记录了哪些网站直接就使用 HTTPS。针对这种添加进清单的情况，Strict-Transport-Security 头的值里会加上 preload。

---

① 可以参考 OWASP 官网关于点击劫持的具体说明。

另外，我们也可以在代码里要求特定的 HTTP 请求必须转为 HTTPS，可以像下面这样要求所有请求都使用 HTTPS，也可以用 antMatchers() 指定特定的请求走 HTTPS：

```
protected void configure(HttpSecurity http) throws Exception {
    http.requiresChannel().anyRequest().requiresSecure()
        .and(); // 省略后续的其他配置
}
```

10.5　客户端程序的认证

前面的几节，我们聊的大多是针对人在操作 Web 界面时的认证，即通过登录界面进行登录，拿到所登录用户的权限后再进行后续的操作。在实际工作中，系统内部还有很多操作都是通过 API 的方式进行的。在二进制奶茶店的例子里，我们也写了代表客户端的程序，它就是通过 REST 服务与奶茶店交互的。因此，在本章的最后，我们要一起来看一下客户端程序该如何进行身份认证。

10.5.1　几种常见的认证方式

在 HTTP 协议里直接定义了一些认证的方式，比如 Authorization 这个 HTTP 头就是专门用来做认证的。其中最基本，也是最简单的就是 **HTTP Basic 认证**，直接将用户名和密码用 BASE64 编码后放在请求头里，每个请求都带着这些信息，省去了登录页、Cookies、Session 等麻烦，就像下面这样。但与之相伴的安全问题也显而易见，这里的身份信息几乎就是用明文放在网上传输的，很容易就能被人截获，所以至少应该使用 HTTPS 对整个通信过程进行加密。

```
Authorization: Basic <BASE64编码值>
```

另一种方式是**基于令牌的认证**，也可以称为 Bearer 认证，即告诉系统可以把权限赋予这个令牌的携带者。它同样也是结合 Authorization 这个 HTTP 来使用的，像下面这样。它最早是在 RFC 6750 里提出的，作为 OAuth 2.0 的一部分，但现在也经常单独使用。JWT 就是目前较为常见的令牌，我们在稍后的例子里也会用到。虽然令牌里一般没有密码这样的敏感信息，但被截获下来也能在令牌有效期内被攻击者利用，所以也建议搭配 HTTPS 一起来用。

```
Authorization: Bearer <令牌>
```

现在的几家公有云服务厂商，像亚马逊云、阿里云、腾讯云等公有云都无一例外地提供了 API 密钥的方式来让用户访问自己的服务。在实践中 API 密钥可以放在 HTTP 头里（Authorization 就很合适），也可以放在 URL 或者请求正文里。腾讯云选择的是前者，在 Authorization 头中的 Credential 里就包含了 SecretId，下面的示例就是腾讯云文档中的一个 POST 请求样例，调用了 CVM 的接口。阿里云选择了后者，在 Query String 里携带 AccessKeyId。此外，为了保证请求的安全性，还会对请求头和正文进行签名，防止请求被篡改，请求中的时间戳除了标记请求发起的时间，还可以在遇到重放时起到一定的防御作用（这时如果请求里带了唯一的随机数效果会更好）。不过在实际使用时，我们一般并不会自己来拼装请求报文，而是会使用云服务厂商提供的 SDK。

```
https://cvm.tencentcloudapi.com/

Authorization: TC3-HMAC-SHA256 Credential=AKID********EXAMPLE/2018-05-30/cvm/tc3_request,
```

SignedHeaders=content-type;host, Signature=582c400e06b5924a6f2b5d7d672d79c15b13162d9279b0855cfba6789a8edb4c
Content-Type: application/json
Host: cvm.tencentcloudapi.com
X-TC-Action: DescribeInstances
X-TC-Version: 2017-03-12
X-TC-Timestamp: 1527672334
X-TC-Region: ap-guangzhou

{"Offset":0,"Limit":10}

除此之外，OAuth 2.0[①] 和 SAML 2.0（安全断言标记语言 2.0）这两种开放标准在生产环境中也有非常广泛的使用，如果已经有相应的认证机制，可以考虑接入进去。

10.5.2 用 RestTemplate 实现简单的认证

既然是发送 HTTP 请求，调用 REST 接口，自然就会联想到使用我们在上一章里学到的 RestTemplate，而且 Spring Boot 早就为它准备好了辅助类，可以让我们方便地操作 Authorization 头。下面就让我们简单地看一下，如何在 Spring Boot 工程里使用 RestTemplate 完成 HTTP Basic 认证和基于 JWT 的认证。

> 需求描述 二进制奶茶店的顾客可以使用客户端程序来查询菜单并下单，但很多操作都需要实现认证，那么客户端程序该如何来完成请求的认证呢？

因为请求是直接由客户端程序发起的，所以服务提供方需要关闭 CSRF 防护，就像下面这样，本书后面的 BinaryTea 工程中都要关闭 CSRF 防护：

```
protected void configure(HttpSecurity http) throws Exception {
    http.csrf().disable().and(); // 省略后续的其他配置
}
```

1. HTTP Basic 认证

先来看看最基本的 HTTP Basic 认证，这里通过 RestTemplateBuilder.basicAuthentication() 方法设置了用户名与密码。其本质是创建一个 RestTemplateBuilderClientHttpRequestInitializer 实例，将它添加到 RestTemplate 的 clientHttpRequestInitializers 集合里。在创建 ClientHttpRequest 时，会执行集合里的 ClientHttpRequestInitializer 对请求做初始化。在请求里不包含 Authorization 头时，RestTemplate 会自动根据设置添加相应的认证信息。具体如代码示例 10-39 所示。[②]

代码示例 10-39 添加了 HTTP Basic 认证的 RestTemplate 初始化代码

```
@Bean
public RestTemplate restTemplate(RestTemplateBuilder builder) {
    return builder.requestFactory(this::requestFactory)
                  .setConnectTimeout(Duration.ofSeconds(1)) // 连接超时
                  .setReadTimeout(Duration.ofSeconds(5)) // 读取超时
```

---

① OAuth 2.0 是身份认证的行业标准协议。

② 这段示例在 ch10/customer-basic-auth 项目里。

```
    .basicAuthentication("LiLei", "binarytea") // HTTP Basic认证信息
    .build();
}
```

BinaryTea 工程也要稍作修改，OrderController 要同时能够处理表单提交与 REST 接口调用，两个 createNewOrder() 方法接受的请求内容类型不同，接受表单的返回 Thymeleaf 视图，而接受 JSON 的返回值也是 JSON，它们可以共享订单创建的方法。具体如代码示例 10-40 所示。[①]

代码示例 10-40　同时处理表单与 REST 请求的 OrderController

```java
@Controller
@RequestMapping("/order")
@Slf4j
public class OrderController {
    @PostMapping(consumes = MediaType.APPLICATION_FORM_URLENCODED_VALUE)
    public String createNewOrder(@Valid NewOrderForm form, BindingResult result, ModelMap modelMap) {
        // 省略代码
    }

    @ResponseBody
    @PostMapping(consumes = MediaType.APPLICATION_JSON_VALUE,
                produces = MediaType.APPLICATION_JSON_VALUE)
    public ResponseEntity<Order> createNewOrder(@RequestBody @Valid NewOrderForm form, BindingResult result) {
        if (result.hasErrors()) {
            return ResponseEntity.badRequest().body(null);
        }
        Order order = createOrder(form);
        URI uri = ServletUriComponentsBuilder.fromCurrentRequestUri().build().toUri();
        return ResponseEntity.created(uri).body(order);
    }

    private Order createOrder(NewOrderForm form) {
        List<MenuItem> itemList = form.getItemIdList().stream()
            .map(i -> NumberUtils.toLong(i))
            .collect(Collectors.collectingAndThen(Collectors.toList(), list -> menuService.getByIdList(list)));
        Order order = orderService.createOrder(itemList, form.getDiscount());
        log.info("创建新订单, Order={}", order);
        return order;
    }
    // 省略其他代码
}
```

2. 基于 JWT 的认证

在 10.2.4 节中，我们开发好了一个使用 JWT 认证的服务端程序，那客户端又该如何来获取 JWT 令牌，在请求中带上令牌做认证呢？RestTemplate 的 HTTP Basic 认证是自动在每个请求里添加 Authorization 头，我们可以写一个自己的 RestTemplateRequestCustomizer 实现类似的功能，如代码示例 10-41 所示。[②]

---

① 这段示例在 ch10/binarytea-jwt-auth 项目里。

② 这段示例在 ch10/customer-jwt-auth 项目里。

代码示例 10-41 获取 JWT 令牌并设置到请求中的 JwtClientHttpRequestInitializer

```java
@Slf4j
public class JwtClientHttpRequestInitializer implements RestTemplateRequestCustomizer {
    @Autowired
    private ClientHttpRequestFactory requestFactory;
    @Value("${jwt.username}")
    private String username;
    @Value("${jwt.password}")
    private String password;
    @Value("${binarytea.url}")
    private String binarytea;
    private String token;

    @PostConstruct
    public void initToken() {
        ResponseEntity<TokenResponse> entity = acquireToken();
        if (HttpStatus.OK == entity.getStatusCode() && entity.getBody() != null) {
            token = entity.getBody().getToken();
            log.info("获得Token :{}", token);
        } else {
            log.warn("获取Token失败, 原因:{}", entity.getBody());
        }
    }

    @Override
    public void customize(ClientHttpRequest request) {
        if (StringUtils.isBlank(token)) {
            initToken();
        }
        if (StringUtils.isNotBlank(token) &&!request.getHeaders()
                .containsKey(HttpHeaders.AUTHORIZATION)) {
            request.getHeaders().setBearerAuth(token);
        }
    }

    private ResponseEntity<TokenResponse> acquireToken() {
        return new RestTemplate(requestFactory) // 用个简单的RestTemplate来获取Token
                .postForEntity(binarytea + "/token",
                new TokenRequest(username, password),
                TokenResponse.class);
    }
}
```

上面的代码主要做了两件事：一件是 initToken() 使用用户名与密码来获得令牌，上面添加了 @PostConstruct，在完成依赖注入后自动运行该方法，在第一时间获得令牌，如果初始化失败，后续在使用时还会再尝试获取；另一件是 customize() 往每个请求的 HTTP 头里塞一个 Authorization 头，里面是 Bearer 加令牌。以上对应的配置代码如代码示例 10-42 所示。[①]

代码示例 10-42 JWT 令牌对应的配置代码

```java
@SpringBootApplication
@Slf4j
public class CustomerApplication {
```

———————————
① 这里只考虑了启动时获取令牌的情况，在一个长时间运行的系统里，还需要考虑令牌的过期，需要定期更新令牌。可以增加一个定时任务更新令牌，另外，在遇到令牌过期的报错时再主动进行令牌更新。

```
@Bean
public RestTemplate restTemplate(RestTemplateBuilder builder) {
    return builder
            .requestFactory(this::requestFactory)
            .setConnectTimeout(Duration.ofSeconds(1)) // 连接超时
            .setReadTimeout(Duration.ofSeconds(5)) // 读取超时
            .additionalRequestCustomizers(jwtClientHttpRequestInitializer())
            .build();
}

@Bean
public JwtClientHttpRequestInitializer jwtClientHttpRequestInitializer() {
    return new JwtClientHttpRequestInitializer();
}
// 省略其他代码
}
```

我们在 application.properties 里添加下面的配置，用用户名 LiLei 登录：

```
binarytea.url=http://localhost:8080
jwt.username=LiLei
jwt.password=binarytea
```

运行程序后会看到类似下面这样的输出，还有另外的一些日志：

```
2021-02-11 22:19:01.219  INFO 83964 --- [main] l.s.c.JwtClientHttpRequestInitializer：获得Token：
eyJhbGciOiJIUzUxMiJ9.eyJzdWIiOiJMaUxlaSIsImlzcyI6IkJpbmFyeVRlYSIsImlhdCI6MTYxMzA1MzE0MSwiZXhwIjoxNjEzMDU2
NzQxfQ.stQWgDPW1dx8Z8kuH_jX-fD1iphashp1uf8QHTW_4DzWA0SwRQAmhxORTq8uLNQnwGUX_cHbM95F0nEvoTn-9A
```

如果把用户名换成 ZhangSan，那执行后会报错，因为他没有调用 /order 的权限，访问会返回 403 Forbidden。

10.6 小结

本章我们一起学习了 Spring Security 相关的内容。Spring Security 是一款强大的安全框架，能够帮助大家更方便地处理一些常见的安全事宜，例如，进行访问者的身份认证和权限校验。无论是 HTTP Basic 认证，还是表单登录，甚至是"记住我"，Spring Security 都可以完美胜任。在权限校验方面，基于请求方法和 URL，我们可以设置权限，也可以设置角色，权限校验既支持 XML 和 Java 配置类，也支持直接使用注解，相当灵活。

除此之外，Spring Security 还针对几种常见的威胁提供了内置防护措施，像 CSRF、XSS 这些攻击都已有成熟的解决方案，在实践中还可以结合各种第三方的工具，例如 OWASP 的工具，起到更好的效果。安全是一项需要长期投入的工作，在不断的攻防过程中不断改进，而选择一款好的框架、建立一套好的机制都能在日后的工作中帮到大家。

下一章，我们会聊一些 Web 开发过程中可能会用到的进阶知识点，例如，如何在 Web 工程里运用 AOP，如何开发响应式的 Web 服务，如何支持 HTTP 2.0 等。

二进制奶茶店项目开发小结

本章中，二进制奶茶店 Web 界面终于有了自己的身份认证和权限控制功能。身份认证方面实现了基于 HTTP Basic、表单和 JWT 的认证。针对不同的 URL 还设置了不同的权限和角色，也就是说根据登录身份的不同，系统会有不同的响应。此外，为了防御常见的攻击，我们还在服务端增加了 CSRF 攻击的对应防护措施。

在客户端方面，为了配合服务端的改动，也增加了 HTTP Basic 方式和 JWT 方式的身份认证功能，用户能够以特定的身份来访问二进制奶茶店的 REST 服务。

第 11 章
Web 开发进阶

本章内容

❏ Spring MVC 中实现 AOP 与异常处理的方式
❏ Spring Boot 内嵌 Web 容器的配置方法
❏ 分布式 Session 的实现方案与 Spring Session 的基本用法
❏ WebFlux 及 WebClient 的基本用法

开发 Web 项目过程中除了完成基本的需求，总会有些非功能性的需求，例如：统一用日志记录所有的请求；使用一个集群对外提供服务时，要在集群中保持会话状态；使用 HTTP/2 提供更安全高效的服务，等等。基于 Spring 提供的一系列框架能够满足我们项目中的各种需求吗？在这一章里就让我们一起来了解一下。

11.1　在 Spring MVC 中实现 AOP

在第 3 章中，我们大致了解了 AOP 相关的知识，以及如何在基于 Spring Framework 的项目中开发自己的 AOP 代码，那么在一个 Web 项目里，又该怎么通过 AOP 实现一些通用的功能呢？最直观的做法是参考第 3 章介绍的内容，直接拦截 @Controller 类里的方法，但这样做可能会丢失 HTTP 请求中的部分细节（比如，假设方法的参数里没有 HttpServletRequest，就无法在 AOP 里拿到请求）。Spring MVC 自然也考虑到了 Web 项目中存在类似的需求，提供了解决方案。

11.1.1　使用 HandlerInterceptor 实现 AOP

Spring MVC 的 HandlerInterceptor 接口为我们定义了几个拦截的切入点：

❏ preHandle()，在处理器开始处理前介入，类似于带有 @Before 注解的前置通知。返回 true 表示可以继续处理，返回 false 则会中断后续的处理；
❏ postHandle()，在处理器处理结束但尚未进行视图呈现时介入，可以修改 ModelMap 或者 ModelAndView 里的内容；
❏ afterCompletion()，在完成视图呈现后介入，可以用来做些资源清理的工作。

这个接口从 2003 年就出现在 Spring MVC 里了，不过随着 Java 版本的发展，接口的定义虽然没有变化，但增加了默认实现，省去了实现类继承 HandlerInterceptorAdapter 的麻烦：

```
public interface HandlerInterceptor {
    default boolean preHandle(HttpServletRequest request, HttpServletResponse response, Object handler)
            throws Exception {
        return true;
    }

    default void postHandle(HttpServletRequest request, HttpServletResponse response, Object handler,
        @Nullable ModelAndView modelAndView)throws Exception {
    }

    default void afterCompletion(HttpServletRequest request, HttpServletResponse response, Object handler,
        @Nullable Exception ex) throws Exception {
    }
}
```

对于 Servlet 3.0 后增加的异步请求，请求开始处理后就返回了，真正的处理逻辑在另一个线程里继续，我们还拿不到结果，正因如此，DispatcherServlet 并不会调用 postHandler() 和 afterCompletion()。这时可以用 AsyncHandlerInterceptor，启动处理后会调用 afterConcurrentHandlingStarted()，待处理结束又会分发回 Servlet 容器里，调用 preHandle()、postHandle() 和 afterCompletion()。在这几个方法里，我们该怎么区分请求到底是同步的还是异步的呢？ Servlet 3.0 自然也提供了判断方法：调用 ServletRequest.getDispatcherType()，根据返回的枚举值判断。

日志打印、认证鉴权等功能是 AOP 的常见应用场景，通过通用的切面为代码增加特定能力，二进制奶茶店的系统自然也有这样的需求，让我们来看看该如何实现。

> **需求描述** 每个顾客在店里看了什么，做了什么；店员又相应地执行了哪些操作……经营需要分析很多定量信息来改进店铺的运营情况。俗话说，巧妇难为无米之炊，没有数据如何支撑后面的分析？二进制奶茶店的程序自然也需要具备这个功能。另外，如果以后要上市，除了财务报表，总要有些能给四大会计事务所做审计的东西。

日志是程序的重要组成部分，除了能帮我们了解程序在做什么，更重要的是在生产系统出问题时能够辅助我们定位原因，毕竟我们没有办法在线上轻松地调试，所以以清晰的日志是很有必要的。要实现上面提到的审计，可以在每个请求的处理逻辑里加上一段日志，但这样做显然费时费力，还容易遗漏信息，用 AOP 来做再合适不过了。

用来做审计的摘要日志一般最好是结构化的，方便后续程序做处理。我们要记录不少信息，所以写一个 LogDetails 类来保存具体的内容，如代码示例 11-1 所示。[①]

代码示例 11-1 存储摘要日志具体信息的 LogDetails 代码片段

```
@Getter
@Setter
public class LogDetails {
```

---

① 这个例子位于 ch11/binarytea-interceptor 项目中。

```
private long startTime; // 开始处理的时间
private long processTime; // 结束处理的时间
private long endTime; // 完成视图呈现的时间
private int code; // 返回的HTTP响应码
private String handler; // 具体的处理器
private String method; // 请求的HTTP方法
private String uri; // 请求的URI
private String remoteAddr; // 发起请求的对端地址
private String exception; // 发生的异常类
private String user; // 登录的用户信息
}
```

这里暂时只考虑同步请求，所以整个请求的处理是在一个线程里完成的，可以通过 ThreadLocal 在方法间传递 LogDetails。在 preHandle() 中对 ThreadLocal 的内容做了初始化，记录了开始时间、请求来源、访问的 URI 和方法，还有具体的处理器，如果是 HandlerMethod，再找出详细的类和方法名。具体如代码示例 11-2 所示。

代码示例 11-2　日志拦截器的代码片段

```java
@Slf4j
public class LogHandlerInterceptor implements HandlerInterceptor {
    private ThreadLocal<LogDetails> logDetails = new ThreadLocal<>();

    @Override
    public boolean preHandle(HttpServletRequest request, HttpServletResponse response,
                             Object handler) throws Exception {
        LogDetails details = new LogDetails();
        logDetails.set(details);
        details.setStartTime(System.currentTimeMillis());
        details.setRemoteAddr(StringUtils.defaultIfBlank(request.getRemoteAddr(), "-"));
        details.setUri(StringUtils.defaultIfBlank(request.getRequestURI(), "-"));
        if (handler instanceof HandlerMethod) {
            HandlerMethod hm = (HandlerMethod) handler;
            details.setHandler(hm.getBeanType().getSimpleName() + "." + hm.getMethod().getName() + "()");
        } else {
            details.setHandler(handler.getClass().getSimpleName());
        }
        details.setMethod(request.getMethod());
        return true;
    }
    // 省略其他代码
}
```

postHandle() 记录了方法处理完成的时间。afterCompletion() 中记录视图呈现完成的时间，如果处理过程中抛出了异常，记录异常名，此外还有返回的 HTTP 响应码和当前登录的用户信息。最后，打印日志，通常我们都会选择将摘要日志输出到单独的日志文件里，具体的配置方法可以参考对应日志框架的文档。这两个方法的代码如代码示例 11-3 所示。

代码示例 11-3　LogHandlerInterceptor 中的 postHandle() 和　afterCompletion()

```java
@Slf4j
public class LogHandlerInterceptor implements HandlerInterceptor {
    @Override
    public void postHandle(HttpServletRequest request, HttpServletResponse response,
                           Object handler, ModelAndView modelAndView) throws Exception {
```

```
            LogDetails details = logDetails.get();
            if (details != null) {
                details.setProcessTime(System.currentTimeMillis());
            }
        }

        @Override
        public void afterCompletion(HttpServletRequest request, HttpServletResponse response,
                                    Object handler, Exception ex) throws Exception {
            LogDetails details = logDetails.get();
            if (details != null) {
                details.setEndTime(System.currentTimeMillis());
                details.setException(ex == null ? "-" : ex.getClass().getSimpleName());
                details.setCode(response.getStatus());
                details.setUser("-");
                if (isAuthenticated() && isUser()) {
                    Authentication authentication = SecurityContextHolder.getContext().getAuthentication();
                    User user = (User) authentication.getPrincipal();
                    details.setUser(StringUtils.defaultIfBlank(user.getUsername(), "-"));
                }
                printLog(details);
            }
            logDetails.remove();
        }
    // 省略其他代码
}
```

　　代码示例 11-3 只是打印日志的主逻辑，其中用到了好几个辅助方法——判断用户是否经过认证
的 isAuthenticated()，判断用户认证信息是否是 User 类型的 isUser()，只有 User 类型的才可以提
取信息，还有通过 SLF4J 的 Logger 打印日志的 printLog()。这几个方法的实现如代码示例 11-4 所示。

代码示例 11-4　afterCompletion() 中用到的辅助方法

```
@Slf4j
public class LogHandlerInterceptor implements HandlerInterceptor {
    private boolean isAuthenticated() {
        return SecurityContextHolder.getContext() != null &&
                SecurityContextHolder.getContext().getAuthentication() != null &&
                SecurityContextHolder.getContext().getAuthentication().isAuthenticated();
    }

    private boolean isUser() {
        Authentication authentication = SecurityContextHolder.getContext().getAuthentication();
        return authentication.getPrincipal() != null
            && authentication.getPrincipal() instanceof User;
    }

    private void printLog(LogDetails details) {
        log.info("{},{},{},{},{},{},{},{}ms,{}ms",
            details.getRemoteAddr(), details.getMethod(), details.getUri(),
            details.getHandler(), details.getCode(), details.getException(), details.getUser(),
            details.getEndTime() - details.getStartTime(), // 总时间
            details.getProcessTime() - details.getStartTime()); // 处理时间
    }

    // 省略其他代码
}
```

完成了代码的开发，最后就是配置 Spring MVC，让它知道对哪些请求进行拦截。此处需要让配置类实现 WebMvcConfigurer 接口，但不要在配置类上添加 @EnableWebMvc 注解，我们需要保留 Spring Boot 的自动配置。只需像代码示例 11-5 那样，简单修改一下 BinaryTeaApplication 就能完成配置了。添加完拦截器后通过 addPathPatterns() 和 excludePathPatterns() 能方便地设置想要拦截和排除的路径。

代码示例 11-5　修改后的 BinaryTeaApplication

```
@SpringBootApplication
@EnableCaching
public class BinaryTeaApplication implements WebMvcConfigurer {
    @Override
    public void addInterceptors(InterceptorRegistry registry) {
        registry.addInterceptor(logHandlerInterceptor())
                .addPathPatterns("/**")
                .excludePathPatterns("/static/**");
    }

    @Bean
    public LogHandlerInterceptor logHandlerInterceptor() {
        return new LogHandlerInterceptor();
    }
    // 省略其他代码
}
```

在程序运行后，每接收一个请求，都能在日志里看到类似下面的内容，根据日志就能得知谁在具体做什么。例如，下面这个请求就是 LiLei 在本地发起的 POST 请求，访问 /order，具体由 OrderController 类的 createNewOrder() 方法处理，成功返回了 201 Created，没有异常，整个处理过程耗时 39 毫秒，方法处理时间为 38 毫秒：

```
2022-03-17 21:50:13.801  INFO 65019 --- [nio-8080-exec-7] l.s.b.support.log.LogHandlerInterceptor :
127.0.0.1,POST,/order,OrderController.createNewOrder(),201,-,LiLei,39ms,38ms
```

11.1.2　完善异常处理逻辑

在正常的代码开发过程中，我们无时无刻都会提醒自己，要注意处理异常。有些特定的异常我们需要自己捕获并做针对性的处理，而有些则让它抛到上层，将这些工作交给上层。到了最外层，建议再放一个 try-catch 的代码块兜底，以免有什么意料之外的异常。

在 Spring MVC 中，框架还提供了专门的异常处理器，本节就让我们一起来了解一下 @Exception-Handler 的用法。

1. 在单个控制器类中使用 @ExceptionHandler

在 @Controller 类中，可以定义一个带有 @ExceptionHandler 注解的方法，处理本类中其他的控制器方法抛出的异常。为了能精准地匹配想要处理的异常，可以将异常类定义在注解里，也可以将其定义在方法的参数列表里，就像下面这样：

```
@ExceptionHandler
public String handleExceptionA(IOException e) {
  ...
}

@ExceptionHandler({FileNotFoundException.class, EOFException.class})
public String handleExceptionB(IOException e) {
  ...
}
```

这里的方法定义非常灵活，与 9.2.2 节中的请求处理方法定义有异曲同工之处。在参数方面，除了上面提到的可以传入具体抛出的异常，还可以有其他的类型，例如表 11-1 里列出的几个。

表 11-1 @ExceptionHandler 方法可以接受的部分参数类型

参数类型	说　明
WebRequest、NativeWebRequest 与 ServletRequest	具体的请求信息
ServletResponse、OutputStream、Writer	要返回的应答内容，后两个则可以直接输出应答的正文
HttpSession	当前的会话信息
HandlerMethod	具体处理请求的处理器方法，就像代码示例 11-2 中的那样
HttpMethod	当前请求的 HTTP 方法
Principal	当前登录的用户信息
@SessionAttribute 与 @RequestAttribute	带了这两个注解的参数，会对应到会话或请求中的属性
Map、Model 与 ModelMap	如果 @ExceptionHandler 方法最后要呈现具体的视图，可以用这些参数来传递视图所需的信息（注意这里不是请求处理方法的模型）

方法的返回值类型也是一样的，可以有多种类型选择，例如表 11-2 中的那些。

表 11-2 @ExceptionHandler 方法可以返回的部分类型

返回值类型	说　明
@ResponseBody	返回的对象直接由 HttpMessageConverter 转换为应答的正文
HttpEntity<B> 与 ResponseEntity<B>	返回完整的应答，其中包含 HTTP 头与正文（B 类型的对象由 HttpMessage-Converter 转换为正文）
String、View 与 ModelAndView	字符串是视图名，也可以直接返回 View 视图对象，ModelAndView 中既包含呈现视图用的模型，也有视图
Map 与 Model	呈现视图所需要的模型，视图名会由 RequestToViewNameTranslator 根据请求进行推测
空	如果方法的参数中有应答相关的参数，或者控制器通过了 ETag 和 lastModified 时间戳校验，空返回表示在方法里已经完成了应答的处理；否则空返回就代表 REST 请求无响应正文，HTML 请求使用默认视图名
其他返回值	非基础类型的返回值会作为模型的一部分加入视图模型中

如果不用 HttpEntity<B> 和 ResponseEntity<B>，给方法加上 @ResponseStatus 注解，也可以直接指定请求返回时的 HTTP 响应码，默认的响应码是 500 Internal Server Error。

接下来，让我们看看如何通过异常处理的功能为二进制奶茶店优化一下用户体验。

> 需求描述　店铺在每天开门前会做准备工作。如果在尚未准备就绪前，二进制奶茶店的客户端
> 就发来下单请求，那会让顾客等待很久。所以在开门前店铺不接受下单，要拒绝此时的各种订
> 单类请求，给顾客一个友好的说明。

先来拆解一下这个需求：

- 店里的准备工作没完成，不接受下单请求；
- 给顾客一个友好的说明。

对于第一个需求，我们可以采用 11.1.1 中介绍的拦截器来实现。由于只是拦截客户端发来的订
单请求，所以要做些简单的判断。判断准备工作是否就绪就用配置文件中的 binarytea.ready 配置，
具体如代码示例 11-6 所示[①]。其中，浏览器访问时会要求返回 text/html 格式的内容，所以除此之外
的请求都要检查 binarytea.ready 是否为 true，如果尚未就绪就抛出 ShopNotReadyException。

代码示例 11-6　判断准备工作是否就绪的 ReadyStateCheckHandlerInterceptor

```java
@Slf4j
public class ReadyStateCheckHandlerInterceptor implements HandlerInterceptor {
    @Autowired(required = false)
    private Optional<BinaryTeaProperties> binaryTeaProperties;

    @Override
    public boolean preHandle(HttpServletRequest request, HttpServletResponse response,
                             Object handler) throws Exception {
        if (!MediaType.TEXT_HTML_VALUE.equalsIgnoreCase(request.getHeader(HttpHeaders.ACCEPT))) {
            boolean isReady = binaryTeaProperties.orElse(new BinaryTeaProperties()).isReady();
            if (!isReady) {
                log.debug("Shop is NOT ready!");
                throw new ShopNotReadyException("NOT Ready");
            }
        }
        log.debug("Shop is ready, continue.");
        return true;
    }
}
```

这个拦截器只拦截 /order 及其目录下的请求，所以在配置 InterceptorRegistry 时只需要这个路
径就好了，简单修改一下 BinaryTeaApplication，如代码示例 11-7 所示。

代码示例 11-7　增加了 ReadyStateCheckHandlerInterceptor 的配置类代码片段

```java
@SpringBootApplication
@EnableCaching
public class BinaryTeaApplication implements WebMvcConfigurer {
    @Override
    public void addInterceptors(InterceptorRegistry registry) {
        registry.addInterceptor(logHandlerInterceptor())
```

---

① 11.1.2 节中的代码示例全在 ch11/binarytea-controller-advice 项目里。

```
                        .addPathPatterns("/**")
                        .excludePathPatterns("/static/**");
            registry.addInterceptor(readyStateCheckHandlerInterceptor())
                        .addPathPatterns("/order", "/order/**");
        }

        @Bean
        public ReadyStateCheckHandlerInterceptor readyStateCheckHandlerInterceptor() {
            return new ReadyStateCheckHandlerInterceptor();
        }
        // 省略其他代码
}
```

现在只要 application.properties 中的 binarytea.ready=false，客户端访问 /order 时就会抛出异常。那么如何返回友好的提示呢？这时就该 @ExceptionHandler 出场了，在 OrderController 中增加一个 handleException() 方法，让它专门处理 ShopNotReadyException，将返回的 HTTP 响应码设置为 403 Forbidden，正文是一段 JSON 消息，就像代码示例 11-8 那样。

代码示例 11-8 OrderController 中的 handleException() 方法

```
@Controller
@RequestMapping("/order")
@Slf4j
public class OrderController {
    @ExceptionHandler
    public ResponseEntity<Map<String, String>> handleException(ShopNotReadyException e) {
        ResponseEntity<Map<String, String>> entity = ResponseEntity.status(HttpStatus.FORBIDDEN)
                .contentType(MediaType.APPLICATION_JSON)
                .body(Collections.singletonMap("message",
                        "Binarytea is NOT ready yet. Please come later."));
        log.warn("NOT ready yet! Can NOT accept requests.");
        return entity;
    }

    @GetMapping(produces = MediaType.APPLICATION_JSON_VALUE)
    @ResponseBody
    public List<Order> listOrders() {
        return orderService.getAllOrders();
    }
    // 省略其他代码
}
```

简单用 curl 命令来代替客户端发起一个请求，只要尚未准备就绪就会看到类似下面这样的输出：

```
▶ curl -v -H "Accept: application/json" -u LiLei:binarytea http://localhost:8080/order
> 省略内容
>
< HTTP/1.1 403
< 省略内容
{"message":"Binarytea is NOT ready yet. Please come later."}
```

2. 全局适用的 @ExceptionHandler

针对有共性的异常处理逻辑，如果在每个 @Controller 类里都要写上一个 handleException() 方法，哪怕是内部逻辑都剥离到公共类里也是无法让人接受的。其实，我们完全可以将这个带有 @ExceptionHandler

的方法完整地放到一个公共的地方，让它对我们所期望的控制器都生效。@ControllerAdvice 就是起这个作用的[①]，正如名字中的 Advice 所暗示的，它的作用跟 AOP 通知类似。如果是针对 REST 接口的，那可以使用 @RestControllerAdvice，它组合了 @ResponseBody 和 @ControllerAdvice。@ControllerAdvice 注解可以接受如表 11-3 所示的一些参数。

表 11-3　@ControllerAdvice 中的参数

参　　数	说　　明
basePackages 与 basePackageClasses	拦截特定包下的控制器
assignableTypes	拦截特定类型的控制器，这里可以指定父类或者接口
annotations	拦截带有特定注解的控制器

假设我们要扩大一下前面提到的店铺准备工作的拦截范围，不仅包括订单相关的请求，连菜单的也要拦下来，可以像下面这样：

```
registry.addInterceptor(readyStateCheckHandlerInterceptor())
        .addPathPatterns("/menu", "/menu/**", "/order", "/order/**");
```

这时最好的做法不是在 MenuController 里复制一个 handleException()，而是将它抽到一个带有 @ControllerAdvice 的类里，就像代码示例 11-9 那样。这个类仅会处理 learning.spring.binarytea. controller 包下的控制器，其他逻辑与代码示例 11-8 中的一样。

代码示例 11-9　独立出来的 ReadyStateControllerAdvice 代码片段

```
@ControllerAdvice("learning.spring.binarytea.controller")
@Slf4j
public class ReadyStateControllerAdvice {
    @ExceptionHandler
    public ResponseEntity<Map<String, String>> handleException(ShopNotReadyException e) {
        ResponseEntity<Map<String, String>> entity = ResponseEntity.status(HttpStatus.FORBIDDEN)
                .contentType(MediaType.APPLICATION_JSON)
                .body(Collections.singletonMap("message",
                        "Binarytea is NOT ready yet. Please come later."));
        log.warn("NOT ready yet! Can NOT accept requests.");
        return entity;
    }
}
```

11.2　调整 Web 容器

在 5.3 节中我们提到过，Spring Boot 的程序通常会使用内嵌 Web 容器，不像传统的 Web 项目要跑在外置容器里。默认情况下，Spring Boot 自带 Tomcat 容器，当然，我们也可以更换容器。在这一节里，我们将看到如何在 Spring Boot 项目中更换不同的内置容器，如何微调容器的配置，最后再看看如何让系统从支持 HTTP/1.1 升级到支持 HTTP/2。

---

① @ControllerAdvice 注解的类里不仅可以放 @ExceptionHandler，还可以放控制器类里的 @InitBinder 和 @ModelAttribute。

11.2.1 更换内嵌 Web 容器

我们在项目中通过引入 Spring Boot 的 spring-boot-starter-web 起步依赖开启了对 Web 工程的支持，这个依赖中其实已经带上了 spring-boot-starter-tomcat，因此在 Spring Boot 里默认使用 Tomcat 就是这么实现的。表 11-4 罗列了 Spring Boot 自带的 Web 容器相关的起步依赖。

表 11-4　Spring Boot 内置支持的几款 Web 容器起步依赖

起步依赖	说　明
spring-boot-starter-tomcat	引入 Apache Tomcat 相关的依赖，这是 Spring Boot 默认的 Web 容器
spring-boot-starter-jetty	引入 Eclipse Jetty 相关的依赖
spring-boot-starter-undertow	引入 JBoss Undertow 相关的依赖
spring-boot-starter-reactor-netty	引入 Netty 相关的依赖，提供响应式 Web 服务的支持，后续在介绍 WebFlux 时会用到

只要没有用到什么容器特有的东西，Tomcat、Jetty 和 Undertow 三者之间就可以实现灵活切换（Reactor Netty 仅提供响应式的支持，不支持普通的 Servlet，所以没算在内），以 Tomcat 切换 Jetty 为例，在 pom.xml 的 `<dependencies />` 中只需两步调整即可：

(1) 从 spring-boot-starter-web 中通过 `<exclusions />` 排除 spring-boot-starter-tomcat 依赖；

(2) 加入 spring-boot-starter-jetty 依赖。

```
<dependency>
    <groupId>org.springframework.boot</groupId>
    <artifactId>spring-boot-starter-web</artifactId>
    <exclusions>
        <exclusion>
            <groupId>org.springframework.boot</groupId>
            <artifactId>spring-boot-starter-tomcat</artifactId>
        </exclusion>
    </exclusions>
</dependency>

<dependency>
    <groupId>org.springframework.boot</groupId>
    <artifactId>spring-boot-starter-jetty</artifactId>
</dependency>
```

调整完毕后，运行程序，如果看到类似如下的输出，就说明已经切换到了 Jetty 容器：

```
2021-02-17 10:39:45.388  INFO 30464 --- [main] o.s.b.w.e.j.JettyServletWebServerFactory : Server
initialized with port: 8080
2021-02-17 10:39:45.391  INFO 30464 --- [main] org.eclipse.jetty.server.Server : jetty-9.4.33.v20201020;
built: 2020-10-20T23:39:24.803Z; git: 1be68755656cef678b79a2ef1c2ebbca99e25420; jvm 11.0.8+10
```

想要切换 Undertow，方法是类似的，只需把 spring-boot-starter-jetty 这个起步依赖换成 spring-boot-starter-undertow 即可。运行后的日志是类似这样的：

```
2021-02-17 10:50:51.158  INFO 30637 --- [main] io.undertow : starting server: Undertow - 2.1.4.Final
2021-02-17 10:50:51.161  INFO 30637 --- [main] org.xnio : XNIO version 3.8.0.Final
2021-02-17 10:50:51.165  INFO 30637 --- [main] org.xnio.nio : XNIO NIO Implementation Version 3.8.0.Final
```

```
2021-02-17 10:50:51.185  INFO 30637 --- [main] org.jboss.threads : JBoss Threads version 3.1.0.Final
2021-02-17 10:50:51.225  INFO 30637 --- [main] o.s.b.w.e.undertow.UndertowWebServer : Undertow started
on port(s) 8080 (http)
```

> **茶歇时间：不同的 Servlet 版本与对应的容器**
>
> Servlet 自诞生起已经经历了好几个大版本的变迁。Servlet 3.0 是随 Java EE 6 规范一同发布的，可支持异步处理、新增了不少注解，还增强了插件能力。Servlet 4.0 是 Java EE 8 中更新的，为 HTTP/2 的全面落地做好了准备，可支持服务器推送。Servlet 5.0 主要是随 Jakarta EE 9[①] 发布的，这个版本跟前面的版本相比最大的区别是更换了命名空间，从 javax.* 变成了 jakarta.*，**这种不兼容升级带来的影响是巨大的**，升级需谨慎。
>
> 在本书编写时，Spring Boot 2.6 需要运行在 Servlet 3.1 及以上版本的容器里，自带的 Web 容器可以支持 Servlet 4.0，而 Spring Boot 3.0 兼容 Jakarta EE 9，可以支持到 Servlet 5.0。
>
> 以 Spring Boot 2.6.3 为例，其自带的 Tomcat 9.0.56 和 Undertow 2.2.14.Final 是能够支持 Servlet 4.0 的，而 Jetty 9.0.52 暂时只支持 Servlet 3.1。Spring Boot 3.0.0-M2 自带的 Tomcat 10.0.18 和 Undertow 2.2.16.Final 都支持 Servlet 5.0，Jetty 11.0.8 更是支持到了 Servlet 5.1。需要特别说明的是，由于 Jakarta EE 9 有不小的改动，很多框架和设施为它做了适配，在 Maven 的 ArtifactId 位置都加上了 -jakarta 后缀以示区别，Spring Boot 3.0.0-M2 里用到的 Undertow 中就有 undertow-servlet-jakarta。

11.2.2　调整内嵌 Web 容器配置

之前在使用外置 Web 容器的时候，我们总会对配置文件做些调整，例如，修改默认的端口号，调整处理线程数，如果要用 Web 容器来处理 HTTPS 请求，那还要配置证书等。现在虽然换成了内置容器，但这些配置工作还是要做的，毕竟默认配置太"大路货"了，没办法满足我们的个性化需求。Spring Boot 作为一个如此灵活的框架，必然在默认配置之外给我们开了扇大门——可以自己手动对容器进行各种调整，配置文件如果满足不了我们的要求，还可以用代码来配置。

1. 端口配置

默认情况下，Spring Boot 的内置 Tomcat 会监听 8080 端口，可以通过 application.properties 中的 server.port 来指定要监听的端口号。根据 4.3.2 节中的内容，我们也可以将这个端口的配置放在操作系统的环境变量里，用 SERVER_PORT 变量来进行配置，其效果是一样的。表 11-5 列出了这个配置可以选择的几个取值。

[①] Eclipse 基金会在从 Oracle 接手 Java EE 后就将其改为了 Jakarta EE，2019 年 9 月 Jakarta EE 8 是其接手后发布的首个版本，和 2017 年发布的 Java EE 8 没有功能上的差异。

表 11-5 `server.port` 的几种可能的取值

取 值	说 明
0	使用随机的端口，由系统自行决定，随机端口可以避免端口冲突。可以通过注册自己的 Application-Listener<WebServerInitializedEvent> Bean 来获取最终使用的端口号；如果是在单元测试中，则可以通过添加 @LocalServerPort int port; 成员来获得端口号
-1	仅启动 Web 容器，但不监听任何端口，更多是用在单元测试中
1~1024	正常可用于监听的端口，但不建议直接使用，在 Linux 中非 root 用户不能使用 1024 以下的端口
1025 及以上	正常可用于监听的端口，默认的 8080 就在这个范围里，像 8080、8081、8090 这些都算常用的端口号

如果服务器绑定了多个地址，例如是双网卡的机器，还可以通过 `server.address` 来指定程序要绑定的地址。

2. 压缩配置

浏览器在浏览网页时与服务器的 HTTP 交互通常是文本形式的，我们看到的 HTML、CSS、JavaScript 等内容其实都是文本，可以通过 GZIP 算法对文本进行压缩，节省传输的带宽。表 11-6 罗列了 Spring Boot 与 HTTP 应答压缩有关的一些配置。

表 11-6 HTTP 应答压缩相关配置

配 置 项	默 认 值	说 明
server.compression.enabled	false	是否要开启 HTTP 应答压缩
server.compression.min-response-size	2KB	要压缩的应答报文的最小尺寸，如果 Content-Length 小于指定值就不压缩
server.compression.mime-types	对 HTML、XML、纯文本、CSS、JavaScript 和 JSON 做压缩	要压缩的 MIME 类型，用逗号分隔
server.compression.excluded-user-agents	null，都会做压缩	针对特定的 User-Agent 不做压缩，用逗号分隔

假设我们希望对大于 1KB 的应答进行压缩，就可以在 `application.properties` 里做如下设置：

```
server.compression.enabled=true
server.compression.min-response-size=1024
```

3. SSL 配置

用明文在网上传输信息总是不太安全，类似新闻这样的普通信息也就罢了，如果是金融或者涉及敏感信息的东西，就不合适使用明文，这时使用 HTTPS 来取代 HTTP 进行通信就是必需的。

放到以前，我们需要配置 Tomcat 的 `<Connector/>` 标签，设置 `SSLEnabled`、`scheme`、`secure` 和 `sslProtocol` 属性，但有了 Spring Boot 就容易多了，在配置文件里加几个配置就好了。`ServerProperties` 中与 SSL 相关的配置有很多，具体都在 `org.springframework.boot.web.server.Ssl` 类里，表 11-7 中简单罗列了几个，其中的配置项有很多会设置到 Tomcat 的 `SSLHostConfig` 里。

表 11-7 server.ssl.* 的一些常用配置

配　置　项	说　　　明
server.ssl.ciphers	要支持的 SSL 算法，可以接受 OpenSSL 或 JSSE 格式，一般不设，Tomcat 默认用 HIGH:!aNULL:!eNULL:!EXPORT:!DES:!RC4:!MD5:!kRSA
server.ssl.enabled	是否开启 SSL 支持，默认为 true
server.ssl.enabled-protocols	要开启的协议列表，用+代表增加某种协议，-代表去除某种协议[①]
server.ssl.protocol	SSL 使用的协议，默认为 TLS
server.ssl.key-alias	密钥库中密钥的别名
server.ssl.key-password	用来访问密钥的密码
server.ssl.key-store	保存了 SSL 证书的密钥库路径，通常是一个 JKS 文件
server.ssl.key-store-password	密钥库文件的密码
server.ssl.key-store-type	密钥库的类型，例如 PKCS12

在 SSL 越来越普及的今天，二进制奶茶店当然也不能落伍，有必要让我们的系统也支持 SSL。

> **需求描述**　二进制奶茶店现在对外提供服务了，虽然菜单是公开的，但是顾客的订单属于个人隐私，应该在网上加以保护，所以我们希望能加密客户端传输过来的请求与应答。为此，服务端与客户端都需要支持 HTTPS，后续还要支持 HTTP/2。

一般 HTTPS 监听的端口是 443，但这个端口通常是为负载均衡准备的，背后的服务器可以用 8443 端口，application.properties 里的配置如代码示例 11-10 所示。[②]

代码示例 11-10　开启 HTTPS 支持的配置文件片段

```
server.port=8443
server.ssl.key-store=classpath:binarytea.p12
server.ssl.key-store-password=binarytea
```

假设我们把密钥库文件 binarytea.p12 放在 CLASSPATH 里，也就是 src/main/resources 里，对应的密码是 binarytea，那程序运行起来后就应该能成功监听 8443 端口。

在第 9 章的代码示例 9-37 和代码示例 9-38 中，我们使用 HttpComponents 作为 RestTemplate 的底层 HTTP 客户端，配置的 ClientHttpRequestFactory 会忽略证书错误，同时也不会校验主机名，适用于自己签发但又没有导入信任证书列表的情况。当然，如果是机构签发的证书，也是适用的，就是什么东西都不校验了，但这样做不太安全，不建议用在生产环境里。

所以，我们可以直接用 10.4.2 节中的客户端来访问 https://localhost:8443，客户端用 customer-jwt-auth 或 customer-basic-auth，这里使用前者，将 application.properties 中的 binarytea.url 改成下面这样就可以运行程序了：

```
binarytea.url=https://localhost:8443
```

---

① 这里的协议是具体的 TLS、TLSv1.2 这样的协议，如果用 all，相当于开启了+SSLv2Hello+TLSv1+TLSv1.1+TLSv1.2+TLSv1.3，不过目前已经不再推荐使用 1.2 版本以下的 TLS 协议了，生产环境中可以考虑禁用。
② 这个例子在 ch11/binarytea-https 项目里。

如果这次我们希望能够校验证书，可以调整一下 loadTrustMaterial() 方法的参数，如代码示例 11-11 所示。[①] 主要是注入了证书存储和对应的密码，随后将证书信息加载到 SSLContext 里，不再忽略校验错误。

代码示例 11-11　加载了证书的客户端配置类代码片段

```
@SpringBootApplication
@Slf4j
public class CustomerApplication {
    @Value("${binarytea.ssl.key-store}")
    private Resource keyStore;
    @Value("${binarytea.ssl.key-store-password}")
    private String keyStorePassword;

    @Bean
    public ClientHttpRequestFactory requestFactory() {
        // 省略部分代码
        SSLContext sslContext = null;
        try {
            sslContext = SSLContextBuilder.create()
                    // 加载证书
                    .loadTrustMaterial(keyStore.getFile(),
                    keyStorePassword.toCharArray())
                    .build();
        } catch (Exception e) {
            log.error("Can NOT create SSLContext", e);
        }
        if (sslContext != null) {
            builder.setSSLContext(sslContext) // 设置SSLContext
                    .setSSLHostnameVerifier(NoopHostnameVerifier.INSTANCE); // 不校验主机名
        }

        return new HttpComponentsClientHttpRequestFactory(builder.build());
    }
    // 省略其他代码
}
```

然后，在 application.properties 里增加证书相关的配置项就可以了：

```
binarytea.ssl.key-store=classpath:binarytea.p12
binarytea.ssl.key-store-password=binarytea
```

> **茶歇时间：如何获得 HTTPS 证书**
>
> 密钥和证书之类的信息对于企业和个人来说都是非常重要的资产，需要重点保护。在上面的例子中，我们使用了一个名为 binarytea.p12 的密钥库，里面就存储着配置 HTTPS 要用到的密钥。那这个密钥库又是怎么获得的呢？
>
> 通常有两种方式：
> - 自己签发一个仅做学习用途或者内部使用的证书；
> - 通过专门的机构申请获得证书，有些机构也会提供免费证书，但大部分是需要付费购买的。

---

① 这个例子在 ch11/customer-https 项目里。

我们先来尝试使用 Java 提供的 keytool 工具自己签发一个证书，具体的命令格式如下：

```
keytool -genkeypair -alias 别名
        -storetype 密钥库类型 -keyalg 算法 -keysize 长度
        -keystore 文件名
        -validity 有效期
```

其中，密钥库类型可以选择 JKS、JCEKS 和 PKCS12，算法可以是 RSA 或者 DSA，密钥的长度越长安全性越好，比如用 2048 位的，证书的有效期单位是天。我们例子中的 binarytea.p12 文件用的命令就是：

```
▶ keytool -genkeypair -alias binarytea -storetype pkcs12 -keyalg rsa \ -keysize 2048 -keystore binarytea.p12 -validity 365
```

这里用了交互式的方式，需要自己输入密钥库的密码还有其他一些信息，我们例子里用的密码就是 binarytea。

自己签发的证书由于无法通过浏览器等其他工具的校验，使用时存在诸多不便，而自己写程序或者使用工具时忽略证书校验错误又存在安全隐患，容易被中间人攻击，所以不推荐在生产中使用。比较合适的方式是从专门的授信机构获得证书。国内的几家大的云服务提供商，例如阿里云和腾讯云，都有提供 SSL 证书的服务。根据证书的类型和用途，会有不同的价格。

当然，我们也可以选择像 Let's Encrypt 和亚洲诚信这样的机构[①]。它们针对单域名提供了免费的证书，目前前者的免费证书有效期是 3 个月，后者的有效期是 1 年。也有第三方服务提供证书自动续签。

4. Tomcat 容器特定配置

server 打头的配置对应了 Spring Boot 的 `ServerProperties` 类，Web 容器相关的配置基本在这里了，其中还有几个内部类，针对了不同的 Web 容器，例如 `ServerProperties.Tomcat` 是针对 Tomcat 的，`ServerProperties.Jetty` 是针对 Jetty 的，而 `ServerProperties.Undertow` 则是针对 Undertow 的。因为 Spring Boot 默认使用 Tomcat，所以这里我们来详细了解下 Tomcat 都有哪些配置，具体如表 11-8 所示，也可以通过 `ServerProperties` 类的代码来查看。

表 11-8　`server.tomcat` 打头的几个常用 Tomcat 配置

配　置　项	默　认　值	说　　明
server.tomcat.threads.max	200	最大工作线程数
server.tomcat.threads.min-spare	10	最小工作线程数
server.tomcat.max-http-form-post-size	2MB	HTTP 提交表单所能接受的最大报文大小
server.tomcat.max-swallow-size	2MB	能接受的最大请求报文大小
server.tomcat.max-connections	8192	能接受的最大连接数

---

① 大家也可以通过腾讯云和七牛云申请亚洲诚信的免费证书。

（续）

配 置 项	默 认 值	说 明
server.tomcat.accept-count	100	当所有工作线程都在工作时，还能接受的请求数
server.tomcat.processor-cache	200	能被保留下来处理后续请求的空闲处理器数量
server.tomcat.resource.allow-caching	true	是否开启静态资源缓存
server.tomcat.resource.cache-ttl	5s	静态资源缓存的过期时间，Spring Boot 里没有给出默认值，但 Tomcat 的 Cache 里有个默认值为 5 秒
server.tomcat.remoteip.host-header	X-Forwarded-Host	用来传递远端主机名的 HTTP 头，当 Tomcat 设置在负载均衡之后时，可以通过它来获得远端信息
server.tomcat.remoteip.remote-ip-header	X-Forwarded-For	用来传递远端 IP 地址的 HTTP 头，当 Tomcat 设置在负载均衡之后时，可以通过它来获得远端信息，Spring Boot 里没有给出默认值，但 Tomcat 的 RemoteIpValve 里有默认值

5. 其他配置

除了容器特定的配置外，在 Spring Boot 的 ServerProperties 里还有很多其他的配置项，表 11-9 里简单罗列了一些，更多的内容可以直接查看 ServerProperties 的代码，或者查阅 Spring Boot 文档的附录部分。

表 11-9　ServerProperties 中的一些其他配置

配 置 项	默 认 值	说 明
server.max-http-header-size	8KB	能接受的最大 HTTP 报文头大小
server.servlet.context-path		应用的上下文路径
server.servlet.session.timeout	30m	会话超时时间，如果不带后缀，默认单位是秒
server.servlet.session.cookie.http-only	false	会话 Cookie 是否使用 HttpOnly 的 Cookie
server.servlet.session.cookie.max-age		会话 Cookie 的最长有效时间，如果不带后缀，默认单位是秒。Spring Boot 没有给出默认值，但 Tomcat 里 Cookie 的 maxAge 的默认值为 -1
server.error.include-exception	false	是否包含 exception 属性，不建议在生产环境里开启
server.error.include-stacktrace	never	何时要包含 trace 属性，里面是异常的跟踪栈，不建议在生产环境里开启
server.error.path	/error	显示错误信息的控制器路径
server.error.whitelabel.enabled	true	发生错误时是否使用默认的错误页 [①]

如果通过配置参数无法满足需求，Spring Boot 还提供了一个 WebServerFactoryCustomizer <T extends WebServerFactory> 接口，WebServerFactoryCustomizerBeanPostProcessor 这个后置处理器会对上下文里的每个 WebServerFactory Bean 执行后置处理，进行个性化配置。在 Spring Boot 里针

---

① White Label 中文直译为白标，最早指不带自己的品牌，不做品牌宣传。放在这里，Spring Boot 的默认错误页面叫 White Label，大概也是因为上面没有 Spring 和系统的 Logo 与信息，只有大大的 Whitelabel Error Page 和错误内容。

对不同的容器提供了不同的 WebServerFactory，例如 TomcatServletWebServerFactory、JettyServlet-WebServerFactory 和 UndertowServletWebServerFactory，响应式 Web 容器也有对应的类。如果想定制 Tomcat 容器，可以像下面这样：

```
@Component
public class BinaryteaTomcatWebServerCustomizer
        implements WebServerFactoryCustomizer<TomcatServletWebServerFactory> {

    @Override
    public void customize(TomcatServletWebServerFactory factory) {
        // 调用factory里的方法
        //例如addAdditionalTomcatConnectors(),可以多监听几个不同的端口
    }
}
```

11.2.3 支持 HTTP/2

我们在日常浏览网页时使用的协议大多是 HTTP/1.1，之前的例子里使用的也是这个协议。HTTP/1.1 正式发布于 1999 年，至今已经 20 余年了。这是一个优秀且伟大的协议，经住了历史的考验。但它也不是完全没有问题，HTTP/1.1 的性能就一直被人诟病，所以出现了很多看似不太合理的优化手段，例如 CSS 雪碧图（CSS Sprites）[①]。为了优化 HTTP 的性能，Google 在 2012 年推出了 SPDY，这也可以看成是 HTTP/2 的原型，2016 年后 Google 就不再支持 SPDY，转而拥抱 HTTP/2 了。HTTP/2 在性能方面做了不少优化，例如：

- 多路复用，能在一个连接上同时发起多个请求，不再需要等一个结束后再发起下一个；
- 二进制分帧，通过在应用层和传输层之间引入额外的一层，用二进制编码后的帧来减少传输量；
- HTTP 头压缩，之前的压缩是针对报文正文的，而在 HTTP/2 中报文头也可以用 HPack 算法压缩了；
- 服务端推送（Server Push），服务端能主动将内容推送给客户端。

Spring Boot 内置了多款 Web 容器，基本都支持 HTTP/2，只需简单的配置就可以了。但如果有条件的话，还是建议在负载均衡层面来处理 HTTP/2 和 TLS 的工作，而不是在应用服务器上。

1. 服务端支持 HTTP/2

大部分情况下，我们使用的是 Tomcat，所以来看看如何开启 Tomcat 的 HTTP/2 支持。如果在使用 JDK 9 及以上的版本（例如 LTS 版本 11 和 17），那 Spring Boot 自带的 Tomcat 能直接支持 HTTP/2，只需在配置文件中增加如下配置即可：[②]

```
server.http2.enabled=true
```

[①] CSS 雪碧图就是把很多小图标整合成一个大的图片文件，不用浏览器发起大量小请求来获取图片，用一个下载大文件（其实也没那么大）的请求取而代之。因为在 HTTP/1.1 里浏览器针对一个域名只会建立少数连接，而每个连接一次又只会处理一个请求，大量的请求势必会造成等待，即使开启了长连接，性能也一般。

[②] 由于 HTTP/2 建议开启 SSL 增强安全性，所以我们这里讨论的情况都是加密通信，也就是说要先按照 11.2.2 节中介绍的内容配置好 SSL。后面客户端的支持，说的也是带 SSL 的。

为什么这里的最低要求是 JDK 9 呢，因为 JDK 8 不支持 HTTP/2，此时 Tomcat 需要 libtcnative 的帮助才能提供 HTTP/2 服务。① 不过，也有不走寻常路的，Undertow 就自己实现了 HTTP/2，在 JDK 8 上也能在无须任何额外依赖的情况下支持 HTTP/2。

完成配置后，我们可以通过 curl 命令简单地做个测试，看到如下输出中的 h2 和 HTTP/2 就说明"走了"HTTP/2 协议，还可以加上 --http2 强制使用 HTTP/2：

```
▶ curl -v -k https://localhost:8443/menu/

*   Trying ::1...
* TCP_NODELAY set
* Connected to localhost (::1) port 8443 (#0)
* ALPN, offering h2
* ALPN, offering http/1.1
* successfully set certificate verify locations:
* 省略部分内容
* SSL connection using TLSv1.2 / ECDHE-RSA-AES256-GCM-SHA384
* ALPN, server accepted to use h2
* 省略部分内容
* Using HTTP2, server supports multi-use
* Connection state changed (HTTP/2 confirmed)
* Copying HTTP/2 data in stream buffer to connection buffer after upgrade: len=0
* Using Stream ID: 1 (easy handle 0x7fe31500e800)
> GET /menu/ HTTP/2
> Host: localhost:8443
> User-Agent: curl/7.64.1
> Accept: */*
>
* Connection state changed (MAX_CONCURRENT_STREAMS == 100)!
< HTTP/2 200
< 省略部分内容
```

虽然官方不建议使用基于明文的 HTTP/2（简称 H2C），但我们还是可以在 Spring Boot 提供 H2C 的服务。首先将 server.http2.enabled 设置为 false；接下来，用上一节提到的 WebServerFactory-Customizer<TomcatServletWebServerFactory> 做些手动配置，具体如代码示例 11-12 所示。② 使用 H2C 时记得要去掉所有 SSL 相关的配置。

代码示例 11-12　开启 H2C 支持的配置

```
@SpringBootApplication
@EnableCaching
public class BinaryTeaApplication implements WebMvcConfigurer,
        WebServerFactoryCustomizer<TomcatServletWebServerFactory> {
    @Override
    public void customize(TomcatServletWebServerFactory factory) {
        factory.addConnectorCustomizers(connector -> connector.addUpgradeProtocol(new Http2Protocol()));
    }
    // 省略其他代码
}
```

① Apache Portable Runtime (APR) based Native library for Tomcat，是个本地库，可以像这样放到 JVM 路径里：-Djava.library.path=/usr/local/opt/tomcat-native/lib。

② 这个示例在 ch11/binarytea-h2c 项目里。

一样，也是用 curl 命令来做测试，但是一定要用 --http2 强制使用 HTTP/2，这时虽然显示的协议是 HTTP/1.1，但 Upgrade: h2c 说明已经升级到了 H2C：

```
▶ curl --http2 -v http://localhost:8080/menu
*   Trying ::1...
* TCP_NODELAY set
* Connected to localhost (::1) port 8080 (#0)
> GET /menu HTTP/1.1
> Host: localhost:8080
> User-Agent: curl/7.64.1
> Accept: */*
> Connection: Upgrade, HTTP2-Settings
> Upgrade: h2c
> HTTP2-Settings: AAMAAABkAARAAAAAAAIAAAAA
>
< HTTP/1.1 101
< Connection: Upgrade
< Upgrade: h2c
< Date: Sun, 21 Feb 2021 14:18:34 GMT
* Received 101
* Using HTTP2, server supports multi-use
* Connection state changed (HTTP/2 confirmed)
* Copying HTTP/2 data in stream buffer to connection buffer after upgrade: len=0
* Connection state changed (MAX_CONCURRENT_STREAMS == 100)!
< HTTP/2 200
```

2. 客户端支持 HTTP/2

聊完了服务端，再来看看客户端用 RestTemplate 如何支持 HTTP/2。在 9.4 节里我们说过 RestTemplate 支持多种底层的 HTTP 客户端，其中用的比较多的是 Apache HttpComponents 和 OkHttp。就 HTTP/2 而言，HttpComponents 在 5.1 版本才开始支持，但在 Spring Framework 中适配的还是 4.*x* 的版本。OkHttp 就不存在这个问题，Spring Framework 适配的 OkHttp 3.14 版本就已经完全支持 HTTP/2 了，因此在这里我们就要把底层的客户端切换为 OkHttp。

首先，我们调整一下 pom.xml，将 HttpComponents 的依赖去掉，增加 OkHttp 的依赖：

```
<dependency>
    <groupId>com.squareup.okhttp3</groupId>
    <artifactId>okhttp</artifactId>
</dependency>
```

接下来，修改 CustomerApplication 的 requestFactory() 方法，原先它返回的是 HttpComponents ClientHttpRequestFactory，现在要改为 OkHttp3ClientHttpRequestFactory，相应的 SSL 配置和连接配置也要做一定的调整，具体如代码示例 11-13 所示。[①]

代码示例 11-13 适配 OkHttp 的 ClientHttpRequestFactory 配置

```
@Slf4j
public class CustomerApplication {
    @Bean
    public ClientHttpRequestFactory requestFactory() {
```

---

① 这个示例在 ch11/customer-h2 项目里。

```
// 构造SSLSocketFactory,配置密钥等信息
SSLSocketFactory sslSocketFactory = null;
TrustManagerFactory tmf = null;
try {
    KeyStore keyStore = KeyStore.getInstance(KeyStore.getDefaultType());
    keyStore.load(this.keyStore.getInputStream(), keyStorePassword.toCharArray());
    tmf = TrustManagerFactory.getInstance(TrustManagerFactory.getDefaultAlgorithm());
    tmf.init(keyStore);
    SSLContext sslContext = SSLContext.getInstance("TLS");
    sslContext.init(null, tmf.getTrustManagers(), null);
    sslSocketFactory = sslContext.getSocketFactory();
} catch (Exception e) {
    log.error("Can NOT create sslSocketFactory and ", e);
}

OkHttpClient.Builder builder = new OkHttpClient.Builder()
        .protocols(Arrays.asList(Protocol.HTTP_2, Protocol.HTTP_1_1)) // 默认就这样
        .connectTimeout(10, TimeUnit.SECONDS) // 以下3个超时默认就是10秒
        .callTimeout(10, TimeUnit.SECONDS)
        .readTimeout(10, TimeUnit.SECONDS)
        .connectionPool(new ConnectionPool(50, 30, TimeUnit.MINUTES));

if (sslSocketFactory != null) {
    builder.connectionSpecs(Collections.singletonList(ConnectionSpec.RESTRICTED_TLS))
            .hostnameVerifier((hostname, session) -> true) // 不验证主机
            .sslSocketFactory(sslSocketFactory, (X509TrustManager) tmf.getTrustManagers()[0]);
}

return new OkHttp3ClientHttpRequestFactory(builder.build());
}
// 省略其他代码
}
```

这里需要做一些说明。

❑ protocols() 指定支持的协议有些限制，例如，H2_PRIOR_KNOWLEDGE 和 HTTP_1_1 必须至少有一个；用了 H2_PRIOR_KNOWLEDGE 就不能再加别的协议了；不能使用 HTTP_1_0。

❑ connectTimeout()、callTimeout() 和 readTimeout() 这三个超时设置为 0 表示不超时，这里的代码示例里使用的其实就是默认值，放在这里主要是演示一下有这个配置。

❑ callTimeout() 这个超时包含了整个请求过程，包括 DNS 解析、连接、发送请求、等待服务端处理和返回应答，如果配置了重试，那重试也包含在内。因此它至少应该大于等于另两个单独步骤的超时。

❑ hostnameVerifier() 设置为不验证主机完全是因为我们在演示时使用了自签证书，在生产环境不建议这么做，存在安全隐患。

❑ OkHttp 内置了一些 ConnectionSpec，例子里我们使用了 RESTRICTED_TLS，具体的几个内置项如表 11-10 所示（根据安全性从高到低排列）。

表 11-10　OkHttp 内置的 ConnectionSpec

ConnectionSpec	支持的 TLS 版本	加密套件 ①	适用范围
RESTRICTED_TLS	TLS 1.3 与 TLS 1.2	目前为止较为安全且支持较多的 9 种套件	服务端和客户端版本都比较新的情况
MODERN_TLS	TLS 1.3 与 TLS 1.2	在 RESTRICTED_TLS 的基础上增加了 7 种 HTTP/2 不推荐的套件	支持大部分情况，也是默认使用的
COMPATIBLE_TLS	TLS 1.3、TLS 1.2、TLS 1.1 与 TLS 1.0	同 MODERN_TLS	用来兼容一些较老的平台
CLEARTEXT	无	无	HTTP 明文传输

如果想要走 H2C 协议，在 requestFactory() 里删掉与 SSL 相关的内容，协议改为 H2_PRIOR_KNOWLEDGE 就可以了，具体如代码示例 11-14 所示。

代码示例 11-14　支持 H2C 的 ClientHttpRequestFactory 配置

```
@Bean
public ClientHttpRequestFactory requestFactory() {
    OkHttpClient.Builder builder = new OkHttpClient.Builder()
                // 只能保留一个
                .protocols(Arrays.asList(Protocol.H2_PRIOR_KNOWLEDGE))
                .connectTimeout(10, TimeUnit.SECONDS)
                .callTimeout(10, TimeUnit.SECONDS)
                .readTimeout(10, TimeUnit.SECONDS)
                .connectionPool(new ConnectionPool(50, 30, TimeUnit.MINUTES));

    return new OkHttp3ClientHttpRequestFactory(builder.build());
}
```

茶歇时间：网站提供的 HTTPS 服务到底是否安全？

在这部分里我们讨论了很多 HTTPS 还有 HTTP/2 的内容，经过这一轮设置，网站的安全性得到了很大的提升。但是，我们做的到底好不好，够不够呢？总得检验一下才能放心。大公司有自己的安全团队，有钱的中小公司可以请第三方机构进行检测。那有没有既方便又不用花钱、结果还有参考价值的办法呢？

结论肯定是有的，这里要给大家推荐两个工具，一个是 SSL Labs 的在线 SSL 测试，另一个是亚洲诚信推出的 MySSL 检测工具。两者的作用差不多，都是根据事先预设好的检测条目，逐条进行检测，规则包括但不限于证书、支持的协议、支持的算法、是否存在已知漏洞等。然后根据检测结果进行综合打分，最后针对网站 SSL 配置的安全性做出一个评价，最高是 A+。如果存在问题，工具也会给出优化建议。

可以选择其一对自己的网站进行在线测试。建议选择前者，规则会更为严格一些。

---

① 加密套件（Cipher Suite），其实是一个"四件套"，由密钥交换算法、身份验证算法、对称加密算法和信息摘要算法四个部分组成。以 TLS_ECDHE_RSA_WITH_AES_256_GCM_SHA384 为例，协议是 TLS，密钥交换算法是 ECDHE，身份验证算法是 RSA_WITH_AES_256，对称加密算法是 GCM，信息摘要算法是 SHA384。

11.3 支持分布式 Session

在生产环境中，我们基本会要求应用以集群的方式部署，就算用 Kubernetes，也会要求最小保持两个 Pod，且两个 Pod 要在不同的物理节点上，以防止出现单点故障——这是最起码的设计要求。正常情况下，任何理由的单点都是**不应该存在**的。

这时就可能出现以下情况：对于用户几次连续的请求，有的请求发给了 A 服务器，有的则发给了 B 服务器，而默认 Servlet 的 Session①是保存在本地的。访问不同的服务器，看到的 Session 信息是不同的。例如，一个请求访问 A 服务器，A 服务器发现本地没有该用户的 Session，就直接创建了个新的，写了些信息进去；下一个请求访问了 B 服务器，也发现本地没有该用户的 Session，同样创建了一个新的，这里面当然就没有 A 服务器写进去的内容。

既然知道了会有这样的问题，那自然就要去寻找解决方案，好在我们不是行业里第一批遇到这个问题的人，前人已经为我们准备好了解决方案。

11.3.1 几种常见的解决方案

在介绍 Spring Session 这个 Spring 提供的解决方案之前，我们先来了解一些常见的解决方案的思路，也许这些方案就足够处理目前的场景了。能用简单的办法搞定的，为什么要选复杂的呢？

1. 使用 Cookie

既然不同的机器没办法简单地使用同一个 Session，那索性就不用 Session 了。我们可以把原先需要通过 Session 来传递的信息放到 Cookie 里面。每次请求时都会从客户端读取 Cookie 发送给服务端，这相当于把在不同请求间共享信息的任务交给了客户端来做，要共享的内容也都放到了客户端。

但这时需要注意以下两点：
- 由于 Cookie 是保存在客户端的，而且每次都需要在网上进行传输，不建议将敏感信息放在 Cookie 里，如果一定要放也必须加密存放，避免信息泄露；
- 每次请求都要在请求中包含 Cookie，如果 Cookie 很大，势必会导致请求很大，这带来了额外的传输量，所以东西能精简就精简。

2. 会话保持

我们说自己的应用是个集群，那在实际的服务器之前就一定会有负载均衡设备。既然请求都会经过负载均衡，那就可以想办法让同一个用户的请求都访问同一台服务器，这样就可以一直使用同一台服务器上的 Session。这种让一次会话过程中发起的请求都发送到同一台服务器上的技术就是会话保持，有时也称为粘滞会话（Sticky Session）。大致情况如图 11-1 所示，用户发起的请求 1 和请求 2 都会被转发到同一个后端节点上。

---

① Session 的中文翻译为“会话”。在日常工作中，大家通常会直接使用英文 Session，而使用“会话”有时会产生混淆，因此，我们在本书中约定：强调服务器端的 Session 对象时，使用 Session ；表示交互的情况下使用“会话”。此外，在一些惯用表达中也会使用“会话”，例如会话保持。

以使用 Nginx 实现负载均衡为例，可以在配置 upstream 时加入 ip_hash 配置，开启基于 IP 的会话保持。这种方案简单有效，但如果遇上 Hash 分配到的服务器宕机，会重新进行 Hash 计算，选择新的服务器，这时还是会丢失一部分的 Session。不同方案各有利弊，做出选择就意味着要接受潜在的风险。

3. 会话复制

如果还是想让请求落到不同的服务器上，也可以考虑让不同的服务器拥有相同的 Session。数据库有主从复制，也有"双主"的策略，Web 容器的 Session 管理策略可以借鉴这种思想，实现会话复制（Session Replication）。在成熟的 Java Web 容器里都有集群模式，例如 Tomcat 里就可以配置 SimpleTcpCluster，里面包含了集群中每个节点的信息，Session 会在整个集群中进行复制。大致情况如图 11-2 所示，节点 1 和节点 2 能双向复制 Session，因此用户的请求落到哪个节点都没有太大差别。

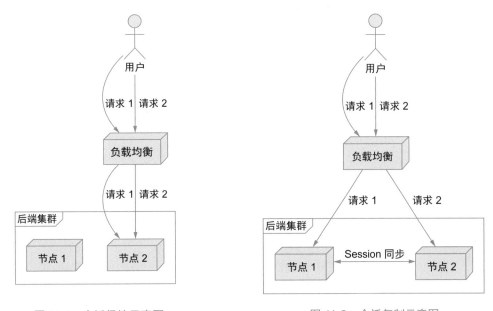

图 11-1　会话保持示意图　　　　　　　图 11-2　会话复制示意图

当然，这个方案的问题也比较明显，在服务器之间复制大量的 Session 势必会占用服务器和网络的资源。而且数据的复制始终会有一定延时，因而就有一定的概率在节点异常关闭后数据并未及时复制，导致 Session 丢失。

4. 共享存储

应用的服务器是个集群，我们一直说它们需要做成无状态的，存在 Session 状态在某种意义上就是违背了无状态的原则，那么把这种状态从应用里剥离出来不就可以了吗？之前使用 Cookie 就是这个思路，它把状态往前推给了客户端，这次我们要往后推，既然应用服务器是无状态的，那就把状态保存在可以存储状态的地方。例如，早期会选择 Memcached，现在更多的是放在 Redis 和数据库这样的存储里。Web 容器是通过 JSESSIONID 来加载 Session 的，只需修改这个加载和存储逻辑，背后使用指定的存储就可以了。大致情况如图 11-3 所示，Session 都保存在同一个存储中，节点就变成无状态的了，自然可以处理全部请求。

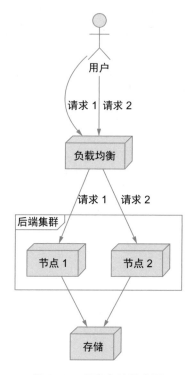

图 11-3 共享存储示意图

这个方案可以比较理想地解决会话保持和会话复制在遇到异常时会丢失数据的问题，因为数据都在后端存储里，但代价是要部署额外的存储，还要实现一定的高可用，例如 Redis 需要用 Redis Cluster，数据库要部署主从节点。另外，这个方案需要一些额外的组件开发，好在现在有 Spring Session，它已经实现好了一套比较完善的分布式 Session 机制，背后也有多种存储可供选择。接下来，就让我们一起了解一下 Spring Session。

11.3.2 使用 Spring Session 实现分布式 Session

为了帮助大家处理 Session 相关的问题，Spring Session 提供了一套完备的 API，和 Spring 的其他组件一样，它在不同的底层实现之上做了统一的抽象，开发时无须与特定容器绑定。Spring Session 中包含了对类似 Tomcat 这种 Web 容器的 HttpSession 的支持，还提供了 WebSocket 和 WebFlux 的支持。它由以下一些主要模块组成：

❑ Spring Session Core，包含核心 API 和基础功能；
❑ Spring Session JDBC，提供使用 JDBC 作为 Session 存储的能力；
❑ Spring Session Data Redis，提供使用 Redis 作为 Session 存储的能力。

除此之外，还有 Spring Session MongoDB、Spring Session Hazelcast、Spring Session for Apache Geode，分别提供了不同的底层存储能力。

Spring Boot 里自带了 Spring Session 相关的依赖，可以直接使用。如果希望使用更新版本，可以在 pom.xml 的 <dependencyManagement /> 中添加如下 BOM（具体版本需要到官方网站查看）：

```
<dependency>
    <groupId>org.springframework.session</groupId>
    <artifactId>spring-session-bom</artifactId>
    <version>2020.0.3</version>
    <type>pom</type>
    <scope>import</scope>
</dependency>
```

然后直接在 <dependencies /> 里引入需要的依赖，此时无须指定版本。

1. 实现原理

在开发过程中，我们基本是从 HttpServletRequest 里获取 HttpSession 进行相关的操作，区别无非是通过自己写的代码来获取，还是由 Spring MVC 框架注入方法的参数里。既然这些都是接口，对使用 HttpSession 的代码而言，无须关心它实际存储在哪里，又是怎么取出来的。

Spring Session 正是基于这个思想，通过 SessionRepositoryFilter<S extends Session> 这个 Servlet Filter 拦截了 HTTP 请求，将请求中的 HttpServletRequest 封装为 SessionRepositoryFilter<S>.SessionRepositoryRequestWrapper。从这个 Wrapper 中获取的 Session 都是 HttpSessionWrapper，它的操作都是由 SessionRepositoryFilter 里的 SessionRepository<S> 来实施的。如果背后是 JDBC，那这个 SessionRepository<S> 就是 JdbcIndexedSessionRepository<JdbcIndexedSessionRepository.JdbcSession>。Spring Session 部分核心类的大致结构如图 11-4 所示。

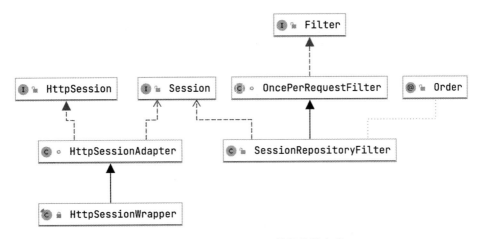

图 11-4　Spring Session 的部分核心类

2. 基于数据库存储 Session

要开启 Spring Session 的 JDBC 支持，首先要在 pom.xml 中引入如下依赖：

```xml
<dependency>
    <groupId>org.springframework.session</groupId>
    <artifactId>spring-session-jdbc</artifactId>
</dependency>
```

Spring Session JDBC 其实就是把 Session 信息存储在数据库的 SPRING_SESSION 和 SPRING_SESSION_ATTRIBUTES 表里，前者保存了 Session 的信息，例如 SESSION_ID、何时创建的、最后访问时间、过期时间等信息；后者则是 Session 中的具体属性。那这两张表的表结构如何，我们该怎么去创建它们呢？Spring Session JDBC 早就为我们准备好了，在 spring-session-jdbc 的 Jar 中，org/springframework/session/jdbc/ 目录下提供了 10 种不同数据的建表与删表语句，具体如表 11-11 所示。有了表之后，再通过 JdbcOperations 进行各种增删改查操作就可以了。

表 11-11　Spring Session JDBC 内置的 Schema 文件

数据库	建表语句文件	删表语句文件
DB2	schema-db2.sql	schema-drop-db2.sql
Derby	schema-derby.sql	schema-drop-derby.sql
H2	schema-h2.sql	schema-drop-h2.sql
HsqlDB	schema-hsqldb.sql	schema-drop-hsqldb.sql
MySQL	schema-mysql.sql	schema-drop-mysql.sql
Oracle	schema-oracle.sql	schema-drop-oracle.sql
PostgreSQL	schema-postgresql.sql	schema-drop-postgresql.sql
SQLite	schema-sqlite.sql	schema-drop-sqlite.sql
SQLServer	schema-sqlserver.sql	schema-drop-sqlserver.sql
Sybase	schema-sybase.sql	schema-drop-sybase.sql

在生产环境中，DBA 通常会根据要求事先在数据库里建好对应的表。例如对于 MySQL 数据库，我们就可以把 schema-mysql.sql 里的语句拿出来给到 DBA，之前在开发时我们都选择了 H2 数据库，所以可以把 schema-h2.sql 等文件里的内容放到我们的 schema.sql 里，或者像代码示例 11-15 这样手动创建一个内嵌数据源，其他类似 TransactionManager 之类的 Bean 依然交给 Spring Boot 的自动配置来为我们创建。如果我们的代码中存在多个 DataSource Bean，可以在用于 Spring Session 的 DataSource 声明上增加 @SpringSessionDataSource 注解加以标识。

代码示例 11-15　添加了 Spring Session JDBC 脚本的内嵌数据源配置

```java
@SpringBootApplication
@EnableCaching
@EnableJdbcHttpSession
public class BinaryTeaApplication implements WebMvcConfigurer {
    @Bean
    public EmbeddedDatabase dataSource() {
        return new EmbeddedDatabaseBuilder()
                .setType(EmbeddedDatabaseType.H2)
                .addScript("org/springframework/session/jdbc/schema-drop-h2.sql")
```

```
                .addScript("org/springframework/session/jdbc/schema-h2.sql")
                .build();
    }
    // 省略其他代码
}
```

上面的代码中，我们还在类上添加了一个 @EnableJdbcHttpSession 注解，它的定义如下所示：

```
@Retention(RetentionPolicy.RUNTIME)
@Target({ElementType.TYPE})
@Documented
@Import({JdbcHttpSessionConfiguration.class})
@Configuration(proxyBeanMethods = false)
public @interface EnableJdbcHttpSession {...}
```

它导入了 JdbcHttpSessionConfiguration，其中会为我们创建 SessionRepositoryFilter<? extends Session> 类型的 springSessionRepositoryFilter，通过它来实现 11.3.2 开头部分的封装逻辑。Spring Boot 会自动注册上下文里的 Filter，以便对请求进行拦截，如果不是在 Spring Boot 里，或者禁用了 Spring Boot Servlet 相关的自动配置，我们可以像官方文档里那样使用 AbstractHttpSessionApplicationInitializer 来完成 Filter 的注册。

用户的登录信息是放在 Session 里的，未登录用户访问 /order 会被重定向到登录页面，登录后 Session 里就有了当前登录的信息，这时我们可以通过 JDBC 查看一下 SPRING_SESSION 和 SPRING_SESSION_ATTRIBUTES 表的内容，然后带上 Cookie 再去访问 /order，应该就能正常访问了。具体测试代码如代码示例 11-17 所示，但在此之前，需要先设置一下我们的 MockMvc，加入 SessionRepositoryFilter，如代码示例 11-16 所示（注意添加 Filter 的顺序）。

代码示例 11-16 在 MockMvc 里增加 SessionRepositoryFilter

```
@SpringBootTest
class OrderControllerTest {
    private MockMvc mockMvc;
    private JdbcTemplate jdbcTemplate;

    @BeforeEach
    void setUp(WebApplicationContext wac) {
        this.mockMvc = MockMvcBuilders.webAppContextSetup(wac)
            .addFilter(wac.getBean("springSessionRepositoryFilter", SessionRepositoryFilter.class))
            .apply(springSecurity())
            .build();
        jdbcTemplate = new JdbcTemplate(wac.getBean(DataSource.class));
    }
    // 省略其他代码
}
```

在 JdbcIndexedSessionRepository 保存完 Session 信息后会返回一个 Session ID，SessionRepository-Filter 会通过 HttpSessionIdResolver 将其写入指定位置，例如，在我们的测试中就是用 CookieHttp-SessionIdResolver 把 Session ID 写到了 Cookie 中。名为 SESSION 的 Cookie 中用 BASE64 的方式保存了 Session ID，类似 MDhhMDg5NWYtZTU5Ny00NzNlLTk2NzYtMzU0ZDBjZGIyOGE3，还原后就是 08a0895f-e597-473e-9676-354d0cdb28a7，用它就可以在数据库里进行查询了。

代码示例 11-17　OrderControllerTest 中针对 Spring　Session　JDBC 的单元测试

```
@Test
void testLoginWithJdbcSession() throws Exception {
    mockMvc.perform(get("/order"))
            .andExpect(status().is3xxRedirection());

    MvcResult result = mockMvc.perform(post("/doLogin")
            .param("user", "LiLei").param("pwd", "binarytea")
            .with(csrf())).andReturn();
    Cookie sessionCookie = result.getResponse().getCookie("SESSION");
    String sessionId = new String(Base64.getDecoder().decode(sessionCookie.getValue()));
    String id = jdbcTemplate.queryForObject(
            "select PRIMARY_ID from SPRING_SESSION where SESSION_ID='" + sessionId + "'", String.class);
    assertNotNull(id);
    int attrCount = jdbcTemplate.queryForObject(
            "select count(*) from SPRING_SESSION_ATTRIBUTES where SESSION_PRIMARY_ID='" + id + "'",
            Integer.class);
    assertTrue(attrCount > 0);

    mockMvc.perform(get("/order").cookie(sessionCookie))
            .andExpect(status().isOk());
}
```

其实，Spring Boot 的自动配置中提供了与 Spring Session 相关的配置，我们无须自己添加 @Enable-JdbcHttpSession 注解，只要 CLASSPATH 中有相关的依赖，用配置文件就能完成配置，spring.session 对应的配置属性类是 SessionProperties，而 spring.session.jdbc 对应的则是 JdbcSessionProperties。JdbcSessionDataSourceInitializer 会根据实际数据源的类型完成数据库的初始化，我们也不需要配置 EmbeddedDatabase 了。

在 application.properties 中添加如下配置也可以指定使用 Spring Session JDBC，spring.session.jdbc.initialize-schema 的作用与 spring.datasource.initialization-mode 是类似的，spring.session.jdbc.schema 是初始化数据表用的 SQL 文件，spring.session.jdbc.table-name 则是存储 Session 的表名：

```
spring.session.store-type=jdbc
spring.session.jdbc.initialize-schema=embedded
spring.session.jdbc.schema=classpath:org/springframework/session/jdbc/schema-@@platform@@.sql
spring.session.jdbc.table-name=SPRING_SESSION
```

3. 基于 Redis 存储 Session

一旦理解如何使用 Spring Session JDBC 存储 Session，使用 Redis 的方法就简单多了——先是引入 Spring Session Data Redis 的依赖（如果没有引入 Spring Data Redis 相关依赖，可以一并加上）：

```
<dependency>
    <groupId>org.springframework.boot</groupId>
    <artifactId>spring-boot-starter-data-redis</artifactId>
</dependency>
<dependency>
    <groupId>org.springframework.session</groupId>
    <artifactId>spring-session-data-redis</artifactId>
</dependency>
```

然后，按照 8.2 节中的方法配置 Redis 相关的信息，剩下的交给 Spring Boot 的自动配置就好了。如果 CLASSPATH 中同时存在多个 Spring Session 的依赖，也可以在 application.properties 中像下面这样指定存储方式，或者在配置类上增加 @EnableRedisHttpSession 注解。spring.session.redis 对应的配置类是 RedisSessionProperties，其中需要特别说明的是 spring.session.redis.namespace 可以用来配置 Redis 中保存 Session 信息的键名的前缀：

```
spring.session.store-type=redis
spring.session.redis.namespace=spring:session
```

其实还有个简单的方法可以测试是否配置好了 Redis 存储：如果使用单机的 Session 管理，Tomcat 重启后 Session 会丢失；而使用了 Spring Session Data Redis 的系统，Session 保存在 Redis 里，只要用之前的 Cookie 发起请求，依旧可以获得 Session。

11.4 响应式 Web

到目前为止，本书一直使用的是命令式编程方式，整个处理过程也都是阻塞式的。以提供 Web 服务为例，我们如果希望同时并发地服务 100 个请求，那就需要 Tomcat 容器有 100 个工作线程，每个线程处理一个请求，如果来了第 101 个请求，那它只能等待前面的某个请求被处理完，有空闲的线程后才开始处理。每个线程本身是要消耗一定资源的，（例如消耗更多内存），大量线程间的切换也会消耗 CPU。但这还不是最要命的，最要命的是在请求处理过程中，如果我们还需要与数据库交互，或者读写文件，又或者调用远程服务，那么当前线程就不得不被阻塞，直到操作结果返回，这就会造成大量的资源浪费。

想要处理更多请求，无非是提升性能，提高并发度。可以用更多的线程和更强的机器，也可以想办法挤压现有资源。既然基于同步线程的方式不行，那就换别的方式，人们自然想了各种办法，如何用更少的资源来提供更大的吞吐量，基于事件驱动的方式是否可行呢？

不同的事件有不同的处理器，在注册完各种处理器之后，通过 IO 多路复用来检测是否有事件（不仅是网络，UI 界面上的点击也算一种事件），例如 8080 端口是否收到了一个请求，有请求就将它分派给具体的事件处理器做后续处理。而请求处理本身也是事件驱动的，遇到 IO 操作不会"傻傻"地等待结果返回，同样会依靠 IO 完成事件通知。这样一来就能将原本处于阻塞状态的大量线程释放出来。

在上述这一思想的影响下，就有了接下来要讨论的响应式编程（Reactive Programming），本节会着重讨论响应式 Web。维基百科对响应式编程的定义是这样的：

> 在计算机中，响应式编程（或反应式编程）是一种面向数据流和变化传播的编程范式，这意味着可以在编程语言中很方便地表达静态或动态的数据流，而相关的计算模型会自动将变化的值通过数据流进行传播。

可以看到，响应式编程更关注数据的变化。要处理的数据不是一下子就全都就绪的，而是可以一个接着一个源源不断地"涌"过来；而对数据的处理也不再需要等一大批数据就绪了才开始，一切都会更动态一些。此外，响应式编程更注重描述要做什么，而不是怎么做。

虽然在这个场景中响应式编程看起来特别厉害，但请务必记住，**响应式编程不是银弹**，它并不能解决所有问题。不要为了响应式而响应式，命令式编程也有自己的优势，两者可以相辅相成。

11.4.1 了解 Project Reactor

响应式编程的理念是好的，但与命令式编程相比，开发思路并不容易理解。如果没有顺手的工具，编写响应式代码将非常痛苦。无论是用回调还是 Future，遇到稍微复杂一些的场景，会很让人抓狂。好在社区很早就意识到了这个问题，除了有 Reactive Streams 规范，还相继出现了像 RxJava 和 Project Reactor 这样的框架①。其中，Project Reactor 也出自 VMWare 之手，自然和 Spring 走得很近。本节的主角 Spring WebFlux 就是基于 Reactor 的，所以在正式介绍 WebFlux 前，先让我们来了解一下 Project Reactor。

1. 基本使用

在 Project Reactor 中，有两个重要的概念——Publisher 和 Subscriber，前者是数据的生产者，后者则是数据的订阅者（或者说消费者）。Subscriber 通过 Publisher 的 subscribe() 进行订阅，而 Publisher 则在产生新数据后调用 Subscriber 的 onNext() 进行处理，遇到报错时调用 onError()，在结束时调用 onComplete()。

Mono 和 Flux 就是 Reactor 项目为我们提供的两个 Publisher，Mono 代表 0 或 1 个对象，而 Flux 则代表多个对象，也就是 0 到 N 个对象。如果我们只是产生一个数字 5，用 Mono.just(5) 就可以了，表 11-12 罗列了一些常用的创建 Flux<T> 的方法（有的也适用于 Mono<T>）。

表 11-12　常用的创建 Flux<T> 的方法

方　　法	说　　明
Flux.empty()	创建空的 Flux
Flux.just(T... data)	创建固定内容的 Flux
Flux.range(int start, int count)	创建 Flux<Integer>，从 start 开始，一共 count 个（包含开始的那个）
Flux.interval(Duration delay, Duration period)	创建 Flux<Long>，延迟 delay 开始，每隔 period 放出一个，从 0 开始的长整形数
Flux.from(Publisher<? extends T> source)	根据某个 Publisher 来创建 Flux
Flux.fromArray(T[] array)	根据某个数组来创建 Flux
Flux.fromIterable(Iterable<? extends T> it)	根据某个迭代器来创建 Flux
Flux.fromStream(Stream<? extends T> s)	根据某个流来创建 Flux

有了 Flux 之后，我们未必想处理全部元素，这时候可以通过 take()、takeLast() 等方法取出其中的一部分。其实，我们可以把 Publisher 看成类似 Java Stream 的东西，对流的大部分操作是适用的。例如，过滤元素的 filter()，转换元素的 map() 和 flatMap()，将流中的元素收集聚合成一个的 reduce()。

① Reactive Streams 规范旨在为异步非阻塞流式处理提供一个统一的标准。RxJava 是一套 Java 世界里的响应式编程框架，Project Reactor 与 RxJava 类似。

除了类似流的操作，在遇到事件时 Publisher 也给我们留下了可以加入自己操作的钩子，如表 11-13 所示。

表 11-13　Publisher 针对事件的钩子方法

方　　法	说　　明
doOnSubscribe()	有消费者订阅时执行动作
doOnNext()	产生一个新数据时执行动作
doOnComplete()	数据全部成功产生时执行动作
doOnError()	遇到错误时执行动作
doOnTerminate()	结束时（可以是成功结束，也可以是遇到错误结束）执行动作
doOnEach()	在产生新数据、成功完成和遇到错误时执行动作

举个例子，下面我们组合使用一下这些方法：先构造一个从 5 到 0 的 Flux<Integer>；随后从中挑选出小于 4 的整数，取 3 个出来，分别尝试使用 doOnNext()、doOnComplete() 和 doOnEach() 方法，看看有何区别；最后再将这个整数值转换为自己的平方，订阅者用 log（请在类上添加 Lombok 的 @Slf4j 注解来提供 log）打印一下自己取到的值。

```
Flux.just(5, 4, 3, 2, 1, 0)
    .filter(n -> n < 4)
    .take(3)
    .doOnNext(n -> log.info("onNext: {}", n))
    .doOnComplete(() -> log.info("Complete!"))
    .doOnEach(n -> log.info("onEach: {}, {}", n.getType(), n.get()))
    .map(n -> n * n)
    .subscribe(n -> log.info("Subscribe: {}", n));
```

这段代码的输出大概是下面这样的：

```
19:41:39.811 [main] INFO learning.spring.customer.OrderGenerator - onNext: 3
19:41:39.813 [main] INFO learning.spring.customer.OrderGenerator - onEach: onNext, 3
19:41:39.814 [main] INFO learning.spring.customer.OrderGenerator - Subscribe: 9
19:41:39.814 [main] INFO learning.spring.customer.OrderGenerator - onNext: 2
19:41:39.814 [main] INFO learning.spring.customer.OrderGenerator - onEach: onNext, 2
19:41:39.814 [main] INFO learning.spring.customer.OrderGenerator - Subscribe: 4
19:41:39.814 [main] INFO learning.spring.customer.OrderGenerator - onNext: 1
19:41:39.814 [main] INFO learning.spring.customer.OrderGenerator - onEach: onNext, 1
19:41:39.814 [main] INFO learning.spring.customer.OrderGenerator - Subscribe: 1
19:41:39.814 [main] INFO learning.spring.customer.OrderGenerator - Complete!
19:41:39.814 [main] INFO learning.spring.customer.OrderGenerator - onEach: onComplete, null
```

可以看到数字 3、2、1 分别经过了 onNext()、onEach() 和 subscribe()，先是 3，然后是 2，到 1 的时候这个 Flux 完成了，所以还执行了 complete()。doOnEach() 中处理的是 Signal<T>，并非每种信号都有对应的值，比如 onComplete 取到的值就是 null。

如果调换一下 .filter(n -> n < 4) 和 .take(3) 的顺序，那就变成了先取出 3 个数，再过滤出小于 4 的，前 3 个数是 5、4、3，小于 4 的就只有 3，输出就变成了下面这样（所以，请注意各种操作的顺序）。

```
19:56:10.483 [main] INFO learning.spring.customer.OrderGenerator - onNext: 3
19:56:10.484 [main] INFO learning.spring.customer.OrderGenerator - onEach: onNext, 3
```

```
19:56:10.485 [main] INFO learning.spring.customer.OrderGenerator - Subscribe: 9
19:56:10.485 [main] INFO learning.spring.customer.OrderGenerator - Complete!
19:56:10.486 [main] INFO learning.spring.customer.OrderGenerator - onEach: onComplete, null
```

如果我们去掉最后那句 `.subscribe(n -> log.info("Subscribe: {}", n))`，重新执行这段代码，会发现什么都没有发生。

> **请注意** 在使用了 Project Reactor 的代码中，只有先订阅，生产者上的各种操作才会被真正执行。官方文档中称其为 "Nothing happens until you subscribe"。

2. 线程调度

在前面例子的输出中，我们看到的 `main` 是线程名，它是当前执行的线程。其实 Project Reactor 里的 `Mono` 和 `Flux` 可以在主线程外的地方执行，也不一定是调用 `subscribe()` 的那个线程。具体执行的线程是由框架中的 `Scheduler` 来调度的，通过 `Schedulers` 类中的静态方法，我们可以指定想要使用的执行上下文，如表 11-14 所示。

表 11-14 Schedulers 类中的静态方法

方　　法	说　　明
Schedulers.immediate()	直接在当前线程中执行
Schedulers.single()	在一个单独的线程中执行，这个线程是大家共用的
Schedulers.newSingle()	在一个单独的线程中执行，每次调用都会使用一个新的线程
Schedulers.elastic()	在一个可伸缩的线程池中执行，工作线程会按需创建，一段时间不用（默认 60 秒）会被回收，但必须注意线程池中的线程数是没有上限的
Schedulers.boundedElastic()	与 Schedulers.elastic() 类似，区别在于这里的线程数是有限的，默认是 CPU 核数的 10 倍
Schedulers.parallel()	在一个固定的线程池中执行，线程池的线程数就是 CPU 核数
Schedulers.fromExecutorService()	可以指定一个 ExecutorService，在这个 ExecutorService 中执行

可以通过 `publishOn()` 和 `subscribeOn()` 方法来切换执行的上下文，其中 `publishOn()` 的位置很有讲究，`subscribeOn()` 则放在哪里都可以。我们把前面的例子稍作修改，增加两处 `publishOn()`，让它跑在其他线程里，看看会有何不同。[①]

```
Flux.just(5, 4, 3, 2, 1, 0)
    .filter(n -> n < 4)
    .take(3)
    .publishOn(Schedulers.single())
    .doOnNext(n -> log.info("onNext: {}", n))
    .doOnComplete(() -> log.info("Complete!"))
    .doOnEach(n -> log.info("onEach: {}, {}", n.getType(), n.get()))
    .map(n -> n * n)
```

---

① 代码的最后加了一句 `Thread.sleep(1000)`，因为订阅发生在别的线程里，我们希望主线程可以等待其他操作执行完毕。除了这里用到的 `sleep()`，也可以考虑用 `CountDownLatch`，每消费一个数据计数器减 1，另外还有很多其他的方法都能够实现同样的效果。

```
    .publishOn(Schedulers.parallel())
    .map(n -> n - 1)
    .subscribe(n -> log.info("Subscribe: {}", n));
Thread.sleep(1000);
```

上面的代码输出如下。可以看到 publishOn(Schedulers.single()) 影响了 doOnNext()、doOnComplete 和 doOnEach() 的执行，这三个方法都跑在 single-1 线程里；publishOn(Schedulers.parallel()) 则影响了 subscribe()，它跑在 parallel-1 线程里。

```
21:05:03.947 [single-1] INFO learning.spring.customer.OrderGenerator - onNext: 3
21:05:03.949 [single-1] INFO learning.spring.customer.OrderGenerator - onEach: onNext, 3
21:05:03.950 [single-1] INFO learning.spring.customer.OrderGenerator - onNext: 2
21:05:03.950 [single-1] INFO learning.spring.customer.OrderGenerator - onEach: onNext, 2
21:05:03.950 [parallel-1] INFO learning.spring.customer.OrderGenerator - Subscribe: 8
21:05:03.950 [single-1] INFO learning.spring.customer.OrderGenerator - onNext: 1
21:05:03.950 [parallel-1] INFO learning.spring.customer.OrderGenerator - Subscribe: 3
21:05:03.950 [single-1] INFO learning.spring.customer.OrderGenerator - onEach: onNext, 1
21:05:03.950 [single-1] INFO learning.spring.customer.OrderGenerator - Complete!
21:05:03.950 [parallel-1] INFO learning.spring.customer.OrderGenerator - Subscribe: 0
21:05:03.951 [single-1] INFO learning.spring.customer.OrderGenerator - onEach: onComplete, null
```

其实，第一个 map() 也是在 single-1 线程中执行的，第二个 map() 是在 parallel-1 线程里。我们可以通过在 map() 的 Lambda 中增加日志来加以验证，这个验证就交给各位自己动手了。通过这个例子可以看到，publishOn() 会影响它后面代码执行的上下文，直到遇到下一个 publishOn()。

3. 错误处理

日常开发工作中，一定会遇到需要处理异常的情况。在 "传统" 的代码中，我们习惯了用 try-catch 代码块来捕获异常并加以处理，那在响应式的代码里又该如何处理异常呢？每个步骤传入的 Lambda 里都套个 try-catch 一点儿都不优雅，那 Project Reactor 又是怎么做的呢？

在 subscribe() 方法中，除了正常的消费逻辑，我们还可以传入 Consumer<? super Throwable> 类型的消费者去处理抛出的异常。例如下面的代码就会遇到除数为 0 的异常：

```
Flux.just(2, 1, 0, -1, -2)
    .map(n -> 10 / n)
    .subscribe(n -> log.info("num={}", n),
        e -> log.error("Exception occurred: {}", e.getMessage()));
```

运行的结果如下。当处理到 0 的时候 map() 报错了，后面的 -1 和 -2 并未得到处理。

```
22:21:28.669 [main] INFO learning.spring.customer.OrderGenerator - num=5
22:21:28.670 [main] INFO learning.spring.customer.OrderGenerator - num=10
22:21:28.674 [main] ERROR learning.spring.customer.OrderGenerator - Exception occurred: / by zero
```

把所有异常处理逻辑都写在一个地方必然可行，但还是不够优雅。如果我们希望在报错后能执行降级方案，用其他值代替结果，希望继续处理后续的内容，希望根据异常类型进行有针对性的处理，或者就是简单再重试一下，又该怎么办？表 11-15 中就是 Project Reactor 给出的解决方案，通过这些方法可以满足刚才的诉求。

表 11-15 一些有用的异常处理方法

方　　法	说　　明
onErrorReturn()	捕获异常，返回一个默认值。可以直接返回，也可以根据异常类型返回，或者根据 Predicate 来过滤异常
onErrorResume()	捕获异常，执行一段降级的逻辑，返回另一个 Publisher；同 onErrorReturn() 一样，也可以过滤异常
onErrorContinue()	捕获异常，执行一段逻辑，随后继续处理后续的内容
doOnError()	继续抛出异常，但可以获取到异常信息，以便打印日志或做些其他的处理
doFinally()	类似 try-catch-finally 代码块中的 finally 关键字，其中的逻辑在生产者的序列结束或者取消时会得到执行
retry()	重试指定次数

如果用 onErrorContinue() 来改写一下，可以在除以 0 报错后继续处理后续的 -1 和 -2，代码会是下面这样的：

```
Flux.just(2, 1, 0, -1, -2)
    .map(n -> 10 / n)
    .onErrorContinue((throwable, o) -> log.info("o = {}", o))
    .subscribe(n -> log.info("num={}", n));
```

代码的输出如下：

```
22:40:08.472 [main] INFO learning.spring.customer.OrderGenerator - num=5
22:40:08.473 [main] INFO learning.spring.customer.OrderGenerator - num=10
22:40:08.476 [main] INFO learning.spring.customer.OrderGenerator - o = 0
22:40:08.476 [main] INFO learning.spring.customer.OrderGenerator - num=-10
22:40:08.476 [main] INFO learning.spring.customer.OrderGenerator - num=-5
```

4. 背压

在处理流的时候，下游通常是被动地接受上游发来的内容，但总会出现上游的生产速度远大于下游消费速度的情况，这时该怎么办呢？对于不重要的内容，一般会想到的是直接抛弃，不做处理；那些不能抛弃的，如果可以告诉上游发慢点，让上游先缓一下就好了——**背压**（backpressure，也有叫回压的）就是这种向上游传递信号的机制。

在上面看到的各种例子里，我们都使用 subscribe() 方法，默认它会请求 Long.MAX_VALUE 个数据回来，这就相当于照单全收。但我们可以通过一些方法来控制请求的数量，例如，buffer() 将数据先缓存一下，这时单个数据会变成集合，订阅者拿到的其实是集合；limitRequest() 能限制实际请求的数据数量；limitRate() 能将请求数按指定大小分批取回。比如下面这个例子，我们通过 doOnRequest() 打印出了每次请求希望获取的数据量。

```
Flux.just(2, 1, 0, -1, -2)
    .doOnRequest(r -> log.info("onRequest1={}", r))
    .buffer(2)
    .doOnRequest(r -> log.info("onRequest2={}", r))
    .limitRequest(2)
    .doOnRequest(r -> log.info("onRequest3={}", r))
    .subscribe(n -> log.info("num={}", n));
```

它的输出如下。subscribe() 想要 Long.MAX_VALUE 个数据，而 limitRequest(2) 限制了取回两个缓存的内容，每个缓存大小是 2，所以拿了 4 个数。

```
23:22:28.157 [main] INFO learning.spring.customer.OrderGenerator - onRequest3=9223372036854775807
23:22:28.158 [main] INFO learning.spring.customer.OrderGenerator - onRequest2=2
23:22:28.158 [main] INFO learning.spring.customer.OrderGenerator - onRequest1=4
23:22:28.159 [main] INFO learning.spring.customer.OrderGenerator - num=[2, 1]
23:22:28.159 [main] INFO learning.spring.customer.OrderGenerator - num=[0, -1]
```

如果把 limitRequest(2) 改为 limitRate(2)，那么输出就变成下面这样，所有的数最终都能被取回来。

```
23:24:05.680 [main] INFO learning.spring.customer.OrderGenerator - onRequest3=9223372036854775807
23:24:05.681 [main] INFO learning.spring.customer.OrderGenerator - onRequest2=2
23:24:05.681 [main] INFO learning.spring.customer.OrderGenerator - onRequest1=4
23:24:05.682 [main] INFO learning.spring.customer.OrderGenerator - num=[2, 1]
23:24:05.682 [main] INFO learning.spring.customer.OrderGenerator - num=[0, -1]
23:24:05.682 [main] INFO learning.spring.customer.OrderGenerator - onRequest2=2
23:24:05.682 [main] INFO learning.spring.customer.OrderGenerator - onRequest1=4
23:24:05.682 [main] INFO learning.spring.customer.OrderGenerator - num=[-2]
```

由于不是所有上游都能支持背压信号，有些生产者是有订阅才开始生产，而有些是无论是否有订阅都会生产数据。所以很多情况下，还是只能靠抛弃，最多自己这里稍微缓存一些，剩下的再抛弃。不管怎么样，背压还是给了我们一些应对上下游速率不匹配的手段。

11.4.2　使用 WebFlux 代替 WebMVC

从 Spring Framework 5.0 开始，Spring 团队引入了一套新的响应式 Web 框架——WebFlux。可以说，WebFlux 是以"一等公民"的身份出现在 Spring Framework 中的，和行走江湖多年的 Spring MVC 平起平坐。这是一套完全非阻塞的 Web 框架，不依赖 Servlet 容器。虽然 Servlet 3.1 对非阻塞 IO 也有一定的支持，但在使用时多少有些别扭。

WebFlux 虽然在底层使用了完全不同的机制，但在使用上还是兼顾了不少 WebMVC 的习惯，例如可以使用相似的注解（也可以编写函数式端点），运行在相同的服务器上，不仅有服务端的支持，还提供了强大的客户端。比起直接使用 Servlet 3.1 开发非阻塞的 Web 服务，使用 WebFlux 显然能获得更好的开发体验。

如果使用 Spring Boot，可以在 Spring Initializr 中选择 Spring Reactive Web，也可以直接在 pom.xml 中添加如下依赖：

```xml
<dependency>
    <groupId>org.springframework.boot</groupId>
    <artifactId>spring-boot-starter-webflux</artifactId>
</dependency>
```

随后，自动配置类 WebFluxAutoConfiguration 会创建一些必要的 Bean，例如 Spring Boot 内置的 WebFluxConfigurer 和 DelegatingWebFluxConfiguration，通过它们来配置 FormattingConversionService、RequestMappingHandlerAdapter 等内容。DelegatingWebFluxConfiguration 会自动收集上下文中的 WebFluxConfigurer，运用其中的配置。如果我们希望做些自定义的配置，可以考虑定义一个自己的

WebFluxConfigurer 实现类。

　　Spring Boot 默认使用 Netty 来运行 WebFlux 的程序，它提供了 4 种不同的服务器支持，具体如表 11-16 所示。只需排除 spring-boot-starter-reactor-netty，随后引入表中的起步依赖，就能完成服务器的替换。

表 11-16　支持 WebFlux 的 Spring Boot 内置服务器起步依赖

服　务　器	依　　赖
Reactor Netty	org.springframework.boot:spring-boot-starter-reactor-netty
Tomcat	org.springframework.boot:spring-boot-starter-tomcat
Jetty	org.springframework.boot:spring-boot-starter-jetty
Undertow	org.springframework.boot:spring-boot-starter-undertow

　　ReactiveWebServerFactoryConfiguration 提供了相应服务器的自动配置，通过 @Import 导入了具体的配置，例如 Tomcat 的配置放在 ReactiveWebServerFactoryConfiguration.EmbeddedTomcat 里，Jetty 的是 ReactiveWebServerFactoryConfiguration.EmbeddedJetty。这些配置类的作用就是创建不同服务器的 ReactiveWebServerFactory Bean，通过它来获得 WebServer。 表 11-17 罗列了不同服务器对应的 ReactiveWebServerFactory 类和相应的定制器接口，我们可以通过在上下文里配置这些 XxxCustomizer Bean 来实现内嵌服务器的定制，例如，Spring Boot 的 ReactiveWebServerFactoryCustomizer 就是根据 ServerProperties 配置内嵌服务器的，用的是 server.* 的配置。

表 11-17　Spring Boot 中不同内嵌服务器对应的类和接口

服务器	ReactiveWebServerFactory 实现类	定制器接口
Reactor Netty	NettyReactiveWebServerFactory	NettyServerCustomizer
Tomcat	TomcatReactiveWebServerFactory	TomcatConnectorCustomizer、TomcatContextCustomizer 和 TomcatProtocolHandlerCustomizer
Jetty	JettyReactiveWebServerFactory	JettyServerCustomizer
Undertow	UndertowReactiveWebServerFactory	UndertowBuilderCustomizer

　　说了这么多，其实在实践中需要做的事情基本就是引入起步依赖，剩下的交给自动配置就好了。下面这样的 pom.xml 就完成了适用于 WebFlux 的 Tomcat 的配置。

```xml
<dependency>
    <groupId>org.springframework.boot</groupId>
    <artifactId>spring-boot-starter-webflux</artifactId>
    <exclusions>
        <exclusion>
            <groupId>org.springframework.boot</groupId>
            <artifactId>spring-boot-starter-reactor-netty</artifactId>
        </exclusion>
    </exclusions>
</dependency>

<dependency>
    <groupId>org.springframework.boot</groupId>
    <artifactId>spring-boot-starter-tomcat</artifactId>
</dependency>
```

1. 编写基于注解的控制器

Spring WebFlux 中可以使用与 Spring MVC 一样的注解来开发 Web 控制器，从开发的角度来看，只是用 Flux 和 Mono 作为返回对象，其他基本没有什么差异。

我们以 10.4 节最后开发的那个 JWT 认证客户端为基础，改造一下 Customer 工程。原来的程序比较简单，完全是自动的，运行结束自动退出，灵活性差了一些。假设我们现在希望由人来触发一些操作。以加载菜单为例，原来用的是 MenuRunner 类，现在可以把它删了，直接调用 REST 服务，取回结果并打印日志。怎么实现呢？可以用 WebFlux 编写一个 Web 控制器，其余操作不变，Web 控制器的代码如代码示例 11-18 所示。①

代码示例 11-18　基于 WebFlux 的 Web 控制器 MenuController

```java
@RestController
@RequestMapping("/menu")
public class MenuController {
    @Autowired
    private MenuService menuService;

    @GetMapping
    public Flux<MenuItem> getAllMenu() {
        return menuService.getAllMenu();
    }

    @GetMapping(path = "/{id}")
    public Mono<MenuItem> getById(@PathVariable Long id) {
        if (id == null) {
            return Mono.empty();
        }
        return menuService.getById(id);
    }
}
```

上面的代码中，我们将获取菜单的操作封装进了 MenuService 中，控制器的方法直接返回 Project Reactor 的 Flux 和 Mono 类型对象。MenuService 直接沿用了 MenuRunner 中的部分代码，具体如代码示例 11-19 所示。这里的 RestTemplate 操作是阻塞的（我们会在本节后续的内容中介绍响应式的 Web 客户端 WebClient，此处先继续使用 RestTemplate）。

代码示例 11-19　封装了 RestTemplate 操作的 MenuService 类

```java
@Service
public class MenuService {
    @Autowired
    private RestTemplate restTemplate;
    @Value("${binarytea.url}")
    private String binarytea;

    public Flux<MenuItem> getAllMenu() {
        ParameterizedTypeReference<List<MenuItem>> typeReference =
            new ParameterizedTypeReference<List<MenuItem>>() {
            };
```

---

① 这部分的代码示例都在第 11 章的 customer-reactor 中。

```
        URI uri = UriComponentsBuilder.fromUriString(binarytea + "/menu").build().toUri();
        RequestEntity<Void> request = RequestEntity.get(uri).accept(MediaType.APPLICATION_JSON).build();
        ResponseEntity<List<MenuItem>> response = restTemplate.exchange(request, typeReference);
        return Flux.fromIterable(response.getBody());
    }

    public Mono<MenuItem> getById(Long id) {
        MenuItem item = restTemplate.getForObject(binarytea + "/menu/{id}", MenuItem.class, id);
        return item != null ? Mono.just(item) : Mono.empty();
    }
}
```

由于我们使用了响应式 Web 技术栈，Spring Boot 的一些自动配置类会直接失效，例如 RestTemp-lateAutoConfiguration 和 HttpMessageConvertersAutoConfiguration，上面都加了 @Conditional(NotReac-tiveWebApplicationCondition.class)，所以需要我们自己来处理一些 RestTemplate 和 HttpMessage-Converter 相关的初始化工作。为此，我们需要再调整一下 CustomerApplication 类里的配置代码，如代码示例 11-20 所示。首先，注释掉 SpringApplicationBuilder 上禁用 Web 功能的代码，开启 Web 功能；然后，调整 RestTemplate 的创建代码，原先通过参数获取自动配置的 RestTemplateBuilder，现在只能自己用 new 创建一个，再配置两个 HttpMessageConverter，尤其是 Jackson2 的那个，一定要用 Spring 容器中的 ObjectMapper，否则无法利用 Spring Boot 自动配置的各种 Module。

代码示例 11-20　针对 WebFlux 调整过的 CustomerApplication

```
@SpringBootApplication
@Slf4j
public class CustomerApplication {
    public static void main(String[] args) {
        new SpringApplicationBuilder()
            .sources(CustomerApplication.class)
            //.web(WebApplicationType.NONE)
            .run(args);
    }

    @Bean
    public RestTemplate restTemplate(ObjectProvider<ObjectMapper> objectMapper) {
        return new RestTemplateBuilder()
            .additionalMessageConverters(new StringHttpMessageConverter(),
                new MappingJackson2HttpMessageConverter(objectMapper.getIfAvailable()))
            .requestFactory(this::requestFactory)
            .setConnectTimeout(Duration.ofSeconds(1)) // 连接超时
            .setReadTimeout(Duration.ofSeconds(5)) // 读取超时
            .additionalRequestCustomizers(jwtClientHttpRequestInitializer())
            .build();
    }
    // 省略其他代码
}
```

在运行 CustomerApplication 前，先在本地的 8080 端口启动一个 BinaryteaApplication，11.1 节中的那个 binarytea-controller-advice 就可以。随后调整一下 Customer 项目的 application.properties，增加 server.port=8081，指定启动在 8081 端口上，避免冲突。最后启动 CustomerApplication，通过访问 http://localhost:8081/menu 和 http://localhost:8081/menu/1 触发远程调用。

茶歇时间：为什么 Project Reactor 和 WebFlux 还没成为主流

既然响应式编程在资源利用方面表现这么好，只要很少的资源就能支持大流量，那为什么我们不把所有代码都用响应式编程框架重写一遍呢？自从 Spring Framework 5.0 发布 WebFlux，我身边似乎并没有太大的反应，也没看到什么系统从 Spring MVC 迁移到 WebFlux，这又是为什么呢？

关键还是我们在 11.4 节开头说的，响应式编程并不是银弹，不能解决所有的问题，它也有自己适用的场景。更重要的一点，将系统完全改为响应式的也是有成本的。如果只将 Web 层改为响应式的，底层的所有操作还是阻塞式的调用，那只能将这些调用放到另外的线程池里，这种为了响应式而响应式的做法并不能带来太多的好处。例如，大部分主流的数据库目前还没有响应式的 JDBC 驱动，Spring 官方的 R2DBC（Reactive Relational Database Connectivity）项目[①] 现在只支持 H2、PostgreSQL 和 SQL Server 等少数数据库，有些类型的数据库驱动还不是官方支持的。

另一方面，响应式编程和命令式编程的理解难度不在一个层面上。相对而言，前者学习曲线陡峭、学习成本高。对于大部分系统来说，如果只是处理业务逻辑，那么按指令步骤描述复杂的业务逻辑也许会更易于理解。

所以，如果我们面对如下的情况，建议在是否迁移到 Project Reactor 和 WebFlux 的问题上三思而后行：

- □ 如果现有的系统运行很正常，是基于传统的 Spring MVC 的技术栈，是命令式风格的，那不建议迁移；
- □ 如果需要进行的各种操作中有很多指令还不是响应式的，例如要使用 Oracle，那不建议迁移；
- □ 如果团队具有一定的规模，大家的技术水平层次不齐，那不建议迁移。

比较理想的方式是小步快跑，先拿几个小系统或者小功能做些尝试。如果只是做一下请求处理和转发，可以尝试本节后面讲到的 WebClient，用它代替 RestTemplate，先体验一下，觉得适应了之后，再做后续的打算。

2. 编写简单的 WebHandler

除了使用注解的方式，Spring WebFlux 还提供了另一种截然不同的方式：我们可以通过编写路由函数和处理器来实现相同的功能。对于不太复杂的逻辑，使用 Lambda 表达式就够了；而对于相对复杂的逻辑，则可以封装在单独的处理器类里。

先来看看简单的场景，直接在带有 @Configuration 的配置类中编写 RouterFunction 路由函数，将它作为 Bean 配置在 Spring 容器中，表 11-18 列举了开发路由函数时一定会用到的几个接口。[②]

[①] Spring Data R2DBC 是 Spring Data 的一个子项目。

[②] 这里提到的很多接口（例如 RouterFunctions 和 RequestPredicates）里都包含有大量的静态方法，表中只是列举了很小一部分，具体可以查看对应代码和文档来进一步了解。

表 11-18　开发路由函数时常用的接口

接　　口	说　　明
RouterFunction	可以将请求路由到一系列请求处理函数上。在实际开发时，通常会用 RouterFunctions 中的静态方法，例如 route() 和 resources()，在 route() 返回的 Builder 中有 GET()、POST() 之类的方法，能快速编写路由函数
HandlerFunction	实际处理请求的函数，一般直接用 Lambda 表达式来实现
RequestPredicate	用来判断请求是否符合路由条件。在实际开发时，通常会用 RequestPredicates 中的静态方法，例如 methods()、accept() 和 queryParam()，分别用来判断请求的 HTTP 方法、Accept 头和查询参数是否符合条件
ServerRequest	代表一个服务端收到的请求，包含了 HTTP 头和正文信息，HandlerFunction 会处理这个请求。其中的 body()、bodyToMono() 和 bodyToFlux() 可以获取请求正文，formData() 直接获取 POST 提交的表单，multipartData() 获取上传的文件
ServerResponse	代表一个服务端返还给客户端的应答。可以通过其中的 ok()、created() 等方法创建特定响应码的应答

如果现在希望在 /order 接收 GET 请求，触发查询所有订单，可以编写一段类似代码示例 11-21 那样的代码。通过 RouterFunctions.route().GET() 方法，我们创建了一个处理 /order 的 GET 请求的函数，要求带有 Accept: application/json 请求头，函数直接返回 200 OK 的应答，应答正文是 OrderService.getAllOrders() 返回的 Flux<Order>。

代码示例 11-21　处理 /order 的 GET 请求的函数

```java
@Configuration
public class OrderRouterConfig {
    @Autowired
    private OrderService orderService;

    @Bean
    public RouterFunction<?> orderRouter() {
        return route()
            .GET("/order",
                RequestPredicates.accept(MediaType.APPLICATION_JSON),
                request -> ok().body(orderService.getAllOrders(), Order.class))
            .build();
    }
    // 省略其他代码
}
```

OrderService 与前面的 MenuService 作用类似，封装了一些 RestTemplate 的操作，后续会被替换为 WebClient。这里的 getAllOrders() 方法如代码示例 11-22 所示。具体说来，通过 RestTemplate.exchange() 取回所有的订单，随后将 List<Order> 转换为 Flux<Order> 返回。

代码示例 11-22　OrderService.getAllOrders() 方法的实现

```java
@Service
@Slf4j
public class OrderService {
    @Value("${binarytea.url}")
    private String binarytea;
    @Autowired
    private RestTemplate restTemplate;
```

```
public Flux<Order> getAllOrders() {
    ParameterizedTypeReference<List<Order>> typeReference =
            new ParameterizedTypeReference<>() {};
    RequestEntity<Void> request = RequestEntity.get(URI.create(binarytea + "/order"))
            .accept(MediaType.APPLICATION_JSON).build();
    ResponseEntity<List<Order>> response = restTemplate.exchange(request, typeReference);
    if (response.getStatusCode().is2xxSuccessful()) {
        return Flux.fromIterable(response.getBody());
    }
    return Flux.empty();
}
// 省略其他代码
}
```

如果请求的处理逻辑较为复杂，Lambda 表达式写起来很繁琐的话，可以将逻辑剥离到单独的类里：处理方法接收 ServerRequest 参数，返回 Mono<ServerResponse> 即可。我们以创建订单的请求为例，接收 POST 请求，其中包含订单里的具体条目，将请求处理逻辑放到单独的 OrderHandler 类中，具体如代码示例 11-23 所示。

代码示例 11-23　负责创建订单的 OrderHandler 和 OrderRequest

```
@Getter
@Setter
public class OrderRequest {
    private List<String> items;
}

public class OrderHandler {
    @Autowired
    private OrderService orderService;

    public Mono<ServerResponse> createNewOrder(ServerRequest request) {
        Mono<OrderRequest> orderRequest = request.bodyToMono(OrderRequest.class);
        Mono<Order> order = orderService.createOrder(orderRequest);
        return ServerResponse.ok().contentType(MediaType.APPLICATION_JSON).body(order, Order.class);
    }
}
```

具体创建订单的逻辑封装到了 OrderService.createOrder() 方法里，如代码示例 11-24 所示。createOrder() 先将 Mono<OrderRequest> 转换为 NewOrderForm，随后发送 POST 请求将表单提交给服务端，再过滤应答，如果是返回 2xx 状态码代表成功应答，此时再将正文的订单信息转换为 Mono<Order>。其中用到的折扣信息可以用 binarytea.order.discount 配置项的形式配在 application.properties 里。

代码示例 11-24　OrderService.createOrder() 方法的实现

```
@Service
@Slf4j
public class OrderService {
    @Value("${binarytea.order.discount:100}")
    private int discount;
    @Value("${binarytea.url}")
    private String binarytea;
    @Autowired
    private RestTemplate restTemplate;
```

```
public Mono<Order> createOrder(Mono<OrderRequest> orderRequest) {
    return orderRequest
            .map(r -> NewOrderForm.builder().itemIdList(r.getItems()).discount(discount).build())
            .map(f -> restTemplate.postForEntity(binarytea + "/order", f, Order.class))
            .filter(e -> e.getStatusCode().is2xxSuccessful())
            .map(e -> e.getBody())
            .log();
}
// 省略其他代码
}
```

最后，还需要调整一下 OrderRouterConfig，让 orderRouter() 知道如何处理这个 POST 请求，代码示例 11-25 是修改后的配置，主要是加了一行 .POST("/order", orderHandler()::createNewOrder)，告诉 RouterFunction.Builder，发给 /order 的 POST 请求都转给 OrderHandler.createNewOrder()。

代码示例 11-25　增加了 POST 请求路由的 OrderRouterConfig

```
@Configuration
public class OrderRouterConfig {
    @Autowired
    private OrderService orderService;

    @Bean
    public RouterFunction<?> orderRouter() {
        return route()
                .GET("/order",
                    RequestPredicates.accept(MediaType.APPLICATION_JSON),
                    request -> ok().body(orderService.getAllOrders(), Order.class))
                .POST("/order", orderHandler()::createNewOrder)
                .build();
    }

    @Bean
    public OrderHandler orderHandler() {
        return new OrderHandler();
    }
}
```

11.4.3　通过 WebClient 访问 Web 资源

在 Spring Framework 5.0 之前，推荐使用 RestTemplate 发起各种 Web 请求，其中封装了各类常用的 HTTP 操作，我们在本书之前的章节里也大量使用了这个类。从 5.0 版本开始，官方在添加了 WebFlux 之后，也同时提供了与之配套的响应式 Web 客户端——WebClient，并且推荐无论是否使用 WebFlux，是否使用响应式编程风格，都使用 WebClient 来发起 HTTP 操作。

官方的说法是 RestTemplate 后续只做基本的维护，不会再有大的升级。但从目前的情况来看，RestTemplate 和 WebClient 在功能上并没有太大的区别，主要的差异是前者是阻塞式的，后者是响应式的。但是由于 WebClient 是在 spring-webflux 包里的，如果不引入这个依赖就无法使用 WebClient，试问一个主要使用 Spring MVC 的系统，为什么要引入 WebFlux 的依赖呢？因此，个人还是建议仅在使用响应式编程风格的系统中使用新的 WebClient 客户端。

在本节的最后一部分里，我们来一起了解一下如何使用 WebClient。

1. 基本使用

WebClient 本身是一个接口，实际使用的是 DefaultWebClient，Spring Framework 为我们提供了两种创建 WebClient 的方法。

- ❑ WebClient.create() 方法，通过不带任何参数的 create() 方法可以创建一个默认的 WebClient 实现，如果传入 baseUrl（例如 http://localhost:8080），则返回的实现会有默认的 URL 前缀，在发起请求时只需要给出 URL 的后半部分就可以了（例如给定 /menu，实际的请求会拼上前缀，最终的 URL 是 http://localhost:8080/menu）。
- ❑ WebClient.Builder 构造器，通过这个构造器可以直接设置大量参数，Spring Boot 自动配置会创建一个 WebClient.Builder Bean，我们可以直接注入后调用 build() 方法创建自己的 WebClient。Spring Boot 还提供了 WebClientCustomizer 接口，可以用它完成对自动配置的 WebClient.Builder 的自定义。

在代码里，可以像下面这样创建自己的 WebClient：

```
@Bean
public WebClient webClient(WebClient.Builder builder,
@Value("${binarytea.url}") String binarytea) {
    return builder.baseUrl(binarytea).build();
}
```

在获得了 WebClient 后，就可以指定要发起的请求了，大致的请求和应答处理过程是下面这样的。

- ❑ 使用 get()、post()、put()、delete()、head() 等方法指定具体的 HTTP 请求方法，也可以用 method() 方法指定。
- ❑ 使用 uri() 指定目标 URI，使用 accept()、contentType() 等方法指定请求的相关信息。
- ❑ 使用 body() 或 bodyValue() 指定请求的正文，前者可以接受 Mono、Flux 等类型，后者直接接受现成的对象。
- ❑ retrieve() 方法执行请求并获取应答，retrieve() 方法之前都是请求相关的逻辑，之后放的就都是和应答相关的逻辑了。
- ❑ 对于应答，可以用 bodyToMono() 和 bodyToFlux() 结合具体的类信息[1]，将应答正文转换为对应的 Mono 和 Flux；也可以用 toEntity()、toEntityList() 和 toBodilessEntity() 将应答转换为 ResponseEntity。

在代码示例 11-19 中，我们写过一个与菜单相关的服务类 MenuService，其中用的是 RestTemplate，现在我们要改用 WebClient，具体如代码示例 11-26 所示。[2] 改用 WebClient 后整个 MenuController 的 WebFlux 控制器的操作就都是响应式的了，其中不带同步的阻塞部分，在返回 Mono 或 Flux 前，我们还通过 timeout() 设置了一下获取结果的超时时间。

---

[1] 如果有复杂的泛型类型需要指定，这里也可以像 RestTemplate 那样传入 ParameterizedTypeReference 来指定具体的类型。

[2] 这部分的代码都在 ch11/customer-webclient 项目里。在基础使用部分，我们还没有增加 JWT 令牌相关的功能，服务端的 binarytea 可以使用不带认证的版本，后续会增加认证的内容。另外，由于 WebClient 默认会用 Reactor Netty 作为底层的客户端实现，所以如果我们要运行程序，要先将 WebFlux 的容器从 Tomcat 容器换回默认的 Netty，讲到进阶配置时再来看如何使用其他客户端。

代码示例 11-26　使用了 WebClient 的 MenuService

```
@Service
public class MenuService {
    @Autowired
    private WebClient webClient;

    public Flux<MenuItem> getAllMenu() {
        return webClient.get().uri("/menu")
                        .accept(MediaType.APPLICATION_JSON)
                        .retrieve().bodyToFlux(MenuItem.class)
                        .timeout(Duration.ofSeconds(1));
    }

    public Mono<MenuItem> getById(Long id) {
        return webClient.get().uri("/menu/{id}", id)
                        .retrieve().bodyToMono(MenuItem.class)
                        .timeout(Duration.ofSeconds(1));
    }
}
```

HTTP 的 GET 方法没有请求正文，对于 POST 这样的请求，需要设置正文，具体如代码示例 11-27 所示，其中，通过 body(form, NewOrderForm.class) 将 NewOrdeForm 类型的对象设置为正文。除了一个具体的对象，还可以传入一个 BodyInserter，BodyInserters 抽象类里提供了好多有用的辅助方法，例如，BodyInserters.fromFormData() 可以用来传递表单数据，BodyInserters.fromMultipartData() 可以用来传递 Multipart 数据（上传文件时会用到），而 BodyInserters.fromValue() 就和直接传对象是一样的效果。

代码示例 11-27　通过 WebClient 发起 POST 请求

```
@Service
@Slf4j
public class OrderService {
    @Value("${binarytea.order.discount:100}")
    private int discount;
    @Autowired
    private WebClient webClient;

    public Mono<Order> createOrder(Mono<OrderRequest> orderRequest) {
        Mono<NewOrderForm> form = orderRequest.map(r ->
            NewOrderForm.builder().itemIdList(r.getItems())
                        .discount(discount).build());
        return webClient.post().uri("/order")
                        .body(form, NewOrderForm.class)
                        .retrieve()
                        .bodyToMono(Order.class);
    }
    // 省略其他代码
}
```

除了返回 Mono 和 Flux 用于各类非阻塞的场景，WebClient 也可以用于同步的场景，调用 block() 方法阻塞等待，取得结果后再返回，block() 里也可以传入超时时间。如代码示例 11-28 所示，这是 WaitForOpenRunner 的 isOpen() 方法，通过访问服务端来判断门店状态，由于只需要响应中的响应码，所以直接用了 toBodilessEntity() 将结果转换为没有正文的 ResponseEntity<Void>，随后 block() 等待。

代码示例 11-28　使用了 WebClient 的 WaitForOpenRunner

```
public class WaitForOpenRunner implements ApplicationRunner, ApplicationContextAware {
    private boolean isOpen() {
        try {
            ResponseEntity<Void> entity = webClient.get().uri("/menu")
                .retrieve().toBodilessEntity().block();
            return entity.getStatusCode().is2xxSuccessful();
        } catch (Exception e) {
            log.warn("应该还没开门,访问出错:{}", e);
        }
        return false;
    }
    // 省略其他代码
}
```

2. 进阶配置

RestTemplate 给我们留了很多能够进行自定义的扩展点，WebClient 作为它的后辈，自然也继承了前辈的优良传统。首先，WebClient 通过 ClientHttpConnector 封装了底层客户端，内置了对多种不同的客户端的支持，具体如表 11-19 所示。

表 11-19　内置的响应式 HTTP 客户端

客 户 端	依 赖 项	ClientHttpConnector 实现
Reactor Netty	io.projectreactor.netty:reactor-netty-http	ReactorClientHttpConnector
Jetty Reactive HttpClient	org.eclipse.jetty:jetty-reactive-httpclient	JettyClientHttpConnector
Apache HttpComponents	org.apache.httpcomponents.client5:httpclient5[①]	HttpComponentsClientHttpConnector

因为 Spring Boot 的 spring-boot-starter-webflux 默认引入了 Reactor Netty 作为容器，CLASSPATH 中有 Netty 的库，所以 ClientHttpConnectorAutoConfiguration 会自动配置 ReactorClientHttp-Connector。如果我们自己配置了一个 ClientHttpConnector 类型的 Bean，就能覆盖默认的自动配置，例如我们希望使用 Spring WebFlux 5.3 版本增加的 HttpComponents 客户端支持，就可以在 pom.xml 添加相应依赖后再像代码示例 11-29 那样配置自己的 ClientHttpConnector。

代码示例 11-29　支持 HttpComponents 的客户端 ClientHttpConnector 配置

```
@SpringBootApplication
@Slf4j
public class CustomerApplication {
    @Bean
    public ClientHttpConnector clientHttpConnector() {
        HttpAsyncClientBuilder clientBuilder = HttpAsyncClients.custom();
        clientBuilder.disableAutomaticRetries()
                .setDefaultRequestConfig(RequestConfig.custom()
                .setConnectionRequestTimeout(1, TimeUnit.SECONDS)
                .setConnectTimeout(1, TimeUnit.SECONDS).build())
                // 省略其他各种客户端相关配置,具体见源码
                .evictIdleConnections(TimeValue.ofMinutes(10));
        CloseableHttpAsyncClient client = clientBuilder.build();
```

---

① Spring Boot 的依赖里没有这一项，在项目里添加时需要自己填写版本，例如 5.0.3。另外，在运行时还需要增加 org.apache.httpcomponents.core5:httpcore5-reactive 依赖。

```
        return new HttpComponentsClientHttpConnector(client);
    }
    // 省略其他代码
}
```

在上面的代码里我们设置了默认的请求超时时间，其实，大量与底层客户端或者请求有关的配置，都可以通过配置自己的 `ClientHttpConnector` 来实现。Reactor Netty 和 Jetty Reactive HttpClient 的 `ClientHttpConnector` 配置方法与上面的类似。

在 10.5 节中，我们还为客户端增加了 JWT 令牌的认证，在 WebClient 中如果希望为每个请求都增加些通用的处理逻辑，可以增加自己的过滤器，即 `ExchangeFilterFunction` 实现。代码示例 11-30 的作用与 10.5 节中的 `JwtClientHttpRequestInitializer` 类似，为请求添加了 JWT 令牌，需要注意的是，此处建议在要修改 `ClientRequest` 时创建一个新的对象，修改后再向下传递。

代码示例 11-30 为请求头中添加 Authorization 头的 ExchangeFilterFunction 实现

```
@Slf4j
public class JwtExchangeFilterFunction implements ExchangeFilterFunction {
    @Override
    public Mono<ClientResponse> filter(ClientRequest request, ExchangeFunction next) {
        if (StringUtils.isBlank(token)) {
            initToken();
        }
        if (StringUtils.isBlank(token) ||
            request.headers().containsKey(HttpHeaders.AUTHORIZATION))          {
            return next.exchange(request);
        }
        ClientRequest filtered = ClientRequest.from(request)
            .header(HttpHeaders.AUTHORIZATION, "Bearer " + token)
            .build();
        return next.exchange(filtered);
    }
    // 省略其他代码
}
```

有了 `ExchangeFilterFunction` 后，就可以在 `WebClient.Builder` 构造 WebClient 时，使用 `filter()` 方法将我们的过滤器赋给待创建的 WebClient，如代码示例 11-31 那样。

代码示例 11-31 为 WebClient 添加过滤器

```
@SpringBootApplication
@Slf4j
public class CustomerApplication {
    @Bean
    public WebClient webClient(WebClient.Builder builder,
    @Value("${binarytea.url}") String binarytea) {
        return builder.baseUrl(binarytea)
                .filter(jwtExchangeFilterFunction(builder)).build();
    }

    @Bean
    public JwtExchangeFilterFunction jwtExchangeFilterFunction(WebClient.Builder builder) {
        return new JwtExchangeFilterFunction(builder);
    }
    // 省略其他代码
}
```

如果过滤器的逻辑比较简单，我们也完全可以考虑直接使用 Lambda 表达式在 `filter()` 方法中完成逻辑的开发，或者直接使用 `ExchangeFilterFunctions` 抽象类里提供的常用过滤器实现，例如 `ExchangeFilterFunctions.basicAuthentication()` 就可以实现通用的 HTTP Basic 认证。

11.5　小结

本章我们具体了解了如何在 Web 项目中通过 `HandlerInterceptor` 实现类似 AOP 的操作，如何通过 `@ExceptionHandler` 处理请求异常，如何定制 Web 容器的各种细节，如何支持 HTTPS 和 HTTP/2。还从宏观层面上讨论了分布式 Session 的几种实现方式，并使用 Spring Session 简单实现了基于 RDBMS 和 Redis 的分布式 Session。最后还一起看了看 Spring Framework 5.0 新加的响应式 Web 框架 WebFlux，以及对应客户端 `WebClient` 的用法。Spring WebMVC 和 WebFlux 是两套完全并行的 Web 框架，大家可以根据实际情况选择合适的框架。

从下一章开始，我们将翻开一个全新的篇章，学习如何使用 Spring 提供的各种组件，开发稳定高可用的微服务系统。

二进制奶茶店项目开发小结

到目前为止，我们的二进制奶茶店已经有了一个 Web 管理的界面，店员可以在界面上直接为顾客下单。界面虽然简陋，但功能却是完整的，甚至还包含了一整套基于角色的权限管理体系。

为了提升整个奶茶店系统的性能、稳定性和安全性，我们对系统运行的容器进行了一轮调整，还增加了常见攻击方式的防御措施，选择性开启了 HTTPS 与 HTTP/2 的支持。如果后续系统做大了，可以把二进制奶茶店的系统从单机变为一个集群，而分布式 Session 的问题，我们已经通过 Spring Session 解决了（如果真的变成一个集群，记得把数据库从内存中存储数据的 H2 换成独立的 MySQL）。

对于顾客使用的客户端，原先的客户端只能做固定的几件事；现在我们也为客户端增加了一些可人工介入操作的接口，比如人为模拟顾客查看菜单和下单等操作。

第四部分

使用 Spring
开发微服务

第 12 章

微服务与云原生应用

本章内容
- ❑ 微服务的基本概念
- ❑ RESTful 风格微服务的设计思路
- ❑ 云原生应用的基本概念
- ❑ 云原生时代下的十二要素应用

早期的应用大多是单体（monolithic）应用，所有的功能都集中在一个庞大的应用中，为了支撑这么一个"庞然大物"，有时甚至需要将它部署在小型机上。如果应用的某个功能容量不足，我们无法按需变更，只能对整个应用做扩容。后来 SOA（Service Oriented Architecture，面向服务的架构）的概念兴起，大家开始把大应用拆小。近几年，SOA 又进一步发展到了微服务，再加上云计算技术的广泛应用，开发一个高可用的分布式应用的成本越来越低了。在开始各种实践操作前，我们先来了解一下微服务与云原生相关的概念，随后看一下 REST 这一重要的服务设计风格。

12.1 走近微服务

在大家的日常工作中，应该或多或少已经与微服务打过一些交道了，只是自己可能没有察觉到，因为微服务的运用已经越来越常见了。那什么样的服务才能算是微服务，它又有什么特点呢？下面就让我们一起跟微服务来个"亲密接触"。

12.1.1 什么是微服务

2014 年，Martin Fowler 在一篇名为"Microservices"的博客文章中对微服务做了比较详细的介绍。按照文中的说法，微服务是一种软件设计方法，即以若干组可独立部署的服务的方式进行软件应用系统的设计，通过一组小型服务来构建整个应用系统。与之对应的就是传统的单体应用，一小一大形成了鲜明的对比。后来，Sam Newman 出版了《微服务设计》一书，书中将微服务定义为"**一些小而自治的服务**"，我们该如何理解其中的"小而自治"呢？

先来看看"小"，人们通常很容易把"微"和"小"联系在一起，微服务是小服务，那到底多小的服务才算微服务呢？在微服务的概念刚出现时，一定有不少人将其理解为"一个进程就提供一个具体的接口"，但这时就出现了一些让人理解不了的问题。例如，一个功能可能需要十几个接口协同工作才能完成，如果一个接口就要部署一组进程（为了高可用，起码要在两台服务器上分别部署），那十几个接口就要部署"茫茫多"的进程，更别提背后要管理的连接池等资源了，就算有先进的运维平台，但这样真的对吗？

也许，另一种理解可能更合理一些。微服务是一些高内聚的小接口的集合，它们聚焦于做好同一件事。例如，一个商城的系统，其中与订单相关的服务都集中在一起，包括创建订单、修改订单内容、推进订单状态等，这就是一个订单微服务系统；与会员相关的服务也集中在一个会员微服务系统里，提供的接口包括创建会员、修改会员信息等。每个接口本身的职责都比较单一，多个相关的接口在一起提供相对复杂的功能。再进一步，怎么才是小，每个人都会有自己的理解，只要自己不觉得困扰就行了。要想明白一件事，万事皆有**成本**，服务的**颗粒度**越小，组装服务和运维的成本就越高，找到一个适合自己的**平衡点**就可以了。

再来看看"自治"，我们前面说把一些高内聚的小接口集中在一起，它就是一个可独立部署的微服务系统了，可以部署为独立的进程，也可以放进 Web 容器，或者在 Kubernetes 里作为一个 Pod 运行，总之它是我们部署的**最小单元**。不同的微服务系统之间是低耦合的，各自完成自己的功能，这一点非常重要，自己的业务逻辑必须自己封装起来（有些功能的实现需要调用下游的服务，这是允许的）。系统之间通过事先约定好的 API 进行交互，API 的实现细节其他人并不关心，只要能按照契约发起调用，获得结果就行了。

最后，很多人可能会好奇，微服务与 SOA 是什么关系？两者名字里都有服务，微服务是不是SOA 的一种？ SOA 是一种架构风格，它的全称是 Service Oriented Architecture，即面向服务的架构。通常当我们在讨论 SOA 时，都会联想起运用了中心化的 ESB（企业服务总线）系统——通过 ESB 和 SOAP 等技术来实现复杂的企业级系统曾经也流行一时。事实证明，ESB 可能在很多场景下并不是一个理想的选择。SOA 中提到的服务是广义上的服务，微服务本身也是一种服务，也许微服务就是在用正确的方式落地 SOA，是做"对"了的 SOA。

12.1.2　微服务的特点

在理解了什么是微服务后，再来看看微服务架构为我们带来了什么好处，为什么微服务备受青睐。

1. 模块化

前面我们提到运用了微服务架构的系统会将大系统拆分为多个可独立部署的单元，这些单元（也就是系统中的模块）满足**高耦合、低内聚**的特点。其实，说"部署"可能并不够准确，传统的软件库也可以看作独立的模块。高德纳教授说"**过早优化是万恶之源**"，如果系统的规模没有大到要拆分为分布式系统的程度，那可以先用模块化的方式将系统拆成多个库，但仍部署在一个单元里。在通常情况下，我们所讨论的模块化指的是分布式系统，而非类库。

既然已经把系统拆成了多个可独立部署的模块，那就不用拘泥于整个系统都用同一种技术栈来实现，模块 A 用 Java 来写，模块 B 用 Go 来写都是可以的，这就实现了整个系统的异构性。放到以前，要重构一个历史悠久的遗留系统，伤筋动骨不说，风险还很高；但如果是重构其中的一个小模块，那风险就低了很多。模块小，哪怕是重写，代价都不会大到不可接受，每个部分都具备可替换性。

模块化还带来了另一个好处，即组成系统的各个模块能够与组织结构对齐。康威定律（Conway's Law）说"设计系统的架构受制于产生这些设计的组织的沟通结构"，有人将其解释为产品必然是其组织沟通结构的缩影。在微服务架构的帮助下，每个团队都会有其对应的模块，这样的对齐也许也是微服务能够流行的原因吧。

2. 扩展性

大多数系统在整个生命周期中的容量都会有波峰波谷，起先没有太多人使用，没什么性能容量的压力，但随着时间的推移，用户量逐渐增长，甚至出现了爆发式增长，这时我们就要考虑扩容。在遇到类似"双十一"这样的活动时，更要事先做好应对流量高峰的准备。如果是一个单体应用，那不管哪个功能模块的流量预期会增长，都得整体扩容，况且要启动一个大应用，本身就要耗费比较多的资源。如果将这个系统转换为微服务架构的多个子系统情况就不同了，按需对特定模块扩容就行了。

假设对于一个大的 Java 单体应用，启动一个实例需要一台 12 核 CPU、24GB 内存的虚拟机，每次扩容我们都需要准备这样规格的机器，一台标准的 PC 服务器也虚拟不了几台这样的虚拟机。换成微服务应用后，我们不需要整体扩容，只需要针对部分链路涉及的模块进行扩容即可，而每个应用可能只需要 2 核 CPU、4GB 内存的虚拟机。如果放到 Kubernetes 环境下，还可以进一步细化，分配出 1 核，乃至 0.5 核的 Pod 都是可以的。这就在很大程度上提升了整个系统的扩展性。

再者说，启动一个大应用的代价也大，不仅是占用的资源多，编译、打包、部署的时间都很长，那种"提交一行代码，开始编译后去泡杯茶，回来一看编译报错了，改一下再去溜达一圈"的事情在开发大系统时很容易遇到，启动需要几分钟到十几分钟都是很"正常"的。而小系统就不同了，因为体积小，所以每个步骤都很轻量化，甚至能够实现秒级部署，再配合容器相关的技术，降低部署的复杂度，这样就为快速弹性伸缩奠定了坚实的基础。

3. 隔离性

在系统出问题时，单体应用可谓一损俱损，设想一个 Java 系统因为某些原因内存溢出（Out Of Memory，OOM）了，那这个应用就无法正常提供服务了。哪怕是一个很边缘的功能出问题，也会影响到核心业务，这往往是不能接受的。一种解决方案是根据不同的业务独立部署不同的集群，但这样的维护成本比较高。

如果是微服务应用，情况就不一样了。一个模块出问题，只要处理得当（比如设置了合理的超时时间和服务降级），就不会造成大范围的故障，这就体现出了多模块隔离的好处。[①] 我们在后续的章节中也会聊到与服务故障处理、服务限流、降级相关的话题。

但这样的隔离性也不是免费的，由于引入了分布式系统相关的技术，随之而来的问题也必须得到重视，比如网络的问题。远程调用毕竟不是本地调用（虽然看起来很像），我们还是需要细心处理各种异常。所以说，除非确实需要，不要过早地建设分布式系统，单体应用也不是一无是处，选择**合适的架构**才是最重要的。

---

① 隔离性的好处有一部分也是模块化带来的，我们在介绍模块化时提到了软件库也是一种模块，这时的系统本质上还是一个应用，未必具有隔离性，所以单独来介绍隔离性。

12.2 RESTful 风格的微服务

在理解了什么是微服务之后，随之而来的问题就是怎么设计好的微服务。目前行业内比较主流的观点是在 Web 的大背景下，遵循 REST 架构来设计微服务是比较好的选择。本节就让我们一起来了解一下如何设计 RESTful 风格的微服务。

12.2.1 什么是 RESTful 风格的微服务

REST 一词最早出现在 2000 年，是由计算机科学家 Roy Thomas Fielding 在博士论文《架构风格与基于网络的软件架构设计》[①] 中提出的。Fielding 是 Apache HTTP 服务器的核心开发者，也是 HTTP/1.1 协议专家组的负责人。HTTP/1.1 协议于 1999 年成为 IETF 的正式规范，它是如此成功，以至于在 20 多年后的今天仍有大量网站在使用 HTTP/1.1 提供服务。Fielding 对 Web 有着深刻的理解，他在论文中系统地陈述了自己设计 HTTP/1.1 时使用的理论框架，并推导出了一种架构风格——Representational State Transfer，中文译为"表述性状态转移"，我们通常将其简称为 REST。

1. REST 基础知识

在《理解本真的 REST 架构风格》一文中，作者李锟这样写道：

> REST 是 Web 自身的架构风格。REST 也是 Web 之所以取得成功的技术架构方面因素的总结。REST 是世界上最成功的分布式应用架构风格。

这是对 REST 非常高的评价。文中还指出 REST 是所有 Web 应用都应该遵守的架构设计指导原则。需要特别说明的是，REST 不是某一项具体的技术，它是一种架构风格，用来指导系统的设计，帮助我们做出正确的选择。

REST 中有个五个关键的概念，分别是**资源、资源的表述、状态转移、统一接口**和**超文本驱动**，它们对于我们理解 REST 很重要。

资源（Resource）是一个抽象的概念，可以指服务器上的静态文件、动态请求的处理器、数据库里的表等。要识别系统中的资源，最关键的就是寻找名词，像我们之前的例子中提到的菜单、饮品和订单都是资源。资源是通过 URI 来标识的，所以资源的使用者可以通过资源的 URI 与之交互，最常见的就是用浏览器访问 Web 网站的页面。我们用 curl 命令访问 BinaryTea 的资源也是类似的。

资源的表述（Representation）表示的是资源在某个时刻的状态，同一种状态可以有多种不同的格式，例如 JSON、XML、HTML 都是常用的格式。我们可以通过 HTTP 请求头或者 URI 后的参数来指定希望的格式，也可以通过 HTTP 的内容协商机制来确定最终使用的格式，就像 9.3 节里介绍的那样。

状态转移（State Transfer）是指在服务端与客户端之间转移状态的表述，通俗点说，通过状态转移可以操作资源，我们平时做的增删改查操作其实都是状态转移。

要对资源做操作，就需要有能操作的接口。**统一接口**（Uniform Interface）能省去很多麻烦，

[①] 论文原标题为"Architectural Styles and the Design of Network-based Software Architectures"，中文版由李锟等人翻译。

HTTP/1.1 里就为资源操作定义了一套接口。我们日常就已经接触过这个统一接口了，只是自己可能不知道而已。它包含了 7 种 HTTP 方法（也叫 HTTP 动词，常用的是 GET、POST、PUT 和 DELETE，后面还会讲到其他的）、HTTP 头、HTTP 响应码、内容协商机制、缓存机制和身份认证机制。仔细回想一下，是不是基本都在书中出现过呢？

　　超文本驱动（Hypertext Driven）还有个更响亮的名称——HATEOAS，是 Hypermedia As The Engine Of Application State 的首字母简写，译为"将超媒体作为应用状态的引擎"。资源之间通过超链接相互关联，超链接不仅包含了 URI，更包含了相应的语义（通常是用 ref 来表示的），即通过这个超链接能够做什么。超媒体结合了数据内容与超链接，我们的系统通过超媒体来对外提供资源。客户端可以通过一个入口，自己发现所需的资源，该做哪些操作，只要能够理解超媒体表示的语义即可。这个理念听起来十分先进，甚至还有些"魔幻"，目前也没有太多实现这个理念的案例。

2. Richardson 成熟度模型

　　想要知道自己的系统设计在多大程度上符合 REST 架构的要求，最好能有个标准。Leonard Richardson 在分析了大量不同类型 Web 服务的设计后，于 2008 年在旧金山 QCon 的演讲[1] 中提出了一套成熟度模型，用来指导 RESTful 风格服务的落地，这就是后来为大家所熟知的 Richardson 成熟度模型（Richardson Maturity Model），如图 12-1 所示。

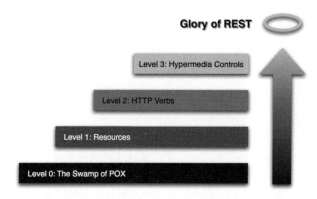

图 12-1　Richardson 成熟度模型示意图

　　Richardson 成熟度模型一共分为四个层级，从下往上分别是：

- 第 0 级，POX（Plain Old XML）的泥沼（The Swamp of POX）
- 第 1 级，资源（Resources）
- 第 2 级，HTTP 动词[2]（HTTP Verbs）
- 第 3 级，超媒体控制（Hypermedia Controls）

　　在第 0 级时，整个系统仅将 HTTP 协议作为传输层的协议，没有用到 HTTP 中的任何特性，所以请求使用同一种 HTTP 动词（一般会是 POST）发往同一个 URI。请求的报文中使用不同的内容来

---

[1] 这场演讲的标题为"Justice Will Take Us Millions Of Intricate Moves"。
[2] 因为 Richardson 成熟度模型中使用 Verb 一词，所以这里用"HTTP 动词"，本书其他地方还是用"HTTP 方法"。

区分所要进行的操作，报文的格式通常是 XML，也可以是 JSON 或其他类似形式。

到了第 1 级，情况稍有好转，至少我们开始识别资源了，这是 REST 中的重要概念，不再完全通过一个 URI 来做交互，不同的资源承担不同的交互角色。但美中不足的是第 1 级中我们还是仅使用一种 HTTP 动词，动词所代表的的语义并未发挥出来。

第 2 级就弥补了第 1 级的缺陷，不再局限在一种动词上，HTTP/1.1 定义了 7 种动词，各有各的语义，可以用在不同的场景下，具体如表 12-1 所示。表中的安全性是指这个动作是否会对资源造成影响，例如改变状态；幂等性是指对同一个资源发起多次请求的效果是否一致。

表 12-1　HTTP/1.1 中的 7 种动词

动　　词	安　全　性	幂　等　性	用　　途
GET	是	是	获取资源
POST	否	否	该方法用途广泛，可用于创建或更新一个资源，也可以同时修改多个资源
DELETE	否	是	删除资源
PUT	否	是	更新或者完全替换一个资源
HEAD	是	是	获取与 GET 一样的 HTTP 头信息，但没有响应体
OPTIONS	是	是	获取资源支持的 HTTP 动词列表
TRACE	是	是	让服务器返回其收到的 HTTP 头

早期 Web 站点后台的删除操作就是在浏览器里点击一下链接，其实就是对删除的 URI 发起了一次 GET 请求。遇到网络爬虫时，问题就来了，爬虫每访问一个地址就相当于发起了一次 GET 请求，爬着爬着就把 Web 站点里的文章都删完了。这就是对各种 HTTP 动词的误用，如果我们遵循表 12-1 中的要求，使用 DELETE 进行删除，再不济使用 POST 都会比 GET 要强。

第 3 级成熟度的要求就比较高了，相比事先知道资源的 URI，以及这个 URI 是做什么操作的，超媒体控制仅需要知道一个入口 URI，通过请求这个入口就能找到所有的资源以及后续的操作。因为无须事先约定，客户端完全根据入口 URI 的应答来推断可以执行的操作，这给双方都留下了很大的灵活性。正如前文所说，目前能真正做到超媒体驱动或者超媒体控制的系统并不多见，所以还没有公认的最佳实践，但《REST 实战》①一书中推荐大家遵循 ATOM（RFC 4287）来设计 HATEOAS 的系统。在 ATOM 中，通过 <link> 来表示超链接，其中的 uri 属性指明了目标资源的 URI，rel 属性用来描述关系类型。Spring 也提供了 Spring HATEOAS 来帮助大家实现满足第 3 级成熟度的系统，不过 Spring HATEOAS 并不在我们目前的讨论范围内，感兴趣的朋友可以自行查阅相关文档。

12.2.2　设计 RESTful 风格的微服务

在对 REST 有了个大概的认识后，下一步就该动手去设计 RESTful 风格的服务了，整个过程大概可以分为四步，下面我们逐一来分解一下。

---

① 英文书名为 *REST in Practice*，中文版由东南大学出版社于 2011 年引进出版。

1. 识别资源

之前我们反复强调在 REST 中资源是个重要的概念，因此，在设计服务时，我们的第一步就是要找出那些资源。资源通常都是名词，所以要在描述中寻找那些能被操作的领域名词，例如菜单、菜单项、订单这些都是可以拿来当作资源的领域名词。

资源可大可小，不同粒度的资源适用于不同的场景。仍旧以菜单为例，假设只是一页纸的菜单，大概率只会放菜品的名称和价格，而那种放桌上让客人慢慢翻的整本菜单，内容则会更丰富一些。对于合理地选择资源粒度，可以先从客户端的角度出发，做些权衡：

- 可缓存性，资源应该尽可能多地被缓存下来；
- 修改频率，为了更多地使用缓存，应减少资源的修改频率；
- 可变性，如果资源中的一部分内容经常变更，而另一部分则不太变更，那应该将两者分离开。

由此可见，我们在大部分情况下都在考虑通过缓存来改善客户端和服务器端的交互效率。其实，还有些更显而易见的点：越是粗粒度的资源，包含的内容就越多，网络上要传输的内容也越多，如果需要频繁交互，但每次只用其中很小的一部分，这就不太划算；但如果是个富客户端，一次交互将尽可能多的内容取回去，然后客户端自己再做处理，那么粗粒度的资源就很合适，这也是从资源对客户端的易用性角度来考虑的。

对于有相同特性的资源，可以将它们组织成集合资源，像一个整体那样来进行引用，而不用一个个获取单个资源，多个菜单项可以打包成一个菜单资源。对集合资源，可以执行分页、检索和创建新资源等操作。而对于那些有关联关系的资源，则可以考虑将它们组合起来，变成复合资源，这样订单就可以看成一个包含了菜单项、制作者等资源的复合资源。

除了领域名词，还有一种特殊的情况，比如类似计算和数据验证的任务，可以将诸如此类的处理任务也抽象为资源，例如地图服务中计算两地距离的功能。

2. 设计 URI

有了资源，接下来就该设计一个 URI 来标识资源了。URI 中除了资源名称，还可以包含很多内容。好的 URI 应该清晰明了，好读好记。下面让我们简单罗列一些设计 URI 的实践：

- 使用域及子域对资源进行合理的分组或划分；
- 在 URI 的路径部分使用 / 来表示资源之间的层次关系；
- 在 URI 的路径部分使用 , 和 ; 来表示非层次元素；
- 使用 - 和 _ 来改善长路径中名称的可读性；
- 在 URI 的查询部分使用 & 来分隔参数；
- 在 URI 中避免出现文件扩展名。

万维网联盟（World Wide Web Consortium）有一篇介绍 URI 风格的文章，它的标题是《酷的 URI 是不会改变的》（Cool URIs don't change）。可见一个好的 URI 是能"流名千古"的，为了让 URI 保持稳定，不太变动，在设计时就要考虑使用稳定的概念。即使在系统的演化过程中，系统的功能发生了变化，发布出去的 URI 也要考虑保留下来，但可以结合一些特定含义的 HTTP 响应码（有时也称 HTTP 状态码）将客户端重定向到新的 URI，例如用 `301 Moved Permanently`。表 12-2 中列举了一些常用的 HTTP 响应码，针对每个请求，我们要选择合适的响应码。

表 12-2　常用的 HTTP 响应码

响 应 码	描 述
200 OK	表示请求已处理
201 Created	表示请求已处理，并成功创建了一个资源
202 Accepted	表示请求已受理，但尚未处理
204 No Content	表示请求已处理，但是这个返回没有任何内容
301 Moved Permanently	表示所请求的资源已永久移动到新位置
302 Move Temporarily	表示所请求的资源目前临时被移动到了新位置，后续还是应该请求原 URI
304 Not Modified	用来响应带条件的 GET 请求，如果内容没有发生变化，就返回这个响应码
400 Bad Request	表示请求有问题，例如参数不正确
401 Unauthorized	表示当前请求需要进行用户认证
403 Forbidden	表示服务器接收到了请求，但拒绝执行
404 Not Found	表示服务器没有找到要请求的资源
410 Gone	表示当前访问的资源已经不再有效了
500 Internal Server Error	表示服务器遇到了意料之外的错误，通常是服务端的代码有问题
502 Bad Gateway	如果当前访问的是一个网关或者代理，这个响应码表示背后的真实服务器返回了错误的应答
503 Service Unavailable	表示服务器由于临时维护或者负载过高无法处理请求了

我们可以大概对响应码做一个划分：2XX 的响应码表示请求已处理，3XX 表示重定向，4XX 表示请求有问题，5XX 则表示服务端有问题。

3. 选择合适的 HTTP 方法

设计好了 URI，就可以发起请求了。既然找到的是那些能被操作的资源，那自然就会有对应的操作，CRUD 风格的操作就对应到了 HTTP 的 POST、GET、PUT 和 DELETE 方法，根据表 12-1 我们需要按照实际的场景选择合适的 HTTP 方法，尤其要注意对应 URI 的实现逻辑是否满足安全性和幂等性的要求。我们的二进制奶茶店里就有很多能拿来做例子的 URI 与 HTTP 方法组合，表 12-3 中列出了其中的一部分。

表 12-3　二进制奶茶店中可以用到的一些 URI 与 HTTP 方法组合

URI	HTTP 方法	说 明
/menu	GET	获取菜单信息，其中包含了多个菜单项
/menu	POST	向菜单中添加新菜单项
/menu/{id}	GET	获取特定 ID 的菜单项内容
/menu/{id}	PUT	修改特定 ID 的菜单项内容
/menu/{id}	DELETE	删除特定 ID 的菜单项

4. 设计资源的表述

如果资源的 URI 看起来比较抽象，那资源的表述就是看得见摸得着的东西了，因为服务端返回给客户端的东西就是资源的表述，它表示资源特定时刻的状态。表述分为两个部分——HTTP 头和正文。

HTTP/1.1 中定义了很多 HTTP 头，实际上我们使用的 Web 框架和 Web 容器能替我们处理大部分常用 HTTP 头，除了自定义的一些头，或者有特殊含义的头，我们并不需要自己来设置 HTTP 头，表 12-4 中是一些常用的 HTTP 头。

表 12-4　常用的 HTTP 头

HTTP 头	说　　明
Content-Type	表示表述的内容类型，例如 application/json;charset=UTF-8
Content-Length	表示内容的长度。从 HTTP/1.1 开始，可以用 Transfer-Encoding: chunked 来启用分块传输编码（chuncked transfer encoding）机制，如果用了这个头，可以不用 Content-Length
Content-Encoding	表示正文使用了压缩类型，值可以是 gzip、compress 或 deflate，客户端可以用 Accept-Encoding 头来标明自己能接受的压缩类型
Content-Language	表示内容的语言，例如 en-US 和 zh-CN
Cache-Control	控制缓存相关的属性
Last-Modified	表示服务端最后修改当前资源表述的时间戳
Etag	表示服务端对象的标签，和 If-None-Match 搭配，如果标签未发生改变，就直接返回 304 Not Modified 响应码
Location	搭配 3XX 的响应码使用，给出跳转的目标 URI
X-Forwarded-For	当服务器在负载均衡设备之后时，通过这个头来传递真实客户端的 IP

如果 HTTP/1.1 提供的 HTTP 头不能满足我们的需求，可以在 HTTP 头部增加自定义的头，这类头通常使用 X- 开头，就像上表中的 X-Forwarded-For 那样。

资源表述的正文可以用各种媒体类型（就是大家通常所说的 MIME 类型）来呈现，服务端用的哪种类型就在 Content-Type 头里写上哪种类型。表 12-5 罗列了一些常用的 MIME 类型。完整的媒体类型清单，可以到 IANA[①] 的相关页面上去查看。

表 12-5　常用的 MIME 类型

MIME 类型	说　　明
application/javascript	JavaScript 类型
application/json	JSON 类型
application/pdf	Adobe 的 PDF 类型
application/xml	XML 类型
application/x-www-form-urlencoded	做过编码转换的表单类型
multipart/form-data	分段表单数据类型
text/css	CSS 样式表类型
text/csv	CSV 类型（用逗号分隔的文本）
text/html	HTML 类型
text/plain	纯文本类型
image/png	PNG 图形类型

① IANA，全称是 Internet Assigned Numbers Authority，查看它分配的媒体类型清单可搜索"IANA Media Types"。

对于那些用文本来表示的类型，我们还要尽量避免字符编码不匹配的问题——大家花在转码问题上的时间着实不算少。在发送表述时，如果所选的媒体类型支持使用 charset 参数，那我们可以通过这个参数来指定字符编码，就像下面这样：

```
Content-Type: application/xml;charset=UTF-8
```

目前在 RESTful 风格的微服务中使用比较多的媒体类型是 application/json 和 application/xml，如果这个资源的表述是给人看的，那可以选择 text/html，二进制奶茶店的例子就是这样来实现的。至于怎么生成对应的 JSON、XML 或 HTML 内容，就交给框架来处理吧，我们在第 9 章里已经讨论过这个话题了。

最后，我们讨论一下如何表示错误。表 12-2 中的 4XX 与 5XX 响应码分别表示客户端和服务端的错误，我们需要合理地选择其中的响应码来告诉服务调用者发生了什么问题，并在正文中提供一些具体的错误描述。**切忌不分青红皂白地将所有应答都设置为 2XX 响应码，然后通过正文中的结果码来表示处理结果。**[①]

12.2.3 了解领域驱动设计

2020 年的 QCon 全球软件开发大会上海站，开设了一个微服务专场，主题是"微服务的'道'与'术'"。大多数人将自己的精力集中在微服务的实现技术上，例如怎么去做微服务的注册与发现，怎么做微服务的限流，却不怎么关心怎么更好地设计微服务——这个主题要强调的一点就是**"开发微服务，设计先行"**。

无独有偶，时钟再往前拨到 2017 年，在 ThoughtWorks 举办的第一届 DDD 中国峰会上，也有人提出了类似的观点：

> 不可否认，很多人是因为微服务才了解 DDD 的。但是当他们实际去做微服务架构的时候，会发现自己做得并不好，"就算用了微服务架构也不能解决他们的问题，反而会带来很多开发与运维上的负担"。于是他们去咨询、去找方法，最后发现其实是自己划分微服务的方法出错了，这个时候才知道人们在谈论微服务的时候，其实都没有讲到一个点：应该用 DDD 的思想去指导微服务的实践。

设计对于微服务的重要性由此可见一斑，更准确地说是 DDD（Domain-Driven Design，领域驱动设计）的重要性。DDD 一词最早是 Eric Evans 在 2003 年出版的 *Domain-Driven Design: Tackling Complexity in the Heart of Software*[②] 一书中提出的，是一种针对复杂需求的软件开发方法。DDD 将软件的实现与不断演进的核心业务概念模型连接在了一起，可以帮助我们设计出高质量的软件。

相信有不少人开发软件是以数据表为中心的，拿到需求后先想这个数据该怎么存储，然后设计几张表，剩下的就是对这几张表的增删改查操作，可谓"一顿操作猛如虎"。是时候把以数据表为中心的思想改改了，也许领域模型才是更应该关注的。按照 Eric Evans 的定义[③]，所谓**领域**，是知识、影响

---

① 这里要强调的是不能所有情况都用 2XX 响应码，正文里带结果码没什么问题。
② 中文版为《领域驱动设计：软件核心复杂性应对之道》。
③ 本节中关于 DDD 相关概念的定义大多出自 Eric Evans 的《领域驱动设计：软件核心复杂性应对之道》。

或活动的范围，例如，金融系统里的账务是一个领域，清结算是一个领域，奶茶店的相关知识也是一个领域。领域还可以被拆成多个不同的子域，其中比较重要的就是核心域。而**模型**则是指一个抽象的系统，描述了领域的某些方面，可用于解决与该领域有关的问题。

除了领域和模型，DDD 中还有不少重要的概念，表 12-6 就列举了其中的一些。

表 12-6　DDD 中的一些重要概念

概　念	说　明
通用语言	围绕领域模型建立的一种语言，有时也称为"统一语言"
限界上下文	特定模型的限界应用，通俗一点儿说就是一个有范围的语境
实体	一种对象，它不是由属性来定义的，而是通过一连串的连续事件和标识定义的
值对象	一种描述了某种特征或属性但没有概念标识的对象
存储库	一种把存储、检索和搜索行为封装起来的机制，它类似于一个对象集合
领域服务	当领域中的某些操作不是实体或值对象的职责时，就将它们放到特殊的接口里，这些接口就是领域服务

DDD 强调要让领域专家与开发人员走到一起，这样开发出的软件才能真正反映出领域专家的思想。团队所有成员都使用通用语言把团队的所有活动与软件联系起来，大家都能站在同一个维度交流，不会出现"鸡同鸭讲"的尴尬场面，这也有助于减少大家的分歧。不同的领域一般都对应了自己的限界上下文，这使团队所有成员能够明确地知道什么必须保持一致，什么必须独立开发。通常，在不同的限界上下文里会有不同的通用语言，例如，同样是货物，在商城货架上的货物，和在物流系统里流转的货物就会有不同的属性。

在工作中，很多公司都会按照不同的业务来组织团队，组织结构会与业务架构对齐，而业务架构又与系统架构对齐。这时很可能一个团队就会对应一个或多个领域，或者说限界上下文。在实际开发时，一个限界上下文很可能就是一个项目工程。如果能做到这样的一一对应，那真是幸运的。

要实施 DDD，大致可以分为下面几个步骤：
(1) 理解业务需求，根据需求初步划分领域和限界上下文，明确上下文之间的关系；
(2) 详细分析限界上下文的情况，识别出实体和值对象，明确它们的关系，找出聚合根；
(3) 为聚合根设计存储库，细化实体和值对象的各种操作方式；
(4) 在实践过程中打磨领域模型，进行验证和重构。

关于第 (2) 步，需要详细展开一下。实体和值对象有时还是比较难区分的：实体有自己的生命周期，有明确的业务含义，有自己的状态机，状态会发生变化；而值对象就没有这么多东西，它只关心值本身，并不关心值会怎么变化。聚合根本质上也是一个实体，所以我们是先找实体，再找聚合根，生命周期长的实体往往更可能是聚合根。

上面说的只是最粗、最简单的 DDD 实施步骤，DDD 博大精深，仅凭三两句话是没有办法讲透彻的。如果大家对 DDD 感兴趣的话，可以阅读一下《领域驱动设计：软件核心复杂性应对之道》《实现领域驱动设计》《领域驱动设计精粹》等经典著作。

12.3 理解云原生

以前的应用都直接部署在机房的服务器上，那些"古董级"的应用可能要占用一台小型机，谁都不想去动它。时代不同了，随着去 IOE 浪潮的兴起和云计算技术的普及，越来越多的系统被放到了云上，慢慢地就有了"云原生"（Cloud Native）。这一节就让我们来聊聊云原生应用。

12.3.1 什么是云原生应用

"云原生"的概念最早是由 Pivotal 的 Matt Stine 在 2013 年提出的。云原生并不是一项特定的技术或者框架，与微服务类似，把它看成一套思想也许更为恰当。云原生计算基金会（Cloud Native Computing Foundation，CNCF）在其官网的文档中是这么介绍云原生的：

> 云原生技术有利于各组织在公有云、私有云和混合云等新型动态环境中构建和运行可弹性扩展的应用。云原生的代表技术包括容器、服务网格、微服务、不可变基础设施和声明式 API。

> 这些技术能够构建容错性好、易于管理和便于观察的松耦合系统。结合可靠的自动化手段，云原生技术使工程师能够轻松地对系统作出频繁和可预测的重大变更。

从这段描述中，我们可以抽取出以下关键点：
- 云原生应用能部署在多种不同的云环境中，对云有良好的支持；
- 云原生应用具备一定的可扩展性、容错性和可观察性；
- 云原生应用是一套松耦合的分布式系统；
- 有大量不同的技术在支撑着云原生应用。

其中的第四点值得重点展开解释一下——云原生并没有自己去发明创造一系列的新技术，而是充分利用现有的技术，结合了大量的最佳实践。例如，云原生应用运行的云环境就可以构建在目前主流的 IaaS 和 PaaS 上[①]，与 Kubernetes 等容器技术可以无缝整合。

在主流的观点中，云原生目前有四个要素：**持续交付、DevOps、微服务和容器**。持续交付和 DevOps 更偏工作方式与文化一些，鼓励采用更敏捷的方法，让驱动团队更高效地交付有价值的产品和服务。微服务和容器则更偏架构和技术一些：微服务在 12.1 节中已经介绍过了，此处不再赘述；容器技术将运行时的差异封装在容器中，平台可以统一管理我们的应用，容器化也让我们能更高效地利用资源，实现弹性资源调度。

云原生对基础设施提出了较高的要求，不仅是底层的云平台，周边的生态也是一样。在本书中，我们后续要介绍的 Spring Cloud 就能让基于 Spring 开发的应用快速满足弹性、可伸缩、高可用等多项云原生的要求。而对非 Spring Cloud，或者是非 Java 开发的应用，就没有这样完善的设施，于是就有人提出将某些基础能力从应用的 SDK 剥离到独立的 Side Car[②] 中，其中最为知名的实现就是

---

① IaaS 是 Infrastructure as a Service 的缩写，中文是"基础设施即服务"；PaaS 是 Platform as a Service 的缩写，中文是"平台即服务"。

② Side Car，通常指摩托车旁边挂的边车，在这里指系统中独立运行的一个进程。

Envoy。目前最流行的服务网格 [1] 实现 Istio 就依赖了 Envoy。

ODCA（Open Data Center Alliance，开放数据中心联盟）2014 年发表了一篇论文 [2]，为云上的应用建立了一个成熟度模型，一共分为 4 个层级，具体见表 12-7。

表 12-7　ODCA 的云应用成熟度模型

层　　级	成　熟　度	说　　明
第 0 级	虚拟化（Virtualized）	让应用能跑在不同的虚拟机或云实例上，通过脚本或镜像完成应用的初始化。可以通过创建不可变的应用镜像（例如 Docker 镜像）来实现这一层
第 1 级	松耦合（Loosely coupled）	应用要与底层设施分离，起码要做到应用与存储的分离，例如应用系统和数据库不在一起，应用不依赖于 NAS 存储。应用各模块之间也要是松耦合的。各服务之间要通过名称来实现服务的发现
第 2 级	抽象化（Abstracted）	这一级不仅要求实现对运行环境的抽象，对相关的各种流程也要能抽象出来，例如部署、弹性扩缩容等。为此，服务必须是无状态的，还要求应用能够容忍所依赖的服务的故障
第 3 级	适应性（Adaptive）	应用程序需要能够自动适配各种环境的变化，自动基于流量进行弹性伸缩。还要能够在不中断业务的前提下实现在不同云服务厂商之间的迁移

这里的成熟度是从上往下排列的，第 0 级要求最低，第 3 级则最高，尤其是其中在不同云厂商之间的迁移，更是困难重重。一般情况下，只要使用了合适的架构和基础设施，云原生应用基本还是能达到第 2 级成熟度的。

12.3.2　十二要素应用

在提到云原生应用时，通常我们还会聊到十二要素应用（The Twelve-Factor App），这是由知名 PaaS 平台 Heroku 的 CTO Adam Wiggins 提出的。十二要素应用说的是在云上运行的应用需要遵守的 12 条最佳实践，但它其实也同样适用于云原生应用。在 12.3.1 节的最后我们介绍了 ODCA 的云应用成熟度模型，这并非是唯一的成熟度模型，摩根大通 [3] 的 Allan Beck 和 John McTeague 也设计了一套成熟度模型，具体如表 12-8 所示。

表 12-8　摩根大通的云应用成熟度模型

成　熟　度	说　　明
云原生（Cloud Native）	遵循微服务架构与原则，设计良好的 API 来提供服务
云弹性（Cloud Resilient）	对故障有一定的容忍度，遵循 DevOps 的思想，不依赖于特定的云厂商
云友好（Cloud Friendly）	充分利用平台来实现高可用，能够水平伸缩，符合十二要素应用
云就绪（Cloud Ready）	自包含应用，对文件系统没有依赖，完全托管在云平台上

可以看到，十二要素应用被明确列在这个成熟度模型的"云友好"一级中，它是云原生的基础要求之一，所以有必要来了解一下这十二条实践。

---

[1] 服务网格（Service Mesh）不在本书的讨论范围内，感兴趣的朋友可以自行查阅相关材料。

[2] 题为 Open Data Center Alliance: Architecting Cloud-Aware Applications Rev. 1.0，ODCA 联盟后来变成了 Open Alliance for Cloud Adoption（OACA）。

[3] 摩根大通集团（JPMorgan Chase & Co.），业界也称为"小摩"，是一家跨国金融服务机构，也是美国最大的银行之一。

1. 基准代码

一份基准代码（codebase），多份部署。

相信在正规的公司中，大部分代码都会托管在代码仓库里，哪怕是自己个人时间开发的代码通常也会放在 GitHub 或者其他代码托管服务上，所以使用代码版本管理系统已经成为行业共识了。基准代码指的是主干代码（SVN 里是 trunk 分支，Git 里是 master 分支或者 main 分支），一份基准代码就是一个应用，分布式系统中的每个应用都有自己的基准代码。但这个关系并非是一一对应的，一份基准代码可以存在多份部署，设想以下场景。

- 线上存在多套环境，用户验收测试 UAT 环境、灰度环境、生产环境，这时会把同一份基准代码（或者说应用）部署在这几个不同的环境里，而且这几套环境中的代码很可能不是同一个版本的。
- 相同的系统通过开关或者配置，实现不同的功能，例如一个网关系统，可以在入口处部署一套做流入网关，也可以在出口处部署一套做流出网关，这本质上也是"一套基准代码，多份部署"。

2. 依赖

显式声明依赖关系。

大部分主流的编程语言都提供了依赖管理的工具，在 Java 中 Maven 和 Gradle 都非常出色，我们通过它们可以很方便地显式管理 Java 库之间的依赖。除了 Java 类库的依赖，我们也不能隐式地依赖系统的各种工具和库，如果有需要，也要显式声明这层关系。好在容器早已是一项相对成熟的技术了，我们可以将所有的环境依赖都配置在 Dockerfile 里，导出的镜像就包含了所有的依赖。

3. 配置

在环境中存储配置。

在第一条"基准代码"中我们提到了一份基准代码会有多份部署，在这些部署之间往往都是存在配置差异的，那该如何处理这些配置呢？首先，配置与代码必须分开存放，这是不可打破的铁律。如果选择配置文件，那必须要避免配置文件被误传入代码仓库，Spring Boot 的配置文件可以独立放在不同于 Jar 包的目录里，这样失误概率能小不少。

十二要素建议将配置存储在环境中，这里的环境更多是指环境变量，例如，在 Linux 中我们可以通过 JAVA_OPTS 来指定 Java 进程运行的参数。在 Docker 容器中，环境变量可以配置在 Dockerfile 里，也可以在运行时传入设置。但在实际操作中，我们也许会更倾向于将配置保存在配置中心里，配置中心可以实现配置项集中管理、变更实时推送等各种功能，在后续的章节里我们会做相应的介绍。

4. 后端服务

把后端服务（backing services）当作附加资源。

这里的后端服务指应用运行所需的各种服务，例如数据库、消息队列和 Redis 等。应用会通过网络来调用这些服务，要将这些服务视为自己所依赖的资源。除了我们自己部署的服务，实际也有可能会用到外部第三方的一些服务。十二要素应用并不会严格区分这两种服务，它们都是程序运行时依赖的资源，必要时这些资源甚至还能互相替换，而这类改动都不需要修改代码，改几行配置就行了。

5. 构建、发布、运行

严格分离构建和运行。

从编写完毕的代码到能实际运行的系统，当中会经过很多步骤，至少应该有构建、发布和运行这几个环节。构建对 Java 系统而言就是将代码编译为 class 文件，随后按需打包为 JAR、WAR 或 EAR 包；发布是将打包的产物与对应配置一同部署到指定环境（服务器或容器）；运行是将要发布的内容启动起来，例如将部署了 WAR 包的 Tomcat 容器启动起来，或者是用 java -jar 命令执行 Spring Boot 工程构建出的可执行 JAR 包。

对于十二要素应用而言，构建、发布和运行这三个步骤是严格分离且顺序执行的。实际上，代码一旦开发完毕，触发持续集成构建产物后，从测试阶段开始就应该始终使用上一步构建的产物，一直到发布与运行。如果有问题需要修改，就要退回重新构建，而不是在要最终运行的包里直接修改。一个合格的运维平台，会对每个构建的产物、每次的发布动作都进行记录，做到版本化，最终再选择要运行哪个版本。如果最新发布的版本有问题，将发布回滚到上一个可稳定运行的版本，重新运行就可以了。

6. 进程

以一个或多个无状态进程运行应用。

我们运行的应用程序都是以进程的方式存在于系统中，比如 Java 程序在运行时就是一个 java 进程。这条最佳实践的重点在于无状态，如果不同进程的内存中保存了不同的内容，那种进程不符合十二要素应用的要求。例如在 11.3.1 节介绍常见负载均衡时提到过的会话保持，就是将会话状态保持在特定的服务器进程中，这就是个常见的反面案例，十二要素应用更倾向于将会话保存在分布式缓存或者其他后端存储里。有一种说法，进程在十二要素应用中是"一等公民"。

7. 端口绑定

通过端口绑定提供服务。

在单机应用的时代，会有进程间通信这样的交互方式。在分布式系统中，大家早就熟悉了容器或者应用系统自己监听一个端口对外发布服务的方式，通过这个端口其他系统就能发起远程调用，这与第 4 条实践"后端服务"所倡导的内容是互相呼应的。

8. 并发

通过进程模型进行扩展。

说到扩展，大家会想到使用更多节点进行"水平扩展"，也可以使用更多 CPU、内存和磁盘等资源进行"垂直扩展"。在十二要素应用需要进行扩展时，会优先考虑部署更多的进程，通过更多的进程进行水平扩展。无论是在同一台机器上启动更多的进程，还是在 Kubernetes 集群中启动更多的

Pod，都可以视为部署更多进程，其本质是一样的。能采取这种方式得益于第 6 条实践，要求所有进程都是无状态的，只有这样才能方便地进行扩展。

9. 易处理

快速启动和优雅终止可最大化健壮性。

这里说的"易处理"，指的是在进程的启动和停止时能更方便地处理。快速启动很好理解，启动越快，发布时间越少，在需要弹性伸缩时，达到目标容量所需的时间就越短。优雅终止则需要解释一下，应用在停止时如果不做处理，往往还有些任务在上面运行，或者有流量跑在上面，如果直接粗暴地停止进程，那些任务或者请求就会失败，这种失败是我们不想看到的，也是可以避免的。因此，在停止前，我们可以先关掉这个节点的流量，不让进程接收新的请求，不收新的消息，不跑新的调度，总之就是让已经落到上面的工作执行完，同时也不再接收新的工作。这样一来可以尽可能避免进程终止带来的业务影响。

除此之外，面对无法做到优雅终止的情况，例如物理机宕机、网络中断等，十二要素应用也要求我们能尽量从故障中自动恢复，通过各种手段降低故障带来的损失。

10. 开发环境与线上环境等价

尽可能地保持开发、预发布、线上环境相同。

保持各个环境相同，这条要实现的目标比较好理解，但需要注意其中强调的"尽可能"——出于成本、资源等方面的考虑，通常在开发和测试环境中很难做到与产线一致。例如，测试环境的规模会和产线规模不同，这在一定程度上是可以接受的。但在基础设施上要尽可能保持一致，产线是 MySQL 和 Redis，到了测试环境不要换成 PostgreSQL 和 Memcached。在开发时，虽然目前我们可以用 Docker 很方便地在笔记本电脑上启动各种组件，但如果依赖很多，就很难在一台笔记本电脑上启动所有的东西。如果需要用 Oracle 或者 SQL Server 数据库，那就更麻烦了。所以在开发过程中，做单机自测的时候还是会做些变通。除了开发用的笔记本电脑上的环境以外，尽可能保持其他环节的各种依赖、配置与生产一致。差异越少，就越有可能发现问题。

11. 日志

把日志当作事件流。

运行在生产环境中的应用程序不像在笔记本电脑上，遇到问题可以随时调试。运行中的程序一定要输出必要的日志信息，再结合监控，不然连程序究竟在干什么都说不清。一般的 Java 程序，我们会用 Log4J 或者 LogBack 这样的日志框架将日志输出到文件里。十二要素应用不建议通过应用管理日志文件，建议把日志输出到 STDOUT 和 STDERR 里，然后由 Logstash 或者 Fluentd 这样的工具将标准输入输出收集起来。

个人建议我们可以做个变通，继续分门别类地输出日志文件，但不要仅仅将文件保存在本地，同样应该使用 Logstash 或者 Fluentd 将这些文件以流的方式收集起来，然后统一处理。像 ELK[①] 这样

---

① ELK 中的 E 是 Elasticsearch，L 是 Logstash，K 是 Kibana，ELK 是一套流行的日志采集、处理、展示的工具组合。

的组合已经非常成熟了，可以应付日常的基本日志查询需求，收集上来的日志也可以集中归档存储，或者转储到大数据平台里进行进一步的分析。

12. 管理进程

后台管理任务当作一次性进程运行。

关于这条实践，多少有些 Heroku 等 PaaS 平台的特殊性在里面，个人感觉它并不是个普适的实践。对于一些并不常用的管理任务，我们的确可以写个简单的脚本或者工具，需要时跑一下；但更多的时候，系统后台的任务是各种常规操作，有个管理后台也许更加方便，而且这个后台除了基本的功能，还要添加权限管理等各种额外的能力。

不过，十二要素应用强调要像对待常规任务进程那样来对待后台管理任务的进程。推而广之，我们也不该仅将注意力集中在主逻辑上，后台管理平台的各种功能也是要关注的。很多公司甚至有专门开发、维护后台系统的团队，这也是系统重要的组成部分。

12.3.3 Spring Cloud 概述

前面我们聊了微服务，聊了云原生，那怎么才能方便、快捷地开发出符合最佳实践的云原生系统呢？答案是不仅要实现业务的功能性需求，更要实现业务没有提到的那些非功能性需求，例如服务发现、配置管理、服务降级、链路追踪等。随着系统的发展，自身逐步演化出这些功能自然是一种方法，但那样不仅耗时，还可能重复各种别人已经踩过的坑，中小公司往往无法负担这样的成本。是否可以站在巨人的肩膀上，由专业人士将大量的实践沉淀到一套工具或者框架中，就像 Spring Framework 对于 Java 企业级应用的意义那样？答案是肯定的，而且这套框架还是由 Spring Framework 的团队打造的，它就是本书后续部分会着重展开介绍的 Spring Cloud。在 1.1 节中我们已经对 Spring Cloud 做了个大概的介绍，此处再详细展开一下。

Spring Cloud 通过框架的方式对大量云原生应用开发过程中需要考虑的问题做了抽象。在统一的抽象层之下，随着底层组件的不同，会有不同的实现，但这些差异都被 Spring Cloud 屏蔽掉了，这正是 Spring 家族一贯带给开发者的那种一致的体验。早期，Spring Cloud 提供的大量功能是与 Netflix 打配合的，封装了 Netflix 的开源组件，例如 Eureka 和 Ribbon。如今，Spring Cloud 提供的东西会更多样化，支持更多的场景，甚至对不同的云厂商也有各自的适配，例如国外的亚马逊 AWS、微软 Azure 和谷歌 GCP，像国内使用较多的阿里云也在支持范围内，阿里还专门开发了 Spring Cloud Alibaba 开源项目并整合进了 Spring Cloud 大家庭里。

Spring Cloud 为我们统一管理了下面的子项目版本和各种依赖，我们可以手动在项目中导入这些依赖，就像下面这样：

```
<properties>
    <spring.cloud-version>2021.0.1</spring.cloud-version>
</properties>
<dependencyManagement>
    <dependencies>
        <dependency>
            <groupId>org.springframework.cloud</groupId>
```

```
            <artifactId>spring-cloud-dependencies</artifactId>
            <version>${spring.cloud-version}</version>
            <type>pom</type>
            <scope>import</scope>
        </dependency>
    </dependencies>
</dependencyManagement>
```

随后通过表 12-9 中罗列的这些常用的 Spring Cloud 起步依赖来引入对应的能力。

表 12-9　常用的 Spring Cloud 起步依赖

名　　称	依　　赖[①]	说　　明
Spring Cloud Alibaba	spring-cloud-starter-alibaba-*	对阿里云及相关开源组件的各种支持
Spring Cloud Config	spring-cloud-starter-config	提供了分布式系统中的服务端与客户端配置能力
Spring Cloud Consul	spring-cloud-starter-consul-*	提供了对 HashiCorp Consul 的支持，它可以用于服务的注册发现、配置管理等多个方面
Spring Cloud Gateway	spring-cloud-starter-gateway	基于 Spring WebFlux 提供了一套简单高效的微服务网关
Spring Cloud Netflix	spring-cloud-starter-netflix-*	提供了对 Netflix OSS 各开源组件的整合支持，例如 Eureka、Hystrix 和 Zuul 等
Spring Cloud OpenFeign	spring-cloud-starter-openfeign	提供了对 OpenFeign 的支持，这是一款 REST 客户端
Spring Cloud Sleuth	spring-cloud-starter-sleuth	提供了对服务治理相关功能的支持
Spring Cloud Stream	spring-cloud-starter-stream-*	提供事件驱动微服务所需的消息系统支持
Spring Cloud Zookeeper	spring-cloud-starter-zookeeper-*	提供了对 Apache Zookeeper 的支持，它可以用于服务的注册发现、配置管理等多个方面

12.4　小结

本章我们大致了解了一下目前流行的微服务架构，什么是微服务，微服务带来了哪些好处。在介绍什么样的微服务可以算好的微服务时，我们聊了 RESTful 风格的微服务。关于领域驱动设计，虽然用的篇幅不大，但要做好微服务，必须设计先行，因此强烈建议大家做些关于 DDD 的拓展阅读。最后还谈到了云原生应用，这可以看成未来几年的发展方向——理解什么是云原生，如何实施云原生是有实际意义的。

本书后续一些章节将围绕如何基于 Spring 系列框架和各种基础设施实现云原生微服务来展开，例如，接下来的第 13 章就会谈到微服务的注册与发现机制。

---

① 简单起见，这里的依赖省略了 Group ID，除了 Spring Cloud Alibaba 的 Group ID 是 com.alibaba.cloud，其他统一都是 org.springframework.cloud。

第 13 章

服务注册与发现

本章内容
- ❑ 常见的微服务负载均衡方案
- ❑ 基于 Spring Cloud 的微服务注册与发现机制
- ❑ Spring Cloud `DiscoveryClient` 的实现原理
- ❑ Spring Cloud 中的几种常见服务注册中心

为了提供稳定的服务，系统通常都会采取一些高可用方案，其中集群化就是比较常用的做法。系统一般会部署为一个或者多个集群，集群内的实例都是无状态的，此时就需要考虑如何将请求合理地分发到集群中的各个实例上——这就是负载均衡。负载均衡有很多种方案，有硬件的，也有软件的，有集中式的，也有分布式的。本章就让我们来了解一下 Spring Cloud 为我们提供的微服务负载均衡方案——这是一套分布式的软负载解决方案，而且还支持多种注册中心，使用起来非常方便灵活。

13.1　常见的负载均衡方案

在开始接触 Spring Cloud 的负载均衡方案前，先让我们来了解一下业界一直以来所使用的负载均衡方案，其中用到的一些技术有的历史悠久，而有的算是新技术。

13.1.1　集中式方案

所谓集中式方案，通常会有个集中的流量入口，就像图 13-1 里画的那样。其中服务消费者就是服务的调用方，它可以是一个集群，也可以是真实用户（针对对外的服务或者页面）。负载背后真正提供服务的节点，我们可以称其为 Real Server，即真实服务器。服务消费者并不能直接访问真实的服务提供者，需要通过负载均衡器来进行中转，这里介绍的负载均衡器是集中式的，因此在图中将其标注为集中负载。

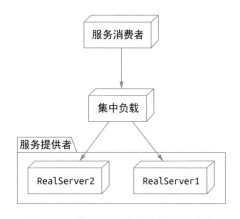

图 13-1　常见的集中式负载均衡方案

1. 商业硬件方案

谈到商业负载均衡，比较有名的就是 F5 Networks 的 BIG-IP 了。有些时候我们在交流时甚至会用 F5 来指代硬件负载均衡设备。F5 可以工作在 OSI[①] 的四层到七层，一般我们会使用四层负载和七层负载。四层负载直接根据 IP 和端口对请求进行负载，发送到后端的服务器上。七层负载则在四层的基础上，可以根据应用的特点再做分发，例如一个 HTTP 的负载均衡器，除了 IP 和端口，还能根据 URL、HTTP 头等信息决定请求如何负载。

硬件负载均衡设备的特点就是处理能力强，单台设备就能扛下巨大的流量；但缺点也很明显，成本太高，而为了保障系统的高可用性，通常还需要准备冗余的硬件，更是进一步加大了投入。除了前面提到的 F5，行业里还有些厂商也提供专业的负载均衡硬件，例如 Array、A10 和 Citrix 等。在做商业硬件方案时，不妨货比三家，除了先期投入，后续的维保和技术支持都是不小的花销。

2. 开源软件方案

有硬件方案，自然就会有软件方案；有软件方案，我们就一定会想有没有开源的方案。讲到负载均衡软件，就一定要先介绍一下 LVS（Linux Virtual Server）。LVS 是由章文嵩博士主导开发的一个开源负载均衡器项目，自 1998 年 5 月第一行 LVS 代码诞生后，已经被无数人用在了真实的项目中。而且，LVS 也早已是 Linux 内核的一部分了。LVS 在内核中实现了基于 IP 的请求负载均衡，它属于四层负载均衡，在用户访问负载均衡器后，能根据预先设定好的策略将请求发送到后端具体的某台服务器上。LVS 的常用工作模式有 NAT（Network Address Translation，网络地址转换）模式、DR（Direct Routing，直接路由）模式和 TUN（Tunneling，隧道）模式等。常用的调度策略有轮询调度（Round Robin）、最小连接调度、目标地址 Hash 调度、源地址 Hash 调度和最短期望延迟等。

LVS 作为请求的入口，自然也要实现高可用，不然图 13-1 中的集中负载一出问题，就算后端的服务提供者都是好的，也没有办法提供服务。网上用的最多的就是搭两台 LVS，一主一备，通过 Keepalived 来监控节点的状态，一旦主节点出问题了，备节点就能自动接管。Keepalived 之所以能实

---

① ISO/OSI 模型，即国际标准化组织的开放式通信系统互联参考模型（Open System Interconnection Reference Model），共分为七层，从下往上分别是物理层、数据链路层、网络层、传输层、会话层、表示层和应用层。

现这一功能，背后靠的是 VRRP（Virtual Router Redundancy Protocol，虚拟路由冗余协议）。它把几台路由设备联合组成一台虚拟的路由设备，当主机的下一跳路由设备出现故障时，及时将业务切换到备份路由设备。这样一来，对外是同一个 VIP（Virtual IP，虚拟 IP），我们无须关注背后具体连的是哪个 LVS 节点，系统会自己来保证总有可用的 LVS。

聊完了四层上的 LVS，再来看看常用于七层的 Nginx。Nginx 是由俄罗斯程序员 Igor Sysoev 开发的一款高性能 Web 服务器和反向代理服务器，现在它早已成功取代了 Apache HTTP Server 的位置，成为首选的 Web 服务器。Nginx 在开源七层负载均衡器中的地位似乎也已经难以撼动了。Nginx 的七层负载非常灵活，除了根据 URL、HTTP 头匹配规则，还能对请求进行改写，如果搭配 Lua 脚本，可以实现更多"神奇"的效果，可定制性极强。Nginx 同样支持多种调度策略，例如轮询、加权轮询、基于 IP Hash、基于 URL Hash 等。从 1.9.0 版本开始，Nginx 中增加了 Stream 模块，也开始支持 TCP 代理和负载均衡，能够提供四层负载均衡。

总体上来看，四层负载均衡只需处理底层的数据包，没有复杂的逻辑，性能更好；但七层负载均衡更贴近应用，更加灵活——两者各有利弊。在实际使用过程中，通常会将两者结合起来，最外层用 LVS 搭配 Keepalived 提供高性能高可靠的四层负载，主备 LVS 背后都挂上一组对等的 Nginx 集群提供七层负载，再在 Nginx 中配置具体的应用服务器地址和端口。具体如图 13-2 所示。

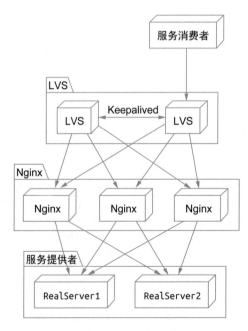

图 13-2　LVS 与 Nginx 搭配的负载均衡方案

除了上面提到的 LVS 和 Nginx，业界还有一些其他的知名开源负载均衡软件，例如 HAProxy 是一款同时支持四层和七层高性能负载均衡的老牌软件，国内的爱奇艺基于 DPDK 开发了一款高效的四层负载均衡器 DPVS。DPVS 全称是 DPDK-LVS，从名字中就能看出它是从 LVS 修改而来的，两者的主要区别就是 DPVS 引入了 DPDK。DPDK 的全称是 Data Plane Development Kit，能为系统提供更高效的数据包处理能力，核心思想就是 DPDK 应用在 Linux 用户态直接用自己的库来收发数据包，绕过 Linux 内核协议栈的处理过程，节省了很多开销。相比传统 LVS，采用 DPDK 技术后能大幅提升数据包的转发性能。

13.1.2 分布式方案

13.1.1 节中介绍的方案都需要经过一个集中的点，虽然这个点也可以是一个集群，但逻辑上会有个流量进入的中心。只要存在中心点，那这个中心点就可能成为系统的瓶颈或者高危区域，我们能不能消除它呢？答案必然是肯定的。

大家可以试想一下平时下载东西的过程。当你从一个网站用 HTTP 协议下载文件时，网站就是下载过程中的中心点，一旦网站崩溃，下载就会失败。但如果用 P2P（Point-to-Point，点对点）协议来下载，例如用 BT 工具，我们只需要从 Tracker 服务器上获取目前正在下载和"做种"的节点信息，随后就能直接连上分散在各地的节点去下载，这样就不存在中心了。

在系统内部的服务调用方式上，我们也可以参考 P2P 的方案，实现分布式负载均衡。服务的提供者在启动后将自己提供的服务信息注册到服务注册中心，而服务的消费者则从注册中心获取自己需要的服务的提供者信息。在发生实际调用时，消费者直接根据策略从提供者列表中选择一个节点发起调用，具体如图 13-3 所示。与集中式方案相比，分布式方案每次调用无须经过独立的负载均衡器，而是直接请求实际的提供者。在具体实现该方案时当然情况会复杂很多，我们要考虑各种异常和特殊场景，例如如何应对注册中心整体故障，如何感知节点发生变化，等等，但整体的流程和结构大致上是这样的。

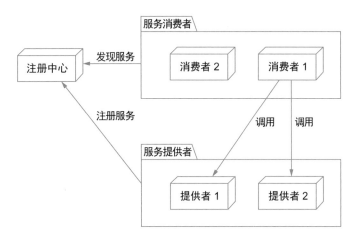

图 13-3 分布式负载均衡方案

Spring Cloud 早期支持 Netflix 公司开源的 Eureka 来充当服务的注册中心，后来还提供了对 HashiCorp Consul 和 Apache Zookeeper 的支持，阿里巴巴也贡献了 Nacos 相关的支持。在本章的后续部分，我们会分别来看看这些组件的概况和具体使用方法。

13.2 使用 Spring Cloud 实现负载均衡

正如在 12.3 节中所介绍的那样，Spring Cloud 为构建云原生应用提供了一系列完整的解决方案，其中之一就是服务的注册与发现机制。Spring Cloud 可以轻松实现微服务的软负载均衡，还自带了对多种注册中心的支持。得益于 Spring 一贯强大的抽象，在切换不同的配置中心时，应用代码几乎无须改动。在接下来的部分中，让我们通过二进制奶茶店的一个例子来了解一下如何使用 Spring Cloud 实现负载均衡。

> **需求描述** 我们的二进制奶茶店系统慢慢变大了，不再是单机系统，服务端变成了集群。因为不想运维集中式的硬件或者软件负载均衡设施，我们选择了分布式方案，打算用 Spring Cloud 来实现服务的注册和发现。至于注册中心，先不着急决定，都试试吧。

13.2.1 在 Zookeeper 中注册服务

要在项目中使用 Spring Cloud 相关的能力，通常的做法是先在 `<dependencyManagement/>` 中导入 Spring Cloud 的 pom 文件，具体的版本可以配置在 `<properties/>` 中，后面用到 Spring Cloud 的依赖时，大多都需要先在这里导入 spring-cloud-dependencies，届时就不再赘述了：

```
<properties>
    <spring-cloud.version>2021.0.1</spring-cloud.version>
</properties>

<dependencyManagement>
    <dependencies>
        <dependency>
            <groupId>org.springframework.cloud</groupId>
            <artifactId>spring-cloud-dependencies</artifactId>
            <version>${spring-cloud.version}</version>
            <type>pom</type>
            <scope>import</scope>
        </dependency>
    </dependencies>
</dependencyManagement>
```

随后，引入所需的依赖，例如我们这里希望使用 Zookeeper 来做服务的注册中心，自动实现服务的注册与发现，就在 pom.xml 的 `<dependencies/>` 中增加如下的起步依赖，版本由上面的 spring-cloud-dependencies 统一管理：

```
<dependency>
    <groupId>org.springframework.cloud</groupId>
    <artifactId>spring-cloud-starter-zookeeper-discovery</artifactId>
</dependency>
```

作为服务提供者的程序在引入依赖后，不需要我们做什么改动，只需调整一些配置即可，例如，在 application.properties 里增加如下内容[①]：

---

① 这里的例子以 11.1 节的 binarytea-controller-advice 为基础，放在 ch13/binarytea-zookeeper 项目中。

```
spring.application.name=binarytea
spring.cloud.zookeeper.connect-string=localhost:2181
```

第一行的 spring.application.name 是使用 Spring Cloud 的服务注册、服务发现和配置管理功能等诸多功能时都需要用到的配置，代表了当前应用的应用名称。第二行的 spring.cloud.zookeeper. connect-string 是具体要连接的 Zookeeper 地址，这里我们使用了监听本机 2181 端口的 Zookeeper，记得先把它启动起来，当然，也可以换别的地址。如果使用 Docker 的话，可以用如下命令在本地启动一个 Zookeeper：

```
▶ docker pull zookeeper
▶ docker run --name zookeeper -p 2181:2181 -d zookeeper
```

在启动我们的 BinaryTea 程序后，Spring Cloud 会帮我们把实例注册到 Zookeeper 上，如果我们用 zkCli.sh 命令连上 Zookeepr，通过命令可以查看到具体的信息，大致是这样的：

```
[zk: localhost:2181(CONNECTED) 3] ls /services/binarytea
[5ff82111-04c2-4b13-ba52-3c69f5468691]
[zk: localhost:2181(CONNECTED) 5] get /services/binarytea/5ff82111-04c2-4b13-ba52-3c69f5468691
{"name":"binarytea","id":"5ff82111-04c2-4b13-ba52-3c69f5468691","address":"192.168.3.7","port":8080,
"sslPort":null,"payload":{"@class":"org.springframework.cloud.zookeeper.discovery.ZookeeperInstance",
"id":"binarytea","name":"binarytea","metadata":{"instance_status":"UP"}},"registrationTimeUTC":
1621778230330,"serviceType":"DYNAMIC","uriSpec":{"parts":[{"value":"scheme","variable":true},{"value":
"://","variable":false},{"value":"address","variable":true},{"value":":","variable":false},{"value":
"port","variable":true}]}}
```

从上面的信息可以看到，服务名是 binarytea，也就是 spring.application.name 里配置的值，实例 ID 默认是 Spring 上下文 ID，地址就是注册上去的本机 IP，端口是 server.port，当前实例的状态是 UP。

Spring Cloud 的 Zookeeper 支持还有些别的配置，通常用默认值也够了，但还是可以了解一下，具体如表 13-1 所示。

表 13-1　Spring Cloud Zookeeper 与服务注册与发现有关的一些配置

配　置　项	默　认　值	说　　明
spring.cloud.service-registry.auto-registration.enabled	true	是否开启服务自动注册
spring.cloud.zookeeper.enabled	true	是否开启 Zookeeper 相关支持
spring.cloud.zookeeper.connect-string	localhost:2181	Zookeeper 的连接串
spring.cloud.zookeeper.connection-timeout	15000ms	Zookeeper 的连接超时时间
spring.cloud.zookeeper.session-timeout	60000ms	Zookeeper 的会话超时时间
spring.cloud.zookeeper.discovery.register	true	是否开启 Zookeeper 服务注册
spring.cloud.zookeeper.discovery.enabled	true	是否开启 Zookeeper 服务发现
spring.cloud.zookeeper.discovery.prefer-ip-address	false	是否优先使用 IP 地址
spring.cloud.zookeeper.discovery.root	/services	服务注册与发现的根目录

> **茶歇时间：为什么 Zookeeper 不适合做服务注册中心**
>
> 虽然在书中我们首先介绍了如何使用 Zookeeper 来充当服务的注册中心，在实际工作中的确也有很多人是这么用的，但这**并不代表 Zookeeper 就是最合适的选择，甚至可以说它不是个理想的选择**，这是为什么呢？
>
> 在分布式系统中有一个著名的 CAP 定理，其中 C 是指一致性（Consistency），A 是指可用性（Availability），而 P 则指分区容错性（Partition tolerance）。这条定理说的是 **CAP 中的三个要素最多只能同时满足两个，不能三者兼顾**。也就是说一个系统要么是 CA 的，要么是 CP 的，要么是 AP 的，不可能同时满足 CAP 三个要素。
>
> Zookeeper 作为一款知名的分布式协调系统，追求一致性，满足 CP，在关键时刻会放弃可用性。这个关键的设计注定了在这个场景下它不是一个合理的选择，因为服务的注册中心需要是个 AP 系统。在极端情况下，注册中心活着往往比服务提供者和消费者的准确性更重要，少一个可用服务提供者并不会影响请求调用，但注册中心全崩溃了，所有服务都找不到自己需要调用的下游，那才是一个灾难。
>
> 此外，Zookeeper 本身在选举、保持一致性方面有较高要求，官方推荐配置集群在 5 节点或者 7 节点这种规模，面对日益庞大的应用系统规模，终将面对自己的性能瓶颈，即使增加观察者模式的节点，也会很快面临需要拆分的那一天。还有类似服务健康检查等其他的问题，都让 Zookeeper 这个明星在服务注册中心场景下的表现不尽如人意。
>
> 关于这个问题的讨论，阿里巴巴和 Netflix 的技术专家都曾经撰写过文章，讲述自己为何不选择 Zookeeper 而是自己开发了一套服务注册中心，感兴趣的朋友可以读读《阿里巴巴为什么不用 ZooKeeper 做服务发现？》和 "Eureka! Why You Shouldn't Use ZooKeeper for Service Discovery"。

13.2.2　使用 Spring Cloud LoadBalancer 访问服务

有了服务的提供者，自然就会有服务的消费者，在消费者这一端，同样需要引入 13.1 中的各种依赖。[①] 最重要的是让 RestTemplate 支持从注册中心获取对应服务的列表，需要在声明 Bean 的时候增加 @LoadBalanced 注解，以便为我们的 RestTemplate 增加 LoadBalancerInterceptor，就像下面这样：

```
@Bean
@LoadBalanced
public RestTemplate restTemplate(RestTemplateBuilder builder) {}
```

---

① 在早期的 Spring Cloud 中，我们要在配置类上增加 @EnableDiscoveryClient 注解，声明开启服务发现的客户端，但现在不再需要这步动作了，CLASSPATH 中只要存在 DiscoveryClient 实现即可。

茶歇时间：@LoadBalanced 是如何工作的

　　RestTemplate 扩展了 InterceptingHttpAccessor，其中包含一个 List<ClientHttpRequestInterceptor>，可以插入各种用于拦截请求进行处理的拦截器，上面提到的 LoadBalancerInterceptor 就是其中之一。它会从请求的 URL 中取出主机信息，将其视为服务名，随后通过 LoadBalancerRequestFactory 基于现有请求封装一个新的 HTTP 请求，用 LoadBalancerClient 来执行请求。

　　Spring Cloud Commons 中的自动配置类 LoadBalancerAutoConfiguration.LoadBalancerInterceptorConfig 中会自动创建一个 LoadBalancerInterceptor，并通过 RestTemplateCustomizer 将前者注入每个带有 @LoadBalanced 的 RestTemplate 中。

　　随后，在 RestTemplate 发起调用时，我们就可以在目标 URL 中使用目标服务名来代替具体的主机与端口，例如 http://binarytea/token 就可以代替之前的 http://localhost:8080/token，binarytea 会被替换成具体的目标。在 application.properties 中同样做些微调：

```
spring.application.name=customer
spring.cloud.zookeeper.connect-string=localhost:2181

binarytea.url=http://binarytea
```

　　这里因为存在 JwtClientHttpRequestInitializer，我们在请求时会添加 JWT 令牌，而之前的示例中，获取令牌的动作每次会创建一个新的 RestTemplate，显然它没被 @LoadBalanced 增强过，所以 10.4 节中的 Customer 示例不能只改配置，还需对 JwtClientHttpRequestInitializer 做些微调，具体的改动如下：

- □ 直接注入一个上下文中的 RestTemplate，不再通过 ClientHttpRequestFactory 来自己创建；
- □ 为了避免循环依赖，注入的 RestTemplate 上要添加 @Lazy，同时 initToken() 不能在构建后自动执行，也就是要去掉 @PostConstruct；
- □ 由于注入的 RestTemplate 也会执行 JwtClientHttpRequestInitializer，所以针对 /token 的请求要跳过添加令牌的动作。

　　大致上的代码如代码示例 13-1 所示。[①]

代码示例 13-1　修改后的 JwtClientHttpRequestInitializer

```
@Slf4j
public class JwtClientHttpRequestInitializer implements RestTemplateRequestCustomizer {
    // 省略部分属性
    @Autowired
    @Lazy
    private RestTemplate restTemplate;
    // 去掉了@PostConstruct
    public void initToken() {...}

    @Override
    public void customize(ClientHttpRequest request) {
```

① 这个例子在 ch13/customer-zookeeper 项目中。

```
        if (request.getURI().getPath().equalsIgnoreCase("/token")) {
            // /token的路径不添加令牌
            return;
        }
        // 省略未改动的代码
    }

    private ResponseEntity<TokenResponse> acquireToken() {
        return restTemplate // 直接用RestTemplate来获取Token，这里要跳过令牌校验
                .postForEntity(binarytea + "/token",
                        new TokenRequest(username, password), TokenResponse.class);
    }
}
```

通常我们都会希望开着服务发现功能，但如果出于某些原因，CLASSPATH 里存在相关依赖，又希望关闭这个功能，可以配置 spring.cloud.discovery.enabled=false。其他还有一些 spring.cloud.loadbalancer 打头的配置项，可以参考 LoadBalancerProperties 类。

13.2.3 使用 OpenFeign 访问服务

使用 RestTemplate 已经可以方便地调用 REST 服务了，可是在编写调用代码时多少还有些"刻意"的味道，要专门用 RestTemplate 中与 HTTP 动作对应的方法，既要传递参数，又要处理结果类型。如果能像调用普通业务逻辑代码那样来调用远程的服务，代码看起来就会舒服很多。

> 请注意 虽然这里的代码调用看上去和普通的本地方法调用没什么区别，但一定要时刻提醒自己，这是个远程调用，各种异常、时延的问题还是要处理的。

OpenFeign[①] 是一款声明式的 Web 服务客户端，将 Java 代码和 HTTP 接口绑定到一起，让开发者可以轻松地编写 Web 服务客户端。原本 OpenFeign 要求创建一个接口，随后加上 OpenFeign 或者 JAX-RS 的注解来声明服务；在 Spring Cloud OpenFeign 的加持下，现在我们也可以使用 Spring MVC 的注解来做声明，还可以充分利用 Spring Cloud 提供的服务注册与发现能力。

1. OpenFeign 的基本用法

这里我们仍旧以 Customer 项目为例，在 13.2 节中的例子的基础上，引入 Spring Cloud OpenFeign 的依赖。关于服务负载均衡相关的能力，并不包含在这个依赖中，如果需要，我们可以自己添加 spring-cloud-starter-loadbalancer 依赖，或者是添加间接包含它的依赖，例如 spring-cloud-starter-zookeeper-discovery。

```
<dependency>
    <groupId>org.springframework.cloud</groupId>
    <artifactId>spring-cloud-starter-openfeign</artifactId>
</dependency>
```

---

① Feign 早期是 Netflix 开发的一个内部项目，但在 Netflix 内部并未得到广泛使用。后来这个项目脱离了 Netflix，且工程改名为 OpenFeign，目前 OpenFeign 是一个非常热门的开源项目。

```xml
<!-- 下面不是必需的 -->
<dependency>
    <groupId>org.springframework.cloud</groupId>
    <artifactId>spring-cloud-starter-loadbalancer</artifactId>
</dependency>
```

随后调整客户端代码，定义远程服务的接口。其实有了 Spring Cloud 的帮助，我们可以直接将 BinaryTea 中的控制器类复制过来，删掉具体的方法实现，按需留下带有注解的方法声明就可以了。当然，在实际工作中，还是会稍作修改，例如代码示例 13-2[①] 就是我们迁移到客户端的订单服务。

代码示例 13-2　对应了 OrderController 的 Feign 服务接口

```java
@FeignClient(contextId = "orderService", name = "binarytea", path = "/order")
public interface OrderService {
    @GetMapping(produces = MediaType.APPLICATION_JSON_VALUE)
    List<Order> listOrders();

    @PostMapping(consumes = MediaType.APPLICATION_JSON_VALUE,
                 produces = MediaType.APPLICATION_JSON_VALUE)
    ResponseEntity<Order> createNewOrder(@RequestBody NewOrderForm form);
}
```

在上面的接口定义中，我们去除了呈现页面的部分，只留下了 REST 服务的接口。`@FeignClient` 注解告诉 Spring Cloud 这是一个 Feign 的 Client，只需在配置类上添加 `@EnableFeignClients`，Spring 会自动扫描带有 `@FeignClient` 的接口并注册对应的 Bean，而 Bean 的 ID 就是 `contextId` 中所指定的。`name` 属性是服务名，通过它在注册中心找到对应的服务提供者，其中可以带上 `http://` 这样的协议，也可以使用 `${}` 这样的占位符。`path` 是接口中所有方法的路径前缀，定义方法时也可以在注解里添加自己的 `path` 属性，如果有公共的路径前缀就用这种方式配置，不要再配置 `@RequestMapping` 之类的注解。返回的 `Order` 对象可以直接从 BinaryTea 工程中复制过来，去掉不需要的注解和一些属性即可，此处就不再赘述了，大家可以直接参考示例代码。

有了 `OrderService` 后，我们就不再需要用 `RestTemplate` 发起订单调用了，新的 `OrderRunner` 可以改成代码示例 13-3 这样，直接使用 `OrderService` 让代码逻辑看起来更自然了。

代码示例 13-3　使用了 Feign 客户端的 OrderRunner

```java
@Component
@Order(5)
@Setter
@Slf4j
public class OrderRunner implements ApplicationRunner {
    @Autowired
    private OrderService orderService;

    @Override
    public void run(ApplicationArguments args) throws Exception {
        List<learning.spring.customer.model.Order> orders = orderService.listOrders();
        log.info("调用前的订单数量: {}", orders.size());
        NewOrderForm form = NewOrderForm.builder()
            .itemIdList(Arrays.asList("1"))
```

① 这个例子在 ch13/customer-feign 项目中。

```
        .discount(90).build();
    ResponseEntity<learning.spring.customer.model.Order> response =
            orderService.createNewOrder(form);
    log.info("HTTP Status: {}, Headers: {}", response.getStatusCode(), response.getHeaders());
    log.info("Body: {}", response.getBody());
    }
}
```

2. 请求拦截器

到目前为止，我们的 OrderRunner 还不能正常工作，因为服务端针对 /order 需要进行 JWT 令牌认证。之前我们用 RestTemplate 时写过一个 JwtClientHttpRequestInitializer 对每个请求进行定制，现在也是一样的。OpenFeign 提供了一个 RequestInterceptor 接口，用来对请求进行拦截，我们可以写一个类似的 JwtClientHttpRequestInterceptor，为请求添加 JWT 令牌相关的 HTTP 头。具体如代码示例 13-4 所示，其主要代码与 JwtClientHttpRequestInitializer 几乎相同。

代码示例 13-4　处理 JWT 认证相关拦截工作的 JwtClientHttpRequestInterceptor

```
@Slf4j
public class JwtClientHttpRequestInterceptor implements RequestInterceptor {
    // 所有要注入的属性与JwtClientHttpRequestInitializer相同,此处省略
    @Override
    public void apply(RequestTemplate requestTemplate) {
        if (StringUtils.isBlank(token)) {
            initToken();
        }
        requestTemplate.header(HttpHeaders.AUTHORIZATION, "Bearer " + token);
    }
    // initToken()等方法与JwtClientHttpRequestInitializer相同,此处省略
}
```

只需把这个类配置为 Bean，Spring 会自动将上下文中 RequestInterceptor 类型的 Bean 注入 OpenFeign 客户端里，所以配置类大概就像代码示例 13-5 这样。现在只要启动 BinaryTea 工程，让其注册到注册中心上，我们的整个客户端代码就能正常工作了。

代码示例 13-5　增加了 @EnableFeignClients 和 JwtClientHttpRequestInterceptor 的配置类

```
@SpringBootApplication
@Slf4j
@EnableFeignClients
public class CustomerApplication {
    @Bean
    public JwtClientHttpRequestInterceptor jwtClientHttpRequestInterceptor() {
        return new JwtClientHttpRequestInterceptor();
    }
    // 省略其他内容
}
```

3. 切换不同的 HTTP 客户端

与 RestTemplate 一样，OpenFeign 底层也支持多种 HTTP 客户端，默认的 Client.Default 客户端实例使用 Java 自带的 HttpURLConnnection，如果 CLASSPATH 中存在对应的客户端与封装类，就

能替换客户端，具体如表 13-2 所示 [①]。

表 13-2 OpenFeign 支持的 HTTP 客户端

客 户 端	封 装 类	依 赖	配 置 项
Apache Http Client	ApacheHttpClient	feign-httpclient	feign.httpclient.enabled
Apache HttpComponents Client 5	ApacheHttp5Client	feign-hc5	feign.httpclient.hc5.enabled
OkHttp3	OkHttpClient	feign-okhttp	feign.okhttp.enabled

Spring Cloud OpenFeign 的 FeignAutoConfiguration 自动配置类会根据 CLASSPATH 和上下文的情况自动为我们配置对应的客户端。下面的配置代码会自动创建 Apache Http Client 的 CloseableHttpClient，并用它来创建 feignClient Bean，feign.httpclient.enabled 不配置的话默认是 true，所以也可以不写。当然，我们也可以自己动手覆盖这些配置，比如用 HttpClientBuilder 配置一个自己的 CloseableHttpClient。

```
@Configuration(proxyBeanMethods = false)
@ConditionalOnClass(Feign.class)
@EnableConfigurationProperties({ FeignClientProperties.class, FeignHttpClientProperties.class,
                                 FeignEncoderProperties.class })
@Import(DefaultGzipDecoderConfiguration.class)
public class FeignAutoConfiguration {
    @Configuration(proxyBeanMethods = false)
    @ConditionalOnClass(ApacheHttpClient.class)
    @ConditionalOnMissingBean(CloseableHttpClient.class)
    @ConditionalOnProperty(value = "feign.httpclient.enabled", matchIfMissing = true)
    @Conditional(HttpClient5DisabledConditions.class)
    protected static class HttpClientFeignConfiguration {}
    // 省略其他代码
}
```

从上面的代码中可以看出只要 CLASSPATH 里存在 ApacheHttpClient 类，上下文里没有 CloseableHttpClient 类型的 Bean，又不是 HC5 的情况，Spring Cloud 就会自动为我们配置基于 Http Client 的 Feign 客户端，所以最简单的方法就是在 pom.xml 的 <dependencies/> 里加上下面这些依赖。在之前用 RestTemplate 时我们用过 Http Client，而 feign-httpclient 就是包含了 ApacheHttpClient 封装类的依赖。这里的版本需要我们根据 Spring Cloud OpenFeign 依赖的 OpenFeign 版本进行微调，例如这里用的是 11.8。

```
<dependency>
    <groupId>io.github.openfeign</groupId>
    <artifactId>feign-httpclient</artifactId>
    <version>11.8</version>
</dependency>
<dependency>
    <groupId>org.apache.httpcomponents</groupId>
    <artifactId>httpclient</artifactId>
</dependency>
```

---

① 表中依赖项的 GroupId 都是 io.github.openfeign，这里就省略了。需要引入这些依赖和具体客户端的依赖才能开启不同客户端的支持。

4. OpenFeign 的常用配置

在前面的例子中，我们已经看到了 Spring Cloud OpenFeign 会为我们自动应用上下文中的 RequestInterceptor。除了这个类型的 Bean，还有一些其他类型的 Bean 也有类似的效果，我们在上下文里配置自己的 Bean 就行了，例如：

- Logger.Level，OpenFeign 的日志级别，可以是 NONE、BASIC、HEADERS 和 FULL；
- Retryer，重试相关的配置，默认会创建一个 Retryer.NEVER_RETRY 类型的 Bean，表示不做重试；
- Request.Options，请求相关的配置，例如连接超时、读取超时等；
- Capability，可以在构建客户端时，针对部分核心能力进行自定义，例如在引入了 feign-micrometer 后自动配置的 MicrometerCapability。

当然，Spring Cloud OpenFeign 还是为我们做了大量的自动配置工作的，例如 FeignLoadBalancer-AutoConfiguration 和前面提到的 FeignAutoConfiguration。默认的 FeignContext 中包含了很多东西，OpenFeign 中需要用到 Contract、Encoder、Decoder 和 Logger，FeignClientsConfiguration 就分别配置了 SpringMvcContract、SpringEncoder、ResponseEntityDecoder 和 Slf4jLogger（DefaultFeignLogger-Factory 默认创建的就是这个 Logger）。此外，还有 Feign.Builder 和 Client 的默认值。

上面提到的默认配置都加了 @ConditionalOnMissingBean 注解，所以只需要我们在配置类里提供自己的 Bean 就能取代默认值。如果是用于特定的 @FeignClient 中，注解里还有一个 configuration 属性，可以提供配置类，这里为了避免配置类被自动扫描，可以不用添加 @Configuration 注解。

除了配置类的方式，我们也可以选择用配置文件来设置 OpenFeign 的各项属性，相关属性大部分都用 feign.client.config.<contextId> 开头，如果是默认属性可以用 feign.client.config.default 开头。表 13-3 罗列了一些常用的配置。

表 13-3　Spring Cloud OpenFeign 提供的一些常用配置项

配　置　项	说　　明
feign.client.default-to-properties	如果同时存在配置类和配置文件，是否默认用配置文件的内容
feign.client.config.<contextId>.connect-timeout	连接超时，单位毫秒
feign.client.config.<contextId>.read-timeout	读取超时，单位毫秒
feign.client.config.<contextId>.encoder	Encoder 类名
feign.client.config.<contextId>.decoder	Decoder 类名
feign.client.config.<contextId>.logger-level	日志级别，注意是 Feign 的 Logger.Level 枚举值，不是一般的日志级别
feign.client.config.<contextId>.follow-redirects	是否依据响应内容做重定向

更多的配置项可以参考 FeignClientProperties.FeignClientConfiguration 类，如果用了 Apache Http Client，还有一些 feign.httpclient 开头的配置项，可以参考 FeignHttpClientProperties 类。

13.3 服务注册与发现的抽象与应用

Spring Cloud 的服务注册与发现机制正是图 13-3 分布式负载均衡方案的一种实现，它提供了定义好的各种接口，针对不同的服务注册中心，我们只需提供不同的注册与发现实现类就能获得想要的负载均衡能力。在 13.3 节中，我们会看到除了 Zookeeper，还可以用 Nacos、Consul 和 Eureka 来充当注册中心，在此之前先让我们来了解下这套机制是如何实现的。

13.3.1 服务注册的抽象

服务是静态的概念，真正提供服务的是一个个运行中的服务实例，ServiceInstance 接口就代表了这个概念，其中包含了服务 ID、实例 ID、主机、端口等信息。Registration 接口没有任何内容，它的作用是充当注册动作的标识。在 13.2 节中，我们的注册中心用的是 Zookeeper，所以 Spring Cloud Zookeepr 提供了一个 ZookeeperRegistration 子接口，实现类是 ServiceInstanceRegistration。

ServiceRegistry 接口的作用就是向注册中心注册和注销 Registration，其中的方法是 register()、deregister()、setStatus()、getStatus() 和 close()，分别对应了注册、注销、设置节点状态、获取节点状态和关闭。ZookeeperServiceRegistry 就是该接口对应的实现，基于 Apache Curator 的 ServiceDiscovery 对 Zookeeper 做各种对应的操作，负责在启动时把实例注册到 Zookeeper 上。

知道了 ServiceRegistry 负责服务实例的注册后，又是什么地方触发了注册这个动作呢？我们的应用启动后就自动注册到了注册中心，并没有人为进行注册，AutoServiceRegistration 接口就代表了自动服务注册的行为，这个接口只是一个标识，里面没有具体的方法，重要的内容都在抽象类 AbstractAutoServiceRegistration 中。在接收到 WebServerInitializedEvent 事件后，会根据设置判断是否需要自动注册，如果需要则触发服务实例的注册动作（也就是调用 register() 方法），AbstractAutoServiceRegistration 在调用 serviceRegistry.register() 进行服务注册前后分别还会触发 InstancePreRegisteredEvent 和 InstanceRegisteredEvent 事件，方便在这些阶段扩展自己的动作。只要不去设置 spring.cloud.service-registry.auto-registration.enabled 为 false，AutoService-RegistrationAutoConfiguration 会配置自动服务注册相关的内容。

ZookeeperAutoServiceRegistration 就是 Spring Cloud Zookeeper 中具体负责自动服务注册的实现类，它的注册依据是 spring.cloud.zookeeper.discovery.enabled 配置项，默认为 true。本节中介绍的重要接口和实现类的关系如图 13-4 所示。

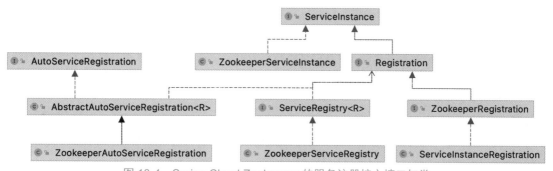

图 13-4　Spring Cloud Zookeeper 的服务注册核心接口与类

13.3.2 服务发现的抽象

服务注册好了之后，服务的消费者就该考虑如何从注册中心获取已注册的服务实例了，也就是怎么去发现服务。Spring Cloud 的 DiscoveryClient 接口提供了服务发现机制的抽象，具体说来，DiscoveryClient 提供了一些读操作，通过其中的 getServices() 可以获得注册中心上的所有服务清单，通过 getInstances() 可以获得指定服务的实例清单。带有 @LoadBalanced 注解的 RestTemplate 在向指定服务发起请求时，实际就是从 DiscoveryClient 中获取具体要调用的服务实例信息，所以 DiscoveryClient 就是背后的核心。

仍然以 Zookeeper 为例，Spring Cloud Zookeeper 提供了 ZookeeperDiscoveryClient 实现，其背后依靠的同样是 Apache Curator 的 ServiceDiscovery。自动配置类 CuratorServiceDiscoveryAuto-Configuration 提供了 ServiceDiscovery Bean，ZookeeperDiscoveryClientConfiguration 则提供了 ZookeeperDiscoveryClient Bean。在自动配置的加持之下，我们就有了可用的 DiscoveryClient。

Spring Cloud Common 中默认还提供了两个 DiscoveryClient 的实现，分别是 CompositeDiscovery-Client 和 SimpleDiscoveryClient。前者是一个组合服务发现客户端，可以将多个 DiscoveryClient 组装到一起，在查找服务和服务实例时依次遍历每个 DiscoveryClient，返回找到的第一个结果。后者则提供了一种基于配置文件的服务发现方式，通过 spring.cloud.discovery.client.simple 前缀的配置提供服务与实例的映射关系，将其绑定到 SimpleDiscoveryProperties 对象里，SimpleDiscoveryClient 再从中查找服务与实例。在实践中，通常还是会使用独立的服务注册中心，而非配置文件。

此外，早期的 Spring Cloud 中需要添加 @EnableDiscoveryClient 来开启 DiscoveryClient 的支持，现在已经无须手动添加该注解了，只要 CLASSPATH 中存在相应的实现，Spring 会进行自动配置。如果希望关闭服务发现机制，可以将 spring.cloud.discovery.enabled 设置为 false。

13.3.3 在 Consul 中注册服务

本章早些时候，我们已经演示过如何使用 Zookeeper 作为服务注册中心进行服务实例的注册和发现，在大概了解其背后的实现方式后，再让我们一起来看看 Spring Cloud 支持的其他几种服务注册中心。

HashiCorp Consul 是一款服务网格解决方案，它兼具了分布式、高可用、可感知数据中心等诸多特性，提供了服务发现、服务配置、服务分段（segmentation）、键值存储等功能，我们可以按需使用这些功能，本书后续章节里还会用到 Consul 的服务配置功能。

Consul 提供了一种简单的服务定义格式，通过 HTTP 接口可以动态地将服务的定义提交到 Consul 服务端，配合健康检查机制，就能判断哪些服务处于可用状态。除了使用 API 方式，我们还可以通过 DNS 来查询服务，Consul 提供了 DNS 解析支持，例如，binarytea.service.dc1.consul 代表了 DC1 数据中心的 BinaryTea 服务。

既然我们是在介绍 Spring Cloud，这里自然是要使用 Spring Cloud 提供的服务注册与发现机制。首先像下面这样在 pom.xml 中引入 Consul 服务发现相关的依赖，之前用的是 spring-cloud-starter-zookeeper-discovery，现在换成 spring-cloud-starter-consul-discovery。

```
<dependency>
    <groupId>org.springframework.cloud</groupId>
    <artifactId>spring-cloud-starter-consul-discovery</artifactId>
</dependency>
```

通过查看 ConsulServiceRegistry 和 ConsulDiscoveryClient 的代码，我们可以了解到 Spring Cloud 的 Consul 的服务注册与发现机制是通过 com.ecwid.consul.v1.ConsulClient 来实现的，这是一个 Consul API 的客户端。默认情况下，Spring Cloud Consul 会与启动在 localhost:8500 上的 Consul Agent 进行通信，但也可以通过下面的配置进行设置：

```
spring.cloud.consul.host=localhost
spring.cloud.consul.port=8500
```

表 13-4 中罗列了一些常用的配置项，默认值基本就能满足日常的使用，大家可以按需稍作修改。

表 13-4　Spring Cloud Consul 的部分服务发现配置

配　置　项	默　认　值	说　　明
spring.cloud.consul.enabled	true	是否开启 Consul 支持
spring.cloud.consul.discovery.enabled	true	是否开启 Consul 服务发现功能
spring.cloud.consul.discovery.register	true	是否注册服务
spring.cloud.consul.discovery.fail-fast	false	注册失败时是否抛出异常，为 false 时只打印日志
spring.cloud.consul.host	localhost	Consul Agent 的主机名
spring.cloud.consul.port	8500	Consul Agent 的端口
spring.cloud.consul.discovery.prefer-ip-address	false	注册服务时是使用 IP 还是主机名
spring.cloud.consul.discovery.instance-id	${spring.application.name}: 逗号分隔的 Profile:${server. port}	要注册的服务实例 ID
spring.cloud.consul.discovery.register-health-check	true	是否注册健康检查
spring.cloud.consul.discovery.health-check-interval	10s	健康检查间隔时间
spring.cloud.consul.discovery.health-check-path	/actuator/health	健康检查的路径

在运行新的 BinaryTea 程序[①]前，我们还需要准备一个 Consul 的环境，如果是开发学习，可以考虑直接用 Docker[②]在本地启动一个环境，命令大概是下面这样的，运行后可以通过浏览器访问 http://localhost:8500/ 看看是否启动成功：

```
▶ docker pull consul
▶ docker run --name consul -d -p 8500:8500 -p 8600:8600/udp consul
```

在工程的 applicaton.properties 中，去掉 Zookeeper 相关配置，换成 Consul 的，大概的配置片段如代码示例 13-6 所示。

---

① 这里的服务端与客户端示例，放在了 ch13/binarytea-consul 和 ch13/customer-feign-consul 项目中。
② 关于 Consul 镜像的使用，可以搜索 "Docker Consul"，参考官方指南。

代码示例 13-6　使用 Consul 的配置文件片段

```
spring.application.name=binarytea
spring.cloud.consul.host=localhost
spring.cloud.consul.port=8500
# 省略其他配置
```

运行后在日志中会看到类似下面这样的输出：

```
2021-06-17 00:16:46.252  INFO 71861 --- [main] o.s.c.c.s.ConsulServiceRegistry : Registering service with
consul: NewService{id='binarytea', name='binarytea', tags=[], address='192.168.3.7', meta={secure=false},
port=8080, enableTagOverride=null, check=Check{script='null', dockerContainerID='null', shell='null',
interval='10s', ttl='null', http='http://192.168.3.7:8080/actuator/health', method='null', header={},
tcp='null', timeout='null', deregisterCriticalServiceAfter='null', tlsSkipVerify=null, status='null',
grpc='null', grpcUseTLS=null}, checks=null}
```

通过浏览器访问 Consul 页面查看，会看到类似图 13-5 所示的信息。

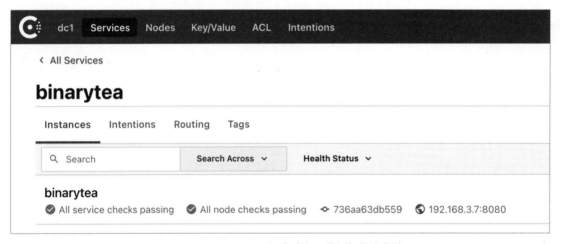

图 13-5　Consul 页面中看到的二进制奶茶店程序

13.3.4　在 Nacos 中注册服务

Nacos 是阿里巴巴开源的一款中间件产品，提供了完善的云原生服务发现、配置和管理能力。服务是 Nacos 里的重要成员，在 Nacos 的管理平台上，可以掌握大量服务相关的元数据，比如生命周期、依赖、健康状态、路由策略等。本节会重点介绍如何在 Spring Cloud 的帮助下使用 Nacos 来实现微服务的注册和发现功能。

第一步是引入依赖，由于 Spring Cloud Alibaba 不在 `spring-cloud-dependencies` 里，所以先要在 `<dependencyManagement/>` 中引入 `spring-cloud-alibaba-dependencies`，就像下面这样：

```
<dependencyManagement>
    <dependencies>
        <dependency>
            <groupId>org.springframework.cloud</groupId>
            <artifactId>spring-cloud-dependencies</artifactId>
```

```
            <version>${spring-cloud.version}</version>
            <type>pom</type>
            <scope>import</scope>
        </dependency>
        <dependency>
            <groupId>com.alibaba.cloud</groupId>
            <artifactId>spring-cloud-alibaba-dependencies</artifactId>
            <version>${spring-cloud-alibaba.version}</version>
            <type>pom</type>
            <scope>import</scope>
        </dependency>
    </dependencies>
</dependencyManagement>
```

其中的 ${spring-cloud-alibaba.version} 可以从官方主页找到，例如可以在 <properties/> 中将其设置为 2021.0.1.0[①]。随后，再到 <dependencies/> 里引入 Nacos 服务注册与发现相关的依赖：

```
<dependency>
    <groupId>com.alibaba.cloud</groupId>
    <artifactId>spring-cloud-starter-alibaba-nacos-discovery</artifactId>
</dependency>
```

第二步是在 application.properties 中配置 Nacos 服务端相关的信息，例如在 127.0.0.1:8848 启动一个 Nacos 服务端，可以像代码示例 13-7 那样配置。其中，为了方便演示，management.endpoints.web.exposure.include=* 暴露了所有的端点，因为 Nacos 为我们提供了一个 nacos-discovery 端点，我们可以通过它查看详细的信息。当然，也可以手动设置需要暴露的端点。

代码示例 13-7　针对 Nacos 的 BinaryTea 配置片段

```
spring.application.name=binarytea
management.endpoints.web.exposure.include=*
spring.cloud.nacos.discovery.server-addr=127.0.0.1:8848
```

修改完 BinaryTea 项目，还需要用类似的方式修改 Customer 项目的依赖和配置。需要注意，spring-cloud-starter-alibaba-nacos-discover 里并不包含 spring-cloud-starter-loadbalancer，需要我们自己添加这个依赖之后 OpenFeign 才能用上 Spring Cloud 的负载均衡，如代码示例 13-8 所示。[②]

代码示例 13-8　Customer 项目的 pom.xml 中要调整的依赖代码片段

```
<dependency>
    <groupId>com.alibaba.cloud</groupId>
    <artifactId>spring-cloud-starter-alibaba-nacos-discovery</artifactId>
</dependency>
<dependency>
    <groupId>org.springframework.cloud</groupId>
    <artifactId>spring-cloud-starter-openfeign</artifactId>
</dependency>
```

---

① 这里的版本与 Spring Boot 的版本是有对应关系的，2.2.x.RELEASE 对应 Spring Cloud Hoxton，也就是 Spring Boot 2.2.x 与 2.3.x，2.1.x.RELEASE 对应 Spring Boot 2.1.x 的版本，2.0.x.RELEASE 对应 Spring Boot 2.0.x 的版本，1.5.x.RELEASE 对应 Spring Boot 1.5.x 的版本。

② 早期版本的 spring-cloud-starter-alibaba-nacos-discovery 里还包含了 spring-cloud-starter-netflix-ribbon，如果不需要的话，最好把这个依赖排除，2021.0.1.0 版本里直接就没有。

```
<dependency>
    <groupId>org.springframework.cloud</groupId>
    <artifactId>spring-cloud-starter-loadbalancer</artifactId>
</dependency>
```

而在 application.properties 里则可以像代码示例 13-9 这样做些配置。

代码示例 13-9　服务消费者端的 Nacos 相关配置片段

```
spring.application.name=customer
management.endpoints.web.exposure.include=*
spring.cloud.nacos.discovery.server-addr=127.0.0.1:8848
```

除了 spring.cloud.nacos.discovery.server-addr，表 13-5 还罗列了一些 Nacos 相关的配置，通常情况下只需要提供 Nacos 的服务端地址就好，Spring 会自动完成其他的配置工作，能够满足大部分的场景需要。

表 13-5　Nacos 服务发现相关的部分配置

配　置　项	默　认　值	说　　明
spring.cloud.nacos.discovery	true	是否开启 Nacos 服务发现相关支持
spring.cloud.nacos.discovery.server-addr		Nacos 服务端地址
spring.cloud.nacos.discovery.service	${spring.application.name}	服务名，默认使用 Spring 应用名
spring.cloud.nacos.discovery.namespace		用来区分不同环境的命名空间
spring.cloud.nacos.discovery.weight	1	当前实例的权重，取值范围 1 到 100，值越大权重越高
spring.cloud.nacos.discovery.ip		要注册到 Nacos 上的 IP
spring.cloud.nacos.discovery.port	-1	要注册到 Nacos 上的端口，默认是自动发现的
spring.cloud.nacos.discovery.access-key		阿里云账户的 AccessKey，不用阿里云不用设置
spring.cloud.nacos.discovery.secret-key		阿里云账户的 Secretkey，不用阿里云不用设置

这次，我们同样使用 Docker 来启动一个简单的单机 Nacos[①]，监听本地的 8848 端口。这个模式下默认使用 Derby 作为数据存储，只能用来测试，不能用在生产环境中。至于生产环境的版本，大家可以参考官方文档进行部署。

▶ docker pull nacos/nacos-server
▶ docker run --name nacos -e MODE=standalone -p 8848:8848 -d nacos/nacos-server

成功启动 Nacos 服务端和两个应用程序后，可以通过浏览器访问 http://localhost:8848/nacos，在登录界面中使用 nacos 作为用户名和密码。随后就能看到类似图 13-6 的服务列表，其中包含了服务提供者 binarytea，Customer 运行过程中点击订阅者也能看到服务的订阅者。

---

① 关于这个镜像的更多用法，可以参考 Docker Hub 上该镜像的文档。

图 13-6　Nacos 中的服务列表

茶歇时间：Spring Cloud Alibaba 概述

　　众所周知，阿里巴巴集团旗下的各家公司都在大量使用 Java，加之阿里多年的实践，沉淀出了很多优秀的中间件设施。阿里将它们开源，同时还在阿里云上提供了对应的服务。Spring Cloud 作为目前主流的 Java 微服务框架，阿里自然希望这些设施能够方便地被 Spring Cloud 的用户接受并使用到自己的系统中。于是就有了 Spring Cloud Alibaba，最初它是由阿里巴巴开发并发布在阿里巴巴的项目下，后来并入了 Spring Cloud 项目。

　　在 Spring Cloud Alibaba 的帮助下，只需简单的一些注解和少数配置，就能让基于 Spring Cloud 的系统用上阿里巴巴分布式解决方案中的很多中间件。主要包括如下内容，本书中会涉及其中的 Nacos、Sentinel 和 Dubbo。

　　□ Nacos，提供服务实例的注册与发现能力，也可作为服务配置的后端数据存储。
　　□ Sentinel，提供流量控制、服务降级等保护能力。
　　□ RocketMQ，一款高性能、可伸缩的金融级消息中间件，通过 Spring Cloud Alibaba 可以实现基于 RocketMQ 的事件驱动与消息总线。
　　□ Seata，提供分布式事务解决方案。
　　□ Dubbo，一款被广泛使用的 RPC 框架。

13.3.5　在 Eureka 中注册服务

　　在 Spring Cloud 刚问世时，Spring Cloud 的一大特色就是和 Netflix 的开源设施做了大量整合。Netflix 的开源软件套件（Netflix OSS）当时也非常出名，其中与微服务相关的部分组件如表 13-6 所示。一时间，大家都在学习如何在 Spring Cloud 项目里用 Eureka 来做服务发现与注册，这几乎就是 Spring Cloud 的 Hello World 项目。不过随着时间的推移，Netflix OSS 中的部分组件不再开源，例如 Eureka 和 Zuul，加之社区中有了更多可供选择的同类产品，Spring Cloud 也对它们做了很好的支持，所以 Eureka 已经不再是我们的首选了。

表 13-6　Netflix OSS 中的与微服务相关的部分组件

组　件	说　明
Eureka	服务发现与注册中心，针对 Amazon Web Services（AWS）做了针对性设计，也可用于非 AWS 的场景
Archaius	分布式配置中心
Ribbon	客户端进程间通讯（IPC）组件，提供负载均衡、容错、多协议支持等功能
Hystrix	可靠性组件，在服务调用过程中提供服务降级、容错等功能
Zuul	微服务网关

在 Spring Cloud 里，所有对 Netflix OSS 的支持都集中在 Spring Cloud Netflix 项目里，这一节里我们会重点关注对 Eureka 的支持。接下来先将 BinaryTea 的注册中心替换为 Eureka[①]，只需在 pom. xml 里引入 Eureka 客户端依赖即可。早期还需要在配置类上增加 @EnableEurekaClient 注解，现在这步不是必需的了。

```
<dependency>
    <groupId>org.springframework.cloud</groupId>
    <artifactId>spring-cloud-starter-netflix-eureka-client</artifactId>
</dependency>
```

随后，在 application.properties 中配置与 Eureka 相关的信息，就像下面这样。其中的 defaultZone[②] 是所有 Eureka 客户端都能获取的默认服务端 URL，也可以针对性地使用其他可用区名来配置特定的服务端 URL。eureka.client.service-url 实际是个 Map<String, String> 类型，这里的 defaultZone 是作为键存在的，可以视为一个特殊的字符串。

```
spring.application.name=binarytea
eureka.client.service-url.defaultZone=http://localhost:8761/eureka
eureka.instance.prefer-ip-address=true
```

除了上面提到的配置，其他主要配置都在 eureka.instance.* 和 eureka.client.* 这两个前缀下，前者对应了 EurekaInstanceConfigBean，后者对应的是 EurekaClientConfigBean，表 13-7 中例举了一部分。

表 13-7　Spring Cloud 中常用的一些 Eureka 配置

配　置　项	默　认　值	说　明
eureka.instance.hostname		实例的主机名
eureka.instance.prefer-ip-address	false	注册时是否优先使用 IP 地址，而非主机名
eureka.instance.status-page-url-path	/actuator/info	当前实例的应用信息
eureka.instance.health-check-url-path	/actuator/health	当前实例的健康检查 URL 路径
eureka.instance.secure-port-enabled	false	是否开启 HTTPS 端口

---

① 这个示例在 ch13/binarytea-eureka 项目中，对应的客户端是 ch13/customer-feign-eureka，独立的 Eureka 服务端工程是 ch13/eureka-server。

② 在 Amazon Web Services 上是区分不同的区域（Region）和可用区（Availability Zone）的。一个区域会包含多个可用区，服务都部署在可用区中。所以这里 defaultZone 指的是默认要使用的可用区，请注意，这里的 defaultZone 不能写成 default-zone。

（续）

配　置　项	默　认　值	说　　明
eureka.client.enabled	true	开启 Eureka 服务发现客户端支持
eureka.client.healthcheck.enabled	true	是否执行健康检查
eureka.client.register-with-eureka	true	当前实例是否要注册到 Eureka 上
eureka.client.fetch-registry	true	是否拉取 Eureka 上的注册信息
eureka.client.prefer-same-zone-eureka	true	是否优先使用同一个区域的实例
eureka.client.eureka-server-connect-timeout-seconds	5	服务端连接超时秒数
eureka.client.eureka-server-read-timeout-seconds	8	服务端读取超时秒数

如果使用 HTTPS 连接 Eureka，相关的配置以 eureka.client.tls.* 打头，有需要的可以查看官方文档的相应内容。

在运行程序前，需要在本地启动一个 Eureka 服务端，可以用 Docker Hub 上的 Docker 镜像，也可以自己用官方 Eureka 来搭建。Spring Cloud Eureka 自带了一套简单的服务端，几行代码就能搞定一个 Eureka 服务。我们可以到 Spring Initialzr 上新建一个项目，输入项目基本信息，例如项目名就叫 eureka-server，在依赖中选择 Eureka Server，随后生成项目。如果打开 pom.xml，可以看到它就是在其中添加了如下依赖。由于我们使用的 Java 11 已经去掉了 JAXB 模块，因而这个依赖里还带上了 jaxb-runtime 依赖。

```
<dependency>
    <groupId>org.springframework.cloud</groupId>
    <artifactId>spring-cloud-starter-netflix-eureka-server</artifactId>
</dependency>
```

在启动类 EurekaServerApplication 上，添加 @EnableEurekaServer 注解就能开启一个简易的单机版 Eureka，就像代码示例 13-9 一样。

代码示例 13-9　用来启动 Eureka 服务端的 EurekaServerApplication

```
@SpringBootApplication
@EnableEurekaServer
public class EurekaServerApplication {
    public static void main(String[] args) {
        SpringApplication.run(EurekaServerApplication.class, args);
    }
}
```

接下来，还要像代码示例 13-10 这样在 application.properties 中做些配置。让服务端监听 8761 端口，这个端口与前文中 BinaryTea 工程里配置的一样，由于本身就是 Eureka 服务端，所以不需要再进行注册或者拉取服务了。

代码示例 13-10　Eureka 服务端的简单配置

```
spring.application.name=eureka-server
server.port=8761

eureka.client.register-with-eureka=false
eureka.client.fetch-registry=false
```

启动 Eureka 服务端后，运行 BinaryTea，访问 http://localhost:8761，就能看到类似图 13-7 这样的界面。

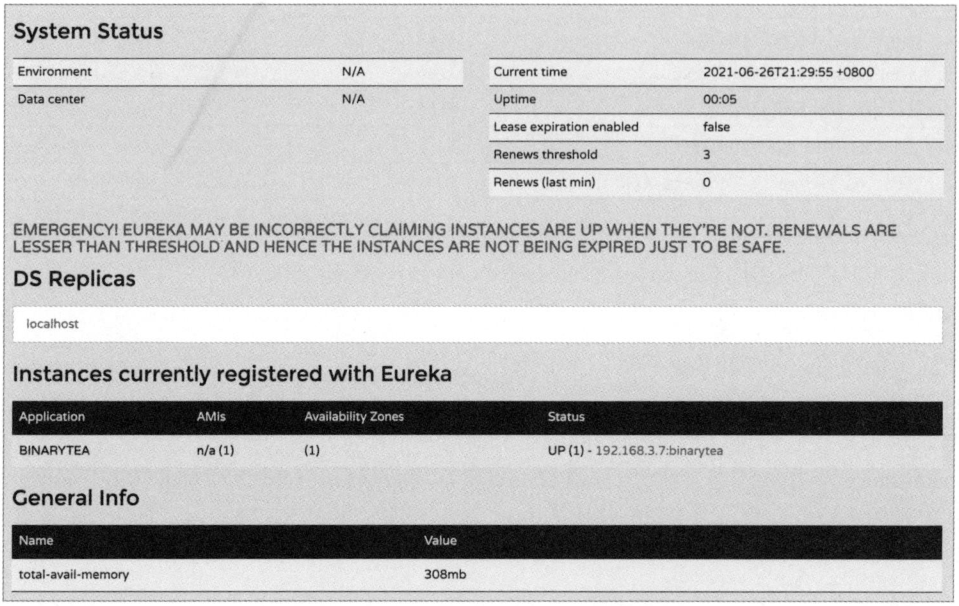

System Status

Environment	N/A	Current time	2021-06-26T21:29:55 +0800
Data center	N/A	Uptime	00:05
		Lease expiration enabled	false
		Renews threshold	3
		Renews (last min)	0

EMERGENCY! EUREKA MAY BE INCORRECTLY CLAIMING INSTANCES ARE UP WHEN THEY'RE NOT. RENEWALS ARE LESSER THAN THRESHOLD AND HENCE THE INSTANCES ARE NOT BEING EXPIRED JUST TO BE SAFE.

DS Replicas

localhost

Instances currently registered with Eureka

Application	AMIs	Availability Zones	Status
BINARYTEA	n/a (1)	(1)	UP (1) - 192.168.3.7:binarytea

General Info

Name	Value
total-avail-memory	308mb

图 13-7　注册了一个服务的 Eureka 界面

13.4　小结

本章我们了解了负载均衡的基础知识，具体学习了如何使用 Spring Cloud 来实现分布式的微服务注册与发现机制，Spring Cloud 可以使用 Eureka、Consul、Zookeeper 和 Nacos 来充当服务的注册中心，Eureka 更适合 AWS 环境，而 Zookeeper 则天生不适合作为复杂大型系统的服务注册中心，我们可以根据实际情况进行选型。在此过程中，我们还对 Spring Cloud 的服务注册与发现机制背后的原理做了简单说明。

下一章，我们会聊到微服务中的另一个重要话题——微服务的配置，看一看如何使用 Spring Cloud 来管理服务的配置信息。

二进制奶茶店项目开发小结

本章中，我们并没有为二进制奶茶的程序增加什么功能性的需求，而是为了满足日后服务的扩展，为它增加了集群化的能力，重点是服务注册与发现的能力。在 Spring Cloud 的帮助下，我们可以在不改变代码的情况下，自由地切换多种服务注册中心。在客户端侧，除了之前使用的 RestTemplate，我们还引入了更易用的 OpenFeign，以接口契约的形式来声明服务，以类似本地方法调用的方式调用服务端的各种接口。

第 14 章

服务配置管理

在一个复杂系统中，一定会存在大量的配置，特别是这个系统由大量微服务构成时，问题会更加严重，因为这些配置可能散落在各处，管理起来非常麻烦。Spring Cloud 既然是大量优秀实践的沉淀，自然也注意到了这个问题，为我们提供了一套比较成熟的解决方案。例如，在上一章介绍 Netflix OSS 时就提到了分布式配置中心 Archaius。本章中，让我们看看如何在 Spring Cloud Config 的帮助下解决微服务的配置管理难题。

14.1 使用 Spring Cloud Config 实现配置管理

在 Spring Cloud 的常用功能中，与服务发现同等重要的应该就是服务配置管理了。本节中我们就来一起了解一下配置该如何管理，Spring Cloud 提供了哪些便于配置管理的组件，这些组件又能如何保护我们的配置项。

14.1.1 为何需要配置中心

"早期的系统并不复杂，开发运维也比较简单粗暴，开发者们没有太多配置的概念，所有东西硬编码一下，如果需要针对新环境做些调整，那就在代码里改改，重新打个包发上去。"如果有人是这么告诉你的，那要么他是个几十年前的"古董"程序员，完全不接触新技术，要么就是他根本不懂软件开发与运维。

在 Java 系统中，可以通过 -D 在命令行中传入系统参数，哪怕是启动 Tomcat 这样的容器，也能在代码里轻松获取 -D 传入的系统参数。像数据库连接池配置这样的内容，随着环境的变化一定会变，我们可以将数据源配置在容器里，然后以 JNDI（Java Naming and Directory Interface，Java 命名和目录接口）的方式获取数据源。所以说在 Java 系统里不缺配置的手段，只是配置起来简单一些或者复杂一些而已。

但对大部分开发者来说，更熟悉的方式应该是将需要变动的内容作为配置项抽象出来，随后将其写在一个或几个配置文件里，遇到不同的环境就选择加载不同的配置文件。通常相关功能会沉淀到开发框架里，由框架来提供这些基础的能力，开发者自己并不需要太操心。如果是个单体应用，只有一个大集群，用这个方式来管理配置还好；但到了微服务的时代，一个分布式系统涉及几十个、上百个甚至上千个微服务，每个微服务还有多个实例，这么多配置文件的管理就变成了难题，就算用 Puppet 集中管理勉强可以过得去，但新问题又接踵而至。

修改配置文件后，很多情况下需要重启应用才能让配置生效；但我们又希望配置变更能快速生效——不要重启就能生效，而且能快速应用到整个集群，这就需要配置变更推送。例如，用 Zookeeper 来管理配置，客户端监听某个节点的变化，在配置变更时 Zookeeper 能主动将变更推送过来，客户端在收到变更信息后再做对应的处理。

此外，在一些应用场景中，配置项的变更还不能只是简单地把值改了。谁能修改配置需要有统一的权限管理，而改变配置这个动作本身也需要留下痕迹，可供追踪审计。再进一步，有些配置项涉及敏感信息，这些敏感信息需要按照指定的加密算法进行加密保存。诸如此类的附加功能，在金融等领域还是比较常见的。这种情况下，普通的配置文件很难满足我们的业务要求，有个专门的配置中心会更加方便。

综合上述情况，目前我们经常使用的配置方法有如下几种：**环境变量**、**系统参数**、**配置文件**和**配置中心**。在当下的微服务系统中，使用配置中心的方式往往是更合适的选择。

14.1.2 基于 Spring Cloud Config Server 的配置中心

Spring Cloud Config 是 Spring Cloud 中专门用来提供配置管理解决方案的组件，同时提供了服务端与客户端的支持。在服务端方面，它提供了 Spring Cloud Config Server 作为配置中心（14.1.3 节会讲 Spring Cloud Config Client），只需一个 @EnableConfigServer 注解就能开启，通过 HTTP 接口向客户端提供配置信息，可以实现应用、Profile 和标签的多重组合，而且其背后支持多种不同的存储后端，具体如表 14-1 所示。

表 14-1　Spring Cloud Config Server 支持的常用存储后端

存储后端	说　　明
Git	默认的后端存储方式，既能支持本地 Git 仓库，也可以支持 SSH 和 HTTPS 等方式
JDBC	在关系型数据库中存储配置，在 Spring JDBC 的支持下，通过几张表就能实现配置的管理了
Redis	在 Redis 中存储配置，使用的数据结构是 Redis 的散列表，其背后的各种操作是通过 Spring Data Redis 来实现的
文件系统	直接在某个本地目录中存储配置，适合在简单的场景中，例如本地测试
Vault	当存储的内容为敏感信息时，可以考虑将其存储在 HashiCorp Vault 中

接下来，让我们通过实际的例子来看看 Spring Cloud Config Server 的具体使用方式，以及如何通过它来提供配置管理服务，在例子中我们会使用目前比较基础的 Git 来存储配置。

> 需求描述 奶茶店时不时要搞一些促销活动，例如全单打折，不同的门店还可以有不同的折扣。这种需求当然可以通过在数据库里增加一张活动折扣表来实现，但我们是不是也可以把折扣视为一种配置呢？不如先搞个配置中心，把这些"配置项"集中管理起来吧！

1. 搭建基于 Git 的配置中心服务

我们可以通过 Spring Initializr 来生成独立的 Spring Cloud Config Server 项目，只需勾选 Config Server（Spring Cloud Config）一项依赖就行了，其他信息根据自己的情况填写即可。假设我们项目的 ArtifactId 为 config-server，我们可以在主程序 ConfigServerApplication 上加上 @EnableConfigServer 注解，就像代码示例 14-1 那样。[①]

代码示例 14-1　增加了 Spring Cloud Config Server 注解的类

```
@SpringBootApplication
@EnableConfigServer
public class ConfigServerApplication {
    public static void main(String[] args) {
        SpringApplication.run(ConfigServerApplication.class, args);
    }
}
```

随后，在配置文件中做些调整，类似代码示例 14-2。我们指定了 Spring 应用名，HTTP 服务监听 8888 端口，最重要的是指定了 Git 服务的 URI 地址，此处使用了 file:// 本地目录，大家也可以用 ssh:// 或者 https:// 等前缀指定不同的地址。

代码示例 14-2　配置中心服务对应的 application.properties 文件

```
spring.application.name=config-server

server.port=8888
spring.cloud.config.server.git.uri=file://${user.home}/Codes/configs
```

在启动服务前，需要先初始化一下本地的 Git 仓库，如果你用的是远程仓库，可以设置对应的 URI 和登录信息。${user.home} 是一个系统变量，会解析为当前运行用户的用户目录，在 Linux 或 macOS 这样的系统里，类似 ~ 指代的目录。在这个目录中用 git 命令初始化仓库，再添加一个配置文件提交即可：

```
▶ mkdir -p ~/Codes/configs
▶ cd ~/Codes/configs
▶ git init .
▶ echo "binarytea.discount=100" > application.properties
▶ git add application.properties
▶ git commit -m "add a default discount."
```

如果是 Windows 系统，可能会缺少一些命令，我们可以自己创建一个目录，用 Git for Windows 或者 Tortoise Git 等工具完成初始化，随后编辑 application.properties 文件再提交。

一切准备就绪之后，运行 ConfigServerApplication 类启动程序，我们就获得了一个基于 Git 后

---

① 这节中配置中心 Config Server 的例子在 ch14/configserver 项目中。

端存储、监听 8888 端口的 Spring Cloud Config Server。在浏览器中访问 http://localhost:8888/application/ default/ 可以看到类似图 14-1 的输出，这是 JSON 格式的，后续我们会看到如何获取 YAML 和 Properties 格式的配置项。

```
1   // 20210725111351
2   // http://localhost:8888/application/default
3
4   {
5       "label": null,
6       "name": "application",
7       "profiles": [
8           "default"
9       ],
10      "propertySources": [
11          {
12              "name": "file:///Users/digitalsonic/Codes/configs/application.properties",
13              "source": {
14                  "binarytea.discount": "100"
15              }
16          }
17      ],
18      "state": null,
19      "version": "83b10ad031d5c5108d2fa32e32de396f32dda313"
20  }
```

图 14-1　在浏览器中访问默认的配置项

2. 配置的获取方式

Spring Cloud Config Server 对外提供了一系列 REST 接口，方便大家获取指定应用的参数，过程中需要传递三个重要参数：

- □ 应用名，每个应用的参数都是分开存储的，这个名字就是各自的 spring.application.name ；
- □ Profile，同一应用不同 Profile 的配置也是分开的，可以对默认的配置进行覆盖；
- □ 标签（label），这是 Git 的标签，之前默认是 master，现在改成了 main，如果找不到 main 分支，则会降级使用 master 分支。

配置中心对外提供的都是 GET 接口，资源的 URI 组成非常灵活，有很多种方式，具体如表 14-2 所示。如果使用 Spring Cloud Config Client 来获取配置，我们根本就不用操心这些 URI 具体怎么用。但如果是自己要用，那还是需要了解一下。

表 14-2　获取配置的 HTTP 资源 URI

URI	资源格式	说　　明
/{ 应用名 }/{Profile}[/{ 标签 }]	JSON	最后那部分 /{ 标签 } 是可选的
/{ 应用名 }-{Profile}.yml	YAML	各项都是必需的，就算没有 Profile，也得写一个
/{ 应用名 }-{Profile}.properties	Properties	同上
/{ 标签 }/{ 应用名 }-{Profile}.yml	YAML	各项都是必需的，就算没有标签，也得写一个
/{ 标签 }/{ 应用名 }-{Profile}.properties	Properties	同上

我们在 4.3.2 节里介绍了 Spring Boot 项目配置文件的相关细节，在 Spring Cloud Config Server 使用的本地目录或者 Git 里，存储配置的方式也是类似的，用 { 应用名 }.properties 或 { 应用名 }-{Profile}.properties 的文件来保存配置（.yml 文件的命名方式也是类似的）。各应用间公共的配置被存在名为 application 的应用下，也就是放在 application.properties 或 application-{Profile}.properties 里。

不同文件里的配置，在获取时会按照下面的优先级排列，{ 应用名 }-{Profile}.properties 的优先级最高。这里用的是 .properties 后缀，.yml 也是一样的：

(1) { 应用名 }-{Profile}.properties
(2) { 应用名 }.properties
(3) application-{Profile}.properties
(4) application.properties

为了帮助大家更好地理解配置的获取方式，让我们通过二进制奶茶店的例子来做个演示。

> **需求描述** 二进制奶茶店会新开一些分店，在正式开业前期，这些店有的会暂不对外开放，有的会缩短营业时间，例如，新店试营业期间只在 9:00~19:30 营业，还能给些折扣。这些配置原先放在 application.properties 里，现在请考虑将它们挪到配置中心里。

需求中提到的营业时间其实就是之前的 binarytea.ready 和 binarytea.open-hours 这两个参数：

```
binarytea.ready=true
binarytea.open-hours=8:30-22:00
```

我们在 ~/Codes/configs 目录中分别编辑 application.properties、binarytea.properties 和 binarytea-trial.properties 三个文件并提交至 Git 仓库，它们分别代表了应用程序配置的公共默认配置、BinaryTea 项目的默认 Profile 配置和 trial 试营业 Profile 配置。三个配置文件的内容请见代码示例 14-3。

代码示例 14-3　包含了门店营业时间的几个配置文件

```
# application.properties
binarytea.ready=false
binarytea.open-hours=8:30-22:00
binarytea.discount=100

# binarytea.properties
binarytea.ready=true
binarytea.open-hours=9:00-21:00

# binarytea-trial.properties
binarytea.open-hours=9:30-19:30
binarytea.discount=80
```

我们可以用 curl 命令来访问配置中心，先获取 BinaryTea 项目的默认配置。命令类似下面这样，其中的 -default 是随便写的，不存在的 Profile 会加载默认的内容，order.discount 是从 application.properties 获取的，而另两个则是从 binarytea.properties 获取的：

```
▶ curl http://localhost:8888/binarytea-default.yml
binarytea:
  ready: 'true'
  open-hours: 9:00-21:00
  discount: '100'
```

上面演示的是获取 YAML 格式的内容，接下来换成 Properties，我们来获取试营业的配置。其中的 order.discount 和 binarytea.open-hours 是从 binarytea-trial.properties 获取的，binarytea.ready 则是从 binarytea.properties 获取的。

```
▶ curl http://localhost:8888/binarytea-trial.properties
binarytea.ready: true
binarytea.open-hours: 9:30-19:30
binarytea.discount: 80
```

Spring Cloud Config Server 本质上也是一个服务。既然是服务，那一样也可以注册到服务的注册中心里，然后通过注册中心实现配置服务的发现。使用上一章介绍的方法，就能轻松地完成注册，稍后我们会在 14.1.3 中看到如何从注册中心找到配置中心。此外，既然是 HTTP 服务，那我们也可以用 Spring Security 来对这些 URL 进行必要的防护。

3. 加密保护配置项

类似我们示例中的配置项都是可以明文保存、即使泄露了也不会造成太大影响的内容；但是有些配置却属于敏感信息，以明文的形式保存在配置文件里不安全，这类配置包括但不限于账户、密码等信息。试想一下，我们把生产数据库的用户名和密码保存在配置文件里，而这些配置文件又被提交到了 Git 上，随后有权访问该仓库的人就都看到了这些密码，后果不堪设想。

作为配置中心，Spring Cloud Config Server 当然不会对这么常见的问题视而不见。它提供了配置项加密功能：可以加密存储我们的配置项，在返回前进行解密；也可以直接为客户端提供密文配置项，让客户端自行解密。但考虑到让客户端解密需要将解密用到的密钥分发出去，建议还是选择前者。

要加密配置项，第一步自然是配置加密用的密钥，Spring Cloud Config Server 同时支持对称和非对称加密算法，两种加密的配置方式稍有不同。对称密钥的配置相对简单，只需要一个 encrypt.key 配置项就能搞定。例如，在 application.properties 中增加如下配置：

```
encrypt.key=binarytea
```

在运行 Spring Cloud Config Server 程序后，通过 /encrypt 和 /decrypt 这两个 URL 可以进行简单的加解密。用 curl 命令来做个演示，大概就是下面这样：

```
▶ curl http://localhost:8888/encrypt/status
{"status":"OK"}

▶ curl http://localhost:8888/encrypt -s -d password
0e796a32ff53ad9d994c43cea5ebc7f9dd45e242a4144d21420a21474f9d0770

▶ curl http://localhost:8888/decrypt -s -d 0e796a32ff53ad9d994c43cea5ebc7f9dd45e242a4144d21420a21474f9d0770
password
```

如果后续在配置仓库中要保存加密后的密文，可以在值前增加 {cipher} 前缀，例如：

```
password={cipher}0e796a32ff53ad9d994c43cea5ebc7f9dd45e242a4144d21420a21474f9d0770
```

如果觉得直接在工程的 application.properties 文件中写入秘钥明文 encrypt.key 不保险，也可以选择把它放在 ENCRYPT_KEY 环境变量里——但两者本质上是一样的。可以根据实际情况选择，毕竟总有一个地方要配置秘钥明文，而这个秘钥你有时还不得不给别人，因为他们可能要自己加密些东西。这时，选用非对称加密算法也许更合适，但它的配置就会复杂一些，涉及不少配置项，具体如表 14-3 所示。

表 14-3　非对称加密涉及的配置项

配　置　项	说　　　明
encrypt.key-store.location	密钥库文件的位置，可以是 CLASSPATH
encrypt.key-store.password	密钥库文件的密码，也就是打开密钥库的密码
encrypt.key-store.alias	密钥对的别名
encrypt.key-store.type	密钥库文件的类型，例如 JKS 和 PKCS12
encrypt.key-store.secret	获取特定别名密钥的密码

我们可以通过 JDK 自带的 keytool 工具来生成非对称密钥对，并将它保存到 JKS 文件里。keytool 的命令行格式大致如下：

```
keytool -genkeypair -alias 别名 -keyalg 算法 -keysize 长度 \
    -keystore 文件名 -storepass 密钥库密码 -keypass 密钥密码
```

例如，我们可以用下面的命令来生成一对 2048 位的 RSA 密钥对，保存到 server.jks 里。输入命令后，会有些交互的提示，补充一些信息。演示的两个密码都是 binarytea，可以考虑用一样的，但在生产中请谨慎设置：

```
▶ keytool -genkeypair -alias binarytea -keyalg RSA -keysize 2048 \
        -keystore server.jks -storepass binarytea -keypass binarytea
```

密钥对中的公钥会被用来加密明文，私钥则用来解密。可以考虑将公钥分发给大家，让大家分别加密自己的敏感配置，而在 Spring Cloud Config Server 的服务端部署私钥，对这几台服务器做加固即可。

假设我们将 server.jks 文件放在工程的 src/resources 目录里，也就是将它放在 CLASSPATH 中，在 application.properties 中注释掉对称密钥的配置，再做下面这样的配置：

```
# 对称加密用的密钥
# encrypt.key=binarytea

# 非对称加密用的密钥库
encrypt.key-store.location=classpath:/server.jks
encrypt.key-store.password=binarytea
encrypt.key-store.alias=binarytea
encrypt.key-store.type=jks
```

重新运行我们的配置服务器，同样使用 curl 命令来加密 password 字符串，效果大概是下面这样的：

```
▶ curl http://localhost:8888/encrypt/status
{"status":"OK"}
```

```
▶ curl http://localhost:8888/encrypt -s -d password
AQB/duN0R8Dbsi6VrN0OnoAW1x/ge/0Y/b7P0WqRt/CsYNItRNl68Tu4ah/6Cfzx5KJaIlYi41XriBHbuI8xMELU5KpYjYY3YLbUx/
90XMAj96hQwiieqF6uC4suiJuzlQU6hs29BI78LCVeMps6mT0VcqkDfB+bBvy7mrpzh7NdVElmz3rq3ZhlH7hjN9A3qoWcuNKXkCeA
HghakIRnBWrCFBJEsrwt4s0omIkKg29Ej7+rscv4EhxKMnCFB+Gb0wmmQ4wwQoOi0+uO+UnDyar71+vhhpxyi1hxIp8VFC/A5s/
LqTKkdv/MvzRXTSXm1eqWXgUn5DUXBP3Dm5z2E3riG8q6cY6gPhzV9wS73Y549vQs758p1qyE2cRRM+hOKZo=
```

```
▶ curl http://localhost:8888/decrypt -s -d AQB/duN0R8Dbsi6VrN0OnoAW1x/ge/0Y/b7P0WqRt/CsYNItRNl68Tu4ah/
6Cfzx5KJaIlYi41XriBHbuI8xMELU5KpYjYY3YLbUx/90XMAj96hQwiieqF6uC4suiJuzlQU6hs29BI78LCVeMps6mT0VcqkDfB+bBvy
7mrpzh7NdVElmz3rq3ZhlH7hjN9A3qoWcuNKXkCeAHghakIRnBWrCFBJEsrwt4s0omIkKg29Ej7+rscv4EhxKMnCFB+Gb0wmmQ4wwQo
Oi0+uO+UnDyar71+vhhpxyi1hxIp8VFC/A5s/LqTKkdv/MvzRXTSXm1eqWXgUn5DUXBP3Dm5z2E3riG8q6cY6gPhzV9wS73Y549vQs
758p1qyE2cRRM+hOKZo=
password
```

我们可以看到密文的样式与对称的方式差别很大。

回到我们之前的 BinaryTea 工程里，application.properties 文件中配置过 spring.security.user.password 和 jwt.secret，这就属于需要保护的敏感信息，再加上 spring.security.user.name，我们可以将它们搬到 Git 里的 binarytea.properties 文件中。假设用的是上面的对称密钥 encrypt.key=binarytea，那现在这个文件的内容大概会是下面这样的：

```
binarytea.ready=true
binarytea.open-hours=9:00-21:00
spring.security.user.name=binarytea
spring.security.user.password={cipher}0e687280ab9ba90be5ba59d28280b502d2b4169355e6be78a997cbd7b6043f24
jwt.secret={cipher}e6492d2828b20f613de2b006d216d90666d84172a0fd856e615902c0e9ff8f775488d8c6e1dc5771295981
c5f84cfad8c8ca94aacbc62790ebd4c3589f4921ef36c6f37d812e3adab903200971a5ae2ba213004fdb19ec2334eb6fb241b98d2
0d126fd8fff03cb0dbb23ea0e593ab89c
```

这里需要特别说明的是 jwt.secret 的明文加密，如果使用 curl 命令会稍有不同。由于其中有 =，可以通过 Content-Type: text/plain 头指定请求的内容格式，用 --data-raw 来提供内容：

```
▶ curl http://localhost:8888/encrypt -H "Content-Type: text/plain" -s --data-raw gR6cytlUlgMfVh08nLFZf8h
Mk4mdJDX5rWBVlsCbKvRlWcLwNRU6+rIPcLx21x191kJgP8udtoZuHt5yUDWtgg==
```

```
e6492d2828b20f613de2b006d216d90666d84172a0fd856e615902c0e9ff8f775488d8c6e1dc5771295981c5f84cfad8c8ca94aac
bc62790ebd4c3589f4921ef36c6f37d812e3adab903200971a5ae2ba213004fdb19ec2334eb6fb241b98d20d126fd8fff03cb0dbb
23ea0e593ab89c
```

最后，我们可以用 curl 命令或者浏览器再来确认一下，加密保存的信息是否可以正常读取，例如加载 BinaryTea 工程的 YAML 格式配置：

```
▶ curl http://localhost:8888/binarytea-default.yml
binarytea:
  ready: 'true'
  open-hours: 9:00-21:00
  discount: '100'
spring:
  security:
    user:
      name: binarytea
      password: showmethemoney
jwt:
  secret: gR6cytlUlgMfVh08nLFZf8hMk4mdJDX5rWBVlsCbKvRlWcLwNRU6+rIPcLx21x191kJgP8udtoZuHt5yUDWtgg==
```

茶歇时间：加解密绕不开的 JCE

在处理加解密相关的问题时，多少总会遇到一些与 JCE（Java Cryptography Extension）相关的问题。很多文章都会告诉你，默认安装的 JDK 里需要打些补丁才能使用更高位数的密钥，所以需要从 Oracle 的网站上下载 JDK 对应版本的 "Java Cryptography Extension（JCE）Unlimited Strength Jurisdiction Policy Files"，例如，用于 JDK 6 的 jce_policy-6.zip。解压后将 local_policy.jar 和 US_export_policy.jar 文件复制到 $JAVA_HOME/jre/lib/security 目录，以便开启对应的支持。

那大家有没有想过，为什么要多做这么一个步骤，为什么 Java 9 之后又不需要了呢？这还得从美国限制加密相关技术和设备出口的法律说起。自 1992 年起，美国就有相关的限制，例如，只有在北美才能使用支持 1024 或更大位数 RSA 公钥的软件，更有甚者，要求软件厂商必须在软件里添加"密钥恢复"后门，才能出口。但这些限制到了 2000 年后逐步放宽了，根据 JDK-8170157[①] 的描述，从 6u181、7u171 和 8u161 版本后，JDK 6、JDK 7 和 JDK 8 都不再需要额外覆盖 JCE 文件，当然 JDK 9 以后的也是如此。

在这些新版本的 JDK 里，可以通过调整安全参数 crypto.policy 的值来改变默认策略，例如将其设置为 unlimited，就是支持高强度密钥。设置方法如下：Security.setProperty("crypto.policy", "unlimited");。当然，新版本默认使用的就是 unlimited，所以我们在前面的例子里没有执行任何操作。如果遇到了老版本的 JDK，那不要忘了更换 JCE 文件。

14.1.3 通过 Spring Cloud Config Client 访问配置

聊完了 Spring Cloud Config Server，接下来就该聊客户端了。原先配置在客户端的 application.properties 里的大部分配置都能挪到配置中心里集中管理，怎么让我们的程序从配置中心获取配置呢？

首先，不管我们使用何种方式，都需要先在 pom.xml 中引入所需的依赖 spring-cloud-starter-config：

```
<dependency>
    <groupId>org.springframework.cloud</groupId>
    <artifactId>spring-cloud-starter-config</artifactId>
</dependency>
```

其次，要让客户端连接到 Spring Cloud Config Server，以便能够获取想要的配置信息。这时有两种方式：第一种是直接配置目标服务端地址；第二种是使用服务发现，从注册中心找到目标服务端地址。下面让我们分别看看这两种方式。

1. 直连 Spring Cloud Config Server

为了告诉 Spring 去配置中心加载配置，Spring Boot 2.4[②] 前后有两种不同的方式，现在的默认方

---

① 这是社区提的 JDK 增强需求，完整标题是 "JDK-8170157：Enable unlimited cryptographic policy by default in Oracle JDK builds"。

② 对应的 Spring Cloud 版本是 2020.0.0，所以也可以认为是从这个版本开始，Bootstrap 阶段不再默认开启了。

式是使用 spring.config.import，格式是这样的 [①] ：

```
spring.config.import=[optional:]configserver:[服务端地址]
```

因为目前选择的是直连的方式，而 spring.cloud.config.uri 的默认值是 http://localhost:8888，所以这段配置默认会去连接这个地址上的 Spring Cloud Config Server。optional: 前缀则是告诉我们的程序如果连不上配置中心就用自己的本地配置；如果去掉这个前缀，连不上就直接报错，启动失败。目前我们用的配置中心就是这个地址，所以下面的这些配置效果都是一样的（都不带 optional: 的话也是对等的），推荐直接用第二种方式。

```
# 方式1：用默认地址
spring.config.import=optional:configserver:

# 方式2：明确写出地址
spring.config.import=optional:configserver:http://localhost:8888

# 方式3：配置spring.cloud.config.uri
spring.cloud.config.uri=http://localhost:8888
spring.config.import=optional:configserver:
```

在连上配置中心后，Spring Cloud Config Client 会根据当前配置的应用名来加载配置，也就是使用 spring.application.name 配置，默认值是 application，像我们的配置文件里就把这个配置为 binarytea，所以会去加载对应的配置。

如果你还在使用 Spring Boot 2.4 以前的版本，或者对 bootstrap.properties 或 bootstrap.yml 文件情有独钟，也可以继续使用 Bootstrap 方式。最简单的方法是在 pom.xml 中增加一个依赖，其中有一个标记类 Marker，Spring Cloud 在 CLASSPATH 中发现它时就会重新启动对 Bootstrap 的支持：

```xml
<dependency>
    <groupId>org.springframework.cloud</groupId>
    <artifactId>spring-cloud-starter-bootstrap</artifactId>
</dependency>
```

如果要深入探究的话，可以看看 ConditionalOnBootstrapEnabled.OnBootstrapEnabledCondition 这个条件类，它继承自 AnyNestedCondition，也就是其中包含的任意条件成立则整个条件判断成立。OnBootstrapEnabledCondition 中有三个判断：

❏ CLASSPATH 中存在 org.springframework.cloud.bootstrap.marker.Marker ；

❏ 存在 spring.config.use-legacy-processing 属性，且不为 false ；

❏ 存在 spring.cloud.bootstrap.enabled 属性，且不为 false。

关于后两个判断里用到的属性，必须配置在环境变量、Java 系统属性或者命令行参数里，不能放在配置文件里。原因也很简单，它就是专门用来启用 Bootstrap 阶段的，这个阶段通常用来导入配置，特别是远程的配置，在此之前还没有读取配置文件，又怎么能加载到呢？

说到 Bootstrap，Spring Cloud 的 Bootstrap 其实也就是多加载了一些配置类，打开 spring-cloud-context 的 META-INF/spring.factories 文件，可以看到类似下面的内容，其中描述了要加载的配置类。

---

① 其中的 [] 表示这部分是可选的。

```
# Spring Cloud Bootstrap components
org.springframework.cloud.bootstrap.BootstrapConfiguration=\
org.springframework.cloud.bootstrap.config.PropertySourceBootstrapConfiguration,\
org.springframework.cloud.bootstrap.encrypt.EncryptionBootstrapConfiguration,\
org.springframework.cloud.autoconfigure.ConfigurationPropertiesRebinderAutoConfiguration,\
org.springframework.boot.autoconfigure.context.PropertyPlaceholderAutoConfiguration
```

这时，可以在 bootstrap.properties 文件中配置应用名和 Spring Cloud Config Server 的信息，就像代码示例 14-4[①] 那样。这时请记得去掉 application.properties 里的 spring.config.import。

代码示例 14-4　BinaryTea 工程中新增的 bootstrap.properties 文件

```
spring.application.name=binarytea
spring.cloud.config.uri=http://localhost:8888
```

2. 通过服务发现找到 Spring Cloud Config Server

假设我们的 Spring Cloud Config Server 程序使用 config-server 作为应用名注册到了 Zookeeper 上，那我们该怎么通过基于 Zookeeper 的服务发现机制来找到它呢？

当然，第一步肯定是在项目中引入服务发现的依赖，例如之前一直在用的 spring-cloud-starter-zookeeper-discovery。第二步就是配置服务的注册中心地址，这里我们用的是 Zookeeper，所以就要配置 Zookeeper 的连接信息。最后一步是告诉 Spring Cloud Config Client，通过服务注册中心去发现配置中心。

具体的配置代码如代码示例 14-5[②] 所示，其中最重要的是 spring.cloud.config.discovery.enabled 开启了相关支持，它默认是 false ；然后通过 spring.cloud.config.discovery.service-id 给出了 Spring Cloud Config Server 对应的服务名，它的默认值是 configserver，为了演示，我们故意在当中加了个 - 做区别。

代码示例 14-5　BinaryTea 工程中与发现配置中心有关的 application.properties 配置片段

```
spring.application.name=binarytea

spring.cloud.zookeeper.connect-string=localhost:2181

spring.config.import=configserver:
spring.cloud.config.discovery.enabled=true
spring.cloud.config.discovery.service-id=config-server
```

上面是目前推荐的使用 spring.config.import 的方式，如果想用传统的 Bootstrap 方式也是可以的。先用前文介绍的方法开启 Bootstrap 方式支持，随后将代码示例 14-5 中的配置去掉 spring.config.import，剩下的内容搬到 bootstrap.properties 中。

---

① 这个例子在 ch14/binarytea-directly 项目中。这个例子演示了使用 Bootstrap 直连配置中心的方式。需要注意的是，其中去掉了上一章的服务发现与注册支持，原因是有这个依赖对 spring.config.import 有影响，这个功能在后面会加回去。
② 这个例子在 ch14/binarytea-discovery 项目中。

> **请注意**　由于在 Bootstrap 阶段一些 Bean 已经声明过了，例如 zookeeperDiscoveryProperties，在后续正常启动阶段再次声明同 ID 的 Bean 时会抛出 BeanDefinitionOverrideException 异常。如果遇到类似的问题，可以根据错误提示信息，在 bootstrap.properties 文件中增加如下配置，开启 Bean 定义覆盖，这个配置从 Spring Boot 2.1 开始默认为 false：
>
> spring.main.allow-bean-definition-overriding=true

　　除了上面提到的配置，Spring Cloud Config Client 还有一些其他配置，例如超时设置，表 14-4 中罗列了几个常用的配置。

表 14-4　Spring Cloud Config Client 的常用配置

配 置 项	默 认 值	说 明
spring.cloud.config.enabled	true	是否开启 Spring Cloud Config 支持
spring.cloud.config.uri	http://localhost:8888	Spring Cloud Config Server 地址
spring.cloud.config.fail-fast	false	无法从服务端获取配置就快速失败
spring.cloud.config.username		用于 HTTP Basic 认证的用户名
spring.cloud.config.password		用于 HTTP Basic 认证的密码
spring.cloud.config.request-read-timeout	185000	读取配置时的超时时间，单位为毫秒
spring.cloud.config.request-connect-timeout	10000	连接的超时时间，单位为毫秒
spring.cloud.config.discovery.enabled	false	是否通过服务注册中心发现配置服务
spring.cloud.config.discovery.service-id	configserver	Spring Cloud Config Server 的服务名

14.2　服务配置的实现原理与应用

　　Spring Cloud Config 基于 Spring Boot 和 Spring Framework 提供的机制，为开发者封装了一套开箱即用的分布式配置管理解决方案。在上一节里，我们已经通过实际的例子看到了如何使用 Spring Cloud Config Server 和对应的客户端来集中管理配置，并在应用中加载远程配置。这一切是如何实现的？ Spring Cloud Config 还支持用其他几种基础设施来充当配置中心，又该如何使用它们呢？

14.2.1　服务配置的实现原理

　　在 2.4 节中，我们介绍过 Spring Framework 的环境抽象，尤其是 PropertySource，各种属性其实都是在一个个的 PropertySource 里查找和解析的。所以，如果用一句话来解释 Spring Cloud Config 的工作原理，那就是它在 Environment 里增加了一个或几个可以从远端加载配置项的 PropertySource。

　　仍然以 Spring Cloud Config Client 为例，我们可以想象到客户端其实是用 RestTemplate 来请求服务端获取配置的，事实也是如此，但它们又是怎么变成 PropertySource 的呢？

1. 对 spring.config.import 的支持

Spring Boot 2.4 开始提供这种导入配置的方式，ConfigDataImporter 负责用 ConfigDataLoader 加载配置并存进 ConfigData，而 ConfigDataEnvironmentPostProcessor 又将 ConfigData 的属性放进 Environment，整个过程一环扣一环。

回到 Spring Cloud Config Client，META-INF/spring.factories 里有如下的定义：

```
# ConfigData Location Resolvers
org.springframework.boot.context.config.ConfigDataLocationResolver=\
org.springframework.cloud.config.client.ConfigServerConfigDataLocationResolver

# ConfigData Loaders
org.springframework.boot.context.config.ConfigDataLoader=\
org.springframework.cloud.config.client.ConfigServerConfigDataLoader
```

所以我们可以先去读一下 ConfigServerConfigDataLocationResolver，看到 PREFIX = "configserver:" 是否有似曾相识的感觉？没错，之前 spring.config.import=optional:configserver: 中的 configserver: 就是在这里定义的。而且它会负责解析出 ConfigServerConfigDataResource，后续 ConfigServerConfig-DataLoader 再从里面去加载配置，保存到 ConfigData 里，其中的 MapPropertySource 名字为 configClient。感兴趣的可以看看 ConfigServerConfigDataLoader.load() 方法，它是负责加载具体配置的方法。

2. 对 Bootstrap 方式的支持

再来看看 Bootstrap 方式又是怎么实现的，同样是从 META-INF/spring.factories 里寻找突破口，我们发现了两个配置类，ConfigServiceBootstrapConfiguration 做基本配置，DiscoveryClientConfig-ServiceBootstrapConfiguration 提供一些从服务注册中心获取 Spring Cloud Config Server 实例的配置：

```
# Bootstrap components
org.springframework.cloud.bootstrap.BootstrapConfiguration=\
org.springframework.cloud.config.client.ConfigServiceBootstrapConfiguration,\
org.springframework.cloud.config.client.DiscoveryClientConfigServiceBootstrapConfiguration
```

这里最重要的就是根据 spring.cloud.config.enabled 配置注册了一个 ConfigServicePropertySource-Locator Bean，而这个 Bean 会使用 RestTemplate 从远端加载配置，并返回名为 configService 的 Origin-TrackedCompositePropertySource。

3. 刷新配置

在 14.1.1 中我们说过，对于配置中心，我们有两个基本要求：其一是希望能集中管理，其二是希望能在配置变更后快速生效。我们已经知道了 Spring Cloud Config 是如何集中管理配置并让客户端按需获取配置的，那又该如何实现第二点呢？Spring Cloud Context 为我们提供了一个 @RefreshScope 注解，添加了该注解的 Bean 会被放到名为 refresh 的作用域里（对应 RefreshScope 类），其中的 Bean 能在运行时被刷新，依赖它们的组件在下次调用其中的方法前会拿到新的实例。

为了触发带 @RefreshScope 注解的 Bean 的刷新，Spring Cloud Context 还提供了一个 Actuator 端点——RefreshEndpoint。如果没有调整过 Actuator 的 URL，可以通过 /actuator/refresh 来触发 ContextRefresher 刷新这些 Bean。让我们通过一个例子来看看如何实现配置快速生效。

> 需求描述 现在流行一句话——"让听得到炮声的人来决策"。如果门店的店长发现同一条街上又新开了家奶茶店，可以临时决定调整营业时间和折扣力度，而且有权要求即刻生效。

在二进制奶茶店的例子中，这个需求可以翻译为"能够按需调整 binarytea.open-hours 和 binarytea.discount 的值，并且快速生效"。在 14.1.2 节里，这两个参数都已经被我们放到 Spring Cloud Config Server 对应的仓库里了，现在要做的就是调整 BinaryTea 的代码。①

首先，在 binarytea.* 配置对应的 BinaryTeaProperties 里增加折扣的属性，同时为它加上 @RefreshScope 注解以便后续可以刷新配置，具体如代码示例 14-6 所示。

代码示例 14-6 增加了注解和属性的 BinaryTeaProperties 代码片段

```
@ConfigurationProperties("binarytea")
@RefreshScope
public class BinaryTeaProperties {
    private boolean ready;
    private String openHours;
    private int discount = 100;
    // 省略其他代码
}
```

接下来，需要调整与折扣相关的代码逻辑。本来折扣都是通过 HTTP 请求提交上来的，现在我们要增加一个逻辑：如果请求中给出的折扣是 100（也就是不打折），而我们在后台配置了一个折扣，那就要以后台配置的折扣为准；如果前台传入了具体的折扣，则以传入的为准。这段逻辑可以放在 OrderService.createOrder() 里，具体如代码示例 14-7 所示。

代码示例 14-7 增加了折扣逻辑的 OrderService

```
@Service
@Transactional
public class OrderService {
    @Autowired
    private OrderRepository orderRepository;
    @Autowired
    private BinaryTeaProperties binaryTeaProperties;

    @RolesAllowed({ "MANAGER", "TEA_MAKER" })
    public Order createOrder(List<MenuItem> itemList, int discount) {
        int newDiscount = discount == 100 ? binaryTeaProperties.getDiscount() : discount;
        Money total = itemList.stream().map(i -> i.getPrice())
            .collect(Collectors.collectingAndThen(Collectors.toList(),
                l -> Money.total(l)));
        Money pay = total.multipliedBy(newDiscount / 100d, RoundingMode.HALF_DOWN);

        Amount amount = Amount.builder()
                            .discount(newDiscount)
```

---

① 这个例子在 ch14/binarytea-refresh 项目中。这个项目没有通过服务注册中心来查找 Spring Cloud Config Server，而是使用了直连方式，因为在 Spring Cloud 2020.0.2 中 Spring Cloud Config Client 的依赖与基于 Zookeeper 或 Consul 的服务发现依赖并存时，刷新上下文会抛出异常，提示 Binder has not been registered。根据 GitHub 的记录，这个缺陷在 Spring Cloud 2020.0.4 版本中会得到修复。这里为了演示 2020.0.4 之前的情况，使用了直连方式。

```
                            .totalAmount(total)
                            .payAmount(pay)
                            .build();
        Order order = Order.builder()
                            .amount(amount)
                            .status(OrderStatus.ORDERED)
                            .items(itemList)
                            .build();
        return orderRepository.save(order);
    }
    // 省略其他代码
}
```

最后，为了让配置的变更能快速生效，我们打算通过 /actuator/refresh 来手动触发刷新，为此，还需要将它暴露在 Web 端点里，所以要像代码示例 14-8 那样，调整 application.properties 里的端点配置，增加 refresh。

代码示例 14-8　调整后的端点配置

```
management.endpoints.web.exposure.include=health,info,shop,metrics,refresh
```

在运行程序后，一开始我们取到的折扣是 100，然后调整一下 binarytea.properties 中的 binarytea.discount 配置，像下面这样用 curl 命令强制刷新一下，程序里的折扣就改变了：

▶ curl -X POST http://localhost:8080/actuator/refresh

像 Spring Cloud Config Client 这种主动去加载配置的客户端，想要感知配置是否发生了变化只能不断尝试加载远端的配置，这种方式比较低效。好在 Spring Cloud Config Server 在这方面也做了一些工作，对于那些支持 WebHook 发送变更通知的仓库，它可以向客户端推送通知，这里需要用到 Spring Cloud Bus。稍后在介绍其他配置中心时，我们会看到，由于那些设施本身就有监听和通知的功能，这个功能会更容易实现。

14.2.2　基于 Zookeeper 的配置中心

本章前面的部分一直在介绍使用 Spring Cloud Config Server 来实现服务配置的管理，其实除了它，Spring Cloud Config 还支持好几种配置中心，例如我们之前用作服务注册中心的 Apache Zookeeper。在 Zookeeper 官网的介绍中，第一条就说它是一款用于维护配置信息的集中化服务[①]，所以拿它来做配置中心应该没有太大问题。我们要做的仅仅是将之前存放在 Git 仓库里的配置按照一定的结构保存到 Zookeeper 中，让应用程序直接连上 Zookeeper 获取配置即可。

1. 客户端启用 Zookeeper 配置支持

在应用的 pom.xml 中，增加 spring-cloud-starter-zookeeper-config 依赖，其中会传递依赖 Apache Curator 和 Apache Zookeeper 的库，如果这些库与正在使用的 Zookeeper 有版本不兼容的情况，可以手动排除 org.apache.zookeeper:zookeeper，再引入对应的版本。

---

① 原文是"ZooKeeper is a centralized service for maintaining configuration information..."。

```
<dependency>
    <groupId>org.springframework.cloud</groupId>
    <artifactId>spring-cloud-starter-zookeeper-config</artifactId>
</dependency>
```

随后，在 application.properties 中配置与之前类似的 spring.config.import，只不过这次我们要用 zookeeper:，而不是 configserver:。格式大概是下面这样的，optional: 表示是否是可选配置，导入不成功可以跳过。

```
spring.config.import=[optional:]zookeeper:[Zookeeper 连接串]
```

如果同时还用 Zookeeper 来做服务注册中心，两个 Zookeeper 正好又是公用的，我们可以直接使用 spring.cloud.zookeeper.connect-string 来配置连接串；如果是不同的，那用作配置中心的 Zookeeper 连接串可以直接写在 spring.config.import 里。我们的 BinaryTea 项目的配置文件可以像代码示例 14-9[①] 那样稍作调整，从 Zookeeper 中获取配置。

代码示例 14-9　从 localhost:2181 导入配置的 application.properties 文件片段

```
spring.application.name=binarytea

spring.config.import=zookeeper:
spring.cloud.zookeeper.connect-string=localhost:2181
# 省略其他配置
```

如果希望使用 Bootstrap 方式，和 14.1.3 里介绍的一样，选用三种启用 Bootstrap 方式中的一种，随后将 spring.cloud.zookeeper.config.* 相关的配置放到 bootstrap.properties 文件里就行了。表 14-5 中罗列了一些常用的 Spring Cloud Zookeeper Config 配置项。

表 14-5　Spring Cloud Zookeeper Config 的常用配置项

配 置 项	默 认 值	说 明
spring.cloud.zookeeper.config.enabled	true	是否开启 Zookeeper 配置支持
spring.cloud.zookeeper.config.root	config	Zookeeper 中保存配置的根路径
spring.cloud.zookeeper.config.default-context	application	默认配置的应用名
spring.cloud.zookeeper.config.profile-separator	,	Profile 分隔符
spring.cloud.zookeeper.config.fail-fast	true	无法加载时是否快速失败

请注意，此时先不要启动项目，因为我们还没有在 Zookeeper 里放配置项，也没有在 spring.config.import 里加 optional: 前缀，application.properties 里也没有之前 Git 仓库里的配置，总之就是会启动失败。

2. 配置信息在 Zookeeper 中的存储结构

在 Zookeeper 中，我们的配置是按 /config/ 应用名 [,Profile]/key=value 的结构来保存的，其中的 Profile 部分属于可选项，看过表 14-5 之后，相信大家应该能看出些端倪：

---

① 这个例子在 ch14/binarytea-zookeeper 项目中。

- config 是 spring.cloud.zookeeper.config.root 的值，所以想改成 /configuration/ 应用名，Profile/ 也是可以的；
- 应用名和 Profile 之间用，隔开，可以用 spring.cloud.zookeeper.config.profile-separator 来修改分隔符；
- spring.cloud.zookeeper.config.default-context 默认是 application，所以默认配置可以放在 /config/application/ 下。

我们可以用 Zookeeper 里自带的 zkCli.sh 客户端连上 Zookeeper[①]，通过命令方式做些配置的导入，例如下面这些命令。不像之前用的 Spring Cloud Config Server，暂时我们还**不能**在 Zookeeper 上实现敏感配置信息的"自动"加解密，所以只能以**明文**存储；如果确实有需要，请在客户端自行实现密文配置项的解密工作吧。

```
create /config/binarytea
create /config/binarytea/binarytea.ready true
create /config/binarytea/binarytea.open-hours 9:00-21:00
create /config/binarytea/binarytea.discount 60
create /config/binarytea/spring.security.user.name binarytea
create /config/binarytea/spring.security.user.password showmethemoney
create /config/binarytea/jwt.secret gR6cytlUlgMfVh08nLFZf8hMk4mdJDX5rWBVlsCbKvRlWcLwNRU6+rIPcLx21x191kJg
P8udtoZuHt5yUDWtgg==
```

如果对 Zookeeper 中的某个配置值做了变更，不用再去调用 /actuator/refresh 也能生效，因为我们的程序会监听对应配置的 Zookeeper 节点，所以应用程序能收到 Zookeeper 的变更推送，具体的代码在 Spring Cloud Zookeeper Config 的 ConfigWatcher 类中。现在可以启动前面修改过的 BinaryTea 程序了，看看它是否如预期的那样获取到配置，并且正常运行了呢？

14.2.3 基于 Consul 的配置中心

看过了基于 Zookeeper 的用法，我们再来看看怎么用 Consul 来充当配置中心，要知道 Consul 也是可以提供 KV 存储服务的。在 Spring Cloud Config 的统一抽象下，应用里使用 Consul 和 Zookeeper 从代码层面来看几乎没有区别，修改下依赖和配置即可。

1. 客户端启用 Consul 配置支持

与之前一样，先在 pom.xml 中引入 Consul 配置相关的 spring-cloud-starter-consul-config 依赖：

```xml
<dependency>
    <groupId>org.springframework.cloud</groupId>
    <artifactId>spring-cloud-starter-consul-config</artifactId>
</dependency>
```

随后，在 application.properties 中配置 Consul 相关信息，以及 spring.config.import，这次的格式是下面这样的：

```
spring.config.import=[optional:]consul:[Consul Agent地址]
```

---

① 如果有其他使用顺手的客户端也是可以的，例如 zkui。

如果要用 Bootstrap 的方式，先用 14.1.3 里介绍的方法启用相关的支持，随后像代码示例 14-10 这样配置 bootstrap.properties。[①]

代码示例 14-10　增加了 Consul 相关配置的 bootstrap.properties

```
spring.application.name=binarytea

spring.cloud.consul.host=localhost
spring.cloud.consul.port=8500
spring.cloud.consul.config.enabled=true
```

其实上面 3 个 Consul 相关的配置项都是默认值，这里只是为了做演示才写的，表 14-6 列举了常用的 Consul 服务配置有关的配置项。

表 14-6　Spring Cloud Consul Config 相关配置项

配　置　项	默　认　值	说　　明
spring.cloud.consul.config.enabled	true	是否开启 Consul 配置支持
spring.cloud.consul.config.name	${spring.application.name}	Consul 中存储配置的对应名称
spring.cloud.consul.config.prefixes	config	Consul 中配置的前缀，可以配置一个列表
spring.cloud.consul.config.format	KEY_VALUE	Consul 中配置的存储格式，下文会对其中的集中格式做详细说明
spring.cloud.consul.config.data-key	data	在使用 YAML 和 PROPERTIES 格式时，在 Consul 中保存数据的键名
spring.cloud.consul.config.default-context	application	默认配置使用的应用名
spring.cloud.consul.config.profile-separator	,	Profile 分隔符
spring.cloud.consul.config.fail-fast	true	无法加载时是否快速失败
spring.cloud.consul.config.watch.enabled	true	是否开启变更监测
spring.cloud.consul.config.watch.delay	1000	两次监测之间的间隔时间，单位为毫秒
spring.cloud.consul.config.watch.wait-time	55	对 Consul 发起阻塞查询的等待时间，有些查询支持长连接等待，这个时间要小于请求超时时间，单位为秒

2. 配置信息在 Consul 中的存储结构

与 Zookeeper 相似，Consul 在保存配置项时采用类似的目录结构，形如 config/< 应用名>[,Profile]/。默认配置项都放在 application 应用下，类似前缀、默认应用、Profile 分隔符这些内容都可以用表 14-6 中的配置项来调整。在 Consul 中保存配置时有以下 4 种格式可供选择，它们被定义在 ConsulConfigProperties.Format 枚举中，可以通过 spring.cloud.consul.config.format 配置项进行调整。

❏ KEY_VALUE，键值对格式，以 /config/binarytea/foo/bar/baz 的形式来表示 binarytea 应用下的 foo.bar.baz 配置项，其中的值就是配置值。

---

① 这个例子在 ch14/binarytea-consul 项目中。

- PROPERTIES，Properties 格式，binarytea 应用的配置会集中存放在 /config/binarytea/data 中，其中的 data 可以用 spring.cloud.consul.config.data-key 来修改。
- YAML，YAML 格式，存放的位置与 PROPERTIES 相同，只是内容格式不同。
- FILES，文件格式，在用 git2consul 这类把 Git 文件载入 Consul 的工具时使用。

我们先来演示一下如何用 KEY_VALUE 格式存储配置。在 Consul Web 界面的 Key/Value 中，按表 14-7 来创建对应的键并填值。由于 spring.cloud.consul.config.format 的默认值就是 KEY_VALUE，所以可以直接依赖默认值或者明确写出格式。运行程序查看是否能正常获取到配置值。

表 14-7　用于二进制奶茶店的键值类型的 Consul 配置项

键	对应配置	值
config/binarytea/binarytea/ready	binarytea.ready	true
config/binarytea/binarytea/open-hours	binarytea.open-hours	9:00-21:00
config/binarytea/binarytea/discount	binarytea.discount	60
config/binarytea/spring/security/user/name	spring.security.user.name	binarytea
config/binarytea/spring/security/user/password	spring.security.user.password	showmethemoney
config/binarytea/jwt/secret	jwt.secret	与前文 jwt.secret 相同

随后再来看看使用 YAML 格式又该怎么存储？同样是在 Key/Value 界面中，我们直接创建一个 config/binarytea/data 键，值的内容如代码示例 14-11 所示（注意缩进必须用空格，不能用 Tab）。

代码示例 14-11　config/binarytea/data 节点中写入的 YAML 配置信息

```
binarytea:
    ready: true
    open-hours: 9:00-21:00
    discount: 60
spring:
    security:
        user:
            name: binarytea
            password: showmethemoney
jwt:
    secret: gR6cytlUlgMfVh08nLFZf8hMk4mdJDX5rWBVlsCbKvRlWcLwNRU6+rIPcLx21x191kJgP8udtoZuHt5yUDWtgg==
```

这时需要将 spring.cloud.consul.config.format 的值改为 YAML，随后重新启动程序观察运行效果。同样地，Consul 上配置内容的变更也能在应用端自动刷新。

14.2.4　基于 Alibaba Nacos 的配置中心

Spring Cloud 对阿里巴巴组件的支持基本都是由阿里的开发者维护的，所以 Spring Cloud Alibaba Nacos Config 会和前面谈到的 Zookeeper 与 Consul 稍有不同。

1. 客户端启用 Nacos 配置支持

第一步的操作，大家大同小异，都是在 pom.xml 中引入依赖，只不过这次需要在 <dependency-Management /> 里多导入一个 pom。大概会是下面这样的，其中 spring-cloud-dependencies 是之前一直在用的，而 spring-cloud-alibaba-dependencies 则专门用来管理 Spring Cloud Alibaba 的依赖，两者作用不同。之前在介绍基于 Nacos 的服务注册与发现机制时介绍过了，这里再次强调一下。

```xml
<dependencyManagement>
    <dependencies>
        <dependency>
            <groupId>org.springframework.cloud</groupId>
            <artifactId>spring-cloud-dependencies</artifactId>
            <version>${spring-cloud.version}</version>
            <type>pom</type>
            <scope>import</scope>
        </dependency>
        <dependency>
            <groupId>com.alibaba.cloud</groupId>
            <artifactId>spring-cloud-alibaba-dependencies</artifactId>
            <version>${spring-cloud-alibaba.version}</version>
            <type>pom</type>
            <scope>import</scope>
        </dependency>
    </dependencies>
</dependencyManagement>

<dependencies>
    <dependency>
        <groupId>com.alibaba.cloud</groupId>
        <artifactId>spring-cloud-starter-alibaba-nacos-config</artifactId>
    </dependency>
    <dependency>
        <groupId>org.springframework.cloud</groupId>
        <artifactId>spring-cloud-starter-bootstrap</artifactId>
    </dependency>
    <!-- 省略其他依赖 -->
</dependencies>
```

spring-cloud-starter-alibaba-nacos-config 是专门用来支持 Nacos 服务配置的依赖，也是这部分的重点，由于 2.2.1.RELEASE 版本的 Spring Cloud Alibaba 暂时还不支持 spring.config.import 方式，所以只能使用传统的 Bootstrap 方式，因此可以考虑像上面那样多加一个 spring-cloud-starter-bootstrap。如果是 2021.0.1.0 版本，则已经支持 spring.config.import 方式了，可以根据实际使用的版本来选择配置导入的方式。

接下来就是配置 bootstrap.properties，其中需要配置 Nacos 服务器的地址，还有一些 Nacos Config 相关的配置，当然，用默认值通常也行，就像代码示例 14-12[①] 那样。

代码示例 14-12　开启了 Nacos Config 的 bootstrap.properties

```properties
spring.application.name=binarytea

spring.cloud.nacos.config.server-addr=http://localhost:8848
spring.cloud.nacos.config.enabled=true
spring.cloud.nacos.config.file-extension=yaml
```

Spring Cloud Alibaba Nacos Config 也有很多可以设置的参数，表 14-8 就罗列了一些可能用到的配置项。

---

① 这个例子在 ch14/binarytea-nacos 项目中。

表 14-8 Spring Cloud Alibaba Nacos Config 的常用配置项

配　置　项	默　认　值	说　明
spring.cloud.nacos.config.enabled	true	是否开启 Nacos 配置
spring.cloud.nacos.config.server-addr	localhost:8848	提供配置服务的 Nacos 地址
spring.cloud.nacos.config.prefix		用来配置 dataId 前缀，先取 prefix，再取 name，没有再用 ${spring.application.name}[①]
spring.cloud.nacos.config.name		同上
spring.cloud.nacos.config.group	DEFAULT_GROUP	配置所用的组
spring.cloud.nacos.config.cluster-name		集群名
spring.cloud.nacos.config.namespace		Nacos 中配置的名字空间，默认有个 Public 名字空间
spring.cloud.nacos.config.timeout	3000	连接 Nacos 的超时时间，单位为秒
spring.cloud.nacos.config.file-extension	properties	配置内容的后缀，会和 dataId 的前缀合并，支持 properties 和 yaml
spring.cloud.nacos.config.shared-configs		共享配置，是个 Config 类型的列表，需要具体设置里面的值
spring.cloud.nacos.config.extension-configs		扩展配置，是个 Config 类型的列表，需要具体设置里面的值
spring.cloud.nacos.config.refresh.enabled	true	是否开启配置刷新
spring.cloud.nacos.config.accessKey		阿里云账号的 Access Key，使用阿里云时配置
spring.cloud.nacos.config.secretKey		阿里云账号的 Secret Key，使用阿里云时配置

2. 配置信息在 Nacos 中的存储结构

在 Nacos 中保存配置时，也有一些与 Zookeeper 和 Consul 不同的规则，例如配置的加载顺序就是下面这样的，后面加载的配置优先级高于前面的。

(1) 从 spring.cloud.nacos.config.shared-configs 配置的 Config 中加载配置。

(2) 从 spring.cloud.nacos.config.extension-configs 配置的 Config 中加载配置。

(3) 从应用自己的 dataId 中加载配置，默认组合规则为 ${spring.application.name}[-Profile]. 后缀。

仍然以 BinaryTea 项目为例，我们可以在 Nacos 控制台中创建一个 binarytea 节点，具体如图 14-2 所示，其中填入的 YAML 配置和代码示例 14-11 是一样的。根据代码示例 14-12 的配置，我们的程序最终会在 DEFAULT_GROUP 中找到 binarytea.yaml，从这个文件中加载配置。在开启了配置刷新功能后，Nacos 上的配置变更也能自动生效。

---

① 具体可以参考 NacosPropertySourceLocator 类。

图 14-2　Nacos 里的二进制奶茶店配置

14.3　小结

本章我们了解了在微服务系统中如何管理服务的配置。出于各方面考虑，复杂的微服务系统需要能够方便地管理各种配置，还要让配置的变更及时生效。Spring Cloud Config 就是专门用来解决这个问题的，我们大致介绍了它的实现机制。在实践中，无论是 Spring Cloud Config Server、Zookeeper、Consul，还是 Nacos，抑或是本书中未展开介绍的 Apollo，都是不错的选择。

下一章，我们会切换到与高可用和稳定性相关的话题上。对于由大量微服务构成的业务，如果当中某些节点出了问题该怎么办，流量太大了该怎么办，又如何让系统自动应对这类情况呢？

> **二进制奶茶店项目开发小结**
>
> 到目前为止，我们的重点还是在二进制奶茶店点单系统的建设上。单实例无法满足业务量时，可以扩展为集群，变成集群后又需要负载均衡。Spring Cloud 的服务注册与发现机制可以很好地解决集群实例管理的问题，客户端系统可以很方便地找到下单服务。[1]
>
> 系统变复杂了之后，各种配置的管理也要跟上，像改个营业时间、订单折扣，这些动作都要高效快捷。用配置文件能解决一部分问题，毕竟比什么都写死在代码里强，但还远远不够。这时引入 Spring Cloud Config，既能保留配置文件的体验，又能实现大规模系统配置集中化管理，还"顺带"实现了配置变更快速生效。
>
> 无论是服务的注册与发现，还是服务的配置管理，我们都没有被绑死在特定的基础设施上——Zookeeper、Consul 和 Nacos 都在我们的候选列表里，可以根据情况选择。

---

[1] 如果真的变成了一个集群，记得不要再用内存数据库 H2 了，Session 管理机制也需要换掉。

第 15 章

服务容错保护

本章内容

☐ 几种常见的服务容错模式

☐ Resilience4j 的基本用法

☐ Spring Cloud CircuitBreaker 的抽象与应用

在微服务系统中，业务操作由多个服务协作完成，在这个过程中涉及的服务多了，出问题的概率自然也就变高了。如果下游服务出问题了，上游又不设防，就会被拖累；如果请求量陡增，超过服务的承受能力，也会引发问题……当我们遇到的问题多了，自然就会沉淀出不少经验，本章就让我们来看看如何基于常见的容错模式，使用一些框架来保护我们的系统。

15.1　常见的服务容错模式

一开始，我们不急于去介绍和使用那些帮助处理故障的工具，在知道如何借助外部力量之前，先来了解一下：为什么要实现服务容错，别人都是怎么做的，没有工具时我们又能怎么办。

> 请注意　本章所涉及的故障都是微服务链路中依赖的上下游之间发生的故障，系统本身内部的代码问题不在我们讨论的范畴内。

15.1.1　几种常见的容错模式

在编写代码时，我们会用设计模式，最知名的就是 GoF 23。在故障处理方面其实也有模式可以遵循（或者通俗一点说，也有自己的"套路"），我们把这些模式搬出来就能应付不少问题了。

1. 重试模式

最简单粗暴的容错模式，可能就是重试（Retry）了。重试，简单而言就是出错后再试一次。但**重试不是万灵药，系统支持重试有很多先决条件**，例如，我们的下游服务要能保证幂等性，否则很容易造成一些重复请求的问题，而如果这笔请求是转账操作，调用一次转一笔钱，无脑重试可能会给不支持幂等的下游系统带来无穷无尽的问题。由此就不难理解，为什么在很多支持重试的框架（例如 HTTP Client）中，我们要关闭重试功能。

而且，这里所说的重试也不能仅仅是简单地将操作放到一个有限次数的循环里。设想这样一个场景，由于突发流量，我们的下游系统无法正常提供服务，响应很慢；上游收到了访问超时的报错，直接发起重试，于是本就不堪重负的下游将会收到更多请求，而无数的重试会造成更大的流量洪峰。为此，我们可以设计一些重试策略，这些策略可以相互结合使用。

    ❑ 限制重试次数，不要无限制重试，例如最多重试 3 次。

    ❑ 一旦失败不要立刻重试，延迟一段时间后再重试。

    ❑ 增加重试的间隔时间，可以是固定的间隔，也可以是递增的时间。

除此以外，为了减少不必要的重试，还可以对错误进行分类。对于短时间里重试也明显不会成功的请求，直接取消，不再重试；而对于那些通过重试可能会成功的请求，可以考虑重试。例如，HTTP 请求遇到了 404 Not Found 错误码，找不到想要访问的资源，那就不用重试了；而像网络超时这种请求错误，则可以重试。

2. 断路器模式

断路器（Circuit Breaker）模式是 Michael Nygard 在 *Release It!*[①] 一书中提出的，而 Martin Fowler 的文章[②]更是让它名声大作。如果说重试模式是为了让系统能够重复执行那些可能成功的操作，那断路器模式则是为了避免系统去执行那些可能失败的操作。其背后的思想如图 15-1 所示，大概的意思就是将我们要执行的操作用断路器封装起来，断路器会监控报错情况，如果报错达到阈值，断路器在一段时间内就不会再执行该操作，而是走预先设定好的逻辑，例如直接抛出异常，或者是返回一个准备好的结果。

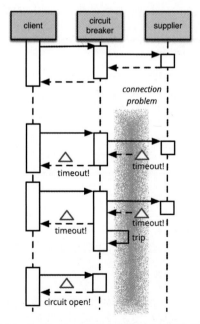

图 15-1　Martin Fowler 博客中描述的断路器工作示意图

---

① 该书的最新版中文版书名为《发布！设计与部署稳定的分布式系统（第 2 版）》，于 2020 年由人民邮电出版社出版。
② 2014 年，Martin Fowler 在他的博客上发表了一篇名为"CircuitBreaker"的文章。

通常，断路器会有自己的状态机，它就是在以下这几种状态下工作的。

- □ **关闭**，正常进行操作，过程中记录下一段时间内的报错情况，如果达到阈值则将断路器切换至"打开"状态。
- □ **打开**，不再发起操作，直接执行预置逻辑，抛出异常或者返回准备好的结果；断路器打开一段时间后（通常会有个计时器之类的东西）会进入"半开"状态。
- □ **半开**，在拦截大部分操作的同时，有少数操作会得到执行；如果这些操作执行成功则代表问题大概率已经解决了，断路器会切换至"关闭"状态，否则切换至"打开"状态。

在实际使用过程中，断路器模式同样也有不少注意事项，例如，上游要能正确处理断路器打开时的异常或者返回结果；与重试模式一样，针对下游抛出的异常，可以区别对待，有些严重的异常已经携带了足够的信息，可以快速打开断路器。

3. 舱壁模式

舱壁（Bulkhead）一词源自造船技术，根据用途分成好几种，我们一般说的都是水密舱壁。它将船舱严密地分成了好几个独立的部分，就算有一两个舱破损进水，由于舱壁的存在，水不会进入其他舱，以此来保证船不会沉。

同样的设计思路可以运用到微服务的可用性保障上。设想这样一个场景，我们的系统会同时处理业务 A 和业务 B，两者的下游服务链路不同，在 A 的链路出现问题时，如果两者使用同一个线程池，所有线程资源有可能全都被拖死，导致原本可以不受影响的业务 B 也无法处理了。这时就可以考虑将两者的线程池分开，假设一共 100 个线程，A 分到 50 个，B 分到 50 个，虽然业务 A 依然有问题，但至少我们保住了业务 B。

如果一个系统中会依赖多个下游，为它们分别配置线程池或者客户端就能起到舱壁的作用。对于同一个下游服务，如果它由集群构成，甚至可以为集群中的不同实例分别构建客户端。但即使如此，我们的代码还是要处理超时等问题，而且需要能正确地处理下游的各种异常。对于向上提供服务的系统，可以通过部署多套隔离的集群来实现舱壁隔离。如果是处理消息的系统，则可以考虑不同的集群消费不同的消息队列。

当然，舱壁模式也是有成本的，我们需要根据业务与架构合理地规划舱壁。怎么进行隔离？无论是客户端、连接池，还是进程、线程、信号量，这些资源对系统来说都是昂贵的开销，应该尽量让它们物有所值。

4. 限流器模式

系统的容量不是无限的——虽然容器技术已经十分成熟，在 Kubernetes 中按需弹性提供 Pod 很方便，但应用背后的数据库却没办法像应用那样快速伸缩；又或者是一些请求需要使用昂贵的资源，但本身并不能提供太高的并发量。在这些情况下，我们能做的不是来者不拒地接受所有的请求，而是尽量将请求数量控制在能力范围内，这就是**限流器**（Rate Limiter）模式要做的事，简单来说，限制上游请求的数量，避免服务资源被滥用。如果要和断路器做个对比，断路器是在下游服务发生故障时保证服务调用方的安全，而限流器则是要保护服务提供方的安全，避免它被上游洪峰压垮。

限流也有很多门道，我们可以根据不同的情况在不同的维度上进行控制，例如：

- □ 基于全局流量进行限流，这是比较粗放的模式，也比较容易实现，通过一个全局的计数器就能决定拦还是不拦；
- □ 基于特定接口进行限流，我们可以针对不同的接口设置不同的阈值，分别计数，一个接口被限流不会影响别的接口，这里还有一些变种，例如基于接口的特定参数进行限流等；
- □ 基于特定请求来源限流，一个系统会接收多个上游系统的请求，也许某个系统由于 Bug 或者业务量陡增发起了大量请求，这时限制它的请求就好，其他上游可以正常访问系统。

在阈值的设置方面，可以选择周期时间内接收多少请求，如果这个周期是秒，那就是通常所说的 TPS（Transaction Per Second）或 QPS（Query Per Second）；还可以是并发请求数，也就是同一时间可以接收的请求数量，即**并发数**。

15.1.2 通过 AOP 实现简单的容错

在了解了几种常见的模式后，我们可以先自己动手，在二进制奶茶店的某些场景下实现其中的一些服务容错的模式，而非直接套用现成的框架。也许我们写的代码会有这样或那样的考虑不周，但这对理解这些服务容错的模式很有帮助。

> **需求描述** 之前的奶茶店只能下单，但下单后并没有支付，不付钱自然也就不能出货，所以当务之急就是要为二进制奶茶店增加一个付款功能。现在收单通常会用智能 POS 机，而 POS 机偶尔会因为网络等因素付款不成功，这时只能麻烦客人再重新付几次，连续失败的话，就先等等再说，不要急于反复支付。

1. 业务逻辑调整

先来理解一下这个需求，跳过各种对接第三方支付的环节，我们直接把支付简化成修改订单状态。7.1 节里定义了 OrderStatus 枚举，里面的五种状态分别是已下单、已支付、制作中、已完成和已取货，这五种状态只能单向变化。为了方便做判断，我们为每个枚举值增加一个索引值，如代码示例 15-1[①] 所示。变更时只需要判断索引值大小就好了。[②]

代码示例 15-1 修改后的 OrderStatus 代码片段

```
public enum OrderStatus {
    ORDERED(0), PAID(1), MAKING(2), FINISHED(3), TAKEN(4);

    private int index;

    OrderStatus(int index) {
        this.index = index;
    }

    public int getIndex() {
        return this.index;
    }
}
```

---

① 这个示例在 ch15/binarytea-aop 项目中，对应的客户端则是 ch15/customer-aop。
② 这里再次强调一下，为了简化我们的示例，这里不包含退款、取消等状态，订单系统状态机实际是非常复杂的。

修改订单对象的状态，在 REST 接口中通常用 HTTP 的 PUT 方法实现，因此在 OrderController 中增加一个带有 @PutMapping 注解的 modifyOrderStatus() 方法，具体定义如代码示例 15-2 所示。它的主要逻辑并不复杂，先检查提交的 StatusForm 对象内容是否正确，随后获得订单的目标状态，用它来调用 OrderService 的 modifyOrderStatus() 方法（该方法的返回值就是修改了状态的订单对象）。

代码示例 15-2　负责修改订单状态的 modifyOrderStatus() 方法代码片段

```java
@Controller
@RequestMapping("/order")
@Slf4j
public class OrderController {
    @ResponseBody
    @PutMapping(consumes = MediaType.APPLICATION_JSON_VALUE,
                produces = MediaType.APPLICATION_JSON_VALUE)
    public ResponseEntity<Order> modifyOrderStatus(@RequestBody @Valid StatusForm form,
                                                   BindingResult result) {
        if (result.hasErrors()) {
            return ResponseEntity.badRequest().body(null);
        }
        log.info("计划将ID={}的订单状态更新为{}", form.getId(), form.getStatus());
        OrderStatus status = OrderStatus.valueOf(form.getStatus());
        if (status == null) {
            log.warn("状态{}不正确", form.getStatus());
            return ResponseEntity.badRequest().body(null);
        }
        Order order = orderService.modifyOrderStatus(form.getId(), status);
        return order == null ? ResponseEntity.badRequest().body(null) : ResponseEntity.ok(order);
    }
    // 省略其他代码
}
```

StatusForm 对象就比较简单了，就传一个订单号和目标状态。通常表单对象里状态枚举都会用字符串或者其他基础类型来表示，后续用代码将它再转成对应的枚举值。另外，类的定义上还增加了校验相关的注解，方便进行判断。具体如代码示例 15-3 所示。

代码示例 15-3　表示订单状态修改请求的 StatusForm 代码片段

```java
@Getter
@Setter
@Builder
public class StatusForm {
    @NotNull
    private Long id;
    @NotBlank
    private String status;
}
```

服务端拼图里的最后一块就是 OrderService 中修改订单状态的方法。代码示例 15-4 写得比较简单，或者说过于简单了，只加载了指定订单号的数据，判断了之前的状态，如果满足修改的条件就修改状态并返回修改后的对象。在实际工作中，我们为了避免订单被并发修改，通常会都会对数据加锁，例如用悲观锁先锁住订单，再修改状态 [①]；或者用乐观锁，带状态更新，如果更新失败就说明

[①] 对于重要内容的更新，建议遵循"一锁，二判，三更新"的顺序——先锁住记录，判断当前数据是否符合预期，再做更新，更新动作执行后还要检查更新条数是否正确。

订单被其他人修改了。此外，更新数据一定要修改记录的更新时间字段，此处是通过 Order.updateTime 属性上的 @UpdateTimestamp 注解来实现更新时自动修改时间戳的。如果你用的是 MyBatis 等其他 ORM 框架，或者直接使用了 JDBC，记得要做一定的修改。

代码示例 15-4　修改订单状态的 modifyOrderStatus() 方法

```java
@Service
@Transactional
@Slf4j
public class OrderService {
    public Order modifyOrderStatus(Long id, OrderStatus status) {
        Optional<Order> order = orderRepository.findById(id);
        if (!order.isPresent()) {
            log.warn("订单{}不存在", id);
            return null;
        }
        OrderStatus old = order.get().getStatus();
        if (status.getIndex() != old.getIndex() + 1) {
            log.warn("订单{}无法从状态{}改为{}", id, old, status);
            return null;
        }
        order.get().setStatus(status);
        return orderRepository.save(order.get());
    }
    // 省略其他代码
}
```

完成服务端的调整后，接下来就是调整对应的客户端，先是实现将订单修改为已支付状态的操作，再来添加容错功能（主要是重试和断路）。此处，以之前使用 OpenFeign 的例子作为基础进行修改，在 OrderService 中增加 modifyOrderStatus()，如代码示例 15-5 所示。其中用到的 StatusForm 与代码示例 15-3 基本一致，只是不需要在属性上添加校验的注解，也就是不需要 @NotNull 和 @NotBlank。

代码示例 15-5　增加了修改订单状态方法的 Feign 客户端接口代码片段

```java
@FeignClient(contextId = "orderService", name = "binarytea", path = "/order")
public interface OrderService {
    @PutMapping(consumes = MediaType.APPLICATION_JSON_VALUE,
                produces = MediaType.APPLICATION_JSON_VALUE)
    ResponseEntity<Order> modifyOrderStatus(@RequestBody StatusForm form);
    // 省略其他代码
}
```

随后，在处理订单的 OrderRunner 中增加支付的逻辑，其实就是拼装 StatusForm，把它传给 modifyOrderStatus()，具体如代码示例 15-6 所示。

代码示例 15-6　增加了支付逻辑的 OrderRunner 代码片段

```java
@Component
@Order(5)
@Setter
@Slf4j
public class OrderRunner implements ApplicationRunner {
    @Autowired
    private OrderService orderService;
```

```
@Override
public void run(ApplicationArguments args) throws Exception {
    // 省略之前创建订单的代码
    // response 的类型是ResponseEntity<learning.spring.customer.model.Order>
    log.info("开始支付订单:{}", response.getBody().getId());
    StatusForm sf = StatusForm.builder()
        .id(response.getBody().getId())
        .status("PAID").build();
    response = orderService.modifyOrderStatus(sf);
    log.info("HTTP Status: {}, Headers: {}", response.getStatusCode(), response.getHeaders());
    log.info("Body: {}", response.getBody());
}
}
```

2. 开发容错功能

前面是最基本的先下单后支付的业务逻辑代码，现在要开始动手实现一些正常业务逻辑之外的东西了——我们打算在客户端增加简单的重试与熔断功能，以此来应对异常情况。为了能够对业务代码无侵入，并且具有通用性，我们将用 Spring AOP 的切面来实现所需的功能。由于集成服务端的 OpenFeign 接口都放在了 learning.spring.customer.integration 包下面，直接拦截其中的方法执行过程就可以了。

> 请注意　这里需要强调一下，简单起见，此处的两个 AOP 切面只是用来演示重试和熔断思路的，具体在生产中使用的逻辑会更加复杂，需要考虑大量的异常场景，做很多针对性的优化。因此，千万不要简单地将它们搬去生产，而应该使用成熟的框架。

先来看看重试切面 RetryAspect，设定一个最大重试阈值和间隔时间，例如代码示例 15-7 中设置的就是重试 3 次，每次间隔 100 毫秒。将具体的方法调用放在一个循环体内，如果成功执行则直接返回；抛异常的话则记录异常，在重试次数用完后抛出最后记录的异常。

代码示例 15-7　简单的重试切面代码片段

```
@Aspect
@Slf4j
@Order(0)
public class RetryAspect {
    private static final int THRESHOLD = 3;
    private static final int DURATION = 100;

    @Around("execution(* learning.spring.customer.integration..*(..))")
    public Object doWithRetry(ProceedingJoinPoint pjp) throws Throwable    {
        String signature = pjp.getSignature().toLongString();
        log.info("带重试机制调用{}方法", signature);
        Object ret = null;
        Exception lastEx = null;
        for (int i = 1; i <= THRESHOLD; i++) {
            try {
                ret = pjp.proceed();
                log.info("在第{}次完成了{}调用", i, signature);
                return ret;
            } catch (Exception e) {
```

```
                    log.warn("执行失败", e);
                    lastEx = e;
                    try {
                        TimeUnit.MILLISECONDS.sleep(DURATION);
                    } catch (InterruptedException ie) {
                    }
                }
            }
            log.error("{}方法最终执行失败,抛出异常{}", signature, lastEx);
            throw lastEx;
        }
    }
}
```

再来看看断路器 CircuitBreakerAspect。它的逻辑会复杂一些:我们要记录当前方法的连续失败次数,一旦它超过阈值,就直接返回 503 Service Unavailable 报文,不发起调用;熔断期间再记录一下熔断的次数,隔几次做个探测,如果调通了,重置所有计数器。具体如代码示例 15-8 所示。之所以选择连续失败次数作为标准,是因为它的实现最简单,但时好时坏的情况它就有可能无法应对,所以也可以考虑用一段时间内的失败次数作为打开断路器的标准。

代码示例 15-8　断路器切面代码片段

```
@Aspect
@Slf4j
@Order(1)
public class CircuitBreakerAspect {
    private static final Integer THRESHOLD = 3;
    private Map<String, AtomicInteger> errorCounter = new ConcurrentHashMap<>();
    private Map<String, AtomicInteger> probeCounter = new ConcurrentHashMap<>();

    @Around("execution(* learning.spring.customer.integration..*(..))")
    public Object doWithCircuitBreaker(ProceedingJoinPoint pjp) throws Throwable {
        String signature = pjp.getSignature().toLongString();
        log.info("带断路保护执行{}方法", signature);
        Object retVal;

        try {
            if (!errorCounter.containsKey(signature)) {
                resetCounter(signature);
            }
            if (errorCounter.get(signature).get() >= THRESHOLD &&
                probeCounter.get(signature).get() < THRESHOLD) {
                log.warn("断路器打开,第{}次直接返回503",probeCounter.get(signature).incrementAndGet());
                return ResponseEntity.status(HttpStatus.SERVICE_UNAVAILABLE).build();
            }
            retVal = pjp.proceed();
            resetCounter(signature);
        } catch (Throwable t) {
            log.warn("错误计数{}次,抛出{}异常", errorCounter.get(signature).incrementAndGet(),
                t.getMessage());
            probeCounter.get(signature).set(0);
            throw t;
        }
        return retVal;
    }

    private void resetCounter(String signature) {
        errorCounter.put(signature, new AtomicInteger(0));
```

```
        probeCounter.put(signature, new AtomicInteger(0));
    }
}
```

以上就是两个切面。为了精确地控制切面的行为，我们在类上增加了 `@Order` 注解来指定它们的顺序，`@Order` 的值越小，执行时的优先级就越高，也就是先执行。在这个例子里就是先进入 `RetryAspect` 的重试逻辑，会执行 3 次调用，每次调用又是被 `CircuitBreakerAspect` 增强过的。

最后，将我们的两个 AOP 切面配置成 Bean，也就是在 `CustomerApplication` 里增加对应的 `@Bean` 方法，具体如代码示例 15-9 所示。

代码示例 15-9　包含容错切面配置的 `CustomerApplication` 代码片段

```java
@SpringBootApplication
@Slf4j
@EnableFeignClients
public class CustomerApplication {
    @Bean
    public RetryAspect retryAspect() {
        return new RetryAspect();
    }

    @Bean
    public CircuitBreakerAspect circuitBreakerAspect() {
        return new CircuitBreakerAspect();
    }
    // 省略其他代码
}
```

3. 测试容错功能

现在运行客户端，理论上来说是包含一定的容错能力的，不过还是要证明一下。粗暴一点的做法是直接在运行 `OrderRunner` 的过程中加上一些时间间隔，手动停止服务端应用，看看效果。但这样显然不够优雅，如果能用自动化测试来验证我们的拦截器效果，那就再好不过了。

为了尽可能地将关注点集中在我们的 AOP 拦截器上，我们要排除各种其他依赖项和不需要的 Bean，例如就不要让 OpenFeign 真的创建一个 Bean 了，可以用 Mockito 来模拟接口实现，把模拟的对象变成 Bean，让 `RetryAspect` 来拦截它。代码示例 15-10 是针对 `RetryAspect` 的一个单元测试，不用 `SpringBootTest` 来启动并加载整个应用，我们回归最原始的 Spring 程序单元测试。`RetryTestConfig` 作为内部测试配置类，上面加了 `@TestConfiguration`，开启了 AspectJ 自动代理支持，配置类里声明了两个 Bean，`orderService` 就是用 `Mockito.mock()` 创建的 Mock 对象。

代码示例 15-10　包含了单元测试配置的 `RetryAspectTest` 代码片段

```java
@SpringJUnitConfig(RetryAspectTest.RetryTestConfig.class)
class RetryAspectTest {
    @TestConfiguration
    @EnableAspectJAutoProxy
    static class RetryTestConfig {
        @Bean
        public RetryAspect retryAspect() {
            return new RetryAspect();
        }
```

```
        @Bean
        public OrderService orderService() {
            return mock(OrderService.class);
        }
    }
    // 省略其他代码
}
```

有了可以运行的最小 Spring 环境后，开始编写测试用例，可以设计两个简单的场景。

(1) 被调用的方法正常返回，没有发生重试，直接拿到结果，Mock 对象的方法只调用了一次。对应了代码示例 15-11 中的 testSuccessInvoke() 方法。

(2) 被调用的方法抛出异常，发生了重试，重试最终成功返回了，Mock 对象的方法被调用了好几次。对应了代码示例 15-11 中的 testDoWithRetry() 方法。

代码示例 15-11 中用的 BDDMockito 中的很多静态方法，可以用 BDD[①] 的形式描述我们的测试用例。为了方便描述，我们直接把所有方法都 import static 了进来。在实际开发中，如有必要可以按照编码规范导入用到的方法。以 testSuccessInvoke() 为例，BDD 的描述是给定（given()）调用 mockService.listOrders()，将返回（willReturn()）Collections.emptyList()；实际调用了 listOrders() 后，那么（then()）mockService 的 listOrders() 应该（should()）只被调用了一次（once()）；再结合一些别的简单断言，这就是一个测试用例了。testDoWithRetry() 的逻辑也是类似的，CircuitBreakerAspect 的测试也可以用这样的方法，这里就不再赘述了。

代码示例 15-11　针对重试切面的测试用例代码片段

```
import static org.mockito.BDDMockito.*;

@SpringJUnitConfig(RetryAspectTest.RetryTestConfig.class)
class RetryAspectTest {
    // 省略Spring内部配置类，见代码示例15-10
    @Autowired
    private OrderService orderService;
    private OrderService mockService;

    @BeforeEach
    public void setUp() {
        mockService = AopTestUtils.getUltimateTargetObject(orderService);
        reset(mockService);
    }

    @Test
    void testSuccessInvoke() {
        given(mockService.listOrders()).willReturn(Collections.emptyList());
        List<Order> orders = orderService.listOrders();
        then(mockService).should(only()).listOrders();
        assertTrue(orders.isEmpty());
    }

    @Test
```

---

① BDD 即行为驱动开发（Behavior Driven Development），是敏捷软件开发中的一种技术，用特定的 DSL 以接近结构化自然语言的方式来编写可执行的测试用例。

```
void testDoWithRetry() {
    given(mockService.listOrders())
    .willThrow(new RuntimeException())
    .willThrow(new RuntimeException())
    .willReturn(Collections.emptyList());
    List<Order> orders = orderService.listOrders();
    then(mockService).should(times(3)).listOrders();
    assertTrue(orders.isEmpty());
  }
}
```

15.2　使用 Resilience4j 实现容错

在理解了基本的容错理念和常见模式后，该进入实践环节了。考虑到在实战中会出现各种出乎意料的情况，除非自己是个久经考验的老手，或者大神级人物，否则还是老老实实使用那些已经被实践验证过的框架吧，避免在别人已经跌到过无数次的地方重复踩坑。

放到以前，说起与服务容错相关的话题，就不得不提 Netflix 开源的 Hystrix，实际上，它就是当时事实上的行业标准。可惜在 2018 年 Netflix 宣布将该项目转入维护状态，不再继续投入开发，它就慢慢从宝座上退了下来。好在有几位后起之秀扛起了大旗，让大家有了其他的选择，它们就是本节要介绍的 Resilience4j，以及后续章节中会提到的阿里开源的 Sentinel。

按照官方自己的介绍，Resilience4j 是受 Hystrix 的启发而开发的轻量级容错库，专门针对 Java 8 和函数式编程设计的。它没有太多依赖，而且简单易用。Resilience4j 提供了断路器、限流、重试、舱壁等常见容错功能实现；通过它的高阶函数（即它提供的装饰器）还可以对函数接口、Lambda 表达式和方法进行增强；而且 Resilience4j 的模块化程度很高，我们可以按需引入其中的核心容错能力。类似 Resilience4j 对 Spring Boot 和 Micronaut[①] 的支持功能也被放到了不同的模块中，根据项目使用的框架来使用即可。表 15-1 罗列了一些 Resilience4j 的模块。

表 15-1　Resilience4j 的模块清单

功　能	模　块	功　能	模　块
断路	resilience4j-circuitbreaker	Feign 支持	resilience4j-feign
限流	resilience4j-ratelimiter	Spring Boot 2 支持	resilience4j-spring-boot2
舱壁	resilience4j-bulkhead	Spring Reactor 支持	resilience4j-reactor
重试	resilience4j-retry	Micrometer 支持	resilience4j-micrometer
缓存	resilience4j-cache	Prometheus 支持	resilience4j-prometheus
超时	resilience4j-timelimiter		

15.2.1　使用 Resilience4j 实现限流

在开始介绍 Resilience4j 之前，让我们先来完善一下二进制奶茶店的例子，新增一个调茶师 TeaMaker 的模块，以便演示后续的多个功能。

---

① Micronaut 是现代一站式 Java 微服务框架中的后起之秀。

> 需求描述 通常，奶茶店的收银和制作都是前后分开的，用户通过客户端下单并付款，或者由服务员在 Web 界面下单收银后，调茶师会根据订单进行制作。点单收银可以很快，但做一杯饮料往往很慢，现磨手冲咖啡、冰滴茶、鲜榨果汁之类的都需要时间，所以调茶师往往会成为奶茶店的瓶颈——这其实是一个潜在的限流需求，调茶师忙不过来时就不再接新订单了。

1. 新增调茶师模块

这里显然就是提示我们要给 TeaMaker 增加限流功能，不过我们还是要先把这个模块简单地编写出来。可以通过 Spring Initializr 初始化 TeaMaker 工程[①]，选中 Web、Lombok、Actuator 和 Apache Zookeeper Discovery 依赖，前面三个用来实现本身的业务功能，第四个是为了让 BinaryTea 能够找到 TeaMaker，如果想把配置都放进配置中心，还可以再增加相关的依赖。

代码示例 15-12 是 TeaMaker 对外暴露的 REST 服务。因为是演示，所以一切从简，直接提供一个订单号，只要单号是个正整数就算有效订单号，开始进行订单制作，制作完毕即返回 200 OK。返回的 JSON 报文中包含了三个属性，分别是成功制作与否、订单编号与制作此单的调茶师编号。

代码示例 15-12　TeaMaker 对外提供的服务代码片段

```java
@RestController
@RequestMapping("/order")
@Slf4j
public class OrderController {
    @Autowired
    private OrderService orderService;

    @PostMapping("/{id}")
    public ResponseEntity<ProcessResult> process(@PathVariable Long id) {
        if (id == null || id <= 0) {
            return ResponseEntity.badRequest().build();
        }
        ProcessResult result = orderService.make(id);
        log.info("成功完成订单{}的制作", id);
        return ResponseEntity.ok(result);
    }
}

@Getter
@Setter
@Builder
public class ProcessResult {
    private boolean finish;
    private long orderId;
    private long teaMakerId;
}
```

我们将具体的制作过程封装在了 OrderService.make() 方法里，它的逻辑如代码示例 15-13 所示。用一段 sleep() 来代表制作耗时，随后构造结果对象，tea-maker.id 和 tea-maker.time-per-order 都是 application.properties 中的配置值。

---

① 这个示例在 ch15/teamaker-resilience4j 项目中。

代码示例 15-13 具体制作订单的 OrderService 代码片段

```java
@Service
public class OrderService {
    @Value("${tea-maker.id:-1}")
    private long teaMakerId;
    @Value("${tea-maker.time-per-order:500ms}")
    private Duration timePerOrder;

    public ProcessResult make(Long id) {
        try {
            TimeUnit.MILLISECONDS.sleep(timePerOrder.toMillis());
        } catch (InterruptedException e) {
        }
        return ProcessResult.builder()
                .finish(true).orderId(id)
                .teaMakerId(teaMakerId)
                .build();
    }
}
```

例如，我们可以像下面这样提供一些配置，再结合 Zookeeper 地址等其他内容，让程序先运行起来：

```
spring.application.name=tea-maker
server.port=8082
tea-maker.id=1
tea-maker.time-per-order=1s
```

一定要强调的是，目前你看到的方式并不是实现 TeaMaker 的理想方式，甚至可以说，这是一个糟糕的设计。把一个高耗时的操作嵌入订单支付后的主流程，用同步 HTTP 调用的方式来触发它，想想都是个可怕的操作。类似这样的操作应该从主流程里剥离，并将其异步化，在后续的第 16 章里，我们会通过消息的方式对它进行优化。

2. 增加限流功能

接下来，就该进入这节的重点了——引入 Resilience4j，实现限流功能。在 pom.xml 中添加如下依赖，它会自动带入 Resilience4j 的众多模块，例如 resilience4j-core、resilience4j-ratelimiter、resilience4j-circuitbreaker、resilience4j-bulkhead 等。当然，resilience4j-spring-boot2 也会有大量适用于 Spring Boot 的自动配置：

```xml
<dependency>
    <groupId>io.github.resilience4j</groupId>
    <artifactId>resilience4j-spring-boot2</artifactId>
    <version>1.7.0</version>
</dependency>
```

由于这是我们第一次接触 Resilience4j，所以先用最原始的代码来实现一下限流功能，大致的步骤如下。

(1) 根据自己的需要配置 `RateLimiterConfig`，用 `RateLimiterConfig.ofDefaults()` 可以创建默认配置，`RateLimiterConfig.custom()` 可以用来创建自定义配置。

(2) 用第 (1) 步的配置来创建 RateLimiterRegistry，用 RateLimiterRegistry.ofDefaults() 可以创建使用默认配置的 RateLimiterRegistry，用 RateLimiterRegistry.of() 来传入配置。

(3) 用第 (2) 步的 RateLimiterRegistry 来创建 RateLimiter，调用 RateLimiterRegistry 的 rateLimiter() 方法，有不同参数的方法可供选择。

(4) 用 RateLimiter 来装饰我们需要限流的代码，Resilience4j 的 RateLimiter 支持的限流对象，包括 Callable、Runnable、CheckedRunnable、Supplier、CheckedSupplier、Consumer、CheckedConsumer 和 CompletionStage。

(5) 调用修饰后的代码，而非原始代码。

resilience4j-spring-boot2 中的 AbstractRateLimiterConfigurationOnMissingBean 配置类里已经配置好了 RateLimiterRegistry，我们可以直接在代码中注入它，创建 RateLimiter。那么 OrderService.make() 方法就要调整成代码示例 15-14 那样，用 rateLimiter.executeSupplier() 把原来的逻辑封装起来，如果碰到限流就会抛出 RequestNotPermitted 异常。

代码示例 15-14　增加了限流代码的 OrderService.make()

```java
@Service
public class OrderService {
    @Autowired
    private RateLimiterRegistry rateLimiterRegistry;

    public ProcessResult make(Long id) {
        RateLimiter rateLimiter = rateLimiterRegistry.rateLimiter("make-tea");
        return rateLimiter.executeSupplier(() -> {
            try {
                TimeUnit.MILLISECONDS.sleep(timePerOrder.toMillis());
            } catch (InterruptedException e) {
            }
            return ProcessResult.builder()
                    .finish(true).orderId(id)
                    .teaMakerId(teaMakerId)
                    .build();
        });
    }
    // 省略其他代码
}
```

对于抛出的限流异常，上层的 OrderController 需要进行对应的处理，不能让异常直接返回上游。可以针对这个异常返回特定的内容，就像代码示例 15-15 那样，编写一个异常处理器，返回特定的 503 Service Unavailable。

代码示例 15-15　为 OrderController 增加处理 RequestNotPermitted 的异常处理器

```java
@RestController
@RequestMapping("/order")
@Slf4j
public class OrderController {
    @ExceptionHandler(RequestNotPermitted.class)
    public ResponseEntity<ProcessResult> handleRequestNotPermitted(HttpServletRequest request) {
        log.warn("请求{}触发限流", request.getRequestURL());
        ProcessResult result = ProcessResult.builder().finish(false).build();
        return ResponseEntity.status(HttpStatus.SERVICE_UNAVAILABLE).body(result);
```

```
    }
    // 省略其他代码
}
```

限流的各种配置都在 RateLimiterConfigurationProperties 里，我们使用了 Spring Boot，所以可以通过 resilience4j-spring-boot2 的 RateLimiterProperties 来进行配置。所有的配置项都以 resilience4j. ratelimiter 为前缀，用 resilience4j.ratelimiter.instances.XXX 来配置 XXX 限流器的具体参数。对于没有单独配置的限流器，则会使用 resilience4j.ratelimiter.configs.default 中的配置。主要的参数如表 15-2 所示。

表 15-2　限流相关的部分配置项

参 数	默 认 值	说 明
limit-for-period	50	指定刷新时间段内允许执行的次数
limit-refresh-period	500ns	刷新时间段，过了这个时间后限流的计数器会还原
timeout-duration	5s	等待限流器放行的超时时间
register-health-indicator	false	是否要把这个限流器注册到 Actuator 的健康指标里

由于这个配置用 YAML 的可读性会更高一些，所以例子中我们将 application.properties 换为 application.yml 文件，例如下面这样：

```
spring.application.name: tea-maker
server.port: 8082
tea-maker:
  id: 1
  time-per-order: 1s

resilience4j:
  ratelimiter:
    instances:
      make-tea:
        limit-for-period: 1
        limit-refresh-period: 10s
        timeout-duration: 2s
        register-health-indicator: true
```

在运行程序后，我们可以打开终端界面，用下面的 curl 命令在短时间内多发起几次调用，如果返回的 HTTP 响应码是 200 OK，说明正常调用，没被限流；如果返回的 HTTP 响应码是 503 Service Unavailable，则说明被限流了：

▶ curl -v -d "" http://localhost:8082/order/1

resilience4j-spring-boot2 能做的可不仅仅是为我们自动配置一些 Registry 类，它还包括了很多有用的功能，例如：

- □ 其所依赖的 resilience4j-spring 中还有一些 Spring AOP 切面，例如专门拦截带 @RateLimiter 注解方法的 RateLimiterAspect；
- □ 适配 Actuator 的各种 Endpoint 端点，例如显示限流器信息的 RateLimiterEndpoint；
- □ 在健康检查断点中嵌入容错信息的各种 HealthIndicator，例如 RateLimitersHealthIndicator，可以通过 management.health.ratelimiters.enabled 开启它。

为了使用 RateLimiterAspect 切面，我们需要引入 Spring AOP 的相关依赖，尤其是 AspectJ。在 pom.xml 中添加如下起步依赖（下文提到的其他 Resilience4j 注解和切面也同样需要这个依赖）：

```xml
<dependency>
    <groupId>org.springframework.boot</groupId>
    <artifactId>spring-boot-starter-aop</artifactId>
</dependency>
```

上面的代码示例 15-14 可以稍作调整，不用注入 RateLimiterRegistry 创建 RateLimiter，直接加个注解就好了，具体如代码示例 15-16 所示。

代码示例 15-16　使用 @RateLimiter 实现限流

```java
@Service
public class OrderService {
    @RateLimiter(name = "make-tea")
    public ProcessResult make(Long id) {
        // 内容如代码示例15-13的make()方法
    }
    // 省略其他代码
}
```

为了能够通过 Actuator 来查看限流相关的信息，需要在 application.yml 中添加如下配置，endpoints.web.exposure.include 可以写具体要放开的端点，此处只是演示，因此用了 * ：

```yaml
management:
  health.ratelimiters.enabled: true
  endpoints.web.exposure.include: "*"
  endpoint.health.show-details: always
```

再次运行程序，发起几次调用，随后我们可以通过浏览器访问健康检查端点，也就是 http://localhost:8082/actuator/health。能看到比较详细的信息，限流相关的信息在 rateLimiters 部分里，其中就包含了我们注册进去的 make-tea ：

```json
{
  "status": "UP",
  "components": {
    "rateLimiters": {
      "status": "UP",
      "details": {
        "make-tea": {
          "status": "UP",
          "details": {
            "availablePermissions": 1,
            "numberOfWaitingThreads": 0
          }
        }
      }
    }
    // 省略其他内容
  }
}
```

而在 http://localhost:8082/actuator/metrics 中还包含了容错信息相关的度量指标，例如与限流相关的 resilience4j.ratelimiter.available.permissions 和 resilience4j.ratelimiter.waiting_threads，

可以访问 http://localhost:8082/actuator/metrics/resilience4j.ratelimiter.waiting_threads 查看具体的内容。

15.2.2 使用 Resilience4j 实现断路

在知道了限流的实现方法后，再来看断路就会容易很多。Resilience4j 的断路器是在 resilience4j-circuitbreaker 模块里的，不过我们引入的 resilience4-spring-boot2 已经把各种需要用到的 Resilience4j 模块都带上了，因此就不需要再手动引入依赖了。

Resilience4j 的断路器在遇到调用失败和慢调用时都会更新内部的统计值，当失败或耗时过慢的比例超过阈值后，断路器就会开启，后续的请求会抛出 CallNotPermittedException 异常。断路器处于开启状态一段时间后，会转入半开状态，放一部分请求做实际调用，判断下游是否已经恢复，如果恢复就关闭。Resilience4j 的断路器使用滑动窗口来存储并聚合调用结果，有两种实现可供选择，一种是基于**计数**的滑动窗口，统计的是 N 次调用的情况；另一种是基于**时间**的滑动窗口，统计的是 N 秒里的调用情况，默认用的是前者。

1. 断路器配置

CircuitBreakerConfig 是断路器的具体配置类，Spring Boot 里用到的则是 CircuitBreakerProperties。断路器相关的配置项都以 resilience4j.circuitbreaker 为前缀，我们可以用 resilience4j.circuit-breaker.instances.XXX 来配置 XXX 断路器的具体参数。对于没有单独配置的断路器，则会使用 resilience4j.circuitbreaker.configs.default 中的配置。表 15-3 列举了一些常用的配置项。

表 15-3　断路器相关的部分配置项

配 置 项	默 认 值	说 明
failure-rate-threshold	50	失败率阈值，大于等于该阈值的情况下断路器进入开启状态
slow-call-rate-threshold	100	慢请求比例阈值，大于等于该阈值的情况下断路器进入开启状态
slow-call-duration-threshold	60000ms	慢请求耗时阈值，超过该阈值的请求会被视为慢请求
sliding-window-type	COUNT_BASED	滑动窗口类型，基于计数（COUNT_BASED）的窗口还是基于时间（TIME_BASED）的窗口
sliding-window-size	100	滑动窗口的大小，如果是基于计数的窗口，要记录的是最后 N 个请求；如果是基于时间的窗口，则要记录的是最后 N 秒内的请求
minimum-number-of-calls	100	每个窗口内的最少调用次数，少于该次数不会计算失败率和慢请求比例
max-wait-duration-in-half-open-state	0ms	在半开状态下最多等待多少时间切换回打开状态，0 意味着在所有放行的请求结束前都会维持半开状态
wait-duration-in-open-state	60000ms	打开状态下，持续多长时间切换到半开状态
permitted-number-of-calls-in-half-open-state	10	半开状态下允许放过多少个请求去下游

（续）

配　置　项	默　认　值	说　　明
record-exceptions	空	要被记录为失败，增加失败率的异常列表；如果在这里配置了异常，那其他的异常（除了 ignore-exceptions 里配置的）都会被视为成功
ignore-exceptions	空	要被忽略的异常，其中配置的异常既不会被视为失败，也不会被视为成功
register-health-indicator	false	是否要把这个断路器注册到 Actuator 的健康指标里

与限流一样，Resilience4j 的断路器也可以使用编程和注解两种方式。断路器的配置放在 CircuitBreakerConfig 中，可以用 CircuitBreakerConfig.custom() 来创建自定义配置，随后将配置传给 CircuitBreakerRegistry，通过它来创建具体的 CircuitBreaker。大概会是下面这样的：

```
// 使用默认配置创建CircuitBreakerRegistry
CircuitBreakerRegistry registry = CircuitBreakerRegistry.ofDefaults();
CircuitBreaker circuitBreaker = registry.circuitBreaker("tea-maker");
circuitBreaker.executeSupplier(() -> {...});
```

不过，在通常情况下，还是使用 @CircuitBreaker 注解更方便一些，而且 resilience4j-spring-boot2 还替我们自动配置了 CircuitBreakerRegistry 等内容，只需通过 Properties 或者 YAML 提供配置即可。

2. 断路保护示例

在了解了 Resilience4j 断路器的基本情况后，让我们通过一个例子来加深一下对它的认识。

> **需求描述**　顾客在二进制奶茶店支付完订单后，会在收银台旁边等着，由于我们没有叫号系统，所以目前顾客就只能隔段时间来问一声："我的饮料做好了吗？"如果一直没做好，问多了顾客也烦，工作人员还得不停地回答，又或者在人多时根本来不及回答，这种情况下，我们希望顾客问了几次都没做好或者没消息时隔段时间再问。

我们可以理解并翻译一下这个需求，其中包含了两个子需求。

- ❑ Customer 系统在付款后就要不断向 BinaryTea 发起查询请求，通过订单 ID 查询订单状态，如果状态没到 FINISHED 就过一段时间再查，直到状态为 FINISHED 为止。
- ❑ 如果遇到查询失败报错，或者是多次返回的订单状态未到 FINISHED，可以开启断路，一段时间里不再发起查询。

为了实现第一个需求，要修改一下 BinaryTea 工程，提供一个查询单笔订单的接口，分别要修改 OrderController 和 OrderService 这两个类。先在 OrderService 里增加查询单笔订单的方法，直接通过 OrderRepository 就能完成查询，具体如代码示例 15-17 所示。[①]

---

① 这部分提到的例子都在 ch15/binarytea-resilience4j 和 ch15/customer-resilience4j 项目里。

代码示例 15-17 增加了查询单笔订单方法的 OrderService 代码片段

```
@Service
@Transactional
@Slf4j
public class OrderService {
    public Optional<Order> queryOrder(Long id) {
        return orderRepository.findById(id);
    }
    // 省略其他代码
}
```

随后在 OrderController 里增加一个处理 /order/{id} GET 请求的方法，根据传入的订单号查询订单，如果找不到对应订单就直接返回 404 Not Found。具体如代码示例 15-18 所示。

代码示例 15-18 处理 /order/{id} 请求的 OrderController 代码片段

```
@Controller
@RequestMapping("/order")
@Slf4j
public class OrderController {
    @ResponseBody
    @GetMapping("/{id}")
    public ResponseEntity<Order> queryOneOrder(@PathVariable("id") Long id) {
        Optional<Order> result = orderService.queryOrder(id);
        if (result.isPresent()) {
            return ResponseEntity.ok(result.get());
        } else {
            return ResponseEntity.notFound().build();
        }
    }
    // 省略其他代码
}
```

程序运行后，可以通过 curl 命令带上身份信息访问一下 /order/1，看看能否取回编号为 1 的订单内容：

▶ curl -v -u LiLei:binarytea http://localhost:8080/order/1

在 Customer 工程里，同样要在 OpenFeign 接口里加上这个 URL 的定义，就像代码示例 15-19 那样。

代码示例 15-19 增加了 /order/{id} 的 OrderService 接口代码片段

```
@FeignClient(contextId = "orderService", name = "binarytea", path = "/order")
public interface OrderService {
    @GetMapping(path = "/{id}", produces = MediaType.APPLICATION_JSON_VALUE)
    ResponseEntity<Order> queryOneOrder(@PathVariable("id") Long id);
    // 省略其他代码
}
```

由于 OrderService 是个 OpenFeign 接口，具体的实现是在运行时生成的，不方便添加上面第二个子需求的逻辑，所以我们将查询并判断结果的逻辑写到了 BinaryTeaClient 里。通过 OrderService 查询订单，如果订单不存在就抛出异常，存在的话判断订单的状态，如果为 FINISHED 则返回 true，否则抛出异常。记得在 CustomerApplication 里定义 BinaryTeaClient 的 Bean 实例，同时去掉之前自己手动编写的 AOP 容错切面。

代码示例 15-20 中需要重点说明一下 @CircuitBreaker 注解的用法，name 指定了断路器的名称，fallbackMethod 指定了断路器开启后降级调用的方法，该方法必须在同一个类里，方法的签名与原方法相同，但需要在参数最后增加一个异常参数，用来标明处理的异常，如果有多个 orderIsNotFinished() 方法，那么后面可以跟不同类型的异常。

代码示例 15-20　用来判断订单是否完成的 BinaryTeaClient 类与 OrderNotFinishedException 异常定义

```java
@Slf4j
public class BinaryTeaClient {
    @Autowired
    private OrderService orderService;

    @CircuitBreaker(name = "order-checker", fallbackMethod = "orderIsNotFinished")
    public boolean isOrderFinished(Long id) {
        ResponseEntity<Order> entity = orderService.queryOneOrder(id);
        if (HttpStatus.NOT_FOUND == entity.getStatusCode()) {
            throw new IllegalArgumentException("没找到订单");
        }
        Order order = entity.getBody();
        if ("FINISHED".equalsIgnoreCase(order.getStatus())) {
            return true;
        }
        log.info("订单{}还没好", id);
        throw new OrderNotFinishedException();
    }

    public boolean orderIsNotFinished(Long id, Exception e) {
        return false;
    }
}

public class OrderNotFinishedException extends RuntimeException {
}
```

接着，来重构一下 OrderRunner 类，为了让 run() 方法不至于太过冗长，我们需要将其中的逻辑拆分一下，将创建订单、支付订单、查询订单是否完成以及取订单放到三个不同的方法里。支付与取订单都是修改订单状态，因此共用了 modifyOrderState() 方法。具体如代码示例 15-21 所示。在 waitUntilFinished() 方法中针对几种不同的异常分别进行了处理，每次查询后等待 1 秒再发起下次的查询。

代码示例 15-21　增加了等待订单完成逻辑的 OrderRunner 代码片段

```java
@Component
@Order(5)
@Setter
@Slf4j
public class OrderRunner implements ApplicationRunner {
    @Autowired
    private OrderService orderService;
    @Autowired
    private BinaryTeaClient client;

    @Override
    public void run(ApplicationArguments args) throws Exception {
        List<learning.spring.customer.model.Order> orders = orderService.listOrders();
```

```
        log.info("调用前的订单数量: {}", orders.size());
        Long id = createOrder();
        modifyOrderState(id, "PAID");
        waitUntilFinished(id);
        modifyOrderState(id, "TAKEN");
    }

    private void waitUntilFinished(Long id) {
        boolean flag = false;
        while (!flag) {
            try {
                flag = client.isOrderFinished(id);
                log.info("订单{}完成了没{}", id, flag);
                if (!flag) {
                    TimeUnit.SECONDS.sleep(1);
                }
            } catch (IllegalArgumentException e) {
                log.warn("没找到订单{}", id);
                break;
            } catch (OrderNotFinishedException e) {
                log.info("订单{}还没准备好", id);
            } catch (Exception e) {
                log.error("啊呀有问题", e);
            }
        }
        log.info("订单{}已经好了", id);
    }

    private Long createOrder() {...}
    private void modifyOrderState(Long id, String state) {...}
}
```

最后，还需要为 order-checker 这个断路器配置各种参数。这次我们换用 Properties 的方式来进行配置，在 application.properties 里添加代码示例 15-22 里的内容。具体的含义是这样的，使用默认的基于计数的滑动窗口，窗口大小设置为 30 次调用，最少要有 5 次调用才开始统计，断路器打开后等 10 秒钟进入半开状态，放行 2 个请求去检查订单是否已完成。由于我们的代码里针对订单不存在的状态做了特殊处理，所以忽略 java.lang.IllegalArgumentException 这种异常类型。

代码示例 15-22　application.properties 中添加 order-checker 相关的断路配置

```
resilience4j.circuitbreaker.instances.order-checker.sliding-window-size=30
resilience4j.circuitbreaker.instances.order-checker.minimum-number-of-calls=5
resilience4j.circuitbreaker.instances.order-checker.wait-duration-in-open-state=10s
resilience4j.circuitbreaker.instances.order-checker.permitted-number-of-calls-in-half-open-state=2
resilience4j.circuitbreaker.instances.order-checker.ignore-exceptions=java.lang.IllegalArgumentException
resilience4j.circuitbreaker.instances.order-checker.register-health-indicator=true
```

Customer 运行后，我们可以根据日志中"订单{}还没好"和"订单{}还没准备好"的出现次数与间隔来判断断路器的状态。

15.2.3　使用 Resilience4j 实现隔离

Resilience4j 中与舱壁模式相关的内容是放在 resilience4j-bulkhead 模块里的，其中针对舱壁模式提供了两种实现，第一种是**基于信号量的** SemaphoreBulkhead，另一种是**基于有界队列和固定大小线**

程池的 FixedThreadPoolBulkhead，默认使用前者。

1. 舱壁模式配置

与之前介绍的限流和断路一样，通过舱壁模式实现隔离也有编程和注解两种方式。编程模式配置放在 BulkheadConfig 中，通过 BulkheadRegistry 或者 ThreadPoolBulkheadRegistry 来创建 Bulkhead 对象，与之前介绍的另两种容错方式几乎是一样的。注解方式使用的是 @Bulkhead 注解，其中 name 属性用来指定名称，type 属性用来指定实现类型。

resilience4j-spring-boot2 为我们完成了相关 Bean 的自动配置，基本上我们只需要进行一小部分配置就好了。由于 Resilience4j 里舱壁模式的两种配置差异较大，所以对应的配置也被拆成了两个配置类。基于信号量的默认实现配置放在 BulkheadProperties 里，属性的前缀是 resilience4j.bulkhead，表 15-4 罗列了其中的 2 个常用的配置项。

表 15-4　resilience4j.bulkhead 下的常用配置项

配 置 项	默 认 值	说 明
max-concurrent-calls	25	允许的最大并行执行量
max-wait-duration	0	在获得执行权限前线程最多阻塞多久

FixedThreadPoolBulkhead 的配置前缀是 resilience4j.thread-pool-bulkhead，对应的配置类是 ThreadPoolBulkheadProperties，表 15-5 罗列了其中的 4 个常用配置项。

表 15-5　resilience4j.thread-pool-bulkhead 下的常用配置

配 置 项	默 认 值	说 明
max-thread-pool-size	Runtime.getRuntime().availableProcessors()	线程池的最大线程数
core-thread-pool-size	Runtime.getRuntime().availableProcessors() - 1	线程池的核心线程数
queue-capacity	100	有界队列的大小
keep-alive-duration	20ms	当线程数大于核心线程数时，销毁线程前的最大等待时间

2. 舱壁模式示例

同样的，在了解了基本的配置后，我们来看个实际的例子，加深下印象。

> 需求描述　有时店里的订单来得太多，调茶师根本来不及制做，所以响应会非常慢。前台时不时去询问调茶师是否已经制作完成，他还要花时间查看订单再答复，由于订单分配给了不同的调茶师，询问一单没有回复，不代表另一单也没有。所以可以考虑针对不同的调茶师做个隔离，分开询问。

分析下这个需求，我们需要在 BinaryTea 里增加一个通知的功能，通知调茶师制作订单。正常情况下应该对不同的调茶师设置不同的舱壁做隔离，一个没回复不影响另一个，这里为了演示方便，就根据订单号取模来做隔离。

　　既然是要通知 TeaMaker，那自然是要在 BinaryTea 中增加一个调用的客户端，本章中我们使用 RestTemplate 来发起 HTTP 调用，在后面的第 16 章介绍到消息队列后，我们会转向使用消息的方式。代码示例 15-23 是一个 TeaMaker 的客户端，通过 RestTemplate 对 /order/{id} 发起 POST 请求。这里的 makeTea() 方法上增加了 @Bulkhead 注解，说明这个方法会在一个隔离的舱壁内执行。这个注解除了使用 name 属性指定名称外，还可以通过 type 指定类型，默认是 SEMAPHORE，即基于信号量的，也可以选择 THREADPOOL，此外还有降级用的 fallbackMethod 属性。在设置舱壁的名称时，这里使用了 SpEL 表达式，#root.args[0] 是传入的第一个参数，除以 2 取模后，基数是 1，偶数是 0，所以得到的名字分别是 0-tea-maker 和 1-tea-maker。

代码示例 15-23　用来发起通知 TeaMaker 制作订单的客户端

```java
@Component
@Slf4j
public class TeaMakerClient {
    @Autowired
    private RestTemplate restTemplate;
    @Value("${tea-maker.url}")
    private String teaMakerUrl;

    @Bulkhead(name = "#root.args[0] % 2 + '-tea-maker'")
    public TeaMakerResult makeTea(Long id) {
        ResponseEntity<TeaMakerResult> entity = restTemplate
            .postForEntity(teaMakerUrl + "/order/{id}", null,
                TeaMakerResult.class, id);
        log.info("请求TeaMaker,响应码:{}", entity.getStatusCode());
        if (entity.getStatusCode() == HttpStatus.BAD_REQUEST) {
            return null;
        }
        return entity.getBody();
    }
}

@Getter
@Setter
public class TeaMakerResult {
    private boolean finish;
    private long orderId;
    private long teaMakerId;
}
```

　　有了具体的客户端之后，接下来就是编写触发通知的代码。在付款的线程里执行通知虽然看起来方便，但会要求付款的接口增加远程调用，这既会导致响应时间变慢又会带来额外的失败风险，所以这里考虑在另一个线程里进行通知。代码示例 15-24 设计了一个定时任务，在 notifyTeaMaker() 上增加了 2.4.2 节中介绍过的 @Scheduled 注解，两次执行间隔 2000 毫秒。定时任务的具体内容是从数据库里找到状态是 PAID 的订单，随后遍历这些订单发起通知，在获得执行的结果后将其中的调茶师信息保存到订单里，并将订单状态修改为 FINISHED。

> 请注意　这里只是出于演示的目的，并没有添加必要的防并发逻辑。如果同时有几个 notifyTeaMaker() 在运行，可能出现多次通知的情况。针对这种情况有很多不同的解决方案，常见的是加锁或者下游做幂等。

代码示例 15-24 触发通知用的定时任务

```
@Component
@Slf4j
public class TeaMakerNotifier {
    @Autowired
    private OrderRepository orderRepository;
    @Autowired
    private TeaMakerRepository teaMakerRepository;
    @Autowired
    private TeaMakerClient teaMakerClient;

    @Scheduled(fixedDelay=2000)
    public void notifyTeaMaker() {
        // 没考虑并发执行的问题
        List<Order> orders = orderRepository.findByStatusOrderById(OrderStatus.PAID);
        for (Order o : orders) {
            try {
                notifyOneOrder(o);
            } catch(Exception e) {
                log.error("通知处理订单失败", e);
            }
        }
    }

    private void notifyOneOrder(Order o) {
        TeaMakerResult result = teaMakerClient.makeTea(o.getId());
        if (result == null || !result.isFinish()) {
            return;
        }
        teaMakerRepository.findById(result.getTeaMakerId()).ifPresent(o::setMaker);
        o.setStatus(OrderStatus.FINISHED);
        orderRepository.save(o);
    }
}
```

为了让上面两段代码能顺利运行起来，需要开启定时任务支持，并在 Spring 上下文中添加一个
RestTemplate Bean。所以我们要简单地修改一下 BinaryTeaApplication 类，就像代码示例 15-25 那样，
增加 @EnableScheduling 注解，并增加一个带有 @LoadBalanced 注解的 restTemplate() Bean 声明方法，
告诉 Spring 这个 RestTempalte 支持基于服务发现的负载均衡。当然我们完全可以像 Customer 工程里
那样通过 RestTemplateBuilder 来定制自己的 RestTemplate，这就交给大家自己动手了。再说后面的通
知会改为基于消息方式的，这里就简单一些吧。

代码示例 15-25 修改后的 BinaryTeaApplication 类代码片段

```
@SpringBootApplication
@EnableCaching
@EnableScheduling
public class BinaryTeaApplication implements WebMvcConfigurer {
    @Bean
    @LoadBalanced
    public RestTemplate restTemplate() {
        return new RestTemplate();
    }
    // 省略其他代码
}
```

最后，不要忘记修改 application.properties，增加需要的 tea-maker.url 属性，配置 TeaMaker 的地址。如果想对 tea-maker 这个 Bulkhead 的配置做些调整，也可以加进去，就像代码示例 15-26 那样（在 15.2.4 节中会解释其中的 configs 的用法）。

代码示例 15-26　BinaryTea 的 **application.properties** 需要增加的配置

```
tea-maker.url=http://tea-maker
resilience4j.bulkhead.configs.tea-maker.max-concurrent-calls=2
resilience4j.bulkhead.configs.tea-maker.max-wait-duration=500ms
resilience4j.bulkhead.instances.0-tea-maker.base-config=tea-maker
resilience4j.bulkhead.instances.1-tea-maker.base-config=tea-maker
```

至此，BinaryTea 的修改就结束了。因为 15.2.1 里编写的 TeaMaker 项目还不支持服务注册与发现，所以这里为了让 BinaryTea 能找到它，我们需要在 TeaMaker 的 pom.xml 里增加 spring-cloud-starter-zookeeper-discovery 依赖，并在 application.yml 中增加 Zookeeper 地址配置，就像下面这样：

```
spring.cloud.zookeeper.connect-string: "localhost:2181"
```

现在，按照 TeaMaker、BinaryTea、Customer 的顺序启动工程，可以看到 Customer 最终成功打出了订单已经准备好了的日志，同时多跑几个 Customer 进程就能看到 BinaryTea 里舱壁隔离的效果。如果希望效果明显些，可以调整 TeaMaker 中 tea-maker.time-per-order 的时间，每单处理时间拉长一些，例如设置为 10s，那同时运行 3 个 Customer 很容易就能看到"通知处理订单失败"的日志。

15.2.4　resilience4j-spring-boot2 的特别说明

15.2 节我们介绍了 Resilience4j 提供的一些不同的容错功能，它可以直接使用，但因为我们是在 Spring Boot 的项目里，所以很自然地就会直接去用它提供的 Spring Boot 支持。虽然文中只介绍了限流、断路和舱壁的用法，但使用 resilience4j-spring-boot2 的话，大部分的容错功能的使用方法大同小异。接下来我们就几个通用的点做个说明。

1. 注解中的 fallbackMethod

在介绍 @CircuitBreaker 时，我们演示了该注解中的 fallbackMethod 的用法。其实，不止这个注解，resilience4j-annotations 包里的 @Bulkhead、@RateLimiter、@Retry 和 @TimeLimiter 注解都有 fallbackMethod 这个属性。Resilience4j 的各个 Aspect 在发现配置了 fallbackMethod 这个属性后，会把带有注解的整个方法的执行过程用 FallbackDecorator 包装起来，在抛异常时会调用属性里指定的方法。以默认实现 DefaultFallbackDecorator 为例，它会捕获 Throwable 类型的所有异常，所以无论是容错对应的异常，还是业务异常，或者其他什么异常，都会转到降级的方法上。

关于降级的目标方法，除了直接给定方法名，也可以使用 SpEL 计算出方法名。name 和 fallbackMethod 都可以使用 SpEL，我们在 8.3.1 节中介绍过一些表达式，这里再简单回顾下。想要取得当前的方法名，可以使用 #root.methodName；想要获取第 1 个参数的值，可以用 #root.args[0]，也可以缩写成 #p0 或 #a0，分别是单词 parameter 和 argument 的首字母，它们都是参数的意思。有了 SpEL 的加持，可以实现根据参数内容选择不同的容错实例的功能，例如在使用舱壁模式时，也可以根据参数来选择不同的 Bulkhead，他们各有各的信号量控制并发计数。在这种场景下的 SpEL 表达式中 # 必须放在前面，不然会被解释成普通字符串。

2. 各个实例的公共配置

在之前的例子中，我们都是针对实例做的配置，例如 resilience4j.ratelimiter.instances.make-tea 和 resilience4j.circuitbreaker.instances.order-checker。可以发现配置项的格式大概是这样的 resilience4j.XXX.instances.YYY.ZZZ，其中 XXX 是对应的容错组件，例如 ratelimiter、circuitbreaker；YYY 是实例名称，例如 order-checker；ZZZ 是具体的配置项，例如 max-concurrent-calls。

我们的例子比较简单，所以配置项不多，一个个配置也就罢了。但在实际的项目里，会有很多实例，而且还在不断增加，每个都人工配置显然是不行的。可以通过 resilience4j.XXX.configs.default 提供 XXX 组件的默认配置，但凡没有单独配置的实例都会使用该默认配置。

除了默认配置，多个实例间也可以共享配置，通过 resilience4j.XXX.instance.YYY.base-config 来指定 YYY 实例要继承的基础配置名，假设我们有如下设置：

```
resilience4j.circuitbreaker.instances.order-checker.base-config=foo
```

那么 CircuitBreakerConfigurationProperties 在创建对应配置时就会去查找 resilience4j.circuitbreaker.configs.foo 下面的配置，这个配置可能是这样的：

```
resilience4j.circuitbreaker.configs.foo.sliding-window-size=100
resilience4j.circuitbreaker.configs.foo.minimum-number-of-calls=10
```

3. 各个注解的顺序

Resilience4j 为我们提供了 5 个不同的注解，对应了 5 个切面，具体如表 15-6 所示，每个切面都是实现了 Ordered 接口的，所以可以指定顺序。BulkheadAspect 的优先级是 Ordered.LOWEST_PRECEDENCE，从 0.16.0 版本开始，这个值就被“固定死”了，所以这也是 5 个切面中唯一一个不能修改顺序的。表格中自下往上，其他几个切面的 order 分别是 Ordered.LOWEST_PRECEDENCE-1 一直到 Ordered.LOWEST_PRECEDENCE-4，其中的数值越小越先执行，大概的示意如下：

```
Retry（CircuitBreaker（RateLimiter（TimeLimiter（Bulkhead（具体方法）））））
```

表 15-6　Resilience4j 提供的注解与对应切面

注 解	切 面	顺序配置属性	默认优先级
@Retry	RetryAspect	resilience4j.retry.retry-aspect-order	1
@CircuitBreaker	CircuitBreakerAspect	resilience4j.circuitbreaker.circuit-breaker-aspect-order	2
@RateLimiter	RateLimiterAspect	resilience4j.ratelimiter.rate-limiter-aspect-order	3
@TimeLimiter	TimeLimiterAspect	resilience4j.timelimiter.time-limiter-aspect-order	4
@Bulkhead	BulkheadAspect	resilience4j.bulkhead.bulkhead-aspect-order（不可改）	5

15.3　使用 Spring Cloud CircuitBreaker 实现容错

按照 Spring Framework 的设计理念，如果一个常用的东西有多种流行的实现，那大概率就能从这几种实现里抽象出一层通用接口，让开发者通过这层抽象编写代码，框架来负责处理底层的这些差异，例如书中介绍过的对象关系映射就是一个很好的例子。针对服务容错，目前也有好几款知名的开源框架，早期的 Netflix Hystrix，接棒 Hystrix 的 Resilience4j，国内阿里巴巴开源的 Sentinel，还有 Spring 自家的 Spring Retry。这些框架提供的能力大同小异，而在实践中大家的用途又是类似的，所以自然可以进行抽象封装，这就有了本节要介绍的 Spring Cloud CircuitBreaker。

从 Spring Cloud CircuitBreaker 的名字就能看出，这个框架主要聚焦于服务容错的断路器之上。但在具体的实现层面，它还是会充分发挥底层的框架能力，组合使用超时、舱壁和断路功能。整个框架的核心是位于 spring-cloud-commons 包中的 CircuitBreaker 接口，CircuitBreakerFactory 是用来创建 CircuitBreaker 的，断路器所需的各种配置则通过 ConfigBuilder 来构造。

知道了这些后，我们就能用它来编写代码了，在业务类中注入 CircuitBreakerFactory，通过它创建 CircuitBreaker 封装需要实现断路保护的业务代码即可。

15.3.1　通过 Spring Cloud CircuitBreaker 使用 Resilience4j

接下来，我们修改一下前文中直接使用 Resilience4j 的例子，通过 Spring Cloud CircuitBreaker 来实现断路功能，其底层还是 Resilience4j，看看编码时具体会有哪些变化。

在依赖方面，我们不用再自己依赖 resilience4j-spring-boot2 了，改为使用 spring-cloud-starter-circuitbreaker-resilience4j，它会带入所需的各个组件，但其中不包含 resilience4j-bulkhead，我们可以按需自行添加该依赖。另外，下面这个依赖是从 2020.0.3 版本开始加入 spring-cloud-dependencies 中的，如果使用之前的老版本，需要自己添加版本，比如 2.1.1：

```
<dependency>
    <groupId>org.springframework.cloud</groupId>
    <artifactId>spring-cloud-starter-circuitbreaker-resilience4j</artifactId>
</dependency>
```

CircuitBreaker 接口定义了两个 run() 方法，一个直接通过 Supplier<T> 传入要封装的业务逻辑，另一个则额外提供了一个降级方法，就类似 @CircuitBreaker 注解里的 fallbackMethod 属性，具体的接口定义如下所示[①]：

```
public interface CircuitBreaker {
    <T> T run(Supplier<T> toRun);
    <T> T run(Supplier<T> toRun, Function<Throwable, T> fallback);
}
```

接下来，我们用 CircuitBreaker 改写 Customer 工程里的 BinaryTeaClient 类，需要注意修改 import 的内容，毕竟注解和这里用到的接口同名。代码示例 15-27[②] 是修改后的 BinaryTeaClient 类，主要做了如下改动。

- □ 通过构造方法注入 CircuitBreakerFactory，用它创建了后面要用的名为 order-checker 的 CircuitBreaker 实例。

---

① 在实际的接口定义中，run(Supplier<T> toRun) 方法提供了默认实现，此处只简单地给出了方法的定义。
② 该示例在 ch15/customer-scc 项目中。

❑ 将原先的 isOrderFinished() 方法内容变为 CircuitBreaker.run() 的第一个参数，用 Lambda
表达式就可以了。

❑ 由于我们的降级逻辑就是直接返回 false，所以不再需要额外的方法定义，直接用 t -> false
作为 run() 的第二个参数即可。

由于 BinaryTeaClient 增加了构造方法，因而我们需要调整 CustomerApplication 里声明对应 Bean
的方法，这里就不再赘述了。

代码示例 15-27　使用 Spring　Cloud　CircuitBreaker 改写后的 BinaryTeaClient 类

```
@Slf4j
public class BinaryTeaClient {
    @Autowired
    private OrderService orderService;
    private CircuitBreaker orderCheckerCircuitBreaker;

    public BinaryTeaClient(CircuitBreakerFactory circuitBreakerFactory)    {
        orderCheckerCircuitBreaker = circuitBreakerFactory.create("order-checker");
    }

    public boolean isOrderFinished(Long id) {
        return orderCheckerCircuitBreaker.run(() -> {
            ResponseEntity<Order> entity = orderService.queryOneOrder(id);
            if (HttpStatus.NOT_FOUND == entity.getStatusCode()) {
                throw new IllegalArgumentException("没找到订单");
            }
            Order order = entity.getBody();
            if ("FINISHED".equalsIgnoreCase(order.getStatus())) {
                return true;
            }
            log.info("订单{}还没好", id);
            throw new OrderNotFinishedException();
        }, t -> false);
    }
}
```

上面的代码就已经实现了断路保护，如果需要对参数进行调整，根据 15.2 节里介绍的设
置 Resilience4j 属性的方法在 application.properties 里配置就可以了。究其原因，Spring Cloud
CircuitBreaker 的自动配置类在创建 Resilience4JCircuitBreakerFactory 时并未自己构造相关的
Registry，而是注入了 Spring 上下文中的 CircuitBreakerRegistry 和 TimeLimiterRegistry，两者都
是由 resilience4j-spring-boot2 自动创建的。因此，15.2 节中介绍的内容在这里都是适用的：

```
@Configuration(proxyBeanMethods = false)
@ConditionalOnProperty(name = { "spring.cloud.circuitbreaker.resilience4j.enabled",
    "spring.cloud.circuitbreaker.resilience4j.blocking.enabled" }, matchIfMissing = true)
public class Resilience4JAutoConfiguration {
    @Autowired(required = false)
    private List<Customizer<Resilience4JCircuitBreakerFactory>> customizers = new ArrayList<>();

    @Bean
    @ConditionalOnMissingBean(CircuitBreakerFactory.class)
    public Resilience4JCircuitBreakerFactory resilience4JCircuitBreakerFactory(
        CircuitBreakerRegistry circuitBreakerRegistry, TimeLimiterRegistry timeLimiterRegistry,
        @Autowired(required = false) Resilience4jBulkheadProvider
```

```
        bulkheadProvider) {...}
    // 省略其他代码
}
```

上面是 Resilience4JAutoConfiguration 自动配置类的一个片段，除了 resilience4jCircuitBreaker-Factory Bean 的定义，我们还看到了可以通过 spring.cloud.circuitbreaker.resilience4j.enabled 和 spring.cloud.circuitbreaker.resilience4j.blocking.enabled 这两个属性来控制是否开启 Spring Cloud CircuitBreaker 的自动配置。如果是 Reactive 方式的，可以用 spring.cloud.circuitbreaker. resilience4j.reactive.enabled 属性。

大部分情况下，用配置文件就已经能满足日常需要了，但 Spring Cloud CircuitBreaker 的自动配置还是给我们留下了调整的余地。Resilience4JAutoConfiguration 里有一个 Customizer<Resilience4J-CircuitBreakerFactory> 的列表，我们可以提供自己的 Customizer<Resilience4JCircuitBreakerFactory> 对 Resilience4JCircuitBreakerFactory 进行微调。

如果是调整默认配置，可以像下面这样直接在 Customizer 里调用 Resilience4JCircuitBreaker-Factory 的 configureDefault() 方法。其中所需的 Resilience4JCircuitBreakerConfiguration，则由 Resilience4JConfigBuilder 来进行构建，目前仅支持在这里传入 CircuitBreakerConfig 和 TimeLimiterConfig：

```
@Bean
public Customizer<Resilience4JCircuitBreakerFactory> defaultCustomizer() {
    return f -> f.configureDefault(id -> new Resilience4JConfigBuilder(id)
        .circuitBreakerConfig(CircuitBreakerConfig.ofDefaults())
        .timeLimiterConfig(TimeLimiterConfig.ofDefaults())
        .build());
}
```

如果要调整的是特定实例的配置，则是使用 Resilience4JCircuitBreakerFactory 的 configure() 方法，它可以一次设置多个拥有相同配置的实例。就比如下面这样：

```
@Bean
public Customizer<Resilience4JCircuitBreakerFactory> orderCheckerCustomizer() {
    return f -> f.configure(b -> b.circuitBreakerConfig(CircuitBreakerConfig.ofDefaults())
        .timeLimiterConfig(TimeLimiterConfig.ofDefaults())
        .build(), "order-checker");
}
```

对于使用了舱壁模式的情况，还可以提供自己的 Customizer<Resilience4jBulkheadProvider> Bean 实例，写法与上面类似，例如：

```
@Bean
public Customizer<Resilience4jBulkheadProvider> defaultBulkheadCustomizer() {
    return p -> p.configureDefault(id -> new Resilience4jBulkheadConfigurationBuilder()
        .bulkheadConfig(BulkheadConfig.ofDefaults())
        .threadPoolBulkheadConfig(ThreadPoolBulkheadConfig.ofDefaults())
        .build());
}
```

15.3.2　通过 Spring Cloud CircuitBreaker 使用 Sentinel

阿里巴巴开源的 Sentinel 是在国内开发者社区中较为流行的容错组件，从流量控制、熔断降级、负载保护等多个维度为服务的稳定性保驾护航。大家对阿里巴巴开源的各种设施都比较放心，其信心便是源自阿里多年双十一活动超高流量下积累的大量经验，Sentinel 的表现同样出类拔萃。Sentinel 主要有以下特点。

- □ 在核心方面，整个 Sentinel 的核心库是轻量级的，没有太多的依赖。与此同时，它还提供了一套完善的 SPI 扩展机制，开发者可以通过 SPI 接口实现定制逻辑。
- □ 在功能方面，Sentinel 拥有丰富的流量控制场景，例如秒杀、削峰填谷和快速故障熔断等，开发者既可以根据特定的指标进行流量控制，也可以针对热点等其他维度进行控制。
- □ 在使用方面，Sentinel 的接入非常方便，支持大量的开源框架和库，例如 Spring Cloud、Quarkus、gRPC、Dubbo 和传统 Servlet。Sentinel 还默认提供了一套控制台，开发者可以通过控制台实时查看接入应用的单机和集群运行情况，并对规则进行管理。

要使用 Spring Cloud Alibaba Sentinel 相关的支持，需要在 pom.xml 中引入相关的依赖，先是在 `<dependencyManagement/>` 中导入 spring-cloud-alibaba-dependencies 的依赖，版本可以是 2021.0.1.0：

```
<dependencyManagement>
    <dependencies>
        <!-- 省略spring-cloud-dependencies依赖 -->
        <dependency>
            <groupId>com.alibaba.cloud</groupId>
            <artifactId>spring-cloud-alibaba-dependencies</artifactId>
            <version>${spring-cloud-alibaba.version}</version>
            <type>pom</type>
            <scope>import</scope>
        </dependency>
    </dependencies>
</dependencyManagement>
```

接下来，在 `<dependencies/>` 中添加 spring-cloud-starter-alibaba-sentinel 依赖，它会传递引用 spring-cloud-circuitbreaker-sentinel 等相关依赖：

```
<dependency>
    <groupId>com.alibaba.cloud</groupId>
    <artifactId>spring-cloud-starter-alibaba-sentinel</artifactId>
</dependency>
```

接下来，先让我们一起看看直接使用 Sentinel 是什么样的，通过 Spring Cloud Alibaba 使用又是什么样的，最后再用 Spring Cloud CircuitBreaker。

1. 定义资源

Sentinel 本身的功能非常强大，完全可以独立运用在各种系统和场景中。在 Sentinel 中，要保护的东西被称为 **"资源"**，它可以是一个服务接口，也可以是一段具体的代码。定义完资源后，就可以针对资源配置对应的规则了。定义资源的方式有以下几种。

- SphU 可以用抛出异常的方式来定义资源，资源不可用（比如被限流或降级）时会抛出 BlockException。SphU.entry() 方法可以传入资源名，返回一个 Entry 实例，调用其中的 exit() 来结束资源。SphU 支持 try-with-resources，此时不需要手动调用 exit()。
- SphO 可以用返回布尔值的方式来定义资源，SphO.entry() 传入资源名，在资源可用时返回 true，否则返回 false。SphO.entry() 与 SphO.exit() 需要成对出现，传入的资源名要两两匹配，不然会抛出异常。
- 通过 @SentinelResource 注解来定义资源，同时设置资源不可用时的处理逻辑，也就是限流或降级后要执行的方法。

表 15-7 罗列了 SphU 和 SphO 的 entry() 方法常用的一些公共参数，最简单的用法就是只传一个资源名。

表 15-7　entry() 方法的常用参数

参 数 名	默 认 值	说 明
name		资源名
entryType	EntryType.OUT	资源调用的流量类型，EntryType.IN 是入口流量，EntryType.OUT 是出口流量，注意系统规则只对入口流量生效
count	1	本次资源调用请求的令牌数目
args		传入热点参数限流的参数

代码示例 15-28[①] 就是简单修改了一下 BinaryTea 工程的 TeaMakerClient 类，通过 SphU.entry() 来封装订单状态查询接口，BlockException 是 Sentinel 抛出的异常，我们可以对它做些针对性的处理。由于使用了 try-with-resources 的方式，所以无须调用 entry 的 exit() 方法。另外，由于是编程实现的，因而在资源名上可操作性很大。

代码示例 15-28　通过 Sentinel 的编码方式来定义资源

```
@Component
@Slf4j
public class TeaMakerClient {
    public TeaMakerResult makeTea(Long id) {
        try (Entry entry = SphU.entry("tea-maker-" + (id % 2))) {
            ResponseEntity<TeaMakerResult> entity =
                restTemplate.postForEntity(teaMakerUrl + "/order/{id}", null, TeaMakerResult.class, id);
            log.info("请求TeaMaker,响应码:{}", entity.getStatusCode());
            if (entity.getStatusCode() == HttpStatus.BAD_REQUEST) {
                return null;
            }
            return entity.getBody();
        } catch (BlockException e) {
            log.warn("订单{}通知TeaMaker时被Sentinel降级了", id);
        } catch (Exception e) {
            log.warn("订单{}通知TeaMaker时发生异常", e);
        }
        return null;
    }
    // 省略其他代码
}
```

① 这个例子在 ch15/binarytea-sentinel 项目中，下文定义规则部分的例子也是这个。

基于注解来定义 Sentinel 的资源似乎更符合 Spring 的风格，所以接下来，让我们看看在 Spring 项目里如何使用 @SentinelResource 注解。一般，我们会把这个注解加在具体的服务实现方法上，表 15-8 罗列了它的一些参数。要使用 @SentinelResource 注解，需要在 pom.xml 中引入 sentinel-annotation-aspectj 依赖，随后配置一个 SentinelResourceAspect 类型的 Bean；如果使用了 Spring Cloud Alibaba，也就是已经引入了 spring-cloud-starter-alibaba-sentinel，则会自带相应的依赖和配置，无须额外的操作就能直接使用。

表 15-8　@SentinelResource 注解的常用参数

参 数 名	默 认 值	说 明
value		资源名
entryType	EntryType.OUT	资源调用的流量类型，是入口流量（EntryType.IN）还是出口流量（EntryType.OUT），注意系统规则只对入口流量生效
blockHandler		处理 BlockException 的方法，返回类型兼容原函数，参数与原函数一致，后面可以多一个 BlockException
blockHandlerClass		通常 blockHandler 都在当前类里，但如果希望多个类共享同一个 blockHandler，可以把它抽到一个类里，同时将方法改为 static 的
fallback		处理 BlockException 以外异常的方法，大致逻辑与 blockHandler 相同
fallbackClass		与 blockHandlerClass 的逻辑类似，只是针对的是 fallback
defaultFallback		默认的异常处理方法，该方法不接受任何参数
exceptionsToTrace	{Throwable.class}	要记录的异常类清单
exceptionsToIgnore	{}	要忽略的异常类清单

代码示例 15-29 演示了如何使用注解来定义资源，TeaMakerClient 里定义了名为 tea-maker 的资源，并配置了一个被降级后的方法，直接返回一个 TeaMakerResult；OrderController 里定义了名为 query-order 的资源。此处的注解**不支持** SpEL 表达式，所以只能用固定的字符串。

代码示例 15-29　通过 @SentinelResource 注解来定义资源

```
@Component
@Slf4j
public class TeaMakerClient {
    @SentinelResource(value = "tea-maker", blockHandler = "notFinished")
    public TeaMakerResult makeTea(Long id) {
        // 与原先的方法内容相同
    }

    public TeaMakerResult notFinished(Long id, BlockException e) {
        log.warn("Blocked by Sentinel - {}", e.getMessage());
        TeaMakerResult result = new TeaMakerResult();
        result.setFinish(false);
        result.setOrderId(id);
        return result;
    }
    // 省略其他代码
}

@Controller
@RequestMapping("/order")
```

```
@Slf4j
public class OrderController {
    @ResponseBody
    @GetMapping("/{id}")
    @SentinelResource("query-order")
    public ResponseEntity<Order> queryOneOrder(@PathVariable("id") Long id) {
        // 与原先的方法内容相同
    }
    // 省略其他代码
}
```

2. 定义规则

定义好了资源之后，就可以继续定义规则了。在内存中修改 Sentinel 的规则后能立即生效，且一个资源可以有多个不同的规则。Sentinel 中一共有 5 种类型的规则。

a. 流量控制规则

流量控制规则会基于 QPS 或并发数进行控制，避免系统被瞬时的流量压垮。对应规则类是 FlowRule，通过编码方式定义时用 FlowRuleManager.loadRules() 来加载规则。表 15-9 列出了流量控制规则的重要属性[①]。

表 15-9 流量控制规则的属性

参 数 名	默 认 值	说 明
resource		资源名
count		限流阈值
grade	FLOW_GRADE_QPS	限流模式，并发数（FLOW_GRADE_THREAD=0）和 QPS（FLOW_GRADE_QPS=1）
limitApp	LIMIT_APP_DEFAULT	流量控制针对的来源应用，LIMIT_APP_DEFAULT=default 表示不区分来源，用，分隔
strategy	STRATEGY_DIRECT	调用关系限流策略。包括直接（STRATEGY_DIRECT=0），对资源本身限流；关联（STRATEGY_RELATE=1），资源间有关联时，避免相互争夺资源；链路（STRATEGY_CHAIN=2），根据调用链路限流
controlBehavior	CONTROL_BEHAVIOR_DEFAULT	流量控制效果，包括直接拒绝（CONTROL_BEHAVIOR_DEFAULT）、预热（CONTROL_BEHAVIOR_WARM_UP）、匀速排队（CONTROL_BEHAVIOR_RATE_LIMITER）
clusterMode	false	是否集群限流

b. 熔断降级规则

熔断降级规则会基于慢调用比例（SLOW_REQUEST_RATIO）、异常比例（ERROR_RATIO）和异常数（ERROR_COUNT）来进行熔断降级。对应规则类是 DegradeRule，通过编码方式定义时用 DegradeRuleManager.loadRules() 来加载规则。表 15-10 列出了熔断降级规则的属性。

---

① 其中的常量都定义在 RuleConstant 里，下文的常量也是一样的。

表 15-10 熔断降级规则的属性

参 数 名	默 认 值	说 明
resource		资源名
grade	DEGRADE_GRADE_RT	熔断策略，支持慢调用比例（DEGRADE_GRADE_RT=0）、异常比例（DEGRADE_GRADE_EXCEPTION_RATIO=1）和异常数（DEGRADE_GRADE_EXCEPTION_COUNT=2）
count		慢调用比例模式下为慢调用的临界响应时间；异常比例和异常数模式下为对应的阈值
timeWindow		熔断时间，单位为秒，超过这个时间后会进入半开模式
minRequestAmount	5	触发熔断的最小请求数，不到这个数量时熔断不会生效
statIntervalMs	1000	统计时长，单位为毫秒
slowRatioThreshold	1.0d	慢调用比例阈值

c. 系统保护规则

系统保护规则会基于系统的 CPU 使用率、Load、平均响应时间、QPS、并发数进行自适应的流量控制。系统规则只对入口流量有效。对应规则类是 SystemRule，通过编码方式定义时用 SystemRuleManager.loadRules() 来加载规则。表 15-11 列出了系统保护规则的属性，默认值 -1 表示不生效。

表 15-11 系统保护规则的属性

参 数 名	默 认 值	说 明
highestSystemLoad	-1	最高 Load 值
highestCpuUsage	-1	最高 CPU 使用率，取值范围在 0.0 到 1.0 之间，且为闭区间，即 [0.0,1.0]
qps	-1	最高 QPS
avgRt	-1	入口流量的平均响应时间
maxThread	-1	入口流量的最大并发数

d. 来源访问控制规则

来源访问控制规则，也可以叫黑白名单规则，根据调用请求来源（origin）判断是否需要限制资源的访问。对应规则类是 AuthorityRule，通过编码方式定义时用 AuthorityRuleManager.loadRules() 来加载规则。表 15-12 列出了来源访问控制规则的属性。

表 15-12 来源访问控制规则的属性

参 数 名	默 认 值	说 明
resource		资源名
limitApp		黑名单或白名单，用 , 分隔
strategy	AUTHORITY_WHITE	控制策略，白名单（AUTHORITY_WHITE=0）和黑名单（AUTHORITY_BLACK=1）

e. 热点参数规则

热点参数规则会针对经常要访问的热点数据进行保护，Sentinel 基于 LRU 策略统计传入的参数后，根据配置的阈值与模式，结合令牌桶算法来进行参数级别的流量控制。这是是一种特殊的流量控制规则，它仅对包含热点超参数的资源调用有效。对应规则类是 ParamFlowRule，通过编码方式定义时用 ParamFlowRuleManager.loadRules() 来加载规则，热点参数规则对应的类都单独放在 sentinel-parameter-flow-control 依赖里。如果没有这个依赖的话，则需要我们自己添加一下。表 15-13 列出了热点参数规则的属性。

表 15-13　热点参数规则的属性

参 数 名	默 认 值	说 明
resource		资源名
count		限流阈值
grade	FLOW_GRADE_QPS	限流模式，并发数（FLOW_GRADE_THREAD=0）和 QPS（FLOW_GRADE_QPS=1)
durationInSec	1	统计窗口时间长度，单位为秒
controlBehavior	CONTROL_BEHAVIOR_DEFAULT	流量控制效果，包括直接拒绝（CONTROL_BEHAVIOR_DEFAULT）、预热（CONTROL_BEHAVIOR_WARM_UP）、匀速排队（CONTROL_BEHAVIOR_RATE_LIMITER）
maxQueueingTimeMs	0	最大排队等待时长，仅在流量控制效果为匀速排队模式时生效
paramIdx		热点参数的索引，对应 SphU.entry(xxx, args) 中的参数索引位置
paramFlowItemList		参数例外项，可以针对指定的参数值单独设置限流阈值，不受 count 的限制，仅支持基本类型和字符串类型
clusterMode	false	是否为集群限流模式

既然我们有这么多种不同类型的规则，那在触发规则后都抛出 BlockException 也不好判断，Sentinel 贴心地为不同的规则定义了不同的 BlockException 子类：

- ❑ 流量控制异常，抛出 FlowException
- ❑ 熔断降级异常，抛出 DegradeException
- ❑ 系统保护异常，抛出 SystemBlockException
- ❑ 访问控制异常，抛出 AuthorityException
- ❑ 热点参数限流异常，抛出 ParamFlowException

拿到一个异常后，可以通过 BlockException.isBlockException(Throwable t) 方法来判断它是不是 Sentinel 触发的异常。

通过编码的方式来定义规则一般在测试时使用，在生产上还是不太方便。在生产环境中，很可能会需要根据运行的情况动态调整规则，Sentinel 提供了 ReadableDataSource 和 WritableDataSource 接口，以便通过动态规则源来管理规则。根据数据源的不同，Sentinel 可通过拉模式或者推模式来获取规则。所谓拉模式是客户端定时主动向规则源查询规则，规则源继承 AutoRefreshDataSource 抽象类即可；而推模式则是客户端注册监听，在规则发生变化时由规则源推送变更通知，规则源继承

AbstractDataSource 抽象类。表 15-14 罗列了一些 Sentinel 支持的规则源[①]，表中的依赖是 ArtifactId，GroupId 都是 com.alibaba.csp。

表 15-14　Sentinel 支持的一些规则源

规　则　源	对应的实现类	模　式	依　赖
文件规则源	FileRefreshableDataSource、FileInJarReadableDataSource	拉模式	sentinel-datasource-extension
Consul	ConsulDataSource	拉模式	sentinel-datasource-consul
Eureka	EurekaDataSource	拉模式	sentinel-datasource-eureka
ZooKeeper	ZookeeperDataSource	推模式	sentinel-datasource-zookeeper
Redis	RedisDataSource	推模式	sentinel-datasource-redis
Nacos	NacosDataSource	推模式	sentinel-datasource-nacos
Apollo	ApolloDataSource	推模式	sentinel-datasource-apollo

可以通过编程方式加载 ReadableDataSource 里的规则，不同的实现类需要传入的参数不同，ZookeeperDataSource 大概的形式是下面这样的：

```
ReadableDataSource<String, List<FlowRule>> flowRuleDataSource =
    new ZookeeperDataSource<>(remoteAddress, path,
        source -> JSON.parseObject(source, new TypeReference<List<FlowRule>>() {}));
FlowRuleManager.register2Property(flowRuleDataSource.getProperty());
```

3. Spring Cloud Alibaba 提供的配置支持

在 Spring Cloud Alibaba 的加持之下，我们可以用"更 Spring"的方式来加载规则，简单来说就是用 application.properties 来指定规则源，剩下的交给框架来做就好。对应的各种配置类都在 spring-cloud-alibaba-sentinel-datasource 依赖之中，我们先来看看具体该如何使用。代码示例 15-30 是针对 BinaryTea 的规则源配置，这里我们使用 JSON 文件来存放规则，分别是一个熔断降级规则源和一个流量控制规则源。为了方便修改，没有将它们放在 CLASSPATH 里，而是放在一个外部路径下，大家可以根据自己的路径做调整。

代码示例 15-30　BinaryTea 工程中配置的两个 Sentinel 动态规则源

```
spring.cloud.sentinel.datasource.ds1.file.file=./rules/degrade-rules.json
spring.cloud.sentinel.datasource.ds1.file.data-type=json
spring.cloud.sentinel.datasource.ds1.file.rule-type=degrade

spring.cloud.sentinel.datasource.ds2.file.file=./rules/flow-rules.json
spring.cloud.sentinel.datasource.ds2.file.rule-type=flow
```

spring.cloud.sentinel.* 的配置都在 spring-cloud-starter-alibaba-sentinel 中的 SentinelProperties 里，其中的 datasource 是 TreeMap 类型的，用来存放动态规则源。所以上面例子里 spring.cloud. sentinel.datasource 中的 ds1 和 ds2 都是 TreeMap 中的键名，对应的值类型是 DataSourceProperties-Configuration，它的结构大致是下面这样的：

---

① 还有其他支持的规则源，可以到 Sentinel 官网查看。

```
public class DataSourcePropertiesConfiguration {
    private FileDataSourceProperties file;
    private NacosDataSourceProperties nacos;
    private ZookeeperDataSourceProperties zk;
    private ApolloDataSourceProperties apollo;
    private RedisDataSourceProperties redis;
    private ConsulDataSourceProperties consul;
    // 省略其他代码
}
```

从这个定义里就能猜到，Spring Cloud Alibaba 提供的配置目前支持文件、Nacos、ZooKeeper、Apollo、Redis 和 Consul，直接将配置放到对应的属性里就行了，这些属性类都继承自 AbstractData-SourceProperties，其中是一些公共配置，如表 15-15 所示。

表 15-15　一些公共的 Sentinel 规则源配置

参 数 名	默 认 值	说　　明
data-type	json	具体存放规则的类型，默认是 JSON 类型，也支持 XML，但需要添加 jackson-dataformat-xml 依赖，不同类型会对应不同的 Converter 类，也可以写 custom 自定义类型
rule-type		规则类型，具体内容定义在 RuleType 枚举中，例如 flow 表示流量控制规则，degrade 表示熔断降级规则，system 表示系统规则，其他的还有 param-flow、authority、gw-flow 和 gw-api-group
converter-class		如果是 JSON 或者 XML 类型，无须配置该值，如果是 custom 类型则需要在这里配置具体的 Converter 的全限定类名

degrade-rules.json 和 flow-rules.json 这两个文件的内容如代码示例 15-31 所示，其实就是最简单的纯 JSON 文件，每个文件都是 [] （也就是 JSON 的数组）。文件中可以放多条规则，根据规则类型的不同，JSON 对象的属性也有所不同，具体可以看前文对应的表格。

代码示例 15-31　两个 Sentinel 规则文件的内容

```
// degrade-rules.json
[
    {
        "resource": "tea-maker",
        "grade": 2,
        "count": 3,
        "timeWindow": 60,
        "minRequestAmount": 3,
        "statIntervalMs": 60000
    }
]
// flow-rules.json
[
    {
        "resource": "query-order",
        "grade": 0,
        "count": 1
    }
]
```

因为 Spring Cloud Alibaba Sentinel 为我们自动注册了 SentinelEndpoint 端点，所以只要我们引入

了 Actuator 依赖，并在 management.endpoints.web.exposure.include 中加入 sentinel，就可以在程序运行后访问 /actuator/sentinel 端点来查看 Sentinel 的具体规则情况[①]，例如 BinaryTea 工程就可以访问 http://localhost:8080/actuator/sentinel，输出的 JSON 大概就是下面这样的：

```
{
    "appName": "binarytea",
    "datasource": {
        "ds1": {
            "apollo": null,
            "consul": null,
            "file": {...},
            "nacos": null,
            "redis": null,
            "zk": null
        },
        "ds2": {...}
    },
    "rules": {
        "authorityRule": [],
        "degradeRules": [
            {...}
        ],
        "flowRules": [
            {...}
        ],
        "paramFlowRule": [],
        "systemRules": []
    },
    // 省略部分内容
}
```

因为 flow-rules.json 中配置了 query-order 的并发线程数只能是 1，所以我们可以在 OrderController.queryOneOrder() 方法中加入一段 Thread.sleep(30000)，然后开两个终端，用下面的 curl 命令同时访问订单，一个最终会返回内容，而另一个则返回 500 Internal Server Error 错误，原因是系统被限流了，抛出了 FlowException。

▶ curl -v -u LiLei:binarytea http://localhost:8080/order/1

4. 使用 Spring Cloud CircuitBreaker

之前引入的 spring-cloud-starter-alibaba-sentinel 已经帮我们把 spring-cloud-circuitbreaker-sentinel 依赖一并带进来了，所以我们可以直接通过 Spring Cloud CircuitBreaker 的抽象层来使用 Sentinel，具体的用法与 15.3.1 节中介绍的 Resilience4j 支持类似。但是有一点需要说明的是，目前通过 Spring Cloud CircuitBreaker Sentinel 只能配置熔断降级规则——通过 SentinelConfigBuilder 就能看到，里面暂时只能配置 DegradeRule。

在前面的 BinaryTea 中，TeaMakerClient 里配置了一个需要熔断降级的资源 tea-maker，代码示例 15-32[②] 用 CircuitBreaker 的方式调整了一下 makeTea() 的实现。通过构造方法传入的 CircuitBreaker-

---

① Sentinel 的控制台也是个非常好用的工具，能够实时查看单机或集群里配置的规则，感兴趣的可以自己根据官方文档试试，本书就不再演示了。

② 这个例子在 ch15/binarytea-scc-sentinel 项目中。

Factory 先构造了 tea-maker 要用的 CircuitBreaker 实例，放在成员变量里，然后在 makeTea() 中把原来的方法内容封装在 circuitBreaker.run() 里，在遇到异常后会降级调用 notFinished() 方法。这个方法的参数稍微做了些调整，接受 Throwable 类型的异常。

代码示例 15-32　使用了 CircuitBreaker 的 TeaMakerClient 类

```java
@Component
@Slf4j
public class TeaMakerClient {
    @Autowired
    private RestTemplate restTemplate;
    @Value("${tea-maker.url}")
    private String teaMakerUrl;
    private CircuitBreaker circuitBreaker;

    public TeaMakerClient(CircuitBreakerFactory factory) {
        circuitBreaker = factory.create("tea-maker");
    }

    public TeaMakerResult makeTea(Long id) {
        return circuitBreaker.run(() -> {
            // 与原先的方法内容一样
        }, t -> notFinished(id, t));
    }

    public TeaMakerResult notFinished(Long id, Throwable t) {
        log.warn("Fallback by Sentinel - {}", t.getMessage());
        TeaMakerResult result = new TeaMakerResult();
        result.setFinish(false);
        result.setOrderId(id);
        return result;
    }
}
```

SentinelCircuitBreakerAutoConfiguration 类为我们自动配置了 SentinelCircuitBreakerFactory Bean，为了增加 tea-maker 的具体规则，我们需要定义一个 Customizer<SentinelCircuitBreakerFactory> 类型的 Bean 做些个性化定制，代码示例 15-33 就是对应的配置。application.properties 里与降级熔断有关的 spring.cloud.sentinel.datasource.ds1 配置就可以直接删除了。

代码示例 15-33　tea-maker 对应的规则配置

```java
@SpringBootApplication
@EnableCaching
@EnableScheduling
public class BinaryTeaApplication implements WebMvcConfigurer {
    @Bean
    public Customizer<SentinelCircuitBreakerFactory> teaMakerCustomizer() {
        DegradeRule rule = new DegradeRule();
        rule.setResource("tea-maker");
        rule.setGrade(RuleConstant.DEGRADE_GRADE_EXCEPTION_COUNT);
        rule.setCount(3);
        rule.setTimeWindow(60);
        rule.setMinRequestAmount(3);
        rule.setStatIntervalMs(60000);

        return f -> f.configure(b -> b.resourceName("tea-maker")
```

```
        .rules(Collections.singletonList(rule))
        .entryType(EntryType.OUT), "tea-maker");
    }
    // 省略其他代码
}
```

　　总体上说来，目前为止 Spring Cloud CircuitBreaker 对 Sentinel 的支持还是不尽如人意，还无法发挥出 Sentinel 的大部分功能，所以还是先通过 Spring Cloud Alibaba 来使用 Sentinel 就好。相信在后续的版本中，这方面的支持一定会得到加强。

15.4　小结

　　本章我们学习了几种常见的服务容错模式，分别是重试模式、断路器模式、舱壁模式和限流器模式，还通过 Spring AOP 的方式大致演示了其中两种模式的实现方式。当然，在现实的生产环境中，如果没有特殊情况的话，还是建议使用成熟的框架来提供服务容错能力，而非自己动手实现。本章介绍的 Resilience4j 和 Sentinel 都是不错的选择，两者在功能、模块化、易用性等方面都有不俗的表现，对 Spring Boot、Spring Cloud 项目的支持也很到位。章节最后，我们还介绍了 Spring Cloud CircuitBreaker 项目，它在几款主流的服务容错框架之上建立了一层抽象，通过它来屏蔽底层实现的差异，这种做法在 Spring 家族中并不少见。

　　下一章也是本书的最后一章，我们会聊聊服务集成相关的内容，例如，如何使用 REST 服务以外的通信方式，如何搭建微服务网关，以及如何实现服务链路追踪。

二进制奶茶店项目开发小结

　　本章中，我们为整个例子增加了调茶师的模块，负责订单的制作。有了这个角色，就可以把已支付的订单推进到终态了。而顾客模块也通过轮询订单状态，获得了订单的进度情况，如果完成了就取餐。到目前为止，我们的订单流转过程是这样的：

　　(1) Customer 模块下单，创建一笔新订单；

　　(2) Customer 模块进行支付；

　　(3) BinaryTea 在订单支付后，通过定时任务以 HTTP 的方式通知 TeaMaker；

　　(4) TeaMaker 制作订单，完成订单制作后以 HTTP 的方式通知 BinaryTea；

　　(5) Customer 不断轮询 BinaryTea，查询订单的状态，订单未完成则等待；

　　(6) Customer 在轮询得到订单完成的状态后，完成取餐动作。

第 16 章

服务集成

本章内容
- ❏ 使用 Dubbo 进行 RPC 通信
- ❏ 使用多种不同的消息中间件进行消息通信
- ❏ 服务链路追踪的基本原理与实现
- ❏ Spring Cloud Gateway 的基本用法

本书之前的章节中都使用基于 HTTP 的 REST 服务来进行通信。除了 REST 服务，现实生产中还有很多通信方式，同步调用可以选择 RPC，例如 Java 世界中早期的 RMI、如今阿里巴巴开源的 Dubbo 框架（国内有很多公司在使用）；如果希望使用异步通信，基于消息的形式也是很好的选择，像 Kafka、RocketMQ 和 RabbitMQ 的使用都很广泛。

此外，在对外提供服务时通常不会让微服务系统直接面对外部，而是通过微服务网关来统一对外，内部跨域服务有时也会做类似的设计。基于微服务架构的系统链路往往很复杂，一个业务请求会经过很多系统，为了搞明白请求是怎么流转的，链路追踪相关的功能在后期也是必不可少的。在本书的最后一章，就让我们来聊聊这些和服务集成有关的话题吧！

16.1 使用 Dubbo 进行 RPC 通信

RPC 的全称是 Remote Procedure Call，也就是**远程过程调用**的意思。对软件开发者来说，RPC 框架可以把一次远程调用"伪装"成一次本地调用，在使用时几乎感觉不到两者的差异。这种设计可以说是把双刃剑，好处是降低了远程调用的使用门槛，坏处则是让人忽视了远程调用与本地调用的很多差异，容易掉进"坑"里。但不管怎么说，在一个微服务架构的系统里，服务间的通信是必不可少的，RPC 被大量运用于各种场景。业内有很多优秀的开源 RPC 框架，国外有 Google 的 gRPC、Facebook 的 Thrift 和 Twitter 的 Finagle，国内则有阿里巴巴的 Dubbo、百度的 bRPC 和新浪微博的 Motan。接下来就让我们一起了解一下国内广泛使用的 Dubbo 框架。

16.1.1 Dubbo 概述

Dubbo 是一款高性能、轻量级、易扩展的开源服务框架，除了 RPC 通信能力以外，还提供了大量服务治理能力，例如服务发现、负载均衡、流量调度等。凭借在阿里巴巴超大规模集群与流量的成功落地经验，Dubbo 被国内很多公司用作内部的 RPC 框架。

虽然有无数光环在身，但 Dubbo 的一路发展也经历了一些"坎坷"。2008 年，阿里巴巴发布了 Dubbo 的首个版本，是其内部的 SOA 解决方案；到 2010 年，Dubbo 已经在阿里巴巴内部全面落地；2011 年，阿里巴巴开源了 Dubbo 的源代码，受到了广泛的好评，并被大量阿里巴巴以外的公司使用；但到了 2012 年，官方停止了对 Dubbo 的更新（停留在 2.5.3 版本），只能由一些使用了 Dubbo 的公司自己维护一些分支版本，其中最出名的就是当当维护的 DubboX；2017 年，阿里巴巴宣布重启 Dubbo 的维护，并在 2018 年将 Dubbo 捐献给了 Apache 基金会，2019 年 Dubbo 就成为了 Apache 的顶级项目。

1. Dubbo 的架构

在一个使用 Dubbo 的系统中，服务节点会分成如下几个主要角色 —— **容器**（Container）、**服务提供者**（Provider）、**服务消费者**（Consumer）、**注册中心**（Registry）和**监控中心**（Monitor），具体如图 16-1 所示[①]。

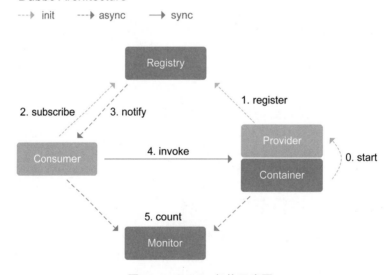

图 16-1 Dubbo 架构示意图

一个 Dubbo 服务的注册消费过程大概是下面这样的，其中头 3 步是初始化阶段，第 (5) 步是同步调用，其余都是异步动作（对应了图 16-1 中的 0 到 5）：

(1) 容器负责启动服务提供者；

(2) 服务提供者在启动时（可以是立刻也可以稍有延时），向注册中心注册服务；

(3) 服务消费者在启动时，向注册中心订阅自己所需的服务；

---

① 该图取自 Dubbo 官网，是 Dubbo 的架构图，此处设计了新配色，其他未改动。

(4) 注册中心将服务提供者的地址列表返回给消费者，如果列表有变更，注册中心会主动将变更推送给消费者；

(5) 服务消费者会基于一定的算法，从列表中选择提供者进行调用；

(6) 服务消费者和提供者定时将调用统计信息发送给监控中心（这一步是可选的，实际部署时可以没有监控中心）。

2. 2.x 与 3.x 的差异

Dubbo 3.0 已经正式发布了，这个版本带来了大量的新特性。由于在本书编写时 3.0 刚发布不久，很多周边的设施还未及时跟上，因而我们在书中还是继续使用 2.7.x 版本，但这并不妨碍大家了解两个大版本之间的差异。

- ❑ 首先是服务发现模型的变化，在 3.0 之前 Dubbo 都是以**服务接口**的粒度来注册的。一个应用会提供多个接口，这就导致在大规模集群中接口数量特别多，在注册中心和服务内部都要消耗大量资源来存储这些接口，变更推送的压力也很大，管理起来还很麻烦。到了 3.0，可以用**应用**这个粒度来注册和发现服务，瞬间要操心的东西就少了很多。
- ❑ 其次是在协议上，3.0 提供了全新的兼容 gRPC 的 Triple 协议，在跨语言的可交互性上得到了质的提升。作为一款基于 HTTP/2 构建的 RPC 协议，Triple 能很好地与各种基础设施协作，例如各种服务网格的 Sidecar 和服务网关。

以上两点让 Dubbo 3.0 在性能方面优于 2.x。此外，3.0 是完全拥抱云原生的，解决了之前一直困扰大家的 Dubbo 服务与资源调度平台的生命周期、地址等不一致的问题。新的流量管理策略也能很好地支持服务网格，非常轻松地就能实现蓝绿发布等功能。

16.1.2 Dubbo 的基础用法

Dubbo 的使用非常方便，特别是针对 Spring 项目，提供了多种配置方法——既可以使用传统的 Spring XML 文件，也可以使用 Java 注解的形式。在 Spring Boot 自动配置的帮助下，原先很多基础性的配置也不再需要开发者操心了，几乎就是"开箱即用"。让我们通过一个例子来了解一下 Dubbo 的具体用法。

> 需求描述 二进制奶茶店的系统之前都是使用 HTTP 的方式进行通信的，技术部人员进行了一些调研，想要在系统中尝试使用 Dubbo 进行通信——此处要做的就是，在保留原有服务的同时，增加一个 Dubbo 的菜单服务。

1. 引入依赖

在传统 Spring 项目里，我们可以引入 org.apache.dubbo:dubbo 依赖，随后进行各种初始化。但在 Spring Boot 项目中，我们有更好的选择，就是像下面这样引入起步依赖 [①]：

[①] 这里的 ${dubbo.version} 可以填入对应的 Dubbo 版本，例如 2.7.15。大家可以根据实际情况调整版本，2.x 和 3.x 的差异较大，选择时要加以注意。

```
<dependency>
    <groupId>org.apache.dubbo</groupId>
    <artifactId>dubbo-spring-boot-starter</artifactId>
    <version>${dubbo.version}</version>
</dependency>
```

它会传递引用 dubbo-spring-boot-autoconfiguration-compatible，其中提供了与 Dubbo 相关的自动配置类 DubboAutoConfiguration 和 DubboRelaxedBindingAutoConfiguration，还有配置属性类 DubboConfigurationProperties，让我们可以用 Spring Boot 的方式使用 Dubbo。

Dubbo 本身的 Jar 中只包含了自身的基本功能，我们要根据自己的需要增加各种其他依赖。例如，要使用 Zookeeper 来作为注册中心，就要引入对应的 Curator 依赖，而 Dubbo 对这些依赖的版本也有要求，因此最好让 Dubbo 来管理这些版本，在 <dependencyManagement/> 加入 dubbo-dependencies-bom，就像下面这样，后续添加对应库的依赖时就无须再写版本了。由于 dubbo-dependencies-bom 里的 Spring Framework 版本与 Spring Boot 的可能存在差异，因而这里额外再导入一下 Spring Framework 相关的依赖（${spring-framework.version} 是 Spring Boot 管理版本，无须自己定义）。[1]

```
<dependencyManagement>
    <dependencies>
        <!-- 省略其他Spring Cloud与Spring Cloud Alibaba的依赖 -->
        <dependency>
            <groupId>org.springframework</groupId>
            <artifactId>spring-framework-bom</artifactId>
            <version>${spring-framework.version}</version>
            <type>pom</type>
            <scope>import</scope>
        </dependency>
        <dependency>
            <groupId>org.apache.dubbo</groupId>
            <artifactId>dubbo-dependencies-bom</artifactId>
            <version>${dubbo.version}</version>
            <type>pom</type>
            <scope>import</scope>
        </dependency>
    </dependencies>
</dependencyManagement>
```

我们如果想自己管理依赖，也可以不添加 dubbo-dependencies-bom，这个就看大家的实际情况了。

2. 服务提供者和消费者的配置

因为 Dubbo 服务都是基于接口来发布的，所以在添加好依赖之后，就该定义接口了。BinaryTea 中的菜单接口和实现相对比较简单，如代码示例 16-1 所示。由于之前已经定义了一个 MenuService 类，这次的新接口需要换个包，或者换个名字，这里选择将 Dubbo 的接口和实现放在 learning.spring. binarytea.dubbo 包中。为了避免发布服务过程中可能出现的各种问题，例如序列化、枚举变更等，我们重新定义了一个 MenuItem 类。

---

[1] dubbo-dependencies-bom 中管理的依赖中可能还有与当前正在使用的 Spring Boot 等内容不相匹配的，可以根据实际情况再做调整。如果额外的依赖不多，可以考虑自己管理依赖，不要用 dubbo-dependencies-bom。

代码示例 16-1　菜单 Dubbo 接口的定义

```
public interface MenuService {
    List<MenuItem> getAllMenu();
}

@Getter
@Setter
public class MenuItem implements Serializable {
    private static final long serialVersionUID = 1L;

    private Long id;
    private String name;
    private String size;
    private Long price;
    private Date createTime;
    private Date updateTime;
}
```

此处需要注意两点。首先，实现功能时引用了之前的 MenuService，因为存在同名的情况，所以这里需要写全限定名。其次，返回的对象还需要做一下转换，方便起见，这里使用了 Spring 提供的 BeanUtils.copyProperties() 方法进行两个 POJO 对象的属性复制，如代码示例 16-2 所示。

代码示例 16-2　菜单 Dubbo 接口的实现

```
@DubboService
public class MenuServiceDubboImpl implements MenuService {
    @Autowired
    private learning.spring.binarytea.service.MenuService menuService;

    @Override
    public List<MenuItem> getAllMenu() {
        return menuService.getAllMenu().stream().map(i -> convert(i)).collect(Collectors.toList());
    }

    private MenuItem convert(learning.spring.binarytea.model.MenuItem origin) {
        MenuItem item = new MenuItem();
        BeanUtils.copyProperties(origin, item);
        item.setSize(origin.getSize().name());
        item.setPrice(origin.getPrice().getAmountMinorLong());
        return item;
    }
}
```

实现类上的 @DubboService 注解会告诉 Dubbo，这个类要被注册为 Spring Bean，同时作为 Dubbo 服务发布。注解上可以做很多配置，关于配置相关的内容稍后会详细介绍，这里先用默认值。自动配置已经替我们完成了大部分配置工作，剩下的就是在 application.properties 里做些必要的设置，如代码示例 16-3 所示。

代码示例 16-3　Spring　Boot 项目中的 Dubbo 配置

```
dubbo.protocol.name=dubbo
dubbo.protocol.port=12345
dubbo.scan.base-packages=learning.spring.binarytea.dubbo
dubbo.registry.address=nacos://localhost:8848
```

我们来解读一下上面的配置：

☐ 设置了使用 Dubbo 协议，服务发布在 12345 端口上；

☐ 要扫描 learning.spring.binarytea.dubbo 包中的各种 Dubbo 注解；

☐ 注册中心方面，配置的地址是 nacos://localhost:8848，也就是使用 Nacos 作为注册中心，地址是 localhost:8848。

由于使用了 Nacos，在 pom.xml 中还需要增加如下依赖：

```
<dependency>
    <groupId>org.apache.dubbo</groupId>
    <artifactId>dubbo-registry-nacos</artifactId>
    <version>${dubbo.version}</version>
</dependency>
```

在 Nacos 的平台上，我们可以在服务列表页面上看到服务名为 providers:learning.spring.binarytea.dubbo.MenuService:: 的服务，大致如图 16-2 所示。

图 16-2　注册到 Nacos 上的 Dubbo 服务

茶歇时间：多个 copyProperties() 该如何选择

在操作 POJO 对象时，我们经常要做类型转换，每次都手动取值再赋值的话，代码未免显得有些难看。因此，对于同名属性可以直接进行属性值的复制，非常省事。但 Apache Commons 的 PropertyUtils.copyProperties() 和 Spring 的 BeanUtils.copyProperties() 该用哪个呢？

从功能上看，两者的作用差不多，但性能上就不太一样了，PropertyUtils.copyProperties() 的速度要比 Spring 的 BeanUtils.copyProperties() 的慢很多，两者都不在一个数量级上。仔细分析两者的代码，虽然都是用反射在两个对象中寻找属性，但后者用了如下的方法：

```
public static PropertyDescriptor[] getPropertyDescriptors(Class<?> clazz) throws BeansException {
    return CachedIntrospectionResults.forClass(clazz).getPropertyDescriptors();
}
```

> 从类名就能猜到，`CachedIntrospectionResults` 会缓存执行的结果，运行过一次就能把反射的信息缓存下来，后续重复对同一个类型执行操作时就能极大地提升性能。`PropertyUtils` 没有这个缓存，每次都是从头开始，自然性能很差。
>
> 所以，如果再有需要复制属性的情况，请选择 Spring 提供的 `BeanUtils.copyProperties()` 方法。

上面我们使用了自动配置加注解的方式来发布服务，Dubbo 也可以在 Spring XML 文件中进行配置，去掉 `MenuServiceDubboImpl` 上的 `@DubboService` 注解。具体方法是在 resources 里新增一个 spring 目录，然后在目录中放一个 dubbo-applicationContext.xml 配置文件，如代码示例 16-4 所示。Dubbo 的配置都在 `<dubbo:/>` 标签中：`<dubbo:application/>` 配置应用信息，例如应用名；`<dubbo:registry/>` 配置服务注册中心信息；`<dubbo:protocol/>` 配置服务协议，发布服务的端口；`<dubbo:service/>` 用来发布服务，`interface` 属性配置接口，`ref` 配置对应实现 Bean 的 ID；`<dubbo:reference/>` 用来引用服务，`id` 属性是生成的本地代理 Bean 的 ID，`interface` 属性配置要引用的服务接口。

代码示例 16-4　服务提供者的 XML 配置

```xml
<?xml version="1.0" encoding="UTF-8"?>
<beans xmlns="http://www.springframework.org/schema/beans"
      xmlns:xsi="http://www.w3.org/2001/XMLSchema-instance"
      xmlns:dubbo="http://dubbo.apache.org/schema/dubbo"
      xsi:schemaLocation="http://www.springframework.org/schema/beans
      https://www.springframework.org/schema/beans/spring-beans.xsd
      http://dubbo.apache.org/schema/dubbo
      http://dubbo.apache.org/schema/dubbo/dubbo.xsd">
  <!-- 如下配置也可放在application.properties 中 -->
  <!--
      <dubbo:application name="binarytea"  />
      <dubbo:registry address="nacos://localhost:8848" />
      <dubbo:protocol name="dubbo" port="12345" />
  -->
  <!-- 声明需要暴露的服务接口 -->
  <dubbo:service interface="learning.spring.binarytea.dubbo.MenuService" ref="menuServiceDubboImpl" />

</beans>
```

在 `BinaryTeaApplication` 上增加 `@ImportResource` 注解导入上述 XML 文件：

```
@SpringBootApplication
@EnableCaching
@EnableScheduling
@ImportResource("classpath:/spring/*-applicationContext.xml")
public class BinaryTeaApplication implements WebMvcConfigurer {...}
```

服务发布后，再简单修改下 Customer 工程，与之前一样，引入 Dubbo 和 Nacos 的依赖，在 application.properties 中配置好 Dubbo 的 Nacos 信息。Dubbo 是通过接口来发布和引用服务的，所以在实际生产中，我们通常会把服务提供者的接口和其他相关的类打在一个 Facade Jar 包中，服务消费者引入这个 Jar 包，直接使用其中的内容。在这里，我们为了演示方便，直接在 Customer 工程中创建一套与 BinaryTea 一模一样的 `learning.spring.binarytea.dubbo.MenuService` 接口。随后，编写一个调用 Dubbo 服务的 DubboMenuRunner，用 @DubboReference 注解引用 Dubbo 服务，如代码示例 16-5 所示。

代码示例 16-5　Dubbo 服务的消费者

```java
@Component
@Slf4j
@Order(3)
public class DubboMenuRunner implements ApplicationRunner {
    @DubboReference
    private MenuService menuService;

    @Override
    public void run(ApplicationArguments args) throws Exception {
        List<MenuItem> items = menuService.getAllMenu();
        log.info("通过Dubbo接口获得了{}个菜单项", items.size());
    }
}
```

同样的，如果不想用注解，也可以在 XML 文件中引入服务，然后用 ID 来使用这个 Bean 就可以了。

```xml
<?xml version="1.0" encoding="UTF-8"?>
<beans xmlns="http://www.springframework.org/schema/beans"
      xmlns:xsi="http://www.w3.org/2001/XMLSchema-instance"
      xmlns:dubbo="http://dubbo.apache.org/schema/dubbo"
      xsi:schemaLocation="http://www.springframework.org/schema/beans
      https://www.springframework.org/schema/beans/spring-beans.xsd
      http://dubbo.apache.org/schema/dubbo
      http://dubbo.apache.org/schema/dubbo/dubbo.xsd">

    <!-- 引用需要的服务接口 -->
    <dubbo:reference id="menuService" interface="learning.spring.binarytea.dubbo.MenuService" />
</beans>
```

茶歇时间：为什么对外的接口里不要用枚举

细心的朋友应该已经发现了，在前文 Dubbo 的例子中，我们故意将 MenuItem 里的 Size 枚举换成了 String，这是为什么呢？

试想这样一个场景，Dubbo 接口方法的返回值中包含一个 Size 枚举，服务提供者有一天在枚举中增加了一个 XLarge，服务消费者的枚举却没有更新，在返回新增枚举值的情况下，消费者一端必然报错。Dubbo 服务的提供者通常都会给消费者提供一个 Jar 包，其中包含了服务接口和各种相关的内容。假设提供者要升级新版本，如果改动了接口中的枚举，就必须通知所有消费者评估是否需要升级 Jar 包——要升级的话，消费者就要被迫一起进行升级，对于一个被广泛使用的服务而言，消费者很多，发布一次可谓伤筋动骨。

为了避免这种反序列化可能带来的问题，建议尽可能避免在接口中使用枚举类型，可以用整型、字符串等类型来代替枚举。如果有强校验逻辑，可以在内部处理时，将这些值再转换为内部枚举。对于无法识别的值编写一段默认逻辑，例如打印日志或者报警。这样一来，就可以避免很多不必要的变更和风险。

3. 支持的注册中心

Dubbo 支持多种不同的服务注册中心，表 16-1 罗列了官方文档中出现的几种注册中心。

表 16-1　Dubbo 支持的部分注册中心

注册中心	配置前缀	依　赖	说　明
Zookeeper	zookeeper://	curator-recipes	自 2.7.x 版本起不再支持 zkclient，仅支持 Curator 客户端 [①]
Nacos	nacos://	dubbo-registry-nacos	
Redis	redis://	jedis	使用了 Redis 的 Pub/Sub 机制实现了服务变更的通知
Multicast	multicast://		不用注册中心，通过广播进行服务发现，仅用于很小规模的应用或者开发测试阶段
Simple			注册中心 SimpleRegistryService 本身就是个 Dubbo 服务，仅用于演示，不可用于生产

除此之外，Dubbo 的新版本还支持 Consul、Etcd 和 Eureka 等其他注册中心。在实际生产中，Zookeeper 和 Nacos 可能是使用较为广泛的。[②] 无论使用哪种注册中心，都建议用集群方式进行部署，避免因注册中心宕机影响线上服务。

4. 部分常用配置

本节只是演示了 Dubbo 的最基本用法，其实 Dubbo 为开发者预留了大量配置，几乎每个地方都能按需调整；再加上强大的 SPI 机制，可以方便地进行各种扩展，可谓"只有想不到，没有做不到"。这一部分我们会挑选其中的一些配置进行介绍。

在介绍各种具体配置前，先来了解下 Dubbo 配置的几种方式：
- XML，这是最传统也是功能最完整的配置方法，通过 <dubbo:/> 标签完成各种配置，下文也会以这种方式为主来进行说明；
- 属性文件，系统会自动加载 CLASSPATH 根目录里的 dubbo.properties，也可以使用 -Ddubbo.properties.file=xxx.properties 的方式指定 [③]；
- Java 系统参数，直接在启动的 -D 参数中配置 Dubbo 属性，属性名与属性文件里用的一样；
- 注解方式，在 @DubboService 和 @DubboReference 注解上进行配置，这两个注解上有大量的属性可以调整；
- API 方式，通过 ApplicationConfig、RegistryConfig、ProviderConfig、ServiceConfig 等配置类用代码来完成配置。

关于属性文件，还要再做些补充说明，文件类型是 Properties 格式，根据配置项的不同，键的格式也会有所差异：
- 应用配置，dubbo.{配置类型}[.配置ID].{配置项}= 值，例如 dubbo.application.name=binarytea；
- 服务生产者配置，dubbo.service.{接口名}[.{方法名}].{配置项}= 值；
- 服务消费者配置，dubbo.reference.{接口名}[.{方法名}].{配置项}= 值。

---

① Curator 的不同版本之间的兼容性不是特别好，如果同时还是用 Spring Cloud Zookeeper，那 Dubbo 用的版本和它可能就不一样。正因为这样，在 16.1 节的例子中我们都用 Nacos 来做服务注册和配置管理。

② Zookeeper 虽然用得多，但不代表它就适合做注册中心，原因在之前的章节里已经详细说过了，此处再提醒一下。

③ 具体的映射规则还是挺复杂的，有需要的可以参考 Dubbo 官方文件了解更多细节。

● 服务依赖检查

在服务启动时，Dubbo 可以检查引用的服务是否存在，如果找不到则会报错，阻止系统启动，这样可以尽早发现问题，以免影响生产服务。但这种校验也会带来一些问题，例如非必要的启动依赖。可以通过如下方式关闭检查：

```
<!-- 关闭单个服务的检查 -->
<dubbo:reference id="menuService" interface="learning.spring.binarytea.dubbo.MenuService" check="false" />
<!-- 关闭所有服务的检查 -->
<dubbo:consumer check="false" />
<!-- 关闭注册中心的检查 -->
<dubbo:registry check="false" />
```

如果用的是配置文件或者 -D 参数，则是这样的，其中 dubbo.reference.check 是强制改变所有消费者的配置，而 dubbo.consumer.check 只是改变默认配置：

```
dubbo.reference.learning.spring.binarytea.dubbo.MenuService.check=false
dubbo.reference.check=false
dubbo.consumer.check=false
dubbo.registry.check=false
```

正常情况下，我们都会希望在系统完整启动且经过"预热"后才发布服务，这样可以保证提供的服务是可用的，而且首次调用耗时不会很长。在 Dubbo 2.6.5 版本之后，Dubbo 的默认行为就是在监听到 ContextRefreshedEvent 事件后，也就是 Spring 容器启动成功后才发布服务。如果我们希望在容器启动成功后再等待一段时间对外注册自己的服务，则可以进行如下的配置，其中的单位是毫秒：

```
<dubbo:service delay="5000" />
```

● 服务分组

有些情况下，相同的接口会根据需要提供不同的服务，设想下面两种场景：

❑ 根据系统配置不同，一个查询生产库，另一个查询历史归档库；

❑ 根据调用方的重要级别，一个专门服务主链路，保证高可用，另一个专门提供后台系统查询，偶尔可以不可用。

因为服务的接口是一样的，该如何进行区分呢？这时就要用到服务分组功能，可以使用 group 属性来定义所需的分组：

```
<dubbo:service group="prod" interface="learning.spring.binarytea.dubbo.MenuService" />
<dubbo:service group="history" interface="learning.spring.binarytea.dubbo.MenuService" />

<dubbo:reference id="prodMenuService" group="prod" interface="learning.spring.binarytea.dubbo.MenuService" />
<dubbo:reference id="historyMenuService" group="history" interface="learning.spring.binarytea.dubbo.MenuService" />
```

在 @DubboService 和 @DubboReference 注解中也有 group 属性，如果用注解方式，也可以在那里配置。

● 负载均衡

Dubbo 的服务负载均衡使用的是去中心化的方式，由发起调用的一方决定调用的目标。Dubbo 提供了几种负载均衡策略，具体如表 16-2 所示，策略缩写都定义在了 LoadbalanceRules 里。

表 16-2 Dubbo 提供的负载均衡策略

策　略	实　现　类	配置缩写	说　明
随机	RandomLoadBalance	random	根据权重随机访问，每个服务提供者可以配置不同的权重，这也是默认策略
轮询	RoundRobinLoadBalance	roundrobin	轮询每个服务提供者进行调用
最少活跃调用数	LeastActiveLoadBalance	leastactive	活跃调用是指当前正在进行、还未结束的调用，调用开始时加 1，结束后减 1，因此在大概率上处理越快的提供者活跃调用数越小，被选中的概率越高
最短响应时间	ShortestResponseLoadBalance	shortestresponse	选成功响应且响应时间短的提供者
一致性散列	ConsistentHashLoadBalance	consistenthash	使用一致性散列算法，根据参数选择服务提供者，用 hash.arguments 来选择参数，用 hash.nodes 来设置虚拟节点数

负载均衡策略可以配置在服务提供者一端，也可以配置在服务的消费者上，具体方法如下：

```
<!-- 整个服务使用同一种策略-->
<dubbo:service interface="..." loadbalance="roundrobin" />
<!-- 服务中的某个方法单独使用一种策略-->
<dubbo:service interface="...">
    <dubbo:method name="..." loadbalance="roundrobin"/>
</dubbo:service>

<!-- 服务消费者使用同一种策略 -->
<dubbo:reference interface="..." loadbalance="roundrobin" />
<!-- 消费者端的某个方法单独使用一种策略 -->
<dubbo:reference interface="...">
    <dubbo:method name="..." loadbalance="roundrobin"/>
</dubbo:reference>
```

@DubboService 和 @DubboReference 里都有 loadbalance 属性，可以配置接口级的负载均衡策略，@Method 注解的 loadbalance 可以配置方法级的策略。

- 超时与重试

消费者发起调用后，为了保证稳定性，一定会在调用时控制超时和重试策略。超时方面，既可以在提供者的接口和方法上配置，也可以做默认配置，在服务的消费者一端也是一样的，超时的参数都是 timeout，单位是毫秒。从优先级上来看，方法上的配置优先级最高，其次是接口，最后是全局默认配置；消费者一端的配置优先级要高于提供者。通常建议在服务的提供者这边配置超时，因为提供者会更加了解自己的服务，而且服务的消费者默认就能用到服务者配置的超时，有特殊需要可以再覆盖配置。重试配置用的是 retries 属性，默认会重试 2 次，0 代表不重试。大概的配置方式会是下面这样的：

```
<!-- 服务使用同一个超时和重试设置 -->
<dubbo:service interface="..." timeout="5000" retries="0" />
<!-- 修改整个提供者端的默认配置 -->
<dubbo:provider timeout="5000" retries="0" />

<!-- 消费者使用同一个超时和重试设置 -->
<dubbo:reference interface="..." timeout="5000" retries="0" />
```

```
<!-- 修改整个消费者端的默认配置 -->
<dubbo:consumer timeout="5000" retries="0" />
```

此处就不再赘述方法级别的配置了。此外，几个 Dubbo 的注解上也都提供了 `timeout` 和 `retries`属性用以配置。

16.2 使用消息中间件进行异步通信

在本书前面的所有章节中，我们的交互几乎是同步的，而且服务的消费者明确地知道自己要调用的服务到底是谁，以及它们在哪里。然而，在日常工作中，除了同步通信，还经常会用到基于消息中间件的异步通信方式。在这一节里，就让我们来了解下如何在 Spring 工程中进行异步消息通信。

16.2.1 为什么要使用基于消息的异步通信

基于消息的异步通信有三个明显的优势。第一个优势是**提供了服务解耦的能力**。在同步调用中，上下游是紧密关联在一起的，系统 B 需要系统 A 的一个通知，那就必须在系统 A 的代码里进行硬编码，对系统 B 发起一个调用。如果日后系统 B 不再需要这个通知，那系统 A 还要进行代码变更，万一系统 B 出问题，系统 A 的执行就会失败，这就是耦合。如果两者不直接交互，而是系统 A 将通知发给消息中间件，系统 B 从消息中间件消费，那它们的关系就没那么紧密了。不管系统 B 能不能正常工作，系统 A 只是和消息中间件打交道，并不会感知系统 B 的状态。即使系统 B 不再需要这个通知，系统 A 依然可以继续向消息中间件发消息，系统 B 不接收就好了。更重要的是，如果来了个系统 C 也需要一样的通知，同样从消息中间件获取即可，就不用再修改系统 A 了，就像图 16-3 那样。

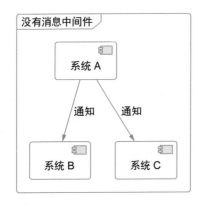
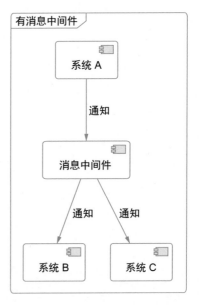

图 16-3　通过消息中间件实现服务解耦

第二个优势是能够**提供异步处理的能力**，提升系统响应性能。假设一个业务流程，一共有 10 个步骤，每个步骤耗时 100 毫秒，整个流程执行下来就需要 1000 毫秒。如果能把其中 3 个非必需的步骤从主干中剥离，改为异步执行，那么结果会怎样呢？假设与消息中间件通信一次需要 5 毫秒，交互 3 次就会耗时 15 毫秒，对于这 3 个动作，同步应答的时间能减少 285 毫秒。此外，如果这 3 个动作能接受失败重试，就进一步提升了操作的成功率（本来在主流程里，它们的失败会造成整个流程的失败，现在消息中间件能帮忙进行重试，相当于间接提升了主流程的成功率）。

第三个优势是能够**提供削峰填谷的能力**。在面临流量高峰时，如果任由流量涌入，那系统迟早会被压垮。而要是用限流的手段，势必要牺牲一部分请求，让这部分请求直接失败。借助上面的异步处理能力，我们可以将一部分不需要及时处理的步骤暂时积压到消息中间件里，系统在有能力消费这些消息时，会逐步从里面取出消息来进行处理。这个"有能力消费"，就是在高峰时全力应对必须要处理的同步任务，在低峰时就有资源能处理积压在消息中间件里的异步任务了。

在组合叠加这三个优势的助推下，基于消息的异步通信方式在各种规模的系统中得到了广泛的应用，也诞生了很多知名的消息中间件，例如开源世界的 ActiveMQ、Kafka、RabbitMQ 和 RocketMQ 等——稍后我们就会看到如何在 Spring 项目里使用这些设施。

> 茶歇时间：常见的消息模型
>
> 想知道消息是如何在不同的系统间流转的，又是谁能收到系统中的消息呢？先让我们弄清消息的"推模型"（Push Model）与"拉模型"（Pull Model）。所谓"推"，是指消息的消费者被动等待消息中间件的通知，消息会由中间件推送给消费者，这时，消费者无须关心生产者和中间件的情况。而"拉"则正好相反，消费者会主动前往中间件获取消息。无论是"推"还是"拉"，都可以是批量的形式，每次处理一批消息。消息的生产者将消息投递给到中间件，Kafka 中的消费者使用的是"拉"的方式（从 Broker 获取消息），RabbitMQ 中的消费者则用的是"推"模型。
>
> 在日常的使用过程中，大家接触比较多的消息传递模型有两种，一种是队列（Queue）模型，另一种是发布订阅（Publish/Subscribe，或者简称为 Pub/Sub）模型。在队列模型下，一个队列可以有多个生产者和消费者，生产者投递到队列里的消息只能被一个消费者消费，所以这种模型下的消息也可以算是"点对点"消费的。而在发布订阅模型下，消费者其实是订阅了某个主题的消息，一条消息在被生产者发布后可以被多个消费者消费。两种模型的一大区别就是消息是否可以被不同的消费者多次消费。[1]

16.2.2　通过 Spring AMQP 使用 RabbitMQ

RabbitMQ 是一款技术领先的开源消息队列中间件，由 Erlang 语言开发，遵循高级消息列队协议（Advanced Message Queuing Protocol，AMQP）。2010 年，SpringSource 收购了 RabbitMQ，所以说起

---

① 这里不算一条消息被某个消费者消费失败后的重试。

来现在 RabbitMQ 和 Spring 还是"一家人"。Spring AMQP 项目为遵循 AMQP 的消息中间件提供了比较好的支持，通过 Spring AMQP 可以方便地使用 RabbitMQ 来进行消息通信。

在讨论使用前，先要了解一些 AMQP 的核心概念，方便后面编写代码。

- □ Queue，消息队列的载体，消息会被投入一个或多个队列。
- □ Broker，接收和发送消息的代理，RabbitMQ 的服务端就是一个 Broker。
- □ Exchange，消息交换机，也是消息到达 Broker 后的第一站，它会根据路由分发规则，将消息分发到不同的队列。
- □ Binding，将 Exchange 与 Queue 按照路由规则绑定到一起。
- □ Routing Key，路由关键字，Exchange 会根据它来进行消息投递。

在 RabbitMQ 中，Exchange 分为四种，分别是直接（Direct）交换机、主题（Topic）交换机、扇出（Fanout）交换机和消息头（Header）交换机，前三种用得会多一些。直接交换机绑定了明确的路由关键字，完全匹配才会投递；主题交换机会对关键字进行模式匹配，# 匹配一个或多个词，* 匹配有且仅有一个词；扇出交换机则完全不需要关键字。上一章的例子里我们提到有些场景使用 HTTP 调用并不是理想的方式，使用消息通信会更好一些，接下来就来看看应该如何在两者之间调整。

需求描述 以前顾客在支付订单后，系统会隔段时间通知调茶师，然后等待他完成制作。但其实这个步骤完全是没有必要的，通知调茶师订单消息之后，让他自己去制作就好了，等待的动作是多余的。待订单制作完毕后，调茶师再通知系统即可。这里就可以通过消息通信的方式对两者进行解耦。

在开始前，还是和之前一样，引入对应的 spring-boot-starter-amqp 起步依赖，它的版本由 Spring Boot 统一管理：

```
<dependency>
    <groupId>org.springframework.boot</groupId>
    <artifactId>spring-boot-starter-amqp</artifactId>
</dependency>
```

Spring Boot 的 RabbitAutoConfiguration 自动配置类为我们准备好了 CachingConnectionFactory、RabbitTemplate 和 AmqpAdmin。与此同时，配置类 RabbitAnnotationDrivenConfiguration.EnableRabbit-Configuration 上加了 @EnableRabbit 注解，告诉 Spring 开启 RabbitMQ 相关的注解支持，所以我们也无须自己动手了。

1. 发送消息

与 Spring 中的其他抽象类似，在收发 AMQP 的消息时，Spring AMQP 提供了一个 AmqpTemplate 接口及其实现类 RabbitTemplate，其中包含了收发消息所需的各种模板方法，表 16-3 罗列了其中的一些主要方法，表中省略了很多参数，通过这个表格可以看到 AmqpTemplate 既提供了原子的操作，也提供了多种操作的组合。

表 16-3 AmqpTemplate 中的一些主要方法

方　　法	说　　明
send()	发送消息，消息体已经是需要的 Message 类型了，发送时可以选择性地指定 Exchange 和 Routing Key
convertAndSend()	发送消息，传入的消息内容会被转换为 Message 类型
receive()	接收消息，返回 Message 类型的消息内容，可以选择性地传入队列名和等待时间
receiveAndConvert()	接收消息，消息体会被转换为 Object，或者通过 ParameterizedTypeReference<T> 明确类型
receiveAndReply()	接收消息并发送一个应答
sendAndReceive()	发送消息并等待接收应答
convertSendAndReceive()	发送转换类型后的内容，并等待接收应答
convertSendAndReceiveAsType()	发送转换类型后的内容，等待接收应答，并将应答转换为指定类型

在之前的例子里，我们单独启动了一个定时任务，加载状态为 PAID 的订单，通过 HTTP 将请求发送到 TeaMaker 并取回结果。定时任务有一个弊端，本来相对平滑的曲线，会由于调度在每个执行时间出现尖刺。我们可以将与 TeaMaker 的交互改为消息，在订单支付后立即发送一个消息，通知调茶师开始制作订单。为此，可以像代码示例 16-6[①]那样彻底重写 TeaMakerClient 类，将 HTTP 交互改为使用 AmqpTemplate 向 notify.order.paid 发送消息，消息体是 OrderMessage 类型的对象。

代码示例 16-6　发送消息的代码片段

```java
@Component
@Slf4j
public class TeaMakerClient {
    @Autowired
    private AmqpTemplate amqpTemplate;

    public void notifyPaidOrder(Long id) {
        log.info("将消息发送给TeaMaker，通知订单{}", id);
        amqpTemplate.convertAndSend("notify.order.paid",
            OrderMessage.builder().orderId(id).build());
    }
}


@Getter
@Setter
@Builder
public class OrderMessage {
    private Long orderId;
    private Long teaMakerId;
    private String state;
}
```

上面的代码中的 convertAndSend() 方法有两个地方需要特别说明。首先是它可以传入 Exchange 和 Routing Key，消息先到 Exchange，随后根据 Routing Key 进行一轮计算，最后决定要投递的队列。而在例子中，我们省略了 Exchange 直接传入 Routing Key，这里使用默认的空白 Exchange，这样消息会直接投递到 notify.order.paid 队列。如果代码中注入的是 RabbitTemplate，则还可以通过 setExchange() 方法来设置默认使用的 Exchange。

---

① 本节 RabbitMQ 的例子在 ch16/binarytea-rabbitmq 和 ch16/teamaker-rabbitmq 项目里。

其次是消息体，Spring Boot 的自动配置的默认转换器是 SimpleMessageConverter，它只支持可序列化对象 byte[] 和 String 类型，为了支持其他的类型，我们需要自己配置一个消息转换器。好在 Spring AMQP 自带的那些 Jackson2 的转换器就够用了，只需在 Spring 上下文中配置一个 MessageConverter 类型的 Bean，RabbitAnnotationDrivenConfiguration 配置类就会把它注入进来。像代码示例 16-7 那样，在 BinaryTeaApplication 里配置一个 Jackson2JsonMessageConverter。

代码示例 16-7　配置 Jackson2JsonMessageConverter

```
@SpringBootApplication
@EnableCaching
@EnableScheduling
public class BinaryTeaApplication implements WebMvcConfigurer {
    @Bean
    public Jackson2JsonMessageConverter jackson2JsonMessageConverter(ObjectMapper jsonObjectMapper) {
        return new Jackson2JsonMessageConverter(jsonObjectMapper);
    }
}
```

上述步骤完成后，删除不再需要的定时任务 TeaMakerNotifier 类，调整一下 OrderService.modifyOrderStatus()，在订单状态被改为 PAID 时调用 TeaMakerClient.notifyPaidOrder() 方法发送消息，具体如代码示例 16-8 所示。但这个改动并不是最优的方法，毕竟它在一个相对通用的 modifyOrderStatus() 方法里嵌入了一段特殊的逻辑，这不是一种值得鼓励的方法，后文中介绍的事件方式会更优雅些。

代码示例 16-8　订单改为支付状态后触发发送消息

```
@Service
@Transactional
@Slf4j
public class OrderService {
    @Autowired
    private TeaMakerClient teaMakerClient;

    public Order modifyOrderStatus(Long id, OrderStatus status) {
        // 省略部分代码
        if (OrderStatus.PAID == status) {
            teaMakerClient.notifyPaidOrder(id);
            order.get().setStatus(OrderStatus.MAKING);
        }
        return orderRepository.save(order.get());
    }
    // 省略其他代码
}
```

2. 消费消息

写完了消息的生产者，后面自然就到了消费者。AmqpTemplate 里虽然提供了 receive() 等方法，但用起来总不太方便，于是就该 @RabbtListener 注解闪亮登场了。在 TeaMaker 项目中创建一个 BinaryteaClient，用来消费 notify.order.paid 队列中的消息，消费的逻辑是从消息中取出订单号，调用之前用的 OrderService.make() 方法，处理完毕后再给 notify.order.finished 队列发个消息，通知 BinaryTea，具体如代码示例 16-9 所示。

代码示例 16-9 调茶师通过消息接收订单的逻辑

```
@Component
@Slf4j
public class BinaryteaClient {
    @Autowired
    private OrderService orderService;
    @Autowired
    private AmqpTemplate amqpTemplate;

    @RabbitListener(queues = "notify.order.paid")
    public void processOrder(OrderMessage message) {
        Long id = message.getOrderId();
        log.info("开始制作订单{}", id);
        ProcessResult result = orderService.make(id);
        OrderMessage finished = OrderMessage.builder().orderId(id)
            .teaMakerId(result.getTeaMakerId())
            .state("FINISHED").build();
        log.info("订单{}制作完毕", id);
        amqpTemplate.convertAndSend("notify.order.finished", finished);
    }
}
```

因为消息中传递的内容是 OrderMessage 类型的，所以需要和之前一样在 TeaMakerApplication 中配置 Jackson2JsonMessageConverter Bean。在带有 @RabbitListener 注解的方法参数里，还可以增加 @Payload 注解来标注这个参数是消息体，用 @Header 注解标注的参数则是特定的消息头。同时，在 application.yml 中添加 RabbitMQ 服务端的信息：

```
spring:
  rabbitmq:
    addresses: "amqp://spring:spring@localhost"
```

为了能够正确记录已完成订单的信息，BinaryTea 要去消费刚才生产的 notify.order.finished 并做进一步的处理。我们在 TeaMakerClient 里增加一个 receiveFinishedOrder() 方法，如果收到消息中的订单状态是 FINISHED，通过 2.3 节中介绍的 Spring 事件机制发送一个 OrderFinishedEvent 事件。因为这个类位于 learning.spring.binarytea.integration 包中，这层的主要工作是处理各种服务集成的相关事宜，在里面直接调用 OrderService 就与它的定位有些格格不入，所以用事件机制广播一个事件，关心的人自己处理即可。具体如代码示例 16-10 所示。

代码示例 16-10 notify.order.finished 消息处理逻辑

```
@Component
@Slf4j
public class TeaMakerClient {
    @Autowired
    private ApplicationEventPublisher applicationEventPublisher;

    @RabbitListener(queues = "notify.order.finished")
    public void receiveFinishedOrder(OrderMessage message) {
        if (OrderStatus.FINISHED.name().equals(message.getState())) {
            log.info("收到订单[{}]的完成通知", message.getOrderId());
            applicationEventPublisher.publishEvent(new OrderFinishedEvent(message));
        } else {
            log.warn("被通知到的订单[{}]状态不正确", message.getOrderId());
```

```
        }
    }
    // 省略其他代码
}

public class OrderFinishedEvent extends ApplicationEvent {
    public OrderFinishedEvent(OrderMessage source) {
        super(source);
    }
}
```

我们将 OrderFinishedEvent 的监听逻辑放在 OrderService 里，这样一来订单相关的处理逻辑还是都集中在 OrderService 里，代码示例 16-11 里的 finishOrder() 通过 modifyOrderStatus() 来推进订单状态的变化，这里并没有对数据库操作做过多优化，变更调茶师 ID 的动作还会更新一次数据，所以在生产中可以酌情考虑优化这段逻辑。

代码示例 16-11　OrderFinishedEvent 的事件监听逻辑

```
@Service
@Transactional
@Slf4j
public class OrderService {
    // 省略其他代码
    @EventListener
    public void finishOrder(OrderFinishedEvent event) {
        OrderMessage message = (OrderMessage) event.getSource();
        // 没考虑性能等问题
        Order order = modifyOrderStatus(message.getOrderId(), OrderStatus.FINISHED);
        if (order != null) {
            teaMakerRepository.findById(message.getTeaMakerId()).ifPresent(order::setMaker);
            orderRepository.save(order);
        }
    }
}
```

最后，在运行这些程序前，需要在 localhost:5672 启动一个 RabbitMQ，建议从 DockerHub 上寻找官方镜像来运行。为了方便配置，可以选择带 -management 的版本，例如 3.7-management，通过将 DockerHub 镜像介绍页面上的命令稍作修改来启动，下面的命令就做了端口映射还调整了默认的用户名和密码，控制台登录的用户名和密码都是 spring[①]：

```
▶ docker pull rabbitmq:3.7-management
▶ docker run --name rabbitmq -d -p 5672:5672 -p 15672:15672 \
  -e RABBITMQ_DEFAULT_USER=spring -e RABBITMQ_DEFAULT_PASS=spring \
  rabbitmq:3.7-management
```

访问 http://localhost:15672 登录到控制台后，手动在队列的页面里创建 notify.order.paid 和 notify.order.finished 消息队列。虽然 Spring AMQP 提供了 AmqpAdmin，允许我们在代码里创建 Exchange 和 Queue，但在生产中还是建议事先通过一定的流程来创建这些队列，同时在创建的流程里还要明确生产者、消费者、预估消息量、作用等信息，方便后期的运维。

---

① 第二句命令太长了，所以做了换行，里面的 \ 是换行连接符，整个其实是一行。

3. 常用配置

Spring Boot 针对 Spring AMQP（其实就是 RabbitMQ）做了对应的自动配置，相关的配置属性都在 RabbitProperties 中，表 16-4 罗列了其中的一些常用配置。

表 16-4　Spring Boot 中关于 RabbitMQ 的部分配置

配　置　项	默　认　值	说　　明
spring.rabbitmq.addresses		逗号分隔的服务端地址列表，如果设置了会忽略主机和端口的配置
spring.rabbitmq.host	localhost	要连接的主机名
spring.rabbitmq.port	5672 或 5671	要连接的端口，默认是 5672，如果开启了 SSL 则默认是 5671
spring.rabbitmq.username	guest	连接 RabbitMQ 时用的用户名
spring.rabbitmq.password	guest	连接 RabbitMQ 时用的密码
spring.rabbitmq.virtual-host		连接 RabbitMQ 时用的虚拟主机
spring.rabbitmq.ssl.enabled	false	是否开启 SSL[①]，如果用 spring.rabbitmq.addresses 设置的地址，这个参数可以通过 amqp:// 或 amqps:// 前缀来自动判断
spring.rabbitmq.connection-timeout		连接超时，0 代表永不超时
spring.rabbitmq.channel-rpc-timeout	10m	在通信频道中进行 RPC 调用时的超时，0 代表永不超时
spring.rabbitmq.template.retry.enabled	false	模板方法发送消息是否开启重试
spring.rabbitmq.template.retry.initial-interval	1000ms	模板方法中的首次重试间隔时间
spring.rabbitmq.template.retry.max-attempts	3	模板方法中的最大重试次数
spring.rabbitmq.template.reply-timeout		模板的 sendAndReceive() 方法的超时时间
spring.rabbitmq.template.receive-timeout		模板的 receive() 方法的超时时间
spring.rabbitmq.listener.type	simple	监听器类型，SIMPLE 是将消息分发给调用线程来消费，DIRECT 则是直接在 RabbitMQ 消费线程上消费

16.2.3　通过 Spring Cloud Stream 使用 Kafka

与上一章的 Spring Cloud CircuitBreaker 类似，如果可以替换组件来实现在 Spring 项目中收发消息，那必然在其之上可以做一层抽象，屏蔽不同底层实现之间的差异，用更统一的方式来编写代码。虽然 Spring 为我们提供了 Spring AMQP 和 Spring for Apache Kafka 这样的框架，用 AmqpTemplate 和 KafkaTemplate 来收发消息，用 @RabbitListener 和 @KafkaListener 这两个注解来标识接收消息的方法，不同的消息中间件的用法已经很接近了。但在 Spring 团队看来，接近还是不够的，Spring 可以做得更好，于是就有了这节的主角——Spring Cloud Stream。

---

① 如需开启还需要设置相关的 SSL 证书等信息，具体的配置都用 spring.rabbitmq.ssl 开头，可以参考官方手册。

1. 概念模型

既然是对众多优秀消息中间件的抽象，自然就少不了要了解一下 Spring Cloud Stream 抽象后的模型是什么样的。图 16-4 是其官方文档中给出的应用模型，其中有如下几个重要概念。

- □ Binder，这是连接应用核心（Application Core）与中间件（Middleware）的桥梁，不同的消息中间件会有对应的 Binder 实现。
- □ 输入（inputs），这是消息流入的渠道，将消息队列绑定到应用中的消费者。
- □ 输出（outputs），这是消息流出的渠道，将生产者产生的消息投递到中间件。

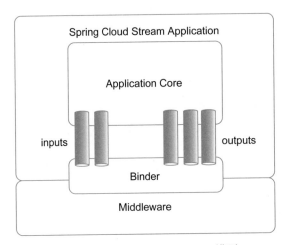

图 16-4　Spring Cloud Stream 模型

除了图 16-4 中展现出来的几个概念，为了兼容 Kafka 和 RabbitMQ，Spring Cloud Stream 还提供了消费者分组（Consumer Group）和主题分区（Partition）的支持，Kafka 原生就支持这些概念，RabbitMQ 并不支持，但在 Spring Cloud Stream 的帮助下，我们可以用一样的方式来进行思考，编写代码。

对一个消息主题而言：一个消费者分组中的不同消费者实例是竞争关系，一条消息只能被一个消费者实例消费；不同的分组则是合作的关系，消息的不同副本会被分别投递到每个分组，每个分组都能消费这条消息。试想这样一个场景，系统 A 和 B 都希望消费主题 T 的消息，在没有分组的情况下，两者一起订阅主题 T，一条消息只能被 A 或 B 中的一个实例消费。这显然不符合我们的需求，无奈之下只能把 T 拆成 T1 和 T2，A 和 B 分别订阅 T1 和 T2，原来发一条消息必须变成发两次。支持分组的情况就不一样了，A 和 B 可以一起订阅主题 T，但使用不同的分组，例如组 1 和组 2，这样就能实现两个系统订阅同一个主题，两个系统都能消费所有消息。

分区的概念同样也借鉴自 Kafka，RabbitMQ 原生并不支持。通常情况下，我们认为消息的投递是无序的，并不能保证先生产的消息一定先被消费。但这种需求是一直存在的，于是就有了分区这种解决方案——在同一分区中能保证消息是有序的，只要生产者指定向一个分区投递消息，那这个分区的消费者就一定能按消息的生产顺序消费。

2. 定义生产者与消费者

在 Spring Cloud Stream[1] 中：消息的生产者和消费者可以对应到 Java 的函数类型 Supplier 和 Consumer；此外，还有一种特殊的情况，由一个消息触发，结果作为消息再投递出去，这对应了 Function 类型。只要在 Spring 上下文中声明对应类型的 Bean，Spring Cloud Stream 就能让它按照消息生产者和消费者的方式运作起来。

仍旧以 BinaryTea 向 TeaMaker 发送制作订单通知为例。我们需要在 TeaMaker 一端监听通知，这在 RabbitMQ 的例子中是通过 BinaryteaClient.processOrder() 方法带上 @RabbitListener 注解来实现的。在 Spring Cloud Stream 下，我们不用注解来声明要监听的对象，直接定义一个 Bean，就像代码示例 16-12[2] 那样。这段代码定义的 Bean 是 Function<OrderMessage, OrderMessage> 类型的，消费 OrderMessage，产生一个 OrderMessage 的消息再投递出去。

代码示例 16-12 消息监听后再生产的逻辑

```java
@SpringBootApplication
public class TeaMakerApplication {
    @Bean
    public Function<OrderMessage, OrderMessage> notifyOrderPaid(BinaryteaClient client) {
        return message -> client.processOrder(message);
    }
    // 省略其他代码
}
```

之前的投递逻辑是写在 BinaryteaClient.processOrder() 方法里的，现在这个方法不需要再关心怎么投递了，因此简化成了代码示例 16-13 的样子。

代码示例 16-13 简化后的订单制作代码

```java
@Component
@Slf4j
public class BinaryteaClient {
    @Autowired
    private OrderService orderService;

    public OrderMessage processOrder(OrderMessage message) {
        Long id = message.getOrderId();
        log.info("开始制作订单{}", id);
        ProcessResult result = orderService.make(id);
        OrderMessage finished = OrderMessage.builder().orderId(id)
            .teaMakerId(result.getTeaMakerId())
            .state("FINISHED").build();
        log.info("订单{}制作完毕", id);
        return finished;
    }
}
```

---

[1] 在 Spring Cloud Stream 2.x 中其实也有基于注解的用法，但到了 3.x 就被废弃了，所以本书也以函数式的用法为主来介绍 Spring Cloud Stream。2.x 里可以用 @SendTo 注解来标识消息生产者的投递目标，用 @StreamListener 来标识消息的消费者。也可以定义一个接口来声明绑定关系，用 @EnableBinding 告诉 Spring Cloud Stream 这个接口是个绑定关系，接口中添加了 @Input 的方法是消费者，添加了 @Output 的方法是生产者。

[2] 关于 Spring Cloud Stream 的例子在 ch16/binarytea-scs-kafka 和 ch16/teamaker-scs-kafka 项目中。

上面的两段代码都没有指出消息从哪里来、到哪里去，Spring Cloud Stream 是通过约定的方式来实现输入、输出与消息队列或主题的绑定的。用 spring.cloud.stream.bindings.<标识符>.destination 来指定要绑定的目标，以代码示例 16-12 的定义为例，标识符可以是 notifyOrderPaid-in-0（"-"分隔的三部分分别是：方法名，其实是 Bean 的 ID；表示消费或生产的 in 或 out；函数的参数或返回位置，因为通常是单个参数或返回值，所以大部分情况下是 0）。具体配置如代码示例 16-14 所示。

代码示例 16-14　增加了 Spring Cloud Stream 配置的 YAML 文件片段

```yaml
spring:
  cloud:
    stream:
      bindings:
        notifyOrderPaid-in-0:
          destination: notify.order.paid
          group: teamaker
        notifyOrderPaid-out-0:
          destination: notify.order.finished
```

notifyOrderPaid-in-0 这个标识符不是特别容易理解，所以可以给它起个别名，就像下面这样，随后就能用 input 来代替它了。

```
spring.cloud.stream.function.bindings.notifyOrderPaid-in-0=input
spring.cloud.stream.bindings.input.destination=notify.order.paid
spring.cloud.stream.bindings.input.group=teamaker
```

从代码示例 16-14 中我们已经看到了 notifyOrderPaid() 生产的消息会被投递到 notify.order. finished 中，在 RabbitMQ 里这就是个 Exchange，而在 Kafka 里这代表了一个消息主题，BinaryTea 中就要有相应的监听代码。对于仅是消费消息的情况，可以直接定义一个 Consumer 类型的 Bean，如代码示例 16-15 所示。其中的 TeaMakerClient.receiveFinishedOrder() 方法和之前 RabbitMQ 的例子是完全一样的，只是去掉了方法上的 @RabbitListener 注解。

代码示例 16-15　notify.order.finished 的消费者定义

```java
@SpringBootApplication
@EnableCaching
@EnableScheduling
public class BinaryTeaApplication implements WebMvcConfigurer {
    // 省略其他代码
    @Bean
    public Consumer<OrderMessage> notifyFinishedOrder(TeaMakerClient client) {
        return message -> client.receiveFinishedOrder(message);
    }
}
```

对应的，还需要和上面一样定义消费者的绑定关系，让 notifyOrderFinished 消费 notify.order. finished，同时声明自己的分组是 binarytea：

```
spring.cloud.stream.bindings.notifyFinishedOrder-in-0.destination=notify.order.finished
spring.cloud.stream.bindings.notifyFinishedOrder-in-0.group=binarytea
```

最后，再让我们来看看如何向 notify.order.paid 发消息，也就是 BinaryTea 在收到订单支付的请求后如何通知 TeaMaker。这是一个单纯的消息生产者，按照之前的说法似乎应该定义一个

Supplier 类型的 Bean，就像下面这样，每次从 OrderRepository 里查询 PAID 状态的订单，将它变为 OrderMessage 发出去。

```
@Bean
public Supplier<OrderMessage> notifyPaidOrders(OrderRepository orderRepository) {...}
```

然而一切并没有那么简单，一系列的问题接踵而至。例如，谁负责调用 notifyPaidOrders()？什么时候调用？ Supplier<OrderMessage> 是每次只产生一条消息吗？

Spring Cloud Stream 内部有一个轮询机制，每隔 1 秒会调用 Supplier 的 get() 方法来获取要发送的消息内容。轮询相关的配置都在 DefaultPollerProperties 类里，用的是 spring.cloud.stream.poller 前缀，例如 spring.cloud.stream.poller.fixed-delay=10000 可以把调用间隔调整为 10 秒。

如果一个时间段里只能生产一个通知，未免也太低效了。在 11.4 节里我们学习过 Project Reactor，其中 Mono 代表单个对象，Flux 代表多个对象。Spring Cloud Stream 同样支持 Reactor 模式，将方法的返回值类型调整为 Supplier<Flux<OrderMessage>> 就能返回多个消息了。伴随着编程模型的变化，框架的逻辑也有些不同，Supplier<Flux<OrderMessage>> 返回的是一个 OrderMessage 的流，框架认为调用一次 notifyPaidOrders() 就能拿到源源不断的流，所以如果在方法里是通过查询数据库的方式获取当前状态为已支付的订单，可能并不能满足要求。于是又有了 @PollableBean 注解，用它来代替 @Bean，告诉 Spring Cloud Stream，这个方法还是得轮询。@PollableBean 的 splittable 属性表示方法的结果是否要被拆分成多个消息，默认为 true。所以 notifyPaidOrders() 方法最后可能是像代码示例 16-16 这样的。

代码示例 16-16　notify.order.paid 消息的生产者

```
@PollableBean
public Supplier<Flux<OrderMessage>> notifyPaidOrders(OrderRepository orderRepository) {
    return () -> Flux.fromStream(orderRepository.findByStatusOrderById(OrderStatus.PAID)
        .stream().map(o -> {
            o.setStatus(OrderStatus.MAKING);
            orderRepository.save(o);
            return OrderMessage.builder().orderId(o.getId()).build();
        }));
}
```

为了让 Spring Cloud Stream 能正确定时调用这个方法，并将输出的对象投递出去，还需要进行如下的配置。spring.cloud.stream.function.definition 将告诉 Spring Cloud Stream 哪些函数要被处理为绑定关系，用分号分隔：

```
spring.cloud.stream.function.definition=notifyPaidOrders;notifyFinishedOrder
spring.cloud.stream.bindings.notifyPaidOrders-out-0.destination=notify.order.paid
```

上面这一连串的操作虽然符合函数设计的标准，但总觉得理解起来不太顺畅，Spring Cloud Stream 还提供了一种更"传统"的方式。通过 StreamBridge 可以向任意目标投递消息，StreamBridge.send() 可以传入绑定的标识符，或者直接传入目标，像代码示例 16-17 那样，我们就直接传入了 notify. order.paid。TeaMakerClient.notifyPaidOrder() 的触发则沿用之前的代码示例 16-8。

代码示例 16-17 通过 StreamBridge 来生产消息

```
@Component
@Slf4j
public class TeaMakerClient {
    @Autowired
    private StreamBridge streamBridge;

    public void notifyPaidOrder(Long id) {
        log.info("将消息发送给TeaMaker,通知订单{}", id);
        streamBridge.send("notify.order.paid",
        OrderMessage.builder().orderId(id).build());
    }
    // 省略其他代码
}
```

如果不希望把主题写死在代码里，也可以把绑定关系挪到配置中，把上面的代码调整为下面这样：

```
streamBridge.send("notifyPaidOrder-out-0", OrderMessage.builder().orderId(id).build());
```

notifyPaidOrder-out-0 的形式看起来是不是特别眼熟，我们虽然没有在代码中创建 notifyPaid-Order 这个生产者 Bean，但可以用 spring.cloud.stream.source 配置告诉 Spring Cloud Stream[①]，这个名字代表了一个绑定关系：

```
spring.cloud.stream.source=notifyPaidOrder
spring.cloud.stream.bindings.notifyPaidOrder-out-0.destination=notify.order.paid
```

相信大家也都注意到了，这里我们生产和消费的消息都是 OrderMessage 类型的，那在整个过程中一定有类型转换的机制将对象转换为可以投递的类型。完成这个转换的同样是 MessageConverter，ContentTypeConfiguration 配置类会创建一个包含了 Spring 上下文中所有 MessageConverter 的 CompositeMessageConverter。BinderFactoryAutoConfiguration 在构造 MessageHandlerMethodFactory 时会注入之前创建的 CompositeMessageConverter。

消息的类型是由 contentType 来决定的，默认的类型是 application/json，Message 头里的 contentType 会将这个信息传递下去。每个生产者和消费者都可以单独设置自己的消息类型，就像下面这样：

```
spring.cloud.stream.bindings.notifyPaidOrder-out-0.content-type=application/json
```

3. Kafka 相关配置

到目前为止，我们都还没有提到 Kafka，那是因为在 Spring Cloud Stream 的抽象下，是 Kafka 还是 RabbitMQ 在代码层面几乎就没有差别。我们要做的就只有两件事，首先，引入 spring-cloud-starter-stream-kafka 的依赖：

```
<dependency>
    <groupId>org.springframework.cloud</groupId>
    <artifactId>spring-cloud-starter-stream-kafka</artifactId>
</dependency>
```

---

① 如果有多个要绑定的名字，可以用逗号分隔。

　　然后，在 application.properties 中设置 Kafka 的信息，例如，下面这段配置用来设置 Kafka Bootstrap 服务器列表，其中用逗号分隔多个地址（两种方式可以任选其一）。

```
# Spring Kafka配置方式
spring.kafka.bootstrap-servers=localhost:9092
# Spring Cloud Stream Kafka配置方式
spring.cloud.stream.kafka.binder.brokers=localhost:9092
```

　　与 Kafka Binder 相关的配置，都用 spring.cloud.stream.kafka.binder 这个前缀，对应的配置类是 KafkaBinderConfigurationProperties，常见的配置项见表 16-5。

表 16-5　Spring Cloud Stream Kafka 中的常用配置

配　置　项	默　认　值	说　　　明
spring.cloud.stream.kafka.binder.brokers	localhost	逗号分隔的 Bootstrap 服务器列表
spring.cloud.stream.kafka.binder.default-broker-port	9092	默认的 Bootstrap 服务器端口
spring.cloud.stream.kafka.binder.configuration		同时适用于生产者和消费者的 KV 配置项
spring.cloud.stream.kafka.binder.health-timeout	60	分区健康检查的超时时间，单位是秒
spring.cloud.stream.kafka.binder.required-acks	1	对于 Broker 所要求的应答数
spring.cloud.stream.kafka.binder.auto-create-topics	true	是否自动创建主题
spring.cloud.stream.kafka.binder.replication-factor	-1	自动创建主题的复制因子，-1 会使用 Broker 配置的 default.replication.factor，Kafka 2.4 之前的版本至少要是 1

　　其他与具体生产者和消费者有关的配置，可以有针对性地配置在绑定关系里，前缀是 spring.cloud.stream.kafka，格式为 spring.cloud.stream.kafka.<标识符>.<配置项>，其中默认配置的标识符用 default，配置项对应的属性类是 KafkaBindingProperties，其中又分成了 producer 生产者对应的 KafkaProducerProperties 和 consumer 消费者对应的 KafkaConsumerProperties，具体配置项形如 producer.xxx 或 consumer.xxx，例如，spring.cloud.stream.kafka.notifyFinishedOrder-in-0.consumer.auto-rebalance-enabled=true。关于各种配置，在官方文档中有较为详细的说明，此处就不再展开了。

茶歇时间：用 Docker Compose 在本地启动一套 Kafka

　　本书之前的章节中，在需要某些基础设施时，基本都是使用 docker pull 命令来拉取 Docker 镜像，然后用一句 docker run 命令来运行。但并非所有设施的本地运行都能如此简单，它们可能需要一些依赖，这里的 Kafka 就是一个例子。

　　正常情况下，运行 Kafka 需要先部署一个 Zookeeper（单机测试可以简化为单节点的 Zookeeper），然后再启动一个 Kafka 的 Broker，让它连上之前启动的 Zookeeper。用几句命令来运行当然可以，但其实 Docker 为我们提供了容器编排的能力，也就是 Docker Compose 工具，具体来说就是 docker-compose 命令。

　　在运行命令前，我们先要准备一个 docker-compose.yml 文件，以便告诉 Docker Compose 如何按照要求编排容器，单节点 Kafka 的 docker-compose.yml 大概会是这样的：

```
---
version: '2'
services:
    zookeeper:
        image: confluentinc/cp-zookeeper:latest
        environment:
            ZOOKEEPER_CLIENT_PORT: 2181

    kafka:
        image: confluentinc/cp-kafka:latest
        depends_on:
        - zookeeper
    ports:
        - 9092:9092
    environment:
        KAFKA_BROKER_ID: 1
        KAFKA_ZOOKEEPER_CONNECT: zookeeper:2181
        KAFKA_ADVERTISED_LISTENERS: PLAINTEXT://kafka:29092,PLAINTEXT_HOST://localhost:9092
        KAFKA_LISTENER_SECURITY_PROTOCOL_MAP: PLAINTEXT:PLAINTEXT,PLAINTEXT_HOST:PLAINTEXT
        KAFKA_INTER_BROKER_LISTENER_NAME: PLAINTEXT
        KAFKA_OFFSETS_TOPIC_REPLICATION_FACTOR: 1
```

解释一下这个文件。services 是要启动的服务（或者说容器），zookeeper 和 kafka 是服务的名称。zookeeper 这一段是描述 Zookeeper 服务的配置，用的镜像是 confluentinc/cp-zookeeper:latest，通过环境变量设置了 Zookeeper 的监听端口 2181。kafka 这一段是 Kafka 的配置，镜像是 confluentinc/cp-kafka:latest，这个服务依赖上面的 zookeeper 服务，通过 ports 把容器的 9092 端口绑定到宿主机的 9092 端口，这样就能在容器外通过 9092 端口访问 Kafka 了，最后再添加一些环境变量，告诉 Kafka 怎么连接 Zookeeper 以及一些其他配置。具体能用哪些环境变量，有些什么作用，可以查看镜像的文档。

准备好 docker-compose.yml 文件后，在文件同级目录里运行下面的命令就能在本地拉起一个单机 Kafka 实例了：

▶ docker-compose up -d

在复杂的服务场景下，用 Docker Compose 可以简化环境的启动，降低维护成本，总之这是个有用的工具。

16.3　服务链路追踪

经过了一系列的升级改造，我们的二进制奶茶店早已不是当初那个简单的"小系统"了，不仅由多个不同的模块组成，模块间还运用了多种不同的通信方式，再加上可集群化部署的服务……这还只是我们在书中做的一个示例，真实世界中系统的复杂度就更可见一斑了。为了让我们能更清楚地理解系统具体是怎么运作的，一个请求是怎么被处理的，传统人工分析的方法在大规模的复杂环境下可能就不再适用了，这时就需要通过技术手段进行一定的分析，链路追踪就是其中的一种常用技术。

16.3.1　链路追踪概述

提到链路追踪，不得不提的就是 Google Dapper，这是 Google 内部使用的一套分布式追踪系统，它可以称得上是现在服务链路追踪领域的"鼻祖"。链路追踪的概念未必是 Google 提出的，但 Google Dapper 的那篇经典论文"Dapper, a Large-Scale Distributed Systems Tracing Infrastructure"将它的设计思路与实践传递给了大家。后续出现的很多监控系统都深受这篇论文的影响，比方说 OpenZipkin 和 Jaeger。

图 16-5[①] 是 Dapper 论文中对一个由用户（user）发起的请求 X（RequestX）的描述，这是一个复杂分布式系统中的常见请求链路，处理过程从前端（Frontend）经过中间层（Middle Tier）到达后端（Backend），一共经过了 5 个系统，系统间是 RPC 调用。

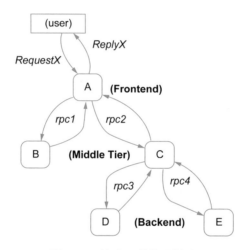

图 16-5　请求 X 的处理链路

为了描述这个请求链路，需要为它添加一个全局的标识符，也就是 Trace ID，它会贯穿整个请求的处理过程，随着调用被一路传递下去。拥有同样的 Trace ID 意味着都是同一个业务请求，但又该怎么表示各步骤之间的关系呢？从图 16-5 可以看出这是一个树型结构，请求链路中的每个系统都是一个节点，而请求和响应则是边，这样一来问题就简化为如何来表述这棵树。如图 16-6 所示，我们可以用 Span 来表述请求的每一个步骤，每个 Span 都有自己的 ID，还有它的父 Span ID。前端系统 Frontend 刚收到请求时，创建第一个 Span，它还没有父 Span，自己的 ID 是 1，此时还会生成一个贯穿始终的 Trace ID；随后往下发起了两个调用，这时会创建两个新的 Span，父 Span 的 ID 是 1，自己的 ID 分别是 2 和 3，Trace ID 也会传递下来，再往后的调用情况也以此类推。

---

① 图 16-5 与图 16-6 都来自上文提到的 Dapper 论文。

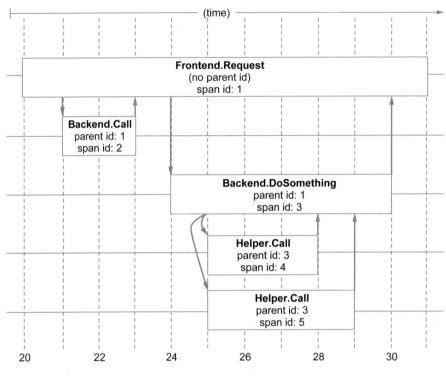

图 16-6　链路中各节点的关系

除了两个 ID，在 Span 里还需要记录下不少操作的时间信息，表 16-6 中就罗列了具体的细节。

表 16-6　Span 中的一些具体的时间信息

步　　骤	简　　写	说　　明
Client Send	cs	客户端向服务端发起请求
Server Recv	sr	服务端接收到了客户端的请求
Server Send	ss	服务端向客户端发送应答
Client Recv	cr	客户端收到了服务端返回的应答

Google 希望 Dapper 能够无处不在，持续不断地监控系统的每个角落，为此提出了三个具体的目标。

- **低消耗**（low overhead），被监控系统引入的开销要小，不能有明显的性能损耗，在生产环境中通常还会做采样，并不会详细地记录下每个请求。
- **应用级透明**（application-level transparency），如果链路追踪需要侵入业务代码，那接入的成本无疑是巨大的，而且应用开发者也未必会积极配合，能不用业务系统开发者介入是非常重要的。
- **大范围部署**（ubiquitous deployment），在 Google 或类似的系统规模下，整套解决方案必须完全可控。

现在，我们已经不用羡慕 Google 的这套 Dapper 系统了，因为基于论文已经诞生了好多不同的开源系统，而且 Spring Cloud 还提供了一套抽象。在接下来，我们将看到如何使用 Spring Cloud Sleuth 和 OpenZipkin 来实现无侵入的服务链路追踪功能。

16.3.2 基于 Spring Cloud Sleuth 实现链路追踪

sleuth 一词的意思是侦探，顾名思义，Spring Cloud Sleuth 也想成为一名分布式系统中的"侦探"。它为我们的工程提供了一套分布式服务链路追踪的 API，底层集成了 OpenZipkin Brave，支持各种与 OpenZipkin 兼容的分布式链路追踪系统。即使我们不打算将数据发送到 OpenZipkin，自动添加到日志里的 Trace ID 和 Span ID 信息，也足够我们分析整条请求链路了。Spring Cloud Sleuth 为各种常用的组件提供了可自动配置的探针，只需添加依赖即可完成接入。

1. 日志中的链路信息

因此我们要做的第一件事，就是引入 Sleuth 的依赖，在 pom.xml 中添加如下内容[①]：

```
<dependency>
    <groupId>org.springframework.cloud</groupId>
    <artifactId>spring-cloud-starter-sleuth</artifactId>
</dependency>
```

在 BinaryTea 和 TeaMaker 工程里添加完依赖后，自动配置就已经完成了绝大部分的配置，这时运行 Customer 工程发起请求后，就可以看到 BinaryTea 的日志发生了一些变化，在下面的日志里我们可以发现多了 [binarytea,ae0175cc49602df5,e9bb3788c191ad61]，它们分别是应用名（也就是 spring.application.name）、Trace ID 和 Span ID：

```
2021-11-21 14:30:06.824  INFO [binarytea,ae0175cc49602df5,e9bb3788c191ad61] 81962 --- [io-8080-exec-10]
l.s.b.integration.TeaMakerClient : 发送消息给TeaMaker,通知订单2
2021-11-21 14:30:06.841  INFO [binarytea,ae0175cc49602df5,e9bb3788c191ad61] 81962 --- [io-8080-exec-10]
l.s.b.support.log.LogHandlerInterceptor : 192.168.3.86,PUT,/order,OrderController.modifyOrderStatus(),
200,-,LiLei,31ms
```

根据 ae0175cc49602df5 这个 Trace ID，到 TeaMaker 的日志中就能找到对应的日志，它们拥有同样的 Trace ID，但 Span ID 有所不同。

```
2021-11-21 14:30:06.947  INFO [tea-maker,ae0175cc49602df5,b73f00db446a541c] 81947 --- [ntContainer#0-1]
l.s.t.integration.BinaryteaClient : 开始制作订单2
2021-11-21 14:30:07.984  INFO [tea-maker,ae0175cc49602df5,b73f00db446a541c] 81947 --- [ntContainer#0-1]
l.s.t.integration.BinaryteaClient : 订单2制作完毕
```

日志内容的变化其实比较容易实现，Spring Cloud Sleuth 只是将这些信息放到了 SLF4J 的 MDC 中，这是一个保存上下文信息的地方，底层用的是 ThreadLocal，在日志的 Pattern 中再增加这些信息的输出即可。大概的 Pattern 部分如下所示，框架默认会调整成这样的。

```
%5p [${spring.zipkin.service.name:${spring.application.name:}},%X{traceId:-},%X{spanId:-}]
```

至于 Spring Cloud Sleuth 是如何将 Trace 和 Span 的信息"自动"传递给下游的，这就只能归功

---

① 与 Spring Cloud Sleuth 相关的例子在第 16 章的几个以 -sleuth 结尾的示例中。

于 Spring 团队为多种常用的基础组件开发了大量的探针，并通过自动配置（根据 CLASSPATH 里各种类的信息）做了相应的配置。这些自动配置都在 org.springframework.cloud.sleuth.autoconfig. instrument 里。在上面的例子中生效的就是 TraceSpringMessagingAutoConfiguration，它为 Spring Message 提供了向消息头里设置信息的 Propagator.Setter<MessageHeaderAccessor>，还有从消息头里取出信息的 Propagator.Getter<MessageHeaderAccessor>。而像 RestTemplate、OpenFeign、定时任务、异步任务、断路器等组件也都有对应的探针。正是有了这些繁琐的基础工作的铺垫，才让开发者轻松了下来。

2. 将信息发送到 OpenZipkin

如果只有日志，所有的信息都要到 ELK 里去找，那在实际操作上着实不太方便，为了追踪请求链路做深入的分析和治理，我们要有更强大的工具。OpenZipkin 是参考 Google Dapper 设计的一套分布式追踪系统，通过它可以收集并直观地展示分析后的链路信息，帮助我们更好地理解链路情况。

Spring Cloud Sleuth 对 OpenZipkin 的支持非常到位，只需在 pom.xml 中引入下面的依赖[①]，稍加配置即可以 HTTP 的方式向 Zipkin 发送信息。

```
<dependency>
    <groupId>org.springframework.cloud</groupId>
    <artifactId>spring-cloud-sleuth-zipkin</artifactId>
</dependency>
```

默认情况下，Spring Cloud Sleuth 会向 http://localhost:9411/ 发送信息。关于 Zipkin 服务端的信息可以通过表 16-7 中的配置来对框架的一些行为进行微调，spring.zipkin.* 的大部分配置都在 ZipkinProperties 配置类中。

表 16-7　Spring Cloud Sleuth 向 Zipkin 发送信息时的一些配置项

配　置　项	默　认　值	说　　　明
spring.zipkin.enabled	true	是否开启 Zipkin 支持
spring.zipkin.base-url	http://localhost:9411/	Zipkin 服务的 URL
spring.zipkin.api-path	v2/path2	Zipkin 的 API 路径
spring.zipkin.discovery-client-enabled	false	base-url 是否包含服务发现的服务名
spring.zipkin.message-timeout	1	Span 批量发送的等待时间，单位是秒
spring.zipkin.compression.enabled	false	是否开启压缩功能
spring.sleuth.sampler.probability		采样比例，1.0 就是 100%，最小精度为 1%
spring.sleuth.sampler.rate	10	每秒速率，在大流量情况下按比例采样后样本很多，可以控制发送的上限

在 BinaryTea、TeaMaker 和 Customer 工程中，简单地引入前面提到的依赖。为了演示方便，在 application.properties 中将采样比例调整为 100%，也就是 1.0，在生产中不建议用这个比例。大概就是下面这样的（application.yml 的配置类似）：

```
spring.sleuth.sampler.probability=1.0
```

---

① 在 Spring Cloud Sleuth 3.0 以前，用的依赖是 spring-cloud-starter-zipkin，现在不再需要单独的起步依赖了。

随后，用下面的命令在本地启动一个 OpenZipkin 服务，它会监听 9411 端口，并将所有数据存储在内存里。

```
docker pull openzipkin/zipkin
docker run --name zipkin -d -p 9411:9411 openzipkin/zipkin
```

程序运行后，就能在 http://localhost:9411/zipkin 中找到之前各种请求的链路信息以及依赖关系了。链路信息大致会是图 16-7 这样的。

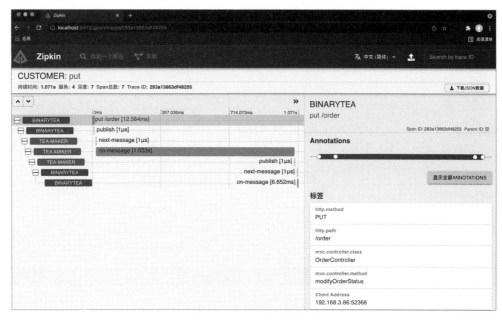

图 16-7　PUT 请求的链路

除了 HTTP，Zipkin 还可以通过消息的方式来上报链路追踪信息，支持的消息中间件有 Kafka、ActiveMQ 和 RabbitMQ。发送方式可以通过 `spring.zipkin.sender.type` 参数进行调整，默认是 `web`，还可以选择 `activemq`、`rabbit` 和 `kafka`，后三个选项需要在 CLASSPATH 中有对应的依赖。例如，可以在 BinaryTea 的 `application.properties` 中增加如下两个配置，通过 RabbitMQ 来发送信息，使用的队列是 `zipkin`。

```
spring.zipkin.sender.type=rabbit
spring.zipkin.rabbitmq.queue=zipkin
```

随后，重新调整一下 Zipkin Docker 容器[①] 的启动命令，通过环境变量 `RABBIT_ADDRESSES`、`RABBIT_USER` 和 `RABBIT_PASSWORD` 告诉 Zipkin 如何连接 RabbitMQ，`--link rabbitmq` 用来链接之前已经启动的 RabbitMQ 容器，使用哪个队列来接收消息由 `RABBIT_QUEUE` 环境变量来控制，默认就是

---

① OpenZipkin 的 Docker 镜像有很多环境变量可以设置，具体可以查看 OpenZipkin 项目的 GitHub 页面，更多变量需要查看源码才能知道。

zipkin。

```
docker run --name rabbit-zipkin -d -p 9411:9411 --link rabbitmq \
    -e RABBIT_ADDRESSES=rabbitmq:5672 -e RABBIT_USER=spring -e RABBIT_PASSWORD=spring \
    openzipkin/zipkin
```

3. 增加附加信息

大部分情况下，Spring Cloud Sleuth 自动拦截并生成的 Span 信息就已经够用了。但如果你希望对一些具体的步骤再做细分，更精确地掌握执行的情况，也可以自己创建 Span。此外，除了默认的信息，还可以在 Span 中添加标签（Tag），附带一些额外的信息。Spring Cloud Sleuth 提供了 @NewSpan、@ContinueSpan 和 @SpanTag 注解，可以方便地实现上述功能，相比直接用底层的 Zipkin Brave 要容易不少。链路分析多数是用在非功能性需求中的，下面让我们用二进制奶茶店请求链路追踪的例子来做个说明。

> 需求描述 链路追踪的信息有比较清楚的调用关系，但缺少一些业务属性，尤其是没有订单号会导致研发排查问题不方便。最好能在链路的信息中添加明确的订单号，方便分析具体订单的情况。

@NewSpan 顾名思义是用来创建新 Span 的，我们稍微修改一下 BinaryTea 的 OrderService.modify-OrderStatus() 方法，具体如代码示例 16-18 所示。@NewSpan 注解创建了一个名为 modify-order-status 的新 Span，在这个 Span 中添加了一个 order-id 标签，它的值是方法的 id 参数。

代码示例 16-18　增加了 @NewSpan 和 @SpanTag 注解的 modifyOrderStatus() 方法

```
@Service
@Transactional
@Slf4j
public class OrderService {
    @NewSpan("modify-order-status")
    public Order modifyOrderStatus(@SpanTag("order-id") Long id, OrderStatus status) {...}
    // 省略其他代码
}
```

在 TeaMaker 中，我们演示一下 @ContinueSpan 的用法，为 BinaryteaClient.processOrder() 加上注解，具体如代码示例 16-19 所示。@ContinueSpan 并不会新建 Span，而是继续当前的 Span。@SpanTag 也可以通过 expression 传入 SpEL 表达式，出于安全原因，此处的表达式不能调用对象的方法，只能做些简单的运算符操作。为了标签中的信息更直观，可以为 OrderMessage 加上 Lombok 的 @ToString 注解，优化一下 toString() 方法的输出，避免直接变为散列值。

代码示例 16-19　增加了 @ContinueSpan 和 @SpanTag 的 processOrder() 方法

```
@Component
@Slf4j
public class BinaryteaClient {
    @RabbitListener(queues = "notify.order.paid")
    @ContinueSpan
    public void processOrder(@SpanTag("msg") OrderMessage message) {...}
```

```
    // 省略其他代码
}
```

做了这样的一些调整后，我们在 OpenZipkin 中看到的 PUT 操作效果大概会如图 16-8 所示。可以看到，相比图 16-7，这里多了一个 modify-order-status Span，TeaMaker 的 on-message Span 里多了 msg 标签。

图 16-8　带有自定义 Span 和标签的链路信息

茶歇时间：OpenTelemetry 概述

在云原生环境下，可观测性的问题变得尤为突出，毕竟多语言与分布式是新的常态，想要快速定位并解决可用性和性能的问题，就要有一套完整的技术方案。但凡是个常见的需求，就一定会有很多人尝试给出解决方案，既有开源的方案也有商业的方案，但不同方案之间的数据缺乏可移植性，不同设施之间的联动也有一定的壁垒。

OpenTelemetry 是 CNCF 下的一个可观测性项目，提供了一套标准化且厂商独立的遥测（telemetry）数据解决方案。这里的遥测数据主要是指链路追踪、度量和日志。OpenTelemetry 只是套规范、API 和 SDK，本身并不提供类似 Jaeger、Prometheus、OpenZipkin 这样的后端服务。OpenTelemetry 规定了数据模型，以及如何采集、处理并导出数据，可以向前面提到的后端服务导出自己的遥测数据。

目前，OpenTelemetry 中的链路追踪相比度量和日志的成熟度要高一些，已经发布了 1.0 规范，整套规范与我们在 16.3 节中介绍的内容相近，本质上也是基于 Dapper 论文的那套方法。各大厂商也在跟进 OpenTelemetry，尤其是提供自己的 Exporter，以便能够让 OpenTelemetry 的数据无缝地导出到自己的服务中，例如阿里云的 SLS。

16.4 基于 Spring Cloud Gateway 实现微服务网关

不同的微服务各司其职，相对独立地对外提供服务，这在组织内部也许不是个大问题，但当外部需要访问内部的服务时，这就会带来很多不便，比如外部客户端不得不感知内部的服务细节，又比如至少需要知道如何找到所需的服务，还有一系列其他问题有待解决。为此，可以在边界上引入微服务网关。这一节就让我们来聊聊微服务网关，以及如何使用 Spring Cloud Gateway 来实现微服务网关。

16.4.1 什么是微服务网关

在具体了解微服务网关之前，先看看没有它的时候究竟会存在些什么问题。以客户端的视角作为切入点，会发现下面这些问题。

- 客户端必须了解分散在不同微服务之间的各种领域和组织细节。
- 客户端的接入点过于分散，不同的服务要么是不同的域名，要么直接暴露 IP，这就增加了潜在的安全风险。
- 不同客户端对服务的粒度要求不同，服务太散会导致交互过于频繁。
- 不同的服务也许会使用不同的认证方式和通信协议，不利于客户端的接入。

服务端也有很多痛点需要解决，例如安全防护、身份认证、权限控制、审计日志、负载均衡[①]、容错降级、监控告警等。如果这些功能都让服务自己解决，那势必会消耗大量的人力物力，而他们本该将资源聚焦在业务上。

出于上述种种原因，微服务网关应运而生，它为内部服务提供了一个统一的入口，同时还可以提供上述提到的服务端所需的一系列横向功能，解放业务团队的生产力。微服务网关通常是一个独立的组件，根据其定位，有的网关会保持业务无关性，仅提供通用能力，有的则会包含一部分简单的业务逻辑。但总体上，建议避免将业务逻辑渗透到网关中，从而减少相互之间的耦合度。

1. 常见的微服务网关

既然微服务网关这个需求如此常见，这也就意味着一定已经有了不少优秀的开源网关，我们可以先来了解一下。

- **Nginx**

Nginx 通常用作网站的负载均衡设施，所以它也理所应当可以用来做微服务网关。Nginx 本身就有很多插件，遇到特殊需求，还可以搭配 Lua 脚本来实现，这就慢慢延伸出了知名的 OpenResty 高性能 Web 平台。后来，在 OpenResty 基础之上诞生了 Kong 网关，它是一款灵活的轻量级云原生服务网关，面向去中心化架构，可以部署在混合云和多云环境中。Kong 可以通过插件实现对请求和响应的拦截，有点类似 AOP 或者过滤器，常用的插件包含身份认证插件、安全控制插件、流量控制插件、分析监控插件、日志应用插件、协议转换插件等。Kong 本身也提供了丰富的 API，可以通过

---

① 之前我们介绍过服务注册与发现机制可以用来解决负载均衡的问题，但服务注册中心通常是在内部使用的，不会暴露到组织外部，因此一般情况下这种方案不适用于外部的客户端，外部还是得要通过事先约定好的域名或 IP 来访问服务。

API 实现对集群的各种管理，而 Kong 集群的各种配置和数据则会记录在 PostgreSQL 或者 Cassandra 里，维护也很方便。

- Apache APISIX

Apache APISIX 是另一款基于 OpenResty 开发的微服务网关，兼具云原生、高性能、可扩展等诸多优点。APISIX 自带前端，可以方便地在界面上进行路由配置、负载均衡、限流和身份验证等各种操作。APISIX 与 Kong 在核心功能上不相上下，但在细节上似乎更胜一筹，例如，APISIX 在架构上是 Nginx 搭配 Etcd，可以实现配置变更的主动推送，而 Kong 是 Nginx 搭配数据库，需要主动轮询配置变更；Kong 的路由实现是遍历，而 APISIX 是基于基数树，相对更高效。而且，APISIX 是国人开发，对国内主流的一些软件和框架的支持更加友好，例如能够搭配阿里巴巴开源的 Tengine 一同使用，支持 Dubbo 协议代理。此外，作为 Apache 顶级项目，APISIX 也可谓自带光环。

- Zuul

对 Java 程序员来说，如果微服务网关是 Java 写的，那肯定会是加分项。Netflix 开源的 Zuul 就是一款由 Java 编写且经过大流量考验的微服务网关。而且它是 Spring Cloud 早期推荐的微服务网关，两者无缝整合，加之本身由 Netflix 出品，与 Eureka、Ribbon 和 Hystrix 的配合更是不在话下。在之前的各种场合，Spring Cloud 都会搭配 Zuul 来进行各种演示，在实践中也一样。Zuul 的核心是请求的过滤器，通过各种过滤器来实现身份认证、审计、监控、动态路由、负载均衡等功能。此外，因为 Netflix 是大量部署在 AWS 之上的，所以 Zuul 对 AWS 做了大量的优化，例如能够实现跨可用区访问，支持 AWS 的 ELB（Elastic Load Balancing）等。如果我们的系统是部署在 AWS 上的，那使用 Netflix 的全套设施无疑是个好选择。

Zuul 1.x 用的是阻塞线程，到了 Zuul 2.x，对架构做了比较大的改动，基于 Netty 实现了异步非阻塞。可惜 Zuul 2.x 并不开源，所以现在它在 Spring Cloud 中的位置逐步被 Spring Cloud Gateawy 所取代。

2. Spring Cloud Gateway 概述

由于 Zuul 2.x 的开发一直跳票，到后来索性宣布不再开源，而 Zuul 1.x 又是阻塞式的，长期看来并不符合大的发展趋势，因而 Spring 团队自己开发了一个微服务网关来代替 Zuul，这就是 Spring Cloud Gateway。

Spring Cloud Gateway 是一款简单、高效的轻量级微服务网关，构建在 Spring 生态之上，用到了 Spring Framework 5、Spring Boot 2 和 Project Reactor 等项目。由于使用了 Spring WebFlux，Spring Cloud Gateway 实现了非阻塞通信，相比 Zuul 1.x 在性能上有很大的提升。

与前文提到的微服务网关一样，Spring Cloud Gateway 也提供了不少微服务所需的公共能力，例如安全防护、监控、限流熔断等。这些能力都是由过滤器实现的，Spring Cloud Gateway 内置了大量实用的过滤器，它们全是 `GatewayFilter` 接口的实现，通过可配置的过滤器链（`GatewayFilterChain`）可以满足绝大部分日常需求。就算遇到了内置过滤器解决不了的问题，也可以直接动手实现自己的 `GatewayFilter`。当一个请求到达 Spring Cloud Gateway 服务器后，`RoutePredicateHandlerMapping` 会根据请求去查找对应的 Route（也就是路由配置），其中包含了路由 ID、目标 URI、**断言** [①] (predicate) 以及过滤器。整体上来说，Spring Cloud Gateway 的配置非常灵活，在配置服务路由信息时有两种方式可供选择，第一种是完全在 `application.yml` 中进行配置 [②]，第二种是使用 Java 配置类。我们在下文详细介绍路由配置时会分别演示这两种方式。

16.4.2 Spring Cloud Gateway 的路由配置

Spring Cloud Gateway 并不是一个现成的独立服务，而是一个框架，我们需要自己构建一个 Spring Cloud 工程，配置好 `spring-cloud-dependencies`，像下面这样引入 `spring-cloud-starter-gateway` 依赖，随后就能在配置文件或者配置类中增加对应的路由规则了。如果还有服务注册与发现的需求，还可以加入对应的起步依赖，Spring Boot 会为我们完成自动配置。

```xml
<dependency>
    <groupId>org.springframework.cloud</groupId>
    <artifactId>spring-cloud-starter-gateway</artifactId>
</dependency>
```

接下来，让我们通过一个例子来具体看看应该如何进行 Spring Cloud Gateway 的路由配置。

> **需求描述** 通常情况下，奶茶店系统的后端可被视为一个整体，而顾客在系统外部。因此在顾客访问二进制奶茶店时，最好能够屏蔽系统的内部细节，也就是把 BinaryTea 和 TeaMaker 作为一个整体，与 Customer 隔离开，增加一个独立的服务网关似乎是个不错的选择。

1. 基础配置

Spring Cloud Gateway 作为一个网关，本质上就是接收请求，然后根据预先配置的路由规则对其进行匹配并加以处理，随后转发给后端具体的服务。因此，配置路由规则、用好内置的断言和过滤器基本就是配置的所有工作了。路由的配置以 `spring.cloud.gateway.routes` 为前缀，主要包含如下几块：

- `id`，路由的编号；
- `uri`，要转发的 URI，可以转给特定的后端 URI，也可以是个负载均衡的服务名；
- `predicates`，要匹配的断言内容，可以是一条，也可以是多条；
- `filters`，在请求转发给后端前需要经过的一个或多个过滤器。

以转发 /token 请求为例，代码示例 16-20 演示了如何将 /token 请求转发给 `http://localhost:8080`，最后拼接的 URI 是 `http://localhost:8080/token`。 [③]

代码示例 16-20 最简单的路径匹配路由

```yaml
spring:
  cloud:
    gateway:
```

[①] 遵从业内的惯用翻译，将 predicate 翻译为断言。在本节，断言特指 predicate，本书其他章节的断言为 assertion。
[②] 因为路由配置可能会很复杂，因此在这里建议使用表现力更强的 YAML，而非 Properties 文件。
[③] 这部分的示例在第 16 章的 gateway 工程里，对应修改的客户端示例则是 customer-gateway。

```
    routes:
    - id: token-route
      uri: http://localhost:8080
      predicates:
        - Path=/token
```

断言的配置有两种形式：一种是上面看到的简短写法，断言名称 Path 后跟一个 =，后续内容是要传给断言的参数，用逗号 , 分隔；另一种方式是将断言完全展开，用 name 来指定断言，args 来提供参数（每个断言用到的参数不太一样，可以参考官方文档中的说明）。代码示例 16-21 就演示了如何用第二种方式设置 Path 断言，这里匹配 /order/** 的意思就是匹配以 /order/ 开头的所有路径；同时还用了服务发现来配置 URI，可以看到其中的 URI 以 lb:// 开头，后面跟的是服务名。[①]

代码示例 16-21　展开的断言配置

```
spring:
  cloud:
    gateway:
      routes:
      - id: order-route
        uri: lb://binarytea
        predicates:
        - name: Path
          args:
            patterns: /order/**
```

完成了 /token 和 /order 的路由配置，还剩下 /menu 这个路径，这次我们换 Java 配置类的方式。在配置类中提供一个 RouteLocator 类型的 Bean，通过 RouteLocatorBuilder 来构造我们需要的 RouteLocator，每个路由都能用 PredicateSpec 来描述。代码示例 16-22 就配置了一个 /menu/** 的路由规则，把请求转发到 lb://binarytea 上。

代码示例 16-22　在 Java 配置类中设置路由规则

```
@SpringBootApplication
public class GatewayApplication {
    // 省略其他代码
    @Bean
    public RouteLocator customRouteLocator(RouteLocatorBuilder builder)    {
        return builder.routes()
                .route("menu-route", r -> r.path("/menu/**")
                .uri("lb://binarytea"))
                .build();
    }
}
```

最后，要让我们的网关能顺利运行起来，还需要提供一些基础的配置，包括 Zookeeper 配置用来做服务发现与注册，Zipkin 与 Sleuth 的配置，以便能在 Zipkin 里看到实际的请求链路。大概的 YAML 配置会是下面这样的：

---

① 如果用到服务发现与注册机制，不要忘记添加相关的依赖。

```
server.port: 8888

spring:
  application.name: gateway
  config.zookeeper.connect-string: "localhost:2181"
  zipkin.base-url: "http://localhost:9411"
  sleuth.sampler.probability: 1.0

management:
  endpoint.gateway.enabled: true
  endpoints.web.exposure.include: "*"
```

为了让 Customer 能通过网关来访问 BinaryTea，而非直接通过服务发现找到目标，我们可以在 application.properties 中将 binarytea.url 改 为 http://gateway，同 时 将 OrderService 上 的 @FeignClient 注解里的 name 属性值也改成 gateway。这里的 gateway 就是进行服务注册与发现时网关用的名称。①

```
@FeignClient(contextId = "orderService", name = "gateway", path = "/order")
public interface OrderService {...}
```

现在以此运行 TeaMaker、BinaryTea、Gateway 和 Customer 就能看到实际的运行效果。通过 Zipkin 可以看到实际的请求链路，具体如图 16-9 所示。

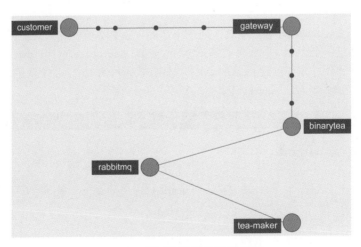

图 16-9　通过网关访问的链路图

对于网关，通常都会设置一个向后端请求的超时时间。在 Spring Cloud Gateway 中，与后端请求相关的 HTTP 配置都以 spring.cloud.gateway.httpclient 为前缀，对应的属性类是 HttpClientProperties。其中 connect-timeout 对应了连接超时，单位为毫秒；response-timeout 则是请求的应答超时，它的类型是 Duration，我们可以自己指定时间单位，默认是毫秒。大概的配置可以是像下面这样的：

---

① 如果是外部访问内部服务，通常都不会用服务发现机制，而是通过域名或 IP 来访问负载均衡设施。在内部服务访问时，可以考虑示例中的方式。

```
spring:
  cloud:
    gateway:
      httpclient:
        connect-timeout: 1000
        response-timeout: 3s
```

除了统一的超时配置，也可以针对每条不同的路由规则单独设置超时时间，这些配置属于路由的元数据，因此要配置在 `metadata` 里，元数据的属性定义在 `RouteMetadataUtils` 里，其实也就两个，使用时是这样的：

```
spring:
  cloud:
    gateway:
      routes:
        - id: token-route
          uri: http://localhost:8080
          predicates:
            - Path=/token
          metadata:
            connect-timeout: 500
            response-timeout: 500
```

在上面的例子中，我们已经看到了针对路径进行判断的 Path 断言。Spring Cloud Gateway 中内置了很多不同的路由断言，每种断言都接受不同的参数，表 16-8 罗列了其中的一些断言。路径的 URI 模板中可以添加变量，例如 `/binarytea/order/{id}`，这里的变量会被保存在 `ServerWebExchange.getAttributes()` 里，用的键名是 `ServerWebExchangeUtils.URI_TEMPLATE_VARIABLES_ATTRIBUTE`，在过滤器里也能用到这些变量。

表 16-8　Spring Cloud Gateway 的一些常用路由断言

名　　称	作　　用	参　　数
Cookie	根据特定 Cookie 值进行正则匹配	name，要匹配的 Cookie 名称；regexp，Cookie 的值要匹配的正则表达式
Header	根据特定 HTTP Header 值进行正则匹配	header，要匹配的 Header 名称；regexp，HTTP 头的值要匹配的正则表达式
Host	根据请求的主机名进行匹配	patterns，主机名列表，不同主机名之间用逗号分隔，主机名可以使用 ANT 风格
Method	根据 HTTP 方法进行匹配	methods，HTTP 方法列表，不同方法之间用逗号分隔，例如 GET,POST
Path	根据请求 URI 路径进行匹配	patterns，路径模式列表，不同路径模式之间用逗号分隔；matchTrailing-Slash，是否匹配结尾的 /，该参数可选，默认为 true
Query	根据 QueryString 进行匹配	param，要匹配的参数名；regexp，QueryString 要匹配的正则表达式，该参数可选
RemoteAddr	根据对端 IP 地址进行匹配	sources，对端地址列表，形如 192.168.0.1/16，/ 前面是地址，后面是子网掩码[①]

[①] 如果我们的网关在负载均衡后面，可能无法直接取得实际的对端地址。通常负载均衡会把真实地址放在 X-Forwarded-For 之类的 HTTP Header 里，Spring Cloud Gateway 自带一个 RemoteAddressResolver 地址解析器，可以在 Java 类配置路由断言时传入该解析器的实例，从 X-Forwarded-For 中获取地址。

2. 常用过滤器

前面介绍过了匹配请求用的断言，接下来再来了解一下路由配置中的另一个重点，也就是过滤器。通过过滤器可以对请求和应答进行各种调整。Spring Cloud Gateway 内置了大量的过滤器，它们都是 GatewayFilter 接口的实现，有的专门处理 HTTP Header，有的专门处理请求中的参数，还有的专门处理路径……过滤器的配置方法与断言类似，区别只是它们配置在 filters 下。过滤器都是用 = 来分隔过滤器名称与参数，而参数之间用 , 分隔；也可以用完整配置的方式，name 配置过滤器名称，args 下配置各个参数对。

下面的配置会保留请求中的 Host Header，使用的就是 PreserveHostHeader 过滤器。

```
spring:
  cloud:
    gateway:
      routes:
        - id: token-route
          uri: http://localhost:8080
          predicates:
            - Path=/token
          filters:
            - PreserveHostHeader
```

内置过滤器中有很大一部分是处理 Header 的，表 16-9 中罗列的都是针对 Header 的过滤器。

表 16-9　部分针对 HTTP Header 的过滤器

过滤器名称	作　　用	参　　数
AddRequestHeader	向请求中添加 Header	name，Header 名；value，对应的值
AddResponseHeader	向应答中添加 Header	name，Header 名；value，对应的值
RemoveRequestHeader	从请求中删除 Header	name，Header 名
RemoveResponseHeader	从应答中删除 Header	name，Header 名
SetRequestHeader	替换请求中的 Header	name，Header 名；value，对应的值
SetResponseHeader	替换应答中的 Header	name，Header 名；value，对应的值
PreserveHostHeader	保留请求中的 Host Header	
SetRequestHostHeader	替换请求中的 Host Header	host，主机名
MapRequestHeader	将请求中的某个 Header 映射为另一个名字，如果原始 Header 不存在，没有任何影响；如果目标已存在，会附加上新值	fromHeader，原始 Header 名；toHeader，目标 Header 名
SecureHeaders	向应答中添加一系列安全相关的 Header，可以通过 spring.cloud.gateway.filter.secure-headers 来调整要设置的 Header，具体内容可以参考 SecureHeadersProperties 类	
DedupeResponseHeader	从应答中去除重复名称的 Header	name，Header 名；strategy，去重的策略，默认值为 RETAIN_FIRST，即保留第一个，RETAIN_LAST 代表保留最后一个，RETAIN_UNIQUE 代表保留独立项
RewriteResponseHeader	根据正则匹配查找替换应答中的 Header	name，Header 名；regexp，要匹配的正则表达式；replacement，要替换成的内容

除了 HTTP Header，Spring Cloud Gateway 中还有一些用来处理路径的过滤器，如表 16-10 所示。

表 16-10　部分针对路径的过滤器

过滤器名称	作　用	参　数
PrefixPath	在所有匹配的请求前增加一个路径前缀	prefix，要添加的前缀
StripPrefix	将匹配请求的路径截去一部分	parts，要截掉的数量，即用 / 分隔的段数，是个整数
RewritePath	根据正则匹配替换路径内容	regexp，要匹配的正则表达式；replacement，要替换成的内容
SetPath	直接设置发送给下游的请求路径	template，路径模板，用的就是 Spring 的 URI 模板

我们可以像下面这样用 StripPrefix 来处理路径，去除 /binarytea/token 中的 /token。

```
spring:
  cloud:
    gateway:
      routes:
        - id: new-token-route
          uri: lb://binarytea
          predicates:
            - Path=/binarytea/token
            - Method=POST
          filters:
            - StripPrefix=1
```

还有几个比较有用的过滤器，如表 16-11 所示。

表 16-11　其他一些有用的过滤器

过滤器名称	作　用	参　数
AddRequestParameter	增加请求参数	name，要添加的参数名；value，参数对应的值
RemoveRequestParameter	移除请求参数	name，要移除的参数名
SetStatus	控制请求应答的 HTTP 响应码	status，要返回的响应码，既能接受 HttpStatus 中定义的枚举值，也可以用数字，也就是 OK 或者 200 都可以
RedirectTo	直接重定向请求	status，传入 3xx 响应码；url，要重定向的目标 URL
CacheRequestBody	缓存请求体	bodyClass，请求体对应的类型

过滤器不仅可以配置在单条路由规则上，还可以批量配置默认的过滤器，使用 spring.cloud.gateway.default-filters 可以轻松地为所有路由规则配置过滤器，比如下面这段配置会为所有路由加上 SecureHeaders 过滤器。

```
spring:
  cloud:
    gateway:
      default-filters:
        - SecureHeaders
```

3. 服务容错保护

在 Spring Cloud Gateway 内置的过滤器中，还有一类特殊的过滤器，需要单独拿出来做一下介绍。在第 15 章里我们介绍了如何进行容错保护，在每个服务中通过引入 Resilience4j 等框架来实现基础的保护。其实，微服务网关可以统一为背后的服务提供断路、限流、重试等保护，后端服务如果没有非常强烈的特殊需要，完全可以将这些事托付给网关来处理。

先来说说断路保护。Spring Cloud Gateway 默认支持 Spring Cloud CircuitBreaker 提供的断路器，在 15.3 节中我们已经介绍过它了。由于 Spring Cloud Gateway 是响应式的，因而我们要先在 pom.xml 中引入 spring-cloud-starter-circuitbreaker-reactor-resilience4j 依赖。

```
<dependency>
    <groupId>org.springframework.cloud</groupId>
    <artifactId>spring-cloud-starter-circuitbreaker-reactor-resilience4j</artifactId>
</dependency>
```

CircuitBreaker 过滤器有三个参数，第一个 name 设置了断路器的名称，有了名字就可以像 15.2.2 节中那样为断路器配置各种参数；第二个参数是可选的 fallbackUri，用来设置断路后重定向的 URI，目前仅支持以 forward:[①] 为前缀的 URI，异常信息会被保存在 ServerWebExchange 的属性里，键名是 ServerWebExchangeUtils.CIRCUITBREAKER_EXECUTION_EXCEPTION_ATTR；第三个参数是可选的 statusCodes，这是一个 HttpStatus 列表，可以根据 HTTP 响应码来进行断路统计。在 forward: 跳转到 fallbackUri 时，可以通过 FallbackHeaders 过滤器在 HTTP Header 中传递异常相关的信息（如果有异常信息的话），Header 名可以用表 16-12 中的参数进行设置。

表 16-12　FallbackHeaders 可以传递的异常信息

参　　数	默　认　值	说　　明
executionExceptionTypeHeaderName	Execution-Exception-Type	异常类型
executionExceptionMessageHeaderName	Execution-Exception-Message	异常描述信息
rootCauseExceptionTypeHeaderName	Root-Cause-Exception-Type	根因异常类型
rootCauseExceptionMessageHeaderName	Root-Cause-Exception-Message	根因异常描述信息

我们以 /menu/** 的请求为例，在出现 500 Internal Server Error 时希望能够降级到一个特定的 /fallback URI 上，menu-route 的配置大概会是代码示例 16-23 这样的。

代码示例 16-23　包含熔断降级功能的菜单路由配置

```
spring:
  cloud:
    gateway:
      routes:
        - id: menu-route
          uri: lb://binarytea
          predicates:
            - Path=/menu/**
          filters:
            - FallbackHeaders
            - name: CircuitBreaker
              args:
                name: menu-cb
                fallbackUri: forward:/fallback
                statusCodes:
                  - INTERNAL_SERVER_ERROR
```

---

① 在 9.3.1 中介绍过这个前缀，这是一个服务器端的重定向，可以带着请求上下文跳转。

我们需要在 Gateway 工程中添加一个 /fallback 的 WebFlux 控制器，如代码示例 16-24 所示，它直接返回一个 {} JSON 字符串，把所有的 HTTP Header 打印在日志里。

代码示例 16-24　/fallback 控制器

```
@RestController
@Slf4j
public class FallbackController {
    @RequestMapping("/fallback")
    public Mono<String> fallback(ServerHttpRequest request) {
        request.getHeaders().forEach((k, v) -> log.info("Header [{}] : {}",
            k, v.stream().collect(Collectors.joining(","))));
        return Mono.just("{}");
    }
}
```

假设我们稍微修改一下 BinaryTea 中 /menu/{id} 的代码，会直接抛出一个 RuntimeException，在没有设置 CircuitBreaker 过滤器时，curl 命令访问的输出是这样的：

```
▶ curl -v http://localhost:8888/menu/1
*   Trying ::1:8888...
* Connected to localhost (::1) port 8888 (#0)
> GET /menu/1 HTTP/1.1
> Host: localhost:8888
> User-Agent: curl/7.77.0
> Accept: */*
>
< HTTP/1.1 500 Internal Server Error
< transfer-encoding: chunked
省略很多HTTP Header……
< X-Permitted-Cross-Domain-Policies: none
<
* Connection #0 to host localhost left intact
{"timestamp":"2021-12-28T15:14:45.994+00:00","status":500,"error":"Internal Server Error","path":"/menu/1"}%
```

而按照代码示例 16-23 配置后，输出的效果则变成了返回 200 OK，说明我们的断路保护生效了。

```
▶ curl -v http://localhost:8888/menu/1
*   Trying ::1:8888...
* Connected to localhost (::1) port 8888 (#0)
> GET /menu/1 HTTP/1.1
> Host: localhost:8888
> User-Agent: curl/7.77.0
> Accept: */*
>
< HTTP/1.1 200 OK
< Content-Type: text/plain;charset=UTF-8
< Content-Length: 2
<
* Connection #0 to host localhost left intact
{}%
```

对于限流的场景，Spring Cloud Gateway 提供了 RequestRateLimiter 过滤器。它通过 RateLimiter 来判断当前请求是否可以通过，如果不能，则默认返回 429 Too Many Requests 响应码。我们可以用 keyResolver 参数传入 Bean ID，形式是 #{@BeanID}。这是一个 KeyResolver 的实现，告诉 RequestRateLimiter 如何从请求中解析出限流用的键名，默认会用 PrincipalNameKeyResolver，它将从 ServerWebExchange 里取得的

Principal 名称作为键名。如果取不到键名，默认会返回 403 Forbidden 拒绝当前请求，也可以通过调整 spring.cloud.gateway.filter.request-rate-limiter.deny-empty-key=false 和 spring.cloud.gateway.filter.request-rate-limiter.empty-key-status-code=200 改变默认设置。需要注意的是，这个过滤器必须使用完整配置的方式来配置，不支持简单方式配置。

在现实场景中，集群限流的需求也很强烈，因此 RequestRateLimiter 还支持基于 Redis 的令牌桶算法，通过 Redis 在集群间共享令牌。对 Redis 的支持是由 spring-boot-starter-data-redis-reactive 来提供的，所以网关需要添加这个依赖。相关的参数如表 16-13 所示，不同的搭配能产生不同的限流效果。例如，只允许 1 秒处理 1 个请求可以设置 replenishRate=1、burstCapacity=1 和 requestedTokens=1，如果是 1 分钟处理 1 个请求，则是 replenishRate=1、burstCapacity=60 和 requestedTokens=60。

表 16-13　Redis 限流的参数

参　　数	默　认　值	说　　明
redis-rate-limiter.replenishRate		填充令牌桶的速率，也就是每秒放令牌的个数
redis-rate-limiter.burstCapacity		令牌桶的最大容量
redis-rate-limiter.requestedTokens	1	每次请求从令牌桶中取出的令牌数

假设我们希望对 /menu 下的请求进行全局限流，每 30 秒只能请求 1 次，可以像下面这样配置 Redis 限流。注意，由于 YAML 格式的原因，keyResolver 的值需要加引号。

```
spring:
  redis:
    host: localhost
    port: 6379
  cloud:
    gateway:
      routes:
        - id: menu-route
          uri: lb://binarytea
          predicates:
            - Path=/menu/**
          filters:
            - name: RequestRateLimiter
              args:
                keyResolver: "#{@pathKeyResolver}"
                redis-rate-limiter.replenishRate: 1
                redis-rate-limiter.burstCapacity: 30
                redis-rate-limiter.requestedTokens: 30
```

为了针对路径进行限流，我们专门配置了一个 pathKeyResolver Bean，它的配置如代码示例 16-25 所示，此处直接从请求中取出路径作为键名。

代码示例 16-25　GatewayApplication 中的 pathKeyResolver 配置

```
@SpringBootApplication
public class GatewayApplication {
    @Bean
    public KeyResolver pathKeyResolver() {
        return exchange -> Mono.just(exchange.getRequest())
```

```
            .getPath().toString());
    }
    // 省略其他代码
}
```

用 curl 命令访问 /menu/1，可以观察一下应答的内容，其中包含了限流相关的信息。

```
▶ curl -v http://localhost:8888/menu/1
*   Trying ::1:8888...
* Connected to localhost (::1) port 8888 (#0)
> GET /menu/1 HTTP/1.1
> Host: localhost:8888
> User-Agent: curl/7.77.0
> Accept: */*
>
< HTTP/1.1 200 OK
< X-RateLimit-Remaining: 0
< X-RateLimit-Requested-Tokens: 30
< X-RateLimit-Burst-Capacity: 30
< X-RateLimit-Replenish-Rate: 1
< ETag: "028ff1e8fd36bd1f2a847a91b06f668ee"
......
{"id":1,"name":"Java 咖啡","size":"MEDIUM","price":{"amount":12.00,"currency":"CNY"},"createTime":
"2022-01-02T11:53:56.868+00:00","updateTime":"2022-01-02T11:53:56.868+00:00"}%
```

在 30 秒内连续访问后，响应码会变为 429 Too Many Requests，也就是被限流了。

```
......
< HTTP/1.1 429 Too Many Requests
< X-RateLimit-Remaining: 3
< X-RateLimit-Requested-Tokens: 30
< X-RateLimit-Burst-Capacity: 30
< X-RateLimit-Replenish-Rate: 1
......
```

在发生非正常响应时，通常可以让服务的上游自行处理。对于时间在可接受的范围内、下游又支持重试的情况，让网关发起重试也不失为一种好的选择。Spring Cloud Gateway 提供了 Retry 过滤器，可以精确地控制网关的重试动作。表 16-14 罗列了 Retry 过滤器的参数，通过这几个参数可以控制重试次数以及何时重试。

表 16-14　Retry 过滤器的参数

参　　数	默　认　值	说　　明
retries	3	重试次数
statuses		要重试的 HTTP 响应码列表，枚举是 HttpStatus
methods	GET	要重试的 HTTP 方法列表，枚举是 HttpMethod
series	5XX	要重试的 HTTP 响应码系列列表，枚举是 HttpStatus.Series
exceptions	IOException 与 TimeoutException	要重试的异常列表

如果希望两次重试之间的时间间隔能呈指数级递增，可以配置 backoff 参数。这个参数默认是关闭的，下面有多个参数配合，表 16-15 是 backoff 中可以配置的参数。如果 basedOnPreviousValue 为 true，

间隔时间是上次间隔时间 * factor；如果为 false，则为 firstBackoff * (factor ^ n)，n 为迭代数，间隔时间的计算方式可以参考 Backoff.exponential() 方法。

表 16-15　backoff 中包含的参数

参　　数	默　认　值	说　　　明
firstBackoff	5ms	首次间隔时间
maxBackoff		最大的间隔时间，为空则没有上限
factor	2	指数级递增的因子
basedOnPreviousValue	true	是否基于上一次的间隔时间进行计算

下面针对 /token 这个路径的 POST 请求配置了一个重试策略：重试 5 次；间隔时间第 1 次为 10 毫秒，第 2 次为 20 毫秒，第 3 次为 40 毫秒，第 4 次为 50 毫秒，第 5 次为 50 毫秒，算上第一次正常请求，一共会有 6 次调用。

```
spring:
  cloud:
    gateway:
      routes:
        - id: token-route
          uri: http://localhost:8080
          predicates:
            - Path=/token
          filters:
            - name: Retry
              args:
                retries: 5
                methods: POST
                series: CLIENT_ERROR
                backoff:
                  firstBackoff: 10ms
                  maxBackoff: 50ms
                  basedOnPreviousValue: false
```

这里为了方便演示，专门针对 4XX 的应答进行了重试配置。用下面的 curl 命令请求后，可以观察 BinaryTea 的日志，能看到有 6 次响应码是 400 的请求。

```
▶ curl -v -X POST -H "Content-Type: application/json" -d "{}" http://localhost:8888/token
```

16.5　小结

本章我们着重了解了一些与服务集成有关的知识，例如，在 REST 服务这种方式以外，还可以使用 Apache Dubbo 进行 RPC 通信，通过消息中心进行异步的消息通信。在复杂的微服务架构里，如何在 OpenZipkin 的帮助下了解服务的全貌。市面上几乎所有的服务链路治理工具都受到了 Dapper 论文的影响，Trace ID 和 Span ID 十分重要。最后我们还看了下 Spring Cloud Gateway。在 Spring Cloud 的早期版本中，微服务网关是 Zuul 1.x，但现在已经是以 Spring Cloud Gateway 为主了。作为一款简单易用的微服务网关，它很好地嵌入了 Spring 生态。

二进制奶茶店项目开发小结

在本章中，针对二进制奶茶店的系统，我们尝试用 Dubbo RPC 服务来代替 REST 服务。对于下面两个更适合用异步通知的场景，还用 MQ 消息代替了 HTTP 服务：

❑ 支付后通知调茶师开始制作订单；
❑ 订单制作完毕通知前台。

为了应对不断增长的复杂性，我们引入了 Spring Cloud Sleuth 来进行服务链路分析，帮助我们理解一个订单的处理链路。针对要对外提供服务的微服务，通常还会在服务的前面增加微服务网关，我们用 Spring Cloud Gateway 配置了一个最基础的网关。

纵观整个二进制奶茶店的例子，它为我们演示了很多功能，包括但不限于：

❑ Spring Framework 与 Spring Boot 的基础使用方法；
❑ 通过 JDBC 与 ORM 框架来操作数据库；
❑ Redis 的基础用法；
❑ 基于 Spring MVC 的 Web 开发方法；
❑ 发布与调用 RESTful 风格的 Web 服务；
❑ 通过 Spring Security 保护 Web 服务；
❑ 生产并消费基于消息中间件的消息；
❑ 基于 Spring Cloud 实现服务注册与发现、服务配置与服务容错。

这个例子相对简单，并不能直接放到生产中使用，但它已经足够用来说明框架与组件的使用方法了。

第五部分

附　录

附录 A
从 Spring Boot 2.*x* 升级到 3.0

截至本书编写时，Spring Framework 和 Spring Boot 都分别发布了 6.0.0-M3 和 3.0.0-M2 版本，这是大版本正式发布前的里程碑版本，预计正式版本将在 2022 年底发布。届时，我们将会面临是否要使用新版本进行开发，或者是否要对现有系统进行升级的问题。所以在本书的附录部分，介绍一下与升级有关的内容。

A.1　升级判断标准

先来回答第一个问题——要不要使用新版本呢？我们可以从以下几个角度来衡量。
- 能否使用 Java 17 版本。从 Spring Framework 6 开始，支持的最低版本就是 Java 17，如果无法满足这条硬性要求，那就不用考虑其他问题了。[①]
- 组织上是否有统一的安排。例如很多公司都有负责框架等组件的中间件团队，对于内部使用的框架都有一定要求，那应该遵循公司标准进行版本选型。
- 框架及系统周边的生态是否提供了完整的支持。在开发过程中除了 Spring 家族的一系列组件，还会用到很多东西，这些组件或设施是否能够满足新版本的最低要求，能否提供一定的兼容性是需要进行评估的。
- 是否有比较重的技术债。大版本升级不是没有成本的，此次升级就涉及了不少代码的修改。一些老系统本身就非常复杂，再对系统进行基础组件升级会带来很多不确定性。

对于大部分系统来说，**满足业务需求会比使用新技术重要得多**，所以如果没有很强烈的诉求，可以不用急着去升级。但如果条件允许，又有使用新版本的意愿，那可以按照官方的指引，结合实际系统情况进行升级或者从零开始搭建新系统。

A.2　升级操作

这部分我们仍然会用二进制奶茶店的例子来做演示，将它从 Spring Boot 2.6.3 升级到 Spring Boot 3.0.0-M2，同时将 Spring Boot 底层依赖的 Spring Framework 从 5.3.15 升级到 6.0.0-M3。在开始项目升级之前，**记得先安装好 JDK 17**。[②]

---

① 根据 JetBrains 的《2021 年开发人员生态系统》报告，2021 年使用占比最高的 Java 版本仍然是 Java 8，其次是 Java 11。
② 通过 SDKMAN 就可以方便地选择不同发行版的 Java 17 进行安装，也可以选择从网上下载安装包进行安装。

请注意 目前 Spring Cloud 2021.0.x 还只能兼容到 Spring Boot 2.6.x 版本，相关组件还不能完全适配 Spring Boot 3.0.0-M2。这是上文提到的周边生态的支持尚不完善的例子。所以我们在演示时会使用第 10 章的 binarytea-jwt-auth 和 customer-jwt-auth 作为基础来进行升级。

A.2.1 依赖组件升级

升级的第一步就是在 pom.xml 中升级所依赖的各个组件的版本，其实主要是升级 Spring Boot 的版本，这样就能间接完成大部分依赖的升级，如代码示例 A-1 所示[①]，我们将 `<parent/>` 中的版本修改为 3.0.0-M2。由于 Spring Framework 6.0 的最低 Java 版本要求是 17，所以将 java.version 改为 17。

代码示例 A-1　pom.xml 中的 Spring　Boot 版本配置

```xml
<?xml version="1.0" encoding="UTF-8"?>
<project xmlns="http://maven.apache.org/POM/4.0.0" xmlns:xsi="http://www.w3.org/2001/XMLSchema-instance"
    xsi:schemaLocation="http://maven.apache.org/POM/4.0.0 https://maven.apache.org/xsd/maven-4.0.0.xsd">
    <modelVersion>4.0.0</modelVersion>
    <parent>
        <groupId>org.springframework.boot</groupId>
        <artifactId>spring-boot-starter-parent</artifactId>
        <version>3.0.0-M2</version>
        <relativePath/> <!-- lookup parent from repository -->
    </parent>
    <groupId>learning.spring</groupId>
    <artifactId>binarytea</artifactId>
    <version>0.0.1-SNAPSHOT</version>
    <name>BinaryTea</name>
    <description>BinaryTea Service</description>
    <properties>
        <java.version>17</java.version>
    </properties>
    <!-- 省略部分内容 -->
</project>
```

第二步是调整非 Spring Boot 管理依赖项的版本，在 BinaryTea 工程中，主要是我们用到的 Jadira UserType 和 Jackson DataType，如代码示例 A-2 所示。

代码示例 A-2　pom.xml 中的依赖版本

```xml
<?xml version="1.0" encoding="UTF-8"?>
<project xmlns="http://maven.apache.org/POM/4.0.0" xmlns:xsi="http://www.w3.org/2001/XMLSchema-instance"
    xsi:schemaLocation="http://maven.apache.org/POM/4.0.0 https://maven.apache.org/xsd/maven-4.0.0.xsd">
    <!-- 省略部分内容 -->
    <dependencies>
        <dependency>
            <groupId>org.jadira.usertype</groupId>
            <artifactId>usertype.core</artifactId>
            <version>7.0.0.CR1</version>
        </dependency>
        <dependency>
            <groupId>com.fasterxml.jackson.datatype</groupId>
```

① 附录 A 中的例子都在 app1/binarytea 和 app1/customer 项目中。

```
        <artifactId>jackson-datatype-joda-money</artifactId>
        <version>2.13.2</version>
    </dependency>
    <dependency>
        <groupId>com.fasterxml.jackson.datatype</groupId>
        <artifactId>jackson-datatype-hibernate5-jakarta</artifactId>
        <version>2.13.2</version>
    </dependency>
    <!-- 省略部分内容 -->
    </dependencies>
    <!-- 省略部分内容 -->
</project>
```

usertype.core 6.0.1.GA 不支持 Java 17，启动时就会报错，需要升级到 7.0.0.CR1。此外，老版本中还会依赖 Hibernate，在 Jakarta EE 9 下，需要排除这个依赖，不过 7.0.0.CR1 中没有这个依赖。Jackson DataType 的版本主要跟随 Spring Boot 中的 Jackson JSON 版本而定，这里就需要升级到 2.13.2。

> **请注意** 由于 Jakarta EE 9 中更换了大量 API 和注解的包名，所以在这次版本升级后，很多组件都要做针对性的适配，至少也要适配 javax 包名到 jakarta 包名的变化。很多组件给出了带 -jakarta 后缀的 ArtifactId，例如 Hibernate Core 就有 hibernate-core-jakarta，Spring Boot Data JPA 已经调整了依赖项，而对应的 Jackson DataType 就有 jackson-datatype-hibernate5-jakarta。Tomcat 10 支持 Jakarta EE 9，tomcat-embed-core 的 10.0.18 包里就直接内置了 jakarta.servlet 的包。

最后，由于我们还在使用 Milestone 版本的 Spring Boot，所以需要额外配置 Spring 的 Maven 仓库，具体如代码示例 A-3 所示。

代码示例 A-3 pom.xml 中的仓库配置

```xml
<project xmlns="http://maven.apache.org/POM/4.0.0" xmlns:xsi="http://www.w3.org/2001/XMLSchema-instance"
    xsi:schemaLocation="http://maven.apache.org/POM/4.0.0 https://maven.apache.org/xsd/maven-4.0.0.xsd">
    <!-- 省略部分内容 -->
    <repositories>
        <repository>
            <id>spring-milestones</id>
            <name>Spring Milestones</name>
            <url>https://repo.spring.io/milestone</url>
            <snapshots>
                <enabled>false</enabled>
            </snapshots>
        </repository>
    </repositories>
    <pluginRepositories>
        <pluginRepository>
            <id>spring-milestones</id>
            <name>Spring Milestones</name>
            <url>https://repo.spring.io/milestone</url>
            <snapshots>
                <enabled>false</enabled>
            </snapshots>
        </pluginRepository>
    </pluginRepositories>
</project>
```

A.2.2　代码修改

在升级到了 Jakarta EE 9 的前提下，原先很多以 javax 打头的包名都需要调整为以 jakarta 打头的包名，虽然 Spring Boot 兼容了一部分新老包名，但仍有一些代码需要调整，至少需要重新 import 代码。例如，JSR 202 Java Persistence API（JPA）的注解需要调整，JSR 303 Java Validation API 的注解也需要调整。

我们从 Web 层开始往下逐层调整代码。在 Controller 类中，我们用到了 JSR 315 Java Servlet 和 JSR 303 Java Validation API，以 MenuController 和 NewOrderForm 为例，再加上 JwtAuthenticationFilter 中涉及的代码，需要改动的 import 内容如表 A-1 所示。[①]

表 A-1　Web 层要调整的 import 内容

调 整 前	调 整 后
javax.servlet.http.HttpServletRequest	jakarta.servlet.http.HttpServletRequest
javax.servlet.http.HttpServletResponse	jakarta.servlet.http.HttpServletResponse
javax.validation.Valid	jakarta.validation.Valid
javax.validation.constraints.Max	jakarta.validation.constraints.Max
javax.validation.constraints.Min	jakarta.validation.constraints.Min
javax.validation.constraints.NotEmpty	jakarta.validation.constraints.NotEmpty

在 Service 层里，主要添加了 @Transactional 注解，它属于 JSR 907 Java Transaction API（JTA），import 需要从 javax.transaction.Transactional 调整为 jakarta.transaction.Transactional。

到了 Model 层的 MenuItem、Order 和 Amount 类上，我们使用了大量的 JPA 注解，具体的对应关系如表 A-2 所示。在单元测试中也有用到 JPA 注解，需要一并调整。

表 A-2　Model 层要调整的 import 内容

调 整 前	调 整 后
javax.persistence.Column	jakarta.persistence.Column
javax.persistence.Embeddable	jakarta.persistence.Embeddable
javax.persistence.Entity	jakarta.persistence.Entity
javax.persistence.EnumType	jakarta.persistence.EnumType
javax.persistence.Enumerated	jakarta.persistence.Enumerated
javax.persistence.FetchType	jakarta.persistence.FetchType
javax.persistence.GeneratedValue	jakarta.persistence.GeneratedValue
javax.persistence.GenerationType	jakarta.persistence.GenerationType
javax.persistence.Id	jakarta.persistence.Id
javax.persistence.JoinColumn	jakarta.persistence.JoinColumn
javax.persistence.JoinTable	jakarta.persistence.JoinTable
javax.persistence.ManyToMany	jakarta.persistence.ManyToMany

① 这里列出的并不是 JSR 涉及的所有内容，只是我们二进制奶茶店项目中用到的内容，如果在工作中遇到 javax 包里的其他东西，也请一并调整为 jakarta 包的。

（续）

调 整 前	调 整 后
javax.persistence.ManyToOne	jakarta.persistence.ManyToOne
javax.persistence.OneToMany	jakarta.persistence.OneToMany
javax.persistence.OrderBy	jakarta.persistence.OrderBy
javax.persistence.Table	jakarta.persistence.Table
javax.persistence.Temporal	jakarta.persistence.Temporal
javax.persistence.TemporalType	jakarta.persistence.TemporalType

在 Customer 项目中也要做类似的调整，在 JwtClientHttpRequestInitializer 中还用到了 @PostConstruct 注解，它属于 JSR 250，需要从 javax.annotation.PostConstruct 调整为 jakarta. annotation.PostConstruct。

请注意 在 BinaryTea 的 OrderRepositoryTest 测试类中，执行到 testFindByMaker_NameLikeOrd erByUpdateTimeDescId() 测试时会抛出如下的异常：

```
org.springframework.dao.InvalidDataAccessApiUsageException: Parameter value [%lei%] did not match
expected type [java.lang.Character (n/a)]; nested exception is java.lang.IllegalArgumentException:
Parameter value [%lei%] did not match expected type [java.lang.Character (n/a)]
```

这是 Hibernate 5.6.6 和 5.6.7 中的一个已知缺陷，Hibernate 官方问题号是 HHH-15142，Spring Data JPA 的问题号是 2472。在 CriteriaQuery 中包含 like 谓语，且带有模式参数和转义符时，重复执行 entityManager.createQuery() 来创建该 CriteriaQuery 就会抛出 IllegalArgumentException。

由于本书的示例选择了 Spring Boot 3.0.0-M2 来做演示，spring-boot-starter-data-jpa 依赖了 5.6.7.Final 的 hibernate-core-jakarta，所以有机会遇到这个缺陷，可以考虑将 Hibernate 降级到 5.6.5，或者等待官方提供补丁，升级到新版本。[1]

---

① 也许到了 Spring Boot 3.0.0 正式版发布时就已经不存在该问题了。

附录 B

将应用程序打包为 Docker 镜像

在 5.3 节中，我们详细介绍了 Spring Boot 应用的打包过程，打包的 Fat Jar 可以直接用 java -jar 命令运行。但在实际生产过程中，Fat Jar 未必是最终交付物，在广泛使用 Kubernetes 的今天，交付一个 Docker 镜像也许会更合适一些。接下来，就让我们来了解下如何将 Spring Boot 应用打包成 Docker 镜像。

传统的打包运行就三步：

❑ 编写 Dockerfile

❑ 使用打包命令构建镜像

❑ 运行镜像

B.1　编写 Dockerfile

先来看看最简单的方式，直接编写一个 Dockfile，将打包好的 Fat Jar 文件复制到镜像中，然后通过 docker 命令执行构建。此处，我们仍然以第 10 章的 binarytea-jwt-auth 作为例子[①]，在项目目录中添加一个 Dockerfile 文件，具体内容如代码示例 B-1 所示。

代码示例 B-1　一个简单的 Dockerfile 示例

```
FROM openjdk:11
ARG JAR_FILE
COPY ${JAR_FILE} app.jar
ENTRYPOINT ["java","-jar","/app.jar"]
```

在这个文件中，我们一共做了四件事：

(1) 指定了基础镜像，这里选择了 OpenJDK 11 的官方镜像；

(2) 声明了一个 JAR_FILE 参数，代表我们要复制到镜像中的 Jar 文件；

(3) 将指定的 Jar 文件复制到 app.jar；

(4) 指定镜像启动的入口，使用命令 java -jar /app.jar[②]。

[①] 这个例子在 app2/binarytea 项目中。虽然打包 Docker 镜像并没有什么特殊要求，我们也可以用第 16 章最后的例子，但为了保持附录部分的统一，还是选择了第 10 章的例子。

[②] 这里只是最简单的一条启动命令，实际的命令可以很复杂，其中需要指定各种 JVM 参数。

这只是一个很简单的 Dockerfile，感兴趣的同学可以参考官方文档，了解更多的指令，表 B-1 中罗列了一些常用的内容。

表 B-1 一些常用的 Dockerfile 指令

指　　令	格　　式②	说　　明
ARG	ARG <name>[=<default value>]	定义构建时可在命令中传入的参数
CMD	CMD ["executable","param1","param2"]	指定容器的默认执行命令，Dockerfile 中只能有一个有效的 CMD 指令，如果有多条，则最后一条会生效
COPY	COPY [--chown=<user>:<group>] <src>... <dest>	将文件复制到目标位置，目标位置可以是绝对路径，也可以是相对于 WORKDIR 的相对路径
ENTRYPOINT	ENTRYPOINT ["executable", "param1", "param2"]	指定容器运行时的命令，Dockerfile 中只能有一个有效的 ENTRYPOINT 指令，如果有多条，则最后一条会生效
ENV	ENV <key>=<value> ...	指定环境变量
EXPOSE	EXPOSE <port>[/<protocol>] [<port>/<protocol>...]	指定容器要监听的端口
FROM	FROM [--platform=<platform>] <image>[:<tag>] [AS <name>]	初始化构建过程，为后续指令设置基础镜像
LABEL	LABEL <key>=<value> <key>=<value> <key>=<value> ...	为镜像添加标签
RUN	RUN <command>	在镜像的当前层上执行命令，包含执行结果的镜像会被用于 Dockerfile 中的后续步骤
VOLUME	VOLUME <挂载点> ...	指定一个或多个挂载点
WORKDIR	WORKDIR <路径>	指定工作路径

> **茶歇时间：如何选择基础 Java Docker 镜像**
>
> 在构建镜像时，需要选择基础镜像，一般公司都会维护一个内部的基础镜像，提供最基本的功能。作为一个 Java 程序，自然在运行时需要 Java 环境，通常会安装 JDK。有些场景下，出于安全考虑，也会限制只安装 JRE。
>
> 在 Docker Hub 上，我们能找到不同 Java 发行版的镜像，如果没有强制要求，也可以考虑用表 B-2 中的镜像作为基础，再进行定制。例如，运行在 AWS 上，可以选择 Amazon 的 Corretto；要用来跑 SAP 的服务，则可以考虑 SapMachine。

---

① 注意，这里的格式并不完整，有的指令有多种格式，表格中只列出了其中的一种。

表 B-2　一些不同 Java 发行版的镜像

镜像名称	发 行 版	供 应 商
openjdk	OpenJDK	Oracle
amazoncorretto	Corretto	Amazon
eclipse-temurin	Temurin	Eclipse
ibm-semeru-runtimes	Semeru	IBM
sapmachine	SapMachine	SAP
azul/zulu-openjdk	Zulu	Azul
dragonwell/dragonwell[①]	Dragonwell（龙井）	阿里巴巴
konajdk/konajdk	KonaJDK	腾讯

表中的镜像都提供了不同 Java 版本的镜像，通过 Tag 可以选择版本。[②] 此外，不少镜像的标签中还有 -alpine 字样，这是基于 Alpine Linux 打包的镜像。Alpine Linux 的镜像会比一般 Linux 要小不少，但由于它使用的是 musl C 库而不是 glibc 库，所以有些软件的运行可能会有问题。OpenJDK 中的 Portola 项目就是专门用来支持 OpenJDK 的 Alpine 移植的，该项目尚处于早期阶段，还不能用于生产环境，所以建议大家慎重选择带 -alpine 字样的标签。

假设要用 Amazon Corretto 17 的版本，在 Dockerfile 中可以这样来写：

```
FROM amazoncorretto:17
```

要直接拉取镜像，则可以执行：

```
docker pull amazoncorretto:17
```

B.2　构建并运行镜像

通过 Dockerfile 构建镜像的方法十分简单，直接利用 docker build 命令即可，在项目目录中，执行如下命令：

▶ docker build --build-arg JAR_FILE=target/binarytea-0.0.1-SNAPSHOT.jar -t learning.spring/binarytea .

命令执行后会看到类似下面的输出（如果是第一次执行，还需要等待各种镜像的下载，会花一些时间[③]）：

```
[+] Building 0.6s (7/7) FINISHED
 => [internal] load build definition from Dockerfile                          0.0s
 => => transferring dockerfile: 36B                                           0.0s
 => [internal] load .dockerignore                                             0.0s
```

---

① 阿里的 Dragonwell 并未官方发布在 Docker Hub 上，而是官方发布在阿里云的 Docker Registry 上，拉取镜像时需要在镜像前添加前缀 registry.cn-shanghai.aliyuncs.com。具体可参考 Dragonwell 官方文档。

② 截至本书编写时，阿里的 Dragonwell 和腾讯的 KonaJDK 镜像只有 Java 8 和 11 可供选择，其他的几个发行版则支持 8、11、17 等不同版本。

③ 直接从 Docker Hub 下载有时速度很慢，可以考虑配置阿里云、腾讯云或中科大的国内镜像站点。

```
=> => transferring context: 2B                                                        0.0s
=> [internal] load metadata for docker.io/library/openjdk:11                          0.6s
=> [1/2] FROM docker.io/library/openjdk:11@sha256:33c346c637ebb17823cbeda4d4e5601
   c66262752dadcae559a03b090f6505a47                                                  0.0s
=> [internal] load build context                                                      0.0s
=> => transferring context: 85B                                                       0.0s
=> CACHED [2/2] COPY target/binarytea-0.0.1-SNAPSHOT.jar app.jar                      0.0s
=> exporting to image                                                                 0.0s
=> => exporting layers                                                                0.0s
=> => writing image sha256:1ead3f3b24e24d2ab9d3dbe76b85b8c20db7574935a1b688924e7c313e01a92e  0.0s
=> => naming to learning.spring/binarytea                                             0.0s
```

表 B-3 罗列了 build 命令的一些常用参数，更多信息可以查看 Docker 的官方文档。

表 B-3　docker build 命令的一些常用参数

参　　数	默　认　值	说　　明
--tag 或 -t		指定镜像的名称与标签，格式是 name:tag
--file 或 -f	当前位置的 Dockerfile	指定要用于构建的 Dockerfile
--build-arg		设置构建时使用的参数
--label		设置镜像的元数据
--quiet 或 -q		抑制构建时的输出信息
--no-cache		构建时不使用缓存

完成构建后，通过下面的命令就能在本地启动一个 BinaryTea 服务了：

▶ docker run -d -p 8080:8080 --name binarytea learning.spring/binarytea

B.3　构建分层镜像

把 Fat Jar 作为一个整体打包在镜像里，意味着后续每次更新都需要完整拉取基础镜像以外的内容。但实际上，应用系统的发布更多时候只是调整了代码，对其依赖的调整相对较少，而升级 Spring 相关版本的情况就更少了。如果我们能把这些内容分成镜像中的不同层来存放，那在更新时，很有可能就只需要拉取业务代码部分。

Spring Boot 为我们提供了一个简单的分层工具 spring-boot-jarmode-layertools，它默认会将 Fat Jar 展开，分成如下四层：

❑ dependencies，放置已正式发布的各种依赖，都在 BOOT-INF/lib 下；

❑ spring-boot-loader，放置 Spring Boot 启动相关的内容，都在 org/springframework/boot/loader 下；

❑ snapshot-dependencies，放置快照版本的各种依赖，都在 BOOT-INF/lib 下；

❑ application，放置应用的各种类和资源，都在 META-INF 和 BOOT-INF/classes 下。

在 Dockerfile 中每执行一次 COPY 指令，都会新建一层，可以自己把 Fat Jar 展开复制多次，有了 spring-boot-jarmode-layertools，我们可以通过它来展开 Fat Jar。通过如下命令可以展开：

▶ java -Djarmode=layertools -jar target/binarytea-0.0.1-SNAPSHOT.jar extract

我们对 Dockerfile 稍作调整，将构建动作分成两部分，先展开 Fat Jar，然后分四层复制文件，将这个文件命名为 Dockerfile-layering，具体如代码示例 B-2 所示。

代码示例 B-2　Dockerfile-layering 文件内容

```
FROM openjdk:11 as builder
WORKDIR application
ARG JAR_FILE
COPY ${JAR_FILE} app.jar
RUN java -Djarmode=layertools -jar app.jar extract

FROM openjdk:11
WORKDIR application
COPY --from=builder application/dependencies/ ./
COPY --from=builder application/spring-boot-loader/ ./
COPY --from=builder application/snapshot-dependencies/ ./
COPY --from=builder application/application/ ./
ENTRYPOINT ["java", "org.springframework.boot.loader.JarLauncher"]
```

该文件对应的构建命令如下（通过 -f 指定了要使用的 Dockerfile）：

```
▶ docker build --build-arg JAR_FILE=target/binarytea-0.0.1-SNAPSHOT.jar -f Dockerfile-layering -t
learning.spring/binarytea .
```

在运行镜像后，可以用如下命令进入运行时的容器，可以看到文件系统里的内容。连接进入容器后，我们已经在 /application 目录里了，这就是 WORKDIR 指定的位置，展开后的内容全在 /application 目录里。

```
▶ docker run -p 8080:8080 -d --name binarytea learning.spring/binarytea
c22898aa9901cd9909dd07515d62c8256c07a7b3e951c7da25541c4a854e7613
▶ docker exec -it binarytea /bin/bash
root@c22898aa9901:/application# ls
BOOT-INF  META-INF  org
root@c22898aa9901:/application# ls BOOT-INF/
classes  classpath.idx  layers.idx  lib
```

B.4　其他打包方式

Spring Boot 还支持使用 Spring Boot Maven Plugin 的方式进行 Docker 镜像构建，无须编写 Dockerfile，直接通过如下的命令就能构建出一个 Docker 镜像：

```
▶ mvn spring-boot:build-image
```

所有与镜像构建相关的配置，都可以放在 pom.xml 中 spring-boot-maven-plugin 的 `<configuration/>` 中。该插件会通过 Cloud Native Buildpacks 完成打包工作，在这个过程中会通过网络下载很多内容，默认用的是 BellSoft 的 Liberica OpenJDK。不得不提的是在当前的网络环境下，整个的下载和构建过程可能非常的慢，而且极容易出问题。此外，该插件的自定义配置也不够灵活，可能**不是**构建的最佳选择。

我们也可以选择 Spotify 的 dockerfile-maven-plugin 来进行构建，它依然需要编写 Dockerfile，但可以实现一些自动化的构建与发布工作，感兴趣的同学可以通过官方文档了解更多信息。

综合来看，编写 Dockerfile 随后通过 docker build 命令构建镜像，基本能够应付大部分场景。通过持续集成设施能够将应用构建、Docker 镜像构建、镜像发布与部署等动作完整地集成到一起。

附录 C
通过 Spring Native 打包本地镜像

在云原生应用越来越广泛的今天，大家对服务提出了很多新的要求。以前的服务只要跑起来，就长时间运行，启动慢一点、占用资源多一点都不是问题。在弹性伸缩，按量计费的云平台下，平时保持最小实例数，甚至 0 实例，请求到来后快速拉起一个新的服务实例，这就要求系统要能快速启动，必须是毫秒级；如果按 CPU 与内存的用量来计费，那服务占用的内存就要尽可能少，要在尽可能短的时间内达到性能峰值……

面对这些新挑战，Quarkus 和 Micronaut 这样的后起之秀 [①] 都能轻装上阵，直接面向云原生应用提供支持，而运行在传统 JVM 上的 Spring 系统多少有些力不从心，好在 Spring 家族也给出了自己的解决方案 ——Spring Native。

C.1 GraalVM 与 Spring Native

在开始介绍 Spring Native 之前，先让我们来了解一下 GraalVM，无论 Spring Native，还是 Quarkus，都需要依托于 GraalVM 来实现一些特定的功能。

C.1.1 GraalVM 简介

GraalVM 是 Oracle 开发的一款高性能 JDK 发行版 [②]，官网上罗列了它的几个重要特性。

- 高性能，GraalVM 提供了经过优化的 Graal 编译器，这是一款 JIT（Just in Time）编译器，可以生成更快、更精简、占用资源更少的代码。
- AOT（Ahead of Time）本地镜像编译，事先把 Java 应用编译为本地镜像，做到启动迅速，无须预热就能达到性能峰值。
- 多语言支持，能够轻松地支持多种语言，不仅能为 Java 应用提速，还支持基于 JVM 的其他语言，例如 Ruby 和 Python [③]。
- 高级工具，提供了包含调试、监控、编译等多种工具。

GraalVM 本地镜像是个利器，虽然好处很多，但受限于其静态特性，也带来了一些不变与局限，例如：

---

① Quarkus 是由 RedHat 开发的微服务框架；Micronaut 则是由 ObjectComputing 维护的，这也是 Grails 的开发团队。

② JDK 中不仅包含编译器，也包含了 JVM 虚拟机。

③ Ruby 有基于 JVM 的 JRuby，Python 则有 Jython。

❑ 无法进行动态类加载，需要在编译期间提供大量的类信息（例如 `Class.forName()` 和 `Service-Loader.load()` 中的类），而且这些类都需要进行额外配置才能编译到镜像里；

❑ 运行过程中的反射内容，需要在编译时用配置明确下来；

❑ 动态代理的类信息，有一部分可以自动推断，但仍有不少情况需要事先在编译时进行配置；

❑ `invokedynamic` 的使用会受到限制，类似 Lambda 表达式这样的内容仍能继续使用，但在运行时会引入不确定性的功能则无法支持。

上面还只是罗列了一部分问题，在下文中，我们会用 GraalVM 来生成一个静态的本地镜像，届时大家就会看到我们在有了 Spring Native 的帮助后，仍然需要进行不少编译时配置和代码调整才能顺利让程序运行起来。总之，一切的好处都是有代价的。

C.1.2 Spring Native 简介

Spring Framework 中大量使用了动态代理技术，尤其是 AOP 增强的部分，都是由 JDK 动态代理或者 CGLIB 代码增强来实现的。而在工程中用到的各种类库也同样存在有悖"静态"原则的地方，没有底层框架的加持，完全依靠人来进行编译期的配置将是一个巨大的工程。特别是 Spring 发展了这么多年，有着复杂的生态，生态内的成员之间彼此交错，虽然 Spring Framework 从 5.3 版本开始对 GraalVM 提供了较为完整的支持，但要让一个 Spring 工程"静态化"还是很困难。

出于上述原因，Spring Native[①] 项目诞生了，它的目的就是为那些想通过 GraalVM 将 Spring 应用编译为本地镜像的项目提供支持。它由多个模块构成，主要包括：

❑ spring-native 与 spring-native-configuration，Spring Native 的相关依赖与配置；

❑ spring-aot、spring-aot-test、spring-aot-maven-plugin 与 spring-aot-gradle-plugin，AOT 生成相关的基础设施与插件；

❑ spring-native-tools，一些编译过程中会用到的工具组合。

Spring Native 为大家处理了很多繁琐的工作，而这些内容会随着实际使用的框架版本和 GraalVM 版本发生变化，因此 Spring Native 的版本会与 Spring Boot（与其底层的 Spring Framework）和 GraalVM 版本强相关，以本附录中将用到的 0.11.5 为例，它与其他框架及相关内容的对应及版本关系如表 C-1 所示。

表 C-1 Spring Native 与其他框架及相关内容的对应及版本关系

内　　容	版　　本
Spring Native	0.11.5
Java	11 与 17
GraalVM	22.0.0
Spring Boot	2.6.7
Spring Cloud[②]	2021.0.1

---

① 项目早期的名字为 Spring GraalVM Native，后来改为 Spring Native。后续 Spring Native 的部分功能也有可能会合并到 Spring Framework 中，例如 AOT 相关的内容。

② 这里的 Spring Boot 和 Spring Cloud 都不是完整支持的，有些可以无须额外配置直接支持，有的却不行。具体可以参考 Spring Native 官方文档了解详细的支持和配置信息。

在 Spring Native 的帮助下，原先遥不可及的目标，变得跳一跳就能得到了。接下来，让我们继续用第 10 章的 binarytea-jwt-auth 作为例子[①]，演示一下如何将一个相对复杂的 Spring 工程编译为本地镜像。[②]

> **请注意** 这里要再次强调一下，虽然有 Spring Native，但这并不代表将一个已有的 Spring 项目编译为本地镜像就很容易。这个过程中不仅需要调整依赖组件的版本，还有可能要调整代码，有时还不得不放弃一些功能。如果一个工程跑得好好的，没有非用 GraalVM 本地镜像不可的理由，那还是让它维持现状吧。

C.2　编译打包本地镜像

要将一个 Spring 项目编译打包为 GraalVM 本地镜像，整体上分为三个步骤：

(1) 前期的环境准备，主要是安装 GraalVM 相关的内容；

(2) 调整 Maven 或者 Gradle 编译打包的配置；

(3) 根据打包产物执行的情况调整代码[③]。

下面我们会详细拆解这三个步骤，仔细看看每步都要做些什么事情。

C.2.1　准备工作

这里的准备主要是指准备编译打包的环境，也就是安装符合版本要求的 GraalVM。在 macOS 下可以使用 SDKMAN，Windows 环境则从官网下载安装包即可。下面是 SDKMAN 的安装命令，先用 sdk list java 找到合适的 GraalVM 版本，例如这里就是 22.0.0.2.r11-grl[④]，然后执行如下命令安装：

```
▸ sdk install java 22.0.0.2.r11-grl
```

随后将 Java 切换到刚才安装的 GraalVM，或者直接将它作为默认的 Java 环境，然后用 gu 命令安装 native-image 工具。具体命令如下：

```
▸ sdk use java 22.0.0.2.r11-grl

Using java version 22.0.0.2.r11-grl in this shell.

▸ gu install native-image
Downloading: Release index file from oca.opensource.oracle.com
```

---

① 这个例子在 app3/binarytea 项目中。

② 网上有些介绍 Spring Native 的文章，其中使用的例子就是 Hello World 级别的，没有太多依赖。相比之下，我们的 binarytea-jwt-auth 已经是复杂的了。但这个例子和实际的工程之间依然有很大差别，实际情况通常会更复杂。

③ 这里真的是需要根据实际打包后产物的执行情况来看的，反复尝试，打包后需要把所有的测试案例都执行一下，避免边边角角的功能出问题。越是复杂的项目越有可能需要调整代码，有时是用到的库不支持，还需要自己来调整库里的东西。

④ 如果使用了苹果 M1 芯片的电脑，支持 macOS ARM 64 位的 GraalVM 版本是从 22.1.0 开始的。经尝试，Spring Native 0.11.5 也可以使用 GraalVM 22.1.0.r11-grl。

C.2.2　调整编译打包配置

现在来调整 Maven 配置。前面介绍过，我们这里使用 Spring Native 0.11.5 需要搭配 Spring Boot 2.6.7，因此需要更换 <parent/> 里 spring-boot-starter-parent 的版本，将它调整为 2.6.7，并在依赖中增加 Spring Native 的依赖，具体如代码示例 C-1 所示。Spring Boot 2.6.7 里 Jackson JSON 的版本升级到了 2.13.2，所以还需要同步调整 jackson-datatype-joda-money 和 jackson-datatype-hibernate5 的版本，此处就不再赘述了。

代码示例 C-1　调整 Spring Boot 版本并增加 Spring Native 依赖

```xml
<?xml version="1.0" encoding="UTF-8"?>
<project xmlns="http://maven.apache.org/POM/4.0.0" xmlns:xsi="http://www.w3.org/2001/XMLSchema-instance"
    xsi:schemaLocation="http://maven.apache.org/POM/4.0.0 https://maven.apache.org/xsd/maven-4.0.0.xsd">
    <modelVersion>4.0.0</modelVersion>
    <parent>
        <groupId>org.springframework.boot</groupId>
        <artifactId>spring-boot-starter-parent</artifactId>
        <version>2.6.7</version>
        <relativePath/> <!-- lookup parent from repository -->
    </parent>
    <dependencies>
        <dependency>
            <groupId>org.springframework.experimental</groupId>
            <artifactId>spring-native</artifactId>
            <version>0.11.5</version>
        </dependency>
        <!-- 省略其他内容 -->
    </dependencies>
    <!-- 省略其他内容 -->
</project>
```

在 Maven 构建的插件部分，需要增加两个插件，具体如代码示例 C-2 所示。

❑ spring-aot-maven-plugin，增加 AOT 相关能力的支持。

❑ hibernate-enhance-maven-plugin，在工程中使用了 Hibernate，它会引入一些字节码增强，通过这个插件可以实现构建时的字节码增强，而非运行时。

代码示例 C-2　增加两个构建项目的插件

```xml
<build>
    <plugins>
        <plugin>
            <groupId>org.springframework.boot</groupId>
            <artifactId>spring-boot-maven-plugin</artifactId>
        </plugin>
        <plugin>
            <groupId>org.springframework.experimental</groupId>
            <artifactId>spring-aot-maven-plugin</artifactId>
```

```xml
                <version>0.11.5</version>
                <executions>
                    <execution>
                        <id>generate</id>
                        <goals>
                            <goal>generate</goal>
                        </goals>
                    </execution>
                </executions>
            </plugin>
            <plugin>
                <groupId>org.hibernate.orm.tooling</groupId>
                <artifactId>hibernate-enhance-maven-plugin</artifactId>
                <version>${hibernate.version}</version>
                <executions>
                    <execution>
                        <configuration>
                            <failOnError>true</failOnError>
                            <enableLazyInitialization>true</enableLazyInitialization>
                            <enableDirtyTracking>true</enableDirtyTracking>
                            <enableAssociationManagement>true</enableAssociationManagement>
                            <enableExtendedEnhancement>false</enableExtendedEnhancement>
                        </configuration>
                        <goals>
                            <goal>enhance</goal>
                        </goals>
                    </execution>
                </executions>
            </plugin>
        </plugins>
    </build>
```

这里用到的一些 Spring 依赖和插件可能还未发布到公共 Maven 仓库，所以我们还需要额外添加 Spring 的仓库，可以增加代码示例 C-3 中的配置。

代码示例 C-3 　额外增加 Spring 的 Maven 仓库

```xml
<repositories>
    <repository>
        <id>spring-release</id>
        <name>Spring release</name>
        <url>https://repo.spring.io/release</url>
    </repository>
</repositories>
<pluginRepositories>
    <pluginRepository>
        <id>spring-release</id>
        <name>Spring release</name>
        <url>https://repo.spring.io/release</url>
    </pluginRepository>
</pluginRepositories>
```

最后一步，增加 GraalVM 构建本地镜像的构建动作。spring-boot-maven-plugin 本身在构建过程中会创建 Fat Jar，为了加以区分，我们增加一个 native Profile，把 native-maven-plugin 配置在这个 Profile 里。同时，为 spring-boot-maven-plugin 配置 classifier，它的值为 exec。具体如代码示例 C-4 所示。

代码示例 C-4 增加编译本地镜像的 Maven Profile

```xml
<profiles>
    <profile>
        <id>native</id>
        <build>
            <plugins>
                <plugin>
                    <groupId>org.graalvm.buildtools</groupId>
                    <artifactId>native-maven-plugin</artifactId>
                    <version>0.9.11</version>
                    <extensions>true</extensions>
                    <executions>
                        <execution>
                            <id>build-native</id>
                            <goals>
                                <goal>build</goal>
                            </goals>
                            <phase>package</phase>
                        </execution>
                        <execution>
                            <id>test-native</id>
                            <goals>
                                <goal>test</goal>
                            </goals>
                            <phase>test</phase>
                        </execution>
                    </executions>
                </plugin>
                <!-- Avoid a clash between Spring Boot repackaging and native-maven-plugin -->
                <plugin>
                    <groupId>org.springframework.boot</groupId>
                    <artifactId>spring-boot-maven-plugin</artifactId>
                    <configuration>
                        <classifier>exec</classifier>
                    </configuration>
                </plugin>
            </plugins>
        </build>
        <pluginRepositories>
        <!-- 此处省略,内容同前文Spring的pluginRepositories -->
        </pluginRepositories>
    </profile>
</profiles>
```

完成上述 pom.xml 调整后,就能执行下面的 Maven 命令进行构建了,其中的 `-P` 参数指定了具体使用的 Profile,这里跳过了测试。

▶ `mvn -Pnative -DskipTests clean package`

执行过程中,可以观察到如下输出(分为 7 个步骤,内容为部分截取):

```
GraalVM Native Image: Generating 'binarytea' (executable)...

[1/7] Initializing...                                          (9.9s @ 0.40GB)
[2/7] Performing analysis...  [************]                   (99.6s @ 6.96GB)
 27,820 (94.62%) of 29,401 classes reachable
 47,951 (74.49%) of 64,373 fields reachable
145,804 (67.90%) of 214,724 methods reachable
```

```
   1,572 classes,   975 fields, and 8,529 methods registered for reflection
      69 classes,    91 fields, and    55 methods registered for JNI access
[3/7] Building universe...                                              (9.8s @ 5.70GB)
[4/7] Parsing methods...         [****]                                (14.6s @ 3.51GB)
[5/7] Inlining methods...        [*****]                               (16.2s @ 4.36GB)
[6/7] Compiling methods...       [********]                            (61.5s @ 6.08GB)
[7/7] Creating image...                                                (13.1s @ 6.19GB)
  59.22MB (45.37%) for code area:   95,488 compilation units
  60.22MB (46.13%) for image heap:  19,281 classes and 623,707 objects
  11.09MB ( 8.50%) for other data
 130.53MB in total

Finished generating 'binarytea' in 3m 56s.
```

相比传统的 Fat Jar，本地镜像的构建可谓相当耗时，以此处使用的 BinaryTea 工程为例，在 M1 芯片 16G 内存的 MacBook Pro 上需要大概 4 分钟。[①]构建后的产物名为 binarytea，大小在 120MB 左右，是个可执行文件。虽然构建能够成功，但构建的产物并不能正确运行，还需要根据错误提示信息进一步修改。

C.2.3　修改代码

不出所料，BinaryTea 工程无法在不变动代码的情况下编译为正确的本地镜像，遇到的问题总结如下。

- □ 依赖的类库中存在动态加载类的情况，而且数量不少，Jadira UserType、JWT 和 Joda Money 都有。
- □ Spring Security 中有代码使用了反射机制获取属性。
- □ Java 配置类中的 @Bean 方法本来使用了 CGLIB 字节码增强，现在等于变成了 @Configuration(proxyBeanMethods=false)，配置需要调整。[②]
- □ 有些注解需要动态代理增强，但构建时并未正确识别，需要提供一些配置。

针对这些问题，让我们看看怎样逐一解决。

1. 解决类加载和反射问题

Jadira UserType 里使用了 ServiceLoader.load() 来加载类的情况，数量多到已经不想用 @TypeHint 来配置的地步了。考虑到我们其实只用了处理 Money 类的 PersistentMoneyMinorAmount，可以去掉 usertype.core 这个依赖，自己编写一个简单的 UserType 类就行了，如代码示例 C-5 所示。

代码示例 C-5　处理 Money 类型转换的 Hibernate　UserType 类代码片段

```
public class MoneyType implements UserType {
    @Override
    public int[] sqlTypes() {
        return new int[] { Types.BIGINT };
    }
```

---

① 在构建本地镜像时，尽量预留足够的内存，运行的电脑建议至少配置 8GB 内存。

② 为了方便排查哪里的 Bean 定义存在问题，可以考虑在正常开发时就在 @Configuration 配置类中使用 proxyBeanMethods=false，关闭 CGLIB 增强，或者使用方法参数注入依赖。

```
    @Override
    public Class returnedClass() {
        return Money.class;
    }

    @Override
    public Object nullSafeGet(ResultSet rs, String[] names,
        SharedSessionContractImplementor session, Object owner) throws HibernateException, SQLException {
        Long val = rs.getLong(names[0]);
        return Money.ofMinor(CurrencyUnit.of("CNY"), val);
    }

    @Override
    public void nullSafeSet(PreparedStatement st, Object value, int index, SharedSessionContractImplementor-
session) throws HibernateException, SQLException {
        if (null == value) {
            st.setNull(index, Types.BIGINT);
        } else {
            st.setLong(index, ((Money) value).getAmountMinorLong());
        }
    }
}
    // 省略其他代码
}
```

随后，把原本配置了 PersistentMoneyMinorAmount 的地方调整为 MoneyType。以 Amount 类为例，可以改为代码示例 C-6 那样，MenuItem 类的调整也是类似的。

代码示例 C-6　使用 MoneyType 代替 PersistentMoneyMinorAmount

```
@Builder
@Data
@AllArgsConstructor
@NoArgsConstructor
@Embeddable
public class Amount {
    @Column(name = "amount_discount")
    private int discount;

    @Column(name = "amount_total")
    @Type(type = "learning.spring.binarytea.support.MoneyType")
    private Money totalAmount;

    @Column(name = "amount_pay")
    @Type(type = "learning.spring.binarytea.support.MoneyType")
    private Money payAmount;
}
```

JodaMoney 通过 Class.forName() 加载了 DefaultCurrencyUnitDataProvider 类，还读取了 Currency-Data.csv 和 CountryData.csv 两个资源文件，可以用 @TypeHint 和 @ResourceHint 在 Java 配置类中添加提示，告诉 GraalVM 的插件把这些内容打包进镜像。JWT 也有类似的问题，有 5 个类是用 Class.forName() 加载的，在 pom.xml 中我们把 jjwt-impl 和 jjwt-jackson 声明为运行时才需要的，现在编译时就需要了，因此需要去掉 <scope>runtime</scope> 的配置。Spring Security 会通过反射读取 AuthenticationManagerBuilder 中的属性，也许要进行声明，@TypeHint 里的 access 可以指定访问类型，TypeAccess.DECLARED_FIELDS 就是允许访问所有声明了的属性。我们把上述所有提示信息集中到

一个配置类里，具体如代码示例 C-7 所示。

代码示例 C-7 用于配置 Spring Native 注解的 HintConfig 类

```
@Configuration
@TypeHints({
    @TypeHint(types = MoneyType.class),
    // JWT
    @TypeHint(types = DefaultJwtParserBuilder.class),
    @TypeHint(types = DefaultJwtBuilder.class),
    @TypeHint(types = DefaultClaims.class),
    @TypeHint(types = DefaultHeader.class),
    @TypeHint(types = DefaultJwsHeader.class),
    // Joda Money
    @TypeHint(typeNames = "org.joda.money.DefaultCurrencyUnitDataProvider"),
    // Spring
    @TypeHint(types = AuthenticationManagerBuilder.class, access = TypeAccess.DECLARED_FIELDS)
})
@ResourcesHints({
    @ResourceHint(patterns = "org/joda/money/CurrencyData.csv"),
    @ResourceHint(patterns = "org/joda/money/CountryData.csv"),
})
public class HintConfig {
}
```

运行过程中，我们还会发现 MenuService 类的 getByNameAndSize() 在 @Cacheable 注解里配置了 SpEL 表达式，其中的 #root.methodName 无法正常解析，这里我们就把这个方法的 @Cacheable 缓存去掉。如果在项目里没有用 SpEL 表达式，可以告诉 spring-aot-maven-plugin，去掉相应的 SpEL 支持。类似地，还有一些其他配置，如表 C-2 所示。

表 C-2 spring-aot-maven-plugin 的一些配置

配置项	默认值	说明
removeXmlSupport	true	去除工程中的 XML 支持
removeSpelSupport	false	去除工程中的 SpEL 支持
removeYamlSupport	false	去除工程中的 YAML 支持
removeJmxSupport	true	去除工程中的 JMX 支持
verify	true	是否执行自动验证，确保应用能兼容本地镜像

在具体使用时，可以在 `<plugin/>` 中增加下面的配置：

```
<configuration>
    <removeSpelSupport>true</removeSpelSupport>
</configuration>
```

2. 调整 Java 配置类

在 BinaryTea 中需要调整的 Java 配置类主要是 Spring Security 相关的 WebSecurityConfiguration。原先其中的很多 Bean 引用都是通过方法调用实现的，在 CGLIB 的帮助下，多次调用方法实际只会执行一次，但现在调用一次就执行一次，尤其是 userDetailsService() 还会往数据库里插入记录，第二次执行就会违反唯一性约束。为此，我们可以尽可能将 Bean 配置从 WebSecurityConfiguration 中移出去，用 @Autowired 将 Spring 上下文里的 Bean 注入进来。同时，在定义 Bean 的时候把依赖变为传参，可以将 WebSecurityConfiguration 里 的 loginController、jwtPreAuthenticatedAuthenticationProvider、persistentTokenRepository 和 userDetailsService Bean 定义移到 BinaryTeaApplication 里，具体如代码示例 C-8 所示。

代码示例 C-8　增加了 Bean 定义的 BinaryTeaApplication 类

```java
@SpringBootApplication
@EnableCaching
public class BinaryTeaApplication {
    // 省略原先已存在的方法

    @Bean("/login")
    public UrlFilenameViewController loginController() {
        UrlFilenameViewController controller = new UrlFilenameViewController();
        controller.setSupportedMethods(HttpMethod.GET.name());
        controller.setSuffix(".html");
        return controller;
    }

    @Bean
    public PreAuthenticatedAuthenticationProvider jwtPreAuthenticatedAuthenticationProvider(ObjectProvider
<DataSource> dataSources,
                   UserDetailsService userDetailsService) {
        PreAuthenticatedAuthenticationProvider provider = new PreAuthenticatedAuthenticationProvider();
        provider.setPreAuthenticatedUserDetailsService(
            new UserDetailsByNameServiceWrapper<>(userDetailsService));
        return provider;
    }

    @Bean
    public PersistentTokenRepository persistentTokenRepository(ObjectProvider<DataSource> dataSources) {
        JdbcTokenRepositoryImpl tokenRepository = new JdbcTokenRepositoryImpl();
        tokenRepository.setDataSource(dataSources.getIfAvailable());
        tokenRepository.setCreateTableOnStartup(false);
        return tokenRepository;
    }

    @Bean
    public UserDetailsService userDetailsService(ObjectProvider<DataSource> dataSources) {
        RoleBasedJdbcUserDetailsManager userDetailsManager = new RoleBasedJdbcUserDetailsManager();
        userDetailsManager.setDataSource(dataSources.getIfAvailable());
        UserDetails manager = User.builder()
            .username("HanMeimei")
            .password("{bcrypt}$2a$10$iAty2GrJu9WfpksIen6qX.vczLmXlp.1q1OHBxWEX8BIldtwxHl3u")
            .roles("MANAGER")
            .build();
        userDetailsManager.createUser(manager);
        return userDetailsManager;
    }
}
```

WebSecurityConfiguration 里也要做对应的调整。用 @Autowired 注入其他地方声明的 Bean，authenticationManagerBean() 内部调用了父类的方法，所以不能移出去。jwtAuthenticationFilter() 又依赖了 authenticationManagerBean()，所以也要保留。jwtAuthenticationFilter() 在 configure (HttpSecurity http) 里又被调用了一次，那次等于不是依赖 Bean 的，因此里面的 @Autowired 注解没有生效。为了避免执行中缺少 JwtTokenHelper，抛出 NullPointerException，为 JwtAuthenticationFilter

增加 setJwtTokenHelper() 方法，手动将 jwtTokenHelper 注入进去。具体如代码示例 C-9 所示。

代码示例 C-9 调整后的 WebSecurityConfiguration 类

```
@Configuration
@EnableWebSecurity
@EnableGlobalMethodSecurity(securedEnabled = true,
                           prePostEnabled = true,
                           jsr250Enabled = true)
public class WebSecurityConfiguration extends WebSecurityConfigurerAdapter {
    @Autowired
    private UserDetailsService userDetailsService;
    @Autowired
    private PersistentTokenRepository persistentTokenRepository;
    @Autowired
    private PreAuthenticatedAuthenticationProvider jwtPreAuthenticatedAuthenticationProvider;
    @Autowired
    private JwtTokenHelper jwtTokenHelper;

    @Bean
    public JwtAuthenticationFilter jwtAuthenticationFilter() throws Exception {
        JwtAuthenticationFilter filter = new JwtAuthenticationFilter();
        filter.setJwtTokenHelper(jwtTokenHelper); // 手动注入依赖
        filter.setAuthenticationManager(authenticationManagerBean());
        return filter;
    }

    @Override
    protected void configure(AuthenticationManagerBuilder auth) throws Exception {
        auth.authenticationProvider(jwtPreAuthenticatedAuthenticationProvider).userDetailsService
(userDetailsService);
    }

    @Override
    protected void configure(HttpSecurity http) throws Exception {
        // 这部分代码可以参考示例文件，此处省略
    }
    // 省略其他代码
}
```

3. 配置动态代理类型

在 BinaryTea 工程运行过程中，我们在日志中看到了不少类似下面这样的信息：

```
INFO 9628 --- [main] o.s.core.annotation.MergedAnnotation : Failed to introspect annotations on public
java.util.Optional learning.spring.binarytea.controller.MenuController.createByForm(learning.spring.
binarytea.controller.request.NewMenuItemForm,org.springframework.validation.BindingResult,javax.servlet.
http.HttpServletResponse): com.oracle.svm.core.jdk.UnsupportedFeatureError: Proxy class defined by
interfaces [interface org.springframework.web.bind.annotation.PostMapping, interface org.springframework.
core.annotation.SynthesizedAnnotation] not found. Generating proxy classes at runtime is not supported.
Proxy classes need to be defined at image build time by specifying the list of interfaces that they
implement. To define proxy classes use -H:DynamicProxyConfigurationFiles=<comma-separated-config-files>
and -H:DynamicProxyConfigurationResources=<comma-separated-config-resources> options.
```

大意是不支持在运行时生成代理类，可以在构建时将代理类的信息定义好，用 -H:DynamicProxy-
ConfigurationFiles 从文件中读取配置信息，或者用 -H:DynamicProxyConfigurationResources 从
CLASSPATH 资源中读取配置信息。我们可以在 resources 中新增一个 dynamic-proxy.json 文件，内容

如代码示例 C-10 所示。里面的内容是一个 JSON 数组，数组中的每个元素都是一个代理类涉及的接口，接口的顺序要和上面日志中的接口顺序一致。

代码示例 C-10　dynamic-proxy.json 文件的内容

```
[
    { "interfaces": [ "org.springframework.web.bind.annotation.PostMapping", "org.springframework.core.
annotation.SynthesizedAnnotation" ] },
    { "interfaces": [ "org.springframework.web.bind.annotation.GetMapping", "org.springframework.core.
annotation.SynthesizedAnnotation" ] },
    { "interfaces": [ "org.springframework.boot.autoconfigure.web.servlet.ConditionalOnMissingFilterBean",
"org.springframework.core.annotation.SynthesizedAnnotation" ] }
]
```

随后，调整 pom.xml 中 native-maven-plugin 插件的配置，增加构建参数，具体如代码示例 C-11 所示。

代码示例 C-11　调整 native-maven-plugin

```
<plugin>
    <groupId>org.graalvm.buildtools</groupId>
    <artifactId>native-maven-plugin</artifactId>
    <version>0.9.11</version>
    <!-- 省略部分内容 -->
    <configuration>
        <buildArgs>
            <buildArg>-H:DynamicProxyConfigurationResources=dynamic-proxy.json</buildArg>
        </buildArgs>
    </configuration>
</plugin>
```

C.2.4　其他优化

在解决问题之余，我们还可以做一些优化，让生成的本地镜像跑得更快，占用资源更少，例如：

❑ 可以用 tomcat-embed-programmatic 来代替 tomcat-embed-core 和 tomcat-embed-websocket；[①]

❑ 如果不用 Micrometer 来输出度量信息，可以从 spring-boot-starter-actuator 中去掉 Micrometer 的依赖；

❑ 如前文提到的，去除不必要的 SpEL、XML 和 YAML 支持，但前提是明确自己确实不需要。[②]

这些优化都放在 pom.xml 中（前两个都是对依赖的调整），具体如代码示例 C-12 所示。

代码示例 C-12　对依赖的一些优化

```
<dependency>
    <groupId>org.springframework.boot</groupId>
    <artifactId>spring-boot-starter-web</artifactId>
    <exclusions>
        <exclusion>
            <groupId>org.apache.tomcat.embed</groupId>
            <artifactId>tomcat-embed-core</artifactId>
        </exclusion>
```

① 目前的 Spring Native 仅支持 Tomcat，还不支持其他的 Web 容器。
② 在本例中我们没有去除 SpEL 和 YAML 的支持。

```xml
            <exclusion>
                <groupId>org.apache.tomcat.embed</groupId>
                <artifactId>tomcat-embed-websocket</artifactId>
            </exclusion>
        </exclusions>
    </dependency>
    <dependency>
        <groupId>org.apache.tomcat.experimental</groupId>
        <artifactId>tomcat-embed-programmatic</artifactId>
        <version>${tomcat.version}</version>
    </dependency>
    <dependency>
        <groupId>org.springframework.boot</groupId>
        <artifactId>spring-boot-starter-actuator</artifactId>
        <exclusions>
            <exclusion>
                <groupId>io.micrometer</groupId>
                <artifactId>micrometer-core</artifactId>
            </exclusion>
        </exclusions>
    </dependency>
```

在完成了上述所有改动后，我们可以重新构建项目的本地镜像，然后通过浏览器访问 Web 界面，或者用 Customer 工程访问 REST 服务，系统应该能正常响应。

对比一下现在使用的本地镜像与传统的 Fat Jar，在启动日志里找到 Started BinaryTeaApplication in XXX seconds 那行，两者有着天壤之别。本地镜像启动仅需 0.434 秒，也就是 434 毫秒，内存占用大约在 94MB。而用 java -jar 方式运行 Fat Jar，启动需要 3.544 秒，内存占用大约是 577MB，大约分别是前者的 8 倍与 6 倍。[①] 可见 Spring Native 与 GraalVM 还是为我们的二进制奶茶店项目带来了很大的性能提升的，无论是否运行在容器中，这种提升都是很可观的。

---

① 两种方式都未做任何 JVM 参数配置或相关优化，都是命令行下的默认值。

后　记

至此，本书也就结束了。让我们以最简单快速的方式回顾一下本书正文的 16 章内容。我们从了解 Spring Framework 的历史，学习最基础的 IoC 容器和 AOP 开始，一路过渡到家族中目前非常流行的 Spring Boot 和 Spring Cloud。其中，还学习了如何在 Spring 项目中通过 JDBC 和 ORM 来操作数据库，用"简单到令人发指"的方式访问 Redis；有后端就会有前端，Spring MVC 和 Spring WebFlux 一样可以用来开发前端访问所需的 Web 控制器逻辑，甚至还可以基于模板引擎来呈现一些页面；在进入微服务的领域后，我们讨论了各种在日常工作中经常会用到的服务注册、服务发现、服务配置、服务容错保护与服务集成。

我们的二进制奶茶店项目也随着书中涉及内容的不断丰富，变得越来越复杂，依赖的东西也越来越多，例如依赖数据库、Redis、Zookeeper、RabbitMQ、Zipkin……但这在真实的工程项目面前仍然只是"幼儿园"级别的。请牢记，对于业务项目而言，大部分情况下，实现业务功能是第一位的，至于用什么技术则其次，Spring Framework、Spring Boot 和 Spring Cloud 就是将各种工程复杂度收敛在了框架中，以便让业务开发者能够将更多的精力聚焦在业务上。

英国首相丘吉尔有一句名言：

> 这不是结束，甚至不是结束的开始，而可能是开始的结束。[①]

本书的内容虽然结束了，但相信大家学习和使用 Spring 的道路还很长。而且，作为一个充满活力的开源框架，Spring 也会持续不断地演进发展，届时大家一定会跟随新版本继续学习，希望本书能成为大家进阶 Spring 的新起点。

[①] 原文是 "This is not the end. It is not even the beginning of the end. But it is, perhaps, the end of the beginning."。